Brecht, Trigroŝa Romano

Bertolt Brecht

TRIGROŜA ROMANO

Bleicher Verlag

Tradukis el la germana originalo D-ro Karl Schulze

Lingve kontrolis Jerzy Grum

Libro- kovraĵo kaj volumo- bindaĵo Rudolf Spiegel, Zwenkau

La licenca eldono por la ne-socialismaj landoj
ĉe Bleicher Verlags-KG, D-7016 Gerlingen ĉe Stuttgart
Printed in the German Democratic Republic
ISBN 3-921097-34-7

LA RESTADEJO

Kaj li prenis la donon, ĉar duras mizer',
Sed li diris (ĉar stultas ne li):
„Pro kio loĝejo? Pro kio paner'?
Ve! Kion vi planas pri mi?'"

El: „Pereo de sinjoro Aigihn",
malnova irlanda balado

En la milito kontraŭ la buroj soldato nomita George Fewkoombey estis vundita per pafo kontraŭ la kruron, tiel ke oni devis amputi ĝin en hospitalo de Kaburbo. Li revenis Londonon kaj ricevis kompenson de 75 pundoj, subskribante dokumenton, laŭ kiu li havas neniujn ajn pliajn postulojn al la ŝtato. La 75 pundojn li investis en malgrandan drinkejon en Newgate, kiu dum la lasta tempo donis profiton de pli ol 40 ŝilingoj, pri kio li povis konvinkiĝi el la libroj, malgrandaj, biermakulaj kajeraĉoj tenitaj per krajono.

Post kiam li ekloĝis en la eta postĉambro kaj praktikis la drinkejan entreprenon dum kelkaj semajnoj kune kun maljunulino, li sciis, ke lia kruro ne estis sufiĉe profitodona: la enspezoj estis ege sub 40 ŝilingoj, kvankam la soldato ne domaĝis ĝentilecon al siaj gastoj. Li eksciis, ke lastatempe en la kvartalo oni konstruis domon, tiel ke la masonistoj zorgis pri debito en la drinkejo. Sed nun la konstruaĵo estis finita, kaj pro tio la ĝisnuna abundo da klientaro ne plu estis. Kiel oni diris al li, tiu situacio estintus ekkonebla laŭ la libroj, ĉar kontraŭe al ĉiuj spertoj en la restoracia profesio la enpezoj estis pli altaj dum la labortagoj ol dum la ripoztagoj; sed ĝis nun la viro nur estis gasto kaj ne mastro de tiaj restoracioj. Post ne plenaj kvar monatoj li ne plu povis daŭrigi la drinkejan entreprenon, des pli, ĉar li malŝparis tro multe da tempo por eltrovi la loĝlokon de la antaŭa posedanto. Poste li troviĝis senmona kaj senhejma sur la strato.

Dum kelke da tempo li trovis restejon ĉe juna soldatedzino, al kies infanoj li rakontis pri la milito, dum ŝi prizorgis sian malgrandan butikon. Sed ŝia edzo skribis, ke li venos dum forpermeso, kaj tial ŝi volis kiel eble plej rapide forigi el la loĝejo la viron, kun kiu ŝi dume dormis, kiel okazadas en malvastaj loĝejoj. Li forhezitis ankoraŭ kelkajn tagojn, sed tamen devis eliĝi. Kelkajn pliajn fojojn li vizitis ŝin, post kiam la edzo jam revenis, kaj ili eĉ regalis lin. Sed li mizeriĝis pli kaj pli kaj dronis en la senfina procesio de mizeruloj, kiujn la malsato pelas tage kaj nokte tra la stratoj en la ĉefurbo de la mondo.

Iun matenon li staris sur unu el la Tamizaj pontoj. De du tagoj li ne manĝis ion satigan, ĉar la homoj, al kiuj li ĝis nun alproksimiĝis en la drinkejoj en sia malnova soldatuniformo, ja pagis por li iom da trinkaĵo, sed ne manĝaĵon. Sen la uniformo ili pagus al li eĉ ne trinkaĵojn. Jen pro kio li surmetis ĝin.

Nun li ree surhavis la civilulajn vestojn, kiujn li uzis kiel restoracia mastro. Ĉar li intencis almozi kaj hontis. Li ne hontis, ke li ekhavis kuglon en la kruro kaj aĉetis neprofitodonan drinkejon, sed ke li ne povas ne peti monon de tute fremdaj homoj. Laŭ lia opinio neniu ŝuldis ion al iu.

La almozado estis al li malfacila. Ĝi estis profesio por tiuj, kiuj lernis nenion; sed ŝajnis, ke eĉ ĉi tiu profesio postulas lernadon. Li alparolis plurajn homojn unun post la alia, sed faris tion kun orgojla mieno kaj zorge atentante ne bari la vojon al la alparolitoj, por ke ili ne sentu sin ĝenataj. Krome li uzis frazojn relative longajn, kiuj finiĝis nur, kiam la alparolitoj jam pasis; plue li ne etendis la manon. Tiamaniere li jam humiliĝis ĉirkaŭ kvin fojojn, kaj neniu eĉ rimarkis, ke oni petis de li almozon.

Sed anstataŭe iu alia tion rimarkis, ĉar subite li aŭdis raŭkan voĉon diri de malantaŭe: „Tuj forsvingu vin de ĉi tie, vi hundo!“ Kulpokonscia, kiel li estis, li eĉ ne rigardis returne. Li simple pluiris, suprentirinte la ŝultrojn. Nur post kelkcento da paŝoj li kuraĝis sin turni kaj vidis du ĉifonitajn stratalmozulojn de la plej malalta speco stari kune kaj postrigardi lin. Ili eĉ sekvis lin, kiam li forlamis.

Nur post kelkaj pliaj stratoj li ne plu vidis ilin post si.

La sekvan tagon, kiam li vagadis proksime al la dokoj kaj ankoraŭ de tempo al tempo mirigis personojn de la malalta klaso per siaj provoj alparoli ilin, oni subite batis lian dorson. Samtempe la batinto metis ion en lian poŝon. Li vidis neniun, kiam li turnis sin, sed el la poŝo li tiris rigidan karton, ege ĉifitan kaj nepriskribeble malpuran, sur kiu firmo estis presita: J. J. Peachum, Old-Oak-strato 7, kaj sub tio, krajone skribaĉita: „Se vi ŝatas sanajn ostojn, tiam adreso kiel supre!“ Tio estis dufoje substrekita.

Malrapide Fewkoombey komprenis, ke la surprizatakoj verŝajne havas kunligon al lia almozado. Tamen li sentis nur malgrandan emon iri al la Old-Oak-strato.

Posttagmeze, antaŭ starbierejo, lin alparolis almozulo, kiun li ekkonis kiel unu el la du de la antaŭa tago. Hodiaŭ li ŝajnis pli pacema. Li estis ankoraŭ juna homo kaj ne aspektis aparte malbone. Li prenis Fewkoombey je la maniko kaj tiris lin kun si.

„Vi damna kotulo“, li komencis per afabla voĉo kaj tute trankvile, „montru vian numeron“.

„Kian numeron?“ demandis la soldato.

Malrapide irante apud li, plue afable, sed ne malprenante lin eĉ unu momenton, la juna viro klarigis al li en la lingvaĵo de tiuj tavoloj, ke lia nova profesio estas same ordigita kiel ĉiu alia, eble eĉ pli bone; ke li ja ne troviĝas en sovaĝa regiono forlasita de civilizitaj homoj, sed en granda kaj ordigita urbo, la ĉefurbo de la mondo. Por la praktikado de sia nova metio li do bezonas numeron, specon de permesilo, kiun li povas ricevi tie kaj tie – ne senpage, ekzistas societo kun sidejo ĉe la Old-Oak-strato, al kiu li devas laŭorde aliĝi.

Fewkoombey aŭskultis, farante eĉ ne unu demandon. Poste li respondis, same afable – ili iris tra homplena strato –, ke li ĝojas pri la ekzisto de tia societo, same kiel ĉe la masonistoj kaj la frizistoj, sed siaparte li preferas fari kion li bontrovas, ĉar en lia vivo oni pli kredeble regalis lin per tro multe ol per tro malmulte da preskriboj, kion pruvas lia ligna kruro.

Dirinte tion, li etendis la manon por adiaŭi sian akompananton. Tiu, aŭskultinte lin kun tia mieno, kvazaŭ li aŭdus paroladon eksterordinare interesan, kvankam ne tute konsentindan, de sperta viro, ridante batetis lian ŝultron kvazaŭ malnova konato kaj transpasis la straton. Lia rido ne plaĉis al Fewkoombey.

Dum la sekvaj tagoj li fartis pli kaj pli malbone.

Evidentiĝis, ke, por ricevi iom regule almozojn, oni devas sidi en difinita loko (kaj da tiuj krome ekzistis bonaj kaj malbonaj), kaj tio ne eblis al li. Oni ĉiam forpeladis lin. Li ne sciis, kiel procedis la aliaj. Iel ili ĉiuj aspektis pli mizere ol li. Iliaj vestoj estis veraj ĉifonoj, tra kiuj oni povis vidi la ostojn (poste li eksciis, ke en certaj medioj kostumo sen tia elmontro de karnopartoj estas rigardata kvazaŭ montrofenestro surgluita per papero). Ankaŭ ilia korpa aspekto estis pli malbona; ili havis pli multe da difektoj kaj pli gravajn. Multaj sidis sen subaĵoj sur la malvarma grundo, tiel ke la pasanto nepre certis, ke tiu homo kaptos al si malsanon. Fewkoombey volonte eksidus sur la malvarma tero, se oni permesus tion al li. Sed la terura kaj kompatinda sidado evidente ne estis ĝeneralaĵo. Policanoj kaj almozuloj ree kaj ree forpeladis lin.

Per siaj travivaĵoj li kaptis al si malvarmumon, kiu eknestis en lia brusto, tiel ke li ĉirkaŭiradis kun alta febro kaj kun pikoj en la brusto.

Iun vesperon li denove renkontis la junan almozulon, kiu tuj sekvis lin kaj al kiu plia almozulo kuniĝis en la dua sekvanta strato. Li ekkuris, ankaŭ ili kuris.

Li turnis sin en kelkajn malpli grandajn stratetojn por liberiĝi de ili. Jam li kredis, ke li sukcesis, kiam ili subite staris antaŭ li ĉe stratangulo. Antaŭ ol li vidis ilin sufiĉe klare, ili batis lin per bastonoj. Unu eĉ faligis sin sur la pavimon kaj tiris lin je lia ligna kruro, tiel ke li falis malantaŭen sur la postkranion. Sed en tiu ĉi momento ili malprenis lin kaj forkuris; de malantaŭ la angulo ĵus venis policano.

Fewkoombey jam kredis, ke la policano levos lin. Jen el domniĉo tuj apud li tria almozulo elruliĝis sur malgranda ĉareto kaj ekscitite montris al la forkurantoj, provante per gargara voĉo klarigi ion al la policano. Kiam Fewkoombey, suprentirite kaj antaŭenpuŝite de la policano per piedbato, plutrotis, la almozulo restis tuj post li, reme movante sian feran ĉareton per ambaŭ brakoj.

Ŝajnis, ke al li mankas la kruroj.

Ĉe plia stratangulo la senkrurulo ekprenis la pantalonon de Fewkoombey. Ili troviĝis en ege kota kvartalo, la stratetoj estis ne pli larĝaj ol la longo de unu viro, apud ili oscedis malalta pasejo en malhelan korton. „Jen enen!" la kriplulo gargare ordonis. Per sia veturilo, provizita per ŝtala levilo ĉe la flanko, li samtempe puŝis kontraŭ la tibion de Fewkoombey, kaj ĉar tiu ĉi estis malforta pro la malsatado, li vere enigis la soldaton en la korton apenaŭ trimetran laŭ la kvadrato. Kaj antaŭ ol la surprizito povis ĉirkaŭrigardi, la kriplulo, malpli juna homo kun enorma mandiblo, simie eliĝis el sia ĉareto, subite reposedis siajn du sanajn krurojn kaj sin ĵetis sur lin.

Li estis pli alta ol Fewkoombey je pli ol unu kapolongo, kaj liaj brakoj similis al tiuj de orangutango.

„*Demetu la jakon!*" li kriis. „*Montru per malkaŝa, honesta batalo, ĉu vi estas pli kapabla ol mi posedi bone profitodonan postenon, al kiu ni ambaŭ aspiras! 'Liberan vojon al la bravulo!' kaj 'Ve al la venkito!' estas mia devizo. Tio utilas al la tuta homaro, ĉar tiamaniere nur la bravuloj atingas la supron kaj la posedon de la belo surtere. Sed ne apliku nelojalajn rimedojn, ne batu sub la zonon kaj sur la nukon kaj ne uzu la genuojn. Por validi, la batalo devas efektiviĝi laŭ la reguloj de la Brita Asocio de Boksistoj!*"

La batalo estis mallonga. Anime kaj korpe rompita, Fewkoombey rampis post la oldulo.

Pri la Old-Oak-strato ne plu estis parolate.

Dum unu semajno li restis sub la potenco de la oldulo, kiu starigis lin ĉe difinita angulo, cetere ree en la soldatuniformo, kaj kiu ankaŭ manĝigis lin, post kiam vespere estis raportite pri la enspezoj.

Liaj enspezoj ĉiam restis sub tre malalta limo. Li devis transdoni ilin al la oldulo. Do li ofte eĉ ne sciis, ĉu la malmultaj groŝoj sufiĉas por la frititaj haringoj kaj la taso da brando de plej malbona kvalito, el kiuj konsistis lia ĉefa manĝaĵo. La oldulo, kies difekto ŝajnis pli malbona kaj en la realo tute ne ekzistis, pli multe furoris ol li.

Iom post iom en la soldato estiĝis la konvinko, ke lia ĉefo nur deziris, ke la loko sur la ponto, vidalvide al li mem, estu okupita. La ĉefa enspezfonto estis la homoj, kiuj regule preteriris la lokon, ĉiun antaŭtagmezon aŭ kiam ili matene iris al la laboro, kaj vespere, kiam ili hejmeniris. Ili donis nur unufoje. Ĝenerale ili ja laŭiradis la saman flankon de la strato, sed kelkfoje, post iom longaj tempospacoj, ili tamen ŝanĝis ĝin. Absolute oni tute ne povis fidi je ili.

Fewkoombey sentis, ke ĉi tiu posteno estas progreso, sed ankoraŭ ne la definitiva solvo.

Post paso de la semajno la oldulo ŝajne ekhavis pro li malfacilaĵojn flanke de la mistera societo en la Old-Oak-strato. Tri, kvar almozuloj surprize atakis la du, kiam ili estis frumatene forlasontaj sian rifuĝejon en ŝipremizo, kaj kuntrenis ilin tra pluraj stratoj en domon kun malgranda, nepriskribeble kota butiko, sur kies ŝildo estis skribite „Instrumentoj".

Malantaŭ vermoborita vendotablo staris du viroj. Unu, malgranda kaj magra, kun vulgara mieno, estis vestita per iam nigra pantalono kaj sama veŝto. Senjaka kaj kun deformita rigida ĉapelo sur la postkranio, enpoŝiginte la manojn, li staris ĉe la montrofenestro kaj rigardis en la malserenan matenon. Li ne turnis sin kaj ne montris iun intereson. La alia estis dika kaj ruĝega sur la vizaĝo kaj aspektis, se eblis, eĉ pli vulgara.

„Bonan matenon, sinjoro Smithy", li salutis la oldulon moke, kiel ŝajnis, kaj iris antaŭ li en la apudĉambron tra pordo tegita per lado. La oldulo necerte ĉirkaŭrigardis, antaŭ ol li sekvis lin, kune kun la viroj, kiuj venigis lin. Lia vizaĝo estis griziĝinta.

Fewkoombey, kvazaŭ pretervidite, restis staranta en la malgranda vendejo. Sur la muro pendis kelkaj muzikinstrumentoj, malnovaj, deformitaj trumpetoj, violonoj sen kordoj, kelkaj gratitaj gurdoj. La negoco, ŝajne, ne tre bone prosperis, la instrumentoj estis kovritaj per dika polvo.

Fewkoombey poste ekscios, ke la sep aŭ ok muzikilaĉoj ne ludas apartan rolon en la negocejo, en kiun li venis. Ankaŭ la mallarĝa, nur dufenestra fronto de la domo aludis ege malperfekte la amplekson de la konstruaĵoj de ĝi reprezentataj. Ankaŭ la vendotablo kun ŝanceliĝa tirkesto en la kaso ne malkaŝis la veron.

En la malnova fakmura konstruaĵo, entenanta tri tute vastajn domojn kun du kortoj, estis establitaj tajlorejo kun duona dekduo da knabinoj kaj ŝuista metiejo kun ne malpli multe da fakuloj unuarangaj. Kaj antaŭ ĉio ie estis kartoteko enhavanta minimume 6000 nomojn de viroj kaj virinoj, kiuj ĉiuj havis la honoron labori por ĉi tiu firmo.

La soldato ankoraŭ ne komprenis, kiel eblas la funkciado de tiu stranga kaj malbonfama entrepreno; li komprenis tion nur post semajnoj. Sed li estis ege elĉerpita kaj tial komprenis, ke estus por li bonŝano aliĝi al tia granda, mistera kaj potenca organizaĵo.

Sinjoro Smithy, la unua mastro de Fewkoombey, ne plu aperis tiun antaŭtagmezon, kaj poste Fewkoombey revidis lin maksimume tri aŭ kvar fojojn kaj nur de malproksime.

Post kelke da tempo la dikulo, malfermante la ladpordon je fendo, kriis en la butikon:

„Havas veran lignan kruron."

La malgrandulo, kiu evidente estis la ĉefo, iris al Fewkoombey kaj suprentiris per rapida ekpreno la pantalonon por vidi la lignan kruron. Poste, denove enpoŝiginte la manojn, li reiris al la blinda fenestro, elrigardis kaj diris mallaŭte:

„Kion vi scipovas?"

„Nenion", la soldato diris same mallaŭte. „Mi almozas."

„*Tion ĉiu deziras*", la malgranda viro diris sarkasme, eĉ ne turnante sin. „*Vi havas lignan kruron. Kaj pro tio, ĉar vi havas lignan kruron, vi volas almozi? Ho! Sed vi perdis vian kruron serve al la patrio? Des pli malbone! Tio povas okazi al ĉiu? Certe! (Se li ne estas ministro por la militaferoj.) Ĉiu bezonas helpon de la alia, se la kruro estas for! Nekontesteble!*

Sed same nekontesteble, ke neniu fordonas ion volonte! Militoj, tiuj estas esceptoj. Se okazas tertremo, pri tio neniu kulpas. Kvazaŭ oni ne konus la misuzon faratan pri la patriotismo de la patriotoj! Unue ĉiuj soldatiĝas libervole, kaj poste, kiam la kruro estas for, neniu volas kulpi pri tio? Ne kalkulante la sennombrajn okazojn, en kiuj bierkoĉero, perdinte la kruron ĉe ordinara monakiro, t.e. ĝuste pro la biertransporto, babiladas ion pri batalo apud Tie-kaj-tie! Kaj krome io plia, la ĉefaĵo: ĝuste pro tio, ke poste la kruro estas for, militiri por la patrioĵja estas rigardate kiel tiom meritoplene, ĝuste pro tio oni ja surŝutas tiujn bravulojn per honoroj kaj aplaŭdo! Se ne estus tiu malgranda risko, nu bone, tiu granda risko, pro kio do la profunda dankemo de la tuta nacio? Esence vi estas kontraŭmilita demonstracianto, jam ne kontestu tion! Tiel starante kaj ne klopodante kaŝi vian stumpon, vi volas esprimi: Ho, kiaj teruraj aferoj estas militoj, oni perdas sian kruron en ili! Hontu, sinjoro! Ĉu vi volas, ke ĉio estu forprenanta de ni? Ĉu vi volas, ke sur tiu brita insulo mastrumadu fremdaj homoj, malamikoj? Ĉu vi eble deziras vivi meze de malamikoj? Vidu, vi tion ne deziras! Koncize, vi ne kolportu vian mizeron, ulo. Vi ne taŭgas por tio...“

Fininte sian paroladon, li iris preter la soldato, ne rigardante lin, en la kontoron malantaŭ la ladpordo. Sed la dikulo elvenis kaj kondukis la soldaton, pro la kruro, kiel li diris, tra unu korto en plian korton, kie li transdonis al li hundejon.

Dum la sekvanta tempo la soldato vagadis je ĉiu horo de la tago kaj nokto en tiu ĉi korto kaj kontrolis la blindulajn hundojn. Da ili ekzistis tuta aro; ili estis elektitaj ne laŭ la taŭgeco konduki blindulojn (ĉi tie ne estis eĉ kvin tiaj bedaŭrinduloj), sed laŭ aliaj vidpunktoj, nome laŭ tio, ĉu ili provokas sufiĉe da kompato, tio signifas, ĉu ili aspektas sufiĉe malmultekoste, kio parte dependas ja ankaŭ de la nutrado. Ili aspektis tre malmultekoste.

Se oficisto pri popolnombrado demandus Fewkoombey, kiun profesion li praktikas, li estus embarasa, aparte de ĉiuj skrupuloj frapi la atenton de la polico. Certe li ne nomus sin almozulo. Li estis dungito en entrepreno, kiu vendis ilaron por la surstrata almozado.

Ne estis entreprenataj iuj eksperimentoj por fari lin iom kapabla almozulo. Jam per la unua rigardo la fakuloj ĉi tie ekkonis, ke li neniam sukcesos. Li havis bonŝancon. Li posedis neniun el la ecoj konsistigantaj almozulon, sed li posedis, pri kio ĉi tie ne ĉiu povis fieri, veran lignan kruron, kaj tio sufiĉis por havigi al li la engaĝon.

De tempo al tempo oni vokis lin en la butikon, kaj li devis montri sian lignan kruron al oficisto de la plej proksima policejo. Por tiu celo la ligna kruro tute ne bezonus esti tiel vera, kiel bedaŭrinde ĝi estis. La viro apenaŭ rigardis ĝin. Preskaŭ ĉiam fraŭlino Polly Peachum, la filino de la ĉefo, hazarde estis en la butiko, kaj ŝi scipovis trakti oficistojn.

Sed entute la iama soldato vivis inter la hundoj dum la duona jaro, kiu ankoraŭ restis al li. Poste li perdos en stranga maniero tiun malabundiĝintan vivon, kun ŝnuro ĉirkaŭ la kolo, sub la aplaŭdoj de granda popolamaso.

La malgranda viro, kiun li vidis stari ĉe la montrofenestro la unuan matenon de sia ĉeesto en tiu interesa domo, estis sinjoro Jonathan Jeremiah Peachum.

UNUA LIBRO

AMO KAJ EDZINIĜO DE POLLY PEACHUM

Kiel virgulin' – kia iam mi estis
Samkiel vi –, pri viro mi revis,
Kiu eble al mi ankaŭ foje venos.
Kion fari mi tiam scii devis.
Kaj se li riĉas
Kaj eĉ agrablas
Kaj estas semajne eĉ pura vir',
Kaj scias dece konduti al damo,
Estas „Ne" nur mia dir'.
La kapon oni tute ne perdas
Kaj ĉiam nur ĝenerale sin movas.
Lunbril' certe ludas sur nokta kord'.
La boat' certe fiksiĝas ĉe l' bord'.
Sed io plu esti ne povas.
Ĉar tuj kuŝiĝi oni ne povas!
Necesas ja esti senkore, fride.
Ho, tiom multe ja povus okazi.
Nur „Ne" povas esti dirite.

La unua estis viro el Kent,
Neniu pli bone viriĝis.
La dua havis tri ŝipojn sub vent'.
La tria pro mi freneziĝis.
Kvankam ili riĉis
Kaj eĉ agrablis
Kaj estis semajne eĉ puraj viroj,
Kaj sciis dece konduti ĉe damo,
Estis „Ne" nur miaj diroj.

La kapon mi tute ne perdis
Kaj ĉiam nur ĝenerale min movis.
Lunbril‘ certe ludis sur nokta kord’,
La boat’ certe fiksiĝis ĉe l’ bord’.
Sed io plu esti ne povis.
Ĉar tuj kuŝiĝi oni ne povis!
Necesis estis senkore, fride.
Ho, tiom multe ja povus okazi.
Nur „Ne“ povis esti dirite.

Sed iun tagon, kaj bluis la tag’,
Iu venis, kiu ne petis min.
Li pendigis la ĉapon en mia ĉambro,
Kaj mi ne scipovis reteni lin.
Kvankam li ne riĉis
Kaj eĉ ne agrablis
Kaj estis dimanĉe eĉ nepura vir’,
Kaj ne sciis dece konduti al damo,
Ne plu estis „Ne“ mia dir‘.
La kapon mi nun tute perdis
Kaj ne nur ĝenerale min movis.
Lunbril’ ja ludis sur nokta kord’,
La boato tuj foriĝis de l’ bord,
Kaj esti alie ne povis.
Jen ne kuŝiĝi oni ne povas,
Neeblas ja esti senkore, fride.
Ho, tiom multe ja devis okazi.
Kaj „Ne“ ne povis esti dirite.

Kanto de Polly Peachum

UNUA ĈAPITRO

AMIKO DE LA ALMOZULOJ

Por kontraŭagi al la kreskanta malmoliĝo de la homoj, la negocisto J. J. Peachum estis malferminta butikon, en kiu la plej mizeraj el la mizeruloj povis akiri al si tiun aspekton, kiu parolas al la koroj pli kaj pli malcedemaj.

Unue li okupiĝis pri la vendado de uzitaj muzikinstrumentoj, kiuj estis aĉetitaj aŭ prunteprenitaj de almozuloj kaj kortkantistoj. Ĉar la enspezoj ne sufiĉis, li poste agadis kiel malriĉula prizorganto de la diocezo kaj havis okazon studi la situacion de la plej malriĉaj homoj. La uzo de liaj instrumentoj flanke de la almozuloj estis la unua fakto, kiu pensigis lin.

Oni scias, ke la homoj uzas tiujn instrumentojn por tuŝi la korojn, kio ja ne estas tute facila. Ju pli bonstata iu estas, des pli kutime malfacilas al li senti kortuŝon. Li pretas pagi la plej altajn prezojn por koncertoj, de kiuj li atendas la animan emocion tiom sopiratan. Sed ankaŭ homo malpli bonstata ĉiam povas fordoni groŝon por skuigi per iu aŭ alia melodieto sian ekzistbatale malmoliĝintan koron.

Sed ree kaj ree Jonathan Jeremiah Peachum spertis, ke liaj klientoj lasis la luprezon por la malnovaj gurdoj nepagita. Kiel dirite, ekzistas kelkaj malmultaj aferoj skuantaj la niatempan homon, kelkaj malmultaj; sed malbone estas, ke ili jam ne plu efikas post plurfoja uzo, ĉar la homo havas la teruran kapablon kvazaŭ sensentigi sin laŭ propra bontrovo, se li malkovras la malutilajn konsekvencojn de sia sentimentaleco. Tial ekzemple okazis, ke viro, kiu vidis alian viron kun brakstumpo stari ĉe la stratangulo, ja estis preta sekve de la unua ektimo doni al li la unuan fojon dupencan moneron, sed la duan fojon jam nur duonan pencon, kaj se li vidus lin trian fojon, li eble transdonus lin fridsange al la polico.

Peachum iam komencis tute modeste.

Dum kelka tempo li subtenis kelkajn malmultajn almozulojn per sia konsilo, unubrakulojn, blindulojn, homojn aspektantajn tre maljune. Li serĉis por ili laborlokojn, lokojn, kie estis donate; ĉar ne ĉie estis donate kaj ne je ĉiu horo. Ekzemple en junio pli bone ol muziki estis nokte eltrovi en parkoj parojn sur benkoj, ili pagis pli volonte.

La almozuloj, kiuj sin konfidis al Peachum, baldaŭ pli bone sukcesis atingi enspezojn. Ili konsentis lasi al li ion de sia gajno por lia penado.

Fariĝinte pli certa, li daŭrigis siajn studojn.

Relative baldaŭ li ekkonis, ke la mizera aspekto, kiun estigis la naturo, efikas ege malpli forte ol aspekto korektita per kelkaj artifikoj. Tiuj homoj, kiuj havis nur unu brakon, ne ĉiam havis la talenton efekti malfeliĉe. Aliflanke al homo pli talenta ofte mankis la stumpo. Jen kie oni devis interveni.

Peachum faris kelkajn artefaritajn misformaĵojn, ekzemple membrojn evidente dispremitajn, t. e. brakojn kaj krurojn, sur kiuj oni klare vidis la aplikon de perforto. Tio perpleksige sukcesis.

Baldaŭ poste li povis establi malgrandan laborejon por la fabrikado de tiaj membroj.

Certaj vendejposedantoj, antaŭ ĉio komercistoj de delikataĵoj kaj posedantoj de galanteriaj kaj modaj salonoj, sed ankaŭ ordinaraj buĉistoj volonte pagis malgrandan doganon al almozulo sidanta kun tiaj naŭzaj membroj antaŭ la vendejo, por ke li pluiru. De tie estis nur malgranda paŝo al tributoj jam pli altaj, kiuj estis pagataj, por ke la almozulo lasu sin sendi al konkurenculoj. La pomalgranda komerco ege batalis pro sia ekzistado.

Kiam kreskis la kartoteko de Peachum, kiu sin nomis „amiko de la almozuloj“, la monopoligo de certaj distriktoj por difinitaj almozuloj jam eblis. Enpenetrantojn oni fortenis, eventuale perforte. Jen kio havigis veran prosperon al la entrepreno de Peachum.

Tamen li ne ripozis sur siaj laŭroj. Senlace li strebis kvalifiki siajn homojn. Tio okazis en kelkaj ejoj de lia firmo nun jam esence pligrandiĝinta. Post rigora ekzameno pri taŭgeco, la almozuloj, pli kaj pli ŝanĝiĝantaj al dungitoj, estis instruataj pri laŭfaka tremado, irado laŭ blindula maniero ktp. Peachum ne toleris stagnadon.

Estis trejnataj bazaj tipoj de la homa mizero: viktimoj de la progreso, viktimoj de la militarto, viktimoj de la industria prospero. Ili lernis tuŝi la korojn, instigi al meditado, tedi. Memkompreneble ne eblas konduki la homojn al rezigno pri profitodonaj entreprenoj, sed ofte ili estas sufiĉe malfortaj por strebi al prisilentado de la konsekvencoj. Post ĉirkaŭ dudek kvin jaroj de konsumanta agado Peachum posedis tri domojn kaj prosperantan entreprenon.

PERSIKFLORO

La domoj, en kiuj sinjoro Jonathan Jeremiah Peachum entreprenis sian strangan fabrikon, havis multajn ejojn. Inter ili estis ankaŭ malgranda, roze kalkita ĉambro por fraŭlino Polly Peachum. Du el la kvar etaj fenestroj rigardis antaŭen al la strato, la aliaj du al unu el la kortoj, sed antaŭ ĉi tiuj fenestroj etendiĝis koridoro el ligno kaj traboj laŭ la ekstera muro de la domo, tiel ke la fenestroj devis havi tolkurtenojn, aliokaze eblus enrigardo. Ili estis malfermitaj nur dum la plej varmegaj noktoj de la sezono, por ke la aero povu trablovi, ĉar la ĉambro estis sufoka tiutempe. Ĝi situis en la dua etaĝo, tuj sub la tegmento.

En la tuta kvartalo fraŭlino Polly Peachum estis ĝenerale nomata „persiko". Ŝi havis tre belan haŭton.

Kiam ŝi havis dek kvar jarojn, oni aranĝis por ŝi la ĉambron supre en la dua etaĝo; laŭ la diroj de la homoj tio okazis, por ke ŝi ne tiel ofte vidu sian patrinon, kiu ne povis venki sian preferon al alkoholaĵoj. Ekde tiu aĝo oni nomis ŝin fraŭlino, kaj je certaj horoj ŝi aperis en la antaŭa butiko, precipe kiam Mitchgins de la policejo ĉeestis. Komence ŝi estis eble iom tro juna por tiu ĉi uzo, sed, kiel dirite, tre ĉarma.

En la aliajn ejojn, la tajlorejon kaj la selistejon, ŝi venis tre malofte. Ŝia patro instigis ŝin viziti pli la preĝejon ol liajn laborejojn. Tamen ŝi konis ilin kaj ne sentis skrupulojn pro ili.

Tiutempe la instrumentbutiko spertis egan ekfloron, kaj oni ĝenerale diris, ke sen Polly la dika Mitchgins montrus multe pli grandan intereson pri ĉi tiu vendejo. El- kaj eniris enorme multaj homoj, malgraŭ tiom malmultaj instrumentoj.

Ja veris, ke Jonathan Jeremiah Peachum estis ankaŭ honorofica malriĉula prizorganto de entute tri diocezoj, sed la malriĉuloj ne ŝatis iri al li, por tio ili vere estis tro malriĉaj. Peachum tute ne ŝatis la almozadon, krom ke ĝi okazis sub lia gvidado kaj laŭfake.

Cetere estis nur memkompreneble, ke la persiko iom penis esti afabla al la dika Mitchgins, ĉar ĉio ja okazis nur pro ŝi. Sufiĉe ofte ŝi aŭdis sian patron diri: „Se mi ne havus la infanon, mi daŭrigus tiun hundan vivon eĉ ne unu minuton, certe ne pro vi, Emma. Ne, por ke vi povu perdrinki vian tombon, Emma!“

Emma estis sinjorino Peachum, kaj kiam ŝia edzo tiamaniere esprimis malaprobon al ŝiaj malgrandaj kutimoj, ŝi ŝatis diri: „Se mi havus certajn aliajn agrablaĵojn en mia edzineco, neniam eĉ unu guto pasus tra inter miaj lipoj. Ankoraŭ hodiaŭ mi povus ĉesi.“

Infanoj ofte aŭdas tiajn frazojn kaj estas certagrade impresitaj de ili.

Parenteze dirite, oni ne pensu, ke oni edukis la persikon konsidere al la komplezoj (etaj, kiel dirite) al Mitchgins aŭ al iu alia. Kontraŭe! Ŝi ne povis memori pri iu tempo de sia juna vivo, en kiu ŝi banis sin en la bankuvo de la lavejo sen sia noktoĉemizo (la fenestrojn oni ĉiufoje kovris per tukoj). Sinjoro Peachum ne ŝatis, ke ŝi ekvidas sian beletan haŭton.

Sinjoro Peachum krome neniam ekhavus la ideon permesi al ŝi eĉ nur kvin minutojn da libera tempo ekstere de la gepatra domo. Ŝi iris en la lernejon kiel ĉiuj aliaj infanoj. Sed ĉiam Sam venis por hejmenkonduki ŝin.

„Via filino estas amaso da volupto, nenio alia!“ sinjoro Peachum diris al sia edzino, post kiam li surprizis Polly, kiam ŝi pendigis sur la muro de sia ĉambro la foton de aktoro, tranĉitan el gazeto. Tia restis lia opinio pri ŝi dum jaroj.

Sinjorino Peachum havis aliajn opiniojn pri volupto, antaŭ ĉio ili estis amaraj. Post kiam ŝia filino pasis la dekokan vivojaron, ŝi kunprenis ŝin je dimanĉaj posttagmezoj en la „Sepion“. Tio estis restoracio de honesta speco, kiu malantaŭe havis malgrandan ĝardenon kun tri kriplaj kaŝtanarboj. Orkestro de ladinstrumentoj tie ludis dimanĉe posttagmeze kaj vespere. Oni dancis, memkompreneble tute honeste, la patrinoj sidis kun la trikilaro laŭ la ĝardenbarilo.

En tia loko knabino kiel Polly ne povis resti longtempe neatentita. Estis multaj kandidatoj. Du el ili povis esti konsiderataj. De ili sinjoro Beckett aperis la unua kaj sinjoro Smiles estis pli agrabla. Tamen la ŝancoj de sinjoro Beckett komencis pligrandiĝi ĝuste per kaj nur post la apero de sinjoro Smiles.

Sinjoro Becket estis diktrunka, fortika kvardekjarulo kun kapo kvazaŭ rafano. Li havis butonumitajn gamaŝojn sur la ŝuoj kaj strange dikan bastonon, kiun li preskaŭ ne lasis el siaj grandaj manoj. Lia vizaĝkoloro ne estis la plej sana; kun Smiles, kiu estis multe pli juna kaj havis la sanan haŭtkoloron de junuloj remantaj sur Tamizo, oni tute ne povis kompari lin. Sed li estis negocisto kaj Smiles estis skribisto en advokatejo, kaj tial sinjoro Beckett ŝajnis multe pli fidinda al sinjorino Peachum. Tiaj junuloj kiaj Smiles ne konas senton pri respondeco; entute ili vivas senzorge, donante sin al siaj inklinoj. Pro kia profito tiaj senhavuloj submetus sin al iu devigo por firmigi sian reputacion? Por kio ili bezonas reputacion?

Dum tiu printempo la persiko iris en vesperan lernejon pri dommastrumado. Returnvoje sinjoro Smiles aperis kelkfoje. Li premis la knabinon en domniĉojn kaj parolis kun ŝi, etendinte ambaŭ brakojn dekstre kaj maldekstre de ŝi, kun la polmoj sur la muro. Ĉefe li fidis je tio, ke li odoras je kelkaj esencoj, kaj mem ne klopodis tro multe.

De kiam sinjorino Peachum flaris ion, ŝi unufoje monate traserĉis pli funde la tolaĵon de sia filino kaj ĉiumaniere favoris sinjoron Beckett. Sinjoro Beckett estis lignokomercisto, viro kun solidaj principoj. Energie favorite de sinjorino Peachum li ŝovis sin en la antaŭon, ne nur ekstere. Al la altira forto de beleta viro li kontraŭmetis la ne malgrandan allogan forton de bonstata viro.

Lia ĉirkaŭpreno de la kokso dum dancado estis vere miriga por lignokomercisto. Ĝuste ĉi tiu feliĉo sekura, agnoskita de la patrino ŝajne havis gajajn abismojn. Tamen longtempe sinjoro Beckett ne sukcesis atingi pli multe ol tiajn publikajn intimaĵojn.

Lia handikapo kompare al sinjoro Smiles estis antaŭ ĉio, ke kiel multokupita negocisto li ne havis tiom da tempo kiel Smiles. Li ne povis ĉiam forlasi sian laboron.

Tamen li baldaŭ sentis, ke la familio Peachum estas inklina konsideri lin serioze. Bonŝance, li havis malpli multe da objetoj kontraŭ vera edziĝo ol ĉiu alia. Li invitis sinjorinon Peachum kaj ŝian filinon al malgranda pikniko sur Tamizo, kiu okazis iun dimanĉan antaŭtagmezon. Ĝia efektivigo preskaŭ ne eblis. Ĉar sabate posttagmeze ĉirkaŭ la kvina sinjoro Peachum venis hejmen en tre suferanta stato. Per kompatinda voĉo li postulis infuzaĵon de kamomilo, tuj enlitiĝis kaj ordonis al sia edzino meti brikon envolvitan en sekaj, varmegaj tukoj sur lian ventron.

De kelka tempo li implikiĝis en iu negoco ekstere de sia cetera agadsfero; temis pri iuj transportŝipoj. La afero ŝajne evoluis ne favore, kaj ekscitoj afekciis ĉe li la stomakon. Dimanĉe matene li ja estis ankoraŭ tre kaduka, sed tamen li iris kun edzino kaj filino en la preĝejon kaj poste por interkonsiliĝo. La virinoj havis bonŝancon: ŝajnis, ke li trafis en seriozajn malfacilaĵojn.

Sinjoro Beckett, kiu aperis en blanka kostumo, luprenis por la ekskurso „break"-on. Tio estis aera veturilo sur du altaj radoj kun nur du sidlokoj. La koĉero sidis sur benko malantaŭe supre.

Ne sen peno la lignokomercisto eltrovis veturilon kun tiel mallarĝa sidejo.

Dum la veturado sinjorino Peachum sin premis inter Beckett kaj Polly, sed el la korbo, kiu ankaŭ devis trovi lokon antaŭ la piedoj de la tri, eliĝis dum la pikniko krom ovoj, ŝinkaj sandviĉoj kaj kokaĵoj ankaŭ tri boteloj da likvoro, kaj tiel sinjoro Beckett bonŝance sukcesis sidiĝi apud la knabino dum la reveturo. Pluvis iomete; la lana kovraĵo, en kiu oni sin envolvis, ne tute sufiĉis, kaj sinjorino Peachum pelis la koĉeron per sia basvoĉo, ĉar jam la dua alproksimiĝis.

La adiaŭo de la du sinjorinoj antaŭ la „Sepio" estis mallonga, kaj oni ne faris pliajn interkonsentojn. Disiĝante la lignokomercisto staris en la sama sinteno antaŭ sia „break" kiel je la komenco de la malgranda veturo; se oni ne atentas, ke pluvas sur lian platan kapon; sed li ne estis plu la sama viro. En la sekva semajno li, viro, kies tempo estas mono, sidis ĉiuvespere, escepte de la ĵaŭdo, en la „Sepio"; unu vesperon li venis eĉ dufoje. Sinjorino Peachum ja vidis lin trifoje je diversaj horoj de la tago stari en la Old-Oak-strato, sin apogante sur sia peza bastono, kiun li ambaŭmane premis en la dorson. En realo li multe pli ofte rigardis la ŝildon, sur kiu estis skribite „Instrumentoj".

Li studis la domon.

Dum li atendis la persikon, li precize observis la funkciadon de ĉi tiu stranga instrumentvendejo. Li vidis normalajn figurojn eniri tra la pordo kaj aliajn elremi sur malaltaj kripluloĉaretoj. Li baldaŭ vidis, ke tute ne estas aliaj. Ili estis ŝanĝitaj al vrakoj. Iom post iom klariĝis al li la naturo de la negoco. Li komprenis, ke ĝi certe estas fonto de riĉeco.

Sinjorino Peachum, kiu rigardis lin tra fenestrovitraĵo en la unua etaĝo, havis siajn proprajn pensojn pri la persista amanto.

Li ŝajne atendis ion flanke de la persiko, kio ne venis. Certa persono evidente ne samopiniis kiel li en tio, ke dum la ekskurso io okazis, kio devas havi certajn konsekvencojn. Hejmenvenante post sia dommastruma kurso, fraŭlino Peachum uzis enirejon, kiu estis en alia strato.

Ne malofte ŝi rapidis por renkonti Smiles. Estis gaje promenadi kun li tra la parkoj, vespere, kiam la benkoj estis okupitaj de paroj. Li diris al ŝi afablaĵojn kaj certasence zorgis pri ŝia aspekto. Difinitan lokon de ŝia kolo li volis povi vidi, aliokaze la robo estis „malfavora". Li diris, ke ŝi frenezigas lin.

Por la rendevuoj li ĉiam venis tre akurate kaj iom rapide. Per tio ekestis la impreso, ke li havas sufiĉe multe da devoj.

La persiko vere ekfloris nur en tiuj tagoj. Estis printempo. En leĝera, blua robo kun blankaj punktoj Polly iris tra la tajlorejo, kie oni gladante enigis la stearinon de vakskandeloj en vestaĵojn, por ke ili aspektu makule. Se la mizeraj knabinoj en la mallarĝa, kurba ĉambro kun nur du fenestroj alte situantaj faris malrespektajn rimarkojn, ŝi levis la jupojn, montrante malgrandan, blankan pugon.

Ŝi interbatiĝis kun la hundoj en la korto kaj, terure ridante, donis al ili komikajn nomojn. Unu el ili, vulpohundon, ŝi nomis Smiles. La mizeran prunarbon en la korto ŝi subite trovis beleta. Ŝi kantis, kiam ŝi lavis sin matene, kaj sentis enamiĝon, ne celante iun difinitan.

Apoginte sian plenlunan vizaĝon sur la kubutoj, ŝi kliniĝis vespere al la fenestrobenko kaj legis romanojn.

„*Aĥ*“, ŝi suspiris, „*kiom tragika do estas la batalo de Elvira, tiu pura, bela knabino kun siaj pekaj pensoj! Ŝi amas sian amaton, tiun altaniman, sportharditan viron; ŝi amas lin el plej profunda koro, kun plej sinceraj kaj plej noblaj sentoj, kaj tamen ekzistas deziroj profunde en ŝia interno, deziroj obskuraj, instinktaj, ardaj, kiuj ne estas tro diferencaj de pekaj pasioj! ‚Kion mi eksentas, vidante la amatan viron?‘ ŝi ofte suspiras. ‚Kaj kie mi eksentas tion?‘ Kaj mia kazo, kompare al tiu de Elvira, estas eĉ pli malbona. Ĉar mi ne amas lin kaj tamen sentas tiajn dezirojn! Ĉu mi povas preteksti, ke mia amato vekas ilin en mi? Mi ne povas preteksti tion. Mi ja ne estas venkata de la beleco – pri beleco oni certe ne povas paroli rilate al sinjoro Beckett, nek pri altanima rilate al sinjoro Smiles –. Por tiel diri, mi leviĝas frumatene el miaj plumoj kaj dum lavado, certe naiva okupo, ekestas en mi tiaj deziroj, kiuj bedaŭrinde estas direktitaj tute ĝenerale, preskaŭ al ĉiu viro. Nur per ili sinjoro Beckett kaj sinjoro Smiles beliĝas en miaj okuloj! Kion mi pensu pri mi? Se en tiu ĉambreto, for de la mondo, kun muroj naive kalkitaj roze, tirinte la toltukon ĝis la mentono, mi plue revas pri tiaj bildoj – pri miaj sonĝoj mi tute ne parolu – mi devas eĉ timi, ke miaj karnaj avidoj kondukos min en la kloakon, kie finiĝis ne nur unu virino, kiel mi aŭdas. Ankoraŭ kelke da tiaj noktoj, kaj mi ekrilatos al la unukrura George en la hundokorto! Kion mi faru, por ke sinjoron Beckett, kiu laŭ ĉio ja certe estas bona partio, mi plue bridu tiagrade, kiel li atendas tion de sia estonta edzino? Kiel renkonti lin kun tiaj sinceraj, klaraj okuloj, ke pro tiu evidenta, fidanta naiveco malaperas eblaj propraj deziroj malaltaj, kiuj neniukondiĉe devas esti plenumataj antaŭ la edziĝo?"*

La decido de la persiko, edziniĝi al la lignokomercisto, firmiĝis en ŝi sen ties speciala kunhelpo. La tute praktika pensmaniero de la filino de sinjoro Peachum jam decidis por la pli serioza kaj pli fidinda inter la du kandidatoj.

Tamen la gaja Smiles sukcesis renkonti fraŭlinon Peachum ree kaj ree. Li eĉ scipovis persvadi ŝin iri kun li en lian meblitan ĉambron, kie ŝi definitive ekhavis la impreson, ke ekonomie li tute ne kapablas vivteni edzinon. Kiam ŝi venis la duan fojon kaj forlasis kun li la domon, sinjoro Becket vidis ŝin.

Sinjorino Peachum malfermis interesan leteron de li, en kiu li petegis Polly konsenti al renkontiĝo kaj senkaŝe memorigis pri certa okazintaĵo dum la pikniko. Estis letero efektanta tre malagrable.

Sinjorino Peachum aranĝis denovan rekontiĝon de sinjoro Beckett kun sia filino en la „Sepio" la sekvan dimanĉon. Pri Smiles ŝi sciis nenion precizan. La veron pri tio ŝi kredus al neniu kaj ĉiam nur meditis, kiel dece averti sian filinon, ne tro frue sindoni al la lignokomercisto, kiun ŝi elektis bofilo. Nokte, kaj precipe ĉirkaŭ la mateno, kuŝante en la lito apud sia malgranda edzo, ŝi jam ĉiam imagis kun plezuro la edzecajn ĉirkaŭprenojn inter sia filino kaj Jimmy, kiel ŝi nomis la lignokomerciston.

Ŝia zorgo estis superflua.

Ĉirkaŭ la feraj, rondaj tabloj sub la kaŝtanarboj la gastoj sidis dense premiĝintaj, escepte kiam estis danco, kaj tiam ankaŭ Polly kaj sinjoro Beckett dancis. La konversacio estis pro tio malfacila. Tamen sinjoro Beckett sukcesis kapti la intereson de la du sinjorinoj.

La lignokomercisto mendis al si porcion da ŝafhepataĵo, krome vinagron kaj oleon. Dum li fakule pretigis ĝin, li direktis la interparoladon al la rabmurdisto Stanford Sills, kiun la gazetoj refoje respondecigis pri kelkaj murdoj en la regiono de la Westindia-dokoj. Ambaŭ sinjorinoj konis la nomon kaj interŝanĝis supozojn kun sinjoro Beckett pri la persono, kiu eble kaŝiĝas malantaŭ la murdisto serĉata de jaroj.

Sinjoro Beckett rakontis tre elvokive pri tiu sinjoro, por kies murdoj la polico ja neniam trovis ĝustajn motivojn kaj pro kiu la kriminalan mondon laŭdire regis vere superstiĉa timo. Jam okazis, ke rompoŝtelistoj serĉataj de la polico libervole venis en Scotland Yard, ĉar ili sentis sin persekutataj de la „Messer", kiel Standfort Sills estis nomata de la feĉo en la dokoj.

Polly precize sciis, kiel li aspektas, kaj priskribis lin al la lignokomercisto.

Li estis blonda kaj svelta kiel vespo kaj tiel eleganta, ke eĉ en la kostumo de dokisto oni kredus lin alivestita ĝentlemano. Li havis verdecajn okulojn. Al la virinoj li estis bonkora.

Polly bonege amuziĝis. Sinjoro Beckett nepre impresis ŝin.

La du dancis fervore, kaj sinjorino Peachum aŭdis nur partojn el la konversacio de la paro. Je ŝia miro, ŝia filino parolis senescepte pri sinjoro Smiles kaj kiom tiu ĉi estas gaja. Ŝi kvazaŭ vidis, kiel la kolumo de „Jimmy" traŝvitiĝis.

Ŝajnis, ke Polly ne malbone havas lin sub sia regado.

La sekvan antaŭtagmezon li refoje staris sur la stratflanko vidalvide al la butiko. La posttagmezon li faris viziton al sinjorino Peachum; je ŝia malespero, ĉar ŝi sentis timon antaŭ Peachum, kiu suspektis nenion kaj al kiu oni devis antaŭe kaj singarde klarigi la aferon.

Sinjoro Beckett sidis en la salono sur la rando de la seĝo remburita per ruĝa veluro kaj avertis sinjorinon Peachum pri Smiles, kiu estas malbona junulo, ne malmulte tradiboĉinta sin kaj avida je la virinoj. Li demandis, ĉu Smiles ne molestas Polly per leteroj, kaj ŝajnis ege inklina traserĉi la kahelan fornon pro restoj de leteroj.

Forirante li renkontis Polly sur la ŝtuparo kaj akompanis ŝin al la kursejo. Ŝi babilis pri sia gepatra domo, la multaj homoj ĉiam el- kaj envenantaj, la junaj sinjoroj en la vestejoj, kiuj ege ŝatas ŝin, ĉar ŝi neniam estas abomena al ili.

Al la lignokomercisto ŝajnis, ke ŝi havas bluajn ombrojn ĉirkaŭ la okuloj. Tio tre deprimis lin.

Fakte antaŭ sia spirita okulo li nun vidis ŝin en granda domo kvazaŭ en kolombejo, kun nenombreblaj pordoj, el kiuj senĉese venas junaj sinjoroj, do en loko iom malfavora por juna knabino. En lia postkranio sidis la penso pri la evento dum la pikniko, pli precize dirite dum la reveturo post la pikniko. Tio estis evento, kiu tiam ja tre afekciis lin, sed pri kiu li parolis nek nun, nek poste, kiam serio da gravaj kaj sinsekvaj batoj de la sorto malhelpis al li longe interparoladi kun sia edzino. Kune kun la dubo pri ŝia naiveco, ĝi inokulis al li strangan intereson por tiu lasta.

Malofte li tiel enamiĝis al ina estaĵo kiel al la persiko. Pluraj cirkonstancoj bonŝance kunagis al tio.

‚*Estas tute malĝuste*', li kelkfoje diris al si, kontrolante siajn sentojn, ‚*demandi sin, ĉu oni edziĝas al knabino pro ŝia mono aŭ pro ŝi mem. Tio ofte koincidas. Ekzistas malmultaj ecoj de knabino, kiuj tiel incitas la volupton de viro kiel havaĵo. Kompreneble, mi dezirus posedi ŝin ankaŭ sen tio, sed eble ne tiom pasie.*'

La lignokomercisto ne estis novulo rilate amaferojn. Li jam travivis kelkajn, cetere samtempajn, edzecojn. Por aventuroj li havis malmulte da tempo, ĉar li implikiĝis en ege danĝeraj negocoj kaj havis seriozajn zorgojn. Sed sendube necesis por li denove edziĝi: liaj butikoj ne statis tre bone.

Samtempe li havis en la poŝo plurajn gazetajn eltranĉojn pri intervjuo, kiun la polica prezidanto donis al ĵurnalistoj pri la rabmurdisto Stanford Sills, kiun oni nomis „la Messer". Tiujn eltranĉojn oni sendis al li anonime, kaj li estis tre maltrankvila pro tio. Tial do li lasis neparolitaj la vortojn, kiujn li havis sur la lipoj.

Ĉirkaŭ unu semajnon poste la negocisto Jonathan Jeremiah Peachum ekhavis ege gravajn malfacilaĵojn pro la maĥinacioj de iu sinjoro Coax, kaj li direktis siajn okulojn al sia ekfloranta filino.

DUA ĈAPITRO

Kaj mîlitî îli ekmarŝis,
Kaj kartoĉojn îli bezonis.
Kaj multe da homoj afablaj trovîĝis,
Kîuj kartoĉojn al îli donis.
„Sen munîcio ne estas mîlito.“
„Ĝin vî havos, filo mîa!
Marŝu nur por nî batali,
Nia zorg': munîci' via.“

Kaj munîcio abunde estîĝis;
Sed mîlito nun mankîs plia.
Kaj multe da homoj afablaj trovîĝîs,
Kîuj zorgîs, ke tuj estu tîa!
„Ek, ek, mîa fil', al batalo!
Al patrîo danĝeron preventu!
Ek, ek! La patrînojn, fratînojn,
Altaron kaj tronon defendu!“

Militkanto

LA REGISTARO DE ŜIA REĜINA MOŜTO HAVAS DEZIRON

Laú sia profesio William Coax estis makleristo. Lia vizitkarto asertis, ke li havas kontoron ie en la urbocentro; sed ekzistis preskaú neniu, kiu iam venis tien. Eĉ li mem ne frekventis ĝin. Tio ja estus tute senutila, ĉar tie sidis nur maljuna, afliktita knabino kun malnova tajpilo. Ties literoj ne estis en ordo, sed tio ne gravis, ĉar ĝi ne havis la taskon tajpi. Ankaú la knabino sidis tie nur por atendi la poŝtaĵojn. Kaj tiuj venis tien, por ke sinjoro Coax ne devu konigi sian loĝejon al iu. Ĉar en sia loĝejo li akceptis neniun, sed prizorgis siajn negocojn en restoracio.

Li diradis: „Mi ne bezonas aparaton, mi negocas nur grandstile!“

Plue li ne mantuŝis ion malpuran; li ĉiam surhavis gantojn. Krome li surhavis frapajn konfekciajn kostumojn helgrizajn, violkolorajn ŝtrumpetojn kaj akre ruĝajn kravatojn. Laŭ sia opinio, li havis la figuron por normalaj kostumoj, kvankam li estis alta kaj maldika. Li kredis, ke oni ĝenerale prenas lin por militisto en civilvestoj; do li tenis sin tre rekte.

Kvankam li ne havis multekostajn dungitojn, li tamen ne estis sen ĉia helpo. En kelkaj ministerioj sidis homoj, kiuj estis al li minimume same utilaj kiel kelkaj impertinentaj kaj maldiligentaj librotenistoj.

Tian viron li havis ekzemple en la ministerio por la mararmeaj aferoj.

De tiu li eksciis iun tagon, ke la registaro de ŝia reĝina moŝto havas deziron. Ĝi deziras transportŝipojn por truptransportoj al Kaburbo. Coax decidis entrepreni la provon plenumi al ĝi tiun deziron.

Ĉar temis pri marista afero, li enketis pri kelkaj *ŝipoj kiel eble plej malnovaj* en drinkejo, kiun frekventis maristoj de malpli bona kvalito – konfekciaj maristoj. Li fakte eksciis pri kelkaj tiaj ŝipoj. Ili apartenis al la ŝipkompanio Brookley kaj Brookley, speco de konfekcia ŝipkompanio.

Tiutempe estis multaj homoj en Londono, kiuj ne tro skrupule kondutis rilate al petoj, kiujn la registaro direktis al la negocistaro pri subteno al la milito kontraŭ Sudafriko. Ili tute pretis vendi al la registaro marmeladon, kiun manĝi ili mem ne estus pretaj. Al tiaj homoj Coax ne apartenis. Li ne deziris riĉigi sin el la malfeliĉo de sia lando kaj esti implikata en esploroj sendanĝeraj, sed longedaŭraj kaj necesigantaj kontorojn kaj tajpilojn. Ĉiu alia ofertus al la registaro surbaze de siaj rilatoj la ŝipojn, pri kiuj sinjoro Coax eksciis en la menciita drinkejo. Ili estis grandspacaj kaj krome malmultekostaj, kiel rezultis el singarda informpeto al Brookley kaj Brookley.

En la mallonga interparolado de la makleristo kun Brookley kaj Brookley pri la vendotaj ŝipoj oni parolis pri nenio alia ol pri la tonelaro kaj la prezo. Nek sinjoro Coax faris plian demandon, nek la ŝipposedantoj ekparolis pri la stato de la ŝipoj. Ĉiu el la tri sinjoroj povus ĵure konfirmi tion ĉiuhore kaj antaŭ ĉiu tribunalo.

Por sinjoro Coax la ŝipoj de sinjoroj Brookley kaj Brookley estis tute ne konsiderindaj, malgraŭ siaj tonelaro kaj malkareco. Li konis amason da homoj en Londono, kiuj estis pretaj akiri kargoŝipojn je bona prezo. La frajtprezoj estis tre altaj, pro la milito. Nur malmultaj ŝipoj estis vendotaj, kaj tiuj malmultaj estis tre multekostaj. Sed kompreneble neniu, kiu bezonis taŭgajn ŝipojn, turnus sin al ŝipkompanio kiel Brookley kaj Brookley.

Sinjoro Coax tre insiste serĉis taŭgajn ŝipojn, kvankam ne por la registaro, sed komisie de privataj firmoj. La deziro de la registaro pri kargospaco estis por li tute flanka afero kaj iomete interesa nur konekse kun liaj privataj negocoj. Li dediĉis tutan semajnon al plia serĉado.

Li fakte eltrovis tri pliajn ŝipojn taŭgajn por transportoj, kiuj estis pli novaj kaj ĉiurilate fidindaj. Tiucele li devis entrepreni plurajn veturojn, unu ĝis Southampton, kaj post kiam li trovis la ŝipojn, li konstatis, ke ili apartenas al diversaj proprietuloj kaj tute ne estas malkaraj, sed ili similis iomete al ŝipoj.

Sinjoro Coax notis al si tiujn ĉi ŝipojn kaj reveturis Londonon.

Tie li denove agadis por la kontentigo de la registara deziro. Sed kiel oni vidos, li ne neglektis per tio siajn proprajn interesojn. Ili estis kaj restis klare direktitaj al laŭeble malmultekosta akiro de kelkaj taŭgaj kargoŝipoj de la Southamptona tipo.

Pri la afero de la registaro sinjoro Coax parolis en Londono kun kelkaj aliaj negocistoj tiucele kunvokitaj. Ne estis malfacile eltrovi tiajn. Londono bolis de agemo. La urbocentro ardis pro la deziro subteni la landon en ĝia batalo kontraŭ la buroj. La registaro estis vere ideala kliento.

Sinjoro Peachum eksciis pri la deziro de la registaro de ŝia reĝina moŝto kune kun kvar, kvin aliaj sinjoroj, kiuj estis same avidaj kiel li rigardi ordono la deziron de la registaro.

Ili renkontiĝis ĉiuj en bona burĝa restoracio en Kensington. Ili konstatis, ke inter ili estas vera baroneto, vetperisto, direktoro de teksfabriko en Sud-Kimrujo, restoraciestro, posedanto de pluraj domoj, ŝafbredisto kaj posedanto de granda vendejo de uzitaj muzikinstrumentoj.

Ili mendis ĉiuj por si mem, kaj sinjoro William Coax faris al ili malgrandan paroladon.

„*La situacio de nia lando*“, li diris, „*estas grava. Kiel vi scias, la milito en Sudafriko komenciĝis per tio, ke pacamaj anglaj civitanoj estis atakitaj tute surprize kaj neatendite. La trupoj de ŝia reĝina moŝto, kiuj komencis antaŭenmarŝi por protekti ilin, estis ie atakataj laŭ plej insida maniero. Provante protekti britan propraĵon, ili estis senĉese sange insultataj. Vi ĉiuj legis pri la atakoj, al kiuj nia registaro sin elmetis pro siaj troa indulgemo kaj jam ne plu komprenebla pacamo. Hodiaŭ, malmultajn monatojn post la komenco de la milito, Anglio luktas kontraŭ kelkaj rabiiĝintaj farmistoj pro ne malpli multe ol pro la ekzistado de ĉiuj siaj transmaraj posedaĵoj. En la urbo Mafeking anglaj trupoj estas enfermitaj de potenca bura armeo kaj luktas por sia vivo. Kiu el vi havas rilatojn al la borso, scias pri la konsekvencoj de tiaĵo. Sinjoroj, temas pri la liberiĝo de la urbo Mafeking el la sieĝo! (Aplaŭdoj.) Sinjoroj, la horo postulas malvarmsangecon, kuraĝon kaj iniciativon ankaŭ de la britaj negocistoj. Se tion ili mankigas, la heroeco de nia junularo restos sen fruktoj. Ĉar: kiu faras la militojn? La soldato kaj la negocisto! Ĉiu en sia loko! La registaro scias nenion pri la negocoj. Tiuj estas nia afero. La registaro diras: ‚Ni bezonas transportŝipojn.‘ Ni diras: ‚Bonvolu, jen transportŝipoj!‘ La registaro demandas nin: ‚Vi estas ekspertoj, kiom kostas transportŝipoj?‘ – Ni diras, ke pri tio ni povas informiĝi: ‚Bonvolu, transportŝipoj kostas tiom kaj tiom.‘ La registaro ne marĉandas; ĝi scias, ke la mono restas en la lando. Inter fratoj oni ne marĉandas. Estas egale, ĉu la monon havas tiu aŭ iu alia. La registaro kaj ĝiaj negocistoj, tio estas unu familio. Ili fidas unu al la alia kaj dependas unu de la alia. ‚Vi ne scipovas tion‘, diras unu al la alia, „lasu min fari tion. Se foje mi ne scipovos ion, tion vi faros!‘ Tiamaniere estiĝas fido. Tiamaniere estiĝas samaj interesoj. ‚Vidu, Billy‘, la ŝtatsekretario Tiu-kaj-tiu diras al mi dum la fumado de cigaredo, ‚mia edzino jam ne majstras la situacion kun siaj 12 ĉambroj, kion fari?‘ – ‚Ne zorgu pri tiaj bagateloj‘, mi diras, ‚pensu pri via ofico!‘ Kaj mi aranĝas la aferon. Poste vi ekscias el gazeto, ke en la intereso de la lando la ŝtatsekretario faris tiun aŭ tiun grandan paroladon, kiu denove progresigis nin en la mondo, kaj en Afriko aŭ en Hindio aŭ mi ne scias kie okazas iu granda afero, kiu koncernas nian landon kaj niajn interesojn, kiuj estas vere grandampleksaj. ‚Vi devas havi la kapon libera, Charles', mi diras, ‚pro nia intereso. Neniuj bagatelaĵoj, neniuj financaj zorgoj! Mi estas tute modesta, simpla negocisto, mi ne volas esti menciata en la gazeto, mi ne volas publikan rekonon, silente kaj nenomate mi ebligas al vi vian grandan laboron en la intereso de la lando, mi kunhelpas.' Kaj same kiel mi, sinjoroj, miloj da negocistoj agadas, silente kaj sen gloro, mi dirus, sed persiste kaj inĝenie. La negocisto havigas la ŝipon, la soldato suriras ĝin. La negocisto estas inĝenia, la soldato estas brava. Sinjoroj, ni fondu sen grandaj paroloj societon por utiligo de transportŝipoj!"*

Per la parolado sinjoro Coax atingis plenan sukceson. En la nomo de la aliaj sinjoroj kaj en la nomo de Anglio la restoraciestro dankis al li pro la indiko, kaj post kelkaj diskutoj laŭ la negoca vidpunkto oni formulis antaŭkontrakton. La kelnero alportis plumon kaj inkon, la vetperisto skribis. Estis fiksite, ke la tri ŝipoj nomitaj de sinjoro Coax estos kiel eble plej baldaŭ aĉetataj ĉe la firmo Brookley kaj Brookley kaj riparataj, la aĉetsumo estos dividata en 8 (ok) partojn kaj estos pagenda kontante ĉe la aĉeto.

Post kiam oni atingis tiun ĉi punkton, ekestis granda silento. Temis nun pri la profitkvotoj, ĉefe pri la kvoto de Coax, kiu iniciatis la negocon. La sinjoroj denove mendis, cigarojn kaj porteron.

Poste la teksfabrikanto, sekvante per la rigardo la fumon de sia importcigaro, leĝere diris:

„Pri la divido de la neta profito mi opinias, ke ni dividos per ok, ĉu ne, ni ja estas ok? Kaj nia amiko Coax unue ricevos apartan provizion de – ni diru – 10 procentoj de la prezo pagota de la registaro."

La sinjoroj rigardis al Coax, cetere ne ĉiuj. Coax, kune kun sia seĝo, apogiĝis malantaŭen kaj diris ridetante:

„Jen ŝerco."

Je la miro de la sinjoroj montriĝis, ke liaj postuloj estas sufiĉe altaj. Priparoli ilin daŭris pli ol du horojn. Poste ili ne estis esence malpli altaj, sed ĉiuj havis la impreson, ke plia malaltigo estos atingebla eĉ ne post du jaroj. La provizio sumiĝos je 25 procentoj.

Post kiam la sinjoroj, ĝemante kaj kun mienoj, kvazaŭ ili subskribus kondamnon al morto por siaj plej karaj parencoj, metis siajn nomojn sur la paperon, ili rapide disiris, ĉiu en sian urbon.

Pri la tuta afero, precipe pri la persisto de sinjoro Coax rilate la dividon de la neta profito, Peachum ekhavis bonegan impreson. Tiamaniere oni marĉandas nur, se la negoco estas solida.

ZORGOJ, PRI KIUJ LA ĈIUTAGULO EĈ NE SONĜAS

Iun nebulan antaŭtagmezon okazis interparolado inter kvin sinjoroj en unu el la multaj malgrandaj, nudaj, flave-meblaj kontoroj de la urbocentro. Sur la pordo kun lakta vitro, tra kiu oni iris en la kontoron, estis skribite per oraj literoj: „Brookley kaj Brookley, ŝipposedantoj".

Du el la intertraktantaj sinjoroj estis Brookley kaj Brookley, viroj senkoloraj, nedecidaj en sia konduto. Ili montris eble troan timon transpreni la respondecon pri iu decido koncernanta ilin ambaŭ. Senescepte ili havis antaŭ la okuloj la reciprokan bonon kaj estis ŝajne saturitaj per la konvinko, ke ili estas tro malfortaj porti tiun reciprokan respondecon.

Kiu sciis ĉion sciindan pri la urbocentro, traktis tiujn du fratojn kvazaŭ nekuiritajn ovojn. Sinjoro Coax sciis ĉion sciindan pri la urbocentro. Oni formulis kontrakton, laŭ kiu la kargoŝipoj „Bela Anna", „Juna Ŝipisto" kaj „Optimisto" transiros en la posedon de la nova societo por entute 8200 (okmil ducent) pundoj. La inspektado estis fiksita je iu ĵaŭdo. Tuj poste oni subskribos la kontrakton kaj pagos la aĉetsumon.

„Mi tre ŝatas vidi vin ĉiujn", diris unu el la sinjoroj Brookley, „sed ne devas esti necese pro tiuj ŝipoj." Ĉio estis definitive interkonsentita.

Brookley kaj Brookley miris, kiam la sekvan matenon sinjoro Coax refoje venis sola en la kontoron kaj propradecide, post promeso de plej rigora diskreteco, faris novan oferton rilate la ŝipojn por la okazo, ke la negoco hieraŭ priparolita eble ne efektiviĝos. La fratojn kaptis certa ekscitiĝo.

Merkredon posttagmeze unu el la sinjoroj Brookley vizitis sinjoron Eastman, la posedanton de pluraj domoj, ĉar li konis ties adreson, kaj deprimite demandis, ĉu ne eblas nuligi la aferon; li diris, ke ili havas plian oferton kaj li ne povas respondeci antaŭ sia frato kontrakti surbaze de la malnova prezo.

Eastman bedaŭris en la nomo de la societo, kaj Brookley murmuris ion pri ĵaŭdo je la sesa kaj ke li tiam rehavos sian agadliberon, se ne ĉio funkcios. Eastman tuj informis la aliajn kaj admonis ilin esti akurataj. Sed ĵaŭdon antaŭtagmeze sinjoro Coax petis sinjoron Eastman veni en restoracion kaj sciigis al li, ke li povos havigi al si la monon nur sabaton matene.

Sekve de tio je la dua tagmeze, nelonge antaŭ la inspektado, okazis ekscitita kunveno en alia restoracio, en kiu la teksfabrikanto energie postulis de Coax la disponigon de sia parto aŭ kompletan novan reguligon. Samtempe li deklaris sin preta transpreni la devoligon kaj profitkvoton de Coax.

En sia pritakso de tiu ĉi opiniesprimo Eastman distingis du partojn; la unuan, la postulon, li aprobis, la duan, la oferton, li malakceptis. Li mem deklaris sin preta transpreni la parton de Coax.

Al tio pretis pluraj el la sep. Al ĉiuj, escepte de Coax, estis klare, ke Coax perdu sian parton, se li ne pagas, nome tuj pagas, sian okonon. Coax eligis kelkajn dubojn, kvankam malfortajn. Finfine oni interkonsentis, ke la negocon partoprenos simple sep anstataŭ ok partioj, kaj al Coax restos nur lia provizio.

Tio ŝajne trafis Coax tiel senteble, ke li malsaniĝis kaj iris hejmen *por enlitiĝi*. Li deklaris, ke ankaŭ la inspektadon li jam ne povas partopreni.

Por la inspektado Eastman petis veni iaman ŝipinĝenieron kun la nomo Bile. Estis granda, malgrasa viro fordrinkinta ĉiujn siajn poziciojn. Ili renkontis lin proksime al la dokoj, kaj laŭ la konsilo de Eastman ili tuj iris kun li preni plurajn pliajn drinkaĵojn, por ke li ekhavu la ĝustan humoron kaj trovu sufiĉe malaproban kritikon rilate la malnovajn kestojn.

La fratojn Brookley kaj Brookley ili renkontis en ilia kontoro, kaj de tie la vojo al la ŝipoj ne estis longa.

Estis grandaj, malserenaj kestoj el la tagoj de Nelson. Ekzistas ĉiam homoj, kiuj konservas malnovaĵojn, ĉapelojn, cigarskatolojn, infanlulilojn, pro pura respekto aŭ simpla letargio. Certe estis tiaj homoj, kiuj prenis tiujn ŝipojn al sia koro. Ĉiuokaze ili ankoraŭ naĝis en la malklara akvo kaj spitis la opinion, ke ĉio estas pasema.

Ŝajne oni lasis ilin trankvilaj dum jaroj aŭ jardekoj. Sed nun, ie en Transvalo, kelkmiloj da britaj soldatoj atendis sian liberiĝon, kaj pro tio oni devis ankoraŭfoje ĝeni ilin. Nu, ili certe ne havis kaŭzon protesti.

La „Juna Ŝipisto" troviĝis plej proksime, kaj ĝin suriris la komisiono.

La surira tabulo estis el ligno, pri tio ne estis dubo. La ferdeko ne aspektis tre invite, sed la planko ankaŭ estis el ligno, kiel ĉe vera ŝipo.

Ne estis maristo inter la vizitantoj. Tian oni ne povus persvadi malsupreniri la ŝtuparon. Li sentus timon rompi al si la kolon.

En la korpo de la ŝipo ratoj ĉirkaŭsvarmis kiel ŝafidoj sur la herbejoj de Kimrujo, grandaj, dikaj bestoj, kiuj malgraŭ sia granda aĝo neniam vidis homojn kaj pro tio eĉ ne divenis ties danĝerecon.

La intenco de Bile estis senmaskigi kun cinika sentimo ĉiujn trukojn, per kiuj senskrupulaj ŝipposedantoj scipovas prezenti naĝantan ĉerkon kiel allogan luksan jakton. „Kaj kio estas tio, sinjoroj?" li volis diri kaj ĉe tio deŝiri tiun aŭ tiun trompaĵon. Nun li staris senhelpa kaj laca kaj ne malfermis la buŝon. Eĉ infano povis vidi, kiel statas ĉi tie.

Eĉ ĉe la plej granda bonvolo oni ne plu povis nomi malsano la staton, kiun montris la „Juna Ŝipisto".

Neniu el la dek viroj iris eĉ nur unu paŝon for de la fera ŝtuparo. Neniu kuraĝus eĉ nur apogiĝi al la ŝipvando, se li stumblus sur unu el la putraj objektoj kuŝantaj ĉie ĉirkaŭe. Oni devis timi, ke la mano simple trapasos la vandon.

Eastman subite diris laŭte kaj gaje: „Jes, jes." Tio resonis kvazaŭ en praa deponejo.

Kaj jen unu el la sinjoroj Brookley diris tute trankvile:

„Finfine la eksteraĵo ne gravas. La ĉefaĵo estas, ĉu la ŝipo estas martaŭga kaj eltenas ion."

Ekzistas homoj, kiuj havas la kapablon ne povi imagi la sentojn kaj pensojn de aliaj homoj, kiuj restas tute netuŝitaj per faktoj kaj kiuj eldiras siajn pensojn tute senĝene, sen iu konsidero al la ĉirkaŭaĵo kaj tempopunkto. Tiaj viroj estas denaskaj gvidantoj.

La „Societo por Utiligo de Transportŝipoj" reiris al la bordo kvazaŭ en malbona sonĝo. Apenaŭ unu rigardon ĝi ĵetis al la „Bela Anna" kaj al la „Optimisto", kiu el la tri eble estis la plej kaduka.

Kiam ĉiuj denove sidis en la kontoro de Brookley kaj Brookley, unu el la sinjoroj Brookley faris malgrandan paroladon.

„Sinjoroj", li diris, rigardante tra la fenestro, „mi havas la impreson, ke origine vi atendis pli multe, kvankam vi konis la prezon, ke vi iel seniluziiĝis kaj ne sentas vin tute bonaj rilate la negocon."

Li rondirigis pasantan rigardon, kaj ĉar neniu respondis, li daŭrigis:

„Se tiel estus, mi konsilus al vi, neniukondiĉe kontraŭagi al la interna voĉo, kiu diras al vi: For de ĉi tiu negoco! Se al vi estas urĝe, estos malfacile por vi, momente eltrovi aliajn ŝipojn en Anglio, precipe en tiu preznivelo. Sed se vi havas tempon por serĉi kaj ne gravas por vi kelkaj monatoj, vi povos certe trovi ion por vi konvenan. Hazarde ‚Brookley kaj Brookley' povas vendi la ŝipojn sen pluaĵo; kiel mi diris al sinjoro Eastman jam hieraŭ, ni havas oferton kaj tute ne malaprobe akceptus vian rezignon pri la kontrakto. Eĉ pri kompenspago pro la rezigno oni povus eventuale paroli. Estas la kvina kaj duono, kaj je la sesa kaj kvarono mia frato kaj mi havos alian konferencon. Do, ni povas kaj devas rapide atingi interkonsenton."

„La ŝipoj maksimume valoras 200 pundojn kaj estas tute ne martaŭgaj", Bile diris trankvile.

Sinjoro Brookley rigardis al la horloĝo.

„Vi aŭdas, kion diras via eksperto. Ni ne havas motivon kontraŭdiri tion. Ni tute ne intencas altrudi al vi la ŝipojn. Eble pravas fakte la eksperta vidpunkto, laŭ kiu estas plej bone vendi ilin kiel hejtlignon. Tiuokaze la 200 pundoj, pri kiuj parolas via faka konsilanto, estas fiksitaj proksimume ĝuste. Do, pripensu la aferon, sinjoroj!" Kaj li forlasis la ĉambron kun sia frato.

Kiam ili estis ekstere, Eastman diris duonlaŭte:

„Tiuj ŝipoj estas la ununuraj haveblaj. Tion ni ne devas forgesi. Tamen mi retiriĝus, se mi ne estus konvinkita, ke la alia oferto venas de neniu alia ol de nia amiko Coax. Ni tro premis lin. Li volas fari la negocon kun aliaj partneroj. Kun pli stultaj."

Al kelkaj homoj en la ĉambro malfermiĝis la okuloj. Kvin minutojn poste ili kliniĝis super la kontrakto, kun plumingo en la mano.

Survoje hejmen, Eastman diris al la inĝeniero: „Kiel laiko, oni tute ne povas imagi, ke oni povas riski marveturon per tia kesto. Senvole oni opinias, ke tia putraĵo ne povas ne solviĝi en la akvo kiel papero. Tiu moderna tekniko estas grandioza. Eĉ el nenio ĝi faras ion. Mi vetas, ke ĉi tiuj kestoj estos tute beletaj kaj faros sian servon kiel ĉiu alia ŝipo, se oni farbos kaj iomete aranĝos ilin! La laiko ja tute ne scias, kion la tekniko kapablas!"

Kaj post kelkaj mutaj paŝoj li daŭrigis afliktite: „Estas monstre, kiel la konkurenco estas post vi. Ne ekzistas negoco, kiel ajn fia ĝi estas, kiun aliulo ne tuj faros, se vi rezignas pri ĝi. Vi devas povi enorme gluti. Se vi cedas al homaj sentoj eĉ nur unu sekundon, vi estas glate perdita. Helpas nur fera disciplino kaj memkontrolo. Aliflanke, por nenio vi ja ne povas postuli ion. Se vi volas resti tia, ke la publika opinio nomas vin honesta, al vi restas nur ŝoveli koton aŭ labori kiel konstrulaboristo. Jes, se vi foje transpaŝis la mezan nivelon, vi havas zorgojn, pri kiuj la senposeda ĉiutagulo eĉ ne sonĝas!“

ĈION POR LA INFANO

Sinjoro Peachum maltrankviliĝis pro la foresto de sinjoro Coax dum la inspektado. Li ne povis ekdormi kaj pasigis malbonan nokton.

Li partoprenis la aĉeton de tri netaúgaj ŝipoj, lia kvoto sumiĝis proksimume je duona ŝipo, kaj dependis nur de sinjoro Coax, ĉu la mono estos perdita aú ne. Por karaktero kiel Peachum „esti en la mano de iu viro“ signifis la samon kiel por kuniklo esti en la gardo de pitono. La demando estis: Ĉu sinjoro Coax revendos la ŝipojn? Kial li ne venis por partopreni la inspektadon aú almenaú la kontraktadon? Estinte premita el la negoco, li ne plu estis kunposedanto, sed jam nur makleristo.

Foje sinjoro Peachum leviĝis por kontroli, ĉu ĉie la lumo estas estingita, sed ĉefe pro interna maltrankvilo. Li ne kapablis konsoliĝi pri la plej malgranda monperdo. Plej malbone estis, ke pro perdoj eĉ de malpli grandaj sumoj li tuj perdis ĉiun fidon pri si mem. Li fidis nenin, kial li fidu sin mem?

La lumo estis ĉie estingita, sed la fenestro de la ĉambro de Polly al la ekstera verando staris malfermita. En la malhelo li povis vidi ŝin kuŝi en la lito. Ĉagrene li tirfermis la fenestron de ekstere.

‚Kial mi faras ĉion ĉi?‘ li demandis sin, kiam li ree enlitiĝis. ‚Sole por la infano. Mi devos elĵeti pliajn du de tiuj virinaĉoj en la tajlorejo. La tajlorejo ja vere fetoras pro maldiligenteco. Mi ja ne povas senutile nutradi ĉiujn ĉi homojn. Ili kudras kaj kudras, senkonsidere, ĉu poste la ĉifonoj estos agnoskataj kiel taúgaj aú ne. Ili riskas tute nenion. Ankaú Polly jam povis ion labori. Kion do ŝi opinias? Al tiu Coax oni neniel devas fidi. Estis ege malsaĝe tiel malbone trakti lin. Li estas malbona aĉulo kaj uzas tiaĵon kiel pretekston por translasi vin al via embaraso. Tiuokaze mi fortordos al li la kolon, sed kion tio helpos?‘

Ŝvitkovrita li abrupte rektiĝis el sub la kovraĵoj.

„Ho, mi damna stultulo! Mi certe havigos al mi vivon sub la pontarkoj! Kiel mi povis negoci kun homo, al kiu ne mi povas fortordi la kolon?“

La sekvan matenon Peachum iris al Eastman kaj kun tiu en la kontoron de Coax en la urbocentro. Fakte la anemia knabino pretekstis, ke sinjoro Coax forvojaĝis! Kaj la kontoro, en kiu Peachum ĝis nun ne estis, faris al li deprimantan impreson. Jen la kontoro de trompisto!

La resto de la antaŭtagmezo estis terura por Peachum.

Li partoprenis la negocon, ĉar oni intencis trompi la registaron. Tio donis al li blindan fidon. Negocoj tiaspecaj kutime estis sekuraj. Trompi aliajn homojn, tio envere povis esti la honesta intenco de negocisto. Sed la mondo ja estis eĉ pli malbona, ol oni povas imagi. Por la malboneco ja tute ne ekzistis limo. Tio estis la plej profunda konvinko de Peachum, kaj fakte lia ununura.

Sed post la tagmanĝo Eastman venis kun la informo, ke ĉio statas plej bona. Coax jam revenis aŭ tute ne forestis, posttagmeze li volas inspekti la ŝipojn kun sia amiko el la mararmea oficejo, li petas la sinjorojn atendi lin en restoracio.

Inspekti la ŝipojn! Tio estis plia fatala informo. La sep viroj atendantaj en la restoracio aspektis, kvazaŭ ili devus enŝipiĝi sur la „Optimisto“.

Kaj je la kvina kaj duono Coax venis en la gastejon. Kun nova, vere flama kravato li aspektis kiel eble plej malsolide kaj kavalirfripone. El la brustpoŝo li eligis subskribitan kaj stampitan kontrakton kun la mararmea oficejo kaj ĉekon je 5000 (kvinmil) pundoj, pagendan tuj al la „Societo por Utiligo de Transportŝipoj k.l.r.“*) La ŝtatsekretario ne havis tempon inspekti.

„Ĉe tiaj rilatoj de fido, kiaj ekzistas inter ni, tiaspecaj formalaĵoj tute ne ludas iun rolon“, Coax leĝere diris. „Cetere, mi provizore pagis por vi 2000 pundojn. Mi disponigis ilin al Hale, favore al lia fonduso por vidvinoj kaj orfoj de mezrangaj oficistoj. Li opiniis 1000 pundojn sufiĉaj, sed mi pensis, ke bone oleita maŝino funkcias pli bone.“

---

*) k.l.r. = kun limigita risko

Li montris bonegan humoron. Je tiu tago li jam estis denove en Southampton kaj sekurigis al si opcion por la tieaj kargoŝipoj. Ĉio iris glate. Sinjoro Coax intencis doni moralan lecionon al la ĝentlemanoj de la ,,Societo por Utiligo de Transportŝipoj". La ŝipojn de Southampton li vidis naĝi en lia direkto per plenblovitaj veloj!

Pri la realigo, tiel sinjoro Coax deklaris al la sinjoroj, li imagas jenon: Kiel eble plej baldaŭ okazu la oficiala transdono de la ŝipoj al la registaro; la rekonstruado povos daŭri post tiu transdono. Sed la restpago estos pagenda nur, post kiam la laboroj estos absolute finitaj.

Oni volonte konsentis.

Oni decidis tuj komenci la riparadon de la ŝipoj ,,Bela Anna", ,,Juna Ŝipisto" kaj ,,Optimisto". Malgranda renovigo, farbado kaj tiel plu, estis neevitebla. ,,Finfine la kestoj devas kunteniĝi dum la vojaĝo de kelkmil marmejloj", Coax diris serioze.

La afero estis transdonita al Eastman. La akcepteblajn kostojn oni taksis je kelkaj centoj da pundoj, aŭ eĉ je kelkmiloj. Kiel nun evidentiĝis, oni ĝenerale estis iomete maltrankvila, kaj pro tio nun oni inklin alis certa malavareco, eĉ Peachum.

Do, ĉio statis bona, tiel bona, ke Peachum miris, kiam la ŝafbredisto vizitis lin post kelkaj tagoj kaj konfesis, ke li ne plu povas persisti en la afero, ĉar li bezonas la tutan monon iel havigeblan por liveroj al la armeo. Post longa marĉandado Peachum transprenis de li lian parton, tiel ke nun li estis en la negoco per du seponoj de ĉiuj kvotoj. Tio estis neatendita bonŝanco.

Sed poste venis maltrankviligaj informoj el la mararmea oficejo.

La alportanto estis denove Eastman, kiu parolis kun Coax en restoracio. Laŭ tio estiĝis por la ŝtatsekretario postokazaj malfacilaĵoj pro la kontrakto. De certa flanko oni sugestis al li peti de inĝeniera komisiono ekspertizon pri la aĉetitaj ŝipoj. La ŝtatsekretario ĝis nun kontraŭstaris al tiu postulo, sed almenaŭ li mem volas nun inspekti la objektojn. Ĉio dependis nun de tio, ke la inspektado okazu nur post sufiĉa riparado.

Tiu ĉi sciigo estis la kaŭzo, ke antaŭ la pikniko Peachum venis hejmen kun ĉiuj simptomoj de korpa kadukeco kaj enlitiĝis kun varmiga kuseno kaj kamomila infuzaĵo.

Unu semajno pasis sub spirhaltigaj traktadoj. Ili estis tre malfacilaj pro tio, ke Coax ne donis ian informon pri sia adreso. Demandite pri ĝi, li diris, ke li estas transloĝiĝanta.

Ĉiuj membroj de la societo senĉese kuris tien kaj reen inter siaj loĝejoj kaj la dokoj. La renovigaj laboroj efektiviĝadis nur malrapide. En la ventro de la „Bela Anna" oni faris malkovrojn, kiuj starigis la harojn de la ĉarpentistoj. Kaj la „Juna Ŝipisto" elmontris internaĵon, kiu hororis. La stato de la „Optimisto" estis tia, ke la inĝenieroj ĝis nun ne kuraĝis decidi, ĉu eblas sen danĝero por la laboristoj apogi eskalon al la vandoj.

Al tio aldoniĝis la onidiroj kaj famoj en la regiono de la dokoj! La ŝipĉarpentistoj tute ne prisilentis siajn malkovrojn, kiam ili kunsidis por manĝi. Avertoj de Eastman, ke ili kulpas pri ŝtatperfido, nur estigis ridegon. La ĉarpentistoj estis ĉiuj plene infektitaj de socialismo.

Jam estis klare, ke la riparkostoj sumiĝos je pli ol kvin ĝis ses mil pundoj.

Dum tiu semajno Peachum renkontis Coax ĉe Eastman. Li invitis lin al vespermanĝo en la familia rondo. Pli ol iam ĉio dependis nun de Coax. Cetere Coax montris entute optimistan mienon.

Dum tiu vespermanĝo, kiun ankaŭ Eastman partoprenis, Coax konatiĝis kun Polly. La persiko impresis lin. Li estis amoremulo de la plej malbona speco, nome unu el tiuj, kiuj pro tio koleras pri si mem.

Iom post iom Peachum jam aŭdis multon pri liaj amaferoj, kiuj okazis ĉiuj en la plej malaltaj medioj kaj ĉiam nur pene eskapis de juĝaj enketoj. Se Peachum eksciintus tion ĝustatempe, li ankaŭ pro tio ne partoprenintus komunan negocon kun Coax. Negocistoj, kies kapo okupiĝas ne nur pri la negoco, estas perditaj. Sed, konsidere al la situacio de la afero, oni nun ne povis ne lasi al Coax liberajn manojn.

Polly montris sin de sia plej bona flanko. Ŝi konversaciis kun Coax kiel grandmonda sinjorino. Post la kafo ŝi eĉ sidiĝis ĉe la piano kaj kantis patriotan kanton per sia beleta, iomete ladeca voĉo.

Post la vespermanĝo Coax ne emis hejmeniri kaj persvadis Eastman kaj eĉ Peachum, ankoraŭ fari promenon tra kelkaj restoracioj. Li surmetis oblikve sian grizan velurĉapelon, kaj sur liaj malgrasaj, grizaj vangoj montriĝis malsaneca ruĝo. Sinjoro Peachum iris apud li kvazaŭ al enterigo. Li pli ŝatus iri ankoraŭfoje al la dokoj, kie je grandaj pluskostoj oni laboris nun ankaŭ nokte.

En la noktorestoracioj Coax kondutis kiel diboĉulo kaj ne kiel negocisto. Li eĉ pagis ĉion.

La sekvan tagon li alportis la sciigon, ke Hale el la mararmea oficejo nun oficiale transprenis la ŝipojn ,,Bela Anna", ,,Juna Ŝipisto" kaj ,,Optimisto", kaj krome sen antaŭa inspektado, post pago de 3000 pundoj flanke de SUT*).

*) SUT = *S*ocieto por *U*tiligo de *T*ransportŝipoj

TRIA ĈAPITRO

Per kio vivas hom'? Nur per prirabo
De l' homo, per torturo kaj opreso.
Per tio nur, ke li en sia kapo,
Ke homo li, dronigas en forgeso.
Sinjoroj, do ne trompu vin l' imag':
La homo vivas nur per krima ag'!

Trigroŝa finalo

LA M-BUTIKOJ

Ekzistis en Londono amaso da butikoj de sama prezentiĝo, kie la varoj estis pli malmultekostaj ol aliloke. Ili nomiĝis M-butikoj. Tio signifis: malmultekostaj butikoj, sed kelkaj homoj, precipe butikposedantoj, legis ĝin kiel malhonestaj butikoj. De razoklingoj ĝis objektoj por la loĝeja meblado oni povis havi ĉion eksterordinare malmultekoste. La malpli riĉa loĝantaro ŝatis aĉeti en tiuj butikoj, sed la posedantoj de aliaj butikoj kaj la etmetiistoj tre koleris pri ili.

Tiuj butikoj apartenis al sinjoro Macheath. Li havis ankoraŭ kelkajn aliajn nomojn. Kiel posedanto de la M-butikoj li nomis sin ekskluzive Macheath.

Komence nur estis malmultaj filioj, du aŭ tri en la regiono de la Waterloo-ponto, duona dekduo pli oriente. Ili bone prosperis, ĉar fakte ili estis senkonkurence malmultekostaj. Ne estas facile havigi varojn tiom malmultekostajn, kaj sinjoro Macheath devis unue plenumi malfacilan kaj danĝeran organizan laboron, antaŭ ol li povis pensi pri pligrandigo de la entrepreno.

Krome estis necese plenumi tiun laboron tre diskrete. Neniu sciis, de kie sinjoro Macheath provizas siajn butikojn kaj kiel li eltrovas varojn tiom malmultekostajn.

Al la homoj, kiuj pri tio rompis al si la kapon, li facile povis pruvi, ke en Londono, kaj ankaŭ aliloke ĉiam bankrotas malgrandaj butikoj, kiuj akiris bonajn varojn je la kutimaj prezoj kaj je la tago de sia pereo ĝojas, se iu prenas ilin je iu prezo. „*La vivo estas malmola*“, li tiam diradis. „*ni ne devas esti molaj.*“

Li ege ŝatis grandajn eldirojn. Sed ne por ĉiuj siaj varoj li havis same bonajn dokumentojn. Krome, tiaj okazaj aĉetoj kredeble ne tute sufiĉis por plenigi preskaŭ dekduon da butikoj konstante kaj per objektoj tiel mirige malmultekostaj.

En la negoca kvartalo estis ankoraŭ plia butiko, kiu ne estis establita laŭ la M-sistemo; tie oni povis aĉeti antikvaĵojn, juvelojn aŭ librojn de antikveca valoro je pli altaj, kvankam ankoraŭ tre favoraj prezoj. Kaj pri ĉi tiu butiko oni diris, ke ankaŭ ĝi apartenas al sinjoro Macheath kaj el ĝia neta profito li financas la M-butikojn. Sed tio estis malmulte verŝajna, kaj ja restis ankoraŭ la demando, kiel *ĉi tiun* butikon li provizis per varoj.

En somero 19.. sinjoro Macheath fakte trafis en gravajn malfacilaĵojn, pri kio la posedantoj de la aliaj butikoj estis tre kontentaj. Li devis peti la helpon de banko, de la *Nacia Depona Banko.*

Sed el la kontrolo fare de la banko rezultis, ke la firmo Macheath estas sana. Sana estis speciale la sistemo, laŭ kiu la unuopaj butikoj staris ĉiuj sur la propraj kruroj kaj nur kondiĉe povis esti nomataj propraĵo de sinjoro Macheath. Tiu ĉi estis ekkoninta, ke por multaj simplaj homoj la ĉefaĵo estas la *memstareco.* Ili estis malinklinaj bloke ludoni sian laborforton kiel ordinaraj laboristoj aŭ dungitoj, sed volis stari sur la *propra kapableco.* Ili ne ŝatis *tedan egaligon.* Ili estis pretaj labori pli multe ol aliaj, sed kompense ili volis ankaŭ povi gajni pli multe. Krome ili deziris, ke neniu havu la rajton doni al ili ordonojn aŭ alparoli ilin maldece.

En kelkaj gazetintervjuoj sinjoro Macheath jam parolis pri tiu sia decida malkovro de la homa instinkto al memstareco.

Tiun instinkton li nomis prainstinkto de la *homa naturo,* sed li esprimis la supozon, ke precipe la moderna homo, la homo de la teknika erao, entuziasma pro la ĝenerala, senekzempla triumfo de la homo super la naturo, deziras kvazaŭ sporte pruvi al si kaj al aliaj sian eminentan kapablecon. Tiun ambicion sinjoro Macheath opiniis altgrade etika, ĉar ĝi utilas samgrade al ĉiuj homoj en la formo de la konkurenco ĉion malkariganta. La konkurencbatalon de la granduloj la malgrandulo nun deziras partopreni. Do gravas, ke la negocistoj adaptiĝas al la tendenco de la epoko kaj profitas de ĝi. En siaj sensaciaj artikoloj sinjoro Macheath emfazis, ke ni devas agi ne kontraŭ la homa naturo, sed kun ĝi. Laŭ sia organizo, la M-butikoj estis fruktoj de tiu ĉi ekkono. Anstataŭ al dungitoj, al nuraj vendistoj la firmo Macheath estas konfrontita al memstaraj butikistoj en sia vendorganizaĵoj. Al tiuj – zorge elektitaj – negocistoj la firmo unue ebligis malfermi M-butikojn. Ĝi instalis al ili la butikojn kaj donis krediton por la varoj. Ĉiusemajne ĝi liveras al ili certan kvanton da varoj, kiun ili devas vendi. Ili povas tute libere disponi kaj agadi. Tiel longe, kiel ili pagas siajn interezojn kaj la varojn, neniu rajtas interveni en ilian librotenadon. Ili nur estas devoligitaj teni la vendoprezojn malaltaj. La sistemo devas funkcii tute favore al la *simpla homo.*

Plej ofte la butikistoj rezignas pri la dungo de multekostaj kunlaborantoj. La tuta familio estas okupita en la butiko. La homoj nek avaras pri laborhoroj, nek ili montras tiun tipan indiferentecon de la neinteresitaj dungitoj rilate al la profito – temas ja pri *ilia propra afero!*

„*Tiamaniere*", sinjoro Macheath skribis en alia articolo, „*oni krome kontraŭagas al la ruiniĝo de la familio, tiel fatala kaj priplendata de ĉiu filantropo. La tuta familio partoprenas la laborproceson. Havante la saman intereson, ĉiuj familianoj denove harmonias plene. Malaperas la kelkrilate danĝera disiĝo de la laboro disde la privata vivo, kiu igas la familianon forgesi dum la laboro la familion kaj en la familio la laboron. Ankaŭ tiurilate la M-butikoj estas ekzemplodonaj.*"

Estis facile al sinjoro Macheath konvinki la bankon, ke liaj malfacilaĵoj esence estas tute ne malfacilaĵoj. La monon, kiun li bezonis, li bezonis por la pligrandigo de sia entrepreno. Tamen la banko ankoraŭ hezitis, ĉar ĝi ne havis tute klaran opinion pri la persono de sinjoro Macheath.

Por diri la veron: En la urbocentro ekzistis kelkaj malbonaj onidiroj pri tiu ĉi sinjoro, kiuj neniam densiĝis al akuzoj, kaj tamen estis konsiderendaj. Temis malpli pri la metodoj de lia aĉetado, kvankam ankaŭ ili ludis rolon.

Du- aŭ trifoje li implikiĝis en skandalaferoj. Ĉiufoje li povis facile pruvi sian senkulpon. En neniu el la kazoj okazis juĝaj procesoj. Tamen ekzistis ĉiam homoj en la urbocentro, kiuj nek havis butikojn, nek estis gefratoj aŭ boparencoj de butikistoj kaj kiuj, kvankam ne tute publike, asertis, ke sinjoro Macheath ne estas ĝentlemano. Kelkaj preferus vidi procesojn anstataŭ eksterjuĝaj kompromisoj, por aliaj la advokatoj de sinjoro Macheath estis simple tro bonaj.

La intertraktoj kun la Nacia Depona Banko treniĝis pli longtempe, ol Macheath antaŭe supozis. Li jam komencis penti, ke li turnis sin al la banko, ĉar se nun la intertraktoj fiaskus, tio certe donus novan nutraĵon al la malnovaj, jam pasintaj onidiroj pri li. Pleje li ŝatus ĉesigi la intertraktojn.

Pro certaj kaŭzoj li laboris kun pluraj advokatoj de la Templo. De unu el ili li eksciis iun tagon, ke al la plej estimataj klientoj de la Nacia Depona Banko apartenas iu sinjoro Jonathan Jeremiah Peachum, kiu havas needziniĝintan filinon. Macheath sukcesis konatiĝi kun ŝi. Kiam montriĝis al li ŝancoj, li dediĉis sin tute al sia svatiĝo pri Polly Peachum, kvankam ĝi kostis multe da tempo kaj nervoj. Ke li prezentiĝis al la du sinjorinoj kiel Jimmy Beckett, havis sian motivon nur en lia singardemo.

Li ankoraŭfoje certiĝis pri la stato de la negoco de Peachum. Estis vaste disbranĉiĝinta organizaĵo de almozuloj, kaj la metodoj ŝajne estis ruze elpensitaj kaj zorge elprovitaj. Iu viro, kiu konis Peachum, rakontis, kial ekzemple la almozuloj de Peachum ne simple ekspozicias bildojn de ili alportitajn, sed pentras siajn pejzaĝojn aŭ portretojn de ŝatataj personoj per buntaj kretoj sur la trotuaroj. Rilate la alportitajn artaĵojn la publiko neniam sciis, ĉu la almozulo mem estas la artisto; krome la trotuarbildoj estis pasemaj, la paŝoj de la pasantoj difektis ilin, la pluvo forviŝis ilin, kaj ja pluvis ĉiun tagon! Ĉiun tagon la bildoj devis esti denove pentrataj, oni devis pagi ilin *hodiaŭ!* Tiaj praktikoj atestis pri granda kono de la homoj. La almozula negoco, tiel praktikata, certe alportis grandajn enspezojn.

Meze de junio Macheath decidis ignori kelkajn skrupulojn de malpli grava naturo kaj antaŭenpuŝi sian svatiĝon. Li devis alpaŝi al sia edziĝo tute solide kaj pruvi sian burĝan ekzistadon.

Letere li demandis sinjorinon Peachum, kiam ŝi povos akcepti lin. Li estis ĝuste interpretinta ŝian nervozecon dum sia unua vizito.

Ŝi petis lin veni en la „Sepion“, „por interparoli“. La aludoj, kiujn ŝi faris tie pri la kapriceco de la moderna junularo, tre ekscitis la nervojn de sinjoro Macheath, alinome Beckett.

„La gejunuloj en nia tempo“, sinjorino Peachum plendis, viŝante la porteran ŝaŭmon de sur siaj lipoj, „tute ne scias, kion ili volas. Ili estas kiel infanoj. Mi ja certe konas mian Polly kiel mian kudrilarujon, sed kie staras ŝia koro, pri tio mi scias tute nenion. Eble ŝi estas simple tro juna. Ŝi ja tute ne havas sperton pri sinjoroj. Eble ŝi konas la diferencon inter masklo kaj femalo ĉe la hundoj, ĉar ŝi havas kontaktojn kun hundoj, kaj eĉ ĉi tiun diferencon ŝi certe ne konas tute precize. Pri tiaj aferoj ŝi tute ne pensas. Vi devas konsideri, ke ŝi neniam banis sin alie ol en la ĉemizo! Se tiuokaze juna dando iom svingas la promenbastoneton, ŝi eble imagas senti mi ne scias kion por li. Ili ja estas tiel romantikaj! Kiom da romanoj la knabino englutas, vi *ne* povas imagi! Nun ŝi babilas pri sinjoro Smiles antaŭe kaj sinjoro Smiles malantaŭe. Tamen mi efektive scias, ke ŝi estas kore ligita al vi. Kiel patrino oni scias tion. Ho, sinjoro Beckett!“

Kaj ŝi rigardis profunde en liajn okulojn, post kiam ŝi konstatis, ke ŝia bierkruĉo estas malplena kaj en la restoracia ĝardeno ne estas aliaj gastoj.

Kiam sinjoro Beckett formale sciigis al ŝi, ke lia nomo estas ne Beckett, sed Macheath, ke li estas la posedanto de la M-butikoj kaj ke li havas tute honestajn intencojn, ŝi ne montris sin aparte impresita; ŝajnis, ke ŝi atendis de li *multon.* Ŝi nur glitigis sur li rigardon, kiu estis pli evita ol foreste pripensa.

„Ho jes“, ŝi suspiris distrite, „kaj Dio volu, ke mia edzo eksciu nenion; li ja ree havas siajn proprajn intencojn pri la knabino. Tion vi ja povas imagi. Li diradas: ĉion por la infano, kaj tion li vere celas. Antaŭhieraŭ li subite alkondukas iun sinjoron Coax. Laŭdire tiu estas tre bonstata. Ĉu vi konas sinjoron Coax?“ Macheath konis sinjoron Coax, kiu estas konata persono en la urbocentro.

Persone Macheath aŭdis ĝis nun nenion tre favoran pri sinjoro Coax.

Li estis malbona *amoremulo*. Kiajn ajn intencojn de materia speco havus Macheath, kies kapo ja estis plena de negocaj embarasoj, li tamen sentis pikan doloron en la koro, kiam li aŭdis la nomon Coax. Li jam pli multe engaĝiĝis en la persiko, ol li konfesis al si mem.

„Kion fari tiuokaze?“ li demandis raŭke.

„Jes, tion ankaŭ mi volus scii“, sinjorino Peachum diris enpense kaj rigardis lin esplore per tiom frida rigardo, ke li sentis malvarmon. „Nuntempe la junaj knabinoj estas vere kapricaj, ilia kapo estas plena de romantikaj ideoj.“

Sed poste ŝi metis sian malgrandan, grasan manon sur la lian kaj vokis la kelneron por pagi.

Dum la mallonga vojo inter la feraj tabloj Macheath jam nur eksciis, ke ĉiupreze ĉio devos okazi rigore diskrete, sen scio de Peachum. Jam la saman vesperon li renkontis la persikon mem kaj ekhavis la permeson akompani ŝin dum kelke da tempo.

Strange ŝi laŭiris la Old-Oak-straton direkte al la parko de Meath Gardens, kvankam ŝi ja devis partopreni la dommastruman kurson.

Macheath jam timis, ke tie ŝi havos rendevuon kaj liberigos sin de li, kiam ili estos atingintaj la parkon. Kelkfoje ŝi ĉirkaŭrigardis laŭ la vojo, sed ŝi entreprenis nenion por adiaŭi lin, sed eĉ sidiĝis kun li sur benko en arbustoj.

Ŝi aspektis tre beleta en sia leĝera robo kaj estis tute trankvila. Cetere ŝi tute ne estis pupeto, sed granda, bone kreskinta knabino. Ŝi estis tuta, ne duona porcio.

Pri Smiles kaj Coax ŝi ne volis paroli.

„Por tio la vespero estas tro beleta“, ŝi diris. Ke li scias pri sinjoro Coax, ŝajne amuzis ŝin; ŝi ridis.

Kiam ili reiris la vojon, li estis nenion eksciinta, sed multo jam okazis. Tamen li ne estis feliĉa, ĉar ŝi ne permesis la *ĉefaĵon* kaj surhavis sub la robo preskaŭ nenion. Tio tute ne plaĉis al sinjoro Macheath, kaj ankaŭ la cirkonstanco, ke ŝi tiel senĝene forrestis de la dommastruma kurso, estigis en li malserenajn pensojn. Do, oni tute ne kontrolas tie la ĉeeston de la lernantinoj!

Same kiel tiam, dum la hejmenveturo post la pikniko, li ne ĝuste sciis, ĉu li fakte antaŭeniĝis unu paŝon, kaj tio turmentis lin eksterordinare. Tiaĵo ja *devis* signifi ion por ŝi! Pri ŝia virgeco li ne povis dubi.

Ĉi tiun vesperon ankaŭ sinjoro Peachum rigardis sian filinon per ekzamena rigardo.

La aferoj de la „Societo por Utiligo de Transportŝipoj" statis kvazaŭ senesperaj. La antaŭan tagon la bombo krevis.

LA BOMBO

En la korto Peachum ĉagreniĝis pri Fewkoombey. Komence la soldato, ĝojanta pri sia restadejo, akurate plenumis siajn devojn kaj tenis la blindulajn hundojn en la ĝusta stato.

Nutri ilin estis ne tute simple; ili devis aspekti kiel eble plej mizere; do estis necese ĉiam teni ilin ĉe la rando de la mortado. Blindulo kun grasa hundo havis tre malmulte da ŝancoj estigi veran kompaton. Kompreneble la publiko agadas tute instinkte. Apenaŭ unu rigardas al tia hundo; sed se tiu hazarde estas bone nutrita, iu interna voĉo avertas la donanton ne forĵeti sian monon. Oni devas scii, ke tiuj homoj subkonscie ĉiam serĉas motivon por povi reteni sian monon. Bona hundo estis tiu, kiu pro malforto apenaŭ povis sin teni sur siaj kruroj.

Tial la pezo de la hundoj estis regule kontrolata. Se ili ne konservis sian pezon, pri tio kulpis Fewkoombey.

Peachum estis plene okupita de la esplorado kaj estis konstatonta, ĉu la unukrurulo eble eĉ kuraĝis enskribi falsajn pezojn en la kajeron, nur por ne perdi sian propan panon. En tiu ĉi momento vizitis lin la restoraciestro. Li alportis la sciigon, ke Coax subite aperis sur la „Bela Anna“ kaj furiozas.

La du sinjoroj tuj iris al la dokoj. Fakte Coax staris tie inter eskaloj kaj farbistoj. Apud li staris Eastman, pala, gapanta per fiksa rigardo al la gigantaj, malhelaj vandoj de la ŝipinterno. Li ŝajne ne kuraĝis rigardi en la okulojn de la ĵusaj venintoj.

La malvarma rigardo, per kiu Coax akceptis lin, ĝisprofunde eniĝis en Peachum.

„Ĉu eble tiu ĉi estas unu el la ŝipoj, kiujn vi vendis al la brita registaro?“

Peachum subite aspektis, kvazaŭ li maljuniĝus je jaroj.

Li tute ne sentis sin tro surprizita. Iele li jam ĉiam suspektis, ke io estas ne tute ĝusta en la entrepreno. Kio koncernis Coax, li neniam havis iluziojn. Sed estas vere, ke li atendis ne tuj tiaĵon.

Coax trovis la ŝipon „Bela Anna“ *ne en ordo!* Peachum sentis, ke estas sensence fari nun longajn paroladojn. Eble pri tio, ke ja estis sinjoro Coax, kiu tiam rekomendis al ili la ŝipojn. Peachum sciis, sen longa babilado, ke Coax simple dirus al li, ke li, Coax, neniam propraokule vidis la ŝipojn. Sed ĉiuj aliaj inspektis ilin, eĉ antaŭ atestantoj.

Malklare li ekkomprenis, en kiu direkto moviĝas la negoco de Coax (li ĉiam supozis apartan negocon). Ne kontraŭ la ŝtato, direkte al la „Societo por Utiligo de Transportŝipoj“ tiu ĉi negoco de Coax moviĝis kvazaŭ horora ŝoserulilo!

Kompreneble la detaloj estis ankoraŭ ne superrigardeblaj. Sinjoro Coax ankoraŭ ne opiniis la tempon ĝusta por montri siajn kartojn. Eĉ ne okazis disputo.

Sinjoro Coax sin turnis sur la kalkanumo kaj silente foriris kun profunde malestima rigardo. Lia kostumo, rigardata de malantaŭe, pli ol iam aspektis kiel konfekcie aĉetita. Ankaŭ Peachum tute ne sentis bezonon interparoli kun siaj samsortanoj pri tio, kio nun venos. Li ankoraŭ aŭdis malklare, kiel Eastman diris, ke senprokraste oni devas letervenigi la fabrikanton el Kimrujo kaj la ŝafbrediston. La ŝafbrediston! Sen plia vorto ankaŭ Peachum foriris.

Vespere li havis fortan febron kaj enlitiĝis kun volvaĵo. En tiu nokto li ne leviĝis. Ke la lumo brulu! La gasfakturo neniam plu estos pagata!

La sekvan antaŭtagmezon li iris malsupren al la dokoj kvazaŭ grave malsana homo. Li ne plu trovis tie laboristojn. Oni ĉesiĝis la laborojn sur la „Bela Anna", probable laŭ ordono de Eastman. El tio evidentiĝis, kiel ĉi tiu prijuĝis la situacion.

Revenante hejmen je la tagmezo (ne por manĝi!) li eksciis, ke du sinjoroj jam demandis pri li. Li tuj supozis, ke la kriminala polico lin serĉas. La societo ja akceptis jam la unuan partopagon de la registaro.

Sed estis nur Eastman kaj la alkurinta fabrikanto, kiel rezultis el pli detala demandado. Peachum ĝojis, ke ili ne renkontis lin.

Iri en la kontoron de Coax estis sensence. La palkolora knabino estis muta kiel fiŝo, kio koncernis la adreson de la makleristo.

Jen, posttagmeze, revenante post vana provo tamen paroli kun Eastman, Peachum renkontis sinjoron Coax en la kompanio de sia filino en la Old-Oak-strato.

Coax estis renkontinta Polly survoje kaj iris kun ŝi, kvankam ŝi ne tre kuraĝigis lin. Li rakontis al ŝi ion pri interesaj bildoj, kiujn montri al ŝi li tre ŝatus. Ŝi ne ĝuste komprenis lin. Li ne estis simpatia al ŝi.

Kiam Peachum alpaŝis, Coax ŝajnigis, ke inter li kaj Peachum neniam estis la plej eta fremdiĝo. Li etendis al li la gantitan manon, kamaradece frapis per la alia lian ŝultron kaj rapide adiaŭis.

Dum la vespermanĝo mueleja rado kvazaŭ turniĝis en la kapo de sinjoro Peachum.

Post la vespermanĝo li sendis sian grumblantan edzinon el la ĉambro kaj pridemandis la persikon.

Li procedis tute ne sinĝene kaj eksciis, ke sinjoro Coax diris al lia filino, kion li prisilentis al la negocaj kunuloj – sian adreson. Li gardis sin demandi pro kio. Li iris en la malhelan, malgrandan kontoron kaj dum kelke da tempo rigardis spiritforeste tra la blinda fenestro.

Poste, haste skribinte leteron, li revenis en la familian ĉambron kaj komisiis al Polly, tuj transdoni la leteron ĉe sinjoro Coax.

Polly ege miris. Estis jam la naúa kaj duono. Sed ŝi surmetis la ĉapelon kaj iris al sinjoro Coax.

Sinjoro Coax estis hejme. Kiam oni anoncis al li junan knabinon, kiu atendas en unu el la multaj ĉambroj respondon al kunportita letero de sia patro, li embarase metis la buŝtukon sur la tablon kaj rapide eliris.

Li havis komunan loĝejon kun sia fratino, tre flamiĝema, malgranda persono, kiu ŝatis sian fraton multe malpli, ol tiu dezirus, kaj kiu kutimis tute ne reteni siajn supozojn pri liaj moralaj kvalitoj.

Ŝi devis multe suferi pro li.

Li disponis pri grandaj komercistaj kapabloj, kaj ankaú liaj principoj rilate al la pura privata vivo estis tute kutimaj en liaj rondoj. Laú lia opinio, cetere aprobita de multaj, estis enorma diferenco inter la negoca kaj la privata vivo. En la negoca vivo oni havis la nepran devon senindulge utiligi ĉiun profitŝanson, same kiel oni ne devas forĵeti pecon de pano, ĉar ĝi estas dia dono; en la privata vivo oni ne rajtis ofendi iun. Ĝis tiu punkto liaj opinioj estis rigore korektaj.

Bedaúrinde li ne ĉiam havis la forton vivi laú siaj principoj. Pri la devoj de ĝentlemano rilate al la ina sekso ne ekzistis la plej eta diferenco inter liaj opinioj kaj tiuj de lia fratino; same kiel sia fratino, pleje eĉ per la samaj vortoj, li mem kondamnis siajn, bedaúrinde konstantajn, deliktojn sur tiu kampo. Mediteme li ofte diradis: „Mi ne estas mastro super mi mem.“ Estis kvazaú tiel, ke nek lia fratino povis lasi lin sola eĉ nur unu momenton, nek li mem povis tion.

Krome liaj deziroj erarvagis eĉ al la malalto, societe rigardate. La plej vulgaraj virinaĉoj plej forte altiris lin. Sed ankaú al servistinoj li ne povis rezisti.

Same statis la afero pri liaj kostumoj. Lia gusto estis terura. Lia vestaĵo estigis korpan vomemon al lia fratino. Estis al li same neeble lasi ĝin, kiel lasi la servistinojn.

Okaze de ĉiuj imageblaj festoj, lia fratino donacis al li bongustajn kravatojn. Li eĉ ĉirkaúligis ilin. Sed poste, en la koridoro, kvazaŭ pelita de demono, li enigis plian kravaton en sian brustpoŝon. Sur la ŝtuparo tiu, ruĝa kaj impertinenta, jam pendis ĉirkaŭ lia kolo.

Tiuj estis patologiaj fenomenoj ĉe li. Li mem atribuis ilin al intestmalsano. Estis atakoj de neregebla volupto, kaŭzitaj de konstipo.

Lia fratino laŭforte subtenis lin en lia tragika batalo kontraŭ si mem. Sed kelkfoje, jam komencinte sian „ekskurson“, li tiagrade forgesis sin, ke li ŝajne sentis ŝian helpon enmiksiĝo kaj forte malakceptis ĝin.

Pro tio, kiam iu fraŭlino Peachum estis anoncita, lia fratino ne povis fari ion pli efikan ol komenci iun okupiĝon apud la ĉambro, en kiu la renkontiĝo okazis, kaj tusi kiel eble plej laŭte.

Tiun vesperon statis tre malbone pri Coax. Liaj pasioj turmentis lin jam la tutan tagon. En tia stato ne restis al li io alia ol montri al la persiko sian fotokolektaĵon, kiu konsistis el ĉiuspecaj nudaĵoj. Li faris tion sub la preteksto, ke temas pri nova sendaĵo ĵus alveninta.

La persiko apenaŭ rigardis en ĝin kaj jam ekhavis ruĝegan kapon. Estis teruraj obscenaĵoj.

Intertempe Coax legis la leteron, kiu enhavis nur la peton pri interparolo sen atestantoj.

Sur la skribotablo, kiun kovris vitroplato, kuŝis granda ora broĉo. Ĝi devenis de la mortinta patrino de Coax. Estis multe da oro sur ĝi; la ĉefaĵo estis tri grandaj helbluaj ŝtonoj de malalta valoro. Entute ŝajnis, ke Coax heredis la guston de sia patrino.

Post kiam li finis la legadon de la letero aŭ eble nur havis la impreson, ke fraŭlino Peachum vidis sufiĉe da fotoj, li prenis la broĉon, etendis ĝin al ŝi kaj demandis, kiel ĝi plaĉas al ŝi.

„Sufiĉe bone“, ŝi diris per voĉo iomete sufoka.

„Vi povos okaze veni por kunpreni ĝin“, diris Coax, rigardante en la angulon de la ĉambro.

Kompreneble ŝi ne respondis. Denove ŝi sidis tie tute trankvile kaj eĉ alridetis lin ĝentile, kvazaŭ li ŝercus. Li devis penegi por gardi la sinregon. Li jam pensis, ke li povos akompani ŝin hejmen, sed al lia fratino nun ŝajnis, ke apude fariĝis tro silente; ŝi envenis kaj komencis konversacion kun Polly.

Coax havis kelkajn zorgojn pro la fotoj, kiuj kuŝis antaŭ ŝi sur la tableto, sed, kvazaŭ enpensiĝinte, ŝi turnis ilin dum la parolado.

Ŝi tre bone scipovis interrilati al sinjoroj, kaj tiu malgranda trajto faris bonegan impreson al sinjoro Coax.

Tuj poste Polly povis foriri kaj sciigi al sia patro, ke sinjoro Coax venos viziti lin la sekvan tagon.

Ŝi ne sentis ŝaton por sinjoro Coax. Sed ŝi ne forgesis la broĉon, kiu ege impresis ŝin. La sekvan matenon, kiam ŝi alportis al la unukrura George lian glason da lakto, ŝi rakontis al li, ke nejuna sinjoro donacis al ŝi grandan broĉon, kiun ŝi montros al li post nelonge. Ankaŭ poste ŝi ankoraŭ pensis pri ĝi, precipe vespere, antaŭ ol ŝi ekdormis.

Coax fakte venis la sekvan antaŭtagmezon. Li rifuzis iri el la duonhela instrumentbutiko en la kontoron. Li surhavis kriante flavan mantelon kun pelerino kaj parolis tre serioze per mallaŭta voĉo.

Li konfesis, ke la aspekto de la transportŝipo „Bela Anna“ igis lin perdi la nervojn. La kesto estas tute neebla. Estas ĝuste, ke li mem menciis la firmon Brookley kaj Brookley, sed tio okazis ja sen iu scio pri la ŝipoj. Al sia amiko, la ŝtatsekretario, li eĉ ne povas montri tiujn naĝantajn ĉerkojn. Plej malbone ŝajnas al li, ke la unua partopago jam estas pagita kaj la admiralitato kalkulas je la ŝipoj. La societo, al kiu li ja ne apartenas (dank' al Dio, li nun devas diri), povas prave esti riproĉata pro trompo, ĉar la publiko eksciis pri la inspektado de la ŝipoj flanke de la societo, same pri la negativa ekspertizo de iu fakulo kun la nomo Bile.

Coax aludis, ke li povas imagi savon nur tiudirekte, ke oni tuj ekagu por aĉeti aliajn, vere taŭgajn ŝipojn. La forigon de la nomoj „Bela Anna“, „Juna Ŝipisto“ kaj „Optimisto“ kaj ties anstataŭigon per aliaj li povas preni sur sin, se necese. Ĉiuokaze lia amiko devas esti neniam aĉetinta *ĉi tiujn* ŝipojn.

Hodiaŭ Peachum aspektis malpli kaduke ol hieraŭ. Kompreneble li sciis, ke al tiu viro li ne povas esti egalforta kontraŭulo. La kampo, sur kiu li estas granda, eĉ terura, estis alia. Li estis forlasinta ĝin. Ekprenite de la patriota ondo, kiu fluis tra la lando, li komencis ion novan. Nun li estis sendanĝera kiel krokodilo sur la Trafalgar-placo. Tamen la nuna certeco, ke temas nur pri homa fieco, strange redonis al li specon de sekureco kaj espero. Ĉiuokaze li troviĝis denove inter homoj.

Trankvile, preskaŭ malvarme li rigardis la babilantan Coax. Poste li nur menciis, ke laŭ lia scio ne ekzistas aliaj ŝipoj.

„Sed jes", Coax diris malrapide, „ekzemple unu estas en Southampton."

Peachum kapjesis.

„Kiom kostas, se vi ellasas min?" li seke demandis.

Coax ŝajne ne komprenis, kaj Peachum ne ripetis sian demandon. Li nun sciis, ke tiu ĉi entrepreno de sinjoro Coax estas tre granda.

Post mallonga paŭzo, en kiu li promenis tra la butiko kaj rigardis la polvokovritajn muzikinstrumentojn, sinjoro Coax krome diris, ke nepras daŭrigi la riparlaborojn en la dokoj per pligrandigita energio. La inspektado dum la oficiala transdono certe estos nur supraĵa, do almenaŭ la supraĵo devas aspekti akcepteble.

Sub la pordo li incidente aldonis, ke vendredon de la sekva semajno li hazarde havos negocojn en Southampton.

KVARA ĈAPITRO

Boneco, pli ol krud', ĝojigus nin,
Sed cirkonstancoj ne permesas ĝin!

Trigroŝa finalo: Pri la necerteco de la homaj cirkonstancoj

GRAVAJ INTERPAROLOJ

Kiel ne ĉiu scias, la militoj kondukas ne nur al anima ekzaltiĝo, sed ankaŭ al ne malgranda vigliĝo de la negocoj. Militoj sekvigas multe da malfeliĉo, sed ĝenerale la negocistoj ne havas motivon por plendi.

Aliĝante al la Societo por Utiligo de Transportŝipoj Peachum esperis partopreni en la profitoj. En tio certan rolon ludis la fakto, ke lia filino jam atingis la edziniĝipovan aĝon, tiel ke plusgajno ŝajnis dezirinda.

La nefavora irado de liaj negocaj operacioj sur tereno nekutima por li instigis Peachum al vico de tre gravaj interparoloj kun lia aganta faktoro Beery.

Plurfoje ili sidis en la kontoro, en kiun oni venis tra la fergarnita pordo el la butiko. Peachum, kun la neevitebla ĉapelo sur la kapo, sidis ĉe la etaĝerhava skribotablo, kiun oni ŝovis al la muro, ĝuste sub la alte troviĝanta eta fenestreto. La malgracila Beery sidis en la angulo sur ŝanceliĝa ferseĝo.

Peachum, senjake montranta la malpurajn manikojn de sia ĉemizo, havis la brakojn sur la skribotablo kaj ne rigardis al Beery, kiu ĉiam maĉadis sian cigarstumpon, kiun li eble kaptis antaŭ jaroj el strata kanaleto.

„Beery", Peachum ree kaj ree diris en tiuj tagoj, „mi ne estas kontenta pri vi. Unuflanke vi estas tro kruda, aliflanke vi ne sufiĉe eltiras el la homoj. Unuflanke mi aŭdas plendojn, ke vi traktas la homojn ne sufiĉe ĝentile, aliflanke ne estas gajno. Ekzemple la knabinoj en la tajlorejo asertas, ke ili devas ekstre labori, tamen ili ne progresas rilate la soldatuniformojn, kaj da knabinoj estas eĉ 14 anstataŭ maksimume 9! Vi scias, ke ĉe mi ekstraj laborhoroj ne devas esti, kaj same ne devas esti superfluaj multekostaj laboristoj. La tempoj estas zorgigaj, tre zorgigaj, Anglio estas en malfacila batalo, la negoco eltenas eĉ ne la plej malgrandan ŝarĝon, kaj vi mastrumas plenabunde! Se la ĉaro renversiĝas, tiam ĉiu, kiu gajnas sian panon en kaj per tiu ĉi entrepreno, kuŝas sur la strato. Kaj tio povas okazi ĉiun tagon. Mi atendas de vi proponojn."

„Se mi faros ŝparaĵojn, vi ree diros, ke mi ĉikanas la laboristojn", Beery diris obstine.

„Tion vi ja faras. Antaŭ nelonge la kriadon de la novuloj oni povis aŭdi en la distanco de tri domoj. Tiaĵo ne eblas."

„Se ni tenus sofkusenon antaŭ lian buŝaĉon, li sufokiĝus, kaj tiuokaze vi plenumus egan teatron! Vi mem ja scias, ke ili ne eldonas la kotizon, se ni donas al ili cigaron dirante ‚Kiel vi fartas, oldulo?' Kaj tiun ni nur poluris pro la aliaj. La juna idaro tute ne plu pagas regule. Ni ja ankaŭ diris al li, ke tio estas pro la aliaj, kaj poste ni estis tute humanaj al li, post kiam vi foriris."

„Ĉiuokaze mi avertos vin ne plu ofte, Beery. Mi ne toleras tiaĵon. Kaj la enspezoj el la ‚soldatoj' ankaŭ malpliiĝas. Ni trafos en mizeron, Beery, mi devos fermi la entreprenon."

„Jes, la soldatoj ne furoras, tio estas ĝusta, sinjoro Peachum. Mi precize kontrolis tion. La publiko ne reagas al tio, nenio estas farebla. Mi ja diris al vi, ke ne estas ĝuste fari politikon!"

Peachum pripensis. Li fikse rigardis en la angulon de la polvokovrita skribotablo, kaj lia maloriginala vizaĝo jam perdis ĉiun negravecon.

„La afero komenciĝas per tio", li diris, „ke viaj viroj ne estas informitaj. Publicu en la ‚Olebranĉo' kelkajn bone skribitajn artikolojn pri la militista vivo kaj Sudafriko, kaj viaj soldatoj estos almenaŭ duone malbone informitaj!"

En ejo de la kelaro oni presis propran gazeton, la ,,Olebranĉon", kiu aperis ĉiusemajne kaj enhavis personajn sciigojn por ĉiuj diocezoj, mortokazojn, geedziĝojn, baptofestojn. Tio estis grava por la endoma almozado. La gazeto donis multajn malgrandajn rakontojn de kortuŝa speco, bibliajn eldirojn kaj en ĉiu numero penstaskon.

,,Krome", daŭrigis Peachum, ,,ni mem faras nur stultaĵojn. Ni ne devas elsendi la homojn, kiam dum longa tempo oni aŭdas nenion pri la fronto. Tio estas tute malĝusta. Nun tiu Mafeking estas enfermita kaj la tuta milito ne progresas. Tio ne parolas por la militistaro. Tute rajte oni diras al si: ,Por kio ili perdas siajn brakojn kaj krurojn, se per tio ili atingas nenion!' La malkapablo estas neniam subtenata! Kaj antaŭ ĉio neniu ŝatas memorigon pri la milito, se ĉi tiu ne estas sukceso. Tute ne konsiderante, ke oni diras al si: ,Tiuj ja povas ĝoji, ke ili estas almenaŭ hejme, la aliaj ja fartas pli malbone.' Estis ĝusta ideo vesti parton de niaj pli junaj viroj per uniformoj, sed oni ne devis sendi ilin sur la straton je ĉiu tempo, ne, kiam ĉe la fronto ne estas sukcesoj. Envenigu la virojn!"

Beery venigis ilin, almenaŭ tiujn, kiuj ĉeestis. Ili surhavis eluzitajn uniformojn kaj rigardis malserene. Ili gajnis nenion.

Peachum esplore rigardis ilin mute. Dume lia rigardo estis foresta kaj ne kroĉiĝis al iu detalo. Multjara ekzercado lernigis al li tiun rigardon.

,,Tio ja vere ne taŭgas!" li diris subite krude, dum Beery, sciante pri la neeraremo de sia mastro, pendis je liaj lipoj kvazaŭ fidela hundo. ,,Kiun do vi elserĉis? Ja ne estas anglaj soldatoj! Estas ministoj! Do rigardu foje tiun tie, homido!" Kaj per kapmovo li montris al alta, nejuna homo kun malgajema aspekto. ,,Li estas pesimisto, komunisto! Tia ulo ja ne mortas por Anglio! Kaj se jes, tiam nur pene kaj post kiam li marĉandis pro la salajro! Soldatoj estas junaj afablaj viroj, kiuj aspektas freŝe kaj bonhumore eĉ en malfeliĉo. Kaj tiuj abomenaj kriplaĵoj! Ĉu *vi* deziras vidi tiaĵon? Ja sufiĉas unu brako en la bandaĝo. Kaj la uniformoj devas esti puraj. Oni devas pensi: ,Li havas nenion alian ol sian uniformon, sed ĉi tiun li traktas honore!' Tio efikas, tio pacigas! Mi bezonas ĝentlemanojn. Parolmanieron diskretan kaj ĝentilan, sed ne subulan. Finfine tia vundo estas honora. Tiu ĉi tie estas aprobebla, la aliaj redonu siajn uniformojn."

La „soldatoj" eliris. Nek la longulo, nek iu alia montris iun ekscitiĝon. Ja temis pri negoco.

„Do, Beery, unue nur afablaj, bone kreskintaj junuloj, kies sendado en la militon havas sencon kaj kiujn oni povas kompati, se io okazas al ili. Due neniuj kruelaj kriplaĵoj. Trie puregaj uniformoj. Kvare tiuj beletaj soldatoj nur, kiam en la oficialaj bultenoj estas anoncitaj iuj progresoj de la milito – venkoj aŭ malvenkoj, sed progresoj! Tio por vi signifas kompreneble, ke vi legas gazetojn. Mi povas postuli de miaj dungitoj, ke ili estu ĝisdate informitaj kaj sciu, kio okazas en la mondo. Post kiam la laborhoroj pasis, la servo daŭras. Vi malpliboniĝas, Beery, mi denove diras tion al vi!"

Kun ege ruĝiĝinta kapo Beery eliris kaj agadis energie dum la venontaj tagoj. En la metiejoj okazis maldungoj, kaj en la kontoro estis draŝate. Sed sinjoro Peachum sciis, ke en lia entrepreno ne restis multo por raciigo. Ĝi estis raciigita. La perdoj, kiuj minacis el la transportŝipa negoco, ne plu estis kompenseblaj el la entrepreno.

Peachum provis rememori pri la rigardo, per kiu li vidis Coax mezuri lian filinon.

15 PUNDOJ

Fraŭlino Polly Peachum ne fartis bone. Ŝi estis devigita, mem alporti sian tolaĵon en la lavejon, kaj ŝi devis esti kontenta, ke ŝia patrino ne povis zorgi pri la lavaĵo pro la kreskanta malsaniĝemo de Peachum.

Jam plurfoje ŝi kuris al sinjoro Smiles por havigi tie konsilon al si. Sed malofte la junulo estis hejme.

Kiam ŝi tamen foje renkontis lin, li diris al ŝi:

„Ni certe trovos iun eliron. Sed poste ni devas esti pli singardaj. Por kio ekzistas preventiloj, se oni ne uzas ilin?"

Poste li parolis nur pri sinjoro Beckett, kaj krome en ege

ofenda maniero. Sed tio tute ne estis la afero de sinjoro Beckett!

En la domo loĝis maljuna servistino. En sia embaraso Polly turnis sin al ŝi.

Duope ili pene portis malnovan kupran kuvon por sidbanoj en la malgrandan ĉambron, kaj dum horoj Polly sin brogis, ĝemante verŝadis preskaŭ bolantan akvon sur siajn lumbojn. Krome la maljuna knabino alportis potojn plenajn de brunaj kaj verdaj infuzaĵoj, kiuj ĉiuj estis trinkendaj. De tempo al tempo ŝi enigis tra la pordo la kapon similan al tiu de kokino kaj demandis, ĉu la rimedoj jam efikas. Sed ili ne efikis.

La unukrura George jam kutimiĝis sufiĉe bone al sia vivo kun la hundoj. Dum sia libera tempo li kuŝis en malgranda ladremizo en la dua korto, kie inter ĉiuspecaj ilaro kaj rubujoj li starigis al si faldeblan liton. Por distri sin, li legis en malnova, eluzita volumo de la Brita Enciklopedio, kiun li foje trovis en la necesejo. Estis nur ĉirkaŭ la duono de la volumo, kaj ne estis la unua volumo. Tamen oni povis ekscii el ĝi ne malmultajn aferojn, kvankam tio ne sufiĉis por kompleta klereco. Sed kiu do havas tian?

Iun tagon la persiko surprizis lin dum la legado kaj promesis diri nenion pri tio al sinjoro Peachum. Laŭ la opinio de la soldato sinjoro Peachum ne estis la viro, kiu nutras siajn dungitojn, por ke ili klerigu sin.

Foje, kiam la unukrurulo ne estis en sia remizo, Polly kunprenis la libron en sian ĉambron, por eble ekscii el ĝi ion pri si. Sed ŝi ne sciis la koncernajn vortojn, sub kiuj eble troviĝis, kion ŝi bezonas. Kaj eble tiu ĉi parto de la homa scio enestis en alia volumo. Ĉiuokaze ŝi trovis nenion.

George estis tre konsternita, kiam li ne plu trovis sian libron en ĝia loko. Plurajn tagojn li kuŝis malserene sur la lito kaj estis malafabla eĉ al la hundoj. Estis grava eraro de la persiko, ke ŝi ne reportis la libron sur ĝian lokon, post kiam ŝi trarigardis ĝin. Se homoj havas la plej malgrandan afliktion, ili fariĝas eĉ pli indiferentaj al la aliaj ol kutime.

Plurajn tagojn poste ŝi parolis kun George pro la hundoj. Ŝi helpis al li pansi la malsanan piedon de ŝpico. Subite, ne suprenrigardante, ŝi demandis lin, kion povas fari knabinoj, se ili kredas, ke io ne estas en ordo pri ili. Ŝi diris, ke ŝi demandas tion, ĉar amikino en la dommastruma kurso alparolis ŝin pro tio.

Unue George silente volvis la naztukan ĉifonon ĉirkaŭ la piedo de la lamentanta hundaĉo kaj poste regalis ŝin per sentenco same saĝoplena kiel ĝenerala.

Sed je la vespero li surmetis sian civilan vestaĵon por foriri, kaj la sekvan antaŭtagmezon li mangeste vokis Polly al la hundejo.

Li diris al ŝi, ke, se ŝi volas, ŝi povas posttagmeze iri al kuracisto en Kensington, kiu havas grandan porvirinan praktikon kaj ne estas stulta.

La adreson donis al li lia amikino, tiu, ĉe kiu li loĝis dum la foresto de ŝia edzo en la milito kaj ĉe kiu li estis la antaŭan vesperon. Ĝustadire, estis du adresoj, tiu de la kuracisto kaj tiu de akuŝistino. La lasta estis pli konvena por malriĉaj knabinoj. Fewkoombey pensis, ke por la persiko estas taŭga la adreso de la kuracisto, kiu laboras multe malpli malpure.

La persiko ne volis iri sola, do la soldato iris kun ŝi. La kuracisto loĝis en loĝejo en unu el la grandaj kazerneskaj ludomoj, kiuj superfluas per mizero kaj malpuraĵo. Oni devis supreniri mallarĝan ŝtuparon en la duan etaĝon, preter loĝejoj, kies pordoj estis nefermitaj, kvazaŭ la ĉambroj ne kapablus enteni la tutan mizeron. Poste oni miris, ke la loĝejo mem aspektis tre komforte. Jam la vestiblo estis belega. En la anguloj staris belfoliaj plantoj en grandaj potoj, sur la muroj pendis tapiŝoj, evidente el fremdaj landoj. Des pli povre aspektas la surtutoj kaj ombreloj de la pacientoj, kiuj pendis sur feraj vestostabloj.

En la atendejo sidis sep ĝis ok virinoj, ĉiuj el la meza klaso. Kiam la kuracisto malfermis la pordon al la konsultejo, por enlasi la sekvan pacientinon, li ekstervice mangestis al la persiko, ĉar ŝi estis pli bone vestita ol la ceteraj klientoj. Ŝi sekvis lin premite; la soldato restis sidanta en la atendejo.

La kuracisto estis tio, kion virinoj nomas bela viro, kun flegita mola barbo kaj alta frunto. Laŭ la maniero, kiel li interplektis siajn manojn, oni vidis, ke li aparte fieras pri ili.

Sed lia vizaĝo estis iomete konsumita, kaj ankaŭ en liaj okuloj kuŝis multe da malagrablaĵo. Lia voĉo estis iomete olea.

Je la kaŝa ektimo de Polly, li enskribis ŝiajn nomon kaj adreson en sian libron. Dume ŝi ĉirkaŭrigardis en la ĉambro. Sur la muroj pendis ĉiuspecaj armiloj, ekz. negrolancoj, pafarkoj, sagujoj kaj mallongaj tranĉiloj, sed ankaŭ malnovaj pistoloj. En angulo kuŝis en vitroŝranko kelkaj instrumentoj, kiuj aspektis multe pli danĝere. Sur la skribotablo kuŝis ne maldika tavolo de polvo.

„*Jes*", la kuracisto komencis, apogiĝante malantaŭen kaj interplektante siajn blankajn manojn, kvankam Polly jam ne diris ion alian ol sian nomon, „*kion vi volas de mi, estas tute neebla, kara fraŭlino. Ĉu vi eĉ unufoje pripensis, kiagrade estas troa la postulo, kiun vi prezentas al mi? Ĉiu vivo estas sankta, ne parolante pri la ekzistantaj policaj ordonoj. La kuracisto, kiu farus, kion vi volas, perdus sian praktikon kaj krome trafus en malliberejon. Vi diros – ni kuracistoj vere ofte aŭdas tion en niaj konsultaj horoj –, ke tiuj ordonoj estas mezepokaj. Nu, kara fraŭlino, mi ne faris tiujn ordonojn. Do hejmeniru tute trankvile kaj konfesu al via patrino. Ŝi estas virino kiel vi kaj ne mankigos komprenon. Verŝajne vi ja eĉ ne havus monon por tia operacio. Krome mia konscienco tute ne permesus, ke mi fordonu min al tiaĵo. Neniu kuracisto povas riski sian tutan ekziston pro tiuj mizeraj 10 aŭ 20 pundoj. Ni ne estas nesentemaj al la afliktoj de niaj kunhomoj. Kiel kuracistoj ni faras ne malmultajn profundajn rigardojn en la socialan mizeron. Se iel eblas, se vi havus iun indikon, minimume ftizon, mi dirus, ke ni faros la aferon, post kvin minutoj ĝi estas finita, postaj malfacilaĵoj ne estos. Sed vi tute ne aspektas kiel ftizulino. Do, vi devas trapasi tion. Kiam kun la junulina senzorgeco vi havigis al vi la plezuron, vi ja devintus pensi, pri la sekvoj. Oni estas singarda, oni ne simple lasas sin al siaj sentoj, kiel ajn agrablaj ili estas. Poste oni kuras al la onklo doktoro, kaj estas Ho kaj Ve, sinjoro doktoro tien kaj sinjoro doktoro reen, kaj ne malfeliĉigu min! Kompreneble oni malpli multe zorgas, ĉu la konsultanta kuracisto malfeliĉigas sin, ĉar li prenas sur sin la plej grandan riskon, se pro homa kunsento li tiam opinias ne povi rifuzi sian helpon. Ho egoismo! Ĉiuokaze estas nepermesita operacio, kaj eĉ se en la intereso de la pacientino oni rezignas pri narkozo, estas tamen 15 pundoj, kiujn kostas la afero, nome antaŭe, aliokaze oni poste subite diras: ‚Kio? Vi pretendas esti farinta ĉe mi operacion?' Kaj la kuracisto, kiu ankaŭ devas vivi, vidas sin trompita. En tiaj okazoj li ne povas teni kontojn kaj sendi fakturojn, ankaŭ en la intereso de la pacientino. Se li estas saĝa, li tute lasas la aferon. Li nur ruinigas sin. La ĝermanta vivo, mia kara fraŭlino, estas same sankta kiel la cetera vivo. Ne vane la religio havas siajn gravajn skrupulojn. Sabate posttagmeze mi havas konsultajn horojn, sed ankoraŭfoje pripensu funde, ĉu vi volas preni sur vin tiun* g r a v a n r e s p o n d e c o n, *aliokaze prefere lasu la aferon. Kaj kunportu la monon, aliokaze vi tute ne bezonas veni. Tie estas la elirejo, kara infano!"*

La persiko foriris tre deprimita. Kiel havigi la 15 pundojn?

La knabino kaj la soldato trotis malbonhumore unu apud la alia.

„Estas ankoraŭ alia adreso", diris la soldato post iom da tempo. Ili decidis iri tien.

Estis maljuna dika virino, kaj oni interparolis en la salono. Polly sidis sur ruĝa pluŝa sofo.

„Kostas unu pundon", la virino komencis malfideme. „Malpli multekoste mi ne povas labori. La porkulinoj ja sangmakulas la sofon, kaj pro tio oni havas aldonajn elspezojn. Kaj se vi krios, mi tuj ĉesos, kaj vi povos tuj foriri. Ĉu vi kunhavas la monon? Tiuokaze vi estus trapasinta la aferon post duona horo."

Polly ekstaris.

„Mi ne kunhavas ĝin. Mi revenos morgaŭ."

Al Fewkoombey ŝi diris, kiam ili malsupreniris la ŝtuparon:

„Mi ĉirkaŭrigardis. Estas tro malpure."

„Taŭgas pli bone por servistinoj", diris la soldato. Ili iris hejmen.

La pensoj de la persiko okupiĝis pri la butika kaso.

Ŝi havis sufiĉe grandan abomenon kontraŭ la ŝtelado. Ekde ŝia plej frua infanaĝo ŝia eduko kondukis ŝin al tiu abomeno same kiel al la ŝtelado. Ŝi ricevis malmultajn pencojn (por turka mielo) kaj multajn bonajn konsilojn. Kiam ŝi enigis la malgrandan fingron en la marmeladpoton, ŝi devis elteni terurajn turmentojn de la konscienco. La gusto de la marmelado estis dolĉa, la penso pri la malpermeso – maldolĉa. Oni diris al ŝi, ke Dio rigardas ĉien kaj embuskas tage kaj nokte. Laúdire li vidas ĉion, kion ŝi faras. Sed rigardi al iuj aferoj estas maldelikate. Kiam laú ŝia opinio li jam vidis sufiĉe, kion li certe ne povis aprobi, li jam vidis tro multe, kaj ne plu eblis ŝanĝi per honesta, sed peniga konduto lian opinion favore al la krimulo. La registro de ŝiaj punindaĵoj estis jam plenplena, pliaj krimoj certe ne trovos lokon sur ĝi, do ili povis esti farataj senĝene. Polly estis perditino kaj povis nun permesi al si ĉiun ajn fiagon. Ja vere estis nur maldiligenteco flanke de la plenkreskuloj, ke ili uzis Dion kvazaú korthundon por gardi marmeladpotojn kaj butikajn kasojn.

Sed inter la ŝtelo de kelkaj pencoj kaj tiu de 15 pundoj estis grava diferenco.

Pri la teknikaj malfacilaĵoj de la ŝtelo la persiko eraris, opiniante ilin grandaj. Priŝteli sian patron estus relative facile por ŝi. La butika kaso estis bone sekurigita, sed sinjoro Peachum portis multe da mono kun si en la pantalonpoŝo. Penco post penco li forprenis ĝin senkompate de la plej mizeraj mizeruloj, ŝanĝis ĝin en arĝentan moneron kaj senzorge enpoŝigis ĝin. Laú lia opinio, nek tiu ĉi mono, nek iu alia povis daúre savi lin. Pruvis pri liaj konscienco kaj ĝenerala senespero, ke li ne simple forĵetis ĝin. Li ne rajtis forĵeti eĉ la plej malgrandan bagatelaĵon. Pri unu miliono da ŝilingoj li ne pensus alimaniere. Laú lia opinio, sufiĉis nek lia mono (eĉ ne ĉiu mono de la mondo), nek lia kapo (kaj eĉ ne ĉiuj kapoj de la mondo). Jen la kaúzo, kial li ne laboris, sed nur vagadis tra sia entrepreno, kun sia ĉapelo surkape kaj la manoj en la pantalonpoŝoj, nur kontrolante, ke nenio estis preterlasita.

En la daúro de unu semajno lia filino senzorge povus preni el lia poŝo la 15 pundojn, eble nokte, en la dormoĉambro; eĉ se li surprizus ŝin, ne estus tiel malbone, kiel ŝi eble imagis. Se ekzemple li vekiĝus kaj lia rigardo trafus lian filinon okupiĝantan pri la malplenigo de liaj poŝoj, certe eĉ ne unu el liaj palpebroj ekmoviĝus kaj li nur opinius daŭrigi siajn sonĝojn. Li punus sian filinon, sed ŝi certe ne perdus iom de lia estimo. Ekzistis neniu, kiu povus perdi lian estimon.

Bedaŭrinde la homoj konas unu la alian tro malbone, kaj tiel Polly opiniis, ke ŝi ne povas eligi el sia patro la 15 pundojn, tiom necesajn.

Kiam ŝi diris al la soldato la sumon, tiu tuj sur la korto proponis al ŝi ĝisbule draŝi la koncernan sinjoron. Ekzistas ŝparujoj, kiujn oni devas disbati por eligi la monon. Tamen, sinjoro Smiles ne estis ŝparujo. Do la pensoj de Polly denove okupiĝis pli forte pri sinjoro Beckett.

Sed la soldato, reveninte kaj kontrolinte siajn hundojn, ree kuŝiĝis sur sia faldebla lito. Se li ekpensus, proksimume jenaj estus liaj pensoj:

‚Refoje mankas 15 pundoj. Se ili estus disponeblaj, refoje estus neklarigeble, se homo naskiĝus. Kial virino estu tiel nehomiĝinta meti infanon en tian mondon, kvankam ŝi havas la 15 pundojn, kiuj sufiĉas por lasi ĝin nenaskita? Kial ekzistu tia enorma amaso da homoj, kiuj diskarnigas unu la alian pro kelkaj plenpulmoj da aero, pro tegmento, tra kiu kelkfoje ne pluvas, pro kelkaj plenbuŝoj da malbongusta nutraĵo, se ĉiufoje ekzistus la 15 pundoj por abortigi ilin? Per kiu oni farus la superfluajn militojn kaj kiu bezonus ĉi tiujn? Kiun oni povus ekspluati, se oni ne jam ekspluatis sian patrinon tiagrade, ke ŝi ne havis la 15 pundojn? La proprietrilatoj ne estas ŝanĝeblaj, tion diras ĉiuj profesoroj. La proprietulojn oni ne povas forigi, kial ne almenaŭ la neproprietulojn? La leĝo malpermesas la abortigon, kaj la malfeliĉuloj laŭdire estus jam feliĉaj, se ili rajtus abortigi. Do, ili batalas kontraŭ la leĝo. Ili deziras, ke oni manipulu en iliaj visceroj per tranĉiloj kaj eltranĉu la frukton de la amo kaj ĵetu ĝin en latrinojn. Nu, ilia deziro ne estas plenumebla. Ĝi ja estas tro impertinenta! Ĉu la eklezio ne deklaris la vivon sankta? Kiel do tiuj virinaĉoj arogas al si endanĝerigi ĝin rifuzante meti infanojn en tiujn troplenigitajn, fetorantajn ŝtonamasojn, kiujn plenigas la kriegado de la malsatantoj? Ili devas sin regi anstataŭ konduti tiel nedece. Ili prenu plengorĝon da viskio, kunpremu la dentojn

kaj nasku! Alie ĉiu virino povus preni al si la permeson ne naski! Kompreneble ĉiu pensas unue pri siaj propraj interesoj kaj opinias sian infanon tro bona por tiu ĉi mondo. Kompreneble estu escepto ĝuste pri ŝia infano! Damna egoismo! Nur estas bone, ke la abortigado kostas monon! Aliokaze ja estus por ĝi nek fino nek limo...‘

Proksimume tiel la soldato eble pensus, se li pensus. Sed li ne pensis: li estis edukita al disciplino.

Tamen li ekstaris post ne longe kaj iris supren, por diri al la persiko ion plian, kio ekvenis en lian kapon, dum li kuŝis. Li devos venigi Polly al sia amikino. Tiu certe scios ankoraŭ eliron.

Kiam li venis en la malgrandan, roze kalkitan ĉambron, la persiko kuŝis sur la lito, surdorse, kun la manoj brave ĉe la flanko kaj rigardante plafonen.

Fewkoombey estis ekparolonta, kiam lia rigardo trafis eluzitan libron, kiu kuŝis sur kanseĝo. Estis tiu volumo de la Brita Enciklopedio, aŭ pli ĝuste parto de ĝi, kiu intimiĝis al Fewkombey dum multaj horoj. Kelkajn paĝojn el ĝi li jam sciis parkere, sed kiom ankoraŭ ne!

La soldaton skuis la fakto, ke la libro, kiun li tiom malhavis, kuŝis ĉi tie. Li ne ĝojis, ke li ree povas havi ĝin. Lin skuis, ke ĝi malaperis. Oni devas scii, ke en liaj okuloj ĝi havis enorman valoron. En brokantista butiko eĉ li povus havigi ĝin al si – se ĝi hazarde kuŝus tie, sed kial ĝuste ĉi tiu volumo devus kuŝi tie? Tio povus okazi maksimume unu fojon dum dek jaroj. Por la persiko ĝi havis tute neniun valoron, kiel ni scias. Fewkoombey eble ne povus diri ion, kontraŭ kio li interŝanĝe fordonus ĝin escepte kontraŭ la kompleta volumo. Tamen li ne povis preni ĝin kaj ekkrii: ‚Ho, jen ja mia libro, kiel ĝi trafis ĉi tien?‘ Tia konduto vualus la aferon laŭ ege nepermesita maniero. La fakto, ke li vidis la libron en ĉi tiu ĉambro, komplete ŝanĝis la opiniojn de Fewkoombey pri fraŭlino Peachum.

Tial, kiam ŝi demandis lin, kion li volas, li murmuris ion pri „voli scii, kiel vi fartas“ kaj iris el la ĉambro, ne ĵetante plian rigardon al ŝi aŭ al la libro. Ŝi estis tro deprimita por rimarki, kiel stranga estis lia konduto.

Kun li afabla homo iris el ŝia ĉambro, homo nemalhavebla en tia mondo, per nenio anstataŭebla. Kaj foriris konsilo, kiu eble intervenus en ŝia vivo.

En tiuj tagoj Polly ree iris al Smiles. Ĉar lia luigantino jam ekhavis suspekton, ili iris en la urboparkon. Polly volis sidiĝi sur benko, sed Smiles insistis pri loko en la arbustaĵo.

Ŝi sentis tion ĉantaĝo.

Metinte la brakon ĉirkaŭ ŝia kokso, li rakontis al ŝi, ke li ege klopodis por ekscii ion.

„Vi ne devas opinii, ke mi ne pensas pri la afero tage kaj nokte“, li diris, apogante sian vangon al la ŝia. „Ĝi estas al mi damne malagrabla. Vi estas ja tiel incitiĝema de tiam. Anstataŭ trankvile sidi, ekzemple ĉi tie, kie estas tiel belete sub la arbustoj, rigardu do foje la lunon, ĝi ne ĉiam estas tiel, karulino, sed vi ja ne ĝuste rigardas, mi ja diras, anstataŭ lasi vin iomete distri, vi ĉiam denove ekparolas pri la malnova aferaĉo. Ĉu vi tute ne plu sentas ion por mi? Ĉu ne plu plaĉas al vi, se mi metas mian manon ĉi tien sur vian mamon? Vi tute ne havas konfidon al mi. Ja estas mia afero eligi vin el la situacio, en kiun mi enigis vin, kvankam ankaŭ vi partoprenis, tion vi devas koncedi, karulino. Do, vidu, mi nun havas ion, mi precize scias kiel fari, estas relative simple, vi povas fari tion sola, tute nenion ĝi kostas. Oni prenu cepon!“

Nekomprene ŝi rigardis lin. Li haste daŭrigis, forprenante la brakon: „La cepon, simplan cepon, kian vi havas en la kiurejo, oni enmetas kaj atendas, ĝis ĝi ekradikas. Ĝi nome ĉie enradikiĝas Estas tute delikataj radikoj, sciu, Post Kiam ĝi anradikiĝis – tio daŭras eble du aŭ tri tagojn –, oni eltiras ĝin kaj jen ĝi eligas ĉion kun si. Simple, ĉu ne?“

Polly ĉagrene leviĝis. Ŝi plukis de sia jupo iom da musko kaj aranĝis sian ĉapelon, ne dirante ion. Ĉar li estis ofendita, ŝi diris koncize: „Neniu ja pagus dek kvin pundojn, se por tio taŭgus cepo! Oni ja mortus pro sangoperdo!“

Ili iris el la parko iom rapide. Adiaŭante li klare komprenigis, ke laŭ sia konvinko li faris ĉion de li postuleblan.

Polly estis informita pri la alia nomo de Beckett, Macheath, kaj ankaŭ pri liaj M-butikoj. Li jam rakontis al ŝi ĉion ĉi.

Ĉar li ankaŭ komercis per ligno, li rajtis laŭplaĉe nomi sin lignokomercisto.

Polly renkontis lin plurfoje, kaj foje ŝi prove rakontis al li pri sia interparolo kun la makleristo Coax. Ŝi menciis nek sian viziton en ties loĝejo nek la leteron de sia patro, sed kelkon pri interesaj fotoj, kiujn Coax promesis montri al ŝi. Ŝi aldonis, ke ŝi vizitos Coax post nelonge, ĉar laŭdire lia fratino estas tre afabla virino.

Sinjoro Beckett aŭskultis malserene kaj aspektis, kvazaŭ li starus antaŭ ne malgravaj decidoj.

La malfruan posttagmezon Polly postiris sian patrinon en la malgrandan ejon de la kelaro, en kiu oni konservis la pomojn sur tabulaj stabloj. Ŝi sciis, ke sinjorino Peachum ne ŝatas, ke oni sekvas ŝin tien. Sed Polly atendis ion el interparolo okazanta ĝuste tie, kaj ne ie aliloke.

Kiam ŝi malfermis la pordon, ŝia patrino, ektimante, staris inter la stabloj kaj tenis glason da viskio en la mano. La botelo staris sur la tablo. Estis sufiĉe dolorige por sinjorino Peachum, ke ŝia edzo devigis ŝin eniĝi en tian nedignan situacion antaŭ sia infano, pro okaza glaseto da viskio. Ŝi havis kvardek ses jarojn kaj afliktiĝis pro sia mallibero.

Sed Polly pleje ŝatis paroli kun ŝi, kiam ŝi estis konscia pri ia kulpo, ĉar aliokaze ŝi povis esti tre abomena.

Polly sciigis ŝin, ke ŝi volas edziniĝi al sinjoro Beckett.

„Li ja eĉ ne nomiĝas Beckett“, sinjorino Peachum diris indigne.

„Jes, li nomiĝas Macheath, aŭ pli bone: eble li nomiĝas tiel“, la persiko diris trankvile.

„Kaj Peachum? Kion diros Peachum pri viro, kiu nomiĝas eble tiel, sed eble eĉ alie?“ demandis sinjorino Peachum, metante la glason sur la plej proksiman stablon per unu ekmovo. „Tiu ne estas viro, kiu donas al vi garantion. Ankaŭ mi havas okulojn en la kapo kaj povas vidi, kiel li dancas, kiam li kredas, ke mi ne rigardas al li. Kaj krome li opinias, ke mi jam ebriiĝis post kvar, kvin glasoj de tiu drinkaĵo en la ‚Sepio‘. Neniu viro, kiu havas honestan negocon, tiamaniere ĉirkaŭprenas la talion de juna knabino. Ne iluziu min pri tio! Kara Polly, ne estas prudentaj motivoj, kiujn vi povas prezenti favore al tia viro, estas'io alia, pri kio mi prefere ne parolu. Li konfuzis al vi la kapon, jen la afero."

„Jes, li plaĉas al mi."

„Ĝuste, jen kion mi diras", sinjorino Peachum kriis triumfe, „vi ne plu havas klaran kapon! Vi supermezure enamiĝis al li kaj ne plu povas vidi, kiom estas duoble du!"

Polly ĉagreniĝis.

„Ne tiom babilu", ŝi diris dignoplene „diru tion al paĉjo, kaj poste li parolu kun Beckett." Kaj ŝi turniĝis kaj reiris en sian ĉambron.

Sinjorino Peachum suspiris kaj bruske malplenigis la glason. Nokte ŝi parolis kun sia edzo. Ŝi konis Polly.

Posttagmeze Peachum estis travivinta teruran scenon kun Coax. En la postĉambro de vinrestoracio la makleristo senkaŝe postulis la aĉeton de novaj ŝipoj. Tio trafis kvazaŭ fulmo la „Societon por Utiligo de la malnovaj". Eastman, kiu eble jam de kelkaj tagoj suspektis multon, simple ŝrumpis sur sia seĝo, sed la vetperisto eksaltis, bove kriis kaj poste kolapsis plorante. Ĉio ĉi ne helpis. Laŭ Coax parlamenta komisiono jam efektivigis la unuajn paŝojn de esploro pri la aĉetkontrakto. Do, oni komisiis Peachum, kiu reprezentis du kvotojn, akompani Coax al Southampton je la fino de la semajno. Ili taskis lin tie komenci traktadojn pri „senriproĉaj" ŝipoj.

Tamen oni iris al la dokoj por oficiale transdoni la malnovajn ŝipojn al la registara komisiono. Jam por ne fari sensacion, oni devis transdoni ilin, poste oni povis interŝanĝi ilin. La renovigado ankoraŭ ne estis finita, la laboroj daŭris sub la reĝimo de SUT. La komisiono estis reprezentita nur de du oficistoj en civilvestoj, kiuj rapide plenumis la formalaĵojn. Oni staris sur trablova kajmuro nur iom malpli ol kvaronan horon. Pluvis, kaj oni sentis malvarmon.

Kiam vespere antaŭ la endormiĝo sinjorino Peachum menciis la nomon Macheath en konekso kun sia filino, Peachum trasuferis atakon de kolero.

„*Kiu* sin prezentis al vi?" li kriis. „Ĉu tiu M-butika trompisto? Kion tio signifas: sin prezentis? Kie vi vagabondas, ke fremdaj sinjoroj sin prezentas al vi? Li estas trompisto konata en la tuta urbocentro! Tiel do vi gardas vian filinon! Mi laboras tage kaj nokte por ŝi, kaj vi rilatigas ŝin al urbokonataj diboĉuloj, kiuj sidadas en la antaŭĉambroj de la bankoj, por atingi financreguladon por siaj trompaj butikoj. Kio do estas pri via filino? Jen ĉapitro, kiun mi baldaŭ ordigos. Sub la okuloj de siaj gepatroj ŝi interŝanĝis rigardojn kun tiu Coax, kiuj... De kie ŝi havas tiun volupton?"

„De vi ne", seke diris sinjorino Peachum, kun la kovraĵo sub la mentono.

„Ververe ne de mi", sinjoro Peachum kolerege diris en la mallumo. „Mi ne povas permesi ĝin al mi. Ĉar mi bezonas klaran kapon, simple por ne esti disŝirata de tiuj hienoj!"

Li abrupte ĉesis:

„Mi volas aŭdi nenion plu. Estas mi, kiu decidas pri la interrilatoj de Polly."

Lia decido rilate al Polly estis farita.

La sekvan matenon li okupiĝis pri sia filino venigita en la kontoron. Senindulge li pridemandis ŝin pri ŝia vizito ĉe sinjoro Coax kaj eksciis de la plorantino eĉ pri la bildoj, kiuj montris nudajn fraŭlinojn.

Post la pridemandado Peachum diris al ŝi, ke li konsideras mensogoj la plimulton de tio, kion ŝi konfesis al li.

Liaopinie sinjoro Coax estas honestega negocisto, kaj ŝi povas esti kontenta, se li montras intereson pri ŝi kaj aŭdis nenion pri ŝiaj interrilatoj. Li kontentiĝis pri tiu aludo.

Kiam ŝi renkontiĝis kun sinjoro Macheath, ŝi diris al li, ke ŝia patro neniam konsentos pri edziniĝo al li, sed ke sinjoro Coax invitis ŝin al pikniko je la fino de la semajno. La unua estis vera, la dua estis mensogo.

Kiam sinjoro Macheath estis informita de la persiko, ke sinjoro Coax estas la elektito de ŝiaj gepatroj, li konsciis pri la neceso fari ion kontraŭ tiu Coax.

Post kelka pripensado li decidiĝis, kaj per ĉevala omnibuso li veturis al unu el tiuj malpuraj duĉambraj gazetredaktejoj, kiuj kutime estas loĝataj de ne tute bone lavitaj scivolemaj sinjoroj kun pastrotona parolmaniero.

Ili alportis kaj trafoliumis kun li kelkajn preskaŭ disfalintajn volumojn de malnovaj gazetoj. Poste sinjoro Macheath eniris duan ĉevalan omnibuson al la Malsupra Blacksmith-placo, kie en malantaŭa domo li donis ordonon al malbone aspektanta, dika viro sen jako.

Poste li veturis hejmen per tria omnibuso, kvankam estis nur posttagmeze.

Li havis malgrandan unufamilian domon en suda antaŭurbo. Ĝi situis malantaŭ eta ĝardeneto en vico kun aliaj tute samaspektaj domoj. Li havis ĝin ankoraŭ ne longtempe; ĝi estis apenaŭ meblita. En unu el la nudaj ĉambroj staris kelkaj mebloj, inter ili nova sofo, sur kiu li dormis, kaj en la kuirejo troviĝis gasforno kaj granda glaciŝranko. Cetere ĝi ne estis nova domo. Macheath transprenis ĝin de unu el siaj negocaj amikoj, kiu bankrotis.

Starante sur nealta ŝtonŝtuparo, li elpoŝigis iom ampleksan ŝlosilaron, unue provis kelkajn ŝlosilojn, antaŭ ol li trovis la ĝustan, kaj fajfante iris en la tute malplenan vestiblon, kie eĉ ne hoko por ĉapelo estis enbatita.

En sia ĉambro en la unua etaĝo, kie cetere regis modela ordo, li demetis siajn botojn, kuŝiĝis sur la sofo kaj restis kuŝanta, ĝis malheliĝis.

Ĉirkaŭ la deka vespere iu sonoris malsupre. Li malsupreniris kaj enlasis dikan viron, sed jam en la vestiblo li forprenis de li, kion li alportis, kaj, ne dirante ion, ree ŝovis lin eksteren. La viro foriris grumblante. Ŝajne li konis la regionon.

El la pakoĵo ŝnurumita en pakpapero Macheath, ja loĝanta ĉi tie sub la nomo Milburn, ĵetis la leterojn kaj dokumentojn sur sian lavotablon kaj studis ilin sub la petrola lampo ĉirkaŭ duonan horon. Poste li pretigis al si la liton per kelkaj kovraĵoj prenitaj el la ŝranko kaj baldaŭ kuŝis dormanta.

La sekvan antaŭtagmezon li havis interparolon kun la ĉefinspektoro en la polica prezidantejo.

La du sinjoroj, kliniĝantaj super malplena diplomata skribotablo, studis la enhavon de la dokumentaro en la pakpapero kaj speciale liniitan lernejan kajeron en ruĝa kovraĵo, la taglibron de sinjoro Coax.

La taglibro enhavis nur donitaĵojn, kiuj koncernis la privatan vivon de la makleristo. Antaŭ ol la inspektoro trarigardis ĝin, sinjoro Macheath asertis al li, ke en la kajero troviĝas neniuj negocaj notoj. Aliokaze sinjoro Brown ne opinius eble enrigardi.

La enhavo de la kajero ĝenerale estis de morala naturo. Ne mankis indikoj al certaj vizitoj kaj aliaj faktoj, sed ĉefe estis moralaj konsideroj, senkaŝaj membildigoj, atestoj pri senĉesa batalo kontraŭ troa volupto. Esence tiuj konsideroj estis supre de la spirita nivelo de la du legantoj, por kiuj ili ja vere ne estis destinitaj.

Enestis ankaŭ nomoj. Ili estis aluditaj per inicialoj. Preskaŭ ĉiun duan aŭ trian tagon (eĉ ne unu tago mankis, la taglibro estis tenita per maksimuma zorgemo, krome apenaŭ unu vorto estis forstrekita) troviĝis nombroj, skribitaj per ruĝa tuĉo kaj nete substrekitaj helpe de liniilo, ekzemple: „2foje" aŭ „4foje". „4foje" estis cetere malofte, kaj pli granda nombro ol „5foje" ne troviĝis. Kelkfoje tekstis „1foje", tiam ĝi ne estis substrekita, sed enkadrigita per malgranda cirklo.

Krome troviĝis du signoj diferencaj unu de la alia. Iliaj signifoj evidentiĝis laŭ enskribo sur la interna paĝo de la kovraĵo: fekado kaj prenado de laksigiloj. Ankaŭ tiuj ĉi signoj aspektis kvazaŭ pentrite. La skribmaniero de sinjoro Coax estis verva, ne malhavanta elanon.

La cetera enhavo de la pakaĵo konsistis el tre dubindaj fotografaĵoj. Ili montris altan gradon de uziteco.

Post mallonga silenta legado Brown premis butonon kaj donis al enveninta oficisto papereton, sur kiu li antaŭe skribis kelkajn vortojn. Kiam la oficisto revenis, li ankaŭ povis surtabligi dokumentaron. Ĝi entenis aktojn kaj enketojn de la Londona polico.

Brown prenis el la pakaĵo oficialan skribaĵon kaj komparis ion sur ĝi kun enskribo en la taglibro de Coax. Lasante la dikan montrofingron sur tiu loko, li diris en sia malrapida, solida maniero:

„Kara Mac, tiun ulon ni ne povas kapti tiamaniere. Kiajn negocojn li faras, ni ne scias; principe ni ne spionaĉas en la negocaj entreprenoj de honestaj homoj; kien do ni tiaokaze trafus? La homo pagas siajn impostojn, bone. Krome ni tute ne estas spertaj pri negocoj. Pri la privata vivo de ĝentlemanoj ni same ne okupiĝas, kaj rompoŝtelojn li ne faris. La ununura afero estus eble tiu denunco de antaŭ du jaroj, laŭ kiu dum razio en porhora hotelo la sinjoro estis trafita kune kun la edzino de ŝtatsekretario el la mararmea oficejo. Sed tion vi plej bone donas en la manojn de unu el tiuj ĵurnalistoj. Mi nomos al vi kelkajn tiajn ulojn, kiuj scipovas aranĝi tiaĵon."

Li ree premis butonon kaj ricevis plian aktaron, iom dikan, sur kiu estis skribite „Ĉantaĝoj".

Zorgeme, kiel li kutimis, li trarigardis ĝin kaj decidis.

„Prenu Gawn. Tiu estas unu el la plej bonaj!"

Macheath prenis la denuncon, aldonis ĝin al sia propra materialo, frapis la dorson de sia amiko kaj leĝere diris:

„Se mi edziĝus post nelonge, oficiale, vi komprenas, ĉu vi povus veni por la edziĝfesto? Mi konsiderus tion tre grava pro la bankistoj. Ili ne ĝuste funkcias."

„Se estos aranĝeble", Brown diris maleme, „sed tiaĵo vere devas okazi ne plu ofte."

Pripenseme Macheath foriris. Brown ne plu estis tute kiel iam, kio koncernis lian konduton al la malnovaj amikoj. Kompreneble li estis fidela kvazaŭ oro, sed verŝajne granda amaso da respondeco pezis sur li lastatempe...

Ankaŭ kun la banko Macheath ne sukcesis interkonsenti. Ĉiam denove ĝi havis rezervojn.

Jam liaj propraj homoj faris al li malfacilaĵojn. Ili deziris ricevi monon. Preme li ekkonsciis, ke sur li pezas la zorgo pri preskaŭ cent dudek homoj, parte kun familio. Li ne prenis tion facile.

Io devis okazi, ne estis dubo. Se la mono de la maljuna Peachum trafus en liajn manojn, li povus plenspiri.

Li veturis al unu el siaj butikoj ĉe la Waterloo-ponto. Ne estis M-butiko, sed honesta komercejo pri antikvaĵoj kaj estis gvidata de virino, Fanny Crysler, persono, kiu estis sperta pri artaĵoj. Tien li kutimis iri, kiam li devis ion trapensi. Tiam li sidis en la kontoro kaj trafoliumis tiun aŭ alian libron.

Bedaúrinde Fanny ne ĉeestis. Ŝi partoprenis iun aúkcion. Mac konsideris grave, ke kelkaj el la objektoj tie vendataj havas senriproĉan ateston pri naskiĝo.

La libroj, kiuj kuŝis staplitaj en la kontoro kaj devenis el la biblioteko de la pastro de Kingshall, kiel estis skribite per blua krajono sur la kovrilo de la kesto, entenis ege obscenajn kuprogravuraĵojn. Mac ne ŝatis tiaĵon. Li ĉiurilate estis kontraúulo de la arto. Naúzite li formetis la valorajn volumojn.

Dume li pensis pri Polly.

Se li pensis pri ŝi lastatempe, lin ĉiam kaptis nepriskribebla maltrankvilo. Ŝi estis multe tro volupta.

Li ekstaris kaj iris al la Old-Oak-strato.

Post kiam li dufoje preterpasis la domon, Polly elvenis. Kun li ŝi kelkfoje iris ĉirkaú la loĝkvartalo.

Ŝi estis tre mola kaj ŝajne havis iujn zorgojn. Krome ŝi estis pli pala ol kutime. La ombroj sub ŝiaj okuloj frapis la atenton de Macheath. Disiĝante, ŝi ne rigardis al li en la okulojn.

Ŝi krome menciis incidente, ke por kelka tempo ŝi ne plu iros al la dommastruma kurso, do ŝi ne plu povos renkonti lin. Kaj je la dimanĉo la pikniko kun Coax estis okazonta.

Malbonhumore Macheath iris al Tunnbridge, memorinte, ke estas lia ĵaúdo.

Li havis la kutimon ĉiuĵaúde pasigi la vesperon en certa domo en Tunnbridge. Tie li prenis unu tason da kafo ĉe knabinoj kaj interparolis kun Jenny. Ĉar li estis deprimita, li igis ŝin kartaúguri al li. Sed ŝi ne eligis ion prudentan. La knabinoj enuigis lin kiel kutime. De pli ol kvin jaroj li frekventis tiun domon.

La sekvan tagon li vizitis Gawn, kiu skribis por diversaj gazetoj ne tre bonfamaj, kaj transdonis al li la materialon kontraú William Coax.

Tre baldaú poste, dum negoca interparolo, Miller de la Nacia Depona Banko enŝovis rimarkon, kiu igis lin opinii, ke estas konsilinde fondi bone burĝan familion kiel eble plej baldaú, ne atentante iujn skrupulojn. Tio estis ankaú konforma al la deziroj de fraúlino Polly Peachum.

Per tio la batalo kontraú sinjoro Coax iĝis superflua por Macheath, kaj li tute forgesis la transdonon de la kulpiga materialo.

KVINA ĈAPITRO

„Intimiĝis“ ili ĉe fiŝ' kaj fazan'
Kaj „kune trairis la vivon“.
Mankis tablo kaj lit' en ilia kaban'
Kaj mankis al ili kaj fiŝ' kaj fazan'
Kaj la nomoj por la infanoj.
  Sed, ĉu vipas la neĝ', ĉu en pluvuragan'
  Ekdronas la land' kampara,
  Hanna Cash ja restas, ho infan',
  Ĉe sia edzo kara.

La ŝerif' diras: Fripon' estas li!
Kaj la laktistin': Li kurbiras!
Sed diras ŝi: ‚Ne gravas por mi,
Mia edz' estas li!' kaj permesas al si
Ĉe li resti. Kiu do miras?
  Se lamas li, se lin trafas malsan',
  Eĉ se batite de li ŝi kaŭras,
  Hanna Cash demandas, ho infan',
  Ja nur, ĉu l' amo daŭras.

Balado pri Hanna Cash

MALGRANDA, SED BONE FUNDAMENTITA ENTREPRENO

La Nacia Depona Banko estis malgranda, sed bone fundamentita entrepreno, okupiĝanta ĉefe pri terposedaĵoj. Ĝi apartenis al sepjara knabino kaj estis gvidata de maljuna prokuristo, sinjoro Miller, kiu sin apogis sur konsiloj de advokato ankaŭ jam tre multaĝa kun la nomo Hawthorne; Hawthorne estis la kuratoro de la juna posedantino.

Dum siaj intertraktoj kun la banko Macheath havis rilatojn ne nur al sinjoro Miller, sed ankaŭ al sinjoro Hawthorne. Kune ili havis cent kvindek jarojn, kaj se oni traktis kun ili, oni fakte traktis kun unu kaj duona jarcentoj.

Por silentigi unufoje por ĉiam la onidirojn pri siaj M-butikoj, Macheath estis turninta sin ĝuste al ili, kaj per tio li prenis sur sin nepriskribeblan provon de pacienco. Fakte neniu homo en la urbocentro ekhavus la ideon, ke entrepreno, en kiu partoprenas la ND-Banko, povus esti entrepreno fondita *post* 1780. Kaj firmoj tiel maljunaj certe estas solidaj.

Sed ĝuste pro tiu ĉi cirkonstanco li ne progresis.

La banko faris pretekston post preteksto. Ĝi scivolis ĉion, ekde la luprezoj por la butikoj ĝis la biografioj de la butikistoj. Tamen ĝi ŝajnis strange interesita. Macheath sciis kial: la negoco pri terposedaĵoj, precipe tio, kion sinjoro Miller komprenis sub ĝi, ne plu estis tiel, kiel ĝi iam estis. Novaj deponaĵoj malabundiĝis, kaj la malnovaj objektoj jam ofte spertis terurajn valorŝanĝojn.

Sinjoro Hawthorne rigardis en la estontecon ne sen zorgo. Li estis ne tute kontenta pri la prokuristo, sinjoro Miller: kvankam li estis pli maljuna ol Miller, ĉi tiu kelkfoje ŝajnis al li tro maljuna por la gvidado de la banko. Ne nur pri unu nefarita negoco li atribuis en sia detalema maniero la respondecon al la detalemo de Miller. Sekrete li kelkfoje eĉ pensis anstataŭi lin per pli juna, pli verva dungito, kaj sinjoro Miller sentis tion.

Fakte jam delonge komencis ŝanceliĝi la opinioj de ambaŭ pri la pli nova tempo. Eble do ne estis konsilinde konduti pedante skrupule. Aliaj firmoj ne kondutis skrupule, negocadis kaj estis rigardataj kiel fidindaj. Eble certa grandanimeco simple estis karakteriza trajto de la tempo.

Pro tio, kiam oni proponis al ili rilatojn al la novtipaj M-butikoj, ili ne estis tiel malinklinaj, kiel oni devus pensi. Ĉio en la afero estis iom nekutima kaj malorda, sed ĝuste tio estis la nova, la moderna en ĝi. Kompreneble ĝuste de sia vidpunkto ili ne povis percepti la diferencojn inter la novaj entreprenoj tiel bone, kiel inter la novaj kaj malnovaj. Ilia demandado pli kredeble estis kutimo. Esence pro tio ili jam decidiĝis fari la negocon. Precipe Hawthorne estis decidiĝinta.

Miller jam faris aludojn al Macheath, kiujn oni povis kompreni nur tiusence, ke en la okazo de invito li ne tro longe hezitos aperi en lia hejmo – kio signifis multe. Bedaúrinde, Macheath tiam ne havis hejmon. Kiam nun li invitis sinjoron Miller tute formale al sia estonta edziĝfesto, tiu rapide akceptis, ankaú por sinjoro Hawthorne.

Macheath havis la senton, ke tiu invito povas esti pli grava por la realiĝo de la negoca interligo, ol ĉiuj dokumentoj de la mondo. Li pravis.

De la banko li bonhumore iris en la regionon de la Waterloo-ponto. En la malantaúa kontoro li interparolis kun Fanny Crysler kaj forkondukis ŝin kun si.

Kune ili iris tra kelkaj bonegaj antikvaĵvendejoj de la kvartalo kaj elektis meblojn. Devis esti speciale belaj ekzempleroj; la prezoj ne ludis rolon.

Sed kiam ili prenis la lunĉon en tesalono, Fanny dronis en mallonga silento. Poste, frapante per kulereto subtason, ŝi diris subite:

„Ĉio ĉi ja estas sensencaĵo. Por kio aparte vi bezonas tiujn meblojn? Ĉu por vi? Kompreneble ne! En la okazo de neceso vi povus loĝi en ili, kvankam vi ne bezonas iluzii min. Kelkaj veraj fabriknovaj mebloj je la prezo de 40 pundoj po ĉambro estas ankaú por vi pli agrablaj ol tiuj, kiujn ni ĵus elektis. Vi havas la guston de meblopakisto, konfesu tion, ne estas hontige por vi. Sed la mebloj ja estas tute ne por vi, Mac. Ili estas destinitaj por sinjoroj Miller kaj Hawthorne, kaj kion tiuj faru pri la aĉaĵoj? La loĝejo devas esti moderna kaj ĝi devas esti multekosta. Devas esti la loĝejo de viro, kiu iras kun la tempo. En ĝi povas stari kelkaj malnovaj objektoj, kiujn vi heredis de via patrino. Apogseĝo kun kudrotablo kaj tiaĵo. Mi prizorgos tion. Lasu tion al mi. Estos tiel, ke la unu kaj duona jarcentoj povas esti senzorgaj pro la mono, kiun ili konfidos al vi.“

Macheath ridis; ili retroiris la vojon tra la vendejoj kaj nuligis ĉion. Fanny sola havigis aliajn meblojn.

Polly estis mensoginta parolante pri la invito de sinjoro Coax al pikniko. Ŝi tute ne plu vidis sinjoron Coax. Kelkfoje ŝi jam pensis pri vizito ĉe li pro la broĉo. Laú ŝia opinio la broĉo havigus al ŝi 15 pundojn en juvelejo, verŝajne eĉ en ĉiu pruntejo.

Sed ŝiaj rilatoj al Mac estis bonegaj. Li plaĉis al ŝi pli kaj pli bone. Kaj ŝi jam rimarkis, ke li prigardis ŝin. Ĉiam kelkaj homoj pasumis ĉirkaŭe de la instrumentbutiko kaj sekvis ŝin, kiam ŝi foriris. Unue tio ĉagrenis ŝin, poste ŝi nur sentis sin flatata per tio. Mac inspiris al ŝi senton de ŝirmiteco. Li ne estis juna dando kiel Smiles, kiu sciis tute nenion pri respondeco. Kiam Mac parolis pri sekreta edziĝo, ŝi gaje imagis la vizaĝon de sia patro ekscianta pri la afero.

Ŝi estis konvinkita, ke estis la mencio pri la pikniko, kiu instigis Mac al la decido. Sub pikniko li imagis ion tre sovaĝan. Ŝi ridis, pensante pri tio.

Vendredon posttagmeze sinjorino Peachum pakis unu ĉemizon kaj kelkajn kolumojn en la valizon de sia edzo, kaj sinjoro Peachum iris kun ĝi al la stacidomo. Duonan horon poste ankaŭ Polly pakis en sia malgranda rozkolora ĉambro.

Sekrete ŝi jam aĉets al si silkan kalsonĉemizon kaj lilan korseton, kaj nome en M-butikoj, por surprizi Mac. Tion ŝi enigis en la malnovan, nigran mansaketon, krome longan, alte fermitan noktoĉemizon, la solan neflikitan.

Je la stratangulo fermita kaleŝo alproksimiĝis al ŝi, en kiu sidis Macheath.

Macheath ne estis tre bonhumora, ĉar de frumateno li estis okupita kaj malhavis sian kutiman tagmezan dormon.

Unue ili veturis al la polica prezidantejo. Macheath haltigis kaj por mallonga vizito supreniris al Brown. Li trovis ankaŭ tiun nervoza. Jam dufoje li estis ĉe Brown por neprigi al li la partoprenon.

Ĉar la serĉo de konvena domo ĝis nun estis senrezulta, li devis eĉ tagmeze diri al Brown alian adreson, kio ne pliboniĝis ties humoron. Eĉ nun li montris malmulte da emo partopreni, sed promesis veni. Fakte la sukceso de la edziĝo entute dependis de lia apero. Tio koncernis ne nur Hawthorne kaj Miller, sed ankaŭ kelkajn aliajn gastojn, por kiuj estus imprese vidi la polican eminentulon.

Proksime al Coventgarden Mac lasis Polly en tesalono, kaj li mem pluveturis al Kensington. Liaj viroj aranĝis tie loĝejon por la edziĝfesto, post kiam en alia domo antaŭtagmeze okazis malagrabla incidento. La propra loĝejo de Mac en la suda Londono ne taŭgis por la festo, ĉar ĝi estis tro malgranda.

Mac trovis ĉion ankoraŭ en la plej granda malordo. La mebloj por la malsupra etaĝo jam venis antaŭ tiuj por la supra kaj nun ĝenis. La viroj ne estis fakuloj pri meblopakado; krome ili trinkis. O'Hara, kiu gvidis la ekipadon, pravigis sin per la protestoj, kiuj tro ofte okazis.

La domo estis la malgranda urbodomo de la duko de Somersetshire. Ankaŭ la granda urbodomo estis je la dispono, ĉar la duko mem restadis ĉe Riviero, sed la granda domo estus tro pompa, krome ĝi estis meblita, dum la malgranda estis malplena escepte de la ĉefservista loĝejo. La ĉefservisto estis ŝuldigita al Mac.

Macheath ne povis tre multe fari ĉi tie, do li baldaŭ foriris kaj refoje veturis al Brown. Li ne plu trovis lin en la prezidantejo. Sekve li transveturis la Waterloo-ponton, sendis Fanny al Polly kaj serĉis Brown en lia privatloĝejo. Sed ankaŭ tie li ne trovis lin.

Fanny tuj ekkonis la persikon laŭ la priskribo. Ŝi rapide konigis sin al ŝi. La persiko estis iom nervoza, ĉar Mac forrestis tiom longe. Ŝi jam estis trinkanta la trian porcion da teo. Krome ŝi ne kunhavis monon.

La alveno de Fanny komence trankviligis ŝin, sed poste ŝi ekpensis, kian rilaton Fanny supozeble havas al Mac. Fanny estis iom pli ol tridekjara kaj ne malbela. Subite ŝi ridis kaj rakontis al la persiko, ke ŝi gvidas por Mac antikvaĵbutikon apud la Waterloo-ponto, sed havas malsanan edzon kaj du infanojn. Strange tio trankviligis Polly tuj, kvankam ne daŭre.

Plej malbone estis, ke fariĝis tro malfrue por iri en vendejojn por la edziniĝa robo. La timo, ke ŝi eble devos pasigi la vesperon en sia ordinara robeto, forprenis de Polly ĉiu ĝojon pro la edziniĝo. Mac estis dirinta al ŝi, ke ĉeestos amaso da elegantuloj.

Mac venis iom malfrue, cetere ne trovinte Brown, kaj prenis la du virinojn en sian kaleŝon. Polly ne toleris, ke Fanny estas forsendata, kiel Mac intencis. La obĵetojn de Fanny, ke ŝi ne havas konvenan robon, Polly silente ignoris.

Mac sakris, kiam li rigardis al la horloĝo. Kompreneble ĉiuj vendejoj nun estis fermitaj. Li tute komprenis, ke Polly ne volas eniri sian estontan hejmon en sia ĉiutaga robeto, eĉ ne tra malantaŭa pordo. Sen ke ŝi bezonis diri ion, li haltigis la kaleŝon en parko kelkajn centmetrojn for de la domo kaj antaŭiris por havigi la robojn.

Li komisiis tion al unu el siaj viroj, specialisto pri konfekciaĵoj kaj kun sufiĉe bona gusto, nur sen la necesa solideco por fariĝi sekciestro ĉe Worth. La sekvan tagon ĉe Worth mankis kvin roboj, kaj la direktorino konfirmis al la polico, ke ili estis el la plej bonaj. Sekve Bully ekhavis multe da ĝenoj dum la sekvaj semajnoj, ĉar viro de lia gusto ja ne ekzistis duan fojon, almenaŭ ne en la krimula sfero. Sed Mac povis alporti unuaklasan edziĝan robon al Polly en la kaleŝo.

Unu el la aliaj kvar surmetis Fanny; do ankaŭ ŝi surhavis edziniĝan robon.

En la domo Polly trovis ĉirkaŭ kvindek homojn, kiuj ja apartenis verŝajne al tute diferencaj sociaj tavoloj. Krom kun iu lordo Bloomsbury, unu kolonelo, du membroj de la ĉambro de deputitoj, du konataj advokatoj kaj la pastro de la Sankta Margareta (kiu efektivigis la geedzigan ceremonion en apudĉambro), ŝi brave manpremis kun tuta vico da grandparte korpulentaj malgravaj negocistoj kun serioza konduto, la agentoj kaj aĉetistoj de Mac. La plimulto de ili kunhavis siajn edzinojn.

Ankaŭ kelkaj M-butikistoj estis invititaj, mizeraj figuroj en konvenaj kostumoj kun festaj mienoj. Ili staris ĉirkaŭe, kvazaŭ ili estus ekspoziciataj.

La domon Polly preskaŭ ne povis vidi en la konfuzo; ŝi aŭdis sian edzon diri al la lordo, ke li luis ĝin de sia amiko, la duko de Somersetshire.

Maldekstre de la fianĉino sidis la maljuna Hawthorne. Li konis Polly de ŝia infanaĝo, ĉar ŝi ofte venis kun sia patro en la bankon kaj ludis per ĉekformularoj, dum la sinjoroj priparolis negocojn. Ŝi rakontis al li, ke hieraŭ Mac kaj ŝi malpaciĝis kun la gepatroj, ĉar Mac ne volis toleri la partoprenon de iuj el la „fabriko“ en la edziĝfesto. Tio estis iom preteksta, sed la unu kaj duona jarcentoj ŝajne englutis ĝin.

La loko dekstre de la fianĉo provizore restis neokupita. Brown ankoraŭ ne venis. Plurfoje dum la manĝado Macheath eliris kaj sendis venigi lin. La edziĝfesto estis tute senvalora por li sen Brown. Karakteriza estis por li la opinio, ke la ĉeesto de la policoficisto estigos daŭran impreson al la unu kaj duona jarcentoj.

Brown venis ne pli frue, ol kiam oni surtabligis la birdaĵon. Li aspektis ne tre gaje kaj ne surhavis la uniformon. Pro tio Mac sekrete koleris kontraŭ li.

Al Polly li kondutis ĉarme. Ŝi vere plaĉis al li. Ŝi sidis tute rekte, kun iomete ruĝiĝinta vizaĝo, kaj reprezentis. Ŝi manĝis nur tute malmulte de ĉio, kiel decas al fianĉino. Faras malbonan impreson, se oni vidas delikatajn estaĵojn engluti tutajn kokinojn kaj fiŝojn.

La sidordo estis ne tute justa laŭ la opinio de la plej multaj gastoj je la malsupra fino de la tablo, sed oni ne imputis tion al la fianĉino. Ŝi aspektis tiel brile, ke ŝi pacigis ĉiujn.

Macheath estis sekrete zorginta pro la konduto de siaj gastoj. La M-butikistoj manĝis tute bonkondute, ĉar ili ne sentis sin hejme, sed la aĉetistoj estis memkompreneble malpli ĝenitaj. Macheath, kiu eksidis ĉe ili por deserto, indigne aŭdis la siblan flustradon de iliaj edzinoj, kiuj kompreneble ne interharmoniis, kaj eĉ kaptis senkaŝan obscenaĵon, kies aŭtoron li notis en sia memoro.

Sed entute la elekto, kiun li faris inter siaj viroj, estis bonega. De neniu el la ĉeestantoj estis bildoj en iu de la en aŭ eksterlandaj krimulaj registroj, escepte de Grooch, kaj tiun eĉ la tuta Scotland Yard ne rekonus sen la dikfingra premspuro. La ĉefan parton konsistigis la butikistoj, kiuj ja fakte ne kulpis pri io kaj kies stulta aspekto efikis nesupereble honeste. Inviti Jenny estis impertinenteco de O'Hara; por prostituitinoj familia rondo ne estas la ĝusta loko, krome almenaŭ la kolonelo supozeble konis ŝin. Aliflanke homoj kiel Ready, „la vojaĝisto", unu el la plej bonaj batmurdistoj kaj babiluloj de la imperio, enorme plialtigis la societan nivelon. Envere la societo tute ne bezonis kaŝiĝi.

Post la kafo li retiriĝis kun Hawthorne kaj Miller en la apudan ĉambron, kie la rekvizitoj de la geedziga ceremonio kuŝis ankoraŭ sur la tablo kaj seĝoj. Brown, sub la preteksto de oficaj devoj, jam adiaŭis. La tri sinjoroj, trinkante glaseton da likvoro, priparolis la partoprenon de la ND-Banko en la M-butikoj.

La maljunaj sinjoroj ankoraŭ ne traktis detalojn. Eĉ ne per unu silabo ili menciis, ke la foresto de la gepatroj de Polly afliktis ilin ne malmulte. Kompreneble Macheath atendis, ke ili estos afliktitaj per tio. Tamen li ne faris klarigojn. Li fidis je tio, ke sinjoro Peachum pli-malpli baldaŭ agnoskos la faktojn, kaj la silentado de la unu kaj duona jarcentoj montris al li, ke ili superrigardas la situacion kaj partoprenas lian fidon.

Revenante ili trovis la societon ĉe la dancado. La persiko dancis kun O'Hara. La ĉasista ĉambro prezentis festan impreson. Ĝi estis meblita en la plej moderna stilo.

Mac eksidis por kelkaj minutoj ĉe la forlasita tablo. Lia dika mentono malaperis en rigida kolumo, lia kalva kapo estis ruĝiĝinta, ĉar li jam trinkis ion. Li provis pripensi. Li sukcesis kapti plurajn ideojn en relative mallonga tempo.

,*Ho*', li proksimume pensis, ,*kiel do la plej belaj horoj de la vivo estas traigitaj per malagrablaĵoj, kiel peco de bovaĵo per tendenoj! La plej kortuŝaj scenoj estas fuŝataj de ĝenaĵoj! Kiam la homo pleje leviĝas interne kaj estas plena nur de la plej puraj sentoj, lin malhelpas financaj konsideroj. Mi ne povas simple sidadi kaj trinki mian vinon. Se mi farus tion, miaj karaj gastoj, tiuj porkuloj, tuj makulus ĉion puran ĉi tie. Do, mi devas atenti kaj ne devas malfermi la pantalonon, kie ĝi tiel premas sur la ventro. Ankaŭ pri mi mem mi devas atenti, mi ankaŭ estas porkulo. Ĉio povus esti tiel bela, se la kotuloj respektus la sentimentojn, kiujn oni havas je la plej bela tago de sia vivo. Mi estas la plej bona homo, sed se Ŝteljoĉjo nun iros en la apudĉambron kun la edzino de Charley, mi sovaĝiĝos. Tion mi nome ne toleras en mia domo. Jenny vere povintus forresti, tio ja ĝenas. Mi ne povas sidigi tiajn homojn apud mia edzino, tio estas troa. Polly plaĉas al ĉiuj. Mi ja vere konsilus al neniu, ne emi dormi kun mia edzino. Porkoj! Ili plezuriĝu kun siaj kaprinoj! Tio estas, la mia ne estas kaprino, tion mi ne devas diri, tio estas vulgara, mi ne devas mencii ŝin sam-*

tempe kun la aliaj. Ŝi staras ĉielalte super ili, ankaŭ super mi. Bedaŭrinde, mi ne estas honesta, ne vere nobla homo. Sed mi atingas sukcesojn. Se la bankafero estos aranĝita, mi estos honesta, ĉi-foje. Estas tiel agrable, se vi estas honesta, kaj tio ne malutilas al vi finance. Aŭ malmulte. Aŭ eĉ utilas. Nun mi denove devas ekstari. La plej belaj horoj estas plenaj de ĝenaĵoj. Tio estas malĝojiga, tre malĝojiga!"

Macheath ekstaris, por igi la kaleŝon veturi antaŭ la pordon. Kiam li iris por preni sian valizon, li surprizis Bully, alinome Hokfingro-Jakob, kun la edzino de Segil-Robert kaj devis ekbrui kaj „protesti kontraŭ tiaj malĉastaĵoj" en sia domo. Ke la persiko ankoraŭ dancis kun la venta O'Hara, same misplaĉis al li. Li interrompis la dancon iom bruske. Sed ĝenerale Mac ne povis plendi pri la paso de la festo.

Kiam la geedzoj ekveturis, por komenci la postedziĝan vojaĝon, la gastoj staris, kiel decas, sur la ŝtuparo kaj mangeste salutis. Poste kelkaj el la gastoj gloris Fanny kiel la duan fianĉinon, sed tion vidis nur Mac, kiu, kiel sperta konanto de la homoj, rigardis tra la malantaŭa fenestro de la kaleŝo.

Ili kaptis lastmomente la trajnon al Liverpool.

Por Macheath la postedziĝa vojaĝo venis je tempo ne tre oportuna.

Antaŭ du semajnoj oni prirabis en la periferio du vendejojn de ŝtalvaroj. En la semajna ĵurnalo „La Spegulo", kiu tiel nomiĝis, ĉar la redakcio tiel longe tenis la spegulon antaŭ la samtempuloj, ĝis ili pagis, oni aludis nun antaŭ kelkaj tagoj, ke redakciano povis aĉeti razoklingojn el ĉi tiuj vendejoj en iu M-butiko. O'Hara tuj komencis intertraktojn, sed por Macheath pagoj estis momente malopportunaj, tiel ke li elĵetis la redaktoron, kiu tenis antaŭ li la spegulon. De tiam „La Spegulo" postulis de la M-butikoj la prezentadon de la aĉetdokumentoj por razoklingoj. Kompreneble oni povis havigi tiajn, sed same kompreneble la afero ne estis finita per tio.

Ankaŭ la havigo de la arĝenta manĝilaro ne okazis sen incidento; pro tio, ke la afero tro urĝis, iu mortis. Oni klopodis kaŝi tion antaŭ la ĉefo, por ne perturbi lian festoĝojon, sed

Mac tamen iel elflaris ĝin. Ankaŭ tiuokaze la malpleno en la kasoj de la bando kulpis pri la malbona laboro.

Aŭdante pri la mortokazo, Macheath prefere rezignus lastmomente pri la postedziĝa vojaĝo; sed tio ne eblis. Li pensis do almenaŭ utiligi la vojaĝon por kelkaj negocaj farendaĵoj, kaj tial li elektis Liverpool.

La persiko aspektis tre bele en la fervoja kupeo. O'Hara estis supernivela dancanto, kaj dum la mallonga vojo de la ŝtuparo al la kaleŝo sub larĝaj, noktaj kaŝtanujoj ŝi havis la klaran senton, ke tiu ĉi tago estas la plej bela en ŝia vivo. Neniam antaŭe ŝi estis la centro de tiom da homoj. Ŝi estis feliĉa. Mac premis ŝian varmegan manon, kaŝante tion antaŭ la kunvojaĝantoj.

En Liverpool ili estis mendintaj malgrandan hotelĉambron. Antaŭ ol enlitiĝi, ili ankoraŭ trinkis en la halo botelon da burgonja vino. Sed tion ili pli bone ne farintus. Suprenirante la ŝtuparon, Mac rimarkis, ke li estas ege laca.

Al li estis apenaŭ eble dece admiri la novan kalsonĉemizon, kaj lilaj korsetoj ŝajne estis kutimaj al li. Sed tiel nur manifestiĝis lia laceco.

Ili baldaŭ ekdormis, sed meze en la nokto raslis la vekhorloĝo, kiun li antaŭzorge ĝustigis, kaj nun ili pasigis agrablan horon. Mac, rigore pridemandite, konfesis kelkajn antaŭajn amaĵojn (*ne* tiun kun Fanny, kaj tiun kun Jenny iom nekomplete), kaj la persiko konfesis unu kison kun Smiles, sed tio nur post senfina rezisto, tiel ke tiu konfeso propre estis la kulmino de la tago kaj metis la fundamenton de lia longedaŭra amo.

Ankaŭ Polly estis feliĉa kaj pardonis al Mac lian profesian pasintecon kiel rompoŝtelisto, pri kiu li informis ŝin ĉe la botelo da burgonja vino en la halo – li lasis ŝin parte eltiri la rapiron el la dika bastono. Ŝi eĉ pardonis al li liajn amaĵojn kaj, kio estis pli, liajn iom strangajn kutimojn, ekz. la kutimon, grati sian bruston sub la ĉemizo. Ĝuste per tio ŝi klare konsciiĝis, ke ŝi vere amas sian edzon.

Sinjoro Jonathan Peachum havis la plenpovon de la baroneto, la vetperisto, la domposedanto, la teksaĵisto kaj la restoraciesto. Li renkontis Coax sur la kajo.

La veturo al Southampton pasis, sen ke la sinjoroj interŝanĝis pli ol dek vortojn. Coax legis la „Times“, kun nazumo sur la maldika nazo, kaj Peachum sidis silente en la angulo, kun la manoj unu sur la alia en la regiono de sia umbiliko.

Foje la makleristo suprenrigadis kaj diris indiferente:

„Mafeking tenas sin. Tenacaj uloj!“

Peachum silentis.

‚*Malbone*‘, li pensis en sia angulo, ‚*angloj rabias kontraŭ angloj. Ne nur ĉi tiu, ankaŭ tiuj en Mafeking estas kontraŭ mi. Ili do kapitulacu! Tiuokaze ili bezonas nek sieĝorompajn trupojn nek ŝipojn, kaj la negoco, kiu rompos al mi la kolon, nuliĝos! Nun ili sidas tie, en tiu varmega klimato kaj tagon post tago atendas la ŝipojn, kiujn mi aĉetu al ili per miaj ŝparitaj pencoj. Persistu, ili diras ĉiun tagon unu al la alia, ne ŝanceliĝu nek cedu, prefere manĝu malpli multe, starigu vin en la kuglopluvon, ĝis la maljuna Jonathan Peachum aĉetos per siaj ŝparitaj groŝoj la ŝipon, kiu alportos la sieĝorompajn trupojn. Se okazus laŭ ili, la damna ŝipaĉeto devus rapide realiĝi, sed se okazus laŭ mi, ĝi devus realiĝi malrapide; tiel ni havas tute kontraŭajn interesojn, kaj ni tute ne konas unu la alian!*‘

En la hotelo de Southampton ili haste disiĝis; ili eĉ ne vespermanĝis kune. Sed meze en la nokto ekestis malbona bruego en la ĉambro de Coax, kiu situis apud tiu de Peachum.

Peachum surmetis sian pantalonon kaj iris apuden. Tie la makleristo, kovrita ĝis la mentono, kuŝis en la lito, kaj meze en la ĉambro staris iom juna persono, nuda escepte de la ŝtrumpoj, kaj plengorĝe insultis Coax.

El ŝiaj eldiroj oni povis kompreni, ke ŝi ne pretas plenumi la farojn de li postulatajn. Ŝi referencis al multjara praktiko kun riĉaj spertoj kaj emfazis sian absolutan senantaŭjuĝecon; kiel atestantoj pri tio ŝi nomis ĉiuspecajn havenlaboristojn, ankaŭ maristojn, sinjorojn malproksimen vojaĝintajn kaj pretendemajn. Sed eĉ certa grandaĝa juĝejano, publike konata kiel obscenulo, ne kuraĝis esti tiel pretendema por 10 ŝilingoj.

Nesuperereble ŝi scipovis malaltigi Coax. Sen peno ŝi trovis por li komparojn, kiuj, se eblus ilin rerakonti, donus per sia poezia forto preskaŭ senliman daŭron al tiu libro.

Peachum estis apenaŭ enveninta, kiam oni jam frapis la pordon. Li devis repremi kelkajn ekscititajn kelnerojn. Poste li komencis veki la komprenon por negocaj entreprenoj en la sinjorino, kiu nun, pitoreske metinte la pluŝan tablokovraĵon ĉirkaŭ la ŝultrojn, surmetis siajn ŝuojn.

Post obstina lukto ŝi foriris, kun kelkaj monbiletoj en la ŝtrumpo kaj dirante jenon:

„Plej bone vi rapide havigas al via amiko du aŭ tri sinjorinojn, se vi volas rekonsciigi lin tiagrade, ke li povas forlasi la hotelon, ne rampante kvarpiedule."

Kiam ŝi estis for, la du sinjoroj devis paki, ĉar la hotelo ne plu rigardis ilian ĉeeston dezirebla. Ili transloĝiĝis en alian.

Intertempe jam estis ĉirkaŭ la kvara matene. Do, ili ne plu enlitiĝis, sed havigis al si kruĉon da teo kaj interparolis.

Coax montris fortan bezonon paroli. Li ne kaŝis al sinjoro Peachum, ke la sceno vekis en li fortan abomenon. Malkaŝe li turnis sin kontraŭ sia propra malforto komunikiĝi kun tia feĉo de la homaro.

„Tiuj homoj", li diris malĝoje kaj ekscitite, „perdas ĉiun sintenon, se oni prenas ilin el ilia kutima medio. Ili ne eltenas ĝentlemanan traktadon. Oni eĉ ne povas riproĉi tion al ili, ili ne konas tion pli bone. Ili ĉiam ĵetadas insultajn vortojn de la plej vulgara speco. Ĉar ili ĉiam malpurigas sin mem por mono, ili perdas ĉiun pli bonan senton. Ili ne volas labori. Ili eĉ ne volas doni la ekvivalenton por la mono, kiun ili ricevas. Esence ili volas komfortan vivon kaj nenion alian. Jen ja, kio ĉagrenas min ĉe la socialismo. Tiu plata materialismo estas neeltenebla. La plej alta feliĉo de tia estaĵo estas, sin doni al la maldiligento. Tiuj plibonigistoj de la homaro neniam atingos ion. Ili ne konsideras la homan naturon, kiu estas ĝisfunde putra. Jes, se la homoj estus tiaj, kiajn ni volus, oni povus multon fari kun ili. Ĉar ili ne estas tiaj, ĉio fiaskas. Finfine nur restas la postmizero."

Peachum, laŭ sia kutimo, staris ĉe la fenestro kaj rigardis malsupren al jam sufiĉe hela placo, kiun viro en blua bluzo estis surŝpruciganta el hidranto. Venante de la haveno, la unuaj legomĉaroj radbrue preterveturis.

Post kiam Coax finis sian paroladon, li diris seke:

„Vi devus edziĝi, Coax“.

Coax ekprenis tiun konsilon kvazaŭ pajleron.

„Eble mi vere devus fari tion“, li diris medite, „mi bezonas amantan estaĵon ĉirkaŭe de mi. Ĉu vi volas doni al mi vian filinon?“

„Jes“, Peachum diris, ne turnante sin.

„Vi konfidus ŝin al mi?“

„Certe.“

Coax spiris aŭdeble. Se Peachum turnus sin, li rimarkus, ke Coax aspektas ne tre bone. La afero ekscitis liajn nervojn.

„Vi havus ne malbonan bofilon“, li diris maltrankvile, „mi scipovas mian negocon. Kaj mi estas homo de principoj. Ni vere devus paroli pri la afero. Vidu, la negoco, kiun mi estas faranta, estas ĝisfunde bona, ĝi estas vere grandstila. Vi ankoraŭ tute ne scias, *kiel* bona ĝi estas. Vi mem estas implikita en ĝi, kaj tio tute konsidereble! Mi kredas, ke vi ankoraŭ ne divenas, kiom mi profitos de la afero, Peachum. Vi estas atestanto, kiel mi aranĝas tiaĵon. Nun kiam prepariĝas tia rilato inter ni, mi povas trankvile fari al vi konfidencon; des pli, ĉar esence ĉio jam estas finaranĝita. Vi mem implikiĝis, laŭ la superrigardo al mi ebla, je minimume 7000 pundoj. Vi ne kredas tion? Nu, kiom kostos viaopinie la ŝipoj, kiujn ni inspektos hodiaŭ? Inter ni: mi jam scias. Estas unuarangaj ŝipoj. Por malpli ol 35000 pundoj ni, aŭ pli bone, vi, ne povos akiri ilin. Sen la opcio, kiun mi havas por ili, ili estus eĉ pli multekostaj. Unuamomente vi diros, ke tamen restas diferenco ĝis la 49000 pundoj, kiujn pagos la registaro. Sed tio nur ŝajnas tiel. Vi aĉetos la novajn ŝipojn kaj la malnovajn vi fordonos, sed je la prezo, kiun via eksperto diris al vi. Pli multe ili vere ne valoras. Ĉu vi ankoraŭ scias ĝin? 200 pundoj.“

Peachum jam delonge turnis sin. Nun li ekprenis la kurtenon apud si per tremanta mano. Li rigardis Coax kvazaŭ pitonon.

Coax ridis kaj daúrigis:

„La riparkostoj, la ŝmirsumoj, mia provizio ne tiom ŝarĝus vin, se la ŝipoj estus malmultekostaj kaj kostus nur 11000 pundojn. Sed la afero statas alie, se ili kostas 35000 pundojn. Kaj al tio nun aldoniĝos pliaj ŝmirsumoj por la ŝanĝo de la ŝipoj, minimume 7000 pundoj. Kion vi pensas pri tio?"

Peachum nun aspektis grave malsana en la pala matenlumo. Plej malbone estis, ke li antaúsentis tion! Li falis en la manojn de krimulo, kaj li antasúentis tion dekomence. Se li estus klera, li povus ekkrii:

‚Kio estas Edipo kompare al mi? Ĝenerale kaj tra jarmiloj oni opiniis lin la plej malfeliĉa el ĉiuj mortemuloj, demonstraĵo de la diaj ekzekutistoj, la plej multe trompita el ĉiuj naskitaj de virino! Kompare al mi li estas favorato de la sorto. Li eniris malbonan negocon, ne divenante tion. Unue ĝi ŝajnis bona, ne, unue ĝi estis bona. Estis agrable dormi kun tiu virino. La vagulo trovis hejman feliĉon, dum jaroj tiu viro ne havis zorgojn pro la ekzistado, li ĝuis ĝeneralan estimon. Poste montriĝis, ke le edzeca ligo, kiun li faris, ne povis esti daúra, bone, ĝi devis esti malfarata, denove li estis sen edzeca ligo, estonte La Lito de la virino restis al li barita. Stultuloj kaj enviuloj premis lin, bone, estis tre multaj, preskaú ĉiuj, malagrable! Sed ekzistis pli multe da landoj ol ĉi tiu, por vagabondoj kiel li ĉiam ekzistas ne malmultaj. Al si mem li havis nenion por riproĉi: li faris nenion eviteblan. Sed mi sciis pri ĉio, mi mem estas la stultulo, do ne vivkapabla. Ĉe mi montriĝis, ke oni povas persvadi min aĉeti viandmuŝon por 1000 (mil) pundoj. Mi ne plu povas iri tra la strato, ne devante timi, ke mi prenas omnibuson por ventblovita folio. Mi apartenas al tiuj, kiuj tro multekoste pagas la klabojn, per kiuj ili estos mortbatataj, kaj kiujn oni trompas eĉ per la prezoj de iliaj tomboj!'

Intertempe la aspekto de la maljuna viro fariĝis enua por Coax.

„Pro ĉiuj ĉi motivoj", li diris trankvile, „mi estas vere ideala bofilo."

Sian matenkafon ili trinkis jam kiel parencoj. Peachum diris kelkajn singardajn vortojn pri sia instrumentbutiko; la makleristo incidente menciis la beletan haŭton de la persiko. Poste la du sinjoroj iris por inspekti siajn novajn ŝipojn.

Vendeblaj estis du, tre bonaj kaj tre multekostaj. Kune kun tria, pri kies ekzisto en Plymouth Coax sciis, ili kostis precize 38500 pundojn; estis supozeble, ke el ili minimume 8000 pundoj estis la provizio de Coax. Ĉar Peachum transiris el la grego de ŝafoj en la staton de buĉisto, li ne plu faris grandajn malfacilaĵojn. Al li estis precipe urĝe veni hejmen. En la necesejo li estis kalkulinta sur malgranda papereto, kiom li perdus sen Polly. Sed preskaŭ pli malbone estus elteni la profiton de Coax. Proksimume taksante ĝin, li tiel forte ĝemis, ke pasanto de ekstere demandis lin, ĉu li estas malsana.

Fakte ekde tiu tago sinjoron Peachum malpli okupis la penso pri la neniiga perdo, kiu preskaŭ trafis lin, sed ege pli multe tiu pri la enormaj profitoj, kiujn li povos tiri el parenceco kun la makleristo.

Plej grave estis nun antaŭenigi la persikon. Pli bonan edzon la knabino tute ne povis havi. Li estis genio.

Ĉe tio Peachum sciis nur malgrandan parton de tio, kion Coax planis. Kelkon de tio, kion li opiniis scii, Coax tute ne planis.

En Liverpool Macheath plenumis siajn negocojn. Unuafoje Polly akompanis lin en unu el siaj butikoj.

El duonhela ejo granda nerazita viro venis renkonte al ili. La butiko estis blanke kalkita. Sur stabloj el nerabotitaj tabuloj kuŝis, nete ordigitaj, grandaj staploj da ŝtofoj, tutaj pakaĵoj da flavaj pantofloj, skatoloj kun poŝhorloĝoj, dentbrosoj, fajriloj, amasoj da lampoj, notlibroj, pipoj, entute ĉirkaŭ dudek diversaj artikloj.

Eksciinte, kiu staras antaŭ li, la viro silente malfermis malaltan tabulpordon malantaŭen kaj vokis sian edzinon en la butikon. Ŝi venis kun suĉinfano sur la brako el eta, unufenestra ejo, en kiu tra la nefermita pordo Polly povis vidi konfuzon de mebloj kaj infanoj.

La du faris nesanan impreson.

Ili estis plenaj de espero. La viro opiniis, ke li certe sukcesos; lin ja ĝojigas stari per la propraj kruroj. Kion li ekprenas, tion li ne facile lasas el siaj pugnoj.

„Mia edzo estas unu el tiuj," diris la edzino, kiu aspektis iom subnutrite, „kiuj ne lasas sin venki."

Laŭ tio, kion Polly povis kompreni, la homoj tamen ne fartis bone. La luprezo ne estis alta, sed pagoprokrasto ne estis permesita. La varoj, kiujn liveris la centralo de sinjoro Macheath, alvenis neakurate, krome en neegalaj kvantoj, kaj la nevenditaj restoj faris la butikon brokantejo. Krome estis aŭ tro multe aŭ tro malmulte da artikloj. Kiu deziras galoŝojn, ne interesiĝas pri poŝhorloĝo, sed pluvombrelon li kunprenus eventuale. La aliaj ĉenbutikoj estis forta konkurenco, malgraŭ la pli altaj prezoj.

La viro diris, ke estas tre malfacile reguligi la kontojn jam je la fino de ĉi tiu monato.

Trankvile kaj komprene Macheath klarigis al li, ke la konkurenco de la grandaj ĉenbutikoj estas malmorala, ĉar ili ekspluatas fremdajn laborantojn kaj ruinigas la prezojn kune kun la judaj bankoj. Sed li trankviligis lin pri la grandaj vendejoj, dirante, ke en la pompaj butikoj, eble ĉe J. Aaron, tute ne ĉio statas tiel brile, kiel ŝajnas. Interne ili estas ĝisoste putraj, kvankam ekstere ili brilas. Ĝuste temas pri tio, per rigora energio komenci batalon kontraŭ tiuj Aaron kaj kiel ili ĉiuj nomiĝas. Tiurilate ne devas esti indulgo.

Rilate la luprezon, li promesis subvenciojn; krome malpli grandajn kaj pli variajn varkvantojn. Li ankaŭ promesis zorgi pri akurata liverado. Por tio li postulis pli multe da reklamo flanke de la butiko. La geedzoj ja povas desegni paperetojn, kiujn la infanoj povas premi en la manojn de laboristoj ĉe fabrikpordegoj. La paperon disponigos la centralo.

Da infanoj estis sufiĉe. Por momento Polly iris en la malantaŭan ĉambron.

Estis ĉio ne malpura, sed vere ekzistis nur ruinoj de mebloj. Sur kaduka sofo minacanta kunfali kuŝis maljuna virino, la patrino de la posedanto. La infanoj gapis. La maljuna virino obstine rigardis al la muro.

Ambaŭ ĝojis, kiam ili denove venis en freŝan aeron. Mac resumis sian opinion en la frazo:

„Aŭ iu havas M-butikon *aŭ* multajn infanojn."

Ĉe la sekva M-butiko (pli ol du ĝis nun ne ekzistis en Liverpool) Polly restis ekstere, ĝis Mac finis sian viziton. Tra la montrofenestro, malantaŭ kiu pendis kostumoj mirige malmultekostaj kaj beletaj, ŝi vidis Mac paroli kun juna ftiza viro, kiu tajloris kostumojn sur kruda lignotablo. Dum la interparolo li ne haltis en sia laboro eĉ por unu momento.

Polly poste eksciis, ke oni liveras la ŝtofojn al la viro, tiom kaj tiom da metroj por tiom kaj tiom da kostumoj, kies prezoj estis fikstitaj, tre malalte kompreneble.

„La homoj, kiuj aĉetas ĉi tie," diris Mac, „povas pagi ne multe."

Se la viro neniam fuŝtajlis kaj la debito estis vigla, li povis enspezi la elspezojn. Pli bone li status, se li havus familion, pli da laborantoj. Sed tio estis lia afero. Laŭ la M-sistemo li ne bezonis toleri iujn preskribojn.

Macheath rakontis, ke la viro fiksis gazetan eltranĉon sur la muro vidalvide al sia gladotabulo: „Sen diligenteco ne rekompenco!"

En pogranda komercejo por ŝtalaĵoj Macheath ankoraŭ mendis kvanton da razoklingoj kun antaŭdatita fakturo. Per tio li finis siajn aferojn en Liverpool, kaj ili povis reveturi al Londono.

Ili planis, unue sekretigi la geedziĝon al sinjoro Peachum, por ne senbezone bruski lin. Polly intencis hejmeniri sola, silentigi la patrinon (ŝi havis butelon da konjako en la mansaketo) kaj informi Mac, kiam ŝia patro revenis el Southampton.

Sed kiam Polly venis en la butikon, sinjoro Peachum jam estis hejme el Southampton, kaj ĉiuj estis en plena ekscitiĝo pro ŝia dumnokta forrestado.

Tuj sub la pordo ŝia patrino ŝiris la mansaketon el ŝia mano. El tiu ŝi eligis butelon da konjako, kalsonĉemizon aĉetitan en Liverpool kaj edziĝan robon.

La efiko de tiu ĉi aspekto estis enorma; sed kiu ŝatas familiajn scenojn kaj kiu ne rezignas volonte scii, kion la maljunuloj diris al sia filino, la frukto de siaj korpoj! Ĉio estis malkaŝata, la „Sepio“ same kiel la dupersona hotelĉambro en Liverpool. La nomo Macheath, de nun ankaŭ tiu de lia ununura filino, estis por Peachum klabobato sur la kapon. La krimula mondo de la britaj insuloj kaj de iliaj dominioj kuŝis kvazaŭ malfermita libro antaŭ Jonathan Peachum, kiun Soho kaj Whitechapel respekte nomis „almozula reĝo“. Li sciis, kiu estas Macheath.

Krome li estis viro ne nur malhonorita, sed eĉ ruinigita. Nek la tri domoj, en kies muroj li ricevis la monstran klabobaton de la sorto, nek la vermotrua tablo, sur kiu li dume apogis sin, ankoraŭ apartenis al li. Hodiaŭ matene li vidis en Southampton tri ŝipojn, el kiuj li sola devos pagi almenaŭ unu. Kaj lia filino, la lasta pajlero, kuŝiĝis en hotela lito de Liverpool al kota rompoŝtelisto!

„*Mi eniros la pundomon*“, li furiozis, „*mia filino enigos min en la pundomon! Ankoraŭ hodiaŭ matene en Southampton, post sendorma nokto, mi iris kaj aĉetis por ĉi robon, ĝi kuŝas en la kontoro, kostis du pundojn! Mi pensis, ke mi kunportos al ŝi ion, por ke ŝi vidu, ke pri ŝi estas zorgate! Aliaj infanoj devas de frue akiri sian porvivaĵon, iliaj kruroj estas kurbaj, ĉar oni ŝparas la lakton. Iliaj animoj estaj venenitaj, ĉar tro frue ili devas vidi la ombrajn flankojn de la vivo. Mia filino trinkis lakton litre, lakton ne senkremigitan! Ŝi vidis nur prizorgon kaj afablon. Ŝi lernis ludi pianon! Nun, unuuran fojon, mi postulas ion de ŝi, ŝi edziniĝu al kapabla negocisto, al viro kun principoj, kiu portos ŝin sur siaj manoj! Li enigos min en la pundomon, ĉar pro ŝi mi faris negocon, pri kiu mi nenion komprenas, nur por havigi al ŝi doton! Kion do tiu malmorala estaĵo opinias? Se mi kaptas unu el miaj kudristinoj kun mia aganta faktoro, ŝi estas elĵetata, tiel mi zorgas pri moralo en mia domo! Kaj mia filino malĉastas kun urbekonata priedziĝa trompisto kaj dotavidulo. Nun mi povas zorgi, kiamaniere eksedzinigi ŝin. Kaj poste ŝi estas difektita por ŝia tuta vivo. Coax neniam pardonos al ŝi; li havas apartan konscion pri la pureco de la virino kaj, kiel statas la aferoj, havas la rajton esti elektema!*“

La persiko sidis ploregante en sia rozkolora ĉambro kaj ne kuraĝis eĉ nur sendi mesaĝon en la „Sepion“, la lulilon de ĉio malbona, kie Mac atendis sciigon, kiam li faru la decidan viziton al sia bopatro.

Macheath atendis la tutan vesperon pacience aŭ nepacience, kaj la sekvan antaŭtagmezon li iris en la instrumentbutikon.

Granda, grumbla ulo kun danĝerega aspekto venis renkonte al li, kaj kiam Mac diris sian nomon, li, ne respondante eĉ unu vorton, prenis lin je la ŝultroj kaj ĵetis lin el la pordo.

Du tagojn poste li ricevis de la persiko papereton, ke li pro Dio ne montru sin, kaj tamen, vespere, kun tute plorintaj okuloj, ŝi venis por malmultaj minutoj al la stratangulo por diri al li, ke ŝia patro insistas, ke ŝi restu en lia domo. Aliokaze li malheredigos ŝin kaj krome anoncos Mac al la polico, ĉar li scias sufiĉe multe pri li.

Mac aŭskultis iom trankvile kaj almenaŭ ne diris ion pri fuĝado aŭ similaj sensencaĵoj. Li nur deziris, ke ŝi venu por kvin minutoj en la parkon, sed ŝi ne kuniris.

Unu, du semajnojn ili intervidiĝis nur por momentoj.

SESA ĈAPITRO

Mi deziras ne plu vivi. Lasu min, ĉar miaj tagoj estas vantaj.

Kio estas homo, ke vi rigardas lin granda kaj zorgas pri li?

Vi falas sur lin ĉiutage kaj tentas lin ĉiuhore.

Se mi pekis, kion mi faras per tio al vi, ho vi, homgardisto? Kial vi faras min celo de viaj atakoj, ke mi estas ŝarĝo al mi mem?

Kaj kial vi ne pardonas al mi mian misagon kaj ne forprenas mian pekon? Ĉar nun mi kuŝiĝos en la tero, kaj se morgaŭ vi serĉos min, mi ne plu estos.

La libro Hiob

ŜVITBANOJ

En Battersea, je la angulo de la Fourney-strato kaj la Dean-strato, troviĝis malnova banejo nur por viroj, kiun frekventis ĉefe malpli junaj sinjoroj. La ekipaĵo estis iom primitiva. La kuvoj estis lignaj kaj ne malmulte trivitaj; la tabloj, sur kiuj okazis la masaĝoj, estis iomete ŝanceliĝaj kaj la bantukoj truhavaj pro ofta uzo. Sed oni aplikis tie certajn medicinajn banojn, kiujn pro la uzitaj herboj oni ne povis havi aliloke. Ili ne estis rekomenditaj de kuracistoj; unuj vizitintoj rekomendis ilin al aliaj. La banejo nomiĝis „La kuvobanoj de Feather". La prezoj ne estis malaltaj. La servado estis farata de knabinoj.

Tien venadis William Coax; li venis minimume unu fojon semajne. La membroj de la transportŝipa societo jam alkutimiĝis veni tien, se ili deziris vidi lin.

La banoj estis prenataj en apartigitaj kajutoj; ankaŭ la masaĝo estis tie farata. Sed la ŝvitkestoj kaj la tabulkuŝejoj por la ripozo staris en komuna ejo. Tie oni povis interbabili relative komforte, precipe, se oni rezervigis al si ĉiujn kajutojn. La banejo estis preparita al tio, ĝi simple pendigis afiŝon „Okupita" ĉe la kaso.

Ilia kutima tago estis la lundo. Dum la semajnfino la banejo estis fermita, tiel ke komence de la nova semajno la dungitaro ne estis tro elĉerpita. Coax estis spertulo pri tiaj kalkuloj.

Komence kelkaj el la membroj rezistis kontraŭ la elekto de tiu ĉi kunvenejo. Finfine neniu volis forresti. Precipe post kiam la aferoj de SUT turniĝis tiel fatale, la kunvenoj estis akurate observataj.

Venis eĉ Finney, nejuna, sekiĝinta homo de grumbla naturo, kiu abomenis ĉiuspecan lukson, sed vere asertis pri sia herbobano, ke pli bone ol io alia ĝi havigas al li mildiĝon de lia stomakmalsano. Li supozis kanceran malsanon kaj ŝatis interparoli pri ĝiaj simptomoj. La banknabino el la numero 6 jam sciis ilin parkere.

Unufoje por ĉiam Peachum estis kondiĉinta por si la unuunuran banmajstron, grandan, dikan viron, kiun oni timis pro liaj masaĝoj. La knabinoj estis ĝenerale ne trudiĝemaj, sed tro leĝere vestitaj laŭ la gusto de Peachum.

Tuj post sia reveno el Southampton Peachum parolis kun Eastman kaj informis lin, ke la aĉeto devas nepre efektiviĝi kiel eble plej rapide. Tiucele li parolis ege malŝate pri Coax kaj nomis lin senkonscienca gorĝotranĉisto. Tute certe tiu distrumpetos la provon de la societo vendi al la registaro malnovajn, kadukajn ŝipojn. Dekomence la tuta negoco celis instigi ilin al io krima kaj poste elpremi ilin. La kutima kaj responsebla profito el militaj liveradoj estas 300 procentoj. La profito de pli ol 450 procentoj celita de la societo estigos terurajn malagrablaĵojn. Eastman konsentis, ke oni povas reguligi la kontojn kun la makleristo nur post la aĉeto de la novaj ŝipoj. Ili decidis atendigi la membrojn ankoraŭ kelkajn tagojn kaj ekparoli pri la tre altaj prezoj nur dum la kutima lunda kunveno. La ĉeesto de Coax kredeble efikos favore, ĉar li eble povos doni ankoraŭ kelkan esperon pri altigo de la aĉetsumo flanke de la registaro.

La sekvan lundon la interkonsiliĝo de la sep sinjoroj en la banejo pasis ne sen streĉo.

Moon, la teksaĵfabrikisto, Finney kaj la baroneto jam kuŝis sur la tabulkuŝejoj. Peachum ankoraŭ masaĝigis sin, kaj la restoraciestro Crowl, kiu ne volis preni banon, sidis en vestoj sur sia seĝo, kiam Eastman en la ŝvitkesto ekraportis. Coax gimnastikis.

Eastman komencis per klarigo de la neceso, unufoje por ĉiam lasi la penson pri la vendo de la malnovaj kestoj. Li akcentis, ke la plano estis alloga, sed montriĝis nerealigebla. Por la 5000 pundoj, kiujn oni disponigis al la konfidenculo de Coax en la mararmea oficejo, oni povas postuli energian subtenon al la interesoj de SUT, sed ne iun fermadon de la okuloj, kiu najbaras al krimo. La kaŝado de la nuna fatala provo de la societo pri la „Bela Anna", la „Juna Ŝipisto" kaj la „Optimisto", la transigo de tiuj nomoj al novaj ŝipoj kostos pliajn 7500 pundojn, 4000 tuj kaj 3500 ĉe kontraktado. Oni devas rigardi ilin instrupago.

Peachum, nedelikate masaĝate de la banmajstro, observis kun intereso la silentan, subteran konkuron pri ŝvitado inter la dika Eastman en la ŝvitkesto kaj Crowl, kiu sidis komplete vestita sur sia ligna seĝo kaj aŭskultis lin kun nepriskribeble avida mieno. La restoraciestro estis la malplej forta ero en la ĉeno de SUT post la eksiĝo de la ŝafbredisto. Dekomence li plendis pri sia malbona negoca situacio parolante pri glavo daŭre pendanta super li. Ĝuste pro tio li ĉiam sekvis la novan profitodonan negocon precipe fervore. La kapitalo unue pagita devenis de lia bopatro. Nun li komike konkuris kun la domposedanto pri ŝvitado. Kiam Eastman, ankoraŭ tute seka, raportis pri la malfacilaĵo havigi ĝuste nun taŭgajn transportŝipojn, ŝvitgutoj jam ekfluis sur lia frunto. Kaj kiam Eastman venis al la veraj prezoj (38500 pundoj kaj 7500 pundoj) kaj mem eligis la unuajn malgrandajn ŝvitgutojn, la restoraciestro sidis jam ŝvitbanita.

‚Tiom', pensis *Peachum, ‚la efiko de animaj influoj superas tiujn de pure korpaj rimedoj. La homa korpo estas*

tute kaj komplete en la mano de la animo kaj de la sentimento.‘

Ankaŭ la ceteraj sinjoroj montris la terurajn efikojn de anima ekscitiĝo al aspekto kaj sinteno. Finney, ja vere malkuraĝulo, plendante batis per la mano sian korpon, kaj Moon lamentis kvazaŭ maljuna virinaĉo. Se la banknabinoj ĉeestus, ili tre mirus pro la malforto de tiuj viroj aliokaze tiel despotaj. Sed laŭ ĉiuj medicinaj esploroj la virino ja estas neegale pli taŭga elteni dolorojn ol la viro.

Peachum mem sentis sin tre mizera pro la penso pri la terura bato, kiu trafis lin per la neoportuna edziniĝo de lia filino.

Post kiam Eastman finis sian raporton kaj venis el la kesto, la restoraciestro diris kiel unua per strange obtuza voĉo, ke tiuokaze li estas bankrota kaj devas peti la sinjorojn ne plu kalkuli je li. Ĉion ankoraŭ priparolendan oni povas reguligi kun lia advokato.

Li aldonis, ke lia bopatro havas 78 jarojn kaj prunteprenis la monon donante kiel garantiaĵon sian maljunaĝan asekuron kaj esperante havigi al sia filino senzorgan ekzistadon. Liaj propraj infanoj havas 8 kaj 12 jarojn. Eastman, sekigante al si la volumenajn femurojn, kontraŭargumentis, ke certe ne estos tiel malbone, sed Moon riproĉis lin pro tio. Li afliktiĝis pri tio.

Finney atentigis pri sia grava (probable mortminaca) malsano kaj dubis, ĉu li povos havigi la sumojn nun bezonatajn. Eastman rediris incitite, ke ankaŭ li povas imagi pli agrablan uzon de ĉirkaŭ 3000 (tri mil) pundoj. La baroneto silentis. Por lia eduko oni elspezis multe da mono.

Dume Coax finis siajn gimnastikajn ekzercojn kaj povis doni al siaĵ ŝafidoj la nukbaton. Li surhavis rozkoloran bankostumon kaj nigrajn banŝuojn.

„Sinjoroj“, li diris, „ni ankoraŭ ne estas je la fino. Vi aŭdis la prezon, je kiu taŭgaj ŝipoj estas haveblaj. Vi ne miros aŭdi, ke por mono ne ĉio estas aĉetebla. Tiuj ĉi ŝipoj ekzemple ne estas haveblaj nur por mono.“.

En tiu ĉi momento Crowl komencis rikani. Tute detruita, li sidis sur sia ligna seĝo, kapjesis per la karnodika kapo kaj rikanis. Lin ne plu koncernis la dua bato, ĉar jam la unua terenbatis lin.

Coax rigardis al li malfide kaj poste daŭrigis:

„Mi povas imagi, ke vi iomete perdis la fidon pri vi mem. Sed, bedaŭrinde, ne nur vi perdis la fidon pri SUT, sed ankaŭ mi. Mia samlernejano en la mararmea oficejo deziras, ke la plua negoco estu plenumata de mi.“

La sinjoroj, escepte de la restoraciestro ĉiuj nudaj, do en tiu malagrabla stato, en kiu laŭ la religia instruado ili iam devos prezenti sin antaŭ la trono de Dio, ankoraŭ iomete pli malgrandiĝis. Peachum flankenpuŝis la dikan banmajstron kaj rektiĝis. Kion Coax ĵus diris, estis nova ankaŭ por li.

„Ni opinias jenon pri la aranĝo de la malagrabla afero“, diris Coax. „Via societo unue pagis 8200 pundojn. Por ili estis aĉetitaj tiuj aĉaĵoj, pri kiuj ni ne volas paroli. Por la plibeligo de via aĉetaĵo vi disponigis pli ol 5000 pundojn, kiel mi scias. Laŭ la interkonsento, vi devas ankoraŭ pagi al mi 25 procentojn de la registara pago kiel provizion, tio estas 12250 pundojn, kaj al mia amiko, kiu ricevis nur 5000 pundojn, ankoraŭ 7500 pundojn, kiel sinjoro Eastman ja sugestis al vi. Aldoniĝas pliaj 38500 pundoj por la novaj ŝipoj. Se vi adicias tiujn sumojn, vi trovos, ke viaj elspezoj sumiĝas entute al ĉirkaŭ 75000 pundoj. La pago de la registaro estas 49000 pundoj, kaj la objektojn, pri kiuj mi ne parolas, ĉar mi ne estas prokuroro, mi estas preta vendi je via konto por 2000 pundoj. Laŭ la takso de via propra eksperto, ilia valoro estas 200 pundoj. Sed vi ja elspezis 5000 pundojn por ilia riparado, kaj mi estas por korekta aranĝo. Post reguligo de la kontoj vi devos registri kiel entutan malgajnon ne pli ol 26000 pundojn, kondiĉe ke mia kalkulo estas ĝusta. Mi ne bezonas diri al vi, ke tio kompensas ĉirkaŭ 20 jarojn de malliberejo, kiujn vi devus entute atendi. Sinjoroj, la laste menciita vojo estas memkompreneble ankaŭ ebla por vi. Se vi deziras preni ĝin, mi povas tuj redoni al vi la ĉekojn je 5000 pundoj, kiujn vi transdonis al mi por mia amiko. Mi kunhavas ilin.“

La pli sagacaj inter la ĉeestantoj ne dubis pri tio. La afero estis bonege trapensita de Coax. La viro en la mararmea oficejo fiaskus malgraŭ la redono de la ĉekoj kaj kelkaj falsaj ĵuroj, ĉar li ja aĉetis neinspektitajn ŝipojn, sed tio apenaŭ estus helpo por la societo. Ĝi vendis la ŝipojn, pri kies malvaloro ĝi estis informita.

Coax postulis, ke la societo elektu al si mandatulon, kun kiu li poste volas finaranĝi la aferon paŝon post paŝo. Ĝis tuj antaŭ la definitiva transdono de la pretaj ŝipoj al la registaro ĉio estu farata de la societo, nur poste li mem volas partianiĝi en la registara kontrakto, do nur, kiam la novaj ŝipoj estos ekzistantaj kaj interŝanĝitaj kontraŭ la malnovaj.

Por la okazo de subitaj inspektadoj ankaŭ la laboroj pri la malnovaj ŝipoj devis esti daŭrigataj ĝis tiam. Do, la glavo restis pendanta super SUT ĝis tute lastmomente.

La societo ne trovis la forton por protesti.

Kiam je la fino Coax proponis al ĉiuj partoprenantoj malgrandan lunĉon en la proksimo, neniu emis respondi al li. Do, li aldone diris tute haste, ke neniuokaze li povos atendi la liveradon de la ŝipoj pli longe ol ok semajnojn, kaj li foriris antaŭ ĉiuj aliaj.

La sinjoroj decidis lasi la precizan kalkulon de la ankoraŭ estiĝantaj kostoj al Eastman kaj Peachum kaj renkontiĝi kun ili, tuj post kiam ĝi estos farita, plej malfrue la venontan lundon. La afero statis tiel, ke oni sentas malinklinon al sobraj kontoroj kaj preferas konduti, kvazaŭ estus tute sufiĉe renkontiĝi okaze.

Peachum estis pli afliktita ol iam.

Li laboris nun en SUT favore al Coax. Sed li eĉ ne havis sian filinon libera por li; kio rezultiĝos el tio?

Antaŭtagmeze li iris al la dokoj. En la ŝipoj zumis kvazaŭ en abelejoj. Estis martelado, segado kaj farbado. La laboristoj staris sur ŝanceliĝaj eskaloj kaj pendis en rompiĝemaj dratkorboj. Frostetante Peachum staris meze en ĉiu ĉi diligento kaj agemo. Materialon oni ŝparis ĝis ekstremo; ligno, fero, eĉ farboj, ĉio estis el la plej malmultekosta. Kaj tamen estis afero tiom enorme malprofita!

Poste Peachum rehastis en sian fabrikon. Ankaŭ tie ĉio iris glate. En la kontoro la almozuloj reguligis siajn kontojn. Atente Beery komparis la sumojn al siaj listoj kaj aŭskultis malfide kaj sperte al la ekskuzoj pro malpliiĝoj. Li forigis kverelojn pro limoj kaj pro agoj kontraŭ neorganizitoj. En la metiejoj la knabinoj sidis klinintaj sin super la longaj tabloj. Kiam la bezono de la fabriko estis kovrita, ili laboris por brokantistoj kaj tolaĵbutikoj. La instrumentfaristo riparis tubojn por gurdoj. Kelkaj almozuloj elprovis novajn muziktamburojn kaj longe elektis antaŭ ol decidiĝi. En la instruĉambro estis leciono. Sekiĝinta maljunulino, vespere neceseja virino en restoracio, montris al juna knabino kiel vendi florojn.

Suspirante Peachum staradis. Kion utilas ĉio ĉi, se oni sentis sin ĉiam tentita ekaŭskulti, ĉu ne paŝoj suprenklakus sur la ŝtupoj, ĉar polico jam aperis en la kontoro?

Pri ĉio kulpis lia filino.

Per sia senbrida volupto, supozeble heredaĵo de sia patrino, kaj sekve de puninda nesperteco, Polly ĵetiĝis en la brakojn de individuo pli ol obskura. Kial ŝi eĉ iris ĝis edziniĝo al sia amato, estis enigmo por li. Li supozis ion teruran. Sed lia opinio pri la distanco necesa inter parencoj ne permesis al li paroli kun ŝi pri privataj aferoj. Krome estis nur malutile paroli pri aferoj, kies ekzisto estis neniuokaze allasebla kaj kies nuligon oni povis postuli: priparolante ilin, oni nur tiris ilin en la sferon de la ebleco kaj per tio senigis sin de la ĉefa armilo, la evidenta malkapablo imagi, ke io malĝusta povus esti okazinta.

Meze en la nokto aŭ ĉirkaŭ la mateno Peachum kutime leviĝis ankoraŭfoje kaj supreniris, laŭ la trabarkoridoro, por vidi, ĉu Polly ankoraŭ estas en sia ĉambro. Tiam, neklare tra la duonfermita fenestro, li vidis ŝin kuŝi en la lito. Trankvile ŝi plu loĝis en la domo kaj ŝajne preskaŭ neniam renkontis sian edzon.

Ĉiuokaze estis necese kiel eble plej rapide malfari ŝian edzinecon. Peachum bezonis sian filinon.

Ke Coax prenos Polly nun kiel antaŭe, pri tio Peachum dubis eĉ ne unu momenton. Li rimarkis lian blindan avidon en Southampton. Tiu diboĉulo tro evidente troviĝis sub la potenco de siaj karnaj avidoj.

Kaj ja ŝajnis, ke tiu Macheath volas toleri la pluan restadon de sia edzino sub la gepatra tegmento. Li entreprenis nenion seriozan, lasis sin elĵeti sen kontraŭagoj kaj, tiagrade kiel Peachum povis kontroli tion, ĝis nun nenie diskonigis, al kiu li edziĝis. La minaco pri malheredigo ŝajne efikis plene. Evidente li estis tre avida pri la mono. Supozeble li bezonis ĝin.

Liaj M-butikoj estis grandstile aranĝitaj kaj lerte uzis la ŝparitan monon de simplaj kaj eĉ plej simplaj homoj. Sed la butikoj ja estis sufiĉe primitivaj, propre nenio alia ol malhelaj, kalkitaj truoj kun kelkaj staploj da krudaj varoj sur pinaj tabuloj, malantaŭ kiuj troviĝis malesperaj homoj. Ne eblis ĝisfunde enrigardi la vojojn, laŭ kiuj venis la tre malmultekostaj varoj.

Peachum provis kontaktiĝi pere de siaj almozuloj kun posedantoj de tiaj M-butikoj. Li ne tre sukcesis. La homoj obstine silentis, malamis almozulojn kaj ŝajne ne sciis multon pri la deveno de siaj varoj.

Pli bone li subkesis en siaj esploroj pri la pasinteco de tiu Macheath. Dum tutaj grupoj de jaroj montriĝis tiu duonhelo, kiu sur multaj paĝoj tiom senigas je detaloj la biografiojn de niaj grandaj negocistoj; tre ofte ili subite kaj surprize leviĝas „vertikale“ el la malhelo post tiom kaj tiom da jaroj „de dura kaj rigora laboro“ – de kiuj homoj, tion sciigi oni kutime forgesas.

La malgrandaj konkurantoj de la M-butikoj asertis, ke sinjoro Macheath kulpis pri edziĝaj trompoj en sia junaĝo ne tro longe pasinta. La koncernajn knabinojn ili nomis M-fianĉinoj, sed ne povis indiki la adresojn. Tiaj vagaj onidiroj ne taŭgis por fari ion. Estis ĉiuokaze klare: iel tiu vivo returne etendiĝis ĝis malsupre en la krimula sfero. Je iu tempo, ne tro longe pasinta, la metodoj de tiu sukcesa sinjoro estis eĉ pli nudaj, pli krudaj kaj pli kapteblaj por la tribunaloj.

Peachum vizitis interalie la „Spegulon“, tiun ĵurnalon, kiu foje asertis, ke en ĝiaj manoj troviĝas materialo kontraŭ la posedanto de la M-butikoj. La homoj memoris nur tre malklare pri la afero kaj balbutis ion pri manko de ĝustaj dokumentoj. Peachum devis retiriĝi, ne eksciinte ion, sed li havis la impreson, ke tie ili scias ion plian kaj eĉ havas materialon.

Sinjorino Peachum, en tiu ĉi periodo pli ol alitempe lasita al si mem kaj per tio al la fruktokelo, obtuze divenis la danĝeron, kiu pendis super la domo, kaj siavice rompis al si la kapon, kiamaniere ŝi nun povas forigi Polly de la „lignokomercisto“. Coax estis al ŝi antipatia, ĉar li estis „falsulo“, sed certe li estis la pli bona partio.

Ŝi cerbumadis pri planoj kapti Macheath dum iu amaĵo. Nepre li devis havi aferojn kun virinoj; ŝi ne forgesis lian ekprenon ĉirkaŭ la kokso de Polly, kaj nun li estis la tutan tempon sen virino.

Sed poste, spirite heligita per kelkaj glasoj da ĉerizbrando, ŝi ekpensis, ke en la nuna stato tiaj aferoj nepre kondukus per siaj larmoriĉaj interpaciĝoj al rilatoj eĉ pli intimaj. Do, ŝi rezignis pri siaj planoj.

Peachum jam konsideris proponi monon al la dotavidulo, sed tiu nenatura eliro finfine ŝajnis al li tro malfacila.

Li sendis Beery post Macheath. La lignokomercisto parolis kun li en la antikvaĵbutiko de Fanna Crysler.

Beery, kvazaŭ bulo da kruda karno, sidis sur la antaŭa rando de rompiĝema Chippendale-seĝo, la rigidan ĉapelon li lasis pendoli inter la dikaj genuoj.

„Sinjoro Peachum sciigas al vi“, li diris, „ke vi kiel eble plej rapide lasu Polly el la afero, aliokaze vi fartos ege malbone. Vi jam naŭzas ŝin. Kaj antaŭ ĉio vi naŭzas sinjoron Peachum. Se vi pensas, ke vi trafis en grasan lokon, tio estas enorma eraro, sinjoro. Ne ekzistas doto! Ni havas apenaŭ la kontantan monon, kiun ni ĉiutage bezonas. Se vi eble aŭdis ion alian, oni ege mistifikis vin. Krome ni jam estas sur la spuroj de kelkaj virinaĉoj, kiuj ankaŭ povus nomi sin sinjorino Macheath, se ili volus kaj konus vian restadejon. Pri tio vi povas esti tute certa, ke ni faros ĉion eblan por senigi nin de vi. Sed sinjoro Peachum diras, ke li ne volas havi skandalon kun vi, sed volas aranĝi ĉion trankvile kaj afable, kial, estas enigmo por mi. Mi procedus tute alie, sciu!“

Macheath ridis.

„Diru al mia bopatro, ke mi povas helpi al li per malpli grandaj sumoj, se li foje estas en embaraso“, li diris afable.

„Ni ne estas en embaraso“, Beery respondis krude, „sed vi baldaŭ estos. Ni estas en jurŝtato, sinjoro! Ankoraŭfoje:

ni ne havas la rimedojn, kiujn vi sugestis al vi. Estas vane, sinjoro. Ni estas malriĉeguloj, sed tiujn oni ne devas surtreti. Aliokaze la vermo povus kurbiĝi, kaj krome fortege."

„Sed ekstere", Macheath postulis de li, „ĝi devas kurbiĝi ekstere, ne ĉi tie en mia vendejo!"

Beery eliris kun insida grumblo. Peachum suspiris, kiam li aúdis la raporton.

Li havis ne plenajn ok semajnojn; poste li devis ree havi sian filinon je sia dispono aú pagi.

La restoraciestro Crowl ne estis mensoginta. Montriĝis, ke li ne nur ne povis ion aldoni, sed eĉ dependis de profitoj, nome de rapidaj profitoj, el la transportŝipa negoco kun la registaro. Li estis komplete brankrota.

Krome nun prezentiĝis ankaú la baroneto, ankoraú juna viro, kaj konfesis sian insolventecon. Li posedis en Skotlando terposedaĵojn ŝarĝitajn de ŝuldoj kaj estis minacata de kuratoreco. Peachum kaj Eastman parolis kun li en la kontoro de Peachum kvazaú kun malsana ĉevalo.

Li havis ankoraú la eblon riĉe edziĝi. Estis memstara amerikanino, kiu pretis aĉeti liajn malnovan nomon kaj konduton. Al ŝi plaĉis la mebloj en la anglaj vilaoj, speciale la seĝoj.

La juna Clive nomis ŝin kaprino kaj aludis hororon, sed al tio Eastman reagis tre malbone, montris malakcepte seriozan vizaĝon kaj informiĝis akcentite respekte pri la sinjorino. Komparojn de ŝiaj kruroj al tiuj de (malbonaj) ĉevaloj li ignoris.

La du sinjoroj minacis per skandalo, se SUT fiaskus, kaj tiom longe apelaciis al la konscienco de la juna viro, ĝis li promesis dece trakti la amerikaninon.

„*Por kio*", Eastman hejmenirante diris al Peachum, „*ni edukas nian altan nobelaron tiel zorge en niaj kolegioj, trejnas ĝin, pene fortenas de ĝi ĉiun misformantan scion kaj tiom nobligas ĝian konduton, ke ĝi povas majstri la plej bonan servistaron? Gobelinojn oni ne pendigas en la deponejon. Purrasajn ĉevalojn oni kurigas. Mastrorasojn oni ja same ne bredas pro plezuro. Dum kelka tempo la merkato estis iom tro plena de niaj lordoj. Hodiaú ĝi ree estas tute akceptema. Tiuj transatlantikaj filinoj de buĉistoj aú ŝtrumptrikistoj vere ne povas deziri al si ion pli bonan ol nian junularon, se ili volas havi ĉirkaŭe de si ion, kio fakte scipovas laŭarte oscedi kaj cetere povas bridi la subigitajn rasojn. Vi povas legi en ĉiu ĵurnalo, ke transe la floro de la junularo el nia lando kondutas bonege kaj ĝuas ĝeneralan ŝaton.*"

Tamen Clive provizore restis truo en SUT.

Al la kunsido fiksita por lundo antaŭis interparolo inter Peachum kaj Coax.

Coax akceptis sen ekscitiĝo la sciigon pri la definitiva insolventeco de Crowl kaj la provizora de la baroneto. Li nur diris, ke li ja devas sin teni je la Societo por Utiligo de Transportŝipoj kiel tuto. Li konsilis dehaki la kadukajn branĉojn de sur la trunko de la societo, sed zorgi, ke la forpuŝitaj membroj restu mutaj. Kaj poste li parolis pri Polly. Li konfesis, ke ŝi ne plu malaperas el lia kapo. La terura travivaĵo en Southampton sanĝis lin interne. Per ĝi certaj bonaj trajtoj en li kvazaŭ elrompiĝis, por tiel diri. Li sentas soifon je pureco surprizan por li mem. Polly ja estas por li tiu idolo. Ŝi ŝajnas al li klara kiel puto. Interparolo kun ŝi kvazaŭ sanktigas lian tutan laborsemajnon. Ĉion ĉi li diris simple kaj plene rigardante en la okulojn de Peachum.

Peachum aŭskultis atente kaj komprenis, ke la definitiva aranĝo de la ŝipnegoco ne estigos inter ili apartajn malfacilaĵojn. La singardan esprimmanieron de Coax li aprobis. La makleristo scipovis gardi malvarman sangon.

Peachum iris sola en la banejon.

La aliaj sinjoroj jam atendis lin. Neniu sin banis. En kostumoj oni sidis sur la lignaj taburetoj, kvankam la aero estis neelteneble varma kaj humida.

Peachum raportis unue pri la bankroto de Crowl kaj de la baroneto.

Ambaŭ rigardis antaŭ sin, la baroneto ridetis.

Peachum plue klarigis, ke la entuta malgajno sumiĝas al proksimume 26000 pundoj, kiel Coax ĝuste indikis, tiel ke la kvoto de ĉiu membro estas ĉirkaŭ 3800 pundoj. SUT havas intereson procedi tute senbrue.

Li proponis sin mem por havigi la helpon de sia propra banko, la Nacia Depona Banko, se oni transdonas al li la gvidadon de la negocoj.

La sinjoroj kapjesis ŝvitante. Ankaŭ Crowl kaj la baroneto kapjesis.

Peachum medite rigardis la du. Poste li ree komencis paroli kaj sen iuj ĉirkaŭfrazoj postulis de Crowl kaj de la baroneto ŝuldatestojn pri ilia kvoto de la malgajno kaj ilian subskribon sub preciza priskribo de ĉiuj eventoj. Postulate estis de ili subskribi, ke post la inspektado de la malnovaj ŝipoj kaj post la aŭskultado de eksperto pri la malvaloro de la ŝipoj ili vendis la ŝipojn al la registaro kaj akceptis partopagon por ili. Tiun subskribon oni redonos al ili post kompleta pago de iliaj ŝuldoj; ne eblas sen pluaĵo uzi ĝin kontraŭ ili, ĉar ĝia uzo ja kompromitus la tutan societon, sed tamen ĝi ŝirmos la societon kontraŭ maldiskretaĵoj de ilia flanko.

La baroneto subskribis rezignacie. Li komprenis, ke li nun devos edziĝi al la „kaprino" sen kontraŭdiro. La restoraciestro estis kvazaŭ senkonscia.

Li deklaris, ke li ne povas fari tian honton al sia edzino kaj al sia sepdekokjara bopatro. Simple ne povas esti, ke li vendis maltaŭgajn ŝipojn al la registaro. Lia bopatro estis kolonelo. Ankaŭ al siaj infanoj li ne plu povas rigardi en la (klarajn) okulojn post la subskribo de tia dokumento, ili ne devas havi krimulon kiel patron. Ĉiam li rezistis al la tento pliriĉigi sin per maljusta maniero, aliokaze li nun status pli bone. Lia honoro estas por li eĉ pli grava ol negocaj malgajnoj.

„Vi ruinigis min", li diris larmkovrita, kiam li subskribis, „mi estas rompita en la kerno."

La sceno ekscitis la nervojn de ĉiuj.

„*Tiu Crowl*", Eastman hejmenirante diris al Moon, „*tiu Crowl ne povas malgajni. Malbona raso! Tia ulo ne havas honoron en si! Rigardu la baroneton! Li subskribis kiel viro. Li edziĝos al horora persono – kiel viro. Li respondecas pri tio, kion li faras. Homo kun familio ja ne devas riski implikiĝon en la ekzistbatalo! Li ne povas rigardi en la okulojn de siaj infanoj! Sed li povis rigardi en la okulojn de la „Bela Anna"! La „Juna Ŝipisto" havas minimume la saman aĝon kiel lia bopatro! Li volis senhezite sendi ĝin denove en la batalon. Kial lia bopatro ne plu partoprenu la batalon? – Ankaŭ mi ne ŝatas pagi. Finney havas stomakan kanceron. Ĉu li grumblas? Ĉu li ĵetas ĝin en la pesiltason? Peachum havas du kvotojn. Ĉu li plendas? Al tiu Crowl simple mankas ĝusta eduko. Tiajn homojn oni tute ne devus toleri en la urbocentro! Antaŭ ĉiu negoco oni devus demandi siajn partnerojn: Sinjoro, kie vi estis edukita? Ĉu vi povas rigardi en la okulojn de viaj infanoj post la negoco? Ĉu sinjoro via bopatro estas ankoraŭ vigla? – Tiu Crowl tute ne estas anglo, ĉiuokaze ne por mi. Tia ulo volas esti mastra raso?"*

Post tiu kunveno Peachum sentis sin tre mizera. La registara kontrakto estis transironta en la manojn de Coax, tuj kiam SUT estos komplete financinta la negocon. Kaj li ankoraŭ ne havis devigan konsenton de Coax pri sia partopreno en ties giganta profito, eĉ ne promeson pri nuligo de sia malgajno. Laŭ la stato de la aferoj, tia interkonsento ja ne estis havebla, antaŭ ol la edziĝkontrakto inter Coax kaj Polly povis esti farata.

Peachum evitis ĉiun penson pri tio, kio okazus, se li ne povus interkonsenti kun Coax. Jam nun estis nur tri homoj, Finney, Moon kaj Eastman, kiuj devis elteni la gigantan malgajnon. Se ili ne kapablis pagi la novajn ŝipojn, ĉio povus ankoraŭ finiĝi per katastrofo.

Pli urĝe ol iam li nun bezonis Coax.

Iun vesperon li parolis kun Polly pri li kaj ke ŝi devas afable konduti al li. Pri ŝia edzeco li ne devas ion ekscii. Poste li aludis al ŝi, ke kune kun Coax li implikiĝis en negoco pri iuj ŝipoj, nome tiel, ke oni „eble forvendos transkape nian tutan domon kun la butiko".

Aŭdante tion, Polly rigardis terurite tra la delonge kutima, afabla ĉambro kun la plankotabuloj nefarbitaj kaj pure lavitaj per sablo, la blanka kahela forno, la mahagonaj mebloj kaj la vualkurtenoj. Ŝi tre ŝatis la malnovan domon, precipe la kortojn kaj lignajn verandojn. Kaj ĉar estis parolite pri ŝipoj, ŝi sonĝis nokte, ke tiu domo, ĝustadire konsistante el tri domoj, pereas en la maro, tiel ke la marondoj envenas tra la pordo.

Matene ŝi estis duone decidiĝinta fari oferon.

‚Finfine mi ne volas kulpi pri tiaĵo', ŝi pensis, ‚oni poste ne rajtu riproĉi min, ke mi timis oferon! Kompreneble ne estas bagatelo por knabino fordoni sin al neamata viro, se li aspektas kiel sinjoro Coax. Sed familio estas familio, kaj egoismo estas aĉaĵo. Oni ne povas pensi nur pri si mem!‘

Restante ankoraŭ iomete en la lito, ŝi memoris ankaŭ la broĉon, kiun ŝi foje vidis ĉe Coax kaj kiu estis nedisigeble ligita kun Coax en ŝia imago. Unue ŝi volis havi ĝin por vendi ĝin por dek kvin pundoj, ĉar tiam ŝi urĝe bezonis dek kvin pundojn. Nun ŝi ne plu bezonis ilin, sed ŝi ankoraŭ tre ŝatus posedi la broĉon.

Post la tagmanĝo ŝi iris al Coax kun letero de sia patro. Ŝi montris malvarman kaj rifuzan vizaĝon, kiam oni transdonis al ŝi la leteron. Ŝi ne plu kredis, ke tio, kion ŝia patro diris al ŝi hieraŭ pri sia minacanta ruiniĝo, estas ĝusta, li nur antipatiis Mac.

Ankaŭ al Coax ŝi estis tre frida. Ŝi ĵetis apenaŭ unu rigardon al la broĉo, kiu ankoraŭ kuŝis sur la skribotablo.

Tamen ŝi estis impresita de ĝi.

Coax lokis ŝin iomete malproksime de la skribotablo en lulseĝo kaj prezentis al ŝi kelkajn librojn, binditajn en dika ledo, kun bildoj. Sed ŝi ne foliumis en ili, dum li legis la leteron. Do li leviĝis kaj iris el la ĉambro.

Eĉ nun ŝi ne malfermis la librojn. Tamen ŝi estis ruĝa en la vizaĝo, kiam li denove envenis.

En realo ŝi subite estis firme decidiĝinta ekhavi la broĉon. ‚Se li donacos ĝin al mi‘, ŝi pensis, ‚ĉio ja daŭros nur kvin minutojn, se daŭros tiom. Senpage li ne povas postuli tion, tiel, kiel li aspektas. La broĉo certe havas valoron de dudek pundoj kaj ne malbone aspektas sur nefermita robo. Kompreneble tute ne eblas pensi pri pli ol unu kiso, maksimume, ke li metos sian brakon ĉirkaŭ mi. Tio ne estas tro multe por la broĉo. Aliaj knabinoj de mia aĝo devas fari eĉ tute aliajn aferojn por povi pagi sian luprezon. La viroj ja estas frenezaj, ke ili fordonas tiajn aĵojn por tio. Sed tiaj ili ja estas!‘

Kaj ŝi suspiris.

Kiam la makleristo revenis, li ne povis ne pensi, ke ŝi enriggardis la librojn kaj staras sub ilia efiko. Svingante la ĵus skribitan respondleteron tra la aero, por ke la inko sekiĝu, li iris al ŝi. Ŝi haste ekstaris, kiam ŝi vidis lian vizaĝon.

Li jam certigis sin, ke lia fratino ne estas en la domo. Li metis la leteron sur la skribotablon kaj sin ĵetis sur ŝin.

Ŝi rezistis malmulte. Unue ŝi sentis ankoraŭ iom da bedaŭro, ke ŝi ne ekhavis la broĉon, sed poste ŝi cedis, pro lia granda ekscitiĝo kaj pro sia plezuro. Tamen ĉio ĉi ĝuigis ŝin malmulte, ĉar meze en ĝi ŝi memoris Mac, al kiu tio ne plaĉus.

Kiam ŝi adiaŭis, la inko sur la letero estis seka.

Malsupre en la kontoro ŝi metis la leteron sur la starpupitron de sia patro kaj iris supren, kie ŝi tuj komencis paki. Duonan horon poste ŝi foriris kun kofro tra la instrumentbutiko, ne aplikante specialajn rimedojn de singardo.

Hejmenirante ŝi estis aŭdinta, ke Macheath nun kunvivas daŭre kun alia virino, tiu Fanny Crysler, kiu havas la antikvaĵbutikon ĉe la Waterloo-ponto.

Ŝiaj patro kaj patrino atendis ŝian revenon dum la duona nokto. Sinjoro Peachum staris ĉe la fenestro kaj diris: „*Do, li venigis ŝin al si. Li opinias, ke li prajtas. Ne estas leĝoj por siaspeculoj. Se li deziras ion, li renas ĝin. Se li sentas bezonon pasigi la nokton kun mia filino, li venigas ŝin el mia domo kaj sin ĵetas sur ŝin. Ŝia haŭto plaĉas al li. Mi pagis ĉiun lavotukon, kiun ŝi iam uzis. Mi faris ĉion al mi eblan, ke ŝi mem neniam vidu sian korpon. Oni banis ŝin en noktoĉemizo. Kio ŝi estas hodiaŭ, ŝi fariĝis per la stulteco de la viravida patrino kaj per sia propra senzorgeco, kiu rezultas el romanlegado. Sed kion mi babilas. Kvazaŭ temus pri amo! Kvazaŭ tia ulo dormus kun io alia ol kun doto! Li deziras havi mian monon, kaj li prenos ĝin! Kio fariĝis el la familio, la kvieta rifuĝejo! Kie la ventegoj de la vivo pretermuĝis malproksime, sed en ĝi estis trankvilo. La kruelaĵoj de la ekzistbatalo ne penetris ĝis ĉi tie, kie kvieta infano, ĉirkaŭita de trankvila zorgo, ekfloris en la sino de la civilizacio; la konsideroj de la komercado kaj marĉandado ne validis por ĉi tiu ĉirkaŭzorgata regiono. Se junulo proksimiĝis al la filino de la familio kaj, pruvinte sian kapablon vivteni ŝin, petis ŝin por vivoligo, la afliktitaj gepatroj povis esti certaj, ke estas amo, kio unuigas la junajn homojn, krom kelkaj malfeliĉaj esceptoj. Mi volis, ke estu tiel ankaŭ ĉe mia filino. Sed kio okazis? Brutala rabo! Ĉirkaŭita de friponoj, ekspluatata de maldiligentaj laboristoj, kiujn plezurigas jam ne la laboro kaj nur la salajro, mi akiras havaĵon per diligento kaj prudento. Kaj jen aperas tiu Coax, iluzias min pri mi ne scias kio kaj prirabas min! Defendante mian vivon kaj havaĵon kontraŭ li, mi devas vidi, kiel rabistoj ŝiras for de mi ankaŭ mian filinon! Pro ŝi mi forlaboris la lastajn fibrojn de sur la mano. Kial mi interbatiĝadas kun la feĉo de la homaro? Tiu ja estas ŝarko! Se mi fordonacas mian filinon, la lastan helpilon de mia maljunaĝo, mia domo kunfalos kaj mia lasta hundo forkuros. Mi ne kuraĝus fordonaci la nigraĵon sub la ungo, ne havante la senton, ke mi rekte provokas la malsatmorton!*"

Sed Polly ne plu revenis, nek en tiu ĉi nokto, nek entute, ĝis ŝia edzo estis arestita. Kaj sinjoro Peachum neniam eksciis, ke ŝi ne ekscitis, sed kontentigis la avidon de la makleristo.

Dum la sekvaj tagoj sinjorino Peachum sin ebriigis pli ol kutime, kaj en tiu stato ŝi priparolis sian aflikton kun la iama soldato Fewkoombey, kiu prizorgis la hundojn.

Li ankoraŭ ne pardonis al la persiko la aferon pri la libro, kvankam nun li denove havis la libron. Unue li tute ne volis repreni ĝin, ĉar lia fiero malpermesis tion al li. Poste li malvenkis en internaj bataloj, kaj iun tagon li ree alproprigis ĝin al si dum la manĝohoro.

Lia paca studado nun estis spertonta interrompon sekve de la interparolo kun sinjorino Peachum.

Kiam la zorgoplagita patrino konfesis al li, ke la malfeliĉa knabino edziniĝis al la komercisto Macheath, li memoris la plej malbonan tempon de sia vivo, kiam, eksigite el la soldatservo kaj per trompo perdinte sian servofinan monon, li trovis rifuĝejon ĉe militista edzino. Ŝia nomo estis Mary Swayer, kaj ŝi posedis tiam unu el tiuj M-butikoj. Nesingarde li faris kelkajn aludojn pri tio. Vespere sinjoro Peachum venigis lin en la kontoron kaj konfidis al li komision.

En la Westindia-dokoj kelkaj dekduoj da metiistoj ankoraŭ klopodadis pri la kuracado de la tri malnovaj mortlacaj kestoj, kiuj, laŭ la ideo de sinjoro William Coax, havis la taskon, antaŭ sia disfalo transigi en novajn poŝojn kelke da mono el mezgranda skota bieno, el bone prosperanta vetagentejo, el ne tute prospera restoracio en Harwich, el stoko da kazernsimilaj ludomoj en Kensington kaj el *granda negoco pri uzitaj muzikinstrumentoj en Old-Oak-strato.* Minimume la lasta el tiuj minacataj firmoj estis savenda.

DUA LIBRO

LA MURDO
KONTRAŬ LA ETNEGOCISTINO
MARY SWAYER

Kaj la ŝarko havas dentojn,
Montras ilin sen hezit'.
Kaj Macheath tranĉilon havas,
Kaŝas bone ĝin al vid'.

Ĉe Tamizaj akvoj verdaj
Oftas nun subita mort'.
Ne la pesto tion kaŭzas:
Estas la Macheath-a ord'.

Kaj Schmul Meier malaperis
Kiel kelka riĉa vir'.
Lian monon havas Mackie
Sen riproĉo pro l' akir'.

Jenny Towler oni trovis
Kun tranĉil' en la korsaĵ'.
Mackie sur la kaj' ne scias
Ion pri ĉi maljustaĵ'.

Alfons Glite, la transportisto,
Kie li troviĝas nur?
Eĉ se iu, do ne Mackie
Scias ion pri la spur'.

Dum la Soho-brulo mortis
Sep infanoj kaj oldul'.
En l' amaso staras Mackie.
Lia scio estas nul'.

Ho, de l' ŝarko la naĝiloj
Ruĝas ĉe la sangverŝad'.
Mackie Messer krimas gante,
Zorgas lerte pri kaŝad'.

La moritato pri Mackie Messer

SEPA ĈAPITRO

Coelum, non animum mutant
qui trans mare currant.*)

SINJORO MACHEATH

En la imago de la mezkvalita londonano figuroj kiel „Jack the Ripper" aŭ tiu nekonata rabmurdisto, nomita la „Messer" (tranĉilo), ne ludis grandan rolon. Kvankam ili aperis de tempo al tempo en la malpli solidaj gazetoj, ili ne povis konkuri laŭ la famo kun la generaloj militantaj pro Transvalo; sed ĉi tiuj ja minacis al nekompare pli multe da homoj ol la plej aktivaj tranĉilistoj. Sed en Limehouse kaj Whitechapel la „Messer" ege superis laŭ la famo la generalon, kiu batalis kontraŭ la buroj. La homoj en la grandaj ŝtonaj konservujoj de Whitechapel tre bone scipovis pritaksi la diferencon inter la faroj de unu el la multaj generaloj kaj tiuj de siaj propraj herooj. Por ili estis decide, ke la „Messer" plenumis siajn fiagojn sub multe pli grandaj personaj danĝeroj ol la oficialaj herooj en la legolibroj.

Limehouse kaj Whitechapel havas sian propran historion kaj siajn proprajn lecionojn pri la historio. La lecionoj komenciĝas ĉe la suĉinfanoj, kaj ili estas donataj de personoj ĉiuaĝaj. La plej bonaj el tiuj instruistoj estas la infanoj inter ili, kaj ili estas bonege informitaj pri la dinastioj de la regantoj tiuloke agnoskitaj.

Tiuj ĉi regantoj same bone kiel tiuj en la lernejaj legolibroj scipovas puni tiujn, kiuj rifuzas al ili la tributon. Inter ili,

---

*) latine: La ĉielon, ne la animon ŝanĝas, kiuj veturas trans la maron

same kiel inter tiuj, estas justaj kaj nejustaj, sed malpli multe da malfortuloj, ĉar kontraŭ ili oni ja aplikas la policon, kio propradire okazas neniam kontraŭ tiuj. Kompreneble ili, same kiel la aliaj, provas prezentiĝi en alia lumo: ili falsas la historion kaj zorgas pri legendoj.

Iuj elstaraj homoj aperas kvazaŭ meteoroj el la mallumo. Obstaklojn, por kies venko aliaj, same talentuloj, bezonas jardekojn, ili transsaltas en semajnoj. Kelkaj riskegaj fiagoj, faritaj jam je la unua fojo per la virtuozeco de spertaj fakuloj, tuj suprenigas ilin. La viro, kiun la homoj en la mizerkvartaloj nomis la „Messer", envere ne povis fieri pri tia kariero. Ŝajne li tamen faris tion. Liaj intimaj ĉirkaŭantoj, la bando, forsilentis kiel eble plej bone la senglorajn klopodojn de la komenco, la sensukcesajn kaj sentalentajn jarojn de lernado.

Sed ne estis certe, ĉu la viro, kiu fondis la bandon, vere estis la „Messer". Li ja asertis al siaj homoj persistege, esti la rabmurdisto Stanford Sills kaj nur per tio sukcesis kunigi la bandon, sed en la malliberejo de Dartmoor oni ekzekutis en la jaro 1895 viron, pri kiu ja ne li mem, sed jes la polico asertis, ke li nomiĝas Standford Sills.

La faroj, kiuj estigis la famon de la „Messer", estis kelkaj rabmurdoj sur libera strato, okazintaj en rapida sinsekvo. Pro ili la viro en Dartmoor estis ekzekutita. Kiel konate, la popolo ne kredas la morton de siaj herooj, kion oni povas observi ankoraŭ dum la lastaj jaroj rilate la morton de Kitchener kaj Kreŭger. Tial ankoraŭ en la vintro 1895 oni atribuis al la „Messer" kelkajn rabmurdojn, kiuj certe ne estis faritaj de la morta viro en la tombejo de Dartmoor, kaj tre probable ne de la viro, kiu alproprigis al si lian krom-nomon kaj tiamaniere arogis al si tiujn murdojn.

La krueleco, malindulgeco kaj ruzeco, per kiuj la koncerna viro devigis fremdajn krimulojn cedi al li la famon de iliaj faroj, estis eble pli grandaj ol tiuj de la krimuloj kontraŭ iliaj viktimoj. Ili nur malmulte malsuperis tiujn, per kiuj niaj universitataj profesoroj metas siajn nomojn sub la verkojn de siaj asistantoj.

La murdoj estis verŝajne faritaj pro nuda malsato, ĉar regis ege rigora vintro, kaj la senlaboreco estis tre granda.

Sed la viro, kiu aplikis la famon de la „Messer“ por la organizado de sia bando, partoprenis ankoraŭ plian pasion de viroj el sferoj, kiuj en la vivo estas pli proksimaj al ni libroaĉetantoj: kiel la plimulto de niaj sukcesaj industriistoj, verkistoj, sciencistoj, politikistoj ktp. li pleje ŝatis legi en la gazetoj, ke li plenumas siajn farojn sen propre materiala intereso, pli kredeble laŭ iu maniero de *sporto* aŭ kreemo, se ne pro iu neklarigebla *demona impulso*.

Ree kaj ree an la skandalgazetaro aperis artikoloj, kiuj emfazis la sportan trajton en la krimoj de la „Messer“.

Tamen estas probable, ke tiu ĉi demono, same kiel niaj aliaj famaj amikoj, legis krom la gazetoj ankaŭ sian bankllibron. Ĉiuokaze li jam frue ekkonis, ke la plej grandan profiton ĉiam donas la kunlaborantoj, kaj tio estas la ekkono, kiu sole garantias veran karieron.

Unue la bando estis malgranda, ĝia agosfero estis modesta. Estis ankoraŭ rabatakoj, nur malofte krudaj kaj brutalaj rompoŝteloj. Pli multe da originaleco montris kelkaj metodoj trovi aĉetantojn por la prenita ŝtelitaĵo. Unu el ili trakuris la tutan mondgazetaron.

Ekzemple du energie aspektantaj etburĝoj envenis la manĝosalonon de luksa restoracio en Hampstead, haltis serĉante kelkajn momentojn kaj poste paŝis al bonege vestita sinjoro ĉe unu el la tabloj.

„Jen li“, unu el ili diris per laŭta voĉo, „jen li sidas kaj formanĝas mian monon! Mi nomiĝas Cooper kaj li nomiĝas Hawk! Jen, sinjoro ekzekuciisto, la juĝa akto pri mia postulo! La verdikto estas tuj ekzekuciebla. La ringo sur la meza fingro certe valoras siajn ducent pundojn, kaj ekstere la nobla sinjoro havas ankoraŭ kaleŝon, kiu same pruviĝos ne senvalora, se oni aŭkcias ĝin!“

Kutime la kelneroj devis reteni la sinjoron ĵetiĝi al la gorĝo de sia sentakta kreditoro. Li asertis, ke li ja ne kontestas sian ŝuldon, sed devas malaprobi la formon, en kiu oni volas plenumi la ekzekucion kontraŭ li.

La fino estis, ke la sinjoroj kaj krome kelkaj aliaj gastoj eliris kaj rigardis la kaleŝon. La aŭkcio poste okazis en iu najbara drinkejo.

La sinjoro kaj la du etburĝoj malaperis, kaj la enspezo, kiun la „Messer“ atingis tiamaniere el la ŝtelita kaleŝo kaj la rabitaj ornamaĵoj estis multe pli granda, ol ĝi estus ĉe ricelisto.

Sendube tio estis novaj vojoj. La kancero de la ŝtelado estis la ricelisto. La malfacilaĵoj pri la vendo de la predo restis la plej malforta punkto en la tuta profesio. Ĉiuj klopodoj prosperigi la bandon fiaskis ĉe tiu rifo.

Ĉirkaŭ la fino de la jaro 96 la „Messer“ preskaŭ tute malaperis el la vidkampo de la krimularo, kaj kvieta viro kun la nomo Jimmy Beckett establis en Soho negocon pri pavimeroj kaj, konekse al ĝi, malgrandan lignokomercon. Li aĉetis malnovajn pavimerojn, kiam domoj estis malkonstruataj, kaj estis tre akurata pri la fakturoj.

Tiam en Whitechapel okazis ne malgrandaj ŝteloj de tiaj ŝtonoj. Aro da malgrandaj veturiloj venis, je hela tago dum la manĝopaŭzo de la pavimistoj, por fortransporti la staplitajn novajn pavimerojn. La spuro kondukis al la negoco de Jimmy Beckett. Sed sinjoro Beckett povis prezenti tre bonajn dokumentojn pri siaj ŝtonoj.

Ĉe la dokoj iun tagon estis ŝtelita tuta strato, ĉi-foje el lignaj kuboj. Ĉirkaŭ la vespero kelkaj laboristoj surhavantaj la uniformon de la urbaj laboristoj aperis kun veturiloj. Meze en la plej densa trafiko ili baris la straton, elŝiris la lignajn kubojn kaj surveturiligis ilin.

La skandalo ne venis en la gazetojn. Ĉar en la urba parlamento oni estis enketanta kontraŭ firmo, kiu ĝuste en ĉi tiu kvartalo per tute laŭleĝa vojo kaj surbaze de iom malnovaj kaj singarde retenitaj kontraktoj ĵus havigis al si rajtojn rilate al kelkaj stratoj, kiujn aliaj, malpli grandaj firmoj estis konstruintaj. Kvankam ilia konstruado estis tute kaj komplete finita, oni devis ankoraŭfoje pagi por ili al la pli granda firmo. Oni ne volis, ke iuj faru paralelojn.

Je tiu tempo denove okazis kelkaj kazoj de murdoj aŭ batmortigoj, kiujn oni imputis al la Messer-bando, cetere la lastaj. Ili estis apenaŭ atentitaj de la gazetoj, ĉar ili direktiĝis kontraŭ homoj el la plej malaltaj tavoloj. Estis preskaŭ nur krimuloj, kiuj estis paflikviditaj en provokitaj interbatiĝoj.

En tiuj kazoj estis malpli dubinde, ke la murdoj venis de la Messer-bando.

Je tiu tempo la bando definitive deturniĝis de la ordinaraj stratatakoj kaj tute turniĝis al la rompoŝtelado. Ĝia specialaĵo fariĝis grandskalaj priŝteladoj de vendejoj.

Jam ĉirkaŭ la jaro 97 la Messer-bando nombris pli ol 120 konstantajn kunlaborantojn. Ĝi estis organizita tre zorge, maksimume du aŭ tri membroj konis la „ĉefon" vizaĝo kontraŭ vizaĝo. Ĝi ampleksis kontrabandistojn, ricelistojn kaj advokatojn. La „Messer" (t.e. la viro, kiu sin nomis tiel) estis iama tre malbona rompoŝtelisto, kaj laŭdire li mem konfesis tion volonte. Sed li estis organizisto ege elstaranta el la meza nivelo. Oni scias, ke al la lastaj apartenas la venkopalmo de nia tempo. Ŝajnas, ke ili estas la malplej malhaveblaj.

Fakte la Messer-bando sukcesis post nekredeble mallonga tempo subigi al sia kontrolo preskaŭ ĉion, kio estis vera rompoŝtelo en vendejoj. Estis pli ol danĝere entrepreni ion sur tiu kampo je propra konto. La bando ne hontis koluzii tiurilate eĉ kun la polico. Ĉiu sciis, ke sinjoro Beckett havis rilatojn al iuj en la polica prezidantejo.

Ekstradicio al la polico fariĝis ankaŭ rimedo por plifortigi la internan disciplinon en la bando. Komence de la jaro 98 la membroj, kiuj estis ankoraŭ konintaj la fondinton, jam ĉiuj aŭ preskaŭ ĉiuj estis kaptiaj de la polico kaj kondamnitaj al multjara mallibero.

Iun tagon Beckett vendis siajn stokojn al iu sinjoro *Macheath*, kiu ĵus malfermis en la urbocentro kelkajn butikojn, la tiel nomitajn M-butikojn, kiujn li volis provizi per malmultekostaj artikloj.

Kiam Jimmy Beckett, la ligna komercisto, malaperis el Anglujo – laŭdire li forvojaĝis al la Brita Nordameriko –, en la krimularo estis aŭdeble, ke iu O'Hara, ankoraŭ juna viro de grandaj talentoj, fariĝis la oficiala kapo de la organizo.

Sinjoro Beckett rekomendis lin al sinjoro Macheath, kaj sinjoro Macheath estimis lin relative alte kaj daŭre transprenis de li grandajn kvantojn de facile vendeblaj artikloj. Tio signifis ekskludon de la ricelista gildo.

La organizo estis trovinta regulan aĉetanton kaj ege prosperis.

Sinjoro Macheath povis teni siajn prezojn malaltaj, sed li neniam sciis, kiajn artiklojn li ricevos. Pruviĝis favore elekti tiajn artiklojn, kiuj ŝanĝis sian aspekton per prilaborado flanke de la M-butikistoj. La butikoj devis ŝanĝiĝi el aĉetantoj al mendantoj.

En tiu ĉi punkto de la evoluo aperis la problemo de la kapitalhavigo. Plia evoluigo de la bando direkte al rompoŝtelado en vendejoj kaj magazenoj postulis rimedojn pli grandajn, ol estis disponeblaj al sinjoro Macheath. Lia entrepreno trafis en tiun tondilon, kiun tiom timas ĉiuj niaj negocistoj.

Se oni pluevoluigus la varakiran organizon, la ekzistantaj butikoj ne plu povus gluti la akiritaĵon, kaj se oni pligrandigus la butikreton, tiam la unue nomita organizo fariĝus tro malgranda. En la momento, en kiu oni transirus al laŭplana efektivigo de akiro kaj vendo, ambaŭ organizoj devus esti plifortigataj samtempe.

Ekzistis jam aliaj ĉenbutikoj, grandaj vendejoj kun bonaj bankrilatoj. Ili akre interkonkurencis. Por sukcesi kontraŭ ili, oni bezonis pli grandajn rimedojn, ol estis je la dispono de sinjoro Macheath.

Jen la situacio, en kiu sinjoro Macheath edziĝis al fraŭlino Polly Peachum.

MALSUKCESO

Iun agrablan somervesperon sinjoro Macheath veturis per malnova ludroŝko en la okcidentan antaŭurbon, kie loĝis sinjoro Miller de la Nacia Depona Banko.

Li surhavis leĝeran grizan kostumon, kaj la veturado tra la antaŭurboj en la nefermita veturilo estis distra, sed li ne sentis sin feliĉa. Lia edziĝo estis malsukceso.

Lia edzino estis pli beleta ol ĉiu virino, kiun li havis antaŭ ŝi, kaj laŭ sia maniero li estis enamiĝinta al ŝi, sed li ne plu estis dudekjara kaj havis neniun senson por romantiko. Kelkfoje li devis forpeli la penson, ke li estis pli-malpli superruzita.

Sinjoro Miller akceptis lin sur la ŝtuparo de sia dometo. Malantaŭ li staris lia edzino, bonanima ampleksa persono pli ol kvindekjara, kiu tuj traktis Macheath kvazaŭ filon. Oni prenis la teon, kaj Miller babilis pri pasintaj tempoj. Li rakontis kelkajn epizodojn el la historio de la Nacia Depona Banko.

La fondinto de la banko estis dungito ĉe Rothschild, kiam tiu ĉi firmo faris siajn unuajn grandajn batalojn. Li nomiĝis Talk. Miller ripetis historion, kiun la maljuna Talk estis ofte rakontinta.

La sinjoroj Rothschild jam estis profunde en la negoco kaj apartenis al la plej gravaj firmoj de la kontinento, kiam la ĉefo de la Londona filio, Nathanael Rothschild, elprovis novan ideon. Regis militaj tempoj. La entreprenoj plejparte konsistis en la financado de certaj projektoj de la registaroj; temis ne nur pri porarmeaj liveradoj, sed kompreneble ankaŭ pri ili. La kontreguligoj de la bankoj kun iliaj grandaj klientoj estis plej ofte tre komplikaj; regis certa malavaro. Ne antaŭviditaj incidentoj abunde okazantaj ege plikarigis ĉion. En la fakturoj troviĝis centoj da provizioj, la plimulto estis por homoj, kiuj ne volis esti nomataj ktp. La maljuna Nathanael, tiam ankoraŭ junulo, havis la ideon, ke oni provu fari kontraktojn, kiujn oni plenumos tiel, kiel ili tekstas. Li volis antaŭe kalkuli la kostojn, kaj poste la koncerna sumo restu valida, indiferente, kiaj incidentoj okazis.

Tiumaniere li volis enkonduki en la financmondon tion, kio en la privata vivo nomiĝas *honesteco.*

Estis aŭdaca ideo, kaj la aliaj sinjoroj Rothschild, ĉiuj bankistoj, kiel oni ja scias, dekomence tre kontraŭis. Ili superŝutis la ĉefon de la familio per siaj admonoj kaj riproĉoj. Sed li ne atentis ilin kaj tuj efektivigis tian aŭdacan negocon.

Miller precize priskribis ĝin, medite direktante la rigardon al la rododendroj de la malgranda ĝardeneto; estis iomete komplika afero, io pri utiligo de zinko.

La familio preskaŭ disfalis en ruinojn dum tiu spekulacio. La fratoj eĉ konsultis nervkuraciston, kaj foje ili volis perforte transkondukigi Nathanael el lia kontoro en privatan frenezulejon. Estis facile klarigi la kazon al la kuracisto. Li aúskultis la ideon kaj estis informita. La ideo ŝparis al li ĉiun plian diagnozon.

Kun du flegistoj la kuracisto venis en la kontoron de Nathanael kaj diris:

„Tute ne maltrankviliĝu, sinjoro Rothschild. Viaj fratoj diris al mi, ke lastatempe vi havis tre interesajn ideojn, sed pro trolaborado estas iom elĉerpita kaj nerve malfortiĝinta. Nun vi venos kun mi en beletan, kviete situantan domon en Kimrujo, dum iom da tempo zorgos pri nenio kaj vivos nur por via sano. Ni interparolos pri viaj ideoj, kiuj sendube estas ege fruktodonaj. Diru nenion, mi tute samopinias kiel vi kaj komprenas ĉion. Vi pravas, kaj via familio malpravas. Vi ne volas enigi en viajn fakturojn la kostojn, tio nur estas lojala. Ĉu vi hazarde povas diri al mi, kiom estas kvaroble dek tri?“

La kuracisto devis retiriĝi, sed Nathanael ofte trafis en embarasajn situaciojn. Ĉiuj trompis lin, tio estas, neniu observis al li la kontraktojn, sed li mem devis fari tion. Tamen la negoco sukcesis, sed la fratoj ne tiel malpravis, kiel poste ĉiuj opiniis. La sorto de la familio fakte pendis nur sur unu fadeno. Kaj la sukceso venis nur, ĉar la ideo vere estis unika kaj tute neatendita. Ĉie estis kostoj, sed la sinjoroj Rothschild ne debetis ilin. Certasence tio estis eĉ iomete fikonkurenco. La registaroj kompreneble transiris tiam al la sinjoroj Rothschild, almenaú tiom longe, ĝis la aliaj same eltrovis la trukon. Hodiaú absoluta honesteco en la debetado estas memkompreneblaĵo, sed iu devis unua ekhavi la ideon. La homaro devas pene lukti pro ĉio, pro ĉiu progreso.

Macheath streĉe aúskultis. Li povis nur malfacile kompreni la enhavon de tio, kion rakontis la maljuna Miller; li, por tiel diri, ne vidis ĝian fundon.

„El tio oni vidas“, li fine diris necerte, „ke en la negoca vivo oni devas *ĉion* elprovi. Ĉu vi celas tion? Se oni volas prosperi kaj havi konsiderindan pluson je la fino de la jaro, oni devas provi ĉion, eĉ la plej strangajn aferojn.“

Dum li, kun sia dikfingro profunde en la taso, sorbis sian teon, li streĉe cerbumis. Li havis la impreson, ke Miller dubas pri liaj ideoj kaj volas subkomprenigi al li, kio estas veraj trukoj. Do, post kiam Miller finis, li klopodis ĝuste lumigi kelkajn el siaj artifikoj.

Antaŭ ol komenci, li singarde tiris el sia brustpoŝo du gazetajn eltranĉojn kun siaj artikoloj pri la ideo de la M-butikoj, memstareco de la malgrandaj posedantoj ktp. Ili estis ruĝkrajone kadritaj. Miller jam konis ilin.

Macheath prenis cigaron el la ekstera poŝo de sia jako, formordis la pinton, per du dikaj fingroj ĵetis la formorditaĵon sur la gruzvojon kaj detaleme ekbruligis la cigaron. Li havis kelkajn pliajn ideojn, kiuj ne estis publikigitaj en la gazeto.

Li diris, ke ĝuste nun lia ĉefa agado estas studado de la klientoj.

Kutime la kliento prezentiĝas al la butikisto kiel senbezonulo, alkroĉiĝinta al la mono, malbonintenca kaj malfidema. Tute klare li havas malamikan sintenon. En la vendisto li vidas ne sian amikon kaj konsilanton pretan fari ĉion eblan por li, sed malbonan homon kun kaŝitaj intencoj, kiu volas tenti kaj trompi lin. Pro tio la vendisto, dekomence timigita, plej ofte malesperas kaj ĉesigas ĉiujn klopodojn vere gajni la klienton por si, plibonigi lin, koncize, fari lin kliento de vera dimensio. Sindona al la dia volo li surtabligas siajn varojn, sole esperante al la bezono kaj la nuda mizero, kiu simple devigas la klienton foje-foje aĉeti ion.

Sed en la realo la kliento estas profunde miskomprenata kaj miskonata per tio. En la fundo de sia naturo li ja estas pli bona ol li aspektas. Nur certaj tragikaj travivaĵoj en la sino de lia familio aŭ en la profesia vivo faris lin malfidema kaj nealirebla. En la fundo de lia naturo vivas latenta espero esti ekkonata kiel tiu, kiu li estas: grandega aĉetanto! Li nome *volas* aĉeti! Ĉar al li ja mankas senfine multe! Kaj se al li mankas nenio, li sentas sin malfeliĉa! Tiam li volas, ke oni konvinku lin, ke al li mankas io! Li scias tiel malmulte.

„*Esti vendisto*“, Macheath diris, frapante per la tekulero la mahagonan tablon, „*signifas esti instruisto. Vendi signifas: batali kontraŭ la nescio, la animskua nescio de la publiko. Kiom malmulte da homoj scias, kiel malbone ili vivas! Ili dormas sur malmolaj kaj grincantaj litoj, sidas sur nekomfortaj kaj malbelaj seĝoj. Iliaj okuloj, iliaj postaĵoj estas senĉese ofendataj.*

Tion ili obtuze sentas, sed scias, nur kiam ili vidas aliaĵon! Kvazaŭ al infanoj oni devas diri al ili, kion ili bezonas. Ili devas aĉeti, kion ili povas uzi, ne kion ili devas havi. Por atingi tion ĉe ili, oni devas esti ilia amiko. Ĉiukondiĉe oni devas esti afabla al ili, cedema. Kompreneble homo, kiu aĉetas nenion, ŝajnas al ni fia subjekto. Malsatulo! oni volonte pensas, plena de malestimo kaj naŭzo. Sed jen kion oni ne rajtas pensi kiel vendisto. Oni ja devas kredi je la bono en la homo, la bono, kiun oni nur bezonas veki, kaj devas ĉiam resti afabla, ĉiam afabla, eĉ se la koro rompiĝas."

Macheath pli multe ekfervoris, ol li rimarkis. Tio estis la vunda loko de liaj malgrandaj butikoj. La homoj ne estis sufiĉe afablaj. Li konstante kontroligis ilin, per siaj „aĉetantoj", kaj punis ĉiujn butikistojn, kiuj estis malafablaj. Sed tio helpis malmulte. La grandaj vendejoj troviĝis en pli facila situacio. La dungitaro devas senti la vipon en la dorso, por ke ĝi ridetu. La malgrandaj butikistoj senĉese pensis pri la nepagita luprezo, kiam iu kliento elektis tro longe. Se li iras el la butiko aĉetinte nenion, ili montras tian mienon, kvazaŭ la mondo kunfalus por ili. Kompreneble la kliento tute ne ŝatas esti respondecigata pri la tuta mizero de la vendisto. Se oni lasas lin rimarki, ke aĉetinte nenion li donis al iu la mortigan baton, li ĉagreniĝas. Oni devas lerni rideti, eĉ kun la morto en la koro! Mi certe endraŝos en ilin aspekti bonhumore, eĉ se mi devos puni ilin per skorpioj, Macheath pensis kaj per granda naztuko viŝis la ŝviton de sur sia frunto.

Ne sen humuro li parolis plu.

Li indikis aron da metodoj por veki la malfortajn kaj ne disvolvitajn avidojn de la publiko. Certa hazarda aranĝo de la artikloj jam efikas mirakle. Tiuokaze la kliento povas fari malkovrojn. Li ekvidas ion uzeblan. Post nelonge lia vidkapablo ege akriĝas. Serĉante unu, li ankaŭ trovas la alian. Sub amaso da ŝtofoj lia falkeca okulo ekvidas bonan sapon ktp. Ĝi ne rilatas al la dezirataj ŝtofoj por antaŭtukoj, sed ĉu ĝi estas neuzebla pro tio? Ne. Li certigas al si la sapon. Li ne scias, ĉu li ne iam bezonos ĝin! Se li foje atingis tiun ĉi punkton, li estas aĉetanto.

Decidaj, kompreneble, estas la prezoj. Se ili estas tro diferencaj, ili lacigas la aĉetanton. Tiuokaze li ekkalkulas. Sed tion oni devas nepre malhelpi. Macheath diris, ke li intencas fari kelkajn malmultajn prezkategoriojn. Nenio estigas tian ebriecon de memkonscio en la aĉetanto ol grandega superrigardo al tio, kion li povas aĉeti por difinita sumo. Kiel do, ĉu tiu ĝardena meblo kostas nur tiom? Kaj ĉi tiu komplika razaparato ne plu?

Sed estas necese gradigi la prezojn tre singarde. La publiko malpli ektimas pro altaj sumoj ol pro altaj nombroj. Kelkfoje du ŝilingoj estas tro multaj por virino, kiu volonte pagos unu ŝilingon kaj dek unu kaj duonan pencojn.

Miller scivole rigardis lin per siaj pluŝecaj okuloj. Macheath moviĝis lerte en sia elemento kaj klarigis al Miller la ideon de la malmultekostaj butikoj: nur malmultaj artikloj kaj nur du aŭ tri prezkategorioj. Ne estas malutile, se ĉe kelkaj artikloj oni lasas al la publiko la postan kunmetadon. Ekzemple ĉe ĝardenaj seĝoj oni povas unuope vendi ties tri konsistantajn partojn: faldseĝo, skabelo kaj ombrelo, tiel ke ilia entuta prezo estas iom pli alta ol la nepre gardataj maksimumaj prezoj, sed tamen ne falas per siaj partoj el la tri prezkategorioj.

La tute malgrandaj butikoj kun metiejoj, kiuj produktas kaj vendas ŝuojn aŭ tolaĵon aŭ tabakaĵojn, faru tion ankaŭ estonte, ili nur ricevos kreditojn. Sed la pli grandajn li volas plenŝtopi per varoj kvazaŭ ĝiskreve. La unueca prezo estas la baza ideo, kiu venkos Londonon. Li volas lanĉi ĝin en granda reklamsemajno.

Miller faris signon al sia edzino.

Sinjorino Miller diskrete leviĝis kaj eliris. Miller medite balancis sian blankan kapon kaj rigardis sian vizitanton, kvazaŭ li serĉus vortojn.

„Kiel do la maljuna Peachum rilatas al via edziĝo?“ li poste demandis. „Ĉu li rezigne kontentiĝis per ĝi?“

„Li ne havas koron el ŝtono“, respondis Macheath.

„Ah?“ Miller diris surprizite.

Macheath prenis gluton el sia taso. Ili silentis kelkan tempon. Oni aŭdis kelkajn infanojn kriegi en la strato. Ili sakris pro io.

Miller milde daŭrigis: „Tiuokaze ĉio estas tre simpla. Vi komprenas, ke ni tre ŝatus havi ankaŭ vian bopatron en la afero. Estas pro la homoj, kiuj aliokaze povus demandi nin, kial ne partoprenas la propra bopatro? Fine li ja fakte estas la viro, kiu devas havi plej multe da kompreno al viaj ideoj, ĉar li ja estas kunigita kun vi per parencaj ligiloj. Kunvenigu sinjoron Peachum, kaj post dek minutoj ĉio estas aranĝita, Macheath!"

„Kaj se", Macheath subite demandis bruske, „al mi ne plaĉas peti de mia bopatro komplezon?"

„Ne ekscitiĝu, Macheath, ekzistas eĉ ne minimuma motivo por tio. Vi ja komprenos, ke ni devas esti singardaj. La banko ne apartenas al ni, sed al la malgranda Talk, cetere ege ĉarma knabineto! Estas ĝuste, ke vi havas la butikojn, sed pli ol ili estas via ideo, kiu envere nin interesas, Macheath; la butikoj okupas nur la duan rangon, ili ja vere estas iom simplaj, ĉu ne? La ĉefa punkto en la tuta afero estas kaj restas via bonega ideo, unueca prezo, reklamsemajno kaj fruktigado de la memstareco de la malgrandaj posedantoj."

Macheath adiaŭis iom rapide.

Li unue piediris parton de sia vojo. Jam estis malhele. Li svingis sian dikan bastonon kaj de tempo al tempo batis per ĝi en la taksusajn heĝojn de la malgrandaj antaŭĝardenoj. Li estis ege malkontenta.

La tagon antaŭe Polly promenis kun li posttagmeze en la parko. Post du horoj ŝi iris „hejmen". Li ne kuraĝis reteni ŝin.

Ĝustadire, por kio li edziĝis?

La sekvan tagon okazis plia interkonsiliĝo kun Miller kaj Hawthorne en la banko. La situacio ne ŝanĝiĝis per ĝi. Oni nur fiksis la daton por plia kunveno.

Macheath faris ĉion por konvinki la maljunajn virojn pri la boneco de sia ideo. Eksterordinare plastike li priskribis ĝian efikon je la konkurenco.

Ili aŭskultis bonvoleme kaj atente kaj diris poste, ke tio ja estas muziko de estontaj tempoj. Li interesigu sian bopatron, kaj ĉio estos en la plej bona ordo.

Dum la tuta daŭro de la turmentaj intertraktoj Macheath ne povis liberiĝi de la impreso, ke estis la vespero ĉe Miller, kiu malutilis al li. Probable liaj ideoj estis tro progresemaj al tiuj eksmodaj homoj. Li denove ĉagreniĝis pri la stulta Rothschild-historio de la maljuna Talk.

Nur multan tempon poste Fanny Crysler estigis en li la facile troveblan penson, ke la malnova, funde honesta Nacia Depona Banko rezignis pri interrilatoj kun li pro lia propra obskura deveno, kiu respondis al la same tre malluma deveno de liaj varoj.

Je la interkonsentita dato Macheath kompreneble havis nenion novan por sciigi. Li devis konfesi, ke li estas tute kaj komplete „dise" kun sinjoro Peachum. Miller kaj Hawthorne tuj ekhavis ege embarasajn vizaĝojn. Ili ne elĵetis lin, sed eĉ tute rekte ili starigis nun kelkajn maldelikatajn, mirkaŭzitajn demandojn.

Ili estis vere senreviĝintaj. Ili foje estis rezigne konsentintaj al la novaĵo kaj fakte deziregis pendigi sian malnovan reton en la novajn akvojn.

Kelkajn semajnojn poste Macheath eksciis, ke ili intertraktis kun la *ĉenbutikoj de Chreston.*

Tio estis pli ol amara. Estis ĝuste la Chreston-ĉenbutikoj, kiuj staris antaŭ la okuloj de Macheath kiel la superendaj modeloj, grandaj, solidaj ejoj en bona situacio kun riĉa sortimento da artikloj. Pere de sia ideo li volis devigi ilin fleksi la genuojn. Anstataŭ tio oni kaŝe informis lin, ke la Chreston-konzerno nun planas novaĵojn okaze de nova kapitalprunto. Ĝi anoncis grandan *reklamsemajnon* kun ne malmultaj surprizoj por la publiko. Tute evidente temis pri fia ŝtelo de liaj ideoj, por kiu Macheath neniam kredis la du maljunulojn kapablaj kaj kiu profunde ekscitis lin.

„*Ĉu fakte*", *li* furiozis al Fanny, „*oni provas trompi min? Mi faras ĉion por honestiĝi, mi rezignas pri ĉiu apliko de perforto kaj sklave aŭ almenaŭ sufiĉe korekte obeas la leĝojn, mi malkonfesas mian devenon, mi surmetas starkolumon, luas kvinĉambran loĝejon, faras bone burĝan edziĝon pro prudento, kaj la unua fakto, kion mi devas sperti en tiu pli alta sfero, estas, ke oni priŝtelas min. Ĉu tio eble staras morale pli alte ol tio, kion mi ĉiam faris? Tio staras pli malalte! Superi tiujn ĉi homojn ni, simplaj krimuloj, ne kapablas, Fanny. Dum duoble dudek kvar horoj ili forprenas de ni ne nur nian tutan predon, kiun ni kunskrapis kun ŝvitanta vizaĝo, sed eĉ niajn domon kaj botojn, kaj ili forprenas ne ofendante iun leĝon, verŝajne kun la bela sento, simple plenumi sian devon!"*

Per la trompo al li farita li estis trafita en sia plej interna kerno kaj dubis pri siaj kapabloj. Dum horoj li veturis per ĉevalomnibuso ĉiudirekte tra Londono, cerbumante pri malserenaj pensoj. La premiĝo de la homoj en- kaj elveturiliĝantaj efikis bone al li, kaj la ŝanĝo de la urbopartoj kaj iliaj malriĉo kaj bonstato vigligis lin. Sed senĉese afliktis lin lia manko de instruiteco, kiu permesis al malgranda banko kaj al la Chreston-ĉenbutikoj vivi je liaj kostoj bonan tagon. Nur malfacile li retrovis sian ekvilibron.

Macheath travivis unu el la plej malbonaj periodoj de sia vivo.

LA MANO DE AMIKO

Dum tiuj tagoj Fanny Crysler fariĝis forta subteno por li. Ŝi havis malgrandan loĝejon en Lambeth kun beletaj malnovaj mebloj kaj gastoĉambro.

Macheath longe sidadis en ŝia butiko, kaj vespere ŝi prenis lin kun si, ĉar li ne volis hejmen. Li diradis, ke tie li ne ricevas matenmanĝon.

Kelkajn malfacilaĵojn kun Grooch, kun kiu ŝi havis daŭran amrilaton, ŝi superis sen bruo; ŝi simple fortenis lin kelkajn semajnojn.

Pri la edzeco de Macheath ŝi parolis neniam; ŝi sciis, ke li konsideras ĝin malsukceso kaj preskaŭ ne vidas Polly. Des pli fervore ŝi helpis al li ordigi la aferojn pri la M-butikoj, kiuj evoluis pli kaj pli dileme.

La butikistoj reguligis siajn kontojn malbone aŭ tute ne. Ree kaj ree ili ricevis grandajn kvantojn da samspecaj varoj, foje horloĝoj kaj okulvitroj, alifoje tabakaĵoj kaj pipoj, kaj ne sciis kiel vendi ilin.

Malagrabla travivaĵo kun virino, al kiu li afable lasis malgrandan butikon, montris la situacion de tiuj mizeraj negocoj. Temis pri unu el liaj malnovaj amikinoj, iu Mary Swayer.

Ŝi estis eksciinta, ke li edziĝis. Pro iu motivo ŝi rigardis tion maljustaĵo al si. Ŝi komencis grandan bruadon kaj trovis protektantojn en homoj, kiuj vagadis en la M-butikoj kaj provis direkti la parolon de la butikistoj al sinjoro Macheath. Tiuj protektantoj sidis en la redakcio de la gazeto „La Spegulo". Pro la elĵetado de siaj kolegoj la redakcio havis grandan intereson pri ĉiuj aferoj de la posedanto de la M-butikoj. Ĝi estis sufiĉe superstiĉa kredi, ke, kiu rompas spegulon, devas havi malfeliĉon dum sep jaroj. Krome ĝi havis renomon kiel gazeto de la sociala batalo, ĉar ĝi atakis nur riĉajn homojn, nome pro tio, ke aliaj ne havis monon por esti ĉantaĝeblaj. Do Macheath devis esti singarda. Kiel ĉiuj havuloj li devis posedi bonegan moralan reputacion. Li bezonis ĝin, por ke oni permesu al li trompi la M-butikistojn. La intertraktoj inter li kaj Mary Swayer okazis en la antikvaĵbutiko de Fanny Crysler kaj kun ties ĉeesto.

Mary Swayer, beleta, grandmama blondulino en la dua duono de la dudekaj jaroj, deklaris, ke ŝi estas je la fino de sia forto. Mac tiris ŝin el ŝia tuta medio kaj dum jaroj persekutis ŝin per sia ĵaluzo. Aliflanke ŝi devis rigardi, same dum jaroj, kiel li kvazaŭ flirtas de floro al floro. Nun li ne hontas spite al ŝi edziĝi antaŭ ĉiuj homoj. Al sia edzo, kiu nun estas en la milito, ŝi edziniĝis nur interkonsente kun Mac kaj ne estas ame ligita al li. La butiko, kiun Mac establis al ŝi, estas koto. Ŝia edzo trudis al ŝi du infanojn. Se oni enmanigos al ŝi ne almenaŭ kelkajn pundojn por dungi unu aŭ du kudristinojn, ŝi povas iri en la akvon. Ŝiaj nervoj strikas. Certaj eldiroj, kiujn ŝi kolere eligis, estas klarigeblaj nur per tio.

Fanny provis antaŭ ĉio eltrovi, ĉu jam ekzistas rilato al „La Spegulo". Ŝi demandis: „Al kiuj homoj vi eligis eldirojn? Tio estas grava."

Sed Mary Swayer ankoraŭ havis sufiĉe da nervoj por ne eniri la kaptilon. Ŝi restis nepreciza kaj ĝenerale morala. Ŝi diris, ke ŝi donacis al Mac la plej bonajn jarojn de sia vivo. Kiam ŝi komencis kun li, ŝi estis floranta juna kreitaĵo; krom la seksperforto en la aĝo de dek du jaroj, kiun ŝi tuj konfesis, neniam estis io inter ŝi kaj iu viro. Nun, kiam Mac ĵetas ŝin sur la sterkejon, ŝi ne plu kapablas kapti al si iun viron. Kaj ŝi atentigis pri la spuroj, kiujn la jaroj kaj zorgoj pri Mac postlasis sur ŝia vizaĝo.

Post kiam ŝi parolis, Mac prenis la parolon.

Li akcentis, ke li estas adepto de la kompleta libero por la virino. Se ŝi sin donas al viro, tio okazas je propraj respondeco kaj risko. Li tute kontraŭas, ke oni faru al ŝi iujn preskribojn. Amo ne estas maljunaĝa asekuro. Donita amo estas ankaŭ ĝuita amo.

Mary denove ekkriis. Kian rilaton havas ŝia ĝuita plezuro al Mac? Kvazaŭ ŝi ne povintus havi ĝin ankaŭ ĉe iu alia, ekzemple ĉe honesta homo, kiu zorgas pri virino oferinta al li ĉion. Ŝi estis vendistino, kaj Mac prenis ŝin el tiu pozicio, ĉar li foje vidis, kiel la ĉefo igis ŝin surgrimpi la ŝtupetaron, por ke ŝi prenu skatolon el la bretaro kaj li povu vidi ŝiajn krurojn. Nun neniu plu volas vidi ŝiajn krurojn, tio estu dirita al Mac. La juna viro, kiu tiel afable parolis kun ŝi pri la tuta fiaĵo, konfirmis tion al ŝi.

Macheath estis akre respondonta, sed Fanny konsideris pli bone procedi singarde. Estis klare, ke la malbona negoca situacio kulpis pri la konduto de tiu ĉi virino iomete ordinara, sed cetere ne malbona.

„Kiel mi vendu tiun rubon", Mary diris kolere, „miaj klientoj ja ne ĉiuj bezonas horloĝojn. Mia specialaĵo estas subvestoj. Se sinjorino Scrubb volas havi subjupon, ĉu mi diru: Mi ne havas, sed eble vi prenas anstataŭe horloĝon? Ja eblas, ke momente estas al vi pli facile ŝteli horloĝojn, ne min interrompu, miaparte mi ankaŭ havas miajn pensojn, eĉ se mi ne estis en pensionato, kiel la nova edzino de Mac; subvestojn mi ne povas fari sola, mi bezonas unu, du knabinojn, kaj tio signifas, ke mi devas havi monon."

La intertraktoj estis longaj kaj lacigaj. Mary batalis kvazaŭ tigrino. Fanny proponis, ke Mac, kvankam agnoskante neniun devoligon al ŝi, ebligos al ŝi la evoluigon de ŝia M-butiko por trikotaĵoj, se kompense ŝi gardos silenton pri siaj rilatoj. Ŝi aŭskultis la proponon kliniĝinte antaŭen, kuntirinte la frunthaŭton, febrante pro malfido.

Avide ŝi prenis la ĉekon, spiritoforeste enigis ĝin en sian silkan mansaketon kaj foriris, ne ĵetante eĉ nur preteran rigardon al Mac.

„*Estas strange*“, diris Macheath, kiam vespere li denove sidis en Lambeth kun Fanny, „*tiuj butikoj ne volas resti, kio ili estas. Antaŭe oni malfermis negocon, ni diru feraĵbutikon, kaj poste ĝi restis feraĵbutiko. Hodiaŭ ĝi ĉiam volas fariĝi io alia. Kion ajn oni faras: ĝi ne povas resti tia, kia ĝi estas. Trikotaĵbutiko devas fariĝi kudraĵentrepreno aŭ ĝi bankrotas. La kudraĵentrepreno tuj volas malfermi filiojn. Se ĝi ne povas pagi la luprezon, ĝi volas malfermi filiojn. Ne alie statas la afero pri la grandaj negocoj. Chreston havas ĉenbutikojn, grangajn, sed nun li devas ŝteli mian ideon kaj provi ion tute novan. Ne estas avanco, estas fuĝo. Rezultiĝas el tio, ke posedo ne plu estas posedo. Antaŭe iu posedis butikon aŭ domon, kaj tio estis enspezfonto. Hodiaŭ tio povas esti elspezfonto, la kaŭzo de ruino. Kiel povas tiukondiĉe formiĝi karaktero? Ni supozu, ke iu posedas kuraĝon kaj entrepenemon. Antaŭe la viro prosperintus per tio. Hodiaŭ li malfermas negocon kaj estas perdita. Se li estas singarda, li estas same perdita. Kuraĝo subite konsistas en tio, ke oni pagas siajn ŝuldojn, singardo en tio, ke oni faras ŝuldojn. Se homo havas dum tri jaroj la saman opinion, li nur montras per tio, ke de tri jaroj li ne plu estas allasata al la ludo.*“

Fanny preparis teon kaj surmetis sian piĵamon. Ŝia haŭto, ankaŭ sur la kruroj, estis bruna, tute alia ol tiu de Polly, pensis Macheath.

Ŝi havis sian propran vidpunkton, kio koncernas la M-butikojn.

Ŝi rigardis ilin pasintaj per la malsukcesa provo havigi por ili monrimedojn per la edziĝo aŭ la Nacia Depona Banko. Ŝi opiniis, ke Macheath lasu ilin.

„Mia butiko estas multe pli bona“, ŝi diris, apogiĝante malantaŭen en sia skota seĝo, kun krucitaj kruroj kaj la taso sur la sino. „Estus konsilinde, ke vi koncentriĝu al ĝi. Grooch estas tre lerta. Li diras, ke li povas multe fari, se li havas modernan ilaron. Eĉ se tio iras al vi tro malrapide, vi povus tiamaniere gajni amason da mono per unu aŭ kelkaj malmultaj batoj kaj poste decidiĝi pri la plua procedo. Sed li faras tion nur per tute moderna instrumentaro.“

„Do, denove rompoŝtelo!“ Macheath diris malserene.

„Jes, sed per tute modernaj iloj!“

Ili interkonsentiĝis nur ĉirkaŭ la mateno.

Antaŭ ol iri al la butiko, Fanny forŝiris la litkovraĵon en la gastoĉambro, kaj vespere Grooch sidis ĉe ili kaj diktis siajn postulojn.

Macheath ne sentis sin bone pri la tuta afero. Lin premis, ke ankaŭ Fanny ne rigardis lin viro majstranta la grandan ludon kun la bankoj. Li havis la senton, kvazaŭ tio estus degradiĝo terura kaj krome definitiva.

Kelkajn tagojn poste Macheath kaj Grooch veturis al Liverpool, kie internacia kriminala ekspozicio estis okazanta.

Ili vidis verajn mirindaĵojn. Ekzistis rompoŝteliloj por ĉiu kasoŝranko, eĉ la plej moderna. Neniu alarminstalaĵo estis supera al la moderna tekniko. Seruroj, kiel ajn komplikite elpensitaj, estis obstakloj ĝustadire nur por homoj, kiuj havis honestajn intencojn; la eksperton ili ne impresis.

Vespere en la hotelo ili ekkverelis, ĉar Grooch volis havi francajn modelojn, sed Macheath preferis anglajn. „Ni estas en Anglio, Grooch“, li ĉagrene memorigis lin. „Angloj, uzu anglajn instrumentojn! Kiel tio efikus, se ĉi tie oni preferus francajn produktaĵojn! Jen kio estus kompromitaĵo. Vi havas tute neniun senton pri la signifo de la nacio. Tiuj instrumentoj, elpensitaj de anglaj kapoj kaj produktitaj per la angla diligento, estas laŭ mia opinio sufiĉe bonaj por angloj. Mi ne prenos aliajn.“

Ili atendis ĝis la dua kaj poste ekiris.

Rapide ili estis en la konstruaĵo, kaj ankaŭ la venko de la gardisto estis rapide farita. Sed kiam ekstere aŭdiĝis paŝoj, la nervoj de Macheath komplete strikis. Kun ŝvitgutoj sur la kapo li staradis kun ektimintaj okuloj kaj ne povis eltrovi la ĝustan dirkon. Kapskuante Grooch prenis la faskon el lia mano. La grandkomercisto ŝajne ne plu majstris tiun ĉi laboron.

Grooch sola devis finfari preskaŭ ĉion. Li faris. La sekvan tagmezon ili prezentis la ilojn al Fanny.

Dum siaj liberaj horoj Grooch jam pripensis diversajn planojn de pliaj entreprenoj. Li havis plurajn projektojn por elekti.

„Tio signifas amason da mono", li diris medite. „Estas pli sekure ol edziĝi."

Sed kiam Macheath veturis al la Tamiza bordo por konsulti Brown pri certa problemo, li spertis malbonan surprizon.

„Do Grooch faris ĝin, ĉu?" Brown alsiblis lin. „Jen la supro de la impertinenteco! Ĉu vi legis la gazetojn?"

Lia kolero havis motivojn. La gazetaro tre okulfrape raportis pri la rompoŝtelo en la kriminala ekspozicio.

Ĝi trovis komike, ke oni forprenis de la polico rompoŝtelilojn per rompoŝtelo.

Brown havis serioze malbonan humuron kaj fariĝis tre energia.

„Mi ja ne konfiskigas ion ĉe vi", li plendis. „Certe mi povas atendi de vi tiom da konsidero al mia kariero. Ĝis nun ni ludis lojalan ludon. Volonte mi konfesas, ke mi ne facile estus atinginta mian pozicion sen la arestoj, kiujn vi ebligis al mi. Sed niaj rilatoj, kiuj devenas jam el la tempo, kiam vi kaj mi soldatservis en Hindujo, estas por mi pli ol nur negocoj. Nun vi malatentas la plej primitivan konsideron inter malnovaj amikoj. Mi estas kore ligita al mia pozicio. Se mi ne ŝatus mian profesion, mi ne praktikus ĝin. Mi ne estas masonisto. Surbaze de miaj kapabloj mi povas fariĝi polica prezidanto. Ne estas pro la strioj sur la kolumo, kiel vi eble pensas. Mi ne povus elteni, ke tiu azeno Williams ekhavos la pozicion, kiun li tute neniam majstros. Mi devas havi la ilojn ĝis hodiaŭ vespere kaj krome la viron, kiu ŝtelis ilin."

Konsternite Macheath aŭskultis. Li komprenis, ke li ege ofendis Brown. Li nur povis klarigi al li, kio instigis lin al la rompoŝtelo.

„Se vi devas havi monon", Brown diris, nur malmulte mildigite, „ja ekzistas aliaj vojoj. Kial vi ne volas iri al iu banko? Ekzistas pli multe da bankoj ol la Nacia Deponа."

Macheath respondis, ke liaj butikoj, kaj ankaŭ la societo

prizorganta la aĉeton, ne estas en tia stato, kiu instigas la bankojn financi lin. Sen reprezenta kontoro en la urbocentro li povas fari tute nenion.

Atinginte tiun ĉi punkton, Brown montris sin de sia plej bona flanko. Sen multe da premo li promesis, mem pruntedoni kelkan monon.

„Kial iri maljustajn vojojn?“ li turnis sin al la konscienco de Macheath. „Tion oni ne faru. Komercisto ne rompoŝtelas. Komercisto aĉetas kaj vendas. Per tio li atingas la samon. Kiam ni kuŝis antaŭ Petchawar en tiu rizejo, Macky, kaj ni ekhavis tiun fortan pafadon, ĉu vi tiam ekstaris kaj atakis la sikojn per dika branĉo? Tio ne estus laŭsperta, kaj do ne laŭcela. Vi diras, ke viaj negocoj unue devas atingi staton, kiu estas alloga por bankoj. Bone. Konduku ilin al tia stato. Kial vi ne turnas vin al mi? Se estas al vi malagrable preni monon de amiko, do pagu al mi interezojn! Pagu al mi pli multe da interezoj ol al aliaj, dudek aŭ pro mi eĉ dudek kvin procentojn. Tiuokaze la komplezo estas je via flanko. Mi scias, ke vi laboras solide. Mi ne volas, ke vi trafu sur maljustan vojon, kiel iu stulta etburĝo, kiu komprenas nenion pri negocoj kaj ekŝtelas. Krome vi ne devas labori denove kun tiaj homoj, kiaj tiu Grooch! Laboru kun la bankoj, kiel ĉiuj aliaj negocistoj! Tio ja estas tute alia afero!“

Macheath estis profunde skuita. Estante viroj starintaj en la tempestoj de la vivo, ili ne facile povis esprimi siajn sentojn. En tiaj situacioj embarasa rigardo diris eble pli multe ol ĉirkaŭpreno.

„Jen vi, Freddy“, Mac diris per sufoka voĉo. „Estas homoj, kiuj donas al vi bonan konsilon, bone. Sed vi helpas eĉ materiale. Ĝuste tio estas amikeco, nur tio estas amikeco. La mano de amiko...“

„Nur unu mi postulas“, Brown aldonis kaj penetre rigardis Macheath, „mi postulas, ke vi lasu fali tiajn homojn kiaj Grooch kaj O'Hara. Se ne tuj, do ĉiuokaze, post kiam vi elturniĝos el la plej malbona embaraso. La negoco, kiun vi intencas, devas ebligi tion al vi. Se mi subtenas vin hodiaŭ, tio okazas pro tio, ke estonte mi volas vidi vin en alia medio. Tio ne bezonas esti hodiaŭ kaj eĉ ne morgaŭ. Mi scias, ke vi ankoraŭ bezonas tiujn elementojn por prosperi. Sed foje devas esti fino, tion mi postulas."

Macheath kapjesis senparole, kun larmoj en la okuloj.

Feliĉigite li foriris. Ili antaŭe interkonsentis, provizore indulgi Grooch kaj aresti alian viron kiel rompoŝteliston. La ilojn Macheath transdonis la saman posttagmezon.

Ankaŭ Brown plenumis sian promeson. Ne estis por li tute facile havigi al si monon. Li devis unue ordoni polican traserĉon en certaj kluboj, kaj Macheath povis konstati la efikojn de liaj klopodoj eĉ ĉe sinjorino Lexer en Tunnbridge, kie li kutime pasigis siajn ĵaŭdovesperojn. La knabinoj tre plendis pro la reduktoj, kiujn sinjorino Lexer faris al ili.

Sed unu semajnon poste Macheath disponis pri rimedoj por prosperigi sian „aĉetadon".

Kune kun O'Hara li projektis precizan marŝplanon.

Aldone al la ekzistantaj magazenoj oni luprenis kelkajn pliajn tenejojn. Same oni zorgis pri transportiloj, pezaj kamionoj. Por entreprenoj en la provincurboj oni disponigis monrimedojn kaj preparis kvartirojn.

Malgraŭ sia juneco O'Hara pruviĝis tre utila. Li havis tiun tipan malinklinon ie labori propramane, kiu estas la antaŭkondiĉo de grandaj karieroj. Macheath tuj sentis tion; la junulo similis al li tiurilate. Lia supreniĝo iam komenciĝis en tre malhelaj profundoj. Havante dek ses jarojn li gravedigis butikŝtelistinojn kaj knabinojn, kiuj devis preni sur sin certajn krimojn kaj kiel gravedulinoj pli facile atingis malkondamnan verdikton. Sed li ne ŝatis, ke oni memorigis lin pri tiuj tempo kaj profesio.

Fanny malpli bone harmoniis kun li. Ŝi opiniis lin tro dorlotita de virinoj. Ŝi malfidis lin. Krome li estis la konkuranto de Grooch, kaj la afero en Liverpool malpligrandigis la estimon de Macheath al Grooch.

Iliaj interkonsiliĝoj okazis en Lambeth. Poste Macheath ĉiam foriris kun O'Hara. Tio pruvis al ŝi, ke eĉ li ne tro multe fidis la knabon. Foje O'Hara estis reveninta por resti ĉe ŝi, kaj ŝi devis esprimi sin tre klare.

Antaŭ ĉio malplaĉis al ŝi la senskrupula sinteno de ekspluatado, kiun O'Hara havis rilate siajn kolegojn. Li estis vera sangosuĉanto, senindulga. Eĉ se tio tute ne havigis al li utilon, li pledis por ilia malprofitigo.

Dum noktoj li kuŝis sendorma por elpensi novajn trukojn, per kiuj oni povis eltiri el la homoj pli da mono.

Tiurilate ŝi ĉiam kontraŭdiris al li. Ŝajnis al ŝi negoce stulte.

Konekse kun la afero en Liverpool Segil-Robert estis arestita de la polico. Pro tio en la bando preskaŭ eksplodis senkaŝa ribelo kontraŭ la estraro. Oni asertis, ke Segil-Robert estis ekstradiciita al la polico, kaj subite rememoris aliajn kazojn.

Rikanante O'Hara raportis pri la ekscititaj disputoj ĉe la Malsupra Blacksmith-placo.

Fanny abrupte silentigis lin. Ŝi diris ekscitite, ke tiaĵo ne estas ridinda. Se ĝi foje devas okazi, ĝi estas afero sange serioza kaj krome tre bedaŭrinda.

„Sed la ĉefo ja iris speciale en la ĉelon de Segil-Robert kaj manpremis kun li", O'Hara diris moke, strabante al Macheath. Tiu ĉi vere iris en la malliberejon post la aresto kaj diris al la kaptita kamarado, ke li estas solidara kun li. Per tiaj bagateloj montriĝis lia gvidantula naturo.

Fanny Crysler trovis tion nur cinika.

Ekestis fortaj kvereloj en la malgranda loĝejo. Dum ili Macheath sidis silente, kun maldika nigra cigaro inter la lipoj. La disputo plezurigis lin. Li estis ĉiam ĵaluza, eĉ se li tute ne estis enamiĝinta. Li ĝojis, ke O'Hara ne sukcesis ĉe Fanny.

Fanny eksplikis, ke de post la aresto de Segil-Robert la ekscitiĝo de la bando ne trankviliĝis kaj kelkaj entreprenoj malsukcesis pro tio. Post horojn daŭrintaj kvereloj kun O'Hara ŝi akceptigis, ke la ekstradicioj al la polico ĉesas por nun. Ŝi eĉ atingis ĉe Macheath, kiu ĉiam estis inklina al grandskalaj reguligoj, ke bona advokata firmo estu firme devontigota por la defendo de la kaptitaj bandanoj.

Mac faris eĉ pli. Li enkondukis fiksajn salajrojn.

„Ili volas esti sekuraj", li diris medite, „ili pli ŝatas specon de oficista ekzistado, ili volas trankvile dormi dum la nokto kaj ne havi la zorgon, ĉu je la fino de la monato la mono por la lupago estas disponebla. Tio estas komprenebla, kvankam mi imagis tion iomete alie. Nome mi propradire imagis specon de sorta ligiteco, en prospero kaj pereno kune kun miaj knaboj, por tiel diri. La ĉefo mallongigas sian zonon kaj la dungitoj ankaŭ mallongigas ĝin, proksimume tiel, sciu. Sed ili havu, kion ili volas. Ili ricevos salajrojn, ĉar miaopinie ili deziras salajrojn. Klare."

Li antaŭvidis, ke fiksaj salajroj estos por li konsiderinde pli malmultekostaj, ĉar nun li devis aĉeti grandstile, por povi interesi iun bankon por siaj butikoj.

La bando registris la novan sistemon de la regula salajrado kiel venkon, kaj Fanny havis estonte bonan pozicion ĉe la homoj de la Malsupra Blacksmith-placo, ĉar Grooch laŭte kaj sonore kantis ŝian laŭdon, tre ĉagrene al O'Hara. Grooch asertis, ke ŝi devigis la ĉefon transpreni la tutan riskon; li devis konsenti vole-nevole, ĉar li bezonas ilin kaj devas teni ilin en bona humoro.

Post la novorganizo, la rompoŝtelistoj de la O'Hara-bando ne plu estis unuopulaj etentreprenistoj, sed dungitoj de granda entrepreno, kaj nur kiel tiaj, do kunlabore kun aliaj siaspeculoj, ili kapablis labori. Estis specialistoj, kiuj nur devis apliki la blovilon; aliaj, la „vojaĝantoj", antaŭe eltrovis la okazon, pliaj aliaj ellaboris la planon, unu viro esploris, kie la varo povas esti lokata, alia zorgis pri la alibioj. Tiel ĉe rompoŝteloj en vendejoj la „aĉetanto", kiu devis elekti la varon kaj devis esti eksperto, iris sen iu prokrasto kun siaj pakistoj tra la ŝirma muro al la bretaro. Tio estis agrabla kaj moderna laborado, kaj reveno al pli primitivaj metodoj estis preskaŭ neebla al tiuj ekspertoj, jam psike. Pro la nememstara maniero de ilia laboro estis memkompreneble necese, ke ili estis akurate kaj daŭre okupataj aŭ almenaŭ pagataj. Ĉu la debito de la varoj funkciis aŭ ne, ĉiuokaze ili devis esti vivtenataj, ĉar la debita problemo ja ne estis ilia afero.

„Nun vi ja tenas ilin pli bone en viaj manoj", Fanny diris al Macheath, post kiam O'Hara iris al la Blacksmith-placo ankoraŭ en la nokto. „Vi ne uzas revolverojn kaj tranĉilojn kontraŭ ili, sed vi havas ilian ilaron. Vi ne arestigas ilin fare de la polico, sed la malsato tenas ilin laborantaj. Kredu al mi, tio estas pli bona. Ĉiuj modernaj entreprenistoj tiel procedas.“

Macheath kapjesis medite. Tintante per kelkaj moneroj en la pantalonpoŝo, de tempo al tempo eligante, ĵetante aeren kaj ree kaptante ilin, li iradis senjake sur la blua ĉina tapiŝo, la plej bona peco de Fanny.

Post la nukobato fare de la unu kaj duona jarcentoj li jam sufiĉe bone refortiĝis kaj cerbumis pri grandaj planoj.

Ili estis gigantaj, sed malgraŭ tio tute ne devenis el troo da forto ĉe li. Li tre bezonis ilin por ne fiaski. La aĉetado nun prosperis. La butikojn enpenetris torento da varoj. La bretaroj pleniĝis. Mary Swayer kaj siaspeculoj sidis ĝis profunde en la nokto kaj laboris. El pakaĵoj de ledo estiĝis botoj. Sub la manoj de tutaj familioj lano ŝanĝiĝis al ĵerzoj. Skribmaterialoj kaj lampoj, muzikinstrumentoj kaj tapiŝoj plenŝtopis la kalvajn truojn.

Sed Macheath sciis, ke la mono puntedonita al li de Brown sufiĉos apenaŭ por ses semajnoj por teni funkcianta la aĉetadon de O'Hara.

El tia situacio nur planoj de napoleoneska dimensio povis savi.

OKA ĈAPITRO

On s'engage et puis on voit.*)

Napoleon

„Sed pluvas ekstere!“
„Sed brulas la dom'!
Malsek' preferindas
al brulo de hom'!“

Kanto de la pioniroj

NAPOLEONESKAJ PLANOJ

En granda konstruaĵo de la urbocentro junulo luis tutan etaĝon. Li subskribis la kontrakton kiel lordo Bloomsbury kaj aranĝis kvar ĝis kvin kontorojn. Li uzis sufiĉe malnovajn, eluzitajn meblojn, kiuj donis al la ejoj la aspekton de negoco jam multaĝa, ege honesta. Juna virino kun ore bruna vizaĝkoloro helpis al li starigi la meblojn kaj dungi servistojn.

„Sciu“, ŝi diris, kiam la mebloj alvenis kaj li rigardis ilin malaprobe, „maljuniĝintaj negocoj efikas ege sorĉe. Ilia aĝo pruvas, ke ili neniam kulpis pri io, kio siavice supozigas, ke ankaŭ estonte oni apenaŭ kaptos ilin.“

La plej granda ejo estis establita kiel kunvenejo. La vitran pordon de la koridoro oni provizis per grandaj oraj literoj: CAS. Sube estis skribite malpli grandlitere: „Centra Aĉeta Societo“.

La fondkunveno de la nova societo estis mallonga. Du advokatoj konataj en la urbocentro, iu sinjoro O'Hara, iu lordo Bloomsbury kaj iu sinjorino Crysler elektis la grandkomcerciston Macheath prezidanto. Vicprezidanto fariĝis lordo Bloomsbury. Macheath konatiĝis kun li en la domo en Tunn-

*) france: Oni engaĝiĝas, kaj poste oni vidos.

bridge, kie li pasigis siajn ĵaŭdajn posttagmezojn. Per malmulte da peno li povis engaĝi la sensignifan, sed agrablan junulon, ĉar tiu vivis en daŭra embaraso pro monmanko kaj komplete dependis de Jenny Month, la plej bona spertulino de sinjorino Lexer. Li estis tre stulta, sed silentis pasie kaj havis ege superan rideton, tute ne ligitan al iu motivo. Li faris la plej bonan impreson kaj vivis per tio.

Kiel la unua faro de la societo du kontraktoj estis subskribitaj. En unu sinjoro O'Hara devoligis sin liveri al CAS ne malgrandajn kvantojn de malmultekostaj varoj. La alia koncedis al sinjoro Macheath por liaj M-butikoj opcion pri la varoj havigitaj de CAS. Poste sinjoro Macheath transdonis la oficialan prezidantecon al sia amiko lordo Bloomsbury kaj petis la gesinjorojn provizore prisekreti lian prezidantecon al la publiko, kiel jam interkonsentite.

La sinjoroj kontente disiĝis, kaj la kontoroj ekagis sub la gvidado de sinjorino Crysler.

La agado konsistis en korespondado kun kelkaj agentoj en anglaj provincurboj kaj sur la kontinento, kiuj favorpreze aĉetis por CAS stokojn de bankrotintaj negocistoj. Krome ĝi konsistis en la direktado de tiuj stokoj en certan magazenon en Soho. La dokumentoj pri la ricevitaj varoj kaj la kvitancoj pri la pagitaj monsumoj estis katalogataj zorge, sed en apartaj fakoj. Ankaŭ la ricevo de la varoj en la magazeno estis memstare registrata kaj traktata dise de la liverado al la M-butikoj.

La kontoro laboris eĉ ne du semajnojn, kiam du sinjoroj, sinjoro Macheath kaj lordo Bloomsbury, aperis en la negocejoj de la *Komerca Banko* kaj deziris paroli kun la gvidantaj direktoroj de la banko.

La Komerca Banko estis instituto kun bonegaj rilatoj al la dominioj, en relative nova, luksa konstruaĵo en la Great-Russel-strato. Ĝi financis plurajn komercajn entreprenojn, inter ili la ĉenbutikojn de Aaron, la granda konkuranto de B. Chreston, kaj plian vicon da malpli grandaj firmoj de tiu speco en la provinco.

La viroj de la Komerca Banko estis sinjoroj tre honestaj kaj spertaj pri la pomalgranda komerco. Ili akceptis sinjoron Macheath pli ol rezerviĝeme. Kiel montriĝis, ili konis mirige bone la organizon kaj la situacion de la M-butikoj.

Macheath antaúe elpensis por si tute difinitan sintenon.

„La malnova Nacia Depona Banko ne donis al mi ion sub la garantio de miaj stokoj, ĉar tiuj ne havis unuarangan genealogion“, li diris al Bloomsbury, antaú ol ili iris en la Great-Russel-straton. „Nun la stokoj havas genealogion, kaj krome estas nun akra konkurencbatalo; tiuokaze la scivolemo pri la deveno de malmultekostaj varoj malplifortiĝis konsiderinde. Mi devos diri, ke la stokoj estas tre malmultekostaj, aliokaze ili ne kredas al mi, ke mi reproduktos ilian monon, kiun ili estas pruntedonontaj al mi. Sed por ke mi povu proponi la senhontan procentaĵon, kiun ili postulos, mi devus taksi la stokojn *tiom* malmultekostaj, ke ili tamen demandas pri la deveno, aú mi devas prezenti min kiel stultulon, kiu ruinigas sin. Malesperajn homojn ili ŝatas. Kredu al mi, Bloomsbury, ke en mia situacio ne estas malfacile por mi prezenti min kiel malesperulon; mi estas perdita.“

Do Macheath ne prezentiĝis kiel malvarma negocisto, sed kiel ruinigita homo. Kun pala vizaĝo kaj ŝvito sur la frunto li konfesis, ke li atingis la finon de sia forto. Kun ellaborita projekto li konfide turnis sin al la Nacia Depona Banko, kaj lia sincereco estis fie perfidita. Fridsange tiuj homoj ŝtelis liajn ideojn kaj iris kun ili al la Chreston-konzerno. Nun li estas blokita kun grandegaj stokoj, kiujn preni li devoligis sin kaj por kiuj CAS devas postuli de li nepageblajn luprezojn kaj interezojn.

Al li mankas mono por evoluigi siajn butikojn kaj provizi ilin per kreditoj. La stokoj estas inspekteblaj ĉe CAS.

La inspektado okazis ĉe la Malsupra Blacksmith-placo kaj fakte montris grandajn provizojn. Eĉ kvitancoj kaj dokumentoj pri la aĉeto, inter ili tiaj de danaj kaj francaj firmoj, povis esti prezentitaj.

La mienoj de la komercbankaj direktoroj senteble sereniĝis dum la inspektado.

Sed kiam la sekvan tagon Macheath kaj Bloomsbury denove venis en la bankon, apud la sinjoroj Henry kaj Jacques Opper subite sidis grava sinjoro de tre juda aspekto, sinjoro

I. Aaron, la posedanto de la Aaron-ĉenbutikoj, kun kiu la sinjoroj Opper kunlaboris, kiel ili klarigis.

„Sinjoro Aaron", la malpli aĝa Opper diris afable, „sinjoro Aaron, kiun vi certe konas, tre interesiĝas pri viaj ideoj, sinjoroj!"

Macheath estis ne malmulte perpleksa.

I. Aaron posedis minimume unu kaj duonan dekduojn da grandaj vendejoj en la plej bonaj kvartaloj de la urbo, kaj kompare al ili la M-butikoj ne estis pli ol skabia, pedikhava strathundo kompare al grandega, flegata Novlandhundo.

Dum minutoj Macheath konsideris, ĉu ne estas pli bone tuj ree eliri el la ĉambro. Unu rigardo al la sinjoroj Opper sufiĉis por montri al li, ke ili ne ekrilatus al li sen Aaron. Li havis la fortan senton esti denove superruzita, senton, kiun li poste ofte memoris. Sed lia situacio ne permesis al li retiriĝi. Li bezonis monon.

Macheath ripetis sian historion, kaj la granda Aaron serene diris, ke tio estas precize tio, kion li atendis de B. Chreston. Laŭ lia opinio, kiun li klarigis per spritaj parolturnoj, Chreston estas relative juna viro, tute senskrupula kaj nur celanta gajnon. Malgraŭ sia junaĝo, aŭ pro ĝi, li estas tipa reprezentanto de tiuj komercistoj jam iomete eksmodaj, kiuj atendas ĉion de trompo al la publiko. Li, Aaron, tute ne estas moralisto, malmoralo eĉ amuzas lin, sed li ne ŝatas ĝin en la negoca vivo. Ĝi havas nesufiĉe daŭran spiron.

„Via ideo pri la unuecaj prezoj ne estas malbona", li diris bonhumore, frapante la genuojn de Macheath, „sed viaj stokoj", kaj per tio li turnis sin al Bloomsbury reprezentanta CAS, estas preskaŭ pli bonaj. Kial vi iris al sinjoro Macheath? Vi povintus tuj veni al mi! Sed mi komprenas, la vojo kondukas tra sinjoro Macheath. La malgranda M-butika frato estu kunprenata."

Macheath aŭskultis lin kun malmulte da plezuro. Li trovis liajn ŝercojn magraj. Li sentis tute neniun emon partoprenigi sinjoron Aaron en la stokoj. Nur per plej granda sinvenko li ludis plu sian rolon de malgranda faristo ofendita de la granda Chreston.

Aaron ŝajne tre amuziĝis, sed Macheath bone vidis, ke tiel ofte kiel li menciis la nomon Chreston, leĝera ruĝo kuris super liaj tempioj. Li havis ion kontraŭ Chreston.

Fakte Chreston estis supreniranta jam iomete tro forte. Ankaŭ la sinjoroj de la Komerca Banko havis siajn pensojn pri tio. Por ili la Nacia Depona Banko estis tio, kio por Aaron estis Chreston. Tiuj unu kaj duona jarcentoj ĝis nun okupiĝis pri terposedaĵoj, kion ili volas en la pomalgranda komerco? Malgranda, enua instituto kun iomete ŝimaj monŝrankoj! La Komerca Banko estis tro granda por senti envion al la konkurenco, sed ĝi havis tre altan opinion pri sia pozicio en la pomalgranda komerco. Ĝi tute sentis sin arbitracianto pri ĉio, kio rilatas al tiu ĉi branĉo. Ĝi ne havis la senton, ke ĝi devas negoci rapide kaj senskrupule. Ĝia misio estis gardi la *moralon en la pomalgranda komerco.*

Oni klare sciis, ke viroj de la Macheath-a speco povas esti prenataj nur per la tenajlo, sed ŝajnis, ke tiuokaze oni efektive traktis iomete duban viron laŭ almenaŭ nekorekta maniero. Ĉiu povis vidi, ke liaj nervoj strikas. Li faris la impreson de profunde vundita homo.

Li klare konigis, ke li estas obsedita de venĝaj pensoj kontraŭ la Nacia Depona Banko kaj la Chreston-konzerno. Estis por li gravege doni lecionon al iuj sinjoroj, eĉ sub personaj oferoj. Ŝajne entuziasmigita de sia propra elokvento, li disponigis al I. Aaron siajn stokojn je malprofitaj prezoj, por ke Chreston fiasku sub la brutala konkurenco. Kiel kompenson li nur postulis, ke oni partoprenigu en la negoco ankaŭ liajn M-butikojn, al kiuj li ja havas devoligojn, des pli, ĉar nur temas pri memstaraj simplaj homoj, kiuj donacis al li sian fidon.

Por ne perdi la eblon utiligi la venĝosoifon de la M-butika Napoleono, do negocan neprudenton, kiu ŝajne aludis lian malaltan devenon, la sinjoroj de la Komerca Banko kaj sinjoro I. Aaron decidis konsideri la projekton.

La prezidanto de la Komerca Banko, sinjoro Jacques Opper, invitis sinjoron Macheath viziti lin dum la semajnfino en la Warborn-kastelo.

La Warborn-kastelo estis por la pomalgranda komerco, kio estas Downing-strato por la ekstera politiko kaj Wall-strato en Novjorko por alia komerca branĉo. Tie kuniĝis la „fadenoj“.

Macheath venis tre ekscitite en la kontoron de CAS, kaj Fanny tuj venigis Bloomsbury. Macheath deklaris, ke li tute ne scias, kiamaniere oni manĝas fiŝon en la Warborn-kastelo.

Ili interkonsiliĝis, kiel oni povas atingi, ke la invito estu etendata al Bloomsbury. Tiu ĉi, tamen, asertis, ke ankaŭ li ne scias, kiel oni manĝas fiŝon en la Warborn-kastelo. La familio Opper estis tie ankoraŭ ne tre longe.

Fanny aranĝis la aferon per malkaŝa interparolo kun Jasques Opper. Kun aktujo plena de detaloj sub la brako ŝi iris en la Komercan Bankon kaj detruis ĉiujn eventualajn iluziojn de Opper pri la kondutmaniero de sia ĉefo. Ŝi diris, ke homoj, kiuj kutimis ŝoveli monon per siaj manoj, kelkfoje ankaŭ uzas siajn manojn por ŝoveli viandaĵojn sur siajn telerojn. Se oni invitus ankaŭ lordon Bloomsbury, oni havus iun, kiu estas malpli genia ol Macheath. Opper invitis Bloomsbury.

Tamen ĉio preskaŭ fiaskis pro ĉi tiu. Li ne havis tiel altan opinion pri la familio Opper kiel Macheath, ĉar pri mono li ja sciis malmulte, kaj li nepre volis kunpreni Jenny. Tion li imagis kiel grandan amuzon. Li intencis diri, ke Jenny estas lia fratino, kaj volis poste montri kun ŝi iomete novan mododancon. De tio li atendis ion.

Penege Fanny persvadis lin rezigni pri lia plano.

Ŝi rigore kontrolis la vestojn de Macheath kaj forprenis de li la spadbastonon.

„Nun vi ne plu bezonas ĝin“, ŝi diris.

Lastmomente, tamen, li aĉetis al si paron da bovoledaj gantoj en la natura koloro kun fingrodikaj kunkudroj, kiun ŝi jam ne vidis. Bloomsbury rimarkis ilin kun plaĉo.

Dum la veturado al la Warborn-kastelo Bloomsbury konvinkis Macheath, ke estas nepre necese konservi la kutiman kondutmanieron; aliokaze la sinjoroj Opper ne plu rigardus Macheath kiel parvenuon. La malgranda parolado, per kiu Bloomsbury prezentis tion, estis lia sola kontribuo al la negoco, kiu estis enkondukita per la penetro de Macheath en la Warborn-kastelon.

La semajnfino fariĝis multe pli agrabla, ol Macheath antaŭimagis.

Ili stamfis tra bone flegitaj gazonoj kaj manĝis ĉasaĵon, ĉe kiu oni trinkis malnovan vinon el Porto. En la biblioteko odoris je malnova, multekosta ledo, kaj Macheath povis utiligi la primaterialajn konojn, kiujn Fanny enigis en lian kapon helpe de luksaj pornografiaj presaĵoj.

La pli aĝa ĉefo de la banko, sinjoro Jacques Opper, estis fraŭlo kaj okupiĝis pri beletraj aferoj, antaŭ ĉio pri biografio de Likurgo. La aganta forto en la negoco estis Henry Opper.

Bloomsbury estis iomete superflua. La problemo pri fiŝmanĝado ne ludis iun rolon.

Macheath miris, kiamaniere oni priparolis negocajn aferojn en la Warborn-kastelo. La mono estis tute ne menciata. Bloomsbury eltrovis, ke la granda Aaron ne estis invitita nur pro tio, ke li, kontraŭe al la gusto de Jacques Opper, parolis tro multe pri mono. Jacques Opper antipatiis la monon. Li diris, ke necesas iele-tiele ordigi tiajn aferojn, por ke sufiĉe eltenebla vivo estu ebla. Vespere, post bonega manĝo, li denove parolis pri tio.

„*Certe, oni devas manĝi por vivi. Sed manĝinte oni ankoraŭ ne vivis. La esenca mova forto de la homaro estas la bezono esprimiĝi, tio estas eternigi sian personecon. Ĉe kio tio okazas kaj per kio, tio estas tute negrava. Denaska rajdisto esprimiĝas rajdante. Ĉu la ĉevalo apartenas al li, estas absolute indiferente. Li volas rajdi. Iu alia volas fari tablojn. Li estas feliĉa, kiam la amata ligno kuŝas en lia mano kaj li rajtas enŝlosi sin kun sia ilaro en ĉambro. Jen la tuta mistero de la ekonomio. Kiu volas nenion, kiu faras ĉion nur por gajni monon per tio, tiu ĉiuokaze estas bedaŭrinda homo eĉ se Li gajnas tiun monon. Al Li mankas La esenca. Li estas nenio, kaj pro tio li ne volas krei ion.*“

Sen Henry Opper estus malfacile al Macheath direkti la interparolon al la ĉenbutikoj kaj kreditoj.

Nur longe post la kafo li povis detale klarigi, kion signifas liaj principoj pri la memstareco de la malgrandaj posedantoj. Verviĝante, li ankaŭ klarigis aldone, kiel li aplikus la principon almenaŭ parte en pli grandaj butikoj, eble tiuj de Aaron.

Persistege kaj ĉiam denove li asertis al ĉiuj, ke kompreneble estas superstiĉo rigardi la klientaron la ĉefa fonto de la profito. La vera enspeza fonto estas kaj restas la dungito. La klientaro ĝustadire ekzistas nur por ebligi al la komercisto profiti de siaj dungitoj kaj laboristoj.

Sed la stimulo de la dungito estas la ordinara egoismo. Ĉu – tiel ekkriis Macheath – la forto kaj farto de la firmo penigas la vendiston?! Indiferente li vidas la klienton eliri, kiam li ankoraŭ ricevas sian salajron. La ununura savo estas partoprenigi lin en la negoco. Rapide decidiĝinte, oni devas simple ĵeti ion en lian faŭkon.

„Ĉu vi pensas pri partopreno en la profito?" Opper demandis ektimante.

„Pri nenio alia."

„Sed tio ja estas terure multekosta", diris Opper

„Pri tio mi ne povas konsenti", Macheath rediris. „La partopreno estos kompreneble donata en formo de kuponoj al la firmo. Per tio ni faros la vendistojn niaj klientoj."

Henry Opper grumblis ion. Sed Jacques, la libromaniulo, rigardis Macheath atente kaj esplore.

Entute la vespero pasis bone. Relative frue oni retiriĝis en siajn ĉambrojn. Mac ankoraŭ ne povis dormi. Li faris al Bloomsbury paroladon pri la lameco de la supraj tavoloj.

„Al tiuj homoj", li diris, promenante kun pendantaj ŝelkoj, „mankas seriozeco. Aŭskultante ilin, oni povus kredi, ke ili gajnas sian monon nur pro la ekscito ligita al tio. Estas ĝuste tiel, kvazaŭ dogo trafinta en vorticon asertus, ke ĝi naĝas al la bordo nur pro sporto. Ili opinias, ke mi ne scias, kiagrade la enpenetro de la unu kaj duona jarcentoj en la pomalgrandan komercon havigas al ili sendormajn noktojn. Chreston ricevis monon, tio signifas, ke Aaron bezonas monon. Ili venigas min ĉi tien, kvazaŭ ili volus ekzameni mian karakteron, sed en la realo estas kompreneble miaj stokoj, kiuj estas gravaj por ili. Sen miaj stokoj Aaron neniam povas malaltigi la prezojn de siaj multekostaj varoj. Kaj malgraŭ ĉiu babilaĉo pri Likurgo aŭ kiel ajn la antikva greko nomiĝas, Jacques eĉ tre precize atentis, kiom kostas miaj varoj. De kie mi prenas ilin, ĉi tiuj homoj jam ne demandas. Pro tio la malnova sentenco ‚De kie preni ne ŝtelante' delonge malnoviĝis, de kiam la ŝtelado kostas tiom da mono. Mi vidos, ĉu mi eligos el ili tiun monon, kiun ili tiel malestimas."

Macheath malaprobis la konduton de Jacques multe pli multe ol tiun de Henry. Li nomis lin malsaĝa kiel ŝtipo. Sed samtempe, kiam li ekscitiĝis al sia kunlaboranto, estis Jacques Opper, kiu, malbutonante la ŝelkojn, sugestis al la ankoraŭ dubanta frato bonan opinion pri li.

„Tiu simpla viro havas ideojn," diris Jacques, „kaj kio estas pli multe: Li havas instinkton. Lia koncepto pri la valoro de la konkurado inter la vendistoj estas kvazaŭ greka. Li ne vidas nur simplajn disvendojn kiel Aaron; spirite li vidas ĉarvetkurojn. Lia partoprenkupono fakte estas laŭrokrono, kiu rekompencos la pli bonan. Li ne scias ĉion ĉi, sed li sentas ĝin. Tute prave li postulas la plene evoluintan, harmonian *personecon* en la vera vendisto. Kalokagatio!*) Kiam li priskribis tian vendiston, mi vidis Alcibiadon antaŭ mi. Ne estas malbone!"

Jam antaŭ la ekdormo la pli juna Opper vidis la vendistojn de Aaron treni la venkitajn klientojn al la kaso, kiel Aĥilo Hektoron.

En la semajno sekvinta tiun semajnfinon konsentiĝo inter la Komerca Banko, la ĉenbutika konzerno de Aaron kaj CAS estis farita. Laŭ ĝi, Aaron estis de nun ricevonta varojn de CAS je la samaj prezoj kiel la M-butikoj.

La kontraktoj, kiujn Bloomsbury devis subskribi por CAS, estis hororaj.

Macheath ne kuraĝis rigardi en la okulojn de Bloomsbury.

Poste, sur la strato, lin trafis plorkramfo. Bloomsbury, embarasa kaj ne malmulte mirigita, kondukis lin en proksiman tesalonon. Tie ili mendis buterpanojn. Nur malrapide Macheath reakiris sian sinregon.

„Je tiaj prezoj, kiajn Aaron pagos", Macheath diris al Bloomsbury, kiam ili forlasis la tesalonon, „ni ne povas ŝteli la varojn. Estas neeble elteni tion longe. Per tio ni maksimume povas realigi reklamsemajnon kiel Chreston, kaj jen kion

*) greke: korpa kaj spirita perfekteco kiel edukidealo

la fratoj volas. Ili volas interrilati al ni dum kiel eble plej mallonga tempo. Ili estas tro noblaj por tio. Rigardu tiun domon, Bloomsbury! Marmoro kaj kupro! Mi neniam komprenis, kial la publiko portas sian monon en konstruaĵojn, kiuj tiom kostis kaj plu kostas. Evidente la homoj opinias, ke la firmoj, kiuj povas permesi al si marmoron kaj kupron, ne plu bezonas monon, do ilia mono estas tie sekura!"

La malnova Nacia Depona Banko estis pli laŭ lia gusto. Ĝiaj mizeraj kontoroj ŝajne diris: ni profitas malmulte de niaj klientoj.

Afliktite li pensis pri la Nacia Depona Banko, tiu perfida, malnova amfibio. *Sen* la Nacia Depona Banko signifis *kontraŭ* ĝi. Sed ĝi entenis la doton de lia edzino. Pensante pri tio, Macheath havis amarajn sentojn. Estis al li klare, ke lia batalo nun direktiĝis kontraŭ tiu doto. Tiel stranga estis nun lia situacio, ke, se li volas transvivi, li nun devas neniigi la doton per sia tuta forto. La batalo ne permesis indulgon, ĝi estis gajnebla nur per neniigo de la kontraŭulo.

Macheath vidis antaŭ si periodon de rigora laboro.

Estis multekoste fari la Centran Aĉetan Societon logbirdo por la Komerca Banko, sed se nun li povus evoluigi siajn M-butikojn, ili ĉiuokaze estus brile provizitaj kaj travivus belegan tempon de prospero. Anstataŭe la plej malbona afero okazis: li devis akcepti Aaron, la konkurencon, eĉ la potencegan konkurencon! Li evoluigis siajn stokojn por lasi ŝteli ilin al si! Denove li ne vere prosperis. Se ne bonŝanca hazardo interhelpus, Macheath restus perdita nun kiel antaŭe. Li similis al viro staranta nudpiede sur arda fornoplato. Tia viro neniam ĉesos altensalti por ŝanĝi la lokon, kvankam ardan kontraŭ same arda. Lia bona tempo estas dum la momentoj, dum kiuj lia piedo estas en la aero.

Momente Macheath povis havigi kelkan kapitalon por siaj M-butikoj. Estis eble multobligi ilin kaj provizi ilin per kreditoj. La restintaj salajroj de la „aĉetistoj" de O'Hara estis pagitaj.

Antaŭ la M-butikistoj kunvenigitaj en Newgate Macheath faris principan paroladon.

Unue li sciigis, ke li decidiĝis nun dediĉi sian tutan laborforton al ili, la M-butikoj. Por senŝarĝi sin, li preskaŭ tute liberiĝis de la aĉetado kaj transigis ĝin al tre potenca societo, al CAS. Tiu societo ofertas varojn, kiuj tamen estas malmultekostaj nur ĉe aĉeto de ne malgrandaj kvantoj. Estis ankaŭ grave malhelpi, ke la societo faru same favorajn ofertojn al aliaj butikoj. Sed, solaj, la M-butikoj neniam povos plene okupi la societon.

Li daŭrigis:

„*Kiel vi eble jam aŭdis, la Unuiĝintaj M-butikoj eniris hieraŭ intiman negocan ligon kun la ĉenbutikoj de Aaron. La Centra Aĉeta Societo k.l.r.*), kiu estonte liveros al vi la varojn, sinjoroj, liveros ankaŭ al la ĉenbutika konzerno de Aaron. Kion signifas tiu ĉi sensacia paŝo de la potenca Aaron-konzerno? Sinjoroj, ĝi signifas venkon, grandiozan venkon de la M-butikoj. Kaj kio estas pli grava: de la M-butiko-ideo. Kia estas tiu ideo? Sinjoroj, ĝi estas la ideo profitigi ankaŭ al la malriĉaj kaj plej malriĉjaj tavoloj de la loĝantaro la donojn de la moderna industrio. Homo el amaso, maloriginalulo, tio ne sonoras honore. Sinjoroj, en tio montriĝas ne malgranda grado de nescio. Ĝuste la amaso gravas. La negocisto malŝate rigardanta la groŝon, la penege perlaboritan groŝon de la laboristo, faras gravan eraron. Tiu ĉi groŝo estas same bona kiel iu alia mono. Kaj dekduo estas la dekduoblo de unu. Jen la ideo de la M-butikoj. Kaj tiu ideo de la M-butikoj, via ideo, plene venkis super la potenca Aaron-konzerno kun ĝiaj dekduoj da grandaj vendejoj. Ankaŭ la Aaron-konzerno estonte malfermos siajn pordegojn al la malpli riĉaj tavoloj kaj per tio servos la ideon de la malmultekosteco kaj de la sociala progreso. Iujn malgrandfidulojn inter vi – ja ĉie estas kritikulaĉoj kaj timiguloj – mi nun aŭdas diri al si mem: Kial la potenca Aaron-konzerno volus estonte kunlabori kun ni? Kaj jen ni envere devas diri: ne pro la bluaj okuloj de la M-butikoj! Kien vi rigardas en la naturo, nenio okazas sen materialaj interesoj! Kie ajn iu diras al la alia: Mi celas vian bonon, ni volas kune...ktp., necesas atenti! Ĉar la homoj ja estas homaj kaj ne anĝeloj, kaj antaŭ ĉio zorgas unue pri si mem. Sole pro homamo okazas tute nenio! La pli forta venkas* *la malpli fortan, kaj pro tio ankaŭ en nia kunlaboro kun la Aaron-konzerno la demando estos: Nia amikeco ja estas bona afero, sed kiu do estas la pli forta? Do, ĉu batalo? Jes certe, sinjoroj, batalo! Sed paca batalo! Batalo en la servo de ideo! La sane pensanta negocisto ne timas la batalon; ĝin timas, nur la malfortulo, kiun superrulos la rado de la historio! La Aaron-konzerno aliĝis al ni, ne ĉar al ĝi plaĉas niaj bluaj okuloj, sed ĉar ĝi scias, sentas estimon pri la tenaca, persista kaj oferema laboro de la M-butikoj, kaj tiun ni devas plifortigi. Nia forto baziĝas sur niaj diligenteco kaj modesteco! Pri ni oni scias: Ni mem eklaboras! Kaj pro tio ankaŭ mi decidiĝis estonte dediĉi mian tutan forton al vi kaj al la M-butikoj, ne pro materiala intereso, sed ĉar mi kredas je la ideo kaj ĉar mi scias: La sendependa pomalgranda komerco estas la nervo de la komerco entute kaj krome riĉofonto!*“

La paroladon aŭdis ĉirkaŭ duona cento da homoj de vira kaj ina seksoj kaj kelkaj gazetistoj. Ĝi postlasis fortajn impresojn. Ĉeestis ne malmultaj homoj malfortetaj aŭ aspektantaj malfortiĝinte, sed kiel oni scias, la apelacio al la propra forto malofte perdiĝas neaŭdite.

Macheath povis esti kontenta pri sia sukceso, sed li iris el la kunvenejo kune kun Fanny Crysler, kaj iamaniere Polly eksciis pri tio.

Iun vesperon li trovis ŝin iom malfrue antaŭ sia pordo en Nunhead. En unu el la M-butikoj ŝi antaŭe eldemandis lian adreson kaj sidis antaŭ la kradpordo jam kelkajn horojn. Ŝi estis iom deprimita kaj tuj diris, ke ŝi ne plu eltenas la vivon sen li.

Malŝlosante la dompordon, li preparis ŝin al la nova loĝejo, de kiu provizore estas meblita nur unu ĉambro. Kial li forlasis la grandan loĝejon, li diris al ŝi supre, kiam ŝi sidis sur la sola seĝo, kun sia kofro antaŭ la piedoj.

Serioze li diris al ŝi, ke la sinteno de ŝia patro al li kondukis lin al ne malmultaj malfacilaĵoj. Li konfesas senkaŝe, ke li kalkulis je la doto aŭ minimume je plibonigo de sia kredito.

„Mi esperas“, li diris, „ke vi ne sentas seniluziiĝon pro tio, ke vi havas edzon, kiu kalkulas ĉiun pencon. Dum mia tuta vivo mi peze laboris; nun, kiam mi vidas la celon proksima, mi bezonas kelke da mono por tute atingi la celitan ordon. Viro de mia speco ne rajtas blinde edziĝi. Li devas teni sin en la mano. Lia edzino devas povi esti al li helpo. Kiam mi malkovris miajn sentojn por vi, mi tamen ne perdis la kapon kaj malvarme demandis min: Ĉu ŝi estas la ĝusta edzino por vi? Mia instinkto diris al mi: jes, kaj miaj informoj, kiujn mi havigis al mi sekrete kaj diskrete, pruvis al mi, ke mia instinkto ne trompis min. Jam Kipling diras: La malsanulo mortas, kaj la fortulo luktas. Pro tio mi aliflanke rigardas malvarmsange la situacion nun estiĝintan.“

Do, li vendis la loĝejon. Ili aranĝos sin ĉi tie, se ŝi ne preferas reiri al sia patro, kies malamikeco momente ne estus al li agrabla pro la menciitaj motivoj.

Ŝi ploris iomete kaj poste parolis pri la altrudoj de sinjoro Coax, al kiuj ŝi estas senŝirme elmetita. Tion li tuj komprenis, kaj kiam ŝi krome sciigis al li, ke ŝi sentas sin graveda kaj malgranda Macheath kreskas sub ŝia koro, li montris sin de sia plej bona flanko.

Li tuj permesis al ŝi resti nun ĉe li.

Kompare al la antaŭa, lia tono estis ŝanĝita, nun li traktis ŝin per certa, koncize esprimiĝanta supereco, kio tre bone plaĉis al ŝi.

Feliĉe, ŝi konfesis al li, ke ŝi ĉiam atendis lin nokte. Ja ne estas malfacile supreniĝisur la balkonon. Malagrable surprizite li respondis, ke li ja ne povas nokte suprengrimpi la balkonon por enpenetri ĉe sian propan edzinon. Tiaĵo ŝajnas al li tute malkonvena.

Tion ŝi komprenis.

Ankoraŭ longe li kuŝis sendorme apud ŝi, kun la manoj interplektitaj sub la kapo, gapante en la necertan lumon de la kurtenoj.

‚*Mi nomos lin Dick*‘, li revis, ‚*Mi instruos lin pri ĉio, diros al li, kion mi scias. Mi scias multe. Kelkaj aferoj, kiujn mi devis penege perlabori al mi spirite, li simple aŭdos se mi, sen iu penado. Mi prenos lian malgrandan manon kaj rakontos al li, kiel oni gvidas konzernon kaj profitas de la homoj, de tiuj friponaj kaj nefidindaj uloj evitantaj ĉiun laboron. Se oni volas ŝteli la kaĉon de sur via telero, ekbatu per via kulero, mi diros al li, kaj krome tiel ofte, ĝis li komprenos ĝin. Kie vi vidas pordon malfermita nur fende, tuj enpremu vian piedon, kaj poste per forto antaŭen en la konstruaĵon! Nur ne staradi senkuraĝe kaj atendi frititajn kolombojn! Mi enigos tion en lian kapon pacience, sed ankaŭ severe. Via patro estis neklera viro, sed neniu profesoro pri mondhistorio povis lernigi al li, kiel superruzi la ulojn! Vi povas studi, sed neniam forgesu, kiu ebligis tion al vi. La monon por via studado via patro devis eltiri pencon post penco el la poŝoj de tenacaj uloj. Pliigu tiun kapitalon! Pliigu vian scion, sed pliigu ankaŭ la fundamenton!*‘

Kun profunda falto sur la frunto, sed tre kontenta pri Polly, li ekdormis.

De la sekva mateno ŝi alportis lakton el la laktejo, lernis bone prepari al li lian ŝafhepataĵon, tiel kiel ĝi bone gustis al li, kaj helpis al li aranĝi la aliajn ĉambrojn.

Ŝi ne parolis pri Fanny Crysler, nek dum tiu unua nokto nek poste. Unue Macheath timis, ke Fanny Crysler havigos al li malfacilaĵojn, ĉar liaj rilatoj al ŝi fariĝis pli intimaj dum la lasta tempo, sed, je lia malŝarĝiĝo, ŝi ne montris iun ŝanĝiĝon en sia konduto, kiam de nun li nokte denove iris hejmen. Nevolonte li malbonhumorigus ŝin, ĉar en CAS ŝi estis granda helpo por li. Li estis eniginta ŝin kredante, ke ŝi estas ligita al li pro fizikaj motivoj.

Li bezonis ŝin.

En kunveno okazanta en la granda, mahagone panelita kunvenejo de la Komerca Banko, oni estis decidinta fari la decidan batalon kontraŭ Chreston tri semajnojn post la tamtame anoncita Chreston-reklamsemajno per jam nun anoncenda reklamsemajno de la Aaron- kaj M-butikoj.

Hom' vivas per la kap',
La kapo ne sufiĉas;
Do provu nur, per via kap'
Eĉ ne pedik' feliĉas!
Ĉar sufiĉe ruzas
Homo ne en ĉi epok'.
Ĉiam lin konfuzas
Trompo kaj mensog'.

Ho, faru planon nur
Kaj estu granda lum'!
Kaj plian planon faru nur:
Ja vanas la cerbum'.
Sufiĉe ja malbonas
Homo ne en ĉi epok'.
Sed al ni imponas
Streb' al alta lok'.

Nu, kuru post feliĉ',
Sed trou ne la kur'!
Ĉar ĉiuj kuras post feliĉ'.
Feliĉ' postkuras nur.
Sufiĉe ja modestas
Homo ne en ĉi epok'.
Tial strebo estas
Nur memtrompa mok'.

Kanto pri la nesufiĉo de la homa strebado

BATALOJ ĈIRKAŬE

Ankaŭ sinjoro Peachum travivis gravajn batalojn.

Tage kaj nokte li klopodis liberiĝi de la ŝipnegoco. Per tuta forto li strebis returne al sia propra fako, la pogranda almozado.

Liaj antaŭtimoj trafi sub la pontarkojn, lia sento esti trompita de iu pli ruza, malpli indulga, pli vivokapabla, ĉio ĉi rezultigis en li la ideon evoluigi sian almozadan negocon, kiu ja kreskis nur el premateco kaj trompo. Estis por li kutima afero utiligi eĉ sian ĉagrenon.

Kelkfoje li restis staranta ĉe Fewkoombey en la korto apud la hundejo kaj parolis kun li, kvazaŭ tiu ĉi estus lia kompaniano. La unukrurulo miris, ĝis li komprenis, ke sinjoro Peachum parolas eble eĉ al la hundoj, ĉar li tute ne rigardis lin.

„*Mi legas en gazetoj*", li diris ekzemple, „*ke lastatempe oni almozas tro multe. Tamen nur en interspacoj de kelkaj kilometroj oni vidas unu almozulon, kaj ĉiam la saman. Juĝante laŭ la nombro de la almozuloj, oni povus kredi, ke ne ekzistas mizero. Mi ofte demandis min: Kie do estas la mizeruloj? La respondo tekstas: Ĉie. Ili kaŝas sin malantaŭ sia amaseco. Krome ekzistas tutaj urbegoj, kiuj estas loĝataj nur de ili, sed ili kvazaŭ kaŝas sin en ili. Ili ne lasas sin vidi, kie estas belete. Ili evitas la agrablajn stratojn. Plej ofte ili laboras. Tio plej bone kaŝas ilin. Oni ne rimarkas, ke ili ne povas aĉeti, kio kvietigus ilian malsaton, ĉar ili ne aperas en la butikoj por aĉeti nenion. Estas tutaj popoloj, kiuj kadukiĝas en malantaŭaj domoj. La moderna formo de ilia neniigo estas preskaŭ nerimarkebla (aparte de tio, ke ĝi estas anonima!). Ili estas neniigataj, sed la neniigo daŭras jarojn. Falsigitaj nutraĵoj, kaj da ili eĉ tro malmultaj, haladzaj loĝejoj, troa limigo de ĉiuj vivofunkcioj, ĉio ĉi devas efiki longan tempon, ĝis la terenbato de la homo estas atingita. La homo estas nekredeble eltenema. Li mortadas nur tute malrapide, popece. Longtempe li ankoraŭ aspektas kvazaŭ homo. Nur tute lastmomente li konfesas sian veran staton kaj komplete foriĝas. Ĉar ili pereas per tiu stranga maniero, estas malfacile percepti, kiom amasa, nemezurebla estas la pereo. Mi ofte cerbumis, kiel oni povus havigi ian efikon al tiu ĉi mizero, la vera mizero. Certe estus nekredebla negoco! Sed estas neeble. Kiel utiligi la rigardon, per si mem certe animskuan, per kiu patrino, kun sia malsana infano surbrake, vidas la akvon flui malsupren laŭ la muro de sia ĉambreto? Da tiaj patrinoj ekzistas centmiloj, sed kion fari pri ili? Oni ja ne povas organizi kondukojn tra la malriĉulaj kvartaloj same kiel tra batalejoj! Ankaŭ la aspekto de kvardekjara viro, kiu ekkonscias, ke li eksiĝas el la konkurencbatalo, ĉar li jam konsumiĝis –*

ne li, sed la medio malekonomie uzis liajn fortojn –, tiu aspekto dolorigas la renojn, sed la viro ne permesas ĝin al la publiko. Do, laŭ negoca vidpunkto, ĝi estas senutila. Jen du ekzemploj el miloj."

Subite sinjoro Peachum ŝajne perdis la parolemon. Per foresta movo li ordonis al Fewkoombey eklabori kaj foriris kun zorgoplena, maltrankvila mieno.

Aŭ li diris:

„*Estas io stranga pri la almozada negoco. Ĝuste por mi estis komence malfacile kredi je tiu negoco. Sed poste mi rimarkis, ke la homoj pretas doni pro la sama timo, kiu instigas ilin preni. Ja ne mankas kompato, sed certe ne eblas gajni varman manĝon same bone kun kompato kiel sen kompato. Estas ankaŭ klare al mi, kial la homoj, antaŭ ol doni, ne pli atente kontrolas la kriplaĵojn de la almozuloj. Ili ja estas konvinkitaj, ke per siaj batoj ili estigis vundojn. Ĉu ne estas kompreneble, ke restis ruinigitoj, post kiam ili faris siajn negocojn? Se ili zorgis pri sia familio, ĉu eble ne okazis, ke familioj trafis sub la pontarkojn? Konsidere al sia propra vivomaniero, ĉiuj estas dekomence konvinkitaj, ke homoj mortige vunditaj kaj nedireble helpobezonaj nepre rampas ĉirkaŭe. Pro kio do klopodi pri kontrolo? La malmultaj pencoj, kiujn doni oni pretas, ne penindas!*"

Alifoje li nur diris:

„*Ne kredu, ke mi ne grasigas miajn blindulajn hundojn pro malboneco; nur malutilas al la negoco, se ili aspektas grase.*"

Kaj iun tagon li riproĉis la kvietan mienon de Fewkoombey per la vortoj:

„*Vi aspektas multe tro kontenta. Mi diras al ĉiuj miaj homoj, ke ili devas aspekti kiel humiligitoj kaj ofenditoj: por eskapi de tiu malaminda aspekto, oni volonte pagas.*"

Certe li profundege ektimus, se li konsciiĝus, ke tiaj babiladoj antaŭ dungitoj signalas gravan animan malsanon; ĉar li sciis, ke malsanaj homoj ne povas kalkuli je indulgo.

·

La havigo de la mono por la aĉeto de la ŝipoj de Coax en Southampton pruviĝis iomete malfacila.

Kun levitaj manoj Miller el la Depona Banko rifuzis la

troan postulon krediti kvindik mil pundojn. Li diris, ke li ne volas bruski siajn klientojn, kaj apogis sin sur sia respondeco antaŭ la sepjara posedantino de la banko. Li diris, ke li preskaŭ dronas en negocoj kun grandaj konzernoj, konfidence dirite, kun la Chreston-konzerno. Pri la kapitalmanko de Peachum li ŝajnis tre timigita kaj estis eĉ pli timigita ol li ŝajnis.

La deponitaĵoj de Peachum en la Nacia Depona Banko sumiĝis al proksimume dek mil pundoj. Sed de tiuj li neniukondiĉe volis ion depreni. Krome ili ne sufiĉus.

Finney asertis, ke li finfine bezonas la operacion, kaj daŭre minacis, ke li morgaŭ retiriĝos en klinikon. Nur Eastman luktis, sed li ne povis enkontigi multajn sukcesojn.

Jen trafis ilin la aldona sciigo, ke Hale el la mararmea oficejo estas minacata per skandalo.

Coax speciale venis al Peachum kaj atendis en ties malgranda kontoro post la fera pordo, ĝis oni venigis Eastman. Li raportis jenon:

De kelkaj tagoj Hale ricevis ĉantaĝajn leterojn. Lian edzinon oni surprizis antaŭ du jaroj dum polica kontrolo en porhora hotelo kun unu el liaj amikoj. La ĉantaĝanto asertis, ke li posedas la taglibron de tiu amiko, el kiu evidentiĝas, ke Hale eksciis pri la afero – ne tirante la konsekvencojn. Eĉ nun li havas laŭdire negocan kontakton kun tiu amiko...

Akre kaj longe la makleristo rigardis en la okulojn de Eastman, al kiu li ĉefe parolis. Tiu turnis sian turmentitan vizaĝon al Peachum.

Peachum ree aspektis grave malsana.

„Kiom kostas la taglibro?“ li pene demandis, evitante la rigardon de Coax.

„Mil“, Coax diris leĝere.

„Tiujn li havas. SUT pagis al li naŭ mil.“

Tion diris Eastman. Kaj Coax diris pacience: „Li havas tute nenion. Lia edzino havas tualetojn. Aliokaze ŝi ne ekhavus amikojn, eĉ ne en porhoraj hoteloj. La reston de la mono, kiun li ricevis de SUT, li devas uzi por la ĉesigo de la esploro. La kazo de tiu ĉi homo estas tragika.“

„Kio okazos, se li ne pagos?“ demandis Peachum.

„Tiuokaze li devos iri. Estas terure, ke la homoj, kun kiuj oni negoce interrilatas, krome havas privatajn aferojn. En sia embaraso Hale sin turnis tuj al mi, ĉar mi estas lia plej bona amiko. Pri helpo li volis aúdi nenion. Jen via vanteco de oficisto, mi diris al li. Viaj malfacilaĵoj estas miaj malfacilaĵoj. Sinjoroj, ni devas trovi rimedon. Viro kiel Hale ne devas transbordiĝi pro tia bagatelo. Tio estas home ne responsebla. Sed eĉ pro tute kaj komplete egoismaj konsideroj ni devas subteni Hale, sinjoroj."

Kiam Coax adiaúis en la butiko, li hezitis por momento.

„Ĉu eble fraúlino Polly ankoraú ne revenis el Chamonix?" li demandis, donante ĝustan fasonon al sia „borsalino-"ĉapelo, cetere sentiman, entrepreneman fasonon.

„Ne", Peachum diris raúke.

Oni mensogis al Coax, ke Polly estas en Svisio por kompletigi sian edukitecon. Peachum jam pripensis, ĉu li, por pliperfektigi la iluzion, ne havigu falsajn bildkartojn el Chamonix. Sed tio ne estis konsilinda. Pli-malpli frue oni ja devos konfesi al Coax la tutan malbonan aferon, nome post kiam ĝi estos ordigita. Tiam la mensogoj ne devos esti tro grandaj.

Coax neniam forgesis demandi pri Polly.

Estis interkonsentite, ke Peachum renkontiĝos la sekvan lundon kun Hale kaj Coax en la kuvobanejo. Coax faris siajn negocojn kun SUT principe en „La kuvobanoj de Feather" kaj ĉiam lunde, egale kiom da tempo perdiĝis per tio.

Duonan horon antaú la tempo fiksita por Peachum Coax kaj Hale tie renkontiĝis.

Ili senvestigis sin malrapide, sen knabinoj. Hale, dika kvardekjarulo, parolis:

„Mi estis ĉiam kontraú viaj flankaj amoraĵoj kun Evelyn, tion vi scias, William! Per tio vi nur fremdigis ŝin al Ranch. Mi scias, ke pro vi ŝi havis la plej malbonajn skandalojn kun Ranch, mi povas kanti al vi melodion pri tio. Ĉiu psika malagrablaĵo renversas ŝin por tagoj. Kaj mi ja vere ne sentas min bone, se io afliktas ŝin. Mi ja ŝatas ŝin. Kaj plue: porhora hotelo! Tio ja havas patologian karakteron ĉe vi! Mi miras, ke ŝi ne ekhavis urtikarion! En porhora hotelo, kie ĉiun duan horon la tolaĵo estas ŝanĝata kaj pro tio nepre estas humida! Kaj antaú ĉio la imago: porhora hotelo! Evelyn estas la plej sensiva kreitaĵo, kiun mi konas. Supozeble estis por ŝi vere perversa ekscito, tiu tolaĵo! Kaj alitempe ŝi estas tiel natura. Jen la plej bela en ŝi. Tiun aferon mi neniam pardonos al vi, kaj, ho Dio, ja ne estas la sekvoj, pri kiuj mi insistas, tia mi ne estas. Sed nun mi povas prezenti min al tiuj avaruloj kaj petaĉi ilin pri mil pundoj. Al mi tre malmulte plaĉas fari tion. Miaj privataj aferoj ja tute ne koncernas ilin. Prave ili povas diri: Sinjoro, ni internegocas kun vi, ni ne pagas la bankuracadon por vi! Pleje mi ŝatus foriri eĉ nun. Ja estas mi oficisto."

Coax rigardis lin kaj diris: „Jes, ja estas vi oficisto."

„Mi ŝatus scii, de kie tiu Gawn havas vian taglibron", Hale grumblis, ordigante la duonŝtrumpojn sur tabureto.

Ili eniĝis en la lignajn kuvojn.

Hale prenis ŝlimbanon, Coax havis certajn stimulantajn herbojn en sia kuvo.

„*Konsideru*", Hale daúrigis afliktite, kiam li kuŝis, „*kiel skrupule ni firmtenas **la** honoran vidpunkton en la oficejo! Ni povas fari malpli grandajn negocojn. Mi ne volas paroli pri niaj ĝisnunaj en la mararmea oficejo, mi volas lasi Grandbritio el la ludo, mi scias nenion pri tio, kaj, estante anglo, tute ne volas scii ion pri tio. Sed konsideru, kiajn negocojn sinjoro von Bismarck faras transe. Jen tute granda viro! Li akiras al si belan havaĵon, kaj lia lando prosperas per tio. Nin, ŝtatistojn, oni pritakasas ne ĉiam juste. Oni vidas nur tiun agadon aú alian kaj prijuĝas ilin. Sed kion oni scias pri ili! Oni diras: Tiu aú tiu diplomata agado estis malĝusta, sed nur, ĉar oni deiras de ĝiaj eksteraj sukcesoj. Tute kruda vidmaniero! Ĉu oni scias, kion ĝi aparte celis? Kiam la germana imperiestro telegrafis al prezidento Krüger, kiaj akcioj altiĝis kaj kiaj malaltiĝis? Kompreneble nur la komunistoj demandas tion. Sed, inter ni, certe ne nur ili: ankaú la diplomatoj. Certe tia pensado estas maldelikata, sed ĝi estas tre proksima al la realo. La ĉefaĵo estas lerni pensi maldelikate. Maldelikata pensado, tio estas la pensado de la granduloj. Politiko estas la daúrigo de la negocoj per aliaj rimdeoj. Ĝuste tial ni devas gardi nin, ke neniu ombro falu sur nian personan honoron. Se la afero pri* *la porhora hotelo konatiĝos, oni pelos min malhonore el la ministerio.*

Kontraŭ tia suspekto ne helpas kiuj ajn meritoj. Sed mi ja havas senton pri honoro en mi, kaj kun tiu ne estas akordigeble, ke mi interbatiĝas kun tiuj negocistaĉoj."

En tiu ĉi momento la enveno de Peachum interrompis lin. Kune la tri sinjoroj prenis ŝvitbanon.

Ili kuŝis sur la tabulkuŝejoj por malvarmiĝi, kun tukoj malsekaj pro vaporo sub la nuko, kiam Peachum komencis. Li parolis mallaŭte, kvazaŭ malsanulo, kaj tia li ja estis.

„Nia kunlaboro, sinjoro Hale, ne estis aparte favorata de la feliĉo. Kontraŭe al niaj altaj atendoj, ni devis aŭdi, ke vi ne kapablis aĉeti niajn ŝipojn por la registaro, granda, giganta perdo por ni."

Hale grumble diris ion. Li kuŝis etendita, kaj per siaj malgrandaj dikaj manoj li batetis al si sur la spongecan bruston.

Peachum parolis plu, ĉiam tre mallaŭte kaj pene.

„Ni ĉiuj estas nur tute malgrandaj negocistoj. Nia mono estas penige gajnata. Mi esperas, ke vi provis ĉion?"

Peachum turnis la vizaĝon al la flanko kaj rigardis la ŝtatsekretarion. Tiu silentis nun. Li ne aspektis aparte impona. Estis eraro de Coax prezenti lin sen vestoj. Tiel li aspektis kiel grasa, malinteligenta homo, ne kiel alta oficisto. Kaj io en li vekis atenton en la amiko de la almozuloj.

Apenaŭ rimarkebla, sed tamen evidenta ŝanĝiĝo okazis en la parolmaniero de Peachum.

„Ni aŭdas de sinjoro Coax, ke vi havas privatajn zorgojn, kiuj malhelpas vin en via laboro? Ni bedaŭras tion. Ĉu estus utile al via laboro, se ni forprenus de vi tiujn zorgojn?"

Hale denove diris ion grumble. Li ŝatus rigardi Coax. La interparolado ne evoluis laŭ lia atendo.

„Vi scias", Peachum daŭrigis, „ke ni havis malfeliĉon ĉe la havigo de la transportŝipoj. Poste montriĝis, ke ili ne estas tiel bonaj kiel oni priskribis ilin al ni. Ni krome aŭdis, ke pro ili vi devas timi malagrablaĵojn. Ni povas imagi, ke privataj zorgoj aldone malfaciligas al vi frunti tiujn malagrablaĵojn. Ankaŭ mi devas nun enŝovi ion privatan: mi vidas en sinjoro Coax mian estontan bofilon."

Coax turnis sin malvigle. Iomete mirigite li rigardis al Peachum. Li subite memoris momenton en la butiko de Peachum, en kiu tiu demandis lin, por kiom li lasos lin el la ŝipnegoco. Tiam li ekhavis strangan impreson pri Peachum, kiun li poste estis forgesinta.

Intertempe Peachum parolis plu.

„Ni devus provi“, li diris tute trankvile. „*tamen* uzi la originajn ŝipojn.“

La du aliaj sinjoroj kondutis silente.

Do, Peachum nun sciis, kion en Southampton li ankoraŭ ne sciis: la sinjoroj ankoraŭ plu pensis uzi la malnovajn ŝipojn!

Coax ridis mistone.

„Jen“, li diris, „vi volas nun, por la aĉaj mil pundoj, forŝovi viajn malnovajn aĉaĵojn al la registaro, ĝuste antaŭ la pordofermo?“

Nun silentis Peachum.

„Ĉu tio estas la postulo de SUT?“ Coax subite demandis bruske. Peachum, kuŝante, turnis al li la kapon.

„Ne“, li diris, „la mia“.

Kelkajn minutojn poste Hale komencis plendi pri la Londona nebulo. Peachum konsentis. Ili iris en la kajutojn. Poste ili fiksis renkontiĝon antaŭ la banejo. Coax estis dirinta eĉ ne unu plian vorton.

Jonathan Jeremiah Peachum finfine vidis klare, post monatoj de malhela palpado kaj de sovaĝaj timoj.

Komencante sian interparolon kun la ŝtatsekretario, li kompreneble pensis eĉ ne unu sekundon, ke li povas eviti la kontentigon de senrajtaj postuloj aŭ havi iun kompensan servon, eĉ nur malgrandan. Nur laŭ malnova kutimo li kondutis kiel negocisto, en kies kapon ne povas eniĝi la ideo doni ion sen ricevi ion, kaj serĉis ion, kion li povas postuli, nur por gardi la formon. La humiliĝo, senkaŝe doni monon *por nenio*, ŝajnis al li simple ne tolerebla. Tiel la iomete kapabla negocisto provas almenaŭ cedigi al si la vivasekuron de sia ruinigita frato, kies ruinon li devas forigi pro societaj kaŭzoj, aŭ li ordonas al almozulo, por malnova panrestaĵo fosi almenaŭ truon en la ĝardeno, kiun replenigi li ordonas al la sekvanta. La eksilento de Hale poste ekscitis Peachum enorme. Li *vidis* subite.

Li vidis nur, por suferi.

Ne la novajn ŝipojn de Southampton, kiuj alportos al li la ruinon, oni liveros al la registaro, sed la malnovajn, ne martaŭgajn. Coax kaj tiu mizera Hale senindulge elpremis el la malforta, malsana, bonkora transportŝipa societo, kio ajn enestis en ĝi: ĉu ili aĉetus aŭ ne aĉetus la novajn ŝipojn, tio tute ne havis rilaton al la registara negoco; ĉiuokaze SUT devos pagi ilin. Kaj ĉio ĉi estas dekomence planita!

Ke Coax ne konfidis al li la planon, profunde timigis lin. Aliokaze Coax traktis lin tute kiel estontan bopatron.

Samtempe Peachum pleje timis en tiu ĉi momento, ke Coax malpacienciĝas pro Polly. Sed Coax ne montris malpaciencon.

Kiam Peachum, komisie de SUT, alportis al Coax la monon destinitan por Hale, li timplene direktis la paroladon al sia filino. Coax unue restis muta, poste li certigis, ke li ne intencas urĝi Polly. Li volas esti amata pro si mem. Ankaŭ Peachum ne maltrankviliĝu. Kian ajn sintenon fraŭlino Polly prenas al li, li, Peachum, ĉiam restos por li ŝia patro. Estas por li ĝojo, ke unufoje en sia vivo, kiu havas multajn aĉajn flankojn, li povas fari oferon al pli profunda kaj pli pura inklino.

Sinjoro Coax apartenis al la disvastigita speco de la ĉiontranslipigantoj.

Peachum aŭskultis kun senmova vizaĝo kaj je la mila fojo decidis realigi edziĝon inter Coax kaj sia filino. La paroladoj de Coax ŝajnis al li tro eteraj kaj liaj motivoj tro belaj por esti daŭraj. Coax ja montris jam en la transportŝipa negoco, ke li ne malakceptus la monon de sinjoro Peachum.

Post detala interparolo oni decidis en Old-Oak-strato fari plian provon. Eble oni povus havigi negocajn malfacilaĵojn al sinjoro Macheath.

Iun tagon, meze en la granda vendkampanjo, oni raportis al Macheath, ke en kaj antaŭ la butikoj subite amasiĝis granda nombro da almozuloj. Ili trafosis la artiklojn kaj ne ŝparis pri kritiko. Laŭte insultante, ili intermiksis ĉion senorde. Duope kaj triope ili ekstaris antaŭ la pordo de la butiko kaj interparolis pri la sentaŭgaĵoj tie vendataj. Pro tio, ke la publiko devis premiĝi tra ili por atingi la butikojn kaj ke ili estis ege malpuraj, multaj aĉetontoj simple forturnis sin sur la strato. Macheath rigardis la senditojn de sia bopatro antaŭ pluraj butikoj. Unue li pensis peti la policon refari la ordon. Sed poste li ekhavis pli bonan ideon. Iun vendredon, kiam la trafiko estis plej forta, li igis pendigi mandesegnitajn afiŝojn super la montrofenestroj, sur kiuj estis skribite:

ĈI TIE EĈ ALMOZULOJ POVAS AĈETI
BONAJN VAROJN

La afero aperis en la gazetoj, kaj la M-butikoj fariĝis pli popularaj ol iam.

Plian fojon sinjoro Peachum malvenkis.

Sed kiom ajn da malfacilaĵoj lia bofilo vidis ankoraŭ antaŭ si, li tamen pretervidis unu. La tiom multekosta renkontiĝo de sinjoro Peachum kun alta oficisto el la mararmea ministerio en la kuvobanoj de Feather profunde intervenos en la ambiciaj planoj de sinjoro Macheath. Neestingeble sinjoro Peachum vidis ekde nun tri malnovajn, kadukajn kestojn plenajn de soldatoj naĝi sur libera maro, grandega negoco!

DISVENDO

Macheath dividis sian tempon inter O'Hara kaj Fanny Crysler. La unuan li renkontis kutime en razejo, kune kun du pliaj viroj de Blacksmith-placo, Father kaj Grooch, malnovaj rompoŝtelistoj. En iu drinkejo ili projektis la rompoŝtelojn ne tute malgravajn.

Macheath havis ankoraŭ bonajn ideojn kaj estis nesuperebla kiel organizisto, sed la kunsidoj kun Fanny en la kontoro de CAS havigis al li multe pli multe da interna kontentiĝo. La elaĉetado de bankrotintaj butikoj postulis ne malpli multe da ruzeco kaj estis entute pli laŭtempa.

Li sentus sin kvazaŭ fiŝo en la akvo ĉe tiu negoco, se la kontrakto kun Aaron ne pezus sur lia nuko.

Kelkaj intimaj interkonsiliĝoj en la ejoj de CAS inter Macheath, Fanny Crysler kaj O'Hara finiĝis en malserena silentado.

Singarde oni jam komencis direkti artiklojn de CAS en la Aaron-butikojn. La aĉetistoj, laborantaj surbaze de salajroj, estis instigitaj de O'Hara al febra agado. Sed jam nun montriĝis, ke CAS ja estus preskaŭ neelĉerpebla fonto por la M-butikoj, sed tute ne estis sufiĉe potenca por la liveradoj laŭ enormaj dimensioj, kiajn postulis la reklamsemajno kune kun la nun aliĝintaj Aaron-vendejoj per si mem preskaŭ duoble pli fortaj.

Jam post mallonga tempo ŝrumpis la stokoj de tuj vendeblaj artikloj.

Dum kelkaj tagoj Macheath statis pli deprimita ol iam. Li sentis teruran timon konfesi al la sinjoroj Aaron kaj Opper, ke la senĉese priparolita decida batalo kontraŭ Chreston tute ne povas okazi. Jen malrapide enradikiĝis en lia kapo tute neordinare danĝera plano.

En la nokto ĉe la flanko de Polly li pripensis sian danĝeran situacion dum multaj horoj. Li vidis pli akre kaj pensis pli facile, kiam li aŭdis ŝian kvietan, fidoplenan spiron. Liaj plej aŭdacaj planoj estiĝis tiamaniere.

Iun matenon, ne informinte Fanny kaj O'Hara, li iris al Aaron kaj diris al li jenon:

„Ni ne devas ĉion esperi de la reklamsemajno. Ni devas zorgi, ke Chreston perdas la spiron jam antaŭ sia propra reklamsemajno. Plej bone estos, ke ni jam nun komencas la malaltigadon de la prezoj. CAS povas liveri same nun kiel poste. Sed la malmultekostaj artikloj de Chreston ankoraŭ ne estas pretaj."

Aaron rigardis lin reve. Io en Macheath ne plaĉis al li. Kiel rabisto li estis iomete bone burĝa, sed kiel burĝo li estis iomete rabista. Krome li havis tro malmulte da haroj sur sia rafaneca kapo. Por Aaron tiaj observoj gravis.

Sed poste li tamen konsentis. Lia edzino lastatempe trabutikis kun sinjorino Macheath kaj rakontis nur bonaĵojn pri la geedzoj Macheath. Tiamaniere Aaron eksciis, ke ili nun vivas tre modere. Vespere Macheath kontrolis la mastruman libron. Li havis la vidpunkton, ke finfine gravas la penco.

Krome Macheath trovis subtenon flanke de la malpli juna el la du Opper. Tiu ĉi persone partoprenis la transformon de la personara politiko en la negocejoj de Aaron. Li estis obsedita de la ideo pri la greka konkuro kaj malegoisme gloris Macheath kiel ties iniciatoron. La vendistojn oni partoprenigis en la spezo, kaj ili havis nun la saman interesiĝon pri la negoco kiel la butikistoj. La konkuro floris.

La reklamo multobliĝis. La butikoj estis abundege provizataj, la nombro de la artikloj plialtigata. Eĉ la malgrandaj tenejoj de la M-butikoj pleniĝis ĝis la plafono. La publiko aĉetis unu objekton kaj ĉe tio vidis alian. Logite de la malaltaj prezoj, ĝi kunprenis, kion ĝi povis porti. Grandaj skribaĵoj, per koloraj krajonoj sur pakpapero, klarigis al la publiko, ke tio estas la ununura kaj ne revenanta ŝanco aĉeti superfluaĵojn. La homoj iris el la butikoj kvazaŭ ŝtelistoj, plenaj de sekreta timo, ke subite la butikisto ankoraŭ rimarkas, ke anstataŭ ŝilingojn li postulis pencojn.

Macheath estis tre diligenta. Li mem iris de unu butiko al alia kaj subtenis la posedantojn per konsiloj, ankaŭ per kreditbiletoj kaj varoj. Antaŭ ĉio li venigis grandegajn kvantojn da ege malmultekostaj artikloj, parte eĉ el Danlando, Nederlando kaj Francio. Lia Centra Aĉeta Societo sub O'Hara laboris tage kaj nokte.

Pri kelkaj kvantoj oni konstatis, ke ili devenis el rompoŝteloj. La denunco trafis la M-butikon en la Mulberry-strato, kies posedantino nomiĝis Mary Swayer. La artikloj estis denuncitaj de almozuloj.

Macheath retiris la artiklojn, ankaŭ tiujn el aliaj butikoj, transdonis ilin al la polico kaj lasis eĉ kapti kelkajn malpli gravajn rompoŝtelistojn.

Tamen Macheath restis maltrankvila dum kelka tempo. Li divenis, ke lia bopatro ankoraŭ ne eldiris sian lastan vorton. Certe nur la okazo al li mankis ĝis nun.

„La malamo de via patro“, Macheath diris al Polly, „ne estas natura. Supozeble lia dependeco de tiu Coax ree pligrandiĝis. Li ne ĉesas persekuti min. Mi havas malagrablan senton, kiam mi pensas pri li. Mi pensis, ke iun tagon li stariĝos sur la grundo de la faktoj. Finfine mi ja nur ĉarpentas la ekzistadon por mi kaj vi.“

Envere li tute forgesis tiun zorgon pro la turbulenta evoluo, kiun liaj negocoj spertis baldaŭ poste.

La butikoj de la Aaron-konzerno kaj la M-butikoj publikigis en grandaj gazetoj, ke ili donos rabaton al familianoj de militistoj kaj krome konsideros speciale favore soldatvidvinojn kiel aspirantojn por novaj butikoj.

Tiu ĉi paŝo trovis multe da aplaŭdo.

La prezoj estis ĉiurimede malaltigataj.

Baldaŭ la ĉenbutikoj de Chreston eksentis la frenezan konkurencon kaj estis devigitaj, ankaŭ malaltigi la prezojn. La Nacia Depona Banko mirige penis. Dum noktoj Miller kaj Hawthorne sidis kun Chreston super la libroj. La kampanjo englutis sumegojn. La unu kaj duona jarcentoj apenaŭ kuraĝis rigardi unu en la okulojn de la alia. Ili sentis sian respondecon tre forte.

Por sproni ilin ĝis ekstremo, Macheath denove ekrilatis al ili pere de perantoj. Per tio li intencis sugesti al ili la konkludon, ke la Komerca Banko malantaŭ la Aaron- kaj M-butikoj iom post iom perdas la spiron kaj ke la fratoj Opper serĉas diskretajn vojojn al I. Chreston.

Ili fakte faris tiun konkludon kaj denove malaltigis la prezojn por la malgrandaj artikloj.

Do ankaŭ Aaron kaj Macheath devis plian fojon malaltigi la prezojn. Kaj la grandaj reklamsemajnoj de la du konzernoj ja estis tuj okazontaj!

La publiko delonge komprenis, ke temas pri decida batalo inter Aaron kaj Chreston. Ĝi krome komprenis, ke ĝi nun povas aĉeti malmultekoste. Ĝi brave aĉetis, sed multaj dommastrinoj atendis eĉ pli malaltajn prezojn. Avide ili travagis la vendejojn kaj komparis la prezojn.

Aaron jam komencis preparajn laborojn por la nova ŝtupigo de la artikloprezoj. Dum tio li ekŝatis sian novan kompanianon. Kiam li vidis lian rafanecan kapon, li ĉiufoje cerbumis, ĉu tiu viro povas skribi mallongan leteron ortografie ĝuste;

sed sendube li scipovis la kapan kalkuladon. Montriĝos, ke li scipovas pli multe.

Nun estus la tasko de CAS prepari la grandan reklamsemajnon, kiu devus eklipsi ĉion ĝisnunan. Senĉese la ĉenbutikoj de Aaron plezure akceptis la artiklojn de CAS, kion ajn ĝi ofertis, kaj apenaŭ dankis pro tio. La profitoj ja vere ne estis tre grandaj, ĉar jam nun la prezoj troviĝis sub ĉiu limo de reala gajno, sed unue ja nur temis pri la definitiva ekskludo de la konkurenco. Rilate la grandan reklamsemajnon Aaron tute fidis je la admirinda CAS. Tiu ja ŝajnis senlime liveropova.

Ĝi tute ne estis.

Kiam la stokoj pli kaj pli ŝrumpis, Macheath suferis gravan animan kolapson en la butiko de Fanny. Plorante li kriis, ke oni prirabas lin, ke li trafis inter banditojn. Li faras, kion li povas, sed oni volas ŝteli la haŭton de sur lia korpo. Li ne plu eltenas tiun vivon sur la vulkano. Oni ne povas postuli de li pli multe, ol unuopa homo povas plenumi.

La senpera kaŭzo por tiu kolapso estis interparolado kun Jacques Opper, en kiu tiu priskribis la grandan reklamsemajnon kiel olimpikojn kaj disponigis al Henry Opper fantazie altajn rimedojn por la anoncado. Fanny faris kompresojn kaj frotis la trunkon de Mac per arniko. Li ploris dum la duona nokto kaj akuzis ŝin, ke ankaŭ ŝi rigardas lin nur kiel boksiston, kiu devas gajni la premion kaj ĉe tio riski sian sanon por ili ĉiuj.

Same kiel multaj grandaj viroj, li sentis hororon pro siaj propraj decidoj, kiam ili estis efektivigotaj. Tiel Napoleono svenis en la momento de la longe planita ŝtatrenverso.

Tiu ĉi animstato alternis kun aliaj animstatoj.

Kelkfoje li havis pli bonan humoron kaj invitis ŝin viziti kun li noblajn restoraciojn en Soho, kie li ridis kun ŝi pro la vizaĝoj, kiujn Aaron kaj la fratoj Opper supozeble faros, se lia granda *plano* sukcesos.

Fanny ridis kun li, sed ŝi ne sciis, kion li celas pri la granda plano. Longtempe li malkaŝis siajn intencojn al neniu, eĉ ne al ŝi.

Sed kutime liaj humoroj estis malserenaj. La viroj de O'Hara komencis profiti de la situacio kaj prezenti postulojn.

Iun tagon en septembro Macheath estis vokita pere de mesaĝisto de O'Hara al la malsupra Blacksmith-placo.

Tio estis tute eksterordinara. Macheath neniam montris sin en la magazenoj ĉe la malsupra Blacksmith-placo. El la tuta bando de O'Hara nur O'Hara, Father kaj Grooch konis lin de antaŭe kiel sinjoron Beckett.

Tamen Macheath veturis tien, supozante, ke temas pri io aparta. Li renkontis O'Hara en la razejo.

Silentante, ili kune iris en najbaran drinkejon.

O'Hara petis de Macheath pardonon, ke li venigis lin, kaj rakontis, ke il volas paroli kun li sen scio de Fanny Crysler.

Okazas laŭ li multaj strangaj aferoj en la bando, kaj Fanny ludas iomete obskuran rolon.

La bando ne estas kontenta pri la nova reĝimo. La fiksaj salajroj estas por ili tro malgrandaj. Li, O'Hara, tuj akre intervenis, sed Fanny oponas al li, kie ajn ŝi povas, kaj malsukcesigas ĉiujn liajn disponojn. Probable ŝi kunagas kun Grooch, kiu ĉiuokaze helpas al ŝi fidele pri la ribeligado de la bando. Lastatempe li ja loĝas denove ĉe ŝi en Lambeth.

Macheath estis tre frapita. Li kredis Fanny tute servuta.

Laŭ la eldiro de O'Hara, ŝi nun estis kompensinta per provizioj de CAS la salajroreduktojn, kiujn oni efektivigis en la bando de post la konkurenca kampanjo kontraŭ Chreston. Sed tio ne sufiĉis al la bando. De proksimume unu semajno ĝi ne laboras kiel kutime. Okazas sabotagoj, kaj kelkaj unuoj tute ne plu aperas por labori. O'Hara demandis, ĉu la malpliiĝo de la liveradoj ne estis reklamaciitaj flanke de la M-butikoj.

Macheath sciis nenion pri reklamacioj. Male, la M-butikistoj estis ĝuste nun agorditaj tre optimistaj.

„Tiuokaze ŝi aĉetas la varojn ie alie“, O'Hara diris ekscitite, „kaj al vi ŝi nenion diris pri la situacio ĉi tie malsupre?“

Macheath desegnis per la fingro en bierflako sur la tablo kaj rigardis O'Hara per oblikva rigardo el siaj akvecaj okuloj. Li mendis al si kelkajn fortajn cigarojn kaj sendis la junulon en la Ride-strateto, kie laŭ ties rakonto la bando ĝuste havis interkonsiliĝon.

O'Hara sciis nenion pri la regularaj aĉetoj de CAS. Laŭ la opinio de Macheath O'Hara ne bezonis scii, ke CAS havigas al si dokumentojn.

Kiam O'Hara revenis, li raportis, ke ne eblas atingi ion. Ili diris al li, ke Fanny Crysler scias, kiaj estas iliaj postuloj.

Li plendis la centan fojon, ke Macheath prenis de li ĉiun potencon, kiam li ĉesigis la ekstradicion de la kontraŭstaremaj membroj al la polico.

Kune ili veturis al la Waterloo-ponto, sed tie la butiko de Fanny estis fermita. Ili trovis ŝin en Lambeth. Grooch estis ĉe ŝi.

Ekestis ekscitita disputo, en kiu Macheath ree kondutis silente. Kun oblikva rigardo al Grooch, kiun li antaŭe salutis tre malvarmete, li iris en la apudan ĉambron kaj serĉfosis cigarkesteton el empirŝranketo. Tio faris la impreson pri granda intimeco en tiu ĉi loĝejo, kaj Fanny ŝajnis iomete embarasa.

Cetere montriĝis fakte, ke Fanny rigardas la postulojn de la bando justaj. Ili volis, ke la laborkondiĉoj estu ankoraŭfoje ŝanĝitaj; estu denove tiel, ke la bando laboras je la propra risko kaj ricevas pagon por la varoj.

„La salajroj estis tro forte premitaj“, Fanny finis, „ili ne plu volas.“

„Ja estas nur por mallonga tempo“, Macheath degnis respondi, „la varoj devas nun esti malmultekostaj. Kiam Chreston estos venkita en la konkurenco, ni povos ree altigi la prezojn kaj do ankaŭ la salajrojn.“

O'Hara batis la tablon per la pugno.

„Ili profitas de la konjunkturo, jen ĉio!“

„La agadojn kontraŭ Chreston oni ne povas klarigi al ili“, insistis Fanny, „ili ja vere ne estas ilia afero. Ili ne scias, por kio ili servas, kaj ne ekscias, kiam ili estos finitaj. Ili volas havi sian monon.“

„Ne estas afable“, diris Macheath, foreste, kiel ŝajnis, „unue ili volas fiksajn salajrojn kiel oficistoj, nun ili ree volas memstarajn enspezojn. Tio ne estas sorta ligiteco de gvidanto kaj gvidatoj. Senĉese ili ruliĝas de unu flanko al la alia. Unufoje ili volas tien, alifoje tien ĉi. Hieraŭ fiksaj salajroj, hodiaŭ partopreno en la profito. Tio ne kondukas al io bona. Ne estas solidareco en prospero kaj pereo."

„Ne parolu ĉiam pri prospero kaj pereo!" Fanny diris, incitite. „Tio povus tro facile esti via prospero kaj ilia pereo."

„Sed eblas, ke venos malbonaj tempoj", Macheath insistis, „kiu portos la respondecon tiuokaze?"

„Ili mem certe portos ĝin. Ne estu tro delikata en tio".

„Bone", Macheath subite diris koncize. „Ili havu, kion ili volas. Diru al ili, ke ili devas danki vin pro tio, Fanny."

Kaj li ekstaris.

Fanny rigardis lin atente.

„Do, ili denove povos liveri libere?"

„Jes, sed mi mendos."

Li prenis la ĉapelojn de O'Hara kaj Grooch de sur la hokoj de la koridora vestgardejo kaj donis ilin al la viroj kun foresta rigardo. Grooch ŝajnis iomete mirigita.

„Mi devas priparoli ion plian kun vi!" li diris incidente al Fanny, kaj la du viroj foriris malbonhumore.

Fanny akompanis ilin ĝis malsupre. Kiam ŝi revenis, Macheath staris ĉe la fenestro kun sendifina mieno. Flankenŝovinte la kurtenon, li rigardis malsupren al la strato.

„Eble Grooch revenos", li diris trankvile, „kaj rigardos, ĉu ankoraŭ estos lumo. Do ni prefere iru en la dormoĉambron."

Li tuj antaŭiris. La dormoĉambro situis apud la loĝoĉambro kaj kiel ĉi tiu rigardis al la strato. Macheath atendis, ĝis Fanny enestis, kaj poste estingis la lumon en la loĝoĉambro.

„La lumo en la dormoĉambro sufiĉas", li diris, „vi devas ŝpari. La provizioj al la bando estos deprenataj de via konto."

Li sidiĝis sur la lito kaj montris al flordesegnita fotelo. Fanny eksidis ofendite kaj maltrankviligite. Aliokaze li ne kutimis tiel substreki siajn posedantulajn rajtojn.

„Ĉu vi estas ĵaluza?" li demandis subite.

Ŝi rigardis lin nekomprene. Poste ŝi ridis.

„Jen pri kio mi volis demandi vin, Mac. Vi estas komika."

„Tiam diru, kion vi scias pri la tuta plano", li grumblis ĉagrene, „ĉion".

Ŝi estis ne malmulte mirigita, ĉar ŝi sciis tute nenion pri lia plano. Ŝi simple opiniis ĝuste, ke oni traktu la homojn dece. Ŝi ne volis kverelojn kaj havis la maksimon: Vivi kaj lasi vivi. Eble ŝi defendis tiun maksimon, ĉar Grooch apartenis al la bando.

Kiam nun li eksplikis al ŝi sian planon, ŝi estis nur mirigita.

Li kredis al ŝi, ke ŝi divenis nenion pri la plano, sed nun, foje komencinte, li prezentis al ŝi la aferon. Ŝi scipovis aúskulti pli bone ol iu ajn.

Estis ne nur kelkaj malfortaj punktoj en la pozicio de Chreston kaj de la Nacia Depona Banko. Tiurilate li vidis ankoraú enormajn eblojn de evoluo. Ja veris, ke unu el la ĉefklientoj de la unu kaj duona jarcentoj estas sinjoro Peachum, kaj sinjoro Peachum ja estas lia bopatro. Sed unue li volas „reguligi la aferon“ pri siaj aliancanoj, pri Aaron kaj la Komerca Banko.

„Mi tre volus lukti flanko ĉe flanko kun li tute senrezerve kaj sen kaŝitaj pensoj. Sed tion mi ne povas tiel longe, kiel mi havas la senton, ke li trompis min. Tio staras inter ni. Post kiam mi montris al li, ke mi ne toleras trompon, ni povos multe pli facile atingi honestan interrilaton.“

Li intencis, post nelonge ĉesigi la liveradojn al la butikoj de Aaron kaj ankaú al siaj propraj butikoj. Per tiu manovro li volas enigi Aaron kaj la Komercbankistojn en malesperan situacion, nelonge antaú ilia venko super Chreston, „kvazaú kun la predo duone en la buŝaĉo“. Se en tia situacio ili ne plu havos varojn por la fina batalo, ili rimarkos, ke ili dependas de li. Tiuokaze CAS povos renovigi la kontraktojn kaj dikti aliajn prezojn. Meze en la konkurencbatalo, tuj antaú la granda reklamsemajno, Aaron ne ŝatos havi la magazenojn malplenaj. Sed se Aaron pagos aliajn, pli konvenajn prezojn, la ĝisnuna dubinda formo de la aĉeto povos ĉesi. Pro tio la nova interkonsento kun la O'Hara-anoj de hodiaú vespere estis tute neatendita bonŝanco por Macheath. Li sopiras al ordigitaj cirkonstancoj.

„Mi devas fondi familion“, li diris simple. „Mi atingas la aĝon, en kiu oni devas havi bankan konton.“

Dum la parolado li gajiĝis kaj entreprene stamfis tra la ĉambro, bone tenante sian cigaron brulanta.

Pro la peno, kiun li devis apliki por igi sin komprenita de ŝi, li fakte jam forgesis sian ĉagrenon pro Grooch. Kiam ŝi tiel akcelis la liberecajn strebadojn de la bando, li fakte pensis, ke ŝi divenis ion pri lia plano.

Nun ŝi estis tiel entuziasma, ke li nur pene sukcesis foriĝi.

Nur hejmenirante al Nunhead, li ree pensis pri Grooch kaj pri la fakto, ke tiu denove loĝas ĉe Fanny. Li decidis do, iomete flankenŝovi Fanny malgraŭ ĉio. Aldoniĝis, ke ŝi fariĝis laŭ li tro memstara.

HISTORIA KUNSIDO

Kelkajn tagojn poste okazis kunsido de CAS kun ĉeesto de Macheath.

Macheath malfermis ĝin, petante la sinjorojn havigi al si cigarojn, kaj aldonante, ke ankaŭ viskio kaj sodo estas je dispono, ĉar la interkonsiliĝo supozeble estos streĉa.

Poste, rulante freŝan cigaron en la buŝo, li ne sen ĝuo metis antaŭ si sur la verde tegitan tablon la listojn, kiujn li faris kune kun la granda Aaron rilate la reklamsemajnon. Ili estis tre ampleksaj kaj atingis ĝis la lasta detalo.

„Ni laboris super ili kvar tagojn. La lastan dimanĉon mi prezentis ilin en la Warborn-kastelo. Jacques Opper diris, ke tio fariĝos olimpikoj, pri kiu oni ankoraŭ longe memoros en negocistaj rondoj en Londono.“ Macheath parolis malrapide kaj treniĝe. Li apogiĝis malantaŭen en sia vakstola seĝo kaj demandis Fanny, ĉu CAS povos ĝustatempe havigi la necesajn varkvantojn. La nombroj, kiujn li menciis, estis monstraj.

Fanny ridetis kaj diris, turnante sin al Bloomsbury, kiu komprenis nenion kaj embarase rigardis la du advokatojn:

„Neeble. Ni estas je la fino. Maksimume ni povus liveri unu trionon. La kampanjo komenciĝis multe tro frue.“

„Tio estas malbona“, diris Macheath, rigardante al la plafono.

„La trionon ni ja tamen povus liveri“, Fanny brave proponis.

„Tio ne estas propono por giganta plano kiel tiu, pri kiu Jacques Opper diras, ke tiaĵon plenumis eble nur la antikvaj grekoj en konkuroj", Macheath respondis neesploreble. „Unu triono! Mia firma opinio estas, ke oni plenumas siajn devojn aŭ tute aŭ tute ne. Ĉu vere estas devoj en jura senco, t.e. ne nur moralaj, kiujn ni kompreneble havas al la amikoj?"

„Ni forlaboris ĉion", Fanny diris koncize.

„Malbone", diris Macheath, rigardante al la plafono.

„Faru finon", diris unu el la advokatoj, Rigger, al kiu la komedio ne havigis tiom da plezuro, kiom al Macheath, „ĉu vi do volas lasi Aaron sen liveroj?"

„Kio signifas ‚mi volas'? Mi devas! Tio ja trafas ankaŭ miajn M-butikojn", Macheath diris malaprobe, „ili estas trafitaj gravege. Mi ne povas fari escepton pri ili. Chreston realigos sian reklamsemajnon kaj ni ne, tio estas sufiĉe malbona. Sed ni havas nenion plu. Mi ne vane konsilis al vi havigi al si viskion. Ni estas je la fino kaj povos paroli pri bonŝanco, se CAS transvivos la krizon. Ni eklaboru. Mi ŝatus eviti bruskan deklaron al Aaron. La varalfluo devas malpliiĝi iom post iom. Tion ni devas organizi. Se ni jam ne povos zorge organizi la alfluon, ni volas almenaŭ organizi la ĉeson. Kaj nun ion plian, sinjoroj, neniam forgesu: La malsanulo mortas, kaj la fortulo luktas! Jen la vivo."

„Ni plenumu la necesan!" Rigger koncize fermis. Li havis nenion por diri, sed la afero ne tre plaĉis al li. Macheath ankoraŭ ne estis je la fino.

„Estas malfacila elprovo por niaj amikoj en la M-butikoj", li daŭrigis malrapide, prenante la cigaron per la maldekstra mano por povi ekpreni krajonon per la dekstra, „bedaŭrinde ni ne havas la potencon faciligi ĝin. Multaj el ili ŝuldas ankoraŭ interezojn kaj pagojn, kaj nun, kiam la tempoj komencas fariĝi malmolaj, ni mem bezonas ĉiun pencon de nia pruntedonita mono. Ili devas pensi pri la repagado. Ni helpis al ili, kiam ni kreditis ilin, nun ili devas helpi al ni repagante la krediton; jen kion oni povas juste postuli. Ni bezonas rezervojn por transigi la tempon de malabundo. Krome nepras konsideri, ke ili ĉiuj fiaskus, se ni falus."

Nun eĉ Fanny ektimis. Ŝi ne pensis, ke tio estos necesa.

Por kio Mac bezonis la rezervojn? Ĉu li prosperus, se liaj butikoj bankrotus? Aaron ŝanceliĝus, sed transvivus. Chreston, la malamiko, brile venkus, eĉ se nur por nun, kiel Mac esperis, sed la malgrandaj butikoj formortus kvazaŭ efemeroj.

Macheath estis jam meze en la laboro. Li plenskribaĉis ĉiujn atingeblajn paperetojn. O'Hara troviĝis en sia elemento.

La kvin precize fiksis, kiel ĉesigi la fluon de la varoj en la butikojn, kaj Macheath insistis, ke oni same malabunde liveros al la M-butikoj kiel al la butikoj de Aaron. Li ne povis riski motivigitajn plendojn de Aaron kaj per tio de la Komerca Banko.

La realigado de tiu ĉi decido estis tuj komencita. Meze en la vendkampanjo la varalfluo komencis ĉesi.

Blinde konfidante al la neelĉerpeblo de CAS, Aaron jam ne faris kun ĝi novajn devigajn kontraktojn, kiuj propre kaj eksplicite fiksis monpunojn por la kazo de neliverado. Aaron kaj la banko ekkonfuziĝis kaj unue informiĝis, ĉu al la M-butikoj oni liveras pli bone. Ili eksciis, ke tiuj ĉi same soifas varojn kiel ili mem.

Efektive la M-butikistoj sturmis la CAS-kontoron en la urbocentro, kie sinjorino Crysler, restante ĉiam afabla, esperigis ilin de unu tago al alia.

Reveninte hejmen, ili trovis leterojn de sinjoro Macheath, per kiuj ili estis petataj reguligi la nepagitajn kreditojn.

Macheath, petita de la sinjoroj de la Komerca Banko en ties kontoron, ŝajnigis sin senkonsila kaj dolore surprizita.

Prenante cigaron el sia cigarujo, kaj poste remetante ĝin kapskuante, kvazaŭ eĉ la fumado ne povas ĝojigi lin dum tiuj tagoj, li diris:

„Antaŭ ĉio, mi sentas homan disreviĝon. Miaj butikoj estas en malbonega stato. La bedaŭrindaj homoj elspezis multe da mono por la antaŭa reklamo. Plejparte ili mem pentris la afiŝojn. Nun la butikoj estas malplenaj kvazaŭ mustruoj. Plenaj de homoj kaj malplenaj de varoj! Mallonge antaŭ la 1-a de oktobro, kiam la lupagoj estos pagendaj! Krome ili dungis helpistojn por la disvendo. Sed mi tute ne volas paroli pri tio. Finfine estas nur *materialaj* perdoj. Multe pli malbone trafas min la homa flanko de la afero. Bloomsbury estis persona amiko de mi. Neniam kaj neniukondiĉe li devintus fari tion al mi. Mi rigardas tion ne negoca, sed homa malhonesteco.“

Tiun ĉi sintenon Macheath efektivigis konsekvence kaj decide. Li tute ne kaŝis sin antaŭ siaj amikoj en la M-butikoj, sed aperis ĉe ili nun kiel antaŭe. Kun serioza mieno li motivigis, kial li devas kunteni sian monon. Sen ranga vanteco li sidis en la postĉambroj, sidigis la infanojn sur siaj genuoj kaj ĉiurimede klopodis etendi inter la malesperaj butikistoj iom de siaj konfido kaj spite-ĉion-humoro.

Li priparolis kun la edzinoj iliajn zorgojn kaj montris al ili, ke ekzistas pli kaj pli da novaj ebloj por ŝpari, kiujn ili ĝis nun pretervidis. La edzojn li traktis unuope.

„La afero ege pezas sur mi, sed mi ne lasas tion rimarki ĉe mi“, li urĝis. „En tiu malfacila tempo vi devas esti subteno por via edzino.“

Tiamaniere li montriĝis denaska gvidanto kaj pruvis, ke oni povas diri ĉion, se oni nur havas neskueblan volon.

Li konis tiujn simplajn homojn. Iliaj mienoj, dekomence malserenaj, ne timigis lin. Ili devis nun persisti kaj esti fortaj.

„Nur la fortaj restos“, li diris, esplore rigardante al ili en la necertajn okulojn. Tiun ĉi rigardon la koncernitoj longe ne forgesis.

Kiel la historio montras, ĝuste tiuj ĉi tavoloj havas feblon por la mondkonceptoj, kiuj aprobas triumfon de la fortulo super la malfortulo.

Cetere Macheath parolis dum tiuj tagoj eĉ kun Polly nur en tiu tono. Li postulis de ŝi ekstreman ŝparemon. Li volas tramalsati kun siaj samsortanoj, li diris al ŝi serioze. Li aĉetis al si malpli bonajn cigarojn kaj fumis malpli multe. Li eĉ malabonis gazeton.

„Fidelo kontraŭ fidelo“, li diris. „Mi postulas multon de ili, la ekstremon. Kiel tiu patrino en Sparta diris al sia bataliranta filo: Aŭ kun la ŝildo aŭ sur la ŝildo, tiel ankaŭ mi diras al miaj amikoj en la M-butikoj: Aŭ kun la butikŝildoj aŭ sur la butikŝildoj! Sed ankaŭ mi ja devas esti fidela al ili en la malfacilaj horoj. Vi nun vidas la kaŭzon, kial mi malaltigas al vi la rimedojn por la mastrumado!“

Kun Jacques Opper li provis interparoli. Sed strange Opper estis ne tre parolema. Li diris seke, ke tiu, kiu ne havas bonŝancon, estas por li same ekster konsidero kiel tiu, kiu ne havas prudenton. Kompato al fiaskintoj estas malforto.

Macheath trovis la grekan filozofion iomete tro kruela.

PATRIOTAJ DONACOJ

Macheath havis ankoraŭ grandajn stokojn da tolo kaj lano. Nelonge antaŭ la decido de CAS ĉesigi la fluon de varoj en la butikojn, li ricevis konsiderindajn kvantojn da tolo el rompoŝtelo en kimra teksfabriko. Li ne sciis, kiel uzi ĝin.

En la gazetoj oni denove skribis multe pri la milito en Sudafriko.

Ne nur en Londono okazis fanatikaj bataloj, sed ankaŭ en Sudafriko, kaj la senhavaj tavoloj estis aparte malavantaĝe tuŝitaj ne nur per la kvereloj pro la kontraŭaj interesoj en Londono - oni nur pensu pri homoj kiel Tom Smith kaj Mary Swayer en la M-butikoj –, sed ankaŭ per la kvereloj pro kontraŭaj interesoj en Sudafriko.

Do, helpo estis bezonata.

Formiĝis helpkomitatoj. Sinjorinoj de la nobla societo plenigis la breĉon. Junaj kaj maljunaj homoj konkuris. En distingitaj familioj kaj en lernejoj belaj manoj diserigis tolpecojn je ĉarpio por vunditoj. Krome oni kudris ĉemizojn kaj trikis ŝtrumpojn por la bravaj soldatoj. La vorto *ofero* ekhavis novan sonon.

Macheath sendis Polly en kelkajn el la komitatoj. Li atingis bonajn kontraktojn por sia tolo, ankaŭ por lano. Polly pasigis la posttagmezojn en improvizitaj kudrejoj, kie la sinjorinoj kudris virajn ĉemizojn ĉe taso da teo. Ili ĉiuj havis seriozajn vizaĝojn, kaj la interparoladojn stampis la signo de la *ofero*.

„Ili ĝojos ricevi tiajn belajn blankajn ĉemizojn", diris la sinjorinoj.

Glatigante la orlojn per la poleksa ungo, oni babilis pri la grandeco de Anglio.

Ju pli maljunaj estis la sinjorinoj, des pli sangosoifaj ili estis.

„Oni faras multe tro multe da ceremonioj pri tiuj banditoj, kiuj embuske pafrenversas niajn bravajn soldatojn“, diris maljuna nobla sinjorino apud Polly, „oni simple devus ekpreni kaj paflikvidi ilin, por ke ili komprenu, kion signifas ekbatali kontraŭ Anglio. Ili tute ne estas homoj! Ili estas sovaĝaj bestoj! Ĉu vi aŭdis, ke ili venenas putojn? Nur niaj viroj estas ĉiam honestaj, sed tiaj ili ne devus esti, se temas pri tia friponaro! Ĉu vi ne samopinias, karulino mia?“

„Niaj viroj“, ĝemis alia ankoraŭ pli maljuna sinjorino kun grandaj okulvitroj, „laŭdire tiel kuraĝe renkontas la pafadon. Dum la plej intensa kuglopluvo ili iras antaŭen kiel sur la ekzercejo. Estas al ili tute indiferente, ĉu ili falos aŭ ne. Iu gazeta korespondanto faris enketojn. Ili ĉiuj diris la samon: Ni ne gravas, se nur Anglio povas rigardi nin kun fiero.“

„Ili nur plenumas sian devon“, la unua diris severe, „plenumu ni la nian.“

Kaj ili kudris pli fervore.

Du junaj knabinoj komencis subridi. Ili ekhavis ruĝegajn vizaĝojn kaj klopodis ne rigardi unu la alian por ne eksplodi per rido. La patrinoj ĉagrene admonis ilin al silento.

Iu virino de proksimume dudek jaroj diris trankvile:

„Se oni legas en la gazeto, kiel ĉio okazas ĉe la fronto, kaj poste pensas pri la beletaj junuloj en la soldata uniformo, oni tute ne plu ĝojas pri tio.“

La du junaj knabinoj eksplodis per rido. Ne dum unu momento ili ĉesigis la batalon kontraŭ sia neserioza naturo, sed glutis kvazaŭ malesperantoj. Dum iliaj korpoj skuiĝis pro ridego, ili grimacis seriozege kaj tute kurbiĝis pro la streĉo resti seriozaj.

Juna virino ekhelpis ilin.

„Mi ne scias“, ŝi komencis alian interparolon, „se mi vidas niajn bravajn soldatojn en iliaj traŝvitiĝintaj, defrotitaj uniformjakoj kaj pensas pri la bataloj kaj streĉoj, kiujn ili travivis, mi vere kapablus kisi ilin, sen bano, tiel ŝvitkovritaj kaj sangaj, kiel ili ĝuste estas. Vere!“

Polly ĵetis al ŝi mallongan rigardon.

‚Kiom pravas mia patro‘, ŝi pensis, pli profunde klinante sian rondan vizaĝon super la kudraĵo, ‚post venkoj oni devas almozigi ĉifonitajn, mizerajn kaj vunditajn soldatojn, sed post malvenkoj beletajn, kiuj brilas pro pureco. Jen la tuta arto!‘

La interparolo sin turnis al la patriotaj donacoj.

La sinjorinoj sendis malgrandajn paketojn kun fumaĵoj, ĉokolado kaj leteroj al la militejo, ĉio ŝnurita per rubandoj de siringa kaj roza koloroj kaj kun bantetoj.

„Ĉe Aaron en Miller-strato oni ricevas plej multe da tabako por unu ŝilingo“, unu el la knabinoj rakontis fervore. „Eble ĝi estas ne tute tiel bona, sed ili ja pli ŝatas havi multe da tabako ol bonan. Tion ĉiuj diras.“

La soldatoj esprimis sian dankon per leteroj, kiujn la knabinoj cirkuligis. Ili enhavis ĉarmajn ortografiajn erarojn kaj montris tre idealan sintenon.

„Domaĝe, ke kun la leteroj oni ne rajtas sendi ankaŭ la ĉemizojn kaj duonŝtrumpojn mem“, diris la knabino, kiu aĉetis en Miller-strato, „tio donus pli multe da plezuro.“

Subite la maljunulino kun la okulvitroj turnis sin al Polly kaj diris per voĉo tremanta pro kolero:

„Se mi imagas, ke tiu pura angla tolo eble baldaŭ koloriĝos per la sango de brita knabo, mi povus propramane terenbati tian murdiston.“

Ektiminte Polly rigardis la maljunan sinjorinon, kies sekiĝinta mano kun la pinglo tremis en la aero kaj kies mandiblo senforte pendis malsupren.

Ŝi eksentis sin malbone kaj devis eliri.

La sinjorinoj zorgis pri ŝi sub aĥ- kaj ve-krioj.

„Ŝi estas benita per gravedo“, unu el ili flustris al la aliaj.

Kiam Polly, ankoraŭ iomete pala, revenis en la ĉambron kaj eksidis silente en la ĥoro de la kudrantaj sangosoifantinoj, unu el ili, kun grandaj mildaj bovecaj okuloj diris:

„Espereble fariĝos knabo! Anglio bezonas virojn!“

Poste la interparolo turnis sin al alia demando. Dika virino en flordesegnita silkrobo, kies edzo estis admiralo, kiel ĉiuj sciis, rakontis:

„La sinteno de la malsupraj klasoj estas admirinda. Mi partoprenas plian komitaton, kie ni diserigas ĉarpion. Ankaŭ vi devus foje partopreni. Estas tre agrabla rondo. Jen lastan mardon venis simpla virino. Oni fakte povis diveni laŭ ŝia aspekto, ke malabundo regas en ŝia kuirejo. Ŝi transdonis pure lavitan, plurfoje ŝtopitan ĉemizon. ‚Mia edzo havas ankoraŭ du', ŝi diris, ‚mi legis, ke ĉe la fronto estas tiel teruraj vundoj.' Kiam mi rakontis tion al mia edzo, li diris: ‚Jen brita patrino! De ĉi tiu eĉ dukino povus lerni!'"

Fiere ŝi rigardis ĉirkaŭe.

„Ĉiu sur sia loko kaj ĉiu laŭ sia kapablo!" la nobla maljunulino apud Polly diris rifuze.

Polly povis raporti al sia edzo, ke ŝi ricevis tutan serion da invitoj al noblaj familioj. Li estis tre kontenta, ke li tiel bone liberiĝis de siaj stokoj, kaj instigis ŝin, fervore daŭrigi sian partoprenon en la granda helpagado por la britaj soldatoj.

SINJORO X

Tiel ofte kiel Macheath renkontis la sinjorojn Aaron kaj Opper, li plendis pri la malfideleco de sia iama amiko Bloomsbury. Sed tamen li sentis, ke en tiu momento li devas ankoraŭ pli forte emfazi sian propran dependecon de CAS. Precipe ne estis facile forigi la suspekton de la Komerca Banko. Per la manovro de la subita ĉesigo de la varalfluo tiu banko trafis tute kaj komplete en la manojn de CAS, kaj estis neniukondiĉe allaseble, ke oni ekkonas ĉi tiujn manojn kiel tiujn de sinjoro Macheath.

Do, li kunvokis plian, strikte konfidencan kunsidon de CAS. En la protokolo li aperis kiel sinjoro X. Li igis aprobi al si la projekton de ĝentile kaj juriste formulita letero al sinjoro Macheath, Nunhead, en kiu CAS atentigis ĝentile kaj decide, ke la tiamaj interkonsentoj enhavis prezojn, pri kiuj oni sciis, ke ili estas nuraj reklamprezoj. La stokoj de CAS estas momente iomete elĉerpitaj, sed kiel eble plej baldaŭ CAS komencos denove liveradon en pli grandaj kvantoj. Sed nur surbaze de novaj prezoj.

Je la ĝenerala perplekso Bloomsbury leviĝis ĉirkaŭ la naŭa, kiam ĉio estis jam farita. Balbutante li demandis, ĉu per tiu ĉi dispono ne estiĝos malutilo al la posedantoj de la M-butikoj.

La objeto de Bloomsbury vere estis tre surpriza.

Estis kvieta vespero, oni sidis pace ĉirkaŭ la peza tablo. La fenestroj estis malfermitaj, ĉar estis varme, kaj oni povis vidi la verdaĵon de la kaŝtanarboj de kontraŭe en la lumo de la gaslanternoj.

Macheath tuj formetis sian cigaron kaj faris malgrandan paroladon, precipe direktitan al sia amiko Bloomsbury. En ĝi li akcentis, ke por la M-butikistoj tio signifas mallongan tempon de malhavo, sed negocaj kaj entute homaj sukcesoj estas ligitaj al la kapablo fari *oferojn* je konvena tempo. La malsanulo mortas, kaj la fortulo luktas. Tiel estis ĉiam kaj estos ĉiam. La M-butikistoj devos nun montri, *kiaj kapabloj estas en ili.*

Cetere li konsilis al Fanny Crysler precizege atenti, kiu nun pruviĝas nekapabla kaj kiu persistas. Ankaŭ la aĉetistoj de O'Hara estas konfrontitaj al tiu *sortoplena demando.*

Li siavice transprenas la plenan *respondecon.* Ĉiun M-butikiston, kiun Fanny Crysler ĵetos sur la straton, *li* ĵetis sur la straton. Kiu ne fidas je li, ne povas labori kun li.

Sed poste Fanny, ne rigardante Macheath, leviĝis kaj seke raportis detalojn pri la mizera situacio de la M-butikistoj. Kio okazas al ili, estas nenio alia ol malvarma strangolo. La plimulto povos persisti eĉ ne unu plian monaton. Ŝi demandas sin kaj la aliajn, ĉu la societo povos elteni la fiaskon de la M-butikoj.

Ŝi fermis per la vortoj:

„Se ne jam hodiaŭ ni decidas helpagadojn, la katastrofo ne plu estos haltigebla."

Macheath diris indiferente kaj, kiel ŝajnis, mirigite: Unue maksimume la M-butikistoj fiaskos kaj ne la M-butikoj, kio estas granda diferenco, kaj due la societo ne troviĝas en situacio, en kiu ĝi povas subteni la vidvinojn kaj georfojn. Krome lia starpunkto estas: Lasu fali, kio falas, respektive kio falas, tion oni devas eĉ puŝi.

Per tio la kunsido estis fermita. Estis sabata vespero. Oni skribis la 20-an de septembro.

Forirante O'Hara ankoraŭ ĉagreniĝis pri la fina parolado, kiel li ĉiam ĉagreniĝis pri la inklino de Mac al pozo. Kial oni kondutu pro tiu Bloomsbury, kvazaŭ oni mem kredus al siaj propraj vortoj? Sed Mac ja rezignis pri tiu masko eĉ ne, kiam ili parolis sen atestantoj. Li malamis cinikajn dirojn, kaj pri la plej dubindaj aferoj li parolis en plej honesta tono de negocisto. O'Hara regule sentis sin ofendita per tio en sia hontosento.

Sed li efektivigis ĉion akurate, kiel estis interkonsentite, kaj kiel vera viro staris kontraŭ la aĉetistoj, kiuj refoje devis maldiligenti dum kelkaj semajnoj, kaj tio je siaj propraj kostoj. La varalfluo nun tute ĉesis. Kaj la impreso de la letero de CAS, kiun Macheath silente transdonis al la Komerca Banko, estis eksterordinare forta.

Post nemultaj tagoj inter la malgrandaj M-butikistoj ekestis ekstrema konfuzo. Ili ĉiuj havis personajn devoligojn al la domproprietuloj, krome ĉie cirkulis iliaj kambioj, parte por la entrepreno, parte ankoraŭ por la instalaĵo. En tre mallonga tempo duona dekduo da novaj butikoj estis malfermitaj, kiuj ĉiuj estis apenaŭ en ĝusta stato. Nun ili kompreneble ne povis ne opinii, ke oni perfidis ilin al la grandaj ĉenbutikoj. Ilia malespero estis perfekta.

Ekde tiu ĉi tempopunkto la dungitoj de sinjoro Peachum kelkfoje kaptis en la stratoj M-butikistojn aŭ ties familianojn, kiuj provis almozadi.

Ĉar ili estis elĵetitaj el la butikoj far la agentoj de sinjoro Macheath, ilia *memstareco* eĉ kreskis. Ilia *sendependeco* jam atingis preskaŭ neelteneblan mezuron, ili estis ligitaj eĉ ne al fiksaj loĝejoj. Per *propra kapablo* ili malgrasiĝis ĝis korpopezoj de 100 funtoj.

Peachum povis uzi eĉ ne unu el ili, ĉar ili bezonis minimume du monatojn, ĝis pasis ilia *fiero*.

Aaron kaj la du Opper staris antaŭ enigmo. Ilia tono al Bloomsbury estis unue tre forta, sed poste, nelonge antaŭ la reklamsemajno, fariĝis neordinare milda. Nun la vendejoj de Aaron jam alkutimiĝis al la malmultekostaj artikloj de CAS kvazaŭ al kokaino. Ili devis havi.

Macheath ne estis en la Komerca Banko, kiam Bloomsbury aperis tie. Al Aaron li persistis en la aserto, ke li tute rompis kun Bloomsbury kaj ne plu eniris la ejojn de CAS de post semajnoj. Aaron kaj la du Opper, kies rilatoj al Aaron cetere ŝajnis ne plu same intimaj kiel antaŭ kelka tempo, tre klopodis pri la favoro de la lordo. Tiu, kun dika importcigaro en sia malgranda buŝaĉo, pensis pri Jenny kaj promesis fari ĉion, por ke la „diferencoj“ estu forigataj. Oni decidis provizore ne anonci la ne-okazon de la Granda Reklamsemajno. Bloomsbury esperigis, ke CAS baldaŭ estos denove liverkapabla kaj liveros. Ĉiuj sinjoroj adiaŭis kun ĝenerala elkora manpremado. Ĉiuflanke oni havis la senton esti home alproksimiĝinta. Eĉ pri pli altaj prezoj jam estis parolite.

Cetere Jacques Opper eĉ invitis Macheath al la Warbornkastelo por semajnfino.

Ĉi-foje Macheath kunprenis Polly. Fanny devis apliki sian tutan persvadan arton por teni la tualeton de Polly sur meza nivelo. Macheath volis ornami ŝin kvazaŭ dukinon. Tio estintus pli malbona ol la plano de Bloomsbury antaŭ semajnoj kunpreni Jenny. Sinjorino Opper akceptis Polly tre afable.

Polly parolis nek tro multe nek tro malmulte kaj nur miris, ke la familio Opper ŝmacis tiel laŭte dum la manĝado.

Ĉe la plejaĝa ĉefo de la Banko, sinjoro Jacques Opper, Polly ree havis sian specialan sukceson, kiun ŝi havis ĉiam ĉe la sinjoroj en la matura aĝo.

Kiam Jacques Opper kaj Macheath promenis en la parko, la bankisto montris al la praaj tuberhavaj kverkoj, inter kiuj kreskis freŝa herbo, kaj diris: „Rigardu, kara Macheath, ili ĉiuj staras unuope, en granda distanco unu disde la alia. Ili fartas bone, ĉu ne? Sciu, mi estas amiko de la homoj, kiuj havas bonŝancon. Tiuj ĉi arboj havas bonŝancon. Oni ja ne diru, ke ne estas ilia merito, ke la ĝardenisto flegis ilin bone: ili aspektas belege.“

Macheath iris mute apud li kaj proponis al si havi bonŝancon.

Bedaŭrinde, disonanco intervenis en tiu harmonia evoluo: Macheath estis informita de la ĉefinspektoro Brown, ke tiu estonte ne povos oponi al la aresto de sia amiko. Al la demando pri la kialo, cetere demando subite tre malfacile farebla, Macheath ricevis la respondon, ke estas pro la suspekto pri la murdo kontraŭ la etnegocistino Mary Swayer.

Sinjoroj, vi vidas min lavi nun glasojn
Kaj ordigi la liton por ĉiu.
Kaj rapide mi dankas pro penco-donoj,
Hotelaĉon vi vidas kaj min en ĉifonoj,
Kaj pri mi scias veron neniu.
Sed iun vesperon estos kri' ĉe l' haveno,
Kaj demandos oni: Kia estas la krio?
Kaj min oni vidos rideti ĉe l' glasoj
Kaj miros, ke mi ridetas ĉe tio.

Kaj jen ŝip' kun ok veloj
Kaj kun kvindek kanonoj
Vidiĝos ĉe l' kaj'.

Oni diras: ‚Do, iru kaj lavu la glasojn!'
Kaj donas al mi la penco-moneron.
Kaj la pencon mi prenas, la liton ordigas
(Kaj neniun ĉi-nokte ĝi plu dormigas.)
Kaj neniu jam scias pri mi la veron.
Sed iun vesperon estos bru' ĉe l' haveno,
Kaj demandos oni: Kia estas la bruo?
Kaj oni min vidos post la fenestro
Kaj miros pro mia malica ĝuo.

Kaj la ŝip' kun ok veloj
Kaj kun kvindek kanonoj
Pafos kontraŭ la urb'.

Sinjoroj, nun certe ridad' via ĉesos,
Ĉar la murojn disbatos pafado arda,
Kaj estos ĝistere la urb' detruata,
Kaj nur hotelaĉ' estos indulgata.
Estos mir', kiu loĝas en ĝi aparta?
Kaj ĉi-nokte estos pro l' hotelo kriado:
Ĝin kial indulgi? demandos iu.
Kaj matene oni vidos, ke mi elvenas,
Kaj diros oni: Ĉu en ĝi loĝis tiu?

Kaj la ŝip' kun ok veloj
Kaj kun kvindek kanonoj
Hisos flagon ĉe l' mast'.

Kaj tagmeze cent viroj la ŝipon forlasos,
Sin embuske en ombro starigos
Kaj ĉiun el ĉiu pordo prenos,
Al mi kondukante lin forte katenos
Kaj tuj min demandos: Ni kiun mortigos?
Kaj estos tagmeze silent' ĉe l' haveno,
Kiam oni demandos, kiu devas morti!
Kaj tiam ili aŭdos min diri: Ĉiuj!
Kaj ĉe l' kapofalo diradas mi: Hopla!

Kaj la ŝip' kun ok veloj
Kaj kun kvindek kanonoj
Malaperos kun mi.

Revoj de kuireja knabino

ANKORAŬFOJE LA 20-A DE SEPTEMBRO

La butiko de Mary Swayer por trikotaĵoj situis en la Mulberry-strato, proksime al la Waterloo-ponto. Kiam Fewkoombey vizitis ŝin, li trovis ŝin mizere loĝanta kun siaj du infanoj en malgranda truo malantaŭ la vendejo, same kiel la plimulto de la M-butikistoj. La vendejo estis iomete pli granda, ol tiaj ejoj kutime estis, kaj ĝi estis dividita en du partojn per meza kurteno. Antaŭe, al la strato, staris la vendotablo; malantaŭe du duonkreskintaj kudristinoj laboris ĉe gaslumo. La loĝoĉambreto ricevis sian lumon el la korto tra eta fenestro. La lumo ne sufiĉis por la kudrejo, kvankam la pordo inter tiu ĉi kaj la ĉambreto ĉiam estis malfermita, jam pro la hejtado.

Mary ne fartis bone. Ŝia edzo en Mafeking sendis al ŝi preskaŭ nenion. Antaŭ sia edziĝo al ŝi li jam unufoje edziĝis, tiel ke lia soldo dupartiĝis, ĉar li estis eksedzigita pro ŝi.

Konsiderindaj ŝuldoj ŝarĝis la butikon. La ĉeko de Mac ne sufiĉis por longa tempo. Krome ŝi estis iomete neglekta kaj ne bone scipovis negocadi. Al la kudristinoj ŝi pagis preskaŭ nenion, sed la rezulto de ilia laboro ja fakte ne taŭgis multe, kaj Mary estis tro plaĉema kaj ĉiam donis al ili por manĝi, kiam ili eltiris siajn magrajn margarinpanojn, kiujn laborante ili maĉis dum horoj. Mary volis ĉiam plaĉi al ĉiuj homoj kaj ŝatis esti admirata pro sia malavaro. Ŝi eĉ pruntedonis monon.

Diagonale sur la butika fenestro gluiĝis paperstrio; sur ĝi

estis skribite: TIU ĈI BUTIKO ESTAS GVIDATA DE SOLDATEDZINO.

Krome ŝi ŝatis rakonti al la klientoj pri sia edzo en Mafeking aŭ montris strategiajn skizojn tranĉitajn el la „Times", kiuj montris la situacion de tiu sieĝata urbo. Ŝi aspektis belete malantaŭ sia vendotablo, kaj malfeliĉe estis nur, ke ĝuste ŝiaj varoj estis ĝenerale aĉetataj de virinoj kaj ne de viroj. Alie ŝi eble farus pli bonajn negocojn. Sed ankaŭ tiuokaze ŝi ne devus enpaki du kalsonojn anstataŭ unu pro eraro aŭ indiferenteco. Tiaĵoj subfosas la konfidon de la klientaro.

Plurfoje Fewkoombey venis en la butikon vespere post la vendohoroj kaj sidis ĉe ŝi, kiam ŝi faris la tagfinajn laborojn, post kiam ŝi enlitigis la infanojn.

Ŝi rakontis al li, ke la ŝildo en la montrofenestro havigas al ŝi multajn malagrablaĵojn. La vendejoj en la najbaraĵo plendis pri malhonesta konkurenco. Ili diris, ke ne ekzistas iu rilato inter la fakto, ke ŝia edzo estas soldato, kaj ŝiaj ŝtrumpaĵoj sen tio tro malmultekostaj. Krome, pro patriotaj konsideroj, tiaj ŝildoj estas riproĉeblaj. Ne estas bone, se aspektas, kvazaŭ la edzinoj de anglaj soldatoj devus sin turni al la kompato de la publiko. Tion lastan ankaŭ Fewkoombey trovis ĝusta.

Pri Mac ŝi ne multe parolis. Pri Polly ŝi apenaŭ informiĝis. De post jaroj ŝi ja ne ĝuste vidis Mac.

De kiam ŝi havis la kudristinojn, ŝi fartis iomete pli bone. La negoco vigliĝis.

Sed tiam venis la tagoj, en kiuj la liveradoj de la varoj ĉesis. Jam el la kunveno, en kiu Mac anoncis la unuiĝon de la M-butikoj kun la ĉenbutikoj de Aaron, ŝi venis hejmen tute konsternita. Tio ja certe nur signifis, ke ĉiuj prezoj ankoraŭ plu malaltiĝos kaj ke oni ne plu povos aĉeti la varojn pli malmultekostaj ol en la grandaj vendejoj de Aaron. Ŝi ne interesiĝis pri la suferanta loĝantaro de Londono. Por ŝi la oratora arto de Mac estis proksimume la sama kiel la neĝfaliga arto de la nuboj dum la vintro, tio, kio dum ventego estas la frakasa arto de la ondoj por la ŝipo.

Ĉiuj butikoj nun daŭre malaltigis la prezojn. Ankaŭ la Chreston-vendejoj malprofite vendis siajn varojn. Kaj nun, en aŭtuno, kiam la homoj aĉetus ĉe si lanon kaj fadenojn, ŝiaj stokoj de lano kaj fadenoj elĉerpiĝis! Oni sendis en ŝian butikon presitan papereton, ke ŝi traktu la stokojn ŝpareme, ĉar pliaj ne venos baldaŭ. Tuj je la komenco ŝi tute konfuziĝis.

Ŝi ne plu estis rezistokapabla. Zorgoj kaj la sanon damaĝanta vivmaniero jam konsumis ŝin. Krome ŝi tro frue komencis la profesian vivon. La oftaj abortigoj, fuŝe faritaj, damaĝis ŝin. En la komenco de sia tria jardeko la homoj nature troviĝas antaŭ sia plej bona tempo, sed nur, se ili ne posedas M-butikon en Soho. Ekzistis multaj virinoj kaj viroj kiel ŝi en Londono kaj aliloke.

Unue ŝi provis atingi Mac. Kompreneble ŝi ne sukcesis. Fanny Crysler atendigis ŝin de fojo al fojo. Finfine ŝi minacis iri al la homoj de la „Spegulo“, se li ne almenaŭ parolas kun ŝi.

Eĉ tiam li ne akceptis ŝin por interparolo, kaj tial iun vesperon ŝi iris kun Fewkoombey en la redakcion de la „Spegulo“.

La homoj tie estis afablaj al ŝi. Ili promesis al ŝi monon por materialo kontraŭ la M-butika Napoleono. Ili deziris ekscii ion pri la deveno de la varoj. Sed pri tio ŝi sciis nenion. Ili ja venis de la Centra Aĉeta Societo. Anstataŭ tio ŝi rakontis, ke Macheath estas la „Messer“. La homoj rigardis ŝin kun malfermitaj buŝoj kaj eksplodis per homereska ridegado. Kiam ŝi diris konfuzite, ke li mortrenversis Eddy Black, ili frapetis ŝian dorson en bonkora ŝerco kaj invitis ŝin al vespermanĝo.

Ŝi foriris malespere. Fewkoombey raportis ĉion al Peachum. Estis la unua, kion li povis raporti.

Peachum staris en sia malgranda, malluma kontoro, kun rigida ĉapelo sur la kapo, kaj rigardis lin medite. Li estis eliginta la dikan cerberon el la ĉambro. Tiu Macheath ja estis lia bofilo.

La afero estis tute ne uzebla. La onidiron, ke Macheath estas la „Messer“, jam alportis al li liaj almozuloj. Kompreneble li ne estis tiel malprudenta, iri kun tio en la polican prezidantejon. Tie oni simple ridus. Estis certe, ke tiu homo

mi pensas, ke mi ŝatus draŝi al li ambaŭpugne, senĉese lian vizaĝon. Tio estus tiom necesa por mi. Mi ĉiam volas, ke mi sonĝu ĝuste tion, sed neniam mi sonĝas. Mi estas tro laca nokte.“

Alian fojon ŝi plendis:

„Mi ja kalkulas ĉiun pencon. La homoj diras, ke mi donas tro multe da kredito, ke mi estas tro bonkora. Sed tio ja estas tute malĝusta kulpigo. Se mi ne donas krediton, la klientoj forrestos. Mi havas nur tute simplajn homojn. La aliaj iras en grandajn vendejojn, kie la sortimento estas pli granda. Plej malbone estas, ke li malfermigis novan M-butikon en la Clithe-strato. Per tio li rompis al mi la spinon. Tio estas troa.“

Al la problemo de tiu nova butiko ŝi ĉiam revenis. Tage kaj nokte ŝi vidis ĝin antaŭ si. Pli kaj pli ofte ŝi parolis pri irado-en-la-akvon.

Fewkoombey sidis ĉe ŝi, kiam ŝi ordigis la skatolojn kaj ŝovis ilin en la etaĝerojn, ĉe kio ŝi ĉiam devis iomete etendiĝi. Li sidis sur la eĝo de seĝo kun truhava pajloplektaĵo kaj nur tri piedoj, kaj inter lia dorso kaj la apogilo ankoraŭ premiĝis kelkaj kartonaj skatoloj. Sed li fumis el sia pipstumpo, kiun li povis savi de tie, kie li devis lasi sian kruron, kaj faris saĝajn paroladojn.

Vi ne havas talenton“, li diris malrapide, „*Vi ne havas ion por vendi. La malmulto da mamoj kaj la freŝa haŭto estis rapide forvenditaj. Kaj vi fordonis ilin je tro malalta prezo, sed povas esti, ke ne eblis postuli pli multe por ili. La pretendoj ja estas grandaj. Estas homoj, kiuj montriĝas tute ŝarĝitaj per talentoj, ĉiuj bone vendeblaj, ili apenaŭ povas porti ĉion, oni nur bezonas starigi kelkajn murojn ĉirkaŭ ili, kaj jam la vendejo estas preta. Al tiuj apartenas nek vi, nek mi. Homoj kiel ni ofertas salakvon ĉe la marbordo. Ni ne havas talentojn, malpli ol koko havas dentojn en la buŝo. Tamen mi trovis restadejon, sed tie mi ne povas eterne resti. Verdire estas hazardo. Envere mi ankoraŭ ne scias precize, pro kio oni nutradas min tie. Mi ĉiam serĉas ion, per kio mi povusne malhavebligi min. Eble devus esti io pri la hundoj, mi jam pensis. Sed tiujn ĉiu alia ja povas flegi. Devus esti io, ke oni diras: ,Kie do estas*

Fewkoombey? Li tuj venu, sen li la afero ne funkcias. La tuta negoco ja haltas, dank' al Dio, jen li!" Longe mi serĉas tiaĵon, sed mi trovis nenion. Se oni ne havas talentojn, oni devas fari ion plian. Tiuokaze necesas montri sin utila duoble kaj trioble."

Kiam li atingis tiun punkton, li maltrankviliĝis sur sia seĝo kaj denove komencis turmenti ŝin per sia pridemandado pri tiu Macheath, pri kiu li devos ekscii ion pli detalan, se li ne volas riski la maldungon.

Sed li nur vekis ŝian suspektemon, kaj ŝi diris al li nenion.

Preskaŭ ĉiam ŝi parolis tute ĝenerale.

Foje ŝi iris al divenistino, kune kun maljunulino, kiu ankaŭ posedis M-butikon kaj kun kiu ŝi konatiĝis en la kunsido, en kiu Macheath parolis pri la unuiĝo kun la Aaron-konzerno. Plurfoje ŝi rakontis al Fewkoombey, kio tie okazis.

Ne estis unu el la multekostaj divenistinoj.

„Probable", diris Mary, „ŝi do ne estis tiel bona kiel iu multekosta."

Ŝi loĝis en la kvina etaĝo de malantaŭa domo kaj dismetis la kartojn en la kuirejo.

Ŝi eĉ ne sidiĝis por tio.

Tre rapide „kaj kiel lernite parkere", ŝi eligis diraĵon, „apenaŭ ke la kartoj estis tute falintaj", sed eble ŝi faris tion eĉ libermane.

„Vi estas karaktero firmiĝinta dum la ventegoj de la vivo", ŝi diris al la maljunulino, kiun la zorgo pri ŝia butiko venigis ĉi tien, „vi kutimiĝis trudi vian volon al via ĉirkaŭantaro, vi estas kaprikornulo. Energie kaj certe vi prenas la vivon en viajn manojn, kaj finfine vi nepre triumfos. Sed vi devas gardi vin kontraŭ du pasioj, kiuj furiozas en vi, kaj vi ne devas tro konfidi al sinjorino, kies nomo komenciĝas per B. Ŝi povus malhelpi vian feliĉon. En junio de la venonta jaro vi devas esti singarda, ĉar tiam Siriuso eniras la signon de la pesilo, tio estas malfavora por vi. Sed envere tio estas la sole danĝera por vi, kion mi povas vidi. Tio kostas unu ŝilingon, sinjorino."

Mary sciis tion parkere, ŝi eĉ ridis iomete pri ĝi. Sed tamen ŝi postulus antaŭdiron ankaŭ por si, se la maljunulino ne

la tago de la dua kunsido de la administra konsilio de CAS. Antaŭe li devis ankoraŭ aranĝi multe da aferoj.

Kelkajn horojn poste li sendis mesaĝiston kun papereto, ke Mary Swayer atendu lin ĉirkaŭ la sepa en drinkejo apud la Westindia-dokoj. Supozeble li ekmemoris, ke ŝi scias ne malmulte.

Kiam ĉirkaŭ la kvina Fanny venis en la Mulberry-straton, ŝi trovis la butikon ankoraŭ malfermita kaj sentis pro tio malŝarĝiĝon. Mary sidis malantaŭ la vendotablo kaj kapjesis, kiam ŝi eksciis la mesaĝon. En la butiko krome estis iu viro kun ligna kruro.

Akurate je la sesa Mary fermis la butikon, sendis la kudristinojn hejmen kaj nelonge poste enlitigis la infanojn. Poste ŝi iris kun Fewkoombey al la Westindia-dokoj. Do, dum siaj lastaj horoj, ŝi ja vere estis neniam tute sola. Survoje la soldato provis paroligi ŝin. Sed ŝi restis malparolema. Antaŭ la drinkejo ŝi forsendis lin. Vane li akompanis ŝin. Kaj tute facile, kiel li kredis, ŝi povus sciigi al li ion, kio povus plifirmigi lian pozicion ĉe sinjoro Peachum.

Mary Swayer atendis ĉirkaŭ du horojn en la tiuhore senhoma gastoĉambro, kio poste estis konstatita per la depozicio de la drinkejestro. Poste, ĉar Macheath ne venis, ŝi foriris direkte al la dokoj. Kiel ŝi diris al la drinkejestro, ŝi volis iri renkonte al tiu sinjoro, kiun ŝi estis renkontonta. Sed ŝi iris renkonte al neniu kaj nenio plu.

Jam malmultajn horojn poste unu policano kaj du havenlaboristoj tiris ŝin el la akvo.

SINJORO PEACHUM VIDAS ELIRON

Ĉar Mary Swayer petis Fewkoombey returnire kontroli la infanojn kaj pro tio donis al li la ŝlosilon, li restis tie dum la nokto. Aliokaze ŝi ne povus enveni.

Matene oni alportis ŝin. En la butiko tuj kolektiĝis ne malmulte da homoj el la najbaraj domoj, tiel ke la soldato ne frapis la atenton kaj povis foriri. La kadavron ili metis sur la vendotablon, ĉar sur la lito en la ĉambreto troviĝis skatoloj por trikotaĵoj.

Pere de Fewkoombey Peachum eksciis tre frue pri la morto de Mary Swayer, kaj li povis tuj fari siajn disponojn. La unua estis, ke li konstatis la verajn faktojn.

Li elsendis ne malpli ol tridek de siaj almozuloj, kiuj komencis esplori ĉe la Westindia-dokoj same kiel ankaŭ en la Mulberry-strato, en la antikvaĵa butiko de Fanny Crysler kaj en Nunhead.

Jam ĉe la unua enketo en la Mulberry-strato flanke de la polico ĉeestis homoj de Peachum.

Li eksciis, ke ĉirkaŭ la naŭa stivistoj vidis ĉe la dokoj virinon, kiu rapide iris al la akvo. Posttagmeze, irinte en la Mulberry-straton por konduki la infanojn de tie al Fanny Crysler, Fewkoombey kunportis la papereton, sur kiu estis skribita la invito de Mac. Unu el la infanoj jam ekmaĉis ĝin. Jam posttagmeze por Peachum estis pruvite, ke temas pri sinmortigo.

Por esti tute certa, li uzis du pliajn tagojn por konstatoj koncernantaj Mac. Ja ne estis eltroveble, kie li restadis dum la respektiva tempo, sed estis certe, ke li ne plu renkontiĝis kun Mary Swayer je tiu vespero. Tio eventuale sufiĉis por akuzo.

Ke Macheath vere ne havas rilatojn al la morto de Mary Swayer, devis esti neskueble certe, ĉar aliokaze li kompreneble havus bonegan alibion. Eble li vere havis tian, sed tion oni devis riski! Neniuokaze li preparis ĝin. Kaj natura alibio ja ĉiam estis malpli kredebla kaj malpli konkludiga.

Do Peachum engaĝis bonan advokaton, kies tasko estis funkcii kiel akcesora plendanto por la orfiĝintaj infanoj de Mary Swayer kaj kiu transdonis la materialon al la prokuroro. Peachum povis fari tion, ĉar li estis malriĉula prizorganto.

La advokato, Walley, plene konsentis kun sinjoro Peachum, kio koncernis la alibion de sinjoro Macheath. Li diris:

„Konsiderante ĉion, kion ni scias, ankaŭ mi opinias neeble, ke via bofilo havis ian rilaton al la morto de Mary Swayer. Sekve estas ege neverŝajne, ke li havas alibion. Li balbutos ion pri „manĝado en restoracio“ aŭ „vizito en teatro“ aŭ „ne eblas kompromiti la sinjorinon“. La lasta supozeble estus por vi speciale bonvena, kiel statas la cirkonstancoj, ĉu ne? Ĝustan alibion oni devas fari, kaj oni faras ĝin nur, se oni

Sed pri miaj sonĝoj mi ne kulpas. Mi tuj pensis: Kion mi faru? Mi diros tion al Mac, kaj poste estos bone. Sed poste mi pensis, ke vi ne komprenos tion kaj eble kredos, ke mi iomete ŝatas O'Hara, kaj tio certe ne estas ĝusta. Li tute ne plaĉas al mi. Diru do, ke ne gravas, Mac! Mi estas tiel malfeliĉa, ke mi sonĝis. Se vi ne devus nun foriri, mi dirus tute nenion. De tiam mi ja ne plu sonĝis ion tiel stultan, tute ne! Aŭ nur pri vi!"

Dum ne malmulte da tempo Mac kuŝis ne respondante. Poste li esplore demandis ŝin per koncizaj raŭkaj frazoj, kuŝante rigidege, ne atentante ŝiajn provojn premeti sin al li. Kiel estis, kiam tio okazis, precize. Ĉu estis en la lito. Ĉu ili aparte enlitiĝis por tio. Ĉu li simple ĉirkaŭbrakis ŝin aŭ ĉu krome okazis io alia. Ĉu ŝi mem partoprenis. Ĉu ŝi tuj sciis, ke estas O'Hara. Kial ŝi ne finis, kiam finfine, kiel ŝi diris, ŝi komprenis. Ĉu ŝi sentis plezuron dum tio? Kial ŝi, ne sentante specialan plezuron, ne tuj ĉesis, kiam ŝi ekkonis O'Hara? Kion ŝi komprenas sub „ne speciala plezuro"? Kaj tiaĵoj plu, ĝis Polly, ĉiam plorante, estis tiel laca, ke ŝi ekdormis.

Je la fino ili kompreneble retrovis unu la alian. Kaj Macheath nun ĝojis, ke denove ŝi impete postulis de li promeson ne vojaĝi kun Fanny Crysler. Li ankaŭ persvade petis ŝin reiri al siaj gepatroj. Li motivigis tion per tio, ke tie ŝi povos plej bone helpi lin. Ŝi povos sciigi al li, kion ŝia patro planos kontraŭ li. Konsolite ili ekdormis.

Jam la sekvan matenon ili adiaŭis. Kiam Macheath foriris, li denove surhavis la bovoledajn gantojn, sed ankaŭ sian malnovan spadbastonon. Lia trajno estis ekveturonta nur je la malfrua vespero, sed li havis ankoraŭ multon por fari. La homoj de O'Hara certe ne havis la plej bonan humoron, kaj Aaron aŭ iun el la du Opper li devis ankoraŭ viziti.

Sed unue Macheath iris al Gawn, al kiu li tiutempe transdonis la materialon kontraŭ la makleristo Coax, la kompaniano de Peachum. La materialo ankoraŭ nenie aperis. Gawn ne estis hejme. Oni diris, ke li estas en la „Korespondanto". Tie kelkaj gazetistoj sidis ĉirkaŭe de li kaj volis eligi el li vetindikojn por kuradoj. Kiam Macheath envenis, ekestis stranga silento.

„Oho“, diris unu el la knaboj, ne malafable, „Macheath! Ĉu vi eble volas protesti ĉe ni kontraŭ via aresto? Ĉu ĝi okazos ĉi tie? En tio vi kondutas dece!“

Gawn, sidanta en ilia mezo kaj maĉanta duonfunton da gumo, ekkonis la unua, ke Macheath scias pri nenio, kaj tiris gazeton el la brustpoŝo.

Macheath jam estis serĉata. Liaj bildo kaj nomo troviĝis en la mateneldonoj. Beecher jam donis intervjuon kaj rakontis pri la duona letero de la murditino. Gawn prenis la brakon de Macheath kaj forkondukis lin.

Ili eniris drinkejon.

Gawn klarigis, ke la materialo kontraŭ Coax esence estas materialo kontraŭ Hale el la mararmea oficejo, ĉar temas pri ties edzino. La kampanjo komenciĝos tuj en la sekvaj tagoj.

Li prisilentis, ke li utiligis la konfiditan al li materialon nur por konsiderinda ĉantaĝo. Al sinjoro Peachum tio kostis multe da mono. La doto de Polly ne grandiĝis per tio.

Macheath ankoraŭfoje klarigis al li, ke li ne bezonas publikan skandalon, sed efikan timigon de la tuta societo, kiu estas ĉirkaŭ tiu Coax. Gawn promesis agi laŭ siaj plej bonaj fortoj kaj nur petis pri intervjuo.

Ili kunmetis tian.

Ĝi aperis jam en la vespereldono. La pograndisto montris sin tre mirigita pri la akuzoj de la polico.

„Mi estas komercisto“, tie tekstis, „kaj ne krimulo. Mi havas kelkajn malamikojn. La senekzempla sukceso kaj prospero de miaj M-butikoj mobilizis ilin. Sed mi ne kutimas ataki ilin kun la tranĉilo en la mano. Mi klopodas venki ilin per nelacigebla laboro en la servo de miaj klientoj. Ĉiuj suspektoj kontraŭ mi nur refalos post kelkaj tagoj sur la kapojn de tiuj, kiuj disvastigas ilin. Mi esperas, ke ne dubas pri mi miaj komercaj amikoj en la medio de la pomalgranda komerco, kies prospero estas afero elkore dezirata de mi. Tiun Mary Swayer mi konas persone nur tre malmulte. Kiel mi scias, ŝi havis unu el la malgrandaj M-butikoj en la regiono de la Mulberry-strato. Mi havis al ŝi neniujn aliajn rilatojn ol al kelkaj dekduoj da aliaj butikistoj. Ŝajnas, ke ŝi mem forprenis de si la vivon. Tion mi trovas same malĝojiga, kiel ĉiu

De sur krude ĉarpentita etaĝero ĉe la muro Macheath silente prenis dikan folianton kaj per ĝi eksidis sur la apogilo de empirfotelo, kiu jam vidis pli bonajn tagojn kaj pli elegantan societon. Siajn oficialajn kontorojn CAS havis en la urbocentro. Ĉi tie estis la magazenloko. Inter la du lokoj ne estis komunikiĝo, krom laŭ longaj ĉirkaŭvojoj.

Tiel longe kiel Father sidis sur la tablo, Macheath ne volis paroli. Sekve Grooch raportis.

La nenionfarado efikis tre malfavore. La magazenoj estis parte ankoraŭ plenaj da varoj. O'Hara lasis al la viroj la liberan decidon labori proprariske, ĝis pliaj stokoj estos denove bezonataj. Sed li ne transdonis la ilaron. Tiu ĉi estis en la posedo de la societo. Sed per la malnovaj primitivaj iloj la fakuloj de O'Hara ne plu volis aŭ povis labori. Eĉ por rompoŝteloj en butikoj minimume kamionoj estis bezonataj. Kaj antaŭ ĉio: precizaj planoj pri la kunlaborado. Do, la homoj estis senŝancaj. Ili sidadis kaj interkverelis.

Macheath ridis.

„Mi opiniis, ke ili sentis sin tro bonaj por oficista ekzistado kun sekuraj salajroj. Ili ja volis denove sur la vastan maron, neligitaj kaj liberaj!" li diris malzorge. „Senĉese ili faras bruon, kaj neniam ili miras, se ili atingas, kion ili volas. Se *mi* sukcesas en miaj postuloj, tiam mi ĉiam timas la plej malbonan."

„Ili certe trabatus al si vojon, se ili havus ilaron", Father diris krude.

„Jes, se", Macheath respondis enuigite.

Father ankoraŭfoje atakis:

„Quite volas aĉeti de ni la novan borilon. Li diras, ke li jam kunigis la monon, kaj krom li neniu scipovas manipuli per ĝi."

„Mi ne vendas ilaron", Macheath diris malbonhumore. „Cetere ankaŭ miaj tablotabuloj ne estas por sidi sur ili."

Li prenis la magazenplanon, kiu estis akurate gluita sur kartono, kaj elsendis la knabinon per kapmovo.

„Kial la magazenoj estas ankoraŭ plenaj? Estas decidite malplenigi ĉiujn escepte de 23."

Grooch rigardis la grumble ekstarintan Father. „Pri tio O'Hara nenion laŭtigis", li diris kaj ne forprenis de Father la rigardon.

Macheath ne lasis rimarki sian surprizon. Li trafoliumis unu el la katalogoj por gajni tempon. Poste li trankvile daŭrigis:

„La magazenoj de 29 devas esti malplenigataj. Eblas, ke O'Hara devos post nelonge montri, ke la magazenoj estas malplenaj."

„Kien ni portu la aĵojn? Estas ĉefe tabako kaj razilaro. Sed oni nepre devas ankoraŭ lasi ilin en la magazeno, ili estas multe tro freŝaj. Inter ili estas la aĵoj el Birmingham. Pri ili la gazetoj ankoraŭ skribas artikolojn de kilometra longo. Kaj plue estas ledo kaj lano, ilin la M-butikoj povas bone utiligi."

„Ĉio devas tute malaperi. Nenio el ĝi devas esti vendata. Plej bone vi ekbruligos per ĝi fajron! La magazenoj ja estas asekuritaj."

Grooch sincere ektimis.

„Sed, ĉu la knaboj mem ne povas utiligi ĝin? Ja ekestos damne kolera sango, se ili devos tion forŝoveli. Finfine ili kunportis ĝin."

Macheath enuis.

„Mi pensas, ke por tio ili estis pagitaj. Kaj por la forportado mi same pagos pohoran salajron. Mi ne volas, ke la aĉaĵoj disvastiĝu. Krome ili aĉetu sian tabakon, ekzemple en la M-butikoj. Ion plian: la dokumentojn por ĉi tie signas mia edzino kaj ne O'Hara. Ĉu finite?"

Li ekstaris kaj surmetis la gantojn. Grooch ankoraŭ retenis lin.

„Honeymaker insiste frekventas nian budon. Li volas transpreni ĉian okupon. La afero pri la sekurseruro malsukcesis."

„Ĉu ĝi estis ne sekura aŭ tro sekura?"

„Ĉio en ordo. Sed la fabriko trompis lin pere de la patento."

Macheath denove ridis. Honeymaker siatempe estis eminentulo en la branĉo, unuaranga rompoŝtelisto. Kiam li korpe malprosperis – tiam oni ankoraŭ ne sportis –, li dediĉis sin al

Apenaŭ iu ekzistis, kiu sincere povus priĵuri, ke li ĉiam nomiĝis Macheath, sed ekzistis ankaŭ neniu, kiu povus pruvi al li, ke li iris en la lernejon tie kaj tie, sub tiu kaj tiu nomo, estis tie kaj tie stivisto aŭ kontoristo, tie kaj tie ĉarpentisto. Ĉiun tagon eblis, ke iu disvastigas la famon, ke li estas tute ordinara filistro, kaj tiaokaze tre multekosta kaj danĝera sangverŝado de iomete granda amplekso estus necesa, por restaŭri la duonkrepuskon, en kiu oni povas grasiĝi. Kaj li estis efektive jam iomete korpulenta kaj taŭga jam nur por spiritaj laboroj.

Do li iris al Tunnbridge, por ekscii ion kaj por renkonti Brown.

Li ne iris en la malsuprajn ejojn, sed suprengrimpis laŭ kaduka ŝtuparo en la kuirejon. Kelkaj knabinoj sidis kaj trinkis kafon. Dika virinaĉo en kalsono gladis tolaĵon. Ĉe la fenestro oni ludis muelilon. Maldika selnaza knabino ŝtopis monton da ŝtrumpoj. Ĉiuj estis leĝere vestitaj, nur unu surhavis flordesegnitan piĵamon.

Kiam Macheath envenis, ekestis brua salutado. La virinoj jam legis la gazetojn, eĉ la intervjuo kun Gawn kuŝis sur la gladotabulo. Ke Macheath tamen venis kiel ĉiun ĵaŭdon, imponis ĉiujn.

Brown ankoraŭ ne ĉeestis.

Al Macheath oni prezentis sian kafon. Ne demetante la gantojn, li nezorge prenis la gazeton.

„Hodiaŭ vespere mi forveturos", li diris legante, „mi tuj pensis: stulte, ke hodiaŭ estas ĵaŭdo. Estas terure, se oni estas tia kutimulo! Sed ja mi ne povas toleri, ke tiuj policanaĉoj igas min forlasi miajn plej malnovajn kutimojn. Alie mi veturus tagmeze. Kie do restas Brown?"

Eksonis sonorilo en unu el la ĉambroj. La dika virinaĉo metis la gladilon sur malgrandan gisferan starilon, ĉirkaŭpendigis katunan pelerinon kaj eliris por kontentigi gaston. Post kvin minutoj ŝi revenis, kontrolis la gladilon per lekita fingro, ĉu ĝi estas ankoraŭ varma, kaj daŭrigis la gladadon.

„La aferon pri Mary Swayer ja ne *vi* faris", ŝi diris, malestime, kiel ŝajnis al li.

„Ĉu", li diris kaj atente rigardis ŝin.

„Nu, ni pensis, ke vi fariĝis tro nobla por tiaĵo."

„Kiu pensis tion?“ Macheath demandis kun intereso.

La dika virinaĉo trankviligis lin:

„Ĉiam trankvile, Mac. Babilaĉo estas pri ĉiu.“

Mac havis fajnan aŭdadon. La aero ne estis pura. Speco de malinklino subite lin kaptis.

Dum li silente sidis en la malpura kuirejo kaj rigardis al la gladanta virinaĉo, li pripensis sian situacion pli funde, ol li povis fari tion de post longe.

La fundamento, sur kiu li ĉiam staris kaj batalis, komencis cedi sub liaj piedoj. Tiu fiularo, kiu devis plenumi por li liajn aĉetojn, ne volis por la daŭro submetiĝi al lia spirita gvidado. Subite li ekmemoris amason da malgrandaj trajtoj, kiujn li preskaŭ ne atentis dum la pasintaj semajnoj. Tie kaj tie striktaj kaj bone pripensitaj ordonoj ne plu estis realigitaj tute ekzakte; poste la neglektaĵoj estis vualitaj antaŭ li flanke de la gvidantaj membroj de la organizaĵo . Precipe ekde la granda ĉesigo de la „aĉetoj“ li aŭdis ekzemple pere de Grooch ne malmulte pri la „malkontento“ malsupre. Tiu fiularo ne kapablis persisti en grandskale planitaj operacioj. Kaj nun li devis malkovri, ke O'Hara simple ignoris gravegajn ordonojn!

En la sinteno de O'Hara jam delonge ne estis ĉio kiel antaŭe. Hodiaŭ li volis havi la prokuron. Kiam poste Polly ricevis ĝin, li ne tre longe kontraŭparolis. Kial do ne?

Tute subite arda ondo de malfido trakuris Macheath.

Polly, li pensis. Kio do estis pri Polly kaj O'Hara? Nun ŝi havis la prokuron. Kion ŝi faros per ĝi? Kaj subite li sciis, kial la okazintaĵo dum la reveno post la pikniko sur Tamizo dekomence tiel turmentis lin.

‚*Virino, kiu tion toleras, precipe ĉe tiel supraĵa konateco*‘, *li* diris al si kolere, ‚*ja tute ne povas garantii esti vera vivkunulino de viro. Ŝi ja estas multe tro volupta. Kaj tio ja estas ne nur afero erotika, sed antaŭ ĉio, kiel montriĝas, negoca! Kion ŝi faros, tenante en la mano la prokuron de sia laŭleĝa edzo, se ŝi ne estas certa pri ŝiaj propraj kruroj? Jen la fidelo de la edzino ja nur havas la pli profundan sencon!*‘

Kiel rapide ambaŭ konsentis pri lia forveturo! Ne aŭdiĝis iu „Sed vi ja mankos al mi“. Por tio oni estis tro prudenta. Multan dankon pro ĉi tiu speco de prudento!

Macheath ekstaris, plena de amareco, kaj malrapide transiris en la kontorojn. Estis ne malvastaj ĉambroj kun nudaj kontormebloj, malgrandaj tabloj kun paperujoj kaj ordinaraj sofoj. Oni povis havi ankaŭ ĉambrojn sen sofoj, tiam oni uzis la tablojn kun la verda sorba papero. Estis la speciala agrablaĵo de la domo, ke ĉi tie oni povis samtempe fari sian korespondadon.

La knabinoj estis ĉiuj bonaj stenotajpistinoj.

La domo estis pleje vizitata de negocistoj.

Macheath tre ŝatus dikti kelkajn leterojn; sed nur Jenny estis sperta pri lia korespondado kaj konis liajn kutimojn. Se necese, kelkaj notoj sufiĉis al ŝi por letero.

Kaj Jenny ne ĉeestis. Ŝi estis ĉe la marbordo kun Bloomsbury. Ŝajnis, ke pro ŝia supreniro neniu ofendiĝis.

Starante Macheath malfermis klapon en la tapeto kaj aŭskultis diktaĵon de apude.

„...kaj do ni ne povas kompreni vian vidpunkton. Aŭ vi liveras la kafon „Santos" por 85$^{1}/_{5}$ inkluzive la ekspedkostojn ĝis Antverpeno, aŭ vi reduktas la prezon per si mem hororan, substreku hororan, tiam la dogano estos nia afero."

Malgaje Macheath reiris en la kuirejon, kie li eksidis malbonhumore.

Li daŭre atendis Brown. De interparolado kun tiu li volis dependigi la decidon, ĉu li forlasos Londonon aŭ ne. Ĉio estis preparita por fuĝo. Grooch atendus en la stacidomo, espereble kun Fanny. Sed pasis duona horo, malheliĝis, tiel ke oni devis ekbruligi la gaslumon. La entrepreno malrapide vigliĝis, kaj Brown ne aperis. Pri Macheath neniu pli zorgis. Malserene li sidis en la ĉambro kaj duondormis.

Sub tiuj cirkonstancoj li ne povis forveturi.

Li devis denove ekhavi CAS tute en la mano kaj poste likvidi.

Kia ekzistobazo estis tia, ĉe kiu vi eĉ ne povas trankvile forveturi, se la polico estas post vi!

Kaj krome, fakte estante ĉirkaŭita nur de malfidindaj homoj kaj friponoj, li certe povos aranĝi la grandajn, negocajn transakciojn kun la Komerca Banko pli bone el malliberejo ol de eksterlande. Lin kaptis vera soifo al solideco.

Denove pruviĝis, ke certa mezuro de honesteco kaj kontraktfideleco, simple de homa fidindeco, nemalhaveblas, se temas pri ne malgrandaj negocoj! Kial, li demandis sin, honesteco estus aliokaze tiel ŝatata, se la aferoj estus fareblaj ankaŭ sen ĝi? Finfine la tuta burĝaro ja baziĝas sur ĝi. Oni devas elpremi el siaj dungitoj, kiom ajn eblas, kaj poste oni devas negoci honeste kaj dece. Se oni povas fidi eĉ ne sian kompanianon, kiel oni povu koncentriĝi al la negoco?

Finfine ĉirkaŭ la sepa venis Brown.

Ĉi tie estis ĉiam la plej bona loko por iliaj renkontiĝoj. En tiu establejo oni ne spionis post Brown. Estus rigardate kiel nenoble priflari oficiston de Scotland Yard ĝis ĉi tie. Finfine la privata vivo devas resti ekster la ludo!

Brown tuj superŝutis lin per riproĉoj.

„Kiel vi povas ankoraŭ esti ĉi tie!“ li kriis, trakurante la ĉambron kvazaŭ kaptita tigro. „Mi ja informis vin, ke via afero statas malbone! La esploron faras Beecher, kaj tiu estas la plej malfidinda oficisto, kiun mi havas. Se tiu flaras iun spuron, li ne estas retenebla kaj forgesas ĉiun disciplinon. Li arestus sian propran kunskatulon. Hodiaŭ posttagmeze estis la ĵuĝa aŭtopsio. Oni verdiktis pri morto pro murdo, post kiam Beecher parolis. La ĉefa suspekto kuŝas sur vi. La plej malbona estas tiu ĉantaĝletero de Mary Swayer, en kiu ŝi minacas vin rekte per tio, doni informojn pri la „Messer“. Kion ŝi sciis tiurilate?“

„Nenion“, Macheath diris, sidante sur la sofo, kun la vespergazetoj antaŭ si, „ŝi havis supozojn.“

„Kaj tiu Fewkoombey?“

„La domservisto de mia bopatro, emerita soldato. Lastatempe li ŝajne proksimiĝis al Mary Swayer.“

Brown notis ion sur sia manumo.

„O’Hara diris, ke vi havas alibion, sed ne povas indiki ĝin?“

„Jes. La protokolon pri kunsido de la administra konsilio, kiu devas ne esti okazinta.“

„La sole bona estas, ke la malmultaj stivistoj, kiuj renkontis Mary Swayer, ne vidis akompananton. Sed via papereto, sur kiu vi petis ŝin veni je la vespero, estas terura, kaj ĝi troviĝas en la aktoj.“

Brown denove ekkriis. Macheath devas foriĝi, tuj.

Macheath rigardis lin riproĉe.

„Mi atendis de vi ion alian", li diris sentimentale, „mi atendis, ke vi renkontas min alimaniere, se mi, en tia situacio, pelita kaj perfidita de ĉiuj, turnas min plenfide al vi, Freddy. Surbaze de niaj rilatoj mi rajtis supozi, ke vi diras: Jen, Mac, rifuĝejo por vi. Tie eksidu! Se vi jam perdis la honoron, vi almenaŭ havu la okazon savi vian havaĵon."

„Kion tio celas?" Brown ekflamis.

Macheath rigardis lin triste.

„De eksterlande mi ja ne povas daŭrigi miajn negocojn. Kiel vi imagas tion? Opper diras al mi, ke mia reputacio perdiĝos, se mi eniros malliberejon; sed mi komprenis el liaj diroj, ke ili prirabos min, se mi estos eksterlande. Mi devas resti sur mia posteno. Mi devas iri al vi en malliberejon kaj ree eklabori. Mi estas ĉevalo, kiu mortas en la jungilaraj rimenoj, Freddy!"

„Tio estas neebla", Brown grumblis, sed ŝajne li fariĝis nedecida.

„Pripensu", Macheath memorigis lin kun obtuzigita voĉo, „ke amaso da simplaj homoj konfidis al mi sian sorton. Eĉ vi estas inter ili. Ankaŭ via mono estos for, se mi forlasos Londonon. Nu, vi povas elteni tion; sed ekzistas aliaj, kiuj estus perditaj!"

Brown denove grumblis.

„Li estas mia bopatro", Macheath plendis, „li tute ne ŝatas min. Neniam mi sufiĉe zorgis pri liaj malamikaĵoj. Estis ĉiam kiel ĉe dento, kiu ekdoloras. Oni pretervidas tion. Oni pensas, ke tio eble ĉesos. Oni ne volas pensi pri ĝi. Kaj iun matenon la vango ŝveliĝis kvazaŭ kukpasto."

Ili sidis kune pli ol unu horon, kaj Brown zorgoplene rakontis, kion li scias pri sinjoro Peachum, la iniciatoro de ĉiu malbono.

Sinjoro J. J. Peachum ne estis iu ajn, li estis bone konata al la polico. Lia instrumentbutiko jam plurfoje estis la centro de malĝojaj interparoladoj en la prezidantejo. Unuafoje antaŭ ĉirkaŭ dek du jaroj. Tiam oni volis ĉesigi lian entreprenon, sed ne sukcesis. Brown rakontis la aferon al Mac:

„Ni estis tute informitaj pri lia instrumentbutiko, kaj li sciis, ke ni estas ekbatontaj kontraŭ li. Li venis en la prezidantejon. Li faris insidan kaj impertinentan paroladon pri la rajto de la malriĉularo fetori kaj tiel plu. Kompreneble, ni elĵetis lin kaj daŭrigis la agadon. Ni baldaŭ rimarkis, ke oni ne devas subtaksi lin. En Whitechapel, meze en la plej malbonaj kvartaloj, oni tiam estis inaŭguronta monumenton al iu filantropo, kiu en tiu regiono faris ĉiaspecajn stultaĵojn kontraŭ la misuzo de la alkoholo. Mi kredas, ke li disdonis limonadojn helpe de junaj knabinoj, kiuj same estis iel savitaj. Al la inaŭguro de la monumento, granda, blanka aĉaĵo, oni atendis la reĝinon. Ni iomete plibonigis la regionon. Tiel, kiel ĝi estis kaj kiel ĝi instigis la loĝantaron al misuzo de la alkoholo, la reĝino ne povis ĝin enpaŝi. Kelkaj hektolitroj da farbo efikis mirakle. Ni ŝanĝis la hontindejon al speco de ĝardenstrato. El rubejoj estiĝis infanludejoj, duone ruiniĝintaj ludomoj ekhavis hejmecan aspekton, la plej malbonaj lokoj estis kovritaj per girlandoj. El truoj, en kiuj loĝaĉis dek du ĝis dek kvin homoj, pendis flagoj ok metrojn longaj; mi ankoraŭ memoras, kiel la loĝantoj plendis, ĉar la flagstango forprenis de ili tro multe da spaco; tiuj homoj ja eĉ ne hontas pri la truoj, en kiuj ili vegetas! El publika domo ni elpelis la enestantinojn kaj metis tabulon „HEJMO POR FALINTAJ KNABINOJ", kio ĝi ja vere estis. Koncize, ni procedis laŭ niaj plej bonaj fortoj por krei beletan kaj homdignan kaj trankviligan aspekton. Tiam, dum la antaŭa inspektado fare de la ĉefministro, okazis la skandalo. Inter la novaj florpotoj de la freŝe farbitaj domoj ekaperis la konataj, naŭzaj vizaĝaĉoj de profesiaj almozuloj de sinjoro Peachum. Estis centoj kaj pliaj centoj. Kaj kiam malsupre la ĉefministro laŭveturis, ili kantis la nacian himnon! Ni eĉ ne provis iel drapiri la infanojn de tiu kvartalo; tiurilate ja ĉiu trompoprovo estas senŝanca: la maldikaj membroj de la rakito ne estas kaŝeblaj per velurkostumoj. Kaj kion utilas preni infanojn de policanoj, se subite iu malfalsa infano tamen estas kontrabandita inter la importitajn kaj respondas la demandon de la dika, rozkolora ĉefministro pri sia aĝo kun dek ses jaroj anstataŭ kvin jaroj, kiel oni supozus laŭ lia grando? Tuj ĉe la monumento staris duonkreskintoj, el kies okulkavoj oni vidis grimaci ĉiujn malvirtojn. Kun aerbalonoj kaj suĉbombonoj ili venis en malgrandaj grupoj el la putinejo. Nu, la inspektado finiĝis per akra disonanco, kaj ni skribis la koncesion por sinjoro Peachum. Ni ne volis havi aferojn kun li. Kaj ĉi *tiu* viro estas via bopatro! Tio ne estas bagatelo, Mac!"

Brown estis sincere maltrankvila. Li antaŭvidis malfacilan batalon. Li havis multe da malbonaj ecoj, sed li estis bona kamarado. Li kaj Mac kune soldatservis en Hindio. Mac povis fidi je lia fidelo.

„*Fidelo*", la polica prezidanto, malnova soldato, ofte diris en sia plej intima rondo, „*fidelo troviĝas nur ĉe soldatoj. Kio povas esti la kaŭzo de tio? La respondo estas simpla: La soldato dependas de la fidelo. Pri iu, kiu estas fidela, oni diras: Kun tiu oni povas ŝteli ĉevalojn. Jen. La soldato devas povi ŝteli ĉevalojn kun sia kamarado. Kie ĉevaloj ne estas ŝtelataj, tie ne estas fidelo. Ĉu tio klaras? Se oni devas antaŭeniĝi kun la bajoneto, plej ofte ja sen aparta kaŭzo, se oni devas bategi kaj piki kaj gorĝpremi ĉirkaŭe de si, tiam oni devas scii apud si veran kamaradecon, bajoneton, kiu batas kaj pikas kaj premas por oni. Nur en tiaj situacioj evoluas virtoj de tiu plej alta speco. Por la soldato la fidelo estas entute donita per la profesio. Li estas fidela ne nur al difinita amiko, li ne povas elekti por si siajn kaporalanojn. Tial li devas esti absolute fidela. La civilulaĉo ne komprenas tion. Li ne komprenas, kiel ekzemple iu generalo povas esti fidela al sia monarko kaj poste al la respubliko, kiel ekzemple generalo MacMahon. MacMahon ĉiam konservos fidelon. Se la respubliko eble falus, li denove konservos la fidelon al la reĝo. Kaj tiel plu ĝis en ĉiu senfineco! Jen kio nur estas fidelo*!"

Kiam Macheath foriris de li, Brown preskaŭ aprobis la decidon de sia amiko iri en malliberejon. Malŝarĝite li rapidis ankoraŭ dikti leteron al la malibereja direktoro.

Ili interkonsentis, ke Macheath sin anoncu en la prezidantejo. Sed enomnibusiĝante pensoj rilate Polly trakuris lian kapon. Ili de horoj sekrete turmentis lin. Li ŝanĝis sian intencon kaj veturis al Nunhead.

Tie li alvenis ĉirkaŭ la oka. Mirigite li vidis lumon supre en la ĉambro de Polly. Jam delonge ŝi devus esti ĉe siaj gepatroj.

Antaŭ la ĝardenoj kelkaj kriminalistoj iris tien kaj reen, tute malkaŝe.

Nun dua fenestro heliĝis. Polly supozeble manipulis en la kuirejo. Do ŝi intencis pasigi la nokton ankoraŭ ĉi tie.

Decide Macheath iris direkte al la dompordo. Ĉe la ĝardenpordo oni haltigis lin. Li kapjesis, kiam de malantaŭe oni metis la manon sur lian ŝultron. La oficistoj konsentis, ke li parolos kun sia edzino.

Polly vere staris ĉe la kuirforno. Ŝi tuj komprenis, kiuj estis la viroj ĉe Mac, sed ŝi miris, ke li restis en Londono.

„Ĉu vi ankoraŭ ne hejmeniris?“ li demandis kolere, starante sub la kuireja pordo.

„Ne“, ŝi diris trankvile, „mi estis ĉe Fanny Crysler.“

„Kaj?“, diris li.

„Ŝi veturos Svedion“, ŝi diris.

„Sed mi ne“, li diris malserene, „enpaku por mi iom da tolaĵo.“

Tre maltrankvila li iris en la malliberejon, nome maltrankvila pro Polly.

La sekvan matenon Walley vizitis lin komisie de sinjoro Peachum. Li parolis al Macheath pri eksedziĝo kaj ĉe tio duonkomprenigis, ke tiuokaze eble ekzistus malŝarĝanta materialo por li.

„Pro kio vi bezonas tiun proceson?“ la advokato demandis. „Viaj negocoj prosperas. Eksedziĝu, kaj ne estos proceso. La decida materialo estas en niaj manoj. Sinjoro Peachum volas rehavi sian filinon, jen ĉio.“

Macheath bruske forrifuzis lin. Li akcentis, ke lia edzeco estas edzeco pro inklino.

Ho, bonegaj estas tiuj,
Se neniu ilin ĝenas
En la lukt' pri predoj, kiuj
Ne al ili apartenas.

Kanto de la polica ĉefo

LA FOLIOJ FLAVIĜAS

Iun fruan matenon Polly Peachum, nun sinjorino Macheath, revenis hejmen. Malgraŭ la matena horo, ŝi havigis al si unuĉevalan veturilon. Preterveturante la urban parkon ŝi vidis, ke la kverkoj jam havas flavajn foliojn.

Malsupre en la butiko granda maltrankvilo vekis ŝian atenton. Ŝia patrino staris meze de kudristinoj nedorminte aspektantaj kaj kverelis kun Berry. La persikon ŝi apenaŭ atentis. Iu suprenportis la pakaĵojn kaj post kelke da tempo la matenkafon.

Oni atendis polican traserĉon de la domo kaj jam de sep horoj malaperigis ĉiuspecajn objektojn. Lambastonoj ne uzeblaj de unukruruloj, certaj ĉaroj kun kaŝitaj fakoj por la kruroj, antaŭ ĉio la soldatuniformoj estis fortransportataj. La kartotekojn oni lokis en malfacile alireblaj keloj.

Ekde la noktomezo mesaĝistoj estis survoje por averti la almozulojn ne veni matene en sian laborejon.

Oni jus sukcesis transporti la frizejon en la apudan domon, kiam ĉirkaŭ la tagmezo kriminala polico envenis la domon.

Ili ĉefe serĉis la soldaton Fewkoombey, kiu ne, kiel oni al li konsilis, frue sin prezentis ĉe la polico.

Sed oni ne trovis la soldaton. Sinjoro Peachum informis, ke li maldungis lin la antaŭan vesperon pro kontraŭstarema konduto.

Beecher raportis, ke la domo aŭ, pli ĝuste, la tri domoj aspektas kvazaŭ vulpejo kaj entenas lignaĵistan metiejon kaj tajlorejon, ĉion por almozuloj kaj ĉion en miriga amplekso.

Fewkoombey fakte transloĝiĝis por kelkaj tagoj en malgrandan havenan hotelon. Li ne havis la permeson forlasi sian ĉambron, sed li kunhavis sian volumon de la Brita Enciklopedio.

Pri liaj hundoj zorgis la persiko, kontenta havi okupon. Sian patron ŝi revidis nur la sekvan tagmezon.

Li kondutis, kvazaŭ ŝi neniam estus for.

Sed post la manĝo venis Coax, por paroli kun sinjoro Peachum, kaj kiam li poste venis el la kontoro kaj Polly estis surmetanta la ĉapelon en la koridoro por foriri, li salutis ŝin kun profunda emocio.

„Envere“, li diris emfaze, „la persiko jam ekfloris! Jen la efiko de la sudo!“

Li ekprenis ŝiajn du manojn kaj petis pri piana muzikaĵo.

Post li, antaŭ la ladpordo, staris sinjoro Peachum, kaj Polly rimarkis ĉe li tiel petantan rigardon, ke ŝi, nenion dirante, supreniris kun la makleristo kaj ludis la „Monaĥejajn Sonorilojn“.

Kiam la makleristo estis for kaj Polly ankaŭ foriris, ŝi vidis sian patron sidi en la loĝoĉambro en la unua etaĝo. Li sidis tute trankvile kaj rigardis al la blinda fenestro.

Coax ĵus informis lin, ke la ŝipnegoco devas esti finita post du semajnoj.

La unuan fojon li aludis, kiel li pensas pri la plenumo. Unue Peachum disponigu la plenajn sumojn; poste la tiam ellaborenda edziĝa kontrakto reguligu la aferon inter Peachum kaj Coax. Tiamaniere Peachum ricevos repagon de siaj perdoj kaj Coax kontentiĝos per la gajno kiel la doto de Polly.

Unue plene disponigi la sumojn! Tio estis terura!

Kiam sinjorino Peachum venis hejmen, ŝi devis enlitigi sian edzon. Li apenaŭ povis paroli kaj preskaŭ ne kapablis supreniri la ŝtuparon. Dum la nokto li kredis, ke li mortos. Lia edzino devis ŝuti sur la ĉirkaŭo de lia koro duonan botelon da arniko. Li eĉ konsideris la konsultadon de kuracisto!

La sekvan antaŭtagmezon li senforte trairis la kortojn, en kiuj ĉiu ŝtono estis pagita de li kaj kiujn li nun devas fordoni por tiu larmofungeca, putra ligno, kiun oni trompe farbis en la dokoj je liaj kostoj. Giganta negoco por tiuj, kiuj ĝin faris!

Kun la manoj en la pantalonpoŝoj kaj la ĉapelo en la nuko, li foreste rigardis el la distanco de kvin paŝoj al sia filino, kiu prizorgis la hundojn inter du kripliĝintaj arbetoj, kiuj jam havis tute flavan foliaron.

Ĉu vere li ne tamen povos elmastrumi el ŝi la grandan negocon, eviti la grandan ruinon? Se nur li rehavos ŝin libera por tiu Coax! Per neniu alia maniero ol ligita per la plej firmaj familiaj ligiloj, tiu dekadenca, krima, malpura fimakleristo prenos lin en la negocon. Nur lia abomeninda volupteco eble povos delogi lin al tio. Eble!

Kaj tiu Macheath preferis iri en la malliberejon kaj preni sur sin malbonan proceson, ol fordoni sian predon.

Li turmentis al si la kapon, kiel li povus instigi lin al eksedziĝo.

Se ekzemple li mem irus kaj dirus al li:

‚Ĉu vi scias, ke vi faris vian rabon kontraŭ malriĉa viro? Eble vi pensas: Malriĉa viro, des pli bone! Pri li oni povas fari, kion oni volas. Sed tio estas eraro, sinjoro! Ne subtaksu la potencon de la malriĉuloj! Vi eble ne scias, ke en nia ŝtato ili ĝuas la samajn rajtojn kiel la riĉuloj! Ke la malpli forta devas esti protektata pro tio, ke aliokaze li trafas sub la radojn? Do konsideru: Li ne havas ion alian ol tiujn samajn rajtojn!‘

Dum horoj li projektis paroladojn de tia speco. Sed li ne trovis ion devigan. Li komprenis, ke ekzistas nenio, absolute nenio, kio povas instigi iomete prudentan homon fordoni ion, kion li havas, krom fakta perforto.

Dum la tuta antaŭtagmezo Peachum luktis kun si. Poste el turmento kaj malforto penege estiĝis en li la penso fari la ekstreman, proponi *monon* al la bofilo.

Malgranda, mucida sinjoro, advokataĉo el la oriento, aperis en lia nomo ĉe Macheath.

Jam en la dua de siaj frazoj li bruske parolis pri la eblo de monpago por la okazo, ke sinjoro Macheath konsentos pri eksedziĝo.

„Kiom da mono?“ Macheath demandis, nekredeme ridedante.

La advokato murmuris ion pri kelkcentoj da pundoj. „Diru al mia bopatro“, sinjoro Macheath deklaris, rigardante lin kvazaŭ interesan reptilion, „ke la patro de mia edzino vere troviĝas tro alta en mia estimo, ol ke mi povus serioze kredi lin kapabla al tia propono. Mi ne povas supozi, ke mia bopatro kredas, ke lia filino donas sian koron al viro, kiu estus preta forvendi ĝin por kvincent pundoj.“ Konfuzite la advokato kliniĝis kaj foriris.

Kelkajn tagojn poste sinjoro Macheath vidis sin en situacio, en kiu li renkontus tiaspecajn proponojn kun pli multe da respekto, kondiĉe ke ili estus duobligeblaj.

Sed la malgranda, mucida sinjoro ne revenis. Malofte okazas en la vivo, ke tiaj proponoj estas ripetataj.

LA PENSO ESTAS LIBERA

Macheath loĝis en ĉelo, kiu situis en cetere neloĝata parto de la konstruaĵo. Antaŭe ĝi servis kiel malsanulĉambro por pluraj personoj kaj estis alta kaj spacohava. Krome ĝi estis sufiĉe hela, ĉar ĝi havis du verajn fenestrojn.

Brown estis enportiginta dikan, ruĝan tapiŝon. Sur la muro pendis eĉ bildo de la reĝino Viktoria. Krome Macheath rajtis aboni gazetojn, sed li ne ŝatis legi ilin; ili estis plenaj de sentimentalaĉaj priskriboj de Mary Swayer, kiu ree kaj ree estis prezentata al la legantoj kiel tre beleta. Eĉ pli malutilaj estis la raportaĵoj pri la butiko kaj la mizera loĝejo, en kiu ŝi pasigis sian lastan jarduonon.

Pri li mem nur en la neseriozaj gazetoj io estis skribita, rektaj kulpigoj estis evitataj. Dominis obskuraj aludoj.

Librojn Macheath povus havi, kiom ajn li volus, krom la pornografiaj. Tiujn ĉi oni ne toleris pro tio, ke la malliberula kleriko venadis de tempo al tempo. Sed la biblio estis liverita.

Vizitantoj malabundis, sed ne pro tio, ke la mallibereja administracio malebligus ilin. O'Hara havis profundan malinklinon, montri sin en tiu ĉi domo. Li malamis renkonti konatojn. Poste li pasigos eĉ jarojn en simila domo. Ankaŭ Fanny Crysler vidigis sin malofte.

Koncerne la agadon de la bando kaj la cirkonstancojn en la M-butikoj Macheath dependis de la raportoj de Polly. Ŝi laboris kune kun O'Hara, nome plej ofte posttagmeze en la laborĉambro de Mac en Nunhead. La aresto vere montriĝis peza kateno.

Plej granda aflikto de Macheath estis, ke Aaron ne donis sciigojn. Finfine li estis lia kompaniano. Li rompis al si la kapon, pro kio la granda Aaron povus esti kontraŭ li. La nura fakto de la esplora aresto ne povis esti la kaŭzo. En la negoca vivo okazis pli malbonaj aferoj.

Iom post iom li konsciis, ke flanke de Aaron kaj la du Opper li devas atendi grandajn malfacilaĵojn. La proceso, kiun lia bopatro havigis al li, eble signifos la finon de liaj negocaj rilatoj kun ili. Se li devus malkovri sian alibion, tiam li starus antaŭ siaj kompanianoj nuda kiel la ĉefa manipulanto de la „neŭtrala" CAS!

Dum la silentaj noktoj en sia ĉelo li cerbumadis pri novaj vojoj. Pli kaj pli liaj pensoj ariĝis ĉirkaŭ Chreston. Ĉu li ne povus ekhavi Chreston en sia mano aŭ almenaŭ alianciĝi kun li?

‚Mia kompaniano Aaron', li pensis, ‚ne opinias peninde viziti min, kiam mi tiom trasuferas. Mi rigardis lin mia amiko – kelkaj malgrandaj malakordoj inter ni certe klariĝus post kelka tempo –, kaj Chreston estis mia malamiko. Sed estas malnova saĝaĵo, ke en la okazo, kiam la amikeco malvarmiĝas, oni devas *ĝustatempe* ekbati por esti la unua. Dum la batalo oni neniam rigide insistu pri tio, kiu estas la aliancano kaj kiu la kontraŭulo. Tio estas fatala, kiel ĉiu antaŭprenita opinio. Eble mia vera, nature donita aliancano estas Chreston kaj mia malamiko Aaron? Tio povas evidentiĝi, por tiel diri, ĉiumomente en la paso de la negocoj! Kompreneble estas terure, se oni ĉiam vidas sin starigita antaŭ decidojn de tia graveco!'

Kun amareco li pensis pri tio, ke nur la manko de la doto de Polly pelis lin sur la vojon, kiun li tiam iris kun tiom da zorgoj.

En liaj pensoj li rigardis imagan Polly en la angulo de la ĉelo. Ĉu ne tamen li povos eligi el ŝi la grandan negocon?

Malrapide nova plano komencis formiĝi en li.

Kelkfoje Polly akompanis lin, kiam li veturis al la esplora juĝisto.

„Plej malbone estas“, li diris al ŝi dum tia veturado, dum ili skue-puŝe laŭveturis la nebulajn stratojn per ŝanceliĝa duĉevala veturilo, kun du policanoj en la apuda kupeo, „ke O'Hara ne plu ĝuste funkcias. Malgraŭ eksplicita ordono li ne malplenigas la magazenojn. Ĉu vi scias, kion li intencas?“

„Ne“, ŝi diris, iomete ektimante.

„Ĉu vi ne povus elesplori lin?“ li demandis, serĉante ŝian vizaĝon en la brilo de la kelkfoje enfalantaj lumstrioj. Denove li ekmemoris tiun alian veturadon kun ŝi. La penso estis al li malagrabla, ĉar li pensis pri O'Hara. Krome estis al li malagrable, ke ŝi simple ne respondis sian demandon.

Macheath havis siajn dubojn pri ŝia fidelo. Ree kaj ree li nur diris al si:

‚Ŝi nepre estas fidela, jam pro tio, ke ŝi estas graveda. Ion tian ŝi ne farus. Estus tro aĉe kaj antaŭ ĉio malprudente. Mi ja certe eltrovos tion, kaj kion ŝi povus tiam fari? Do, ankaŭ pro prudento ŝi ne faros tion. Ŝi scias, ke mi frakasus, jes, frakasus ŝin, se okazus la plej minimuma afero. Mi ne hezitus nomi ŝin putino. Ho, mi dirus, mi sidas ĉi tie; kaj vi povas atendi eĉ ne tri semajnojn? Vi estas putino, nenio alia! Ŝi devus kolapsi. Ne diru tion, ŝi ploraĉus, ja ne eblas, ke mi estas tia. Putino vi estas, mi dirus. Infano sub la koro kaj kun ĝi malĉasti? Jen la lasta! Tiaĵon farus eĉ ne havena putino! Min ja skuas la fizika naŭzo, se mi pensas pri vi. Ĉion ĉi ŝi devus lasi al si diri. Tiaĵon riskas neniu virino. Ja estas vere: mi ja fakte kaj tute serioze ne povus toleri, ke ŝi rilatu al aliaj uloj. Kiel virino, ŝi ja estas kvazaŭ vakso en la mano de viro. Tia faro ja estas profunda impreso en la tuta psiko. Post tiaĵo ŝi estus absolute neuzebla por mi. Iu aĉulo povus postuli de ŝi ĉion. Ŝi ne hezitus translasi min al trančilo. Kaj por mi ja estas tute necese, ke mi povu fidi ŝin, ĝuste nun. Estas ja bone, ke mi gravedigis ŝin. Do, ŝi ne povas ĉirkaŭvagadi, kiel ŝi volas. Ŝi simple ne povas. Ŝi bezonas min korpe. Dum tia stato la virino

ne lasas al si alian viron, se jam nur pro la biologiaj kaŭzoj. La biologiaj kaŭzoj estas ĉiam la plej bonaj!'

Efektive ŝi estis tre mola al li dum tiuj semajnoj kaj ne plu parolis pri Fanny Crysler kaj la sveda vojaĝo. Pere de Father li ĉiam kontroligis ŝin kaj kontraŭbatalis ĉiujn turmentajn pensojn, ke tiu povus koluzii kun O'Hara, kiun li ĉefe suspektis, ĉar li bezonis Polly kaj O'Hara. Ĉar nun la fina batalo komenciĝis. Kaj li devis fari siajn ĉefajn batojn el la malliberejo.

Li estis en mizera situacio, sendube. Estis al li tute klare, ke li devas elimini ĉion privatan, ĝis liaj negocoj estos ordigitaj.

Li devis uzi Polly por separi la Nacian Deponan Bankon disde la Chreston-konzerno. Mallonge antaŭ la malliberejo li rapide klarigis al ŝi, kion ŝi devos fari.

Ŝi devos iri en la Nacian Deponan Bankon al Miller, transdoni saluton de sia patro, poste iomete sin ĝeni, kvazaŭ ŝi ne kuraĝus paroli, poste ekplori kaj demandi la maljunulon, kion ŝi faru: En la plej proksima tempo ŝia edzo volas depreni de la banko la konton de ŝia patro, ŝian doton, kaj tute investi ĝin en sian etbutikan negocon. Jam la sekvantajn tagojn ŝia patro vizitos la bankon. Probable oni konsilos al ŝi simple petegi sian patron ne fordoni la doton. Al tio ŝi devos respondi, ke ŝia patro estas tute kaj troe ŝatanta ŝian edzon, kaj plorante foriri.

Ŝi tuj konsentis, tiel ke li, iomete kortuŝita, eĉ diris la motivon por tiu dispono.

Li klarigis al ŝi, ke tiuokaze la banko supozeble tuj kontaktiĝos kun li. Tiam li povos postuli, ke ĝi iom retiriĝu de Chreston. Tiamaniere poste Chreston supozeble venos al li. Tiu ĉi certe jam estis sen tio tute malforta pro la akra konkurencbatalo.

La maniero, per kiu Mac parolis kun ŝi pri siaj negocoj, faris profundan impreson ĉe Polly.

Klare ŝi ekkonis, ke li estas konstruanta la ekzistadon por ili du.

,*Mi ne estas bona edzino al li*', ŝi pensis. ,*Li luktas por mi, kaj mi amoradas. Ja vere okazas nur supraĵe kaj ne havas rilaton al miaj pli profundaj sentoj, ke de tempo al tempo mi dor-*

mas kun aliaj viroj, ĉar mi ne povas elteni, se oni kisas min sur la manon; mi ja forprenas de li nenion, ĉar li poste trovas min same ĉarma; krome estas agrable, precipe kun O'Hara, kaj estas nenies afero. Sed tamen ne estas ĝuste, kaj post iom da tempo oni vidos sur mi, ke mi estas tia, ĉar tiam estiĝos tiaj akraj faltoj.'

Emociite ŝi foriris kaj prenis de si mem la promeson tuj ĉesigi la rilatojn al O'Hara, al kiu ŝi ja nur havis voluptajn ligilojn, des pli, ĉar li fakte parolis malbone pri Mac dum la lasta tempo kaj faris aludojn pri planoj memstariĝi.

Tion ŝi diris al li la saman vesperon en restoracio, en kiu ili kutime renkontiĝis. Li ridis kaj proponis plenumi la negocajn aferojn en sia loĝejo; ŝi ree devis subskribi kelkajn maldungojn.

„Bone", li diris, „ni ĉesigu la aferon. Vi estas tute libera en viaj decidoj. Neniu povas devigi vin al io, kion vi ne volas. Mi estas la lasta, kiu devigas virinon al amo, de tiaĵo mi nenion atendas. Se aperas eĉ nur malgrandaĵo, kiu parolas kontraŭ ĝi, oni plej bone tuj ĉesigu ĝin. Sed tamen vi ja povas veni kun mi kaj plenumi la necesajn laborojn. Kiel tio koncernas niajn rilatojn? Ĉu du plenkreskintaj homoj ne povas esti en ejo, ne ĵetiĝante unu sur la alian? Psikaj kaj etikaj kaŭzoj kontraŭparolas, ke ni interseksumu, do ni ne interseksumas. Tio estas tute simpla. Ĉu eble pravu tiuj filistroj kun sia trista malfido kaj sia malpura suspekto? Ni estas du liberaj homoj."

Li scipovis bone paroli kaj estis vizitinta gimnazion. Ŝi iris kun li, kaj ili finis la laboron. Poste ili dormis kune, ĉar ja psikaj kaj etikaj kaŭzoj parolis kontraŭ, sed seksaj kaŭzoj por tio. Tamen tio estis ilia lasta seksumado por longa tempo.

La sekvan matenon la persiko iris al Miller en la Nacian Deponan Bankon.

Ŝi aspektis freŝe kaj ripozinte kaj troviĝis en plej bona stato. Post la pekado ŝi neniam sentis skrupulojn, sed ĉiam nur antaŭe.

Miller akceptis ŝin en sia privatkontoro. Ŝi transdonis saluton de sia patro, iomete sin ĝenis, kvazaŭ ŝi ne kuraĝus paroli, poste ekploris kaj diris ĉion, kion Mac enigis en ŝin.

„Mac“, ŝi plorsingultis, „estas tiel ambicia. Li volas ĉiam esti la unua. Kaj jen li kompreneble bezonas monon kaj ree monon. Li subtenas tiom da homoj. Tiun Mary Swayer li ankaŭ subtenis. Estis nur fiago de ŝi, ke ŝi kalumniis lin tiel. Mi ja ne povas reteni lian brakon, se li etendas ĝin al mia doto; li estas tiel malavara.“

Miller pli ektimis, ol ŝi atendis. La vizaĝo de la maljunulo tute griziĝis, kiam li aŭdis, ke la konto de Peachum estos repostulata. Li balbutis ion pri Hawthorne kaj iris en la apudan ĉambron. Post kvaronhoro ŝi foriris, ĉar li ne revenis.

Jam la posttagmezon la unu kaj duona jarcentoj sidis en la ĉelo de Mac. Tiu surhavis sian kutiman kostumon, alportigis por ili seĝojn kaj proponis al ili cigarojn.

La ĉelo ne estis malbona intertraktejo. La ruĝa tapiŝo ja vere ne plu kuŝis tie. Iu gazeto raportis pri la komforto, kiun pograndistoj ĝuas en malliberejoj. Post tio du policanoj kunvolvis kaj forportis la tapiŝon. Sed la bildo de la reĝino ankoraŭ estis tie.

Brown restis tiel kompleza kiel eblis. Li ĉiam ricevis akurate sian provizion de Macheath kaj estis denaske dankema. Li ne estis politikisto: li kutimis plenumi interkonsentojn.

„Oni povas esti libera eĉ malantaŭ karcermuroj“, Macheath pro tio diris al Hawthorne, kontente ĉirkaŭrigardante. „Libero estas io spirita. Kiu havas ĝin, de tiu ĝi neniam povas esti forprenata. Kiel do kantas la poeto? Libera spite katenojn! Estas homoj, kiuj ne estas liberaj ekstere de la malliberejoj. Oni povas kateni la korpon, sed ne la spiriton. La penso estas libera!“

„Sinjoroj“, Macheath fine komencis la intertraktadon, irante tien kaj reen en la ĉelo. „Vi vidas min surprizita per via vizito. La hazardoj de la vivo, ties eterna supren-malsupren-irado disigis nin antaŭ nelonge. Ni disiĝis kiel kunuloj, kiuj diras unu al la alia: Ĝis ĉi tie ni migris kune, ĉi tie niaj vojoj diverĝas. Ni ne funebru. Ni gaje adiaŭu. Vi iris, kiel mi aŭdis, al Chreston, mi turniĝis al Aaron. Ĉiu el ni dediĉis sin al siaj negocoj, kiuj konsistis en tio, fari al la publiko pli kaj pli dankindajn servojn. Ĉu mi pravas?“

Miller tusetis, kaj Hawthorne, aspektante kaduke, ekprenis la fadenon.

„Sinjoro Macheath", li diris mallaŭte, „via koncepto pri la eventoj honoras vin. Kelkiu tiam povus miskompreni nin, kiam post funda konsidero ni decidis nin por Chreston. La Nacia Depona Banko apartenas al infano. Ni estas ties kuratoroj kaj ne povas sekvi la voĉon de niaj simpatioj kiel aliaj, pli memstaraj homoj. Ni aŭdas, ke vi volas depreni certajn sumojn, kiujn via bopatro konfidis al nia instituto?"

„Tute ĝuste", Macheath respondis, „mi bezonas tiun monon, por realigi certajn negocajn operaciojn, kiujn la konkurencbatalo trudas al miaj butikoj." Hawthorne kaj Miller rigardis unu la alian.

„Ĉu estas la Chreston-konzerno, kiu igas tiajn operaciojn via devo?" Hawthorne demandis preskaŭ murmurante.

„Eble", diris Macheath.

„Sed tion ni tre bedaŭras", diris Hawthorne, kaj Miller kapjesis.

„Mi kredas tion al vi", Macheath koncedis.

Hawthorne estis iom frapita.

„De pli alta vidpunkto, sinjoro Macheath", li diris, „estas preskaŭ nature, ke la pli kapablaj entreprenoj formanĝas la malpli fortajn. Tiel estas ankaŭ en la naturo. Mi ne bezonas diri tion al vi."

„Ne", diris Macheath.

„Kiam antaŭ kelke da tempo vi ree kontaktiĝis kun ni, ni opiniis la momenton veninta, en kiu ni povis proponi al vi nian helpon."

Macheath ĝojis.

„Mi scias. Vi duobligis viajn streĉojn. Rapide vi enmetis en Chreston ĉiun monon, kiu disponeblis kaj eĉ – kiu ne disponeblis."

Macheath haltis. La lastan frazon li tute leĝere eligis, ne pripensinte. Envere li nun atendis proteston, kaj subite li vidis je sia miro, ke tiu protesto ne venis.

Unu rigardo al la unu kaj duona jarcentoj, kaj li sciis ĉion. Ili estis prenintaj la deponitan monon!

En la parolo de Macheath apenaŭ estis hezito, kiam li gaje daŭrigis:

„Por tiel diri, vi vendis vian lastan ĉemizon kaj bedaŭrinde eĉ tiun de aliaj homoj; ĉu ne?"

Hawthorne jam mallevis la kapon. Miller blinde rigardis supren al la luko de la ĉelo.

„Kion vi postulas?" Hawthorne raŭke eligis. „Ĉion", Macheath diris plezure. „Preskaŭ ĉion; do ne multe. Mi devas rigardi la aferon de iom malalta vidpunkto. Atendu, ni vidu, kio rezultiĝos el tio!"

Zorge li elektis unu el la dikaj, grandaj importcigaroj el la kesto, formordis la pinton, trablovis, rulis la manipuleblan, dikan aĵon inter la dikaj lipoj kaj ekbruligis ĝin. Estis bona, benita momento de lia vivo, kiu kompensis multajn malpli bonajn. Blua nubo de fumo eliĝis el lia buŝo.

„Atendu", li diris, „vi defraŭdis la monon de mia bopatro. Vi, havante cent kvindek jarojn, rompoŝtelis en la trezoro. Per tiu mono poste Chreston eltenis vendaĉi siajn varojn sub la prezo. Tio celis ruinigi Aaron kaj miajn M-butikojn. Do, unue rabo, kaj poste murdo. Sur la ŝoseo okazas inverse. Tie unue oni murdas. Ja vere, se ni bankrotus, vi formanĝus nin! Fi! Vere, Hawthorne, tio estas tro da naturo!"

„Kion vi postulas? " Hawthorne ripetis kaj rigardis nun per bluaj, sentimaj okuloj supren al sia kontraŭulo.

Jen la unuaj honestaj homoj, Macheath pensis, kiujn mi iam vidis. La ununuraj.

„Vidu", li diris malrapide, „mi ja povus postuli multon, sed mi decidis prezenti multon. Jen mi. Mi ne neniigos, sed subtenos vin. Tiucele estos plej bone, ke mi aliĝu al via banko, ni diru, kiel aganta direktoro, kaj eĉ antaŭe ni faros jenon: ni unue retiriĝos de Chreston, ĉar li, rigardate de pli alta vidpunkto, estas la nature malpli forta. La sensenca kaj malmorala forvendaĉado de la pene akirita havaĵo ĉesos. Nian monon ni repostulos, tiel ke li ĝuste sentos sian malforton. Probable li poste eksopiros al forta gvidado. Ĉu tio estas propono?"

Miller jam ekstaris, Hawthorne rigardis lin de malsupre. Miller ĵetis al li mallongan kaj mirigitan rigardon, sed li restis sidanta kiel antaŭe. Tio ŝanĝis multon por Miller. Li komencis maljuniĝi. Lia dorso kurbiĝis, liaj dentoj elfalis, lia hararo maldensiĝis, lia saĝeco pliiĝis.

„Estas por la firmo“, li murmuris, „se mi rezignas.“

„Tiel estas“, diris Macheath.

La unu kaj duona jarcentoj malgaje foriris. Ili antaŭe promesis prepari la dokumentojn, kiujn oni bezonos por la eniĝo de la pograndisto Macheath en la Nacian Deponan Bankon. Krome ili volis revoki de Chreston la kreditojn.

Kelkajn tagojn Macheath atendis Chreston, kiu nepre devus veni, ĉar li ne povus realigi sian tuj okazontan reklamsemajnon sen subteno de sia banko. Post la akriĝinta konkurencbatalo de la lastaj semajnoj liaj stokoj certe estis elĉerpitaj.

Sed Chreston ne montriĝis ĉe Macheath.

Anstataŭe en CAS okazis obskuraj kaj ne travideblaj aferoj.

Nur malmultaj kaj neprecizaj raportoj venis de la Malsupra Blacksmith-placo en la esploran malliberejon. O'Hara ankoraŭ ne montris sin. La ordonoj de Macheath ŝajne estis tute ne atentataj.

Eĉ Polly ne povis diri al li ion pli precizan. Ree kaj ree ŝi iris tien, sed ree kaj ree oni atendigis ŝin. O'Hara asertis, ke li inventaras, Nur, li neniam finis tiun laboron.

Kiam Polly, nun mem vere maltrankviligita, refoje venis tien, ŝi vidis, kiel oni estis fortransportanta kestojn kun varoj per veturiloj; la ĉevalaĉoj preskaŭ surveturis ŝin en la malhela, mallarĝa elirejo. O'Hara ne ĉeestis, kaj Grooch estis tre embarasita. Li ne povis diri, kien la kestoj iras.

Polly hejmeniris ekscitita. Jam delonge ŝi tute diskverelis kun O'Hara, ĉar ŝi ne povis toleri, ke li malutilas al la interesoj de Mac. La sekvan tagon ŝi ekinsultis pri O'Hara ĉe sia edzo kaj kriis, ke li estas malhonesta, ŝtelas la varojn por vendi ilin kaŝe kaj eĉ jam provis eligi de ŝi la ŝlosilojn por la rompoŝteliloj, ŝajne li volas proprariske plulabori kun parto de la knaboj.

Macheath trankviligis ŝin. Li petis ŝin iri al Miller.

Ŝi sentis sin tre flatata, ke li tiamaniere entiris ŝin en siajn negocojn. Ŝi venis en la bankon, kvazaŭ ŝi nur farus malgrandan deflankiĝon de promeno, kaj dum Miller faris sian raporton, ŝi sencele iris tien kaj reen en la ĉambro, tenante la manojn kun la retikulo sur la dorso, kaj rigardis la ŝtalgravuraĵojn sur la muroj.

Ŝi eksciis, ke Chreston komence tre ektimis pro la retiro de la kredito, sed nun li esperas, ke li povas sin helpi sen pliaj kreditoj. Antaŭ nelonge li ricevis ne malgrandajn kvantojn da varoj je mirige malaltaj prezoj kaj atendas konsiderindan negocon dum sia reklamsemajno.

Al Macheath tiu sciigo ne plaĉis.

Komisie de li, Polly postulis ĉe la dua vizito en la banko, ke Miller inspektu persone tiujn malmultekostajn stokojn, antaŭ ol plilongigi la kambiojn.

Dum tiu inspektado Miller estis akompanata de Fanny Crysler, ĉar Macheath decidis, ke ŝi denove partoprenu pli intime liajn negocojn. Ŝi konstatis, ke la novaj kvantoj je mirige malaltaj prezoj, per kiuj Chreston estis realigonta sian reklamsemajnon, devenis el la stokoj de la Malsupra Blacksmith-placo.

Kiam ŝi sidis vivalvide al Macheath en ties ĉelo, ŝi apenaŭ kuraĝis diri al li tion. Ŝi tiel longe parolis pri aliaj aferoj, ĝis li alkriis ŝin. Li komprenis ĉion, antaŭ ol ŝi finparolis la unuan frazon.

O'Hara trovis profitodonan vojon malplenigi la magazenojn. Li plenŝtopis per la varoj la konkuranton.

Macheath ekfuriozis.

„Tio estas perfido la vesperon antaŭ la batalo!" li kriis. „Kaj tio okazas, dum mi sidas ĉi tie, katenita je la manoj kaj piedoj! Kaj kial mi sidas ĉi tie? Kial mi toleras tiun malpuran suspekton? Unu vorto de mi, kaj mi povus elpromeni de ĉi tie libera. Kial mi ne diras ĝin? Tial, ke mi sentas en mi devigon trabatali tiun negocon kaj ne transdoni la flagon al la malamiko! Tial, ke mi pensas pri la ekzistoj, kiuj estus neniigitaj, se mi parolus! Tial, ke mi diras: Fidelo al fidelo! Kaj jen kiel oni min traktas! Kion mi nun diru al la simpla homo de la M-butikoj, se li demandos min, kien mi kondukas lin? Li staras en duone malplenaj truoj, por kiuj la luprezo estas pagenda, sen varoj, sur la montrofenestroj ankoraŭ la anonco pri malmultekostoj disvendadoj, malantaŭ si malsatanta familio, sen kruda materialo en la manoj! Tamen li staras rekte, senlace en la batalo, plena de espero, fidanta min, entuziasma por la granda, komuna ideo! Kaj tia fiulo atakas nin de post la dorso! Mi faros el li farĉaĵon!"

Li trakuris multajn kilometrojn en sia ĉelo. Sed la sekvan matenon li tamen entreprenis nenion kontraŭ O'Hara.

„Estas lia malnova nedecidemo", diris Fanny al Grooch. „Malbone, ke li estas tia sentimentalulo. Se li estas home seniluziigita, li ne kapablas ian klaran opiniesprimon dum semajnoj. Li tute donas sin al sia melankolio. Nur poste li malrapide rektiĝas helpe de sia ideo."

„Ĉu li havas entute ideon?" Grooch demandis dube. „Mi volas diri, realajn planojn, ne nur subitajn ideojn! Kelkfoje mi timas, ke li simple fiaskos, se foje li ne ekhavos nekutimajn ideojn."

„Oni devas fidi je li", Fanny diris trankvile.

La transportoj el la Ride-strateto daŭris plu. Macheath faris nenion por ĉesigi ilin.

Anstataŭe li okazigis interkonsiliĝon kun la du advokatoj en la administra konsilio de CAS kaj Fanny kaj insistis pri la energia plenumo de la decidoj el la 20-a de septembro, laŭ kiuj la ŝuldoj de la M-butikoj estis tuj enkasigendaj. Ŝajne li elpensis novan planon.

Li klopodis ekhavi en la mano tiom da kontanta mono, kiom eblis. Fanny Crysler helpis lin en tio en la kontoro de CAS. Ŝi havis socialajn inklinojn, kaj la transformo de la M-butika organizaĵo en rubujon tute ne plaĉis al ŝi. Sed ŝi sciis, ke nun temas pri estado aŭ neestado. El la malgrandaj butikistoj ŝi elpremis, kiom ajn ŝi povis. Nur tre malfrue ŝi rimarkis, kion ŝi faras per tio.

Iun vesperon, laca de la kontorlaboro en CAS, ŝi venis por momento en sian antikvaĵbutikon. Kvankam jam estis post la vendohoroj, ŝi vidis la butikon hele lumigita. En la butiko staris kelkaj sinjoroj, inter ili la advokato Rigger. Ŝia anstataŭantino estis prezentanta la librojn.

Rigger seke sciigis ŝin, ke sinjoro Macheath deziras vendi la butikon. Li ŝajnis tre mirigita, ke ŝi ne estas informita pri tio. Ŝi ekhavis plorkramfon.

Efektive Macheath estis forgesinta informi ŝin pri tio. Li estis tiel certa pri ŝi, ke li ne hezitus incidente diri al ŝi, ke li nun bezonas la monon investitan en la vendejon. Estis unu el liaj plej riĉaj rezervoj. Bedaŭrinde, li menciis eĉ ne unu vorton pri la afero posttagmeze, kiam ŝi estis ĉe li.

Tute konsternita ŝi iris hejmen.

Kiam ŝi ne venis dum kelkaj tagoj, eĉ ne post peto, Macheath skribis al ŝi malĝentilan leteron. Li povis komprenble imagi, pri kio ŝi ĉagreniĝas, sed eĉ nun li ne petis pardonon. Li havis aliajn zorgojn. Estis tute bone, se tiaokaze ŝi rimarkis, ke ŝi estas nur *dungitino.*

Macheath komencis disvolvi grandskalan agadon, kvankam lia aresto denove estis pliseverigita. Kelkajn tagojn ĉe li anoncis sin ĉiuspecaj homoj, kiuj, ricevinte la vizitpermeson, ne uzis ĝin kaj reiris el la atendejo. En la „Spegulo" poste estis sensacie skribite, kiom da homoj ricevis la vizitpermeson. Do, Brown devis limigi la vizitojn. Tiamaniere sinjoro Peachum de tempo al tempo donis sian vivosignon.

Sed la negocaj operacioj de Macheath ne toleris barojn.

Li ekhavis dentodolorojn kaj Brown permesis al li konsulti dentkuraciston. La kuraca ĉambro havis du enirejojn. Dum la policanoj gardostaris en la koridoro kaj en la atendejo, Macheath akceptis ne malmulte da homoj, kun kiuj li devis nepre paroli.

Sidante sur la operacia seĝo, kun tuko pendanta ĉirkaŭ la kolo, por la okazo, se policano envenos, li intertraktis kun multaj rikanantaj virinoj kaj knabinoj.

Polly estis ankaŭ kuracata. Ŝi sidis ĉe la skribotablo de la dentkuracisto, kiu dume matenmanĝis. En libreto ŝi skribis la nomojn de la vizitantinoj kaj la sumon, kiun Macheath asignis al ili. Ŝi prenis la monon el malgranda saketo, kiun ŝi kunportis. Estis la enkasigitaĵo el la M-butikoj. Kelkaj ekzekuciistoj partoprenis la enkasigon.

La virinoj subskribis al ŝi malgrandan kvitancon, antaŭ ol ili foriris. Ili ridis ĉiuj, ankaŭ Polly ridis. La afero estis tre gaja.

En la „Segulo" poste ja aperis fraplinio: LA ŜARKOJ DE LA URBOCENTRO RIPARIGAS SIAJN DENTOJN Sed tiam ĉio jam estis finita, kio estis finenda.

Macheath estis tre bonhumora.

Li venigis Grooch de la Malsupra Blacksmith-placo kaj esplore demandis lin ĉe cigaro – cetere same ĉe la dentkuracisto –, kiom de la CAS-homoj laŭ lia takso jam tediĝis de sia profesio. Li intencas doni al ili ŝancon.

Li bezonas ankoraŭ tiom kaj tiom da homoj, laŭeble ankaŭ virinojn inter ili, kiuj je difinita tago aĉetos por li ĉiuspecajn aĵojn. Detalojn ili ankoraŭ ekscios. Kiu montriĝos taŭga, povas kalkuli je M-butiko sub precipe favoraj kondiĉoj. Dum la venonta tempo CAS apenaŭ donos komisiojn aŭ prenos artiklojn de ne tute honesta deveno. En la butikoj, por kiuj granda prospero estas venonta, ili povos komenci novan vivon, li ĝojos, ke tiamaniere li povas konduki kelkajn kapablajn homojn (aliaj ne interesas lin) al sociale valora agado.

Poste li faris al la ekaŭskultanta, perpleksa Grooch parolon:

„*Grooch*“, li diris, „*vi estas malnova rompoŝtelisto. Via profesio estas rompoŝtelado. Mi ne intencas diri, ke laŭ sia interna naturo ĝi estas malnoviĝinta. Tio estus tro multe dirita. Nur laŭ la formo, Grooch, ĝi postrestis. Vi estas malgranda metiisto, jen ĉio direnda. Estas pereanta profesio, tion vi certe ne kontestas. Kio estas dirko kompare al akcio? Kio estas rompoŝtelo en Banko kompare al fondo de banko? Kio, kara Grooch, estas murdo kontraŭ iu viro kompare al dungo de viro? Vidu, nur antaŭ kelkaj jaroj ni ŝtelis tutan straton; ĝi konsistis il lignokuboj, kiujn ni ŝpate deigis, surveturiligis kaj fortransportis. Ni kredis esti farintaj veran miraklon. Envere ni faris nenecesan laboron kaj endanĝerigis nin. Baldaŭ poste mi aŭdis, ke nur necesas kiel magistratano iomete zorgi pri la disdivido de la komisioj. Tiam oni ekhavos la komision pri tia strato kaj, ne riskante ion, havos gajnon sufiĉan por longa tempo. Alian fojon mi vendis domon, kiu ne apartenis al mi; ĝi estis hazarde neloĝata. Mi surpendis afiŝon: ‚Vendota, informiĝu ĉe XX.‘ Jen mi, infanaĵoj! Vera malmoralo, nome nenecesa prefero al neleĝaj vojoj kaj rimedoj! Oni ja nur bezonas konstrui per iu mono serion da kadukaj unufamiliaj domoj, vendi ilin laŭ partopaga sistemo kaj atendi, ĝis al la aĉetintoj ekmankos la mono! Tiam oni ja ankaŭ havas la domojn, kaj tion oni povas fari plurfoje. Kaj sen ke la polico povas interesiĝi! Nun prenu nian negocon: Ni rompoŝtelas dum nokto kaj nebulo kaj elprenas el la butikoj la varojn, kiujn ni volas vendi. Pro kio? Se la butikoj bankrotas pro tio, ke ili laboras tro multekoste, ni ja ankaŭ povas havi la varojn per simpla, laŭleĝa aĉeto por prezo, kiu estas eĉ pli malalta ol la kostoj de rompoŝtelo! Kaj tiaokaze ni same ŝtelis kiel ĉe rompoŝtelo, se tio gravas por vi; ĉar ĉiuj varoj, kiuj troviĝis en la bankrotintaj butikoj, ja estis ankaŭ forprenitaj de la homoj, kiuj faris ilin kaj al kiuj oni diris: Laborforto aŭ vivo! Oni devas laŭleĝe labori. Estas same bona sporto! Eĉ mi, kelkfoje, venante el Belgio, iris preter kelkaj sinjoroj kun molaj ĉapeloj laŭ la alteriĝa ponteto, kun lupusbandaĝo gluita transverse sur la nazo – nenio ja tiom ŝanĝas la fizionomion –, sed kio estas tio kompare al la ludo kun CAS? Infanaĵo! Hodiaŭ oni uzas pli pacajn metodojn. La kruda perforto eksmodiĝis. Kiel dirite, oni ne plu sendas murdistojn, se oni povas sendi ekzekuciiston. Ni devas konduti konstrue, ne detrue, tio estas, ni devas profitegi el la konstruo.*"

Per kunpremitaj okuloj li ekzamenis Grooch. Li esperis repacigi Fanny, se li denove partoprenigas lin.

„Mi konsideris", li daŭrigis, „likvidi la tutan aĉetsocieton kaj maldungi la homojn senescepte, eĉ vin. Sed eble tio lasta estas evitebla. Kaj koncerne la aliajn, kiom da ili povus, laŭ via opinio, havigi al si sufiĉe da kapitalo por povi akiri unu el la M-butikoj, kiuj ja nun fariĝos haveblaj en pli granda nombro? Faru por mi liston! Mi pensas, ke tiamaniere mi povos ankoraŭ eligi ion el la knaboj. Ja ne necesas tuj ĵeti ilin sur la straton. Cetere vi povas demandi Fanny, kiujn ŝi opinias fidindaj; ŝi ja havas koron por la knaboj. Komprenu, Grooch, mi volas kuŝigi min al la alia flanko. Mi venigis vin pro tio, ke vi estas lerta; estas ja homoj, kiuj ne komprenas la signojn de la tempo kaj super kiuj ruliĝos la rado de la historio."

Grooch pacience aŭskultis kaj videble klopodis kompreni la signojn de la tempo. Poste li krome murmuris ion pri O'Hara.

„Ĉu O'Hara?" Macheath diris bedaŭrante. „Lia kapo estas ĉiam plena de virinaj aferoj! Mi estas certa, ke liaj dokumentoj pri la deveno de la varoj ne estas tiel en ordo, kiel ili devus esti. Iun belan tagon la polico demandos lin pri ili, kaj kio tiam?“

Li atingis interkonsenton kun Grooch. Dum la sekvaj jaroj Grooch prizorgis la aĉetadon por la butikoj en la suda Londono kun singardo kaj honesteco.

LA REKLAMSEMAJNO DE CHRESTON

Je serena aŭtuna tago Chreston malfermis sian reklamsemajnon kun unuecaj prezoj.

Jam je la sepa matene, du horojn antaŭ la komenco, amaso da aĉetontoj kampadis antaŭ la feraj ŝirmkradoj de la unuopaj butikoj. Nenio pri ili vekis atenton, eble escepte de la relative granda nombro da viroj.

Por la inaŭguro aperis sinjoroj Hawthorne kaj Miller el la Nacia Depona Banko. Kune kun Chreston, maldika, elasta, alta viro, ili atendis en la kontoro de la ĉefvendejo. La maljunaj homoj estis altgrade nervozaj. Chreston konservis komplete la trankvilon. Liaj preparoj estis tre zorgaj. La dungitoj laboris ĝis en a malfrua nokto por efektivigi la aliaranĝon al kvar prezkategorioj. Akurate je la naŭa la pordoj malfermiĝis, kaj la publiko enpenetris.

Tuj dekomence en ĉiuj Chreston-vendejoj samtempe okazis ege strangaj kaj malagrablaj eventoj. La publiko kondutis nekutime.

Apenaŭ enlasite, ĝi komencis aĉeti kvazaŭ furioze. Neniu elektis. La aĉetado komenciĝis ĉe la plej proksimaj tabloj kaj transiris al la pli malproksimaj. La homoj, ne longe elektante, avide havigis al si grandajn kvantojn da samspecaj artikloj, enigis ilin en mansaketoj aŭ eĉ sakojn, pagis per relative grandaj monbiletoj kaj rapide foriris, por reveni jam post malmultaj minutoj.

Chreston tre baldaŭ rimarkis, kio okazas. Tiuj ne estis naturaj aĉetantoj, ne tiuj malfidemaj, elektemaj, malamikaj kunhomoj, kiuj longtempe elektadis, antaŭ ol ili kontraktis definitive. Senindulge ili uzis la kubutojn, brutale premis elektemajn aĉetantojn for de la tabloj kaj praktikis veran teroran reĝimon. La vendistoj, je tiu tago partoprenantaj la profiton laŭ la debito, kio estis novaĵo, ŝvitkovrite penis kontentigi la postulojn. La artikloj estis ŝiritaj el iliaj manoj kun malbenoj. Nur ĉe la kasoj tiu publiko estis akurata. Ĝi insistis pri stampitaj paperetoj kvitancantaj la artiklan prezon.

Chreston venigis policon. Ĝi venis kaj konvinkiĝis pri la ege vigla postulado de la publiko, eĉ konstatis la ĉeeston de vico da malbonfamaj elementoj al ĝi konataj, sed ne povis interveni surbaze de la faktaro. Oni ne povis reteni la publikon per gumbastonoj fari en butiko aĉetojn per kontanta mono.

Provizore Chreston, intertempe veturinte al siaj aliaj vendejoj kaj trovinte tie la saman bildon, fermis la pordojn por kelkaj horoj. Sed post kiam la raportistoj de la gazetoj intervjuis lin pro tio, li ree malfermis ilin.

Antaŭtagmeze kaj posttagmeze ĝis ĉirkaŭ vespero Polly kaj Grooch registris en malgranda restoracio la kvitancojn pri la aĉetitaj stokoj. Ili estis konsiderindaj.

La vesperon Chreston legis en la gazetoj, ke lia reklamsemajno estis furioza sukceso kaj ke la publiko elaĉetis la grandajn stokojn dum unu sola tago.

Efektive liaj ejoj aspektis kvazaŭ post sovaĝa batalo. Ŝajnis, ke grandega svarmo da iksodoj formanĝis ĉion ĝisradike. Li ne povis klarigi al si tiun ruzaĵon de la konkurenco.

Ĉirkaŭ vespero, dum la aĉetitaj artikloj ĉare kaj veturile ruliĝis al kelkaj el la magazenoj ĉe la Malsupra Blacksmithplaco, Macheath akceptis O'Hara ĉe si en la ĉelo.

„Mi ŝatas memstarecon kaj iniciativon“, li diris al O'Hara trankvile. „Estis bonega ideo de vi oferti la malfacile vendeblan aĉaĵon al Chreston. Neniam ni foriĝus de ĝi tiel, tute sen dokumentoj. Nun ni havas la dokumentojn. Mi nome reaĉetigis ĝin. Kie estas la mono?“

O'Hara estis surprizita. Li ne eligis multe da pretekstoj. Li ricevis de Chreston kambiojn. Tiujn li nun transdonis al Macheath. Dokumentojn pri la deveno de la varoj Chreston nek postulis nek ricevis.

O'Hara neniel provis klarigi la aferon pli profunde, ol la malgranda parolado de Macheath klarigis ĝin. Li dependis de Macheath, kaj tiu dependis de li. Hazarde Macheath ekparolis pri la afero, aliokaze O'Hara eble turnus la parolon al ĝi. Neniu povis pruvi la malon. Estus aĉe supozi ion alian. Vere, estus tre aĉe.

Post kiam O'Hara foriris – li ja restis ankoraŭ iom da tempo, sed silentante –, Macheath petis Brown veni al li.

Ili trinkis grogon kaj fumis. Macheath sidis kaŭre sur sia tabulkuŝejo kaj levis per la piedpinto la tapiŝon, kiun Brown denove enportigis. Li malfacile trovis komenciĝon. Poste li komencis de tre malproksime.

„Ĉu vi ankoraŭ memoras pri tio, kion vi diris al mi ĉi-somere, kiam ni parolis pri la iloj de Liverpool? Vi montris al mi vojon. De tiam mi pli kaj pli bone komprenis vin. Mi devas liberiĝi de la restoj de mia estinteco; pri tio mi pli kaj pli konscias. Se mi nokte kuŝas sendorme, mi pensas pri viaj vortoj kaj batalas kontraŭ mia malpli bona memo."

Li faris sentriĉan paŭzon. Brown aspektis iomete ektiminta.

„Ne forgesu, ke mi ankaŭ helpis al vi per kelka mono, kiun mi ankoraŭ ne rehavas", li diris maltrankvile.

„Mi volus", Macheath respondis, dolore tuŝite, „ke nun ni ne parolu pri la mono, Brown. Ĝi estas certa por vi, tiel vere, kiel mi nomiĝas Macheath."

„Kaj mi volus, ke vi lasu tiujn ŝercojn, Mac!" Brown ĉagreniĝis.

Macheath netuŝite daŭrigis:

„Mi memoras viajn tiamajn vortojn, kvazaŭ vi parolus ilin hieraŭ. Vi devas liberiĝi de tiu O'Hara, vi diris. Vi devas enveni en alian kompanion. Vi lasis al mi tempon por tio. Nu, mi estas preta."

Li alrigardis Brown severe kaj serioze.

„En mia aĉetsocieto okazis neregulaĵoj. La suspekto direktiĝas al mia dungito O'Hara. Vi konas lin."

„Ĉu oni trompis vin?"

„Ne, ne rekte. Sed la varoj, kiujn oni liveris al miaj klientoj kaj laste ankaŭ al la Aaron-konzerno, ŝajne estas de tre obskura deveno. Mankas tuta vico da dokumentoj. Mi devas esplorigi la aferon, alie Aaron faros esploron, kaj tiam ĝi direktiĝos kontraŭ mi. Ĉu vi komprenas?“

„Mi komprenas. Sed tiu O'Hara estas malbona aĉulo. Li apenaŭ lasos vin neĝenita per la afero.“

„Eble tamen“, Macheath diris reve, „eble tamen li lasos min ekstere de la ludo. Por kelkaj varoj li ja havas dokumentojn. Nur ne por ĉiuj. Kaj tiuj, kiujn li havas, estas konservitaj en CAS. Tie Fanny havas ilin sub sia dispono.“

„Do jen“, Brown murmuris.

„Jes“, Macheath diris kontente.

„Kaj kion mi faru en la afero?“ Brown demandis pli trankvile.

„Eble vi eltrovos ion plian pri li. Devus esti io, kion oni povas uzi aŭ lasi, laŭ tio, ĉu li montriĝas prudenta aŭ ne.“

„Tio kompreneble eblas“, diris Brown, „mi ankaŭ ne ŝatas perfidulojn.“

„Krome lia vivado estas tiel naŭza“, Macheath ankoraŭ aldonis. „Mi longtempe rigardis, kiel li malĉastadis kun virinoj. Ree kaj ree mi favore alkalkulis al li liajn meritojn. Neniam mi povis frekventi lian domon. Sed nun mia pacienco estas elĉerpita.“

Ili sidis ankoraŭ iomete kaj fumis.

Poste Brown foriris.

Malrapide Macheath enlitiĝis. Li havis zorgojn.

DEKDUA ĈAPITRO

Kíe dronís ĉevalido,
tie estis akvo.

Malnova proverbo

ĈU SINJORO MACHEATH KULPAS PRI LA MORTO DE MARY SWAYER?

La afero pri sinjorino Swayer pli kaj pli havigis kaprompon al Macheath.

Walley, la advokato de Peachum, estis kunvokinta kunvenon de la M-butikistoj. Ili kunsidis en la malantaúa ĉambro de kvararanga restoracio kaj kovis malfeliĉon.

La proceso malkovris al la publiko la cirkonstancojn en la M-butikoj. La dika Walley proponis fondi unuiĝon de damaĝon suferintaj etnegocistoj. Li raportis, ke la pograndisto suspektata pri la murdo loĝas en princa ejo de la esplora malliberejo kun persaj tapiŝoj.

Longa, ftiza ŝuisto atentigis pri la stranga „amikeco“ de la pograndisto kun la murditino kaj indigne postulis enketon pri la rilatoj inter labordonantoj kaj inaj dungitoj. Jen, li ekkriis, oni *misuzas* potencpoziciojn!

Kelkaj pli prudentaj homoj admonis al modero.

Maljuna virino proponis prokrasti ĉiujn finkalkulojn kun sinjoro Macheath ĝis la verdikto kaj provi transŝovi al li la lupagojn por oktobro. Ŝi trovis subtenon nur fare de ununura viro, kiu aprobis la disponon, ĉar ĝi „montrus al sinjoro Macheath, ke ni perdis la fidon je li“.

Sed la reprezentantoj de la pli prudenta direkto rapide ekhavis superecon. Oni alprenis la decidon lasi la ekonomiajn problemojn ekstere de la diskuto, ĉar ili, laŭdire, ne rilatas al la afero kaj nur estas malutilaj al la altaj, etikaj vidpunktoj de la ĉeestantoj.

La decido estis akceptita ĉiuvoĉe. Ankaŭ la maljuna virino konsentis.

La simplaj homoj tre ŝatas rigardi sian ruinon de sur alta starpunkto.

Oni sole kaj nure decidis protesti kontraŭ la senŝirmeco de la etnegocistoj kaj postuli senindulgan procedon kontraŭ la murdinto „senkonsidere, al kiu klaso li apartenas".

Tamen la efiko de tiu kunveno estis malfavora al Macheath. La publika opinio pli kaj pli turniĝis kontraŭ li.

La gazetoj publicis bildojn de la postlasitaj infanoj. Sur la fotoj oni vidis la montrofenestran surskribon: „Tiu ĉi butiko estas gvidata de soldatedzino".

La kulmino estis, ke Peachum starigis antaŭ kelke da M-butikoj almozulojn, malsate aspektantajn individuojn, kiuj portis afiŝojn ĉirkaŭ la kolo kun la surskriboj: „Se vi aĉetas ĉi tie, vi aĉetas en *mia* butiko". La butikistoj faris nenion kontraŭ ili, kaj la gazetoj fotis ankaŭ tion.

Per interspacigita presmaniero ili starigis la demandon: ĈU MACHEATH FORPRENIS DE MARY SWAYER LA VIVON?

Macheath siacive devis atingi la ĉesigon de la proceso, ne necesante malkaŝi sian alibion. Ĉio dependis de tio, ke oni povas kredebligi la sinmortigon de Mary Swayer.

Li jam venkis la unu kaj duonan jarcentojn kaj li posedis materialon kontraŭ Chreston. Sed la formalaĵoj por lia aniĝo al la banko postulis tempon, kaj la materialon kontraŭ Chreston li povis plene utiligi nur, kiam li apartenos al la direktoraro de la banko.

Sed malkaŝon de la alibio li povis eviti nur, se la sinmortigo de Mary Swayer povos esti kredebligita. Aliflanke tia sinmortigo ĵetus tre malhelan lumon sur la butikojn.

En la nokto antaŭ la esploro fare de la Granda Ĵurio Brown venis kaj deprimite informis Macheath, ke la stivistoj, kiuj vidis Mary *sola* ĉe la akvo nelonge antaŭ ŝia morto, estis kvazaŭ forgluitaj de sur la tero. Brown faris ĉion por eltrovi ilin. Supozeble iu forigis ilin. Rikanante Walley diris al la polica ĉefo, ke la du evidente false depoziciis antaŭ la polico kaj nun timas, ke ili devas ĵuri. Macheath povis do imagi, kiu forigis la atestontojn. Verŝajne ili loĝis en la sama hotelo, en kiu loĝis Fewkoombey.

„*Ho*“, li diris al Brown, kiu aŭskultis lin malfeliĉe, „*kion utilas via fidelo, kiam gravas la kapablo! Vi memorigas min pri la bona, maljuna Skiller, kiu same havis ĉiam la plej bonan volon kaj tamen en sia tuta vivo mortfaligis eĉ ne unu homon, ĝuste pro tio, ke al li mankis la kapabloj. Li estis preta disbati ĝiskaĉe la ostojn unuope en la korpo de ĉiu malamiko, sed neniam li ekkonis siajn malamikojn, antaŭ ol estis tro malfrue, kaj lin ne fortimigis kvar bankaj noktgardistoj, sed bedaŭrinde la ilaron por la rompoŝtelo li lasis kuŝi hejme! Sama estas vi; konsidere al nia komuna soldata tempo vi hezitas eĉ ne unu minuton hejti la fornon per miaj kulpigaj aktoj. Sed bedaŭrinde mi ne estas certa, ĉu vi ne forgesas kelkajn paĝojn! Jen grandaj malperfektaĵoj, Freddy! Vi, oficistoj, certe estas sindonaj al la ŝtato kaj al tiuj, kiuj gravas en la ŝtato, sed estas malfeliĉo, ke pri la servo al la ŝtato kutime insistas nur, kiu ne tute havas la kapablojn defendi sian postenon sur la libera labormerkato! Per tio ekzemple eniĝas ĉiuj ĉi juĝistoj, kiuj estas plenaj de la plej bonaj intencoj, sed al kiuj mankas iomete la prudento. Ili estas tute pretaj apliki la leĝojn per la plej granda rigoreco kontraŭ la senhavuloj kaj komunistoj, sed ili nur malofte sukcesas senindulge regali ilin, sufiĉe forpreni de ili la parolon, koncize, kapti ilin en la maŝoj de la leĝo! Aliflanke ili sendube vidas, ke tiu aŭ iu alia el la akuzitoj apartenas al iliaj rondoj, ili eĉ eksentas simpation al li, sed pro pura nekapablo ĝuste apliki la leĝon kaj interpreti ĝin tiel, kiel ĝi estas intencita, ofte nur pro pedanta, malpensema kredo je la litero, ili estas tute malkapablaj savi la ulon aŭ, se ili savas lin, ili faras tion tiel mallerte, ke poste nia juĝeja maŝinaro aspektas tute deformite kaj difektite. Envere tiu maŝinaro estas bonega, absolute laŭcela, kaj nur necesas prudente kaj logike funkciigi ĝin, por ke ĝi difektu eĉ ne unu haron al iu el ni. Por lasi niaspeculon neĝenata, leĝorompo ne estas bezonata, apliko de la leĝoj tute sufiĉas al tio! Ho, Freddy, vi estas honestega al mi, mi scias tion, sed vi ne estas tre kapabla!*“

Ili restis longtempe sidantaj en tiu nokto kaj refreŝigis multajn belajn memorojn pri komunaj faroj. Nur antaŭ ol li foriris, Brown kuraĝis konfesi al sia amiko, ke eĉ lia dungitino Fanny Crysler ŝarĝos lin antaŭ la juĝisto. En la antaŭesploro ŝi estis konfesinta la interparoladon inter Macheath kaj Mary en sia butiko.

La interkonsiliĝo de la Granda Ĵurio okazis en agrabla, hela ejo. La juĝisto estis malgranda, magra sinjoro kun grandaj bluaj okuloj, kiu tre bone konvenis al la hela, suna ĉambro kun la blankaj kurtenoj kaj kalkitaj muroj.

La depozicioj de la juĝeja kuracisto kaj de la kriminalaj oficistoj ne postulis multe da tempo. La debato rapide turniĝis al Macheath, kiu estis sub la forta suspekto esti murdinta la etnegocistinon Swayer.

Walley, pagita de Peachum, reprezentis, kiel flanka plendanto, la infanojn de Mary Swayer. Macheath estis defendata de Rigger kaj Withe. Kiel sian profesion li indikis pograndiston.

Macheath faris malgrandan eraron, kiam oni demandis lin pri liaj antaŭaj punoj. Li ne havis la senton, ke li iam estis punita, kaj diris:

„Neniuj“.

Walley tuj intervenis.

„Ĉu vi, akuzito, ne devis pagi punmonon de unu pundo antaŭ tri jaroj?“

„Mi ne povas memori“, diris Macheath, malagrable tuŝita.

„Do, vi ne povas memori. Vi ne povas memori, ke vi malatentis la police preskribitan fermhoron? Vi malatentis ĝin, sed vi ne povas memori. Do, lasu min diri al vi: Vi estas jam punita.“

Rigger morde ekridis.

„Do, jam punita pro la malatento de la fermhoro! Tio ĉi certe estos la sola puno, kiun vi iam ekhavos, Macheath!“

Walley jam denove staris:

„Ne temas pri la speco de la delikto, sed pri la stranga fakto, ke la akuzito provas kaŝi ĝin kaj la punon por ĝi. Ĝuste la bagateleco de la tuta afero pruvas, ke la kaŝado de tiaj aferoj, kiuj povas kompromiti lin antaŭ la publiko, fariĝis la dua naturo de Macheath. La debato aldonos al tio ankoraŭ kelkan.“

Rigger protestis kontraŭ tiu influado al la tribunalo, sed White retiris lin je la maniko. Li estis dika viro kaj havis sian propran teorion pri la defendo, pri kiu li ne povis interkonsenti kun Rigger. Li intencis pledi por sinmortigo de Mary Swayer, Rigger por murdo fare de nekonataj farintoj. La alibion oni volis neniuokaze malkaŝi.

Bedaŭrinde ŝajnis, ke Walley estis komisiita konduki la proceson per plena akreco. Tion montris jam la komenco.

La du stivistoj, kiuj vidis virinan personon iri sola ĉirkaŭ la naŭa vespere direkte al la kajo, memkompreneble ne ĉeestis, sed ĉeestis almozuloj, kiuj vidis la akuziton iri tiun vojon kun la mortintino. Unu el ili, maljuna aĉulo kun la nomo Stone, depoziciis jene:

„Mi tute precize memoras pri la viro, kiu estis akompananta la knabinon. Certe estas tiu, kiu sidas tie transe. Ni bone rigardas niajn homojn. Tiu tie apartenas al tiuj, kiuj trifoje turnas siajn poŝojn antaŭ ol eligi unu pencon. Ili faras tion envere nur, se sinjorinoj kunestas. Li tiel longtempe serĉadis pro monero sufiĉe malgranda, ke mi diris al li: ‚Eble vi prefere veturos hejmen kaj tie turnos ĉion transkapeinverse. Ja eblas, ke tie ie troviĝas falsa penco, kiu glitis malantaŭ la divanon, sinjoro!‘ Mi ankoraŭ memoras, kvazaŭ estus hieraŭ, ke mi diris tion. Li ŝajne nur havis tute dikan monon en la poŝo, tiu sinjoro. Sed finfine tamen eliĝis penco.“

La ĉeestantaro en la ĉambrego ridis. Rigger tiris gazetfolion el sia teko kaj transdonis ĝin al la asizanoj. Estis la foto de montrofenestra vitraĵo kun la surskribo, ke al familianoj de soldatoj la M-butikoj donas rabaton.

„Tiu ĉi foto estis publikigita de niaj kontraŭuloj“, Rigger diris ĉagrene, „mi demandas vin: Ĉu tiel agas viro, al kiu mankas sociala sento?“

Walley rezervis al si prilumi la socialan senton de sinjoro Macheath poste, kaj rilate la kazon nur konstatis, ke sinjoro Stone ĉiuokaze rekonas la akuziton laŭ la menciita malgranda trajto. Memkompreneble la akuzito estas jure rajtigita, kiel milionulo donaci al almozuloj eĉ pantalonbutonojn. Eble estas nur ne indiferente, de kie li prenas ilin.

Tio estis la unua bato kontraŭ la negocaj metodoj de Macheath, kaj tiu fariĝis tre maltrankvila.

Li diris akre, ke butonoj estas farataj en fabrikoj.

La demando estas, ĉu la farintoj fakte ricevas la plenan prezon por ili, diris Walley, malŝate gestante.

Nun eksaltis Rigger kaj demandis, ĉu la tribunalo volas toleri komunistan propagandon.

La juĝisto trankviligis la partiojn. Esence en la depozicio de la atestanto estas nur, ke li rekonas la akuziton kiel la sinjoron, kiu akompanis Mary Swayer je la murdvespero.

Rigger promesis, ke poste li ankoraŭfoje parolos pri la atestanto, kaj memorigis, ke al ties depozicio kontraŭstaras tiu de la stivistoj. Li vokis la kriminalan komisaron, kiu pridemandis la du forestantajn stivistojn. Ili fakte parolis pri unu virino sola.

„Pri kiu virino?“ Walley volis scii.

La komisaro konfesis, ke al la stivistoj oni ne montris foton de la murditino.

Walley triumfe leviĝis.

„Bonegaj atestantoj!“ li krakis. „Ili vidis iun virinon iri sola en la dokoj! Kvazaŭ tie ne ekzistus pli ol unu!“

Laŭ lia mangesto el la ĉambro por la atestantoj envenis persono, kiu klare apartenis al la plej malsupraj klasoj. Ŝi depoziciis, ke ŝi estas prostituitino. Ŝia regiono estas la dokoj. Je tiu sabatvespero ŝi vagadis laŭ la dokoj pro profesiaj celoj. Ŝi ne trovis amoronton. Ne estas bona regiono. Ŝi mem laboras tie nur pro tio, ke la havenaj establoj estas malbone lumigataj kaj ŝi suferas pro vizaĝa erizipelo.

Rigger demandis, ĉu la regiono ne estas tre malsekura por unuopaj virinoj pro malbonaj elementoj tie abundaj.

Ŝi diris: „Ne por ni.“

„La virinoj tie“, klarigis Walley, „ne kunportas riĉaĵojn.“

„Sed ekzistas murdistoj pro volupto,“ Rigger insistis.

„Tiuj ekzistas por ni ĉie“, la atestantino diris netuŝita. Rigger volis scii, kiel statas pri la konkurenca batalo de la prostituitinoj, ĉu ne ekzistas granda malamo inter la knabinoj pro la amorontoj? Ĉar tie la viroj, kiel ajn obskuraj estas iliaj intencoj, ja estas negocaj objektoj por la knabinoj.

„Ni havas niajn distriktojn“, diris la atestantino.

„Krome vi ja havas ankaŭ protektiston?“

„Mi ne.“

„Kial ne?“

„Tial, ĉar mi enspezas tro malmulte.

„Ne kredeble, malmulto ja ankaŭ sumiĝas iom post iom. Do, ne mistifiku nin ĉi tie. Kaj la protektistoj estas ne nur pro la klientoj, sed same kontraŭ aliaj prostituitinoj, kiuj ĉasas en fremdaj ‚distriktoj‘, aŭ ĉu ne estas tiel?“

„Eble“, diris la atestantino.

„Mi konstatas tion“, Rigger bombaste deklaris al la asizanoj, „ĉar mi opinias eble, ke Mary Swayer perdis la vivon per tia maniero, kian oni povas legi el la depozicioj de la atestantino.“

Withe atakis lin de malantaŭe:

„Ni ja scias“, li murmuris super siaj aktoj, „kiel Mary Swayer perdis la vivon. Do, lasu tion!“

La atestantinon oni forsendis. Ĉiu devis koncedi, ke ŝi iele povis esti „la virino sola“, kiun vidis la stivistoj. Kaj tiuokaze Mary Swayer povis esti akompanita de Macheath, kiel la almozuloj laŭaserte vidis.

Sub vigla ekscitiĝo de la gazetistoj Walley alvokis Fewkoombey, kiu estis malaperinta post sia unua depozicio.

Rigger tuj demandis lin, kie li kaŝiĝis.

Walley respondis pro li:

„Li estis sub speciala ŝirmo. Ni ne volis, ke io okazu al li. Ja estas vere, ke ankaŭ al sinjorino Swayer io okazis.“

En trankvila tono Fewkoombey depoziciis pri siaj travivaĵoj kun la mortintino. Macheath petis ŝin veni, ŝi atendis lin, kiam li, Fewkoombey, foriris de ŝi. Supozeble ŝi volis instigi lin helpi ŝin per mono; probable ŝi krome volis minaci lin, ĉar ŝi supozeble sciis ion pri li.

Rigger ekstaris.

„Ĉu sinjorino Swayer timis la akuziton?“

„Kion tio signifas?“

„Ĉu ŝi timis, ke io povas okazi al ŝi fare de li, ekzemple puŝo en la akvon?“

„Ja supozeble ne, aliokaze ŝi ne renkontiĝus kun li tie malsupre.“

„Tre ĝuste, Fewkoombey. Aliokaze ŝi ne renkontiĝus kun li. Do, ŝi nenion diris pri timo?“

„Ne.“

Nun la dika Withe leviĝis. Per sia alta falseto li demandis, ĉu sinjorino Swayer vere timis tute nenion flanke de sinjoro Macheath? Ĉu ŝi ekzemple ne timis certajn negocajn disponojn de li kontraŭ ŝi?

La iama soldato hezitis pri la respondo. Poste li diris trankvile:

„Ŝi vere opiniis, ke negoce li ne aparte indulgos ŝin. En tiu ĉi senco ŝi timis lin.“

„Tute prave“, diris Withe kaj eksidis aplombe. Walley aŭskultis rikanante. Nun li diris:

„Ĉu ne, ekzistas krome io tria. Ŝia deziro ekhavi monan subtenon, ŝia helpobezono povis esti eĉ pli granda ol ŝia timo korpe riski ion ĉe tio! Vi ja ĵus aŭdis, kiom malmulte ekzemple la putinoj povas atenti sian propran timon antaŭ atencoj de la plej malbona speco! Mi staras ĉi tie kiel komisiito de du orfoj, sinjoroj. Ni prenu el la depozicio de sinjoro Fewkoombey, ke tiu patrino ne montris timon, kiam estis necese havigi nutraĵon al siaj infanoj.“

Poste Macheath konfirmis laŭ demando, ke la papereto, per kiu li petis Mary Swayer veni, devenas de li. Koni la skribon de Mary Swayer li neis. Li vere ne konis ĝin; aliokaze li ĝustatempe ekkonus la skribintinon de tiu letero pri la „Messer“, kiun li tiom longe portis kun si.

La prezidanto faris tagmezan paŭzon. Polly iris al sia edzo en ĉambron, en kiu krom li estis nur la advokatoj. Ili disputis en angulo pri la metodo de la defendo.

Mac kaj Polly manĝis sandviĉon. Li estis tre deprimita pro la proceduro. Li demandis interalie, kion Wally celis per la stulta rimarko: La demando estas, ĉu la farintoj vere ricevis la plenan prezon.

„Tio ja estas nekredeble impertinenta“, diris Mac, „kompreneble li celis per tio, ke miaj varoj estas ŝtelitaj. Supozite, ke mi vendas butonojn. Supozite, ke antaŭe mi aĉetas ilin, ekzemple de bankrotintaj etentreprenoj. Laŭ la efiko, tio estas la sama, kvazaŭ mi ŝtelus ilin; la plena prezo ja fakte ne estas pagata. Kaj se mi pagas al la etentreprenoj la plenan prezon! La farintoj ili ankaŭ ne estas. De la farintoj, la butonlaboristoj, la butonoj estas ŝtelitaj, eĉ se ili estis pagitaj por ilia laboro. *Kompreneble*, ili ni ricevas la plenan prezon. De kie venus tiam la profito? Mi devas diri, ke mi ne turnas la manon inter ŝtelo kaj ‚aĉeto'. Por tio pagos al mi tiu Walley: tio estas damaĝo!"

Polly diris, ke li pravas.

Intertempe ŝi estis fariĝinta eĉ pli beleta. La tutan someron ŝi ofte naĝis kaj sunbaniĝis, kompreneble en ŝirmitaj lokoj, pro sia stato. Ŝiaj brakoj estis ankoraŭ leĝere bruniĝintaj, sed blankaj super la kubutoj; tion oni vidis, se la lozaj, mallongaj manikoj de ŝia bluzo refalis. Efikis tre ĉarme; ŝi sciis tion.

Laŭ deziro de Walley la debato estis daŭrigata per la pridemandado de Fanny Crysler.

Ŝi havis ombrojn sub la okuloj kaj estis nervoza. La perdo de ŝia antikvaĵa butiko tre premis ŝin.

Ŝi nur depoziciis, ke surbaze de antaŭaj amikecaj rilatoj la mortintino petis sinjoron Macheath pri pruntaĵo.

„Sed ŝi ja minacis per tio, ke ŝi scias ion pri la akuzito?"

„Ŝi supozeble celis la cirkonstancojn de lia edziĝo", la atestantino respondis rapide, „en tiu sinjoro Macheath ludis rolon, pri kiu li eble ne ŝatis esti publike memorigata."

„Kion vi scias pri la ‚Messer'?" Walley subite demandis.

Ŝi videble paliĝis sub sia vualo.

„Nenion", ŝi pene diris. „Nur, kio legiĝas en la gazetoj."

„Sed ŝi minacis la akuziton per malkaŝoj kaj ĉe tio parolis pri la ‚Messer'."

Fanny ree ekregis sin. Si diris egalanime:

„Tion mi ne plu scias. Ŝi parolis multe da sensencaĵoj, ĉar ŝi estis tre ekscitita kaj opiniis sin malpreferata. Certe al li nur estis malagrable, ke ŝi entute intencis paroli publike pri siaj rilatoj al li."

Withe subite deziris scii, kia estis la ekonomia situacio de la mortintino.

„Ĝi ne estis bona, sed ne pli malbona ol tiu de aliaj butikistoj. La butikoj ĉiuj ne prosperas tiutempe.“

„Ĉu vi estas dungitino de la akuzito?“ Walley demandis larĝe.

„Jes.“

„Eble estus pli bone, se la defendantoj prezentus proprajn atestantojn pri la negoca konduto de Macheath“, Walley diris ironie, „homoj, kiuj ne estas dungitaj de li.“

Withe ĉagreniĝis.

„La kolego“, li diris kun akcento, „ŝajne kredas, ke en Anglio ne plu estas homoj, kiuj diras la veron, senkonsidere al ekonomiaj interesoj. Mi ne povas ne diri, ke mi opinias tion malĝoja.“

„Kion vi opinias malĝoja?“ Walley demandis ne sen plezuro, „ke ne plu estas tiaj homoj aŭ ke mi kredas tion?“

Sed la juĝisto intervenis per mangesto. Walley pridemandis nun unu redaktoron de la „Spegulo“.

Kiam tiu rakontis sen ĉirkaŭfrazoj, ke la mortintino nomis sinjoron Macheath la fifama krimulo „Messer“, estis facile por Rigger.

„Tio ja montras al ĉiu prudenta, t.e. al ĉiu, kiu ne legas gazetojn, kiel mizere malforta estas la bazo de la akuzo!“ li ekkriis. „Sinjoro Macheath laŭdire estas la „Messer“! Niaj pograndistoj laŭdire ĉirkaŭiradas kun kovreblaj lanternoj kaj krevigas monŝrankojn! Sinjoroj, ni scias, kion kapablas la envio. Sed ĉio devas havi siajn limojn! La tuta akuzo baziĝas sur la supozo, ke sinjoro Macheath, unu el niaj plej konataj negocistoj, sekrete tute ne estas negocisto, sed krimulo, murdisto! Ĉar aliokaze la akuzo ja ne havus sencon. Se li ne estas murdisto, sed la ĉiekonata posedanto de la M-butikoj, li ja ne havis motivon timi la ‚malkaŝojn‘ de persono, pri kies moralo ni ne volas diri ion malŝatan, ĉar ŝi estas mortinta! Estas absurde!“

Li sidiĝis krakante.

Walley sin turnis al la akuzito.

„Sinjoro Macheath, kiel vi klarigas al vi la minacojn de la mortintino kontraŭ vi?“

Macheath malrapide stariĝis. Li aspektis sincere embarase.

„Sinjoroj", li diris al la asizanoj, rigardante ilin unu post la alia, „iomete embarasigas min paroli pri tio. Mi povas fari ĝin nur kiel *viro al viroj*. Kiel tia mi devas konfesi, ke mi ne sentas min libera de kulpo. Eble vi povas aserti pri vi, ke vi procedis en viaj rilatoj al virinoj ĉiam komplete *korekte*, nenion neglektis, neniam, eĉ ne senkonscie, kaŭzis dolorojn. Mi ne povas aserti tion pri mi. Mi ne havis rilatojn, kiel oni nomas tiaĵon, al la bedaŭrinda kreitaĵo, kiu nomiĝis Mary Swayer kaj kiu estis faligita per la mano de kanajlo aŭ eble eĉ per propra mano, kion opinias mia defendanto, sinjoro Withe. Sed ĉu ŝi havis rilatojn al mi? Mi estis ŝia ĉefo, por esprimi tion seke; antaŭe mi eble renkontis ŝin kelkfoje, eble vekis en ŝi eĉ kelkajn esperojn. Sinjoroj, kiu de ni viroj scias, kion li tiurilate pekas, ne sciante tion? Certe vi scias same bone kiel mi, kiom malfacile estas kelkfoje por ĉefo, gardi la ĝustan *distancon* al siaj inaj dungitoj. Kiu serioze malaprobus, se la bedaŭrindaj knabinoj iomete enamiĝas al siaj ĉefoj; tiaj knabinoj ja plej ofte devas peze labori kaj ĝuas malmulte de sia vivo, sed ili vidas en siaj ĉefoj reprezentantojn de pli alta klaso, kiuj estas pli kultivitaj ol ilia kutima kompanio. Kaj de tia enamiĝo ĝis sekretaj esperoj kaj poste de tiuj ĉi al malbonaj seniluziiĝoj ja nur estas malgranda paŝo. Permesu, ke mi nenion aldonu al tio."

La vesperaj gazetoj preskaŭ ĉiuj presis tiun paroladon interspacigite. La „home honesta" sinteno de la posedanto de la M-butikoj trovis ĝeneralan aprobon. Nur unu proletara gazeto ĵetis koton kontraŭ la M-butika Napoleono. Sed oni ne povis preni ĝin serioza, ĉar ĝi, kontraŭe al ĉiu sporta spirito, kontestis al la kontraŭulo homan honestecon kaj entute celis la perfortan ŝanĝon de la entuta sociordo.

La debato ne finiĝis per la malgranda parolado de sinjoro Macheath.

„Laŭ la depozicio de la atestantino Crysler vi mem ja prenis la rilatojn tiagrade seriozaj, ke vi eĉ pagis monon al Mary Swayer?" demandis Walley kun kontenta rigardo al la juĝisto.

La juĝisto estis malgranda sekiĝinta sinjoro kaj ŝatis ŝajni netuŝita de paroladoj, kiuj impresis.

Macheath tuj respondis:

„Sinjoroj, mi povus diri, ke eventuale oni donas monon ankaŭ sen minacoj kaj eĉ malgraŭ minacoj, se la petanto ŝajnas al ni en prema situacio. Mi ne diras tion. Mi nur diras, ke por mi valoris malhelpi tiajn eventojn, kia estis la vizito de la bedaŭrindulino ĉe la „Spegulo“, kiu tamen poste okazis. Kiel negocisto, mi devas eviti eĉ ĉiun ombron de suspekto, kiu povus fali sur min. Kiom da signifo mi asignis al la minaco, evidentiĝas el tio, ke mi ne atentis ĝin kaj ne iris en la ‚Frititan Fiŝon!‘“

„Sed vi petis sinjorinon Swayer veni tien?“

„Tio okazis pro kompato. Pro kompato mi certe estus irinta tien, sed negocaj konsiliĝoj detenis min. Se estus por mi serioze, tiaj negocaj konsiliĝoj kompreneble ne estus detenintaj min.“

Walley vigliĝis.

„Kiaj negocaj konsiliĝoj estis? Se vi havis negocajn konsiliĝojn, vi ja havis alibion.“

Macheath rigardis al siaj advokatoj. Poste li diris:

„Pro negocaj motivoj mi ne volus malkaŝi tiun konsiliĝon, se tio ne necesas.“

„Eble ĝi necesas“, la juĝisto diris seke.

Sed Rigger kaj Withe kapneis kaj aperigis malŝarĝan atestanton, la restoraciestron de la „Fritita Fiŝo“.

Li depoziciis, ke la mortintino sidis sola en sia restoracio, atendis longe, fariĝis pli kaj pli maltrankvila kaj ne surmetis la ĉapelon, kiam ŝi foriris, sed kunprenis ĝin en la mano. Informojn pri ŝi petis neniu.

Walley demandis lin, ĉu oni povas enrigardi lian restoracion de sur la strato.

La respondo estis: Jes.

Ĉu ekzistas ankoraŭ pliaj ebloj forlasi lian restoracion, ol tiu returne al la kajoj kaj la Dephs-strato, kie iu, kiu eble malfruiĝis, devas renkonti ŝin?

La respondo estis: ne.

Walley resumis: La akuzito povis forkapti sian viktimon antaŭ la „Fritita Fiŝo“ aŭ renkonti ŝin dum ŝia reiro.

La grandaj, vitraj, globformaj gaslampoj estis ekbruligataj, ĉar vesperiĝis jam frue. La aŭtuno jam progresis.

Walley atendis la finon de la proceduro kaj daŭrigis:

„Antaŭe oni prezentis kun multe da humoro la demandon, per kio tiu malgrava butikistino povus minaci la pograndiston Macheath. Al tio mi nun pridemandos atestanton.“

Antaŭenpaŝis dimanĉe vestita viro kun longaj, pendantaj brakoj. Li estis ŝuisto en domo vidalvide al la butiko de Mary Swayer kaj depoziciis, ke la mortintino foje diris al li, ke ŝi ja scias, de kie venas la varoj, kiujn ŝi ricevas. Tion ŝi diris en tia tono, ke li, la atestanto, ne povis ne supozi, ke la deveno de la varoj estas iom obskura kaj devas timi la lumon.

Macheath ekstaris. Li volis tuj respondi. Sed Risser tiris lin je la maniko kaj flustris ion al li. Macheath sidiĝis, kaj Rigger petis la prezidanton pri malgranda paŭzo. Laca pro la tuta senlima babilado, li intencis persvadi sian klienton tamen malkaŝi sian alibion.

La ĵuĝisto konsentis.

Sed en la koridoro Macheath diris al ili tre energie, ke li ankoraŭ ne povas publike konigi sian alibion.

Ambaŭ diris al li, ke tiuokaze li certe forlasos la esploron kiel altgrade suspekta kaj devas atendi akuzon pro murdo. Withe almenaŭ volis entrepreni la provon sugesti al la tribunalo sinmortigon de Mary Swayer. Rigger ne plu havis la kuraĝon kontraŭdiri al tio.

Post kvaronhora interrompo la debato estis daŭrigata.

La advokatoj de Macheath sciigis al la tribunalo, ke ilia kliento bedaŭrinde ne povas konigi sian restadejon en la momento de la morto de Mary Swayer. La motivo por lia silentado estas pure negoca. La juĝisto akceptis la senkulpiĝon sufiĉe rigide. Poste Withe deklaris, ke li siaflanke estas konvinkita, ke Mary Swayer tute ne estis viktimo de murdo, sed mem levis la manon kontraŭ sin. Li volas provi montri tion al la tribunalo.

Withe vokis siajn atestantojn kaj pridemandis ilin. Estis M-butikistoj. Li petis ilin priskribi siajn butikojn.

Ili faris tion. Konforme ili manifestis, ke ilia situacio estas senespera. Unu el la virinoj diris, ke ne estas mirige, se iu sin pendigas. Precipe de kiam la alfluo de la varoj subite ĉesis, oni ne plu sciis eliron. Withe dankis ilin kaj alvokis najbarojn de Mary Swayer el la Mulberry-strato. Li demandis ilin:

„Ĉu vi scias ion pri la negoca konduto de la mortinta sinjorino Swayer?“

„Jes certe, tiom, kiom oni kutime scias kiel najbaro.“

„Ĉu ŝi estis tre lerta kiel butikistino?“

„Ŝi estis diligenta.“

„Ĉu akurata rilate la monon?“

„Ne tre. Se oni estis en embarasa situacio, ŝi fordonis la varon ofte sen mono.“

„Do, ŝi ne estis kapabla en la kutima senco?“

„Ŝi fakte donis ŝtrumpojn, se iu montris al ŝi siajn ŝiritajn. Oni nur bezonis veni dum malseka vetero.“

„Do ne, kion oni nomas akurata butikistino?“

La atestanto silentis.

„Sinjoroj“, diris Withe, „Vi vidas: se la morto de la malfeliĉa virino vere estis, kiel ni kredas, libervola, la ĵus prezentita depozicio de la atestanto pruvus, kien kondukas bonkoreco kaj bonfaremo.“

La juĝisto ridetis.

Maljuna virino eniris la atestulan starejon.

„Rakontu al ni“, sinjoro Withe petis ŝin, „kion la mortintino sciigis al vi pri la maniero, kiel ŝi akiris la butikon!“

La maljuna virino malsimple purigis sian nazon. Probable ŝi volis montri sian ruĝan naztukon.

„Ŝi ricevis ĝin preskaŭ donacita.“

„Mi pensis, ke ŝi pagis ion por ĝi?“

„Malmulte. Multon ŝi ja ne havis. Ŝia edzo estas soldato.“

„Sed iom ŝi ja havis? Kaj tion ŝi alpagis?“

„Tiel ŝi almenaŭ diris.“

„Ĉu ŝi diris, kiom estis?“

„Mi kredas, ke 18 aŭ 19 pundoj. Pli multe ŝi certe ne havis. Neniam.“

„Sed tiom ŝi havis. Kaj ŝi investis ĝin, ĉu ne?“

„Ŝi volis pro la infanoj, ke la loĝoĉambro estu pli pura. Estas karakterize por ŝi, ke ŝi fordonis por tiaĵo sian tutan monon, ŝi ja tro ŝatis eksteraĵojn.“

„Kaj ĉu ŝi perdus ilin, tiujn 18 aŭ 19 pundojn, se ŝi devus cedi el la butiko pro nepagita luprezo aŭ nepagitaj varoj?“

„Tio estas klara. Tion vi ja mem povas kombini."

„Kion ŝi poste povus fari ankoraŭ?"

„Malmulte."

La maljuna virino ĉiam tenis sian naztukon en la mano, kvazaŭ ŝi atendus ĉiumomente ternadon. Nun ŝi faldis ĝin.

La debato malrapide evoluis. Detalaĵoj estis klarigataj. Io speciale nova ne estis dirita. Demandite, kion ili scias pri la kaŭzo de la malprospero de siaj butikoj, kelkaj butikistoj konforme opiniis jenon: La prezoj ĉie malaltiĝis. Eĉ Chreston ja vendas je tro malaltaj prezoj. Kaŭzoj por tiaĵo tute ne ekzistas. Estas same nedifineble kiel la fakto, ĉu en iu jaro falas multe aŭ malmulte da pluvo sur la kampojn. Malbone estas, ke la alfluo ĉesis, sed tio ĉi eble rezultas el tio, ke malmultekostaj varoj certe ne estas troveblaj. Sinjoro Macheath mem tre klopodis havigi varojn, ĉar ja estis li, kiu instigis ilin dungi novajn laborantojn kaj speciale reklami, tiel ke la stokoj tiel rapide forkonsumiĝis. Sed poste li evidente ne sukcesis havigi la varojn kaj lia aĉetsocieto lasis lin en lia embaraso.

Finfine Withe – Rigger jam strange mutiĝis – resumis ĉion, kio povis verŝajnigi sinmortigon.

La situacio de la malgranda butiko, en kiun sinjorino Swayer enigis siajn ŝparaĵojn, jam fariĝis nesavebla. Tio estis sendube sufiĉa motivo por sinmortigo.

„*Sinjoroj, Mary Swayer*", ekkriis la advokato, „*ne bezonis murdiston. Ŝia morto ne estis nesolvebla enigmo por tiu, kiu konis la cirkonstancojn, sub kiuj ŝi estis devigata vivi. Kiu konas tiun vivon, la vivon de etnegocistino de la plej mizera speco, tiu devas koncedi: Kiu estas devigata vivi tian vivon, al tiu ne estas tre malproksima la penso foje diri: Nun estu fino! Estis vivo, kiun forĵeti ne kostis aparte malfacilan decidon. Subfosita de ŝuldoj, akompanata de absoluta senelireco, tiu ekzistado same kiel tiu de multaj aliaj ne plu prezentis ian apartan instigon. Rigardu la restadejon de tiu virino (mi eksplicite ne diras loĝejon! Eĉ vi ne kuraĝus nomi tion loĝejo)! Rigardu la infanojn de tiu virino! Ne, ne rigardu ilin, nur pesu ilin! Partoprenu la ĉiutagan vivon de tia persono kaj ne pensu, ke por ŝi ekzistas dimanĉo! Kaj en tia ĉambraĉo ŝi eĉ estas mina-*

cita! Al tiu pordo eĉ frapas la kreditoroj! Ne, Mary Swayer ne bezonis esti murdata de sinjoro Macheath – Mary Swayer mem levis la manon kontraŭ sin.“

Se oni objetas, ke Mary Swayer estis tre vivodezira persono, oni povas diri kontraŭ tio, ke tiu vivodeziro estis forprenita de ŝi ĝuste per la malbona prospero de la negocoj, eble ankaŭ per privata seniluziiĝo pro la fakto, ke flanke de sinjoro Macheath ne venis helpo. Ke ŝi provis ŝovi al tiu la kulpon, verŝajne el profunda konvinko, ne estas mirige. La malgrandaj negocistoj ne havas precipe precizajn konojn de la leĝoj, kiuj regas la komercon. Ili kutime ŝovas la kulpon simple al la pli grandaj negocistoj, se venas krizaj tempoj. Ke ankaŭ tiuj granduloj dependas de certaj, laŭleĝaj, cetere malmulte kalkuleblaj procezoj de ekonomia speco, la malgranduloj ne divenas. Ja eksplodis krizo, kaj la malgrandaj, malfortaj entreprenoj fiaskas.

Walley interrompis lin, kiam li ĝuste ne plu sciis, kion diri.

Li diris, ke li denove devas starigi sian demandon de antaŭe, post kiu sinjoro Macheath antaŭ unu horo montris sin por momento inklina malkaŝi sian interesan alibion.

Estas onidiroj en la urbocentro, laŭ kiuj la deveno de la varoj por la M-butikoj estas vualita en ne malgranda obskuro. Sinjoro Macheath asertis, laŭ lia scio, ke ili devenas de iu CAS (Centra Aĉeta Societo). Ĉu sinjoro Macheath volas paroli pri tiu societo.

„Ne“, respondis Rigger post mallonga interkonsiliĝo kun Macheath. „Tion sinjoro Macheath ne volas.“

Ĉiuokaze CAS estas laŭorde registrita firmo, en kies estraro troviĝas unu membro de la alta nobelaro kaj du advokatoj. Estas ĝuste, ke ĝi ne plenumis siajn devojn al sinjoro Macheath dum la lasta tempo. Sed tio estas afero inter ĉi tiu kaj la societo kaj ne apartenas antaŭ la tribunalo. Li traktas la tutan problemon nur, por ke ne ekestu la impreso, ke sinjoro Macheath mem kulpas pri la ekonomia ruiniĝo de Mary Swayer.

Lia kolego Withe prezentis la situacion de la M-butikoj kiel tre malfavoran. Sendube ĝi estis malfavora dum la lasta tempo, sed ne per la kulpo de sinjoro Macheath, sed ĝuste per la kulpo de CAS, kiu subite ne plu liveris.

Li proponis atestantojn pri tio, ke sinjoro Macheath dum la kriza tempo mem demetis la jakon en la butikoj kaj helpis propramane!

Ankaŭ Macheath petis refoje la parolon.

„Estis ĉi tie dirite“ li diris, „ke la vivo de sinjorino Swayer estis tre malfacila. Pro tio sinmortigo ne ŝajnas ekskluzivebla. Al tio mi volus rimarkigi, ke en la M-butikoj ni efektive atingas la limon de nia potenco. Senĉese strebante servi la publikon, ni prenas sur nin limigojn, kiujn eltenas nur la *plej fortaj* inter ni. Ni estas tro malmultekostaj. Niaj profitoj estas tiom etaj, ke ni mem mizeras. Eble ni celas tro fanatike oferti al la malgranda aĉetanto bonajn varojn je pageblaj prezoj. Malkaŝe mi konfesas, ke dum la lastaj tagoj, dum kiuj ĉio premis min pli kaj pli peze, mi demandis min mem, ĉu ni povas persisti. Eble ni tamen devas denove plialtigi la prezojn. Nepre kredu al mi, ke la morto de mia kunlaborantino profunde trafis min.“

La juĝisto rigardis senemocie al la fervore skribantaj reporteroj, ankoraŭfoje demandis Macheath, ĉu li ne finfine volas prezenti sian alibion, ricevis nean respondon kaj igis la asizanojn retiriĝi por sia konsiliĝo.

Post apenaŭ dek minutoj ili revenis kaj proklamis la rezultaton:

Laŭ la opinio de la ĵurio Mary Swayer estis murdita, kaj la pograndisto Macheath estas sufiĉe suspektata pri la faro.

Vespere la gazetoj estis plenaj de la „kazo Macheath“.

La diklitere presitaj surskriboj tekstis: LA OBSKURO PRI LA MORTO DE MARY SWAYER HELIĜAS. Kaj: EN KIA MISTERA RONDO TROVIĜIS LA POGRANDISTO DUM LA HOROJ, KIAM MORTIS LIA IAMA AMIKINO?

En la semajno, kiu sekvis la proceson, Macheath ankaŭ ekhavis informojn pri Aaron. Fanny Crysler venis la unuan fojon post lia aresto en la esploran malliberejon por raporti al li, ke Aaron kaj la Komerca Banko montras ege strangan rezervon en siaj interrilatoj al CAS.

Ĉe sia vizito Aaron ion murmuris pri „koneksoj inter tiu murdo kontraŭ la tiu-kaj-tiu kaj la ĉesado de la liveroj“. En la Ride-strateto suspekte aspektantaj individuoj, probable dungitoj de detektiva agentejo, petis informojn pri la magazenoj de CAS.

Hieraŭ Jacques Opper, la prezidanto de la Komerca Banko, venigis ŝin kaj senceremonie postulis de ŝi dokumentojn pri la lastaj liveroj.

Macheath rigardis tre malserene. Post kelka pripensado li ordonis al ŝi zorgi pri novaj dokumentoj kaj pro singardo fari novajn aĉetojn kredite en Belgio.

Kiam ŝi iris, ŝi diris:

„Se via proceso ankoraŭ daŭros longe, la afero ne plu estas tenebla; tion vi espereble scias!"

Pri siaj personaj rilatoj ili ne parolis.

Estis la lasta semajno de oktobro.

La aferoj de la sinjoroj Peachum kaj Macheath proksimiĝis al decido.

La „Bela Anna", la „Juna Ŝipisto" kaj la „Optimisto", ŝminkitaj kaj provizitaj per korsetoj, atendis ree konfidi siajn maljunajn korpojn al la oceano. La „Optimisto" kun la sento travivi siajn lastajn semajnojn. Peachum vidis sian filinon paŝi kun la makleristo al la geedziĝa altaro. Macheath vidis ŝin en alia sinteno kaj ĉirkaŭaĵo. La M-butikoj ĉesis esperi kaj pliiĝis je saĝeco kaj kono pri la realo. La makleristo Coax ne plu plenigos tro multe da taglibraj folioj per strangaj signoj. La aktoj kontraŭ la murdinto de la etnegocistino Mary Swayer estis vane skribitaj kaj ne plu longe plimultiĝis. Kaj la soldato Fewkoombey havis ankoraŭ ĉirkaŭ 65 tagojn por vivi.

TRIA LIBRO

AGRABLAN VIVON DONAS NUR BONSTAT'!

La homoj, kiuj nur por devoj vivas,
Nur altacele turnas sian menson –
Ni trovas en poemoj tiun penson –,
Ĉi tiuj homoj vere tre naivas.
Fiere magran panon ili glutas,
Honeste akiritan: ili ŝvitas!
Laŭ sepa diordon' ili kondutas:
Viandon bonan ili ne plu vidas!
Por kies bono vi modestas, frat'?
Agrablan vivon donas nur bonstat'!

Malbonas tute ne, surtere resti
Kaj zorgi nur pri sia avantaĝo,
Kaj poste ĝui banon ĉe la plaĝo
Kaj mastro ĉe plenplena tablo esti!
La nazojn vi sulkigas malestime?
La homon vi nur kolpodanta ŝatas!
Al mi ne plaĉas tio, mi konstatas,
Miaspeculoj agas ne sublime.
Por mi solviĝas la problemo de l' beat':
Agrablan vivon donas nur bonstat'!

Balado pri la agrabla vivo

DEKTRIA ĈAPITRO

Ultima ratio regis
(Lasta argumento de l' reĝo)

Surskribo sur prusaj kanonoj

GRAVAJ DECIDOJ

Kune kun kvin, ses aliaj negocistoj en unu ĉambro sinjoro Peachum apenaŭ altirus la atenton. Estante devigita, ĝis la lasta penco reguligi la konton kun ĉiu, kiu kontaktiĝis kun li, li havis por la homoj pli proksimaj al li vizaĝon sufiĉe klaran, tiun de dura kaj malfacile trompebla negocisto. Sed kiu opinias ĉiujn aliajn trompistoj, tiu ne nepre bezonas havi memfidon pro tio. Sinjoro Peachum tute ne estis personeco de karaktero. Pro forta, eble troa timo antaŭ la rapida ŝanĝiĝo de ĉiuj homaj cirkonstancoj, pro profunde impresanta lin imago pri la malboneco kaj senindulgo de la urbo, en kiu li vivis (kaj de ĉiuj aliaj urboj), li urĝiĝis adaptiĝi precipe haste al ĉiuj ekestantaj postuloj de sia medio. Liaj kuncivitanoj povis imagi lin nur kiel la posedanton de la „Almozulaj vestejoj de J. J. Peachum", sed je ĉiu horo li estus preta entrepreni ĉiun alian negocon, kiu estus pli profitodona, malpli danĝera aŭ eĉ nur, rilate la daŭron, pli sekura. Li estis malgranda, magra viro de mizera aspekto, sed eĉ tio estis kvazaŭ ne definitiva. Ĉe negoca situacio, kiu ne plu lasus ŝancon por malgrandaj, magraj viroj kun mizera aspekto, oni povus certe vidi sinjoron Peachum droni en profundaj pensoj, kiel ŝanĝiĝi en mezgrandan, bone nutritan kaj optimisman viron. Lia malgrandeco, magreco kaj mizereco ja estis nur propono de li, nedeviga oferto, kiun li je ĉiu horo povis nuligi. En tio estis io fia, sed samtempe rezultis el tio lia tuta, ne malkonsiderinda sukceso. Li negocis pri fieco, eĉ pri sia propra. Aliflanke danĝeroj kiel tiuj, kiujn li devis renkonti nun en sia batalo pri la ekzisto, pelis lin trans sin mem. Minacata de la perdo de sia ekzisto, aliflanke spronita per la ŝanco de granda profito, li ŝanĝiĝis dum malmultaj semajnoj en tigron, eĉ ekstere. Dum la tagoj, en kiuj li kondukis al la fino la aferojn de SUT por Coax, li havis aspekton karnecan kaj brutalan.

Senjake, kun la manoj en la pantalonpoŝoj, li akceptis Hale, kiu venis por pruntepreni de li 100 pundojn perditajn dum ludo. Peachum donis al li eĉ ne unu pencon. La societo kuŝis en malkaŝa agonio.

Post sia interparolo kun Hale, Peachum ankoraŭfoje kunvokis ĝin. Ili venis ĉiuj. Moon, aliokaze silentema, protestis kontraŭ tio, ke la kunsido okazu en la kuvobanoj. Li estis veninta antaŭtempe kaj haltigis la unuopajn venantojn antaŭ la sojlo. Sur la strato li kriis ekscitite, ke la nezorga sinteno lin tedas. Tial la lasta kunsido de la societo okazis en najbara restoracio.

Peachum raportis pri la ĉantaĝmanovroj de Hale, akcentis la neceson cedi al ili, kaj ne kaŝis antaŭ ili, ke oni devas esti preparita al pliaj provoj eltiri el ili monon. Li deklaris, ke siavice li sentas sian paciencon elĉerpita. Li petas pri plenpovo sola konduki la negocon al ĝia fino post tuj farenda ĝenerala finkalkulo, per kiu estu fiksite, kiom ĉiu devas pagi. Li garantias glatan finaranĝon, kondiĉe ke neniu plu intervenas.

Lia propono estis akceptita.

La enkasigon de la fiksitaj perdopartoj Peachum realigis per ekstrema rigoro.

De la barono li prenis kambiojn, kiuj devigis lin en la liton de la amerikanino por ĉiam aŭ almenaŭ por monatoj. Lian lastan pretekston, ke li estas samseksema, Peachum ne akceptis.

Eastman pagis relative bonvole; li kapablis tion: antaŭ nelonge li plialtigis la luprezojn en siaj domblokoj en la nordo, kie ĉefe loĝas laboristoj, al kiuj transloĝiĝo estas tro multekosta.

Surprize Moon bezonis specialan traktadon, antaŭ ol li pagis. Li estis vetperisto kaj nur, kiam almozuloj en pli kaj pli granda kvanto enpenetris lian vetoficejon kaj ekstaris antaŭ li – kelkaj kun la ŝildoj „Kiu vetas, havas – kiu havas, povas doni!“ kaj „Tie ĉi ankaŭ mi vetis“, Moon montris sin preta prezenti 800 pundojn kontante kaj garantiaĵojn por la resto.

Sed Crowl vere foriĝis lastmomente.

Iun antaŭtagmezon li venis en la Old-Oak-straton kaj petis interparolon kun Peachum. Kune ili priparolis lian situacion. Crowl menciis: „Tiuokaze mi nur povas pafi kuglon en la kapon.“ Peachum donis al li la kontoradreson de Coax. Ŝajnis al li instrue por Coax vidi, kien kondukas liaj turmentadoj.

La saman posttagmezon la restoraciestro enpenetris la kontoron situantan en la urbocentro kaj diris al la tie estanta tajpistino, ke kun la makleristo li fiksis rendevuon kaj li volas atendi lin. Li atendis pli ol du horojn, sed Coax ne venis, ĉar li sciis nenion pri rendevuo, kiel poste montriĝis. Kiam la knabino estis fermonta la kontoron, li murmuris ion nekompreneblan, sin turnis al la muro, kie staris ombrelstablo, kaj pafis al si revolverkuglon en la buŝon. Hejme lia edzino trovis sur la tablo leteron en fermita koverto kun la surskribo „Al mia edzino, malfermi nur post la oka vespere, se ne reveninta“.

En la letero estis nur skribite: „Miaj karaj, mi estas ruinigita de senkonsciencaj krimuloj, pardonu al mi, ĉar mi volis la plej bonan. Albert Crowl, restoraciestro.“

Plej multajn malfacilaĵojn finfine faris Finney.

Kiam li aŭdis pri la sinmortigo de Crowl, li decidis nun senprokraste operaciigi sin. Sed Peachum eltrovis tion ankoraŭ ĝustatempe. Li tuj rapidegis en la loĝejon de Finney. Finney jam iris en klinikon. Peachum devis apliki preskaŭ krudan perforton por eligi el la mastrumantino la adreson de la kliniko. Li renkontis Finney duonan horon antaŭ la operacio.

Lia koleregо estis senlima, sed ankaŭ Finney aspektis tute verda pro kolero kaj tuj decidis maldungi sian mastrumantinon. Peachum tiel kriis, ke la flegistinoj de la tuta stacio kunkuris. Li diris al la ĉefa flegistino:

„Tiu viro ne pagos sian kraĉujon. Li envere nur operaciigas sin, ĉar li staras antaŭ pli grandaj pagoj. Ĉi tie, en mia brustpoŝo, mi havas gazeton kun informo pri sinmortigo de la restoraciestro Crowl, kiu laŭ tute simila maniero volis elsalti el la sama negoco kiel tiu bonega viro ĉi tie! La gazetoj miros, al kio sin donas via kirurgo. Sed ja povas esti, ke tiamaniere li furoros ĉe sinmortigontoj!“

Finney ne povis rezisti al tia fiaĵo kaj pagis, antaŭ ol oni ŝovis lin en la operaciejon.

Dum apenaŭ unu semajno Peachum havis relative precizan superrigardon pri la sumoj, kiuj estis eltireblaj el SUT.

La kazo Crowl estis la alarmsignalo por Macheath.

Fanny alportis al li la matengazetojn kun la informo pri la sinmortigo de la restoraciestro en la kontoro de la makleristo Coax.

De kelka tempo Macheath metis Fanny sur la spuron de Peachum. La transportŝipa negoco de lia bopatro kun la makleristo Coax interesis lin pli kaj pli multe. Polly perfidis al li la konfeson de sia patro, ke pere de Coax li estas proksima al ruino. La sinmortigo de Crowl ĵetis kelke da lumo sur la malantaŭojn de tiu negoco.

De Polly Macheath krome eksciis, ke je la respektiva vespero Coax venis al ŝia patro kaj ke li kriadis en la kontoro dum duona horo. Iel li kulpigis Peachum esti entrepreninta ion kontraŭ li. Estis evidente, ke Peachum kaj Coax troviĝis en batalo pro vivo aŭ morto, ĉu unu kontraŭ la alia aŭ ili kune kontraŭ aliaj, ne estis konstateble.

Ĉirkaŭ la tagmezo Fanny revenis. Ŝi jam estis en la loĝejo de la sinmortiginto.

Ŝi eksciis ne malmulte. La vidvino de Crowl estis malbela, larminundita persono sen sinrego. En kvin minutoj ŝi respondecigis Dion kaj la mondon pri la morto de la iama restoraciestro.

Fanny raportis indigne, ke en la ĉeesto de sia maljuna patro ŝi kriis: „Kion nun fari pri tiu vrako? Lia maljunaĝa asekuro ankaŭ estas for, kaj li ja ekskrementas jam sub sin!“

Macheath kapmove malaprobis tiom da sentakteco. Sed li estis ĝis ekstremo maltrankviligita.

Fanny eltrovis, ke SUT, nun probable sub la gvidado de Peachum, estas verŝajne en tre malfacila situacio. Ŝajnas, ke Coax havas Peachum tute en la mano, „proksimume tiel, kiel vi Hawthorne". Post tre mallonga tempo SUT bezonos pli grandajn monsumojn, ĝustadire jam de post semajnoj. Peachum, envere, ŝajne planis ion, kio igos superflua tiun elspezon, kiu estas apenaŭ eltenebla por li. Nur tiel estas klarigeble, kial li ankoraŭ ne deprenis sian monon ĉe la Nacia Depona Banko.

Macheath sciis, ke Peachum estis esperinta povi disponi pri sia filino por la makleristo. Ĉar tio ne sukcesis, li nun devis certe sangi. Do lian viziton en la Nacia Depona oni povis atendi ĉiuhore.

Macheath mem ankoraŭ ne estis estrarano de la Nacia Depona Banko. Sed la formalaĵoj estis tuj finaranĝotaj. Ĉio dependis de tio, ke li gajnu tempon. Nun li devis zorgi pri la doto kaj fordoni la edzinon, almenaŭ por la momento. Polly poste ne estis perdita por li. Ĉiuokaze ŝi ja estis graveda de li, tio certe ligos ŝin al li.

Li devis plenumi sian faron.

Eĉ la saman vesperon li venigis Walley, la advokaton de Peachum, kaj konsentis pri eksedziĝo.

Nun, kiel antaŭe, Coax komunikiĝis kun la familio Peachum, lastatempe li eĉ ĉiam kunvenigis sian fratinon, kaj la interrilatoj de la du familioj ne povis esti pli intimaj. Fraŭlino Coax estis ĉarmita de sinjorino Peachum kaj ŝia filino. La pli maljunaj sinjorinoj ludis viston en la salono, kaj Polly silente laboris super brodoĵo, kiu bildigis lordon Nelson apud Trafalgaro. Vespere venis la makleristo por akompani sian fratinon hejmen, kaj por kelkaj minutoj li eksidis ĉe la sinjorinoj. Kiel kutime, li petis la persikon ludi al li pianaĵon. Tion ŝi plenumis tre bone. Ŝi vere havis beletan voĉon, kaj dum la ludado la tulmaniko refalis, tiel ke oni vidis la plenajn brakojn.

Rigardante ŝin dum la pianoludado, li ankoraŭ nun komprenis, ke li foje eĉ pensis edziĝi al ŝi. Ŝi havis grandajn avantaĝojn.

„*Ĉu vere*", li skribis en sia taglibro, „*tiom gravas, ke oni jam ĝuis knabinon? Kion do signifas tiu unua, ja ĉiam iom neperfekta ĉirkaŭbrako? Oni ja certe ne povas ne pensi pri interna mastra instinkto en la viro, kiu trovas sian ĉefan ĝuon en tio, ke li subigu al si la virinon, venku ŝin! De kie aliokaze tiu indiferenteco post la plenumita ekposedo? Ĝi eĉ okazas, kiam eĉ ne temas pri la rabo de virgeco! Aŭ ĉu vere ekonomiaj konsideroj ludas tian rolon en la anima vivo? Ĉu fakte min influas interne, anime, ke Polly Peachum ne plu povas serioze esti konsiderata kiel edziĝpartnero, post kiam ŝia patro tiom eniĝis en perdon? Finfine ja estis mi mem, kiu havigis al li la perdojn... Sed la instinkto eble tute ne demandas pri kulpo, sed sin tenas laŭ la faktoj... Ĉiuokaze mi konstatas en mi senton de kompleta fremdiĝo.*"

Tiaj sentoj devis esti kaŝataj antaŭ Peachum.

Li kaŝis ilin. La bukedoj da diantoj, kiujn li sendis en la domon, pligrandiĝis.

Je la fino de septembro li eksciis, ke jam antaŭ duona jaro la filino de sinjoro Peachum edziniĝis al iu Macheath. Li miris, silentis kaj konservis la sciigon en sia koro.

Poste venis la sinmortigo de Crowl, kaj Coax havis bonan, oficialan motivon esti malbonhumora. Fakte el tio rezultis malfacilaĵoj por li. Pro negocaj motivoj li estis membro en certa nobla klubo, kaj post la gazetinformo pri la evento en sia kontoro li vidis sin devigita eksiĝi. Eĉ pli malagrable estis, ke en okazo de publika skandalo pro la ŝipoj lia nomo nun estis nedisigeble interplektita kun la afero.

La kazo Crowl donis al Coax la eblon ignori Peachum. Sed ankoraŭ plu kune kun sia fratino li vizitis sinjorinon Peachum kaj Polly. Tio devis sufiĉi por trankviligi Peachum rilate la intencojn de Coax pri la estonteco. Kiam poste eksplodis la striko de la doklaboristoj, la du denove alproksimiĝis home dum komuna laboro.

Pere de ĉiuspecaj praktikoj Peachum plurfoje malaltigis la salajrojn de la ŝipfarejaj laboristoj. Iun belan matenon nur kvin el proksimume ducent ankoraŭ aperis en la laborejo. La aliaj ekstaris antaŭ la pordoj por preventi, ke aliaj laboristoj sin prezentu.

Tio estis malagrabla, eĉ danĝera. Kompreneble oni povis prokrasti la definitivan transdonon de la ŝipoj, atentigante pri la striko. Sed en la konfidenca animstato, kiu eĉ nun ekestis inter la du kompanianoj per la komunaj malfacilaĵoj, Coax rakontis, ke la deziro de la registaro aĉeti de SUT ŝipojn por la truptransportoj ne estis aparte forta. Ĝi disponis pri sufiĉe da transportspaco. Estis Hale, kiu eltrovis, ke tamen en pli alta loko oni nenion obĵetus kontraŭ la akiro de plia transportspaco. Poste, kiam la kontrakto estis farita kaj Hale volis preventi malagrablajn informpetojn, li sugestigis pere de amikoj, ke la armea estraro destinis la nove akiritajn ŝipojn por malgranda truptransporto. Kompreneble al tiuj trupoj oni povus disponigi ankaŭ aliajn ŝipojn. Sed la opcio de Coax al la rezervaj ŝipoj en Southampton, kiujn oni ja certe devis havi disponeblaj ĝis la fino de la riska negoco, estis baldaŭ ĉesonta. Hale fariĝis tute senkaraktera kaj povis ĉiun tagon provi novajn ĉantaĝojn. Peachum faris ĉion por denove komencigi la laboron. Antaŭ ĉio li instigis la publikajn korporaciojn, parolante pri „ĉantaĝoj de la laboristaro en la momento de nacia krizo“. Li pensis pri interveno de la militistaro.

En siaj metiejoj li fabrikigis uniformojn per granda energio. Unue li planis grandan demonstracion kontraŭ la strikantoj fare de invalidaj soldatoj. Profunde impresus, speciale en la kolumnoj de la gazetoj, se iamaj, militdifektitaj soldatoj reprezentus la interesojn de la tuta nacio.

Dum tiuj fortostreĉoj venis la sciigo de Walley pri la preteco de Macheath konsenti pri eksedziĝo. Nun ŝajnis, ke falis la terura malhelpaĵo kontraŭ la planoj de Peachum kaj ke tiu ĉi nun povos decide certigi sin pri Coax kaj tiamaniere tamen doni feliĉan turniĝon al la fatala negoco, kiu senspirigis lin jam dum pli ol kvaronjaro.

Jen lia filino, kiu aŭdis pri la venonta eksedziĝo el la buŝo de sia patro, kriis al li: „Mi estas graveda“. Li furiozis.

„Tamen vi eksedziniĝos“, li rekriis. „Vi eksedziniĝos kaj iros al kuracisto! Ĉu vi opinias, ke mi lasos ruinigi min de vi? Finfine ankaŭ mi havas nervojn kaj ne toleras, ke oni tretas sur ilin. Se vi kondutas tro freneze, mi ekkuŝos en la lito, min turnos al la muro kaj lasos ĉion kuri, kiel ĝi kuras; poste vi povos transloĝiĝi en hospitalon, vi fiularo!"

Dum tiuj tagoj li rigardis nek dekstren nek maldekstren. Kvazaŭ sangohundo li sekvis sian spuron.

Li sciis tro malmulte.

Se li divenus, ke la makleristo jam delonge estas informita pri la edziniĝo de lia filino, se li eĉ scius, kio okazis dum la lasta vizito de lia filino en la loĝejo de Coax, li agadus alie.

Eĉ la saman vesperon Polly iris al sia edzo en la malliberejon.

Kompreneble li tuj diris al ŝi, ke ĉio ĉi estas nur „pro formo." Eksedziĝo daŭras tiom kaj tiom da tempo. Oni ja nur bezonas prezenti netrafan motivon por la eksedziĝo, tiam ĉio fiaskas eĉ lastmomente. La prezento de la eksedziĝa plendo ne estas evitebla, ĉar ŝia patro tro forte premas lin kaj havas lin tute en sia mano.

„Li povas pendumigi min kaj li faros tion, vi konas lin!"

Polly tuj diris, ke tiuokaze ŝi devas viziti kuraciston kaj igi elpreni la infanon. En sia ekscito ŝi konfesis, ke ŝi estas graveda.

Macheath ektimis. Kun tio li ne kalkulis. Per raŭketa voĉo li diris, ne rigardante sian edzinon, ke kompreneble tio ne eblas, sian infanon li ne povas oferi, almenaŭ ne sen urĝega neceso.

Fakte tiu ĉi afero okupis lin dum la duona nokto en lia ĉelo, post kiam Polly foriris plorinte. Li posedis familian senton kaj jam antaŭĝojis pro la filo. Pensante pri li kun dolora emocio, li komencis kredi antaŭ la ekdormiĝo, ke ĝuste la penso pri lia malgranda filo instigis lin al liaj negocaj agadoj.

„*Ho*", li pensis, „*por kio ĉiuj ĉi klopodaĉoj, se subite povas ekesti nia fino kaj neiu ekzistas, kiu tiuokaze transprenas ĉion? Por kio mi sidas ĉi tie en la ĉelo, se ne estus por mia filo? De kie mi prenus la forton venki ĉion ĉi? Tenante lian malgrandan manon en la mia, mi iros kun li tra la butikoj, kiuj iam estos la liaj, kaj diros al li: Filo mia, tio bezonis penon kaj diligenton, ne forgesu tion! Via patro sangis, por ke vi havu tion. Li laboris ne nur por si; li ne postulas dankon por tio, tion li ne faras, sed li almenaŭ diras tion al vi, por ke vi vidu, ke ni, via patro kaj vi, estas ligitaj per ne malmulto. Via patro mortos, kiam lia tempo venos, poste vi plulaboros memore al li, kiu por vi...nu, ja vere, kiu laboris por vi. – Tion mi diros al li, kaj li komprenos. Mi nomos lin Dick.*"

Li estis efektive impresita. Nur la posttagmezon de la sekva tago li sendis al Polly la mesaĝon, ke ŝi tamen konsultu kuraciston, ĉar tio estas necesa. Li kalkulis, ke ŝi prokrastos la viziton kiel eble plej longe, almenaŭ du ĝis tri tagojn. Ĝis tiam li esperis realigi ion, kio preventos la operacion. Sed ĉiuokaze ŝi devis kalkuli kun ĝi kaj neniuokaze devis doni al sia patro motivon por malfido.

Efektive li mem ne devis allasi mallongigon de la spirpaŭzo, kiun li havigis al si per sia konsento pri eksedziĝo, por povi efektivigi la surprizatakon kontraŭ la Nacia Depona Banko.

Denove li urĝis Hawthorne kaj Miller akceli la transformon de la banko.

Ili unue devis atendi en la atendejo duonan horon. Macheath tiel ordonis tion. Do ili sidis, nedireble deprimitaj, inter la familianoj de malliberuloj, zorgopremitaj aŭ dekadencaj aŭ zorgopremitaj kaj dekadencaj personoj de ambaŭ seksoj.

Macheath alkriis ilin, ke la afero daŭras al li tro longe, ke estas al li tute nekompreneble, kiel oni povas atendigi lin tiom longe enigi en entreprenon tute koruptan.

Poste li prilaboris kun ili la aferon Chreston.

Chreston realigis sian disvendon, ne petante pliajn monsumojn. Ankoraŭ nun li miris pri la konkurenco, kiu per siaj aĉetoj malplenigis liajn butikojn. Ja vere la prezoj estis ege sub la meznombro... La forte anoncita reklamsemajno de la Aaron-kaj M-butikoj zorgigis lin, ĉar la publiko tre atendis ĝin. Pri la realigota transpreno de la banko fare de Macheath li ankoraŭ ne sciis.

Nun Macheath sendis al li sciigon, ke kelkaj el la varoj, kiujn li vendis dum sia reklamsemajno, estas suspektindaj. La priskribo de varoj ŝtelitaj en Birmingham estas trafa por ili. Li petas pri la aĉetdokumentoj.

Post tio venis Chreston.

Li estis sekiĝinta viro alta unu metron naúdek, kiu havis malinklinon al viandaĵoj, al la pastraro kaj al J. Aaron. Li estis tre ektiminta.

„Sinjoro Chreston“, Macheath akceptis lin tre rezervita „malagrabla kaúzo kondukas vin ĉi tien. Mi ne povas ne diri, ke mi ne fidis miajn orelojn, kiam mi devis aúdi, ke dum via disvendo ne malgrandaj kvantoj de necerta deveno estis transigitaj al la publiko. Mi esperas, ke vi havas dokumentojn?“

Sinjoro Chreston ne havis dokumentojn.

La varkvantojn li aĉetis pro tio, ke ili estis malmultekostaj, kaj pro tio, ke li bezonis varojn post la akra konkurencbatalo. Dokumentojn li ne ricevis. Li aspektis tiel trafite, kvazaú li ĵus formanĝintus kotleton kontraú sia plej interna konvinko.

Macheath montris sin dura al li. Li parolis per pastreca voĉo pri lojaleco en la konkurencbatalo kaj pri la saĝeco de la leĝo, kiu punas la riceliston kaj pluvendanton same kiel la ŝteliston. Macheath klarigis, ke, se li nun vendas la respektivajn kvantojn dum sia reklamsemajno, li havas dokumentojn: nome la kvitancojn de Chreston. Sed Chreston ne havas. Poste li koncize kaj brutale informis lin, ke li post nelonge eniĝos en la estraron de la Nacia Depona. Post tio li diris al li la kondiĉojn, sub kiuj liaj butikoj povos aliĝi al trusto troviĝanta sub la gvidado de sinjoro Macheath kaj provizata per CAS.

La alta sinjoro Chreston estis kvazaú batita sur la kapon, kiam li aúdis, ke la konkurenco eniĝis en la bankon, kiu havas lin tute en sia mano. Li sufiĉe rapide ekkonis sian situacion.

De la provoso la sinjoroj venigis paperon kaj krajonojn, desegnis nombrojn kaj montris al tiuj per la cigaroj. Sur la muro de la karcero Macheath jam alpinglis blue-verdan mapon de Londono; senĉese konsumante fortajn importcigarojn, li ĉirkaúis per grasa ruĝa krajono certajn kvartalojn, substrekis nomojn de placoj, faris komplikan skemon de linioj sur la tuta urbo kaj ĝiaj antaúurboj. Estis la distribua skemo de la MC- (Malmultekostaj-Chreston)-butikoj.

El la Chreston-butikoj kelkaj devos esti reduktitaj, kunmetitaj, forvenditaj. Senkompate Macheath disbatis ilin per sia ruĝa krajono. Lia banko bezonis „sian“ monon.

„Ne forgesu“, Macheath diris al Chreston, „ke la banko apartenas al infano. Pri tiu havaĵo oni mismanovris per maniero senrespondeca. Ankaŭ aliaj havaĵoj jam estas difektitaj. Tio devas ĉesi. Mi devas esti kapabla transpreni la respondecon rilale al la neplenaĝa posedantino. Mi ne estas sentimentala, sed mi ne lasos diri pri mi, ke mi prirabas infanojn. Infanoj estas la estonteco de Anglio, tion ni forgesu eĉ ne unu momenton.“

Estis interkonsentite, ke la prezoj ree estos malrapide plialtigataj kaj ke en la reklamon oni devos enkonduki la vorton „kvalito“.

Macheath priskribis al Fanny la interparolon kun Chreston kaj desegnis bildon de li.

„Estis speco de muta dialogo inter ni. Mi demandis lin: ‚Ĉu vi respondecas pri tio, kion vi faris?‘ Li respondis al mi rapide: ‚Ne‘. – ‚Ho, vi ne deziras defendi vian memstarecon – ĉiupreze?‘ mi demandis lin plu. – ‚Ne ĉiupreze‘, respondis li. – ‚Do vi pli ŝatas esti venkita kaj klini la nukon sub mian piedon?‘ – ‚Envere‘, estis lia respondo, ‚kostas pli malmultekoste.‘ – Li ne estas tio, kion oni nomas granda karaktero, li estas tute prudenta. En niaj tagoj jam estas nur malmulte da senco en tio, prezenti sin kiel personecon.“

Al Miller kaj Hawthorne Macheath devis havigi plian doloron. Li diris, ke li devas postuli de Miller la subskribon de deklaro, ke li, Miller, disponis pri la deponaĵoj de Peachum pro spekulaciaj celoj, propraresponse, eĉ sen scio de Hawthorne. La banko mem devas resti senriproĉa.

Miller kolapsis tute kaj komplete. Li kuŝigis la maljunan kapon sur la apogilon de la seĝo kaj ploris. Poste li sin regis, ekstaris kaj diris kun kvieta digno:

„Tion mi ne povas, sinjoro Macheath. Neniam mi povas subskribi, ke mi misuzis monon konfiditan al la banko por spekulaciaj celoj. Ĉu vi scias, kio estas tio: *konfidita?* Ili metis sian havaĵon penege akiritan en miajn manojn. Ili diris: Sinjoro Miller, jen mia havaĵo, ĉio, kion mi havas; mi translasas ĝin al vi *fide kaj konfide*, prenu ĝin, kaj administru ĝin laŭ la *plej bona scio kaj konscienco*! Mi fidas vin! Mi estas honestulo kaj vi estas honestulo. Kaj nun mi diru: Ĝi estas for. Mi estas ankoraŭ ĉi tie, sed la mono estas for. Neniam. Aŭdu, sinjoro Macheath, tion mi neniam povas diri."

„Sed vi ja estas ĉi tie, sinjoro Miller, kaj la mono *estas* for!"

„Jes", diris sinjoro Miller kaj sidiĝis kun tia mieno, kian mirigitaj infanoj povas havi.

Li eliris, senĉese kapskuante kaj ion murmurante antaŭ sin, post kiam oni sidadis ankoraŭ pli ol kvin minutojn, ne dirante unu plian vorton.

Du horojn poste la maljuna Hawthorne alportis la skribaĵon.

Sub ĝi troviĝis la nomo de Miller klare kaj ekkoneble, kvazaŭ skribita de lerneja knabo.

Hawthorne krome petis Macheath per emociita voĉo unue lasi Miller ĉe sia pupitro en la banko – kompreneble sen salajro –, ĉar la maljuna viro ne scias, kion diri al sia edzino kaj al siaj najbaroj. Macheath konsentis tiun peton.

Je la sama tago Macheath realigis sian aliĝon al la Nacia Depona Banko.

Per tio centfunta ŝarĝo estis de sur lia animo. Nun eĉ Aaron kaj Opper povis ekscii, ke la prezidanto de CAS nomiĝas Macheath, ĉar nun ankaŭ la direktoro de la Nacia Depona Banko nomiĝas Macheath. Kaj ankaŭ la negoca partnero de Chreston nomiĝas Macheath.

Post la tagmanĝo Polly iris al sinjorino Crowl.

Ŝia patro sendis ŝin. Jam ĉiam ŝi transprenis por li certajn devojn, kiujn li havis kiel malriĉula prizorganto.

Sinjorino Crowl estis tre kortuŝita pro la manĝaĵa korbeto kun botelo da pomvino, kiun Polly alportis. Ŝi plendis multe pri SUT, kiu estis konfiskiginta ĉiujn meblojn, kiujn ŝi ne „nepre" bezonis, kaj pri sia patro, kiu morne aŭskultis.

„Kion mi nur faru pri li", ŝi lamentis, „li estas pli malbona ol infanoj, tiuj almenaŭ ne malpurigas la ĉambron. Nun mia edzo forspekulaciis lian pension, kaj ni havas entute nenion plu."

„Se vi almenaŭ povus disponi pri *iom*, sinjorino Crowl", Polly diris kompate, „tiuokaze mi eble povus instigi mian edzon translasi al vi unu el siaj malgrandaj M-butikoj. Tiam vi almenaŭ estus memstara kaj via propra mastro. Sed por tio ja ankaŭ necesas malgranda komenca kapitalo."

Ŝi estis tre afabla al sinjorino Crowl. La senesperiga ĉambro fariĝis pli hela, dum ŝi sidis tie, ridetante kaj kun la malplena korbeto sur la sino.

Sinjorino Crowl hezitis. Ŝia malbrila rigardo glitis super ŝiaj mizeraj mebloj, ne tuŝante la maljunulon. Poste ŝi diris subite:

„Unu ŝancon mi ja havus ankoraŭ. Li havas ankoraŭ fratinon, kiu eble povus investi malgrandaĵon – pli multe ŝi ne havas – en tian absolute sekuran..."

Kaj turnante sin al la maljuna viro:

„Kion vi opinias pri tio?"

La maljunulo diris nenion. Supozeble li komprenis nenion. Lia kapo ŝajne ne plu estis en ordo.

La du virinoj priparolis la aferon ankoraŭ kelkajn minutojn. Kiam Polly leviĝis, ŝi jam donis la firman promeson peti sian edzon pri butiko por sinjorino Crowl. Sed estas vere, ke ŝi forgesis tion jam sur la ŝtuparo. Estis pasio de ŝi voli esti ŝatata de ĉiuj homoj.

Reveninte, ŝi estis vokita en la kontoron de sia patro. Li informis ŝin per sekaj vortoj, ke ŝia edzo konsentis pri la abortigo. Li sendis certan Grooch, kiu donis la sciigon rekte al li. Por ŝi mem papereto kuŝas en ŝia ĉambro.

Polly legis la papereton kaj estis profunde trafita. Tiom malmulte Mac estis kore ligita al sia filo? Por li ja estis lia filo, ĉar li ja sciis nenion pri Smiles! Estis abomene! Ŝi tiom ĉagreniĝis, ke ŝi diris al sia patrino, ke ŝi volas konsulti kuraciston eĉ la saman posttagmezon, ŝi konas iun tian, kostas dek kvin pundojn.

Sinjorino Peachum unue volis provi la aferon per kinino. La unuan tagon oni prenis tri kapsulojn, la duan kvar kaj tiel plu ĝis sep. Pli multajn oni devis ne preni, sed same oni ne devis elsputi la aĉaĵon kaj ĉesi pro orelsusuro, korfrapado kaj naŭzo.

Sinjorino Peachum eksciis, ke ne plu estas la unua monato; do restis nur la kuracisto.

Ili iris tuj post la teo. Ŝajnis, ke la kuracisto ne rekonis la persikon; lia praktiko estis eble tro granda. Krome li devis ĉi-foje intertrakti kun la patrino, kaj tiuj, kun kiuj li interkonsentis pri la honorario, estis por li la pacientoj. Li sidis meze en siaj armiloj, glitigis la manon sur sia bela, mola, ne tute senbakteria barbo kaj diris:

„Sinjorina moŝto, bonvolu permesi al mi atentigi vin, ke tio, kion vi intencas, ne estas konforma al la leĝo."

Li manipulis sian voĉon tiamaniere, ke la menciita konformo fariĝis speco de sfera muziko. Sed sinjorino Peachum interrompis lin seke:

„Jes, mi scias, tio kostas dek kvin pundojn."

Tridek jaroj ĉe la flanko de ŝia edzo kaj abunda konsumo de alkoholaj trinkaĵoj instruis ŝin koni la homojn.

„La problemo ne estas sole dek kvin pundoj, sumo, pri kiu mi cetere ne scias, de kie vi prenas ĝin, la operacio kostos iom pli multe", la doktoro pastrece malakceptis, „la problemo estas la konscienco."

„Vi diris, ke la operacio kostos iom pli multe? Kiom?" demandis sinjorino Peachum.

„Nu, ni diru, dudek kvin pundojn, sinjorina moŝto, sed antaŭ ĉio vi devas fari la gravan decidon, ĉu vere vi volas neniigi ĝermantan vivon, tio estas, ĉu vere estas nepra, deviga neceso, eble kiel ĉe miaj malriĉaj pacientoj, kiuj simple ne povas havigi al si rimedojn por la vivtenado de la infanoj, kio ja ne pravigas la operacion per si mem, sed tamen home komprenebligas ĝin, ĉu ne!"

Sinjorino Peachum rigardis lin atente, poste ŝi diris:

„Ĝuste pri tia neceso temas, sinjoro doktoro."

„Tiaokaze estas kompreneble alia afero", diris la doktoro, ĉar sinjorino Peachum kaj ŝia filino jam ekstaris, „tiam mi petas vin veni ĉi tien morgaŭ posttagmeze je la tria. La honorario estos tuj pagenda, por ke ne venu fakturoj en vian domon. Sinjorina moŝto, mi adiaŭas."

La virinoj iris manĝi kukon. Ĉar estis tro frue por iri hejmen, ili krome eniris kinejon.

Estis unu el tiuj malgrandaj, mizeraj establoj, kiuj senĉese montris filmojn. Ĝi havis la formon de longa mantuko. La projekcia ekrano estis eta. Senĉesa pluvo iris tra la bildoj, kaj la homoj moviĝis sur ili kvazaŭ en koreo.

La filmo nomiĝis „Patrino, via infano vokas!"

Ĝi komenciĝis per tio, ke nobla, ankoraŭ juna sinjorino faris sian tualeton por vesperaranĝo. Helpe de ĉambristino ŝi bukis metrolongan korseton kaj pendigis kelkajn funtojn da diamantoj sur siaj oreloj kaj kolo. Ŝi admiris sin en murspegulo kaj poste iris en la ĉambron de sia infano, kiu kuŝis en liteto. Estis trijara knabino, momente malsana. La kuracisto, malserena, barba viro, staris apud la liteto kaj palpis ŝian pulson. Poste li interŝanĝis kelkajn, evidente tre seriozajn vortojn kun la patrino. Sed tiu ĉi ridis malzorge, nur pretere ĉirkaŭbrakis la infanon kaj elpompis.

En la mezo de la koridoro staris la klarigisto, dika sinjoro.

„Senzorgeco kaj ĝuemo", li diris per iomete raŭka basvoĉo, „delogas la junan patrinon forlasi sian morte malsanan infanon por ĵetiĝi en la brakojn de bruegaj distroj."

Nun oni vidis ege noblan kaj pompe ekipitan salonon, en kiu ne malgranda societo sin donis al dancplezuro.

„La altrangularo en ĝuo kaj bruo", samtempe klarigis la baso.

La juna patrino envenis. Servisto en ĝisgenua pantalono anoncis ŝin. La sinjoroj eksaltis. Oni mendis ĉampanon. La juna patrino sidis inter du kavaliroj sur ŝvela velursofo. De tempo al tempo ŝi leviĝis por danci kaj flugis de brako al brako.

„Flugante la horoj forrapidas", la klarigisto informis la publikon.

Poste oni ree vidis la infanĉambron hejme. La infano ŝajne fartis multe pli malbone. Ĝi sidis rekte en la liteto kaj etendis la braketojn al sia foresta panjo. Subite ĝi refalis.

„Ho", diris la baso, „ĝi mortas, ho, ĝi refalas! Jam estas finite!"

Oni vidis denove la balsalanon. La juna patrino ĵus elsorbis kalikon da ĉampano, klinante sin malantaŭen. Subite la malantaŭa muro de la salono fariĝis diafana; la infanĉambro aperis; el la liteto leviĝis la malgranda mortinta knabino, same diafana, ĝis ŝi staris tute rekte. Ŝi havis du flugiletojn ĉe la ŝultroj, ĉar nun ŝi estis anĝeleto. Ŝi flugis al sia juna, foresta patrino en la balsalonon, tio estas, de malantaŭe, el la salonmuro ŝi venis flirtanta direkte al la marmortablo, ĉe kiu la juna, devoforgesa virino sidis diboĉante, antaŭ la tablo ŝi malleviĝis sur la plankon kaj solviĝis en nenion.

„En vizio", muĝis la baso, „la teruritino vidas sian infanon jam mortinta. Kiel anĝelo, ho kiel kortuŝe, ĝi por eterne disiĝas de ŝi!"

La juna patrino svenis. Oni vidis ŝin ankoraŭ dum kelkaj sekundoj en la vestgardejo, kie ŝi rapide ĵetis ion sur sin.

„Ho, ke ne estu tro malfrue!" flustras la malfeliĉulino, dum ŝi surmetas ion kun frapanta pulso.

Poste denove venis la infanĉambro, kaj ŝi enrapidegis. Ŝi ĵetiĝis surgenuen antaŭ la liteto, ĉirkaŭbrakis la mortintan filineton kaj tordis la manojn. Ĉiuj klopodis pri ŝi, sed ili ŝajne ne povis mildigi ŝiajn doloron kaj memriproĉojn.

La baso finis per sufoka voĉo:

„Malfruis ŝi! Feliĉo estas for!

Reportos ĝin nek pento nek dolor'!"

Dum la filmo la du virinoj sidis animskuitaj inter la alia publiko. Ĉe la kasejo ili antaŭe aĉetis al si ĉokoladon. Sed jam nelonge post la komenciĝo de la melodramo ili englutis ĉion. La filmo kaptis ilin.

Kiam la malgranda knabino, malproksima de la malzorga patrino, mortis sola, Polly sentis pikan doloron en la brusto. En la mallumo ŝi ekprenis la manon de sia patrino, ambaŭ virinoj havis larmojn en la okuloj, kiam la mortinta malgranda knabino venis flirtanta en la balsalonon, kun siaj etenditaj braketoj kaj la helaj bukloj. Ili forlasis la kinejon, profunde emociitaj de tiu artaĵo.

„*Mi* ne akompanos vin tien morgaŭ posttagmeze!" sinjorino Peachum diris premite sur la strato. Ankaŭ Polly ne povis imagi, ke ŝi volis oferi sian infanon. Ĉu ŝi ne estis sama kiel tiu krime senzorga patrino en la balsalono?

Nur dum la nokto la du virinoj forskuis de si la efikojn de la arto. Sur kotonaj ŝtrumpoj sinjorino Peachum venis en la ĉambreton de Polly kaj diris, sidante sur la rando de la lito: „Vi devas ne manĝi ion morgaŭ tagmeze. Aliokaze vi sputos post la narkozo.“

La tutan nokton Polly vidis la armilkolekton de la doktoro.

Sinjoro Peachum estis tre okupita.

Li akceptis je tiu vespero la advokaton Withe kaj Fanny Crysler. Peachum estis insistinta, ke lia bofilo tuj prezentu al li la personon, kiu priĵuros adulton antaŭ la tribunalo. Li devis esti certa.

Macheath proponis knabinon el la publika domo de sinjorino Lexer en Tunnbridge, kaj la dika Withe jam venigis ŝin en la Old-Oak-straton. Ŝi esprimiĝis tre malkaŝe, sed sinjoro Peachum indignis kaj malakceptis tiun atestantinon. Li diris, ke li ne pensas tiagrade humiligi sian filinon antaŭ ĉiuj, kaj en realo li eble timis, ke la atesto de la prostituitino povus esti kontestata antaŭ la tribunalo.

Okazis atako de kolerego flanke de Macheath.

„Kun kiom da virinaĉoj mi ververe seksumis laŭ la opinio kaj deziro de mia bopatro?“ li kriis.

Tamen li konsentis indiki Fanny Crysler. Li ja estis nun estrarano en la banko, sed la ruinon de Peachum li ankoraŭ ĉiam ne deziris: li nun rigardis lin kliento. Se tiu kliento povis majstri sian kontraŭulon laŭ maniero, kiu ne devigis lin maldeponi sian monon, estus multe pli bone por la banko.

La penso pri efektiva eksedziĝo disde Polly pasis tra lia kapo pli ol unu fojon dum tiuj tagoj.

Al Grooch, kun kiu li, sentakta kiel ĉiam, priparolis la prezentadon de Fanny Crysler kiel atestantino, li esprimiĝis jene:

„*Povas okazi eventoj, kiuj disigos min kaj mian edzinon. Tiuokaze rompo de mia flanko povus esti la plej prudenta. Sed se nun mi konfesas miajn rilatojn al Fanny, tio tute ne bezonas signifi rompon kun mia edzino. Ŝi ja estas graveda de mi, kaj tial ŝi ne povas cedi al ĉiu kaprico kaj forkuri pro ĉiu bagatelaĵo. Nur la plej gravaj kaŭzoj pelus virinon en tia stato al la decido rezigni pri sia edzo. Jen la avantaĝo, se ili estas gravedaj. Tiam ili rimarkas, kion ni signifas por ili. La naturo, Grooch, estas ruza. Ĝi sukcesigas, kion ĝi volas. Kaj kial? Ĉar ĝi estas ruzega!*"

Grooch kaŭris sur la matraco, fumis kaj kapjesis pripense.

„*Ekzistas nur unu kazo, en kiu mia edzino povus kruci miajn intencojn*", Macheath daŭrigis medite. „*Tio estus, se ŝi fakte disiĝus de sia infano, kiun ŝi portas. Sed tio estus tia malvarmsangeco de ŝi, ke tiaokaze estus tute indiferente, ĉu ekestas rompo. Mi lasis tion al ŝi. Mi parolis nek por nek kontraŭ. Per tio mi volis konigi al ŝi, ke ĉio estu lasata al ŝi. Tio estas akra ekzameno por ŝi, ekzameno ĝis la koro kaj renoj. Malkaŝe dirite, mi ne povas scii, ĉu ŝi sukcesos en ĝi. Mi eĉ ne scias, ĉu ĉio estas jam decidita. En tiu ĉi momento mi ne scias, ĉu ŝi portas ankoraŭ la infanon sub sia koro aŭ ne. Mi gardis min demandi. Ŝajne mi tute ne zorgas pri tio. Sed venos la tempo, kiam mi demandos: Kie estas via infano? Kiel vi traktis ĝin? Ĉu ĝi estis por vi tiom grava, ke vi ne volis disiĝi de ĝi por nenio en la mondo, aŭ estis alie? Tiu minuto decidos pri ĉio.*"

Grooch denove kapjesis, kaj Macheath vere kredis en tiu momento, kion li diris. Estis tute laŭ lia karaktero doni striktajn ordonojn kaj poste senindulge responsigi tiujn, kiuj plenumis ilin. Nun Withe kondukis Fanny Crysler al Peachum. Tiu ĉi akceptis ambaŭ starante en sia malgranda kontoro.

Fanny kondutis tre nature, kaj kiel ĉiam ŝi efikis kiel sinjorino. Ŝi diris, ke ŝi volas fari al sinjoro Macheath la komplezon, kiun li petis de ŝi. Ŝi ne estas ligita al iu flanko kaj ne atentas la babilaĉadon de la homoj.

„Haltu!" Peachum interrompis ŝin krude. „Ĉu mi komprenu tion tiusence, ke vi volas fari falsan ĵuron, por esti kompleza al sinjoro Macheath? Tio tute ne sufiĉus al ni."

Surprizite Fanny rigardis la advokaton, kiu embarase gapis en iun angulon de la mizera ejo.

„Vi opinias", ŝi diris – kiel unua el la tri ŝi sidis, kaj nun ekbruligis al si cigaredon –, „ke mi diru al vi, ĉu mi vere dormis kun via bofilo?"

„Tiel estas", sinjoro Peachum konfirmis.

Ŝi ridis, sed ne malagrable. Poste ŝi turnis sin al Withe: „Mi ne scias, ĉu estas laŭ la intenco de sinjoro Macheath, ke mi parolas pri tiaĵo, Withe.“

Intence ŝi lasis la alparolon „sinjoro“ for, por montri, ke ŝi staras societe sur la sama ŝtupo, t. e. apartenas al la klientoj de Withe.

„Ĉu laŭ la intenco de sinjoro Macheath aŭ ne“, sinjoro Peachum diris kolere, „ĉiuokaze mi devas scii tion. Kaj mia edzino ankaŭ devas scii, se vi ne havas objetojn. Ne estu ŝerco, la tuto.“

Kaj li malfermis la ladpordon kaj krie vokis sian edzinon.

Ŝajnis, ke ŝi ne estis tre malproksima. Tuj ŝi envenis. Scivole ŝi rigardis la vizitantojn, kun la manoj interplektitaj sur la ventro. Ŝi ne estis sinjorino.

„Tiu ĉi estas fraŭlino Crysler“, Peachum prezentis al ŝi la sinjorinon, kiu tuj formetis sian cigaredingon, sed lasis la krurojn unu sur la alia, ankoraŭ ridetante nedifine. „Fraŭlino Crysler venis por sciigi al mi, ke ŝi komunikiĝis intime kun sinjoro Macheath ĝis en la lasta tempo, do eĉ post lia edziĝo. Tiel estas, ĉu ne?“

„Tute prave“, diris fraŭlino Crysler nun tute serioze. Kaj pro ĝentileco al la fremda virino ŝi leĝere aldonis: „Mi kondukas vendejon de sinjoro Macheath kaj konstante kunlaboras kun li.“

Poste ŝi ekstaris, metis sian cigaredingon en sian mansaketon, kapklinis kaj eliris. Withe malfermis al ŝi la pordon, ridetante embarase.

La unuan fojon de post monatoj Peachum dormis trankvile en tiu nokto.

La sekvan matenon li intencis realigi la decidan interparolon kun Coax. Li volis konfesi al li la mispaŝon de Polly kaj samtempe prezenti la konsenton de Macheath pri eksedziĝo. La ŝipoj en Southampton ne devis esti aĉetataj, la mono por ili estis disponebla, escepte de la parto de Peachum.

Sed la matenon, kiam li estis razanta sin, por iri al Coax, ĉi tiu enpenetris lian ĉambron kaj alkriis lin, svingante leteron:

„Sinjoro! Kion vi faras pri mi? Vi sugestas al mi, ke mi edziĝu al via filino. Dum monatoj vi faras aranĝojn, ke mi estu kune kun ŝi. Tiamaniere vi certigas al vi specialan pozicion en nia negoco, detenas min konduti kontraŭ vi kiel kontraŭ la aliaj trompistoj, al kiuj vi apartenas. Hodiaŭ matene mi eksciis, ke via filino jam delonge edziniĝis, ke ŝi troviĝas en eksedziĝa proceso kaj ke ŝia edzo estas krimulo, kiu laŭdire troviĝas en malliberejo. Ĉu vi estas freneza, sinjoro?"

Peachum, kun la vizaĝo kovrita de sapŝaŭmo kaj la brako kun la tranĉilo levita, staris antaŭ la malgranda spegulo, kiun li pendigis sur la fenestra tenilo. Liaj ŝelkoj treniĝis malantaŭ li sur la planko. Li ĝemis obtuze.

„Ĉu tio estas via respondo, sinjoro?" Coax daŭrigis malvarmege. „Ĉu estas tio, kion vin havas por respondi al mi? Grumblado? Sinjoro, vi havas kuraĝon!"

Peachum mallevis la tranĉilon. Li havis vulgaran vizaĝon, sed nun la doloro estis en ĝi tiom granda, ke ĝi aspektis preskaŭ bone.

„Coax", li diris per obtuza voĉo, „sed Coax, kiel vi povas tiel paroli!"

Kaj la esprimo de lia doloro estis tiel vera, ke Coax jam nur diris la plej necesan.

„Ne pli malfrue ol post du horoj, *du* horoj, vi transdonos la monon por SUT, Peachum, kaj nome ĉe mi en la kontoro, kaj poste vi ne plu donos al mi okazon vidi vin, aliokaze vi sidos post kvin horoj en la malliberejo kune kun via belega bofilo!"

Rekte li eliris, kaj ekstere li renkontis Polly kaj ŝian patrinon, kiuj alkuris pro la bruo. Sed kiam li preterpasis ilin, li diris tranĉe:

„Bonan tagon, sinjorino Macheath!"

Sinjorino Peachum tuj iris en la kontoron. Kiam ŝi vidis sian edzon stari palega ĉe la fenestro, ŝi estis informita.

„Ni atendos ankoraŭ iomete rilate la kuraciston, Polly", ŝi diris al sia filino kvaronan horon poste.

Peachum estis kvazaŭ batita sur la kapon. Firmege li kalkulis ĝis nun je la avidoj de la makleristo. Al li, la puritano, ili ŝajnis tute certaj, ĉar ili ŝajnis al li tiel malpuraj. Li firme kalkulis je tio, ke Coax oferos siajn materialajn interesojn al sia volupto, kaj li malestimis lin pro tio. Li subtaksis lin...

La aferoj evoluis rapidege post la ŝakmovo de sinjoro Coax.

Peachum iris en sian bankon kaj, dezirante maldeponi sian deponaĵon, aúdis ĉiuspecajn pretekstojn. Fariĝinte malfida, li postulis paroli kun Miller. Kiam oni atendigis lin, li penetris ĉe tiun. Hawthorne, urĝege, estis envenanta tra la alia pordo. Unu rigardo al la unu kaj duona jarcentoj, kaj Peachum sciis ĉion, aú preskaú ĉion.

Mallonga interparolo alportis kompletan klarecon.

Jam li devis intertrakti kun sinjoro Macheath, se li volis atingi sian monon. Ekde hieraú sinjoro Macheath estis aganta direktoro kaj cetere en la malliberejo.

Peachum lasis la maljunulojn stari kaj kuris en la kontoron de Coax. Jam estis la dekunua.

Coax silente aúskultis lian raporton. Poste li diris seke:

„Mi lasas al vi tempon ĝis morgaú tagmeze. Tiam vi estos disponiginta la monon aú garantiaĵojn por ĝi. Kiel vi diris, via bofilo estas bankdirektoro. Nun vi tuj donos al mi la registaran kontrakton kaj la skribaĵon, en kiu Crowl kaj la barono konfesis siajn deliktojn kaj per tio tiujn de ĉiuj aliaj."

Peachum ankoraúfoje foriris por alporti la skribaĵojn por Coax. Li estis kvazaú en tranco. Poste li reiris hejmen kaj sin enŝlosis en sia kontoro. Li manĝis nenion. Ĉirkaú la dua li venigis Fewkoombey el la hotelo.

La iama soldato aspektis bone nutrite, preskaú dike en la vizaĝo. Nur lia vizaĝkoloro estis malsana. Dum Peachum parolis kun li, laú sia kutimo turnante sin al la blinda fenestro ĉe la angulo, la unukrurulo staris sen la plej eta movo ĉe la ladpordo, kun la ĉapo inter la grandaj manoj.

Peachum diris al li koncize jenon:

Kontraú lia fabriko oni faris kelkajn atencojn. Pro tio li devas esence malpligrandigi la entreprenon kaj meti sur la straton parton de siaj dungitoj. Inter tiuj estos ankaú Fewkoombey.

Dum kelke da tempo sinjoro Peachum parolis pri la terura problemo de la senlaboreco.

„*Mi bone konscias, kion tio signifas, meti siajn dungitojn sur la straton. Precipe teruraj estas la moralaj sekvoj de tiu fenomeno. La tipa senlaborulo kutime perdas nur tro baldaú ĉiun moralan apogon. Ege malofte li kapablas insisti pri siaj moralaj principoj kontraŭ la detruantaj influoj de la malsato kaj de la malvarmo. Lia memfido kolapsas. Li ekkonas, ke li estas ĉies ŝarĝo. En ĉi tiu stato li tre facile fariĝas viktimo de senrespondecaj fiagitantoj, kiuj volas igi lin malamiko de la ordo. Ĉion ĉi mi scias, sed kion mi faru?*"

Sed estas eblo, ke li ne nepre kaj tuj devas forigi parton de siaj dungitoj, inter ili Fewkoombey. En Londono iradas iu sinjoro Coax, kiu havas en sia brustpoŝo skribaĵon, al kiu li ne havas rajton. Tiu Coax estas likvidenda, kaj nome ĝis morgaŭ matene. Por tiu, kiu prizorgos tion, por preventi per tio la maldungon de tiom kaj tiom da dungitoj, ekzistas alibio. Li simple devas tuj post la faro iri tien kaj tien kaj resti tie dum la nokto.

„*Estas negoca afero*", Sinjoro Peachum finis filozofe. „*Estas la daŭrigo de la negoco per aliaj rimedoj. Pensu pri milito, vi estas soldato: se la negocistoj estas je la rando de sia saĝeco, estas la vico de la soldato. Estas ĝuste, ke kutime ni havas aliajn, pli pacajn rimedojn en la negoca vivo. Sed tio nur signifas, ke hodiaŭ ekzistas aliaj ebloj ol tranĉilo kun firma tenilo, por atingi la dezirataĵon. Bedaŭrinde restas esceptoj.*"

La soldato konis la makleriston Coax. Kelkfoje li transdonis ĉe li leteron.

Post la interparolado sinjorino Peachum vidis lin ankoraŭ en la korto. Estis la lasta fojo, ke li venis antaŭ ŝiajn okulojn, kaj poste ŝi kelkfoje rakontis, ke li ŝajnis al ŝi timiga. Li staris ne malmulte da tempo inter la tolaĵo pendigita por sekiĝo, kaj rigardis al la hundoj. Sed li ne transiris al ili, kvankam ili ankoraŭ ne ricevis sian manĝaĵon kaj jam hurlis pro ĝi.

„Dio scias, kiajn sangajn pensojn li havis en sia kapo, kiam li tiel staradis", ŝi diris ĝemante.

En realo li verŝajne tute ne havis pensojn, se li ne eble kalkulis, kiom valoras supozeble la loko ŝirmita kontraŭ malseko, ne kontraŭ malvarmo sub la apartaĵo tegmentita per gudrita kartono, en kiu li trovis restadejon. La tempo, kiun li povis pasigi ĉi tie, estis mallonga. La duonan volumon de la enciklopedio li ne ĝisfine trastudis.

Kiam li forlasis la instrumentbutikon en la Old-Oak-strato, li havis tranĉilon en la dekstra malantaŭa poŝo de la pantalono; iun decidon li ankoraŭ ne havis.

Preskaŭ je la sama horo sinjorino Polly Macheath havis interparolon kun sinjoro O'Hara. Ĝi okazis en ties loĝejo.

Sinjorino Macheath rakontis kun granda tuŝiteco, ke ŝi ĵus trovis leteron de sia edzo en sia ĉambro, en kiu li skribas, ke ŝi ne plu bezonas maltrankviliĝi. Neniam okazos eksedziĝo (neniam estis substrekita), en la konvena momento li simple kulpigos la makleriston Coax pri adulto kun ŝi, li havas kulpigan materialon kontraŭ Coax, kiu malkaŝas lin publike kiel diboĉulon. Tio forprenos de Coax ĉiun interesiĝon pri eksedziga proceso, eĉ se en tiu kazo li estas komplete senkulpa.

Ŝi montris la papereton, ĝi estis skribita tute urĝe, per krajono.

O'Hara ŝajnis ne tro koncernata.

„Coax estos petata kiel atestanto!" Polly ripetis tute ekscitita.

„Nu, kaj?" demandis O'Hara, eĉ ne leviĝante de sur la sofo, ĉar estis post la manĝo kaj li legis la „Times", nome la sportrubrikon.

„Nu, kaj! Mi ne deziras tion."

„Ĉu vi adultis kun li?"

„Ne, kompreneble ne."

„Kial vi tiaokaze ne deziras, ke li depoziciu?"

„Ĉar mi ne deziras tion. Ĉu tio ne sufiĉas? Mi ne deziras tion, do li devas malaperi, antaŭ ol okazos la juĝdebato."

„Se mi komprenas vin ĝuste, vi deziras, ke ni likvidu lin?"

„Ne, tion mi kompreneble ne deziras."

Ekestis paŭzo. O'Hara reprenis la gazeton.

„Nu, kaj?" demandis Polly. „Formetu la gazeton! Kiel do vi traktas min? Mi demandis vin pri io!"

„Ĉu?" diris O'Hara. „Ĝuste. Li malaperu. Kio okazos cetere, se li ne malaperos?"

„Tiuokaze mi mem proponos atestanton, kun kiu mi *vere* adultis", Polly diris malrapide kaj pripense.

„Ho? Tiuokaze vi mem proponos atestanton..."

„Vi ne bezonas grimaci. Tion vi nur ne komprenas. Neniam mi prezentos min antaŭ publika tribunalo kun tia ridinda figuro kiel tiu Coax. Se mi adultis, tio devas esti okazinta kun iom akceptebla viro. Ĉu vi foje vidis tiun Coax? Li estas maljuna boko, sed ne viro, kun kiu oni adultas! Ĉe vi same mankas multe, sed almenaŭ laŭ eksteraĵo vi estas iomete impona. Ĉiuokaze tio sufiĉos por la tribunalo."

O'Hara estis pli ol malagrable tuŝita. Lia tuta, ne malgranda sperto pri virinoj diris al li, ke Polly konsideris tre grava la motivon, kiun ŝi prezentis por tio, ke ŝi, okaze de neceso, tio estas okaze de la plua ekzistado de la makleristo, prezentus lin, O'Hara. Sed por li tio signifus antaŭtempan rompon kun sia ĉefo Macheath, la fiaskon de liaj planoj, eble eĉ ion pli malbonan. Li konis Macheath el la tempo, en kiu tiu nomiĝis ankoraŭ Beckett. Ne ĉiam li estis dika kaj pacema.

O'Hara zorge faldis la gazeton kaj sidiĝis rekte.

„Nun tenu vian buŝon fermita", li diris krude, „vi babilaĉis sufiĉe. Vi nun povas iri."

Li jam komprenis, ke nun li devas pagi. Polly foriris, por ne ĉagreni lin. Laŭ la modo de la tempo, ŝi surhavis ĉapelon tiel grandan kiel veturilrado, kun tinkturitaj plumoj, gazvualon, sunombrelon kaj korseton, kiu elpremis la postaĵon. Ŝi aranĝis sian tualeton zorge kaj rigardis sin en ĉiu montrofenestro. Tiamaniere ŝi ankaŭ vidis, kiuj viroj postrigardis aŭ postiris ŝin. Ŝi iris al sia edzo en la malliberejon.

Ŝi estis ĉarma al Mac. Kokete ŝi sidis sur la kuŝejo, metinte unu kruron sur la alian kaj borante truojn en la aero per la ombrelo, kaj laŭdis Mac, ke li volas proponi Coax, tiel ke la tuta proceso devos forvaporiĝi. Antaŭ la tribunalo ŝi montros per la ombrelo al la makleristo kaj diros: Kun ĉi tiu viro mi laŭdire iris en la liton? Kaj simple ridos. Ŝi ridis forte, kiam ŝi priskribis tiun scenon.

Mac restis malserena. Miller el la Nacia Depona Banko jam estis ĉe li kaj konsternite raportis pri la vizito de Peachum en la banko. Tiu Coax signifis seriozan danĝeron por Peachum kaj lia havaĵo. Ŝajnis, ke li ne lasas sin regali per Polly. Sed se Peachum ne sukcesis majstri Coax, eksplodus la banko, rilate al kiu li tiom klopodis por fariĝi prezidanto. Dolore li eksentis sian sortoligitecon al sia bopatro kaj li sentis certan sopiron paroli kun li, kiel aliaj bofiloj parolas kun siaj bopatroj, se la bonstato de la familio estas endanĝerigita.

Li estis tro nervoza por povi elteni Polly proksime al si, kaj forigis ŝin baldaŭ. Ŝi ne foriris sen esti kisita.

Tuj poste li havis kun sia viro Ready seriozan interparoladon, koncernantan Coax. Li estis lia plej bona mortigisto.

LA MALSANULO MORTAS

Intertempe Coax laŭiris la Harrow-straton direkte al la Westindia-dokoj. Peachum diris al li, ke li volas demonstraciigi siajn homojn kontraŭ la striko. Li vestis ilin per soldatuniformoj. Ili havis la taskon esprimi la indignon de la malnovaj soldatoj pri tio, ke pro la monavido de la doklaboristoj britaj soldatoj ne atingas la militejon. En la Old-Oak-strato oni desegnis ŝildojn kun la surskriboj: „Vi detenas niajn kamaradojn de la batalo!“ kaj „Vidu, kion *ni* oferis!“

La makleristo volis rigardi la tumulton. Peachum ja opiniis, ke ĝi ne fariĝos granda, sed la ĉefaĵo estas la interkonsento kun la gazetoj utiligi ĝin konvene.

Sur la Limehouse-kajo la makleristo renkontis Beery, kiu ŝajnis tre varmigita kaj sciigis al li, ke Peachum ordonis posttagmeze la nuligon, poste, post la tagmanĝo, la okazigon de la demonstracio; sed oni ne povis ĝustatempe atingi ĉiujn partoprenontojn, tiel ken un supozeble okazos iom ridinde parta demonstracio. Beery forkuris deprimite por ankoraŭ savi, kio estis savebla. Coax fajfis antaŭ sin. Do Peachum estis strikinta kaj nun jam denove laboris.

Ju pli proksime li venis al la dokoj, des pli multajn homojn li vidis. Multaj nur staris ĉirkaŭe ĉe la stratanguloj, sed ne malmultaj fakte marŝis kiel li direkte al la dokoj. Ŝajnis, ke oni atendis aŭ vidis ion. Laŭ sia demando li eksciis, ke invalidaj soldatoj demonstracias ĉe la dokoj.

La interpremiĝo pli kaj pli densiĝis.

Estis la horo de la skipŝanĝo. La laboristoj, kiuj ankoraŭ laboris, devis forlasi la dokojn. Ĉar ĝis nun ne okazis interbatiĝoj, oni rezignis pri la forigo de la strikrompintoj el la laborejoj per boatoj. Do ili devis trapasi la spalirojn de la strikantoj.

Fakte oni aŭdis konsiderindan bruon el la regiono de la kajoj.

Kelkajn stratangulojn pli malproksime la makleristo renkontis Beery denove. Li premiĝis kontraŭ la fluo de la amasoj antaŭeniĝantaj al la kajoj.

La du viroj kunstaris kelkajn minutojn.

„*Tamen fariĝis ege konsiderinda demonstracio*", la aganta faktoro rakontis ekscitite. „*De niaj homoj estas tie nur ĉirkaŭ unu triono, sed, estas apenaŭ kredeble, venis veraj invalidoj. Ĉiuj stratoj tie antaŭe estas plenaj de vunditaj soldatoj, nome veraj. Kun tio ni kompreneble ne povis kalkuli. Niaj homoj estas pagataj por la demonstracio, do estas kompreneble, ke ili demonstracias. Krome ili vidis nenion de la milito. Sed tiuj, kiuj nun partoprenas, estas veraj soldatoj. Ili efektive kulpigas la doklaboristojn, ke tiuj ne volas sufiĉe oferi por la nacio! Aŭdu do, kiel ili kriegas! Tiuj ne estas la laboristoj kontraŭ la strikrompantoj, sed la soldatoj, kaj nome la jam vundpafitaj, kontraŭ la strikantaj laboristoj! Unue ni volis engaĝi verajn invalidojn. Sinjoro Peachum opiniis, ke ili ricevas tro malmulte da pensio kaj estas en tia mizero, ke ili faras ĉion por malmultaj pencoj, eĉ demonstracii por la milito. Sed poste ni ne faris tion, ĉar niaj propraj homoj ŝajnis al ni pli fidindaj. Nun montriĝas, ke estintus malĝuste pagi al ili ion! Ili faras tion senpage! Neniam oni sufiĉe kalkulas kun la stulteco de la homoj! Tiuj homoj sen brakoj kaj kruroj kaj okuloj estas ankoraŭ ĉiam por la milito! Tiuj kanonviktimoj fakte konsideras sin la nacio! Estas fantaste! Per tiuj oni povas ankoraŭ fari multon, kredu min! Ankaŭ ni havas tian, certan Fewkoombey, kun nur unu kruro. Sed ke li farus tiaĵon, ni neniam kredus! Sed vere li ja spertis jam la pacon, ĉi tiuj tie antaŭe ŝajne ankoraŭ ne! Estas la supro de la ridindeco! Sed mi diradas: Nur necesas ekmiliti, jam la negocaj ŝancoj estas enormaj! Tiuokaze aperas instinktoj, kiujn oni neniam atendus kaj kiujn oni nur bezonas utiligi, kaj oni povas fari ĉiun negocon sen kapitalo! Estas grandioze!"*

Oni disŝiris ilin.

En okopaj kaj dekopaj vicoj, tute plenigante la strateton, forfrotante je la dommuroj la balaston de la kuntiritoj, la demonstraciantoj marŝis obstine antaŭen, kantante patriotajn kantojn. Ili estis ĉiuj pli malpli damaĝitaj. Kelkaj lamis per siaj lambastonoj ankoraŭ nelerte, ĉar ankoraŭ ne longtempe; unu pantalontubo flirtis malplena. Kelkaj havis la brakon en skarpoj kaj metis la jakojn sur la ŝultrojn; en la pliiĝanta krepusko la malpure blankaj bandaĝoj aspektis kvazaŭ flagoj. Eĉ estis militblinduloj en tiu freneza procesio, ili estis kondukataj de tiuj, kiuj kredis vidi. En la publiko oni montris ilin al si kvazaŭ trofeojn, kiujn oni militakiris. Aliaj viktimoj kunruliĝis en malgrandaj ĉaroj, ĉar ili lasis la krurojn sur la altaro de la patrio. La homoj sur la trotuaro mansignis kaj ĵetadis al ili ŝercvortojn rilatantajn al iliaj difektoj; ili reridis. Ju pli detruitaj estis la vrakoj, des pli multe ilia patriotismo entuziasmigis la publikon. Ili kvazaŭ faris fikonkurencon unuj al aliaj; ĉar kiel povis ekzemple unukrurulo teni sian pozicion kontraŭ viro, kiu perdis ambaŭ krurojn!

Ĉiuj ĉi vadis kantante tra la genuprofunda koto de Poplar kaj klopodis per la lastaj fortoj atingi la terurajn mizerkvartirojn de Limehouse, eligante militkantojn kaj haladzante per karbolo kaj malsatspiro!

Inter la uniformitoj, sampaŝe, marŝis civiluloj, grandparte junaj sinjoretoj, belete vestitaj, kiuj ne lasis sin reteni.

Sed ĉiuj deziris, ke la ŝipoj estu kiel eble plej baldaŭ finkonstruitaj, por ke oni povu ŝarĝi ilin per freŝa karno, nedifektita, per dubrakaj kaj dukruraj homoj kun sanaj okuloj. Tiuj difektitoj, neuzebluloj, eksigitoj urĝe kaj antaŭ ĉio deziris plimultiĝi. La mizero montras enorman generinstinkton.

Oni diris, ke la demonstraciantoj nun marŝos al la urba parlamento por postuli aktivam intervenon de la polico kontraŭ la strikantoj.

Coax ekiris returne. Jam fariĝis tute malhele. La aŭtuno estis rimarkebla.

Ĉie staradis ankoraŭ grupoj, priparolantaj la eventojn. Ĝenerale la loĝantoj en tiu kvartalo estis kompreneble laboristoj. Per siaj supozoj ili tre alproksimiĝis al la vera faktaro. Ŝajne ili ne apartenis al la „popolo de Londono“, pri kiu parolis la gazetoj.

La makleristo iris pli rapide. Li estis iomete maltrankviligita kiel ĉiam, kiam li ĉeestis tumultojn aŭ aŭdis pri ili. Li eniris unu el la malgrandaj, malpuraj drinkejoj kaj trinkis viskion. Li trovis, ke ĝi gustas abomene, kaj li pensis, ke tiuj homoj havas teruran guston.

Kiam li surpaŝis la straton, li kunpuŝiĝis kun viro, kiu murmuris ion kaj forkuris. Frapfrapis, li havis lignan kruron.

La kunpuŝiĝo ektimis Coax. Li ekhavis la penson, ke oni povus intence karamboli kun li, pro lia tro bona vesto.

„Ja vere estas nekompreneble“, li pensis, „ke oni ne simple terenbatas nin, kie oni renkontas nin. Finfine ni ja estas tute ne multaj. Se mi dependus de tio, ke Peachum defendas min, ne status bone pri mi. Ankaŭ mi tute ne verŝus mian korsangon por li. Plej malbone pri la fiularo en tiaj kvartaloj estas, ke tiuj homoj havas eĉ ne la plej malgrandan respekton al la homa vivo. Ili opinias, ke ĉiu vivo estas same malmulte valora kiel ilia propra. Aldoniĝas, ke dekomence ili malamas ĉiun homon pli bonstatan, ĉar li estas spirite supera al ili.“

Ĉe la sekva stratangulo li aŭdis malantaŭ si hastajn paŝojn, turniĝis kaj ekhavis fortan baton sur la kapon. Li mute kolapsis.

Li falis sur la pavimon, rampis direkte al la muro de la domo, ekhavis plian baton kaj restis kuŝanta, ĝis polica patrolo lin trovis. La policanoj levis lin kaj portis lin al la policejo. De tie li venis en la kadavrejon, kie lia fratino ekkonis lin post tri tagoj. Ŝi igis lin enterigi sur la tombejo de Battersea, kie poste ŝtono, bildigo de rompita kolono, montris la surskribon „William Coax, 1850 ĝis 1902“.

Fewkoombey estis irinta post la makleristo dum la tuta posttagmezo. Li vidis lin veni el sia loĝejo post la siesto, kiel sinjoro Peachum jam diris al li. Post tre mallonga tempo li rimarkis, ke kelkaj pliaj homoj sekvis la makleriston.

Li ne havis certan intencon. La komisio tute ne plaĉis al li. Sed, foje marŝigite, li devis marŝi.

La malmultaj monatoj kun relative trankvila manĝo en la Old-Oak-strato kaj eĉ pli la tagoj en la havenhotelo jam koruptis lin. Li ne plu volis reiri en la malvarman nenion de la stratoj, el kiu li leviĝis, des pli nun, kiam baldaŭ vintriĝos.

Plurfoje li estis tute proksima al la makleristo en la amaso, sed li ne emis fari al li ion malbonan.

Dum la makleristo staris en la drinkejo, li eĉ perdis sian tranĉilon. Li skulptante manipuladis per ĝi je la trabo de la ligna balustrado, al kiu li apogiĝis, kaj la tranĉilo falis trans la deklivon en la fosaĵon. Li estis grimponta malsupren, sed en tiu ĉi momento li ne plu vidis la makleriston ĉe la drinkeja tablo kaj transkuris la straton.

Kiam li kunpuŝiĝis kun li antaŭ la drinkejo, li ektimis, kvazaŭ tiu planus atencon kontraŭ li kaj ne inverse.

La persekuto denove komenciĝis.

Fewkoombey nun rimarkis kompreneble, ke ĝin partoprenas minimume du pliaj personoj. Ili iris en distanco unu de la alia, sed ili ambaŭ ĉiam denove aperis, se la stratetoj estis pli malplenaj.

Post kiam lia tranĉilo estis for, Fewkoombey ne plu havis iun ŝancon likvidi la makleriston, sed li ne pensis pri tio. Li marŝis kaj komencis paroli kun si.

„*Fewkoombey, mi devas maldungi vin*“, li alparolis sin. „*Mi ne plu bezonas vin. Vi demandos min: Kion mi faru? Mi devas diri al vi: Mi ne scias. Viaj ŝancoj estas tre modestaj. Antaŭ ol vi venis al mi, vi provis fariĝi almozulo. Vi diris al vi: ‚Mi perdis mian piedon.‘ Sen tiu piedo vi ne povas praktiki profesion, kiu nutras vin. Vi atendas, ke ĉiuj morterportistoj, pakistoj, kurknaboj, veturigistoj kaj mi ne scias kiaj ankoraŭ, unuvorte ĉiuj pasantoj, estas profunde klinitaj pro tio, ke vi ne plu povas porti morteron, paki meblojn, direkti ĉevalojn, kaj ke ili, emociitaj pro via sorto, dividos sian panon kun vi. Eraro! Ĉu vi scias, kion la homoj dirus, se ili entute konsiderus sufiĉe peninde aŭ inde al sia fieco diri ion pri via kazo? Ili dirus: Li eksiĝas? Unu eksiĝas? Kio estas tio, se unu eksiĝas kaj miloj restas. Per tio oni ja ne gajnas spacon! Ja, se miloj eksiĝus! Se niaj pandonantoj unue devus ĉie demandadi, kie estas iu, kiu portas por ili la meblojn! – Ĉu vi scias, kiom oni entreprenas por eksigi homojn el la laborprocezo? Multe, Fewkoombey, el tio, kio entute estas entreprenata! Tio estas kvazaŭ la ĉefa laboro de la plej multaj homoj. Oni ja vivas ne per tio, ke oni volas pene porti meblojn, sed per tio, ke oni ne volas pene porti ilin, do devas esti allogata, petata, pagata. Sed por tio ni devus esti tro malmultaj, nepre. Se ni estas sufiĉe multaj, la tumulto kaj fiaĵo komenciĝas. Nun vi estas ekstere, amiko. Ja estas vere, ke per tio vi komencas fariĝi denove iomete pli simpatia. Sed ne tiom simpatia! – Ni rajtas tial supozi, Fewkoombey, ke vi tiagrade ĝuas la ĝeneralan simpation, ke oni ne rekte persekutus vin, se vi kondutas trankvile. Tio ja estas jam tre multe, kiel estas ĉe ni la cirkonstancoj. Sed vi opinias, ke oni devus kompati vin? Ho naiveco! La homoj, kiuj iras tra la ponto de Battersea, vin kompatu! Tiuj homoj de Battersea, spertaj pri ĉiu fiaĵo, harditaj, eltenantaj ĉiun mizeron (eĉ sian propran)! Kiom, laŭ via opinio, kostas ĝusta spertoakiro, iom sufiĉa hardiĝo? Ĝi ja ne ekzistas nature, ĝi devas esti akirita! La homo ja ne naskiĝas kiel buĉisto! Rigardu tiujn maĉilojn! La viajn en la spegulo, se vi volas! Mi diras al vi, ke unu kvarono de tiuj makzeloj sufiĉus por pecigi la manĝaĵon. Sed antaŭ la maĉado venas la mordo, kaj kiom da tiuj maĉiloj estas, laŭ via opinio, sufiĉe potencaj por tiu mordo tiom grava, tiom decida, kiu terenĵetas, sendefendigas, mortigas la viktimon? Malmultaj, sinjoro, malmultaj. Al vi mankas la piedo! Pli vi ne povas prezenti? Vi malsatas! Ĉu tio estas ĉio? Impertinenteco: Tio estas, kvazaŭ iu volus provi sur la strato direkti la ĝeneralan atenton al si per tio, ke li kapablas stari sur unu kruro. Da tiuj ja estas miloj! Oni prezentas ja tute aliajn aferojn. Vi estas malfeliĉa. Nu, vi suferas pro la malfeliĉo de la pli malfeliĉaj homoj. Tio igas vin konkurencmalkapabla. La konkurenco, sinjoro! Sur ĝi baziĝas nia civilizacio, se vi eble ankoraŭ ne scias tion! La elekto de la plej kapablaj! La elito de la superantoj! Kiel ili superu, se estus neniu, kiun ili povas superi? Dank' al Dio do, ke vi ekzistas. Do, oni povas superi vin. La tutan evoluon de ĉiuj vivuloj sur tiu planedo ni povas imagi nur tiel, ke ekzistas konkurenco. De kie aliokaze iu evoluo? De kie la simio, se la saŭro ne estis konkurencmalkapabla? Jen vi vidas! Al vi mankas la kruro. Bone, tion vi povas pruvi okaze de neceso (kvankam ankaŭ por tio necesas la alia, kiu estas preta akcepti la pruvon! Ho, tion vi ne konsideris!) Sed ja estas krome la alia kruro, ĉi tiun vi havas! Kaj la brakoj! Kaj la kapo! Ne, karulo mia, tiel simple ne estas, el tio ne rezultas elito! Estas nenio alia ol komforteco, malbona raso kaj obstineco! En realo vi estas malutilulo! Sen ke estas bone por vi, vi malutilas, simple per via ekzisto, al ĉiuj aliaj, pli kapablaj, pli mizeraj! Ho, oni diras, tiom da malfeliĉuloj? Kiel oni helpu tiaokaze? Kie komenci? Ja estas klare: ju pli da malfeliĉo ekzistas, des malpli oni bezonas okupiĝi pri ĝi. Ĝi ja estas preskaŭ ĝenerala! La natura stato! La mondo estas ja malfeliĉa, same kiel la arbo estas verda! For vin!"*

Malheliĝis.

Dum la monologo la soldato koleriĝis.

Alveninte ĉe stratangulo, li jam pripensis kiel atenci la makleriston. En la sama momento li observis de sia angulo, kiel mallarĝa homo en raglano kuris per kelkaj rapidaj paŝoj post la makleristo kaj batis sur ties postkranion per sablosako aŭ io simila, peza.

Fewkoombey ektimis, sed nun la terenbatito subite rektiĝis denove sur la trotuaro. Rampante kvarpiede, li provis atingi la muron de la domo, ŝajne por povi apogiĝi.

Kelkajn momentojn la soldato akre transrigardis. Poste li rapide transiris la strateton, ĝis li staris apud la rampanto.

Malrapide li enigis la manon en la poŝon de sia jako, poste en la malantaŭan poŝon de sia pantalono. Sed li ne eligis trancilon, kiel li supozeble kredis. Per mieno preskaŭ mirigita li rigardis sian malplenan manon. Poste, apogante sin al la muro, malvarme rigardante la rampanton, kiu nun faris turniĝon kaj rampis anhelante al la strateto, li komencis debuki sian lignan kruron. Ĝi estis fiksita per ledrimeno. Finfine li sukcesis depreni ĝin, kaj nur saltetante per la sana kruro apud la rampanta viro, kiu ne rerigardis, li batis per la ligna kruro lian dorson kaj kapon, dume eligante, ĉar eble pensante ankoraŭ pri la peno de la debukado: „Malbenita kruro!"

DEKKVAR ĈAPITRO

LA FORTULO LUKTAS

Kune kun sia patrino Polly estis kudranta infantolaĵon en sia malgranda, rozkolore kalkita ĉambro, kiam Beery enkriis, ke ŝia patro volas paroli kun ŝi.

Ŝi kuris malsupren, havante ankoraŭ la kudrilon kun la fadeno en la fingroj.

Sinjoro Peachum surhavis sian elirkostumon kaj koncize diris al ŝi, ke li volas viziti M-butikojn kun ŝi.

Ili iris laŭ la Old-Oak-strato direkte al la centro. Estis suna tago de malfrua aŭtuno. La foliaro de la arboj estis flava, kaj sur la kanalo naĝis kaŝtanoj.

Peachum parolis nenion, ĉar li havis nenion por priparoli kun sia filino. Sed la eliron duope ŝi opiniis favora signo, kaj ĉar eĉ la plej mizeraj kvartaloj efikas afable en la leĝera, ora aŭtuna aero, ŝi estis tre bonhumora.

Ŝi aŭdis ankoraŭ nenion de O'Hara. Sinjoro Coax ne plu aperis en la Old-Oak-strato. Ŝia patro ŝajnis al ŝi multe pli trankvila. Ŝajnis, ke leĝera malstreĉo ekestis.

En la Back-strato ili eniris la unuan butikon. Granda virino vendis kuirejan vazaron kaj ilaron. Ŝi konis Polly kaj pro tio respondis la demandojn de Peachum, kvankam grumble.

Ŝi rakontis, ke ili ricevas ankoraŭ nur tute malgrandajn varkvantojn. Se ŝia edzo ne farus ladistajn laborojn kaj riparus ĝardenilaron kaj lampojn, ili jam delonge malsatmortus. Sed nun oni promesis al ili regulan liveradon de ladistaj produktoj.

La luprezon ili pagas solaj, sed ŝuldas ankoraŭ kelkajn. Ili ne estas la unuaj posedantoj de la butiko; antaŭ ili jam estis aliaj homoj en ĝi. Tiuj postlasis la instalaĵon, por ke iliaj sekvantoj pagu la nepagitan luprezon.

„Ĉio troviĝas ankoraŭ en la komenco“ Polly klarigis al sia patro, kiam ili pluiris. „La butikoj ekzistas ja ĉiuj apenaŭ de post duona jaro, kaj la aresto de Mac estis granda malfeliĉo por la homoj. Sed la afero iras pli kaj pli bone. Tiuj, kiuj persistas, certe iam atingos prosperon.“

Peachum ne respondis.

Tra kelkaj stratoj ili silente iris unu apud la alia.

La sekva butiko, kiun ili vizitis, estis ligita kun ŝumetiejo. Ekzistis duona dekduo da infanoj, la pli aĝaj kunlaboris.

Kiel ili diris, ili ricevis sufiĉe da ledo, ankoraŭ nun. Eĉ dum la plej malbona tempo, kiam aliaj butikoj ricevis tute nenion dum kelkaj semajnoj, ili ricevis ledon en malpli grandaj kvantoj. Sed estis multe da fuŝaĵo inter ĝi, kaj la pecoj estis mezuritaj laŭ la areo, tiel ke ili devis kunpagi la fortranĉaĵon.

Bedaŭrinde la viro malsaniĝis. Krome la lumo estis tre multekosta en la truo, en kiu ili laboris, kaj ĝi devis bruli la tutan tagon.

„Tamen estas pli bone“, diris la virino, „ol en la fabriko. Tie oni tute ne povas havigi al si kroman gajnon.“ Peachum kapjesis kaj demandis, ĉu la ŝuprezoj estas fiksitaj de la liveranta firmo.

La respondo estis: jes, kaj tro malalte.

Kiam ili estis ree sur la strato, Peachum demandis sian filinon:

„Ĉu ili entute reguligas siajn kontojn?“

Polly diris, ke laŭ ŝia scio la homoj ricevas novan varon nur, post kiam la antaŭa estas reguligita. Ŝi timis, ke la butikoj tre malplaĉas al ŝia patro, ĉar li diris nenion.

En la tria butiko ili apenaŭ havis okazon demandi, ĉar la posedanto tuj komencis paroli pri la tumultoj ĉe la dokoj.

„*Tiuj komunistoj*“, li diris, „*ĉiuj meritas, ke oni pendigu ilin. Ili disbatas al ni la fenestrovitraĵojn, kvazaŭ tiuj ĉi estus al ni donacitaj de la fabrikistoj! Ili malamas nin, ĉar ili havas nenion, kaj ni havas ion. Ĉar ili ne sukcesas leviĝi, ili volus, ke neniu sukcesu. Ĉiu kapableco ĉesu, kaj la pli bona homo ne havu ion alian ol la malordulo. Jen la veraj antikristanoj! En ĉi tiu domo ankaŭ estas kelkaj da ili. Drinki ili ne praktikas, sed pli malbonajn aferojn, ĉu? Ili ŝatus forpreni de ni ĉion, la tabureton de sub la postaĵo, se estus ilia vico! Kvazaŭ ni ne havus jam sufiĉe da bataloj! Nur unu aferon sinjoro Macheath ne devintus fari: ekrilati al la judo Aaron! Ĉi tiu certe havigos al li ne malmultajn malfacilaĵojn!*"

Dum tiu babilaĉo Peachum ĉirkaŭrigardis en la butiko. En krude ĉarpentitaj kestoj kun vitro kuŝis malmultekostaj horloĝoj. Ĉefe vekhorloĝoj estis vendataj. Sed troviĝis ankaŭ trikotaĵoj, kaj eĉ tabako. Sur la pordo estis skribite: Diversaj varoj.

La geedzoparo, al kiu apartenis la butiko, faris malsanan impreson. La viro jam estis la tria posedanto de ĉi tiu butiko, la tria, kiu provis stari sur propraj kruroj. Laŭ la aspekto de li kaj de lia edzino, la provo estis iom streĉa.

La viro havis humilan naturon, kiu malbone akordiĝis al lia masa figuro. La virino kondutis silente kaj rigardis malserene.

„Iel similaj estas ĉiuj butikoj", Polly diris iomete deprimite sur la strato. „Ĉu vi volas vidi pliajn??"

Per ĉevalomnibuso ili veturis malgrandan distancon kaj iris ankoraŭ en kelkajn butikojn.

Antaŭ unu el ili Peachum haltis kaj rigardis kun fermita mieno sur la trotuaron. La butikisto pentris sur ĝi per kreto elegante vestitan sinjoron kun cilindra ĉapelo same kiel liston de siaj reklamaj prezoj. Tiun teknikon Peachum konis.

Blondega, ankoraŭ juna viro malantaŭ vendotablo kun kostumoj diris al ili:

„Sciu, ĉi tie *estas* gajnate! La debito ne estas malgranda. Se ni denove ricevos malmultekostajn varojn, kaj rajtos preni iomete pli altajn prezojn, kaj ne plu havos la konkurencon sur la nuko, tiam certe tio estas ekzisteblo. Ja vere ni leviĝas matene je la kvina, kaj en la liton ni eniĝas ankaŭ ne antaŭ la deka, dekunua vespere. Tio ja *devas* doni rezultojn en la daŭro. Ĉu ne?"

En alia butiko ĵus estis transloĝiĝo, kiam ili venis. La homoj forloĝiĝantaj estis malŝparintaj sian tempon ĝis la lasta minuto. Ili staris ankoraŭ kun siaj infanoj kaj mebloj en la eta, kalkita ejo, kiam ekstere la novaj luantoj jam starigis siajn aĉaĵojn de sur la veturilo sur la trotuaron.

La infanoj ploraĉis kaj ekhavis batojn fare de la koleraj gepatroj. La novaj luantoj envenis, grandaj, trankvilaj homoj kun unu silenta infano. La virino faris kelkajn demandojn pri la gasprezo kaj ĉu la ĉambreto vere estas seka.

La forloĝiĝantoj insultis, kaj oni povis klare vidi, kiel la novuloj sin ĝenis. Ili faris eraron, kiam ili komencis demandi, kaj ne plu volis aŭdi ion. Sed nun la familio rakontis kaj senĝene elpakis siajn sciojn.

„Kion ili diras, ne povas esti prenate serioze", la nova posedanto diris kun iomete ruĝiĝinta vizaĝo al Polly kaj al ŝia patro. „Ili estas plenaj de amaraj sentoj. Nun ĉio kulpas pri ilia malfeliĉo, nur ne ili mem."

Kaj la virino diris malestime:

„Estas fabrikhomoj. Ili iras al Lancashire, en la ŝpinejojn. Estus pli bone, se tiaj homoj tute ne komencus memstarajn negocojn. La fabriko estas la ĝusta loko por ili."

Sed tamen ŝi rigardis zorgoplene al la granda, humida makulo, kiun la alia virino ĵus montris al ŝi triumfe. Kiam ili luis, vestoŝranko staris antaŭ ĝi...

Polly kaj ŝia patro foriris, antaŭ ol la kaoso solviĝis. Ili reveturis. Polly parolis nenion plu, ĉar ŝi kredis, ke estas senutile. Sed antaŭ ol ili alvenis hejme, ŝi tamen diris ankoraŭ kelkon pri tio, ke la homoj almenaŭ havas sian memstarecon kaj aprezas tion. Ili ne volas havi iun super si. Prefere ili laboras dum la duona nokto. Ŝi ne sciis, ĉu ŝia patro entute aŭskultas ankoraŭ. Sed li aŭskultis tre precize.

La sekvan tagon Peachum iris en la Nacian Deponan Bankon. Li pasigis tie plurajn horojn kaj laboris kun Miller. Pri la aliĝo de Macheath al Aaron tiu povis eldiri nur malmulte. Sed Peachum jam delonge komprenis, ke nur lia bofilo povos ankoraŭ savi la bankon. La maniero, kiel li havigis al si ties posedon, estis miriga.

Ĝenerale Peachum havis bonan impreson pri la M-butikoj. La organizaĵo ne estis malbona. Tiamaniere oni povis eligi el la homoj ne malmulte.

Polly tute nenecese timis, ke la mizereco de la butikoj eble ĝenas ŝian patron. Li sciis kompreneble, ke la bonstato estas nur la alia flanko de la malriĉo. Kio alia estis la bonstato de unuj ol la malriĉo de la aliaj?

„*Per la mondpliboniguloj oni povas forpeli min*“, li ofte diradis. „*Mi memoras ankoraŭ, kiel iun tagon ekestis bruego en la gazetoj, ke la mizerkvartaloj ne estas loĝejoj indaj je homoj, ili estas nehigienaj. Tiam oni malkonstruis tutan kvartalon kaj transloĝigis la loĝantojn en beletajn, solidajn kaj higienajn domojn transe en Stokton-on-Tyne. Ili faris precizajn statistikojn. Post kvin jaroj ili komparis la tabelojn kaj konstatis, ke la morteco estis en la mizerkvartaloj* 2%, *sed en la novaj domoj ĝi estis* 2,6%. *Ili tre miris. Nu, la novaj loĝejoj simple kostis* 4 *ĝis 8 ŝilingojn pli en unu semajno, kaj tion la loĝantoj devis ŝpari ĉe la manĝaĵo. Pri tio niaj mondpliboniguloj antaŭe ne pensis.*“

La talento de lia bofilo impresis Peachum. Li demandis sin, okaze levante la okulojn de sur la kontraktoj kaj rigardante kun malplena rigardo al la ruino Miller, ĉu ilia malamikeco envere ne estis nur la kutima malamikeco inter la generacioj. Li subtaksis lin. Li opiniis lin krimulo. Sed li estis peze laboranta kaj nepre vasthorizonta negocisto.

Eĉ la saman vesperon Peachum vizitis sian advokaton Walley en ties privata loĝejo.

Ili interparolis en granda, luksa ejo kun riĉa stukaĵo sur la muroj kaj multaj ekzotikaj tapiŝoj. En angulo, proksime al la grandega skribotablo, staris grasfoliaj plantoj en emajlopotoj.

„Ĉu vi venas pro la eksedziĝa afero?“ Walley demandis, iomete malvarme. „Malkaŝe dirite, mi-ne sentas min tute bone, pensante pri tiu proceso. La adulto de sinjoro Macheath ja estas konstatita kaj konfesita. La propono de sinjoro Coax, unu el viaj negocpartneroj, se mi estas ĝuste informita, kiel atestanto pri la adulto de via filino ja estas truko, sed mi timas, ke tiamaniere amaso da malpuraĵoj estos prezentata.“

„Kiu do proponis sinjoron Coax kiel atestanton?“ Peachum demandis mirigite.

„Sinjoro Macheath. Antaŭ kelkaj tagoj.“

„Ĉu vere?“ Peachum diris malrapide. „Nu, sinjoro Coax estas forestanta ekde du tagoj. Antaŭhieraŭ li ne venis hejmen. Lia fratino, kune kun kiu li loĝas, ŝajnas tre maltrankviligita. Bedaŭrinde, li havas certajn inklinojn, kiuj kontaktigas lin kun la feĉo de la loĝantaro, tiel ke lia forrestado devas veki la plej malbonajn timojn. Mi timas, alivorte, ke ni ne plu bezonas zorgi pri Coax.“

„Ha“, Walley nur diris. Li rigardis sian vidalvidulon ekzamenante, kvazaŭ li ne estus tute klara.

„Mi rompis ĉiun negocan rilaton al sinjoro Coax“, Peachum daŭrigis. „En Southampton mi havis kun li travivaĵon, kiu malfermis al mi la okulojn. Ŝparu al mi priskribi la scenojn naŭzajn kaj kaŭzantajn preskaŭ vovemon, kiuj prezentiĝis ĉe tio al miaj okuloj. De tiu momento la viro estis por mi morale kondamnita.“

Poste li lasis la temon Coax kaj diris kun nepenetrebla mieno, ke lia filino sciigis lin pri la fakto, ke ŝi atendas infanon de sia edzo. Per tio la situacio ŝanĝiĝis funde. Nun eksedziĝo ne plu estas diskutebla.

La advokato ŝajnis tre malŝarĝita. Peachum seke pluparolis. Li informiĝis pri la stato kaj supozebla rezultato de la proceso kontraŭ sia bofilo. Li duonkomprenigis, ke nun li havas intereson pri favora fino.

La advokato ludis per tranĉilforma letermalfermilo.

„Sinjoro Peachum“, li diris, „kaj se vi pendigos min: Via bofilo eliros libera. Eĉ ne ombro de suspekto restos, fidu je tio. Li ja havas alibion.“

„Bone“, diris Peachum kaj estis ekstaronta.

„Ne bone“, diris Walley indigne. „Se oni ne trovas murdiston, la liberigado povas daŭri ankoraŭ longan tempon. La alibio estos kontrolata. Ne, kara Peachum, vere necesas, ke ni iomete subhelpas.“

Li apogiĝis malantaŭen kaj interplektis la manojn sur sia ventro.

„Kara Peachum“, li diris larĝe, „por vi gravas kaj devas gravi la kompleta esploro de la cirkonstancoj, kiuj kondukis al la morto de sinjorino Swayer. Mi kredas, ke estis Withe, kiu en la juĝdebato antaŭ la Granda Ĵurio pledis por la tezo, ke Mary Swayer, konsidere al sia ekonomia situacio, ne bezonis murdiston por forlasi la vivon. Fakte ŝi fartis sufiĉe malbone."

Walley estis parolinta pli kaj pli malrapide, kvazaŭ li serĉus transiron. Li rigardis preter sinjoro Peachum, kiu sidis trankvila, kun la ostaj manoj inter la genuoj. Kun videbla ekstreĉo li pluparolis.

„Bedaŭrinde", li diris kun emfazo, „tiu versio ne estas konservebla konsidere al la nove aperintaj faktoj."

Walley leviĝis. Per grandaj paŝoj li iris sur la dikaj tapiŝoj, kiujn lia elokventeco havigis al li.

„Sinjoro Peachum", li poste diris signife, ĉiam pluirante, „en la kompanio de la mortinta Mary Swayer troviĝis dum la lasta tempo iu viro, kiu eble fartis eĉ pli malbone ol ŝi, iu soldato kun la nomo Fewkoombey. La debatoj antaŭ la Granda Ĵurio vidis lin en la atestula starejo. Li depoziciis, ke je la koncerna vespero li estis kune kun sinjorino Swayer, li akompanis ŝin al la kajo."

La advokato haltis. Bruske li ekstaris antaŭ Peachum, rigardis lin akre kaj diris trankvile:

„Tie parolis la lasta homo, kiu vidis la mortintinon, kaj neniu, kiu aŭskultis al li, ekhavis la penson tiel proksiman. Tiom la malamo al la viro staranta socie super ili blindigis la okulojn de la atestintoj plej ofte devenantaj el la simplaj tavoloj! Eĉ en la redakcion de la „Spegulo" la soldato akompanis la malfeliĉan Mary Swayer, kiu supozeble tute ne plu posedis sian memstarecon. Ekzistas pruvoj, *devas* ekzisti pruvoj, depozicioj de najbaroj, kion mi scias, pri la demona regado, kiun li praktikis super la malfeliĉulino. Li erinace instalis sin en la komforta nesto, dum la edzo de Mary Swayer, same soldato, do kamarado de li, troviĝis en batalejo. Homo, al kiu estis speciale plezurige malĉastigi la edzinon de sia kamarado kaj ĉion ĉi efektivigis en malgranda ĉambro, antaŭ la okuloj de la infanoj! Kiam li ekflaris ion pri la tute nekutima amikeco kaj patra prizorgo, kiun sinjoro Macheath demonstris rilate al la malplej gravaj el siaj kunlaborantoj, li certe turmentis la virinon tage kaj nokte, por ke ŝi utiligu la raran okazon. En atako de honto la antaŭe ĉiam honesta kaj ordema virino supozeble rifuzis ĉantaĝi la pograndiston, supozeble okazis skandaleto sur la nokta kajo...ĉiuokaze ni havos depoziciojn de havenlaboristo, kiu je la priparolata vespero, promenante, vidis Fewkoombey veni je la naúa el la regiono de la ekstera kajo. Sinjoro Peachum! (La advokato fortigis sian voĉon.) Ĝuste la penso, kiu malpermesas al ni kredi, ke la bonstata bankisto Macheath povus likvidi la etnegocistinon Swayer, sugestas al ni, ke devas esti la senhava, bruta, iama soldato Fewkoombey, kiu faris tion. Estas la penso pri la nivelo de la instruiteco, sur kiu troviĝas la homo. La militista metio, kiu levas super sin mem kleran, fantaziplenan homon kaj instigas lin al plej noblaj faroj, vekas la plej malaltajn instinktojn en homo neklera, bruta. Tiun ĉi logas la profito. La profito en ĉiu formo. La pura murdemo instigas lin al murdo. Por li ne ekzistas la senkaŝa konkurenco, vekanta ĉiujn fortojn, la strebo supren, la neniam ripozanta ambicio fari la plej bonan el si mem, kiu distingas niajn klerajn tavolojn. La iometa lerneja instruiteco ne povas decide influi lin. Plej ofte ja estas nur la varma forno, kiu logas lin en la lernejan ĉambron, se ne estas la batoj, kiuj hejme pluvas sur lin. Li ne sukcesas gajni monon, al tio li estas tro apatia. Se li gajnas kelkan, li ne povas firmteni ĝin. La kompenso, kiun li ricevas de la militistaro, fluas tra liaj fingroj. Baldaú li havas nenion plu. Ĝuste vi ja scias, sinjoro Peachum: Londono ne estas infangardejo, se oni havas nenion en la poŝo! Li provis almozi. Li malsukcesas, eble li ne estas sufiĉe simpatia. Nun li estas en stato, en kiu la plej malgranda ŝanco havigi al si monon forprenas de li ĉiujn retenojn. Li *devas* mortigi, se per tio li povas ekhavi kelkajn ŝilingojn! La naturo, kiu distribuas neregule siajn donojn, la medio, la eduko partoprenas en la kulpo, ni ne volas kontesti tion!“

La advokato rigardis dum kelkaj momentoj supren al la kristala lustro.

„Mi aúdas vin kontraúargumenti“, li daúrigis mallaúte, „ke Mary Swayer estis mizera persono, senhava laú la scio de la tribunalo, ne estas verŝajne, ke ŝi kunportis pli multe ol kelkajn pencojn. Mi eksplikis al vi, ke mi kredas je skandaleto, je troigita provo per premo influi la agadon de la bedaúrindulino. Sed tute povas esti, ke temis nur pri la malmultaj pencoj! *Ankaú* tio eblas, eĉ tio! Ĉu vere, pro kelkaj pencoj la vivo de unu homo? Ĉu tio eblas? Sinjoroj! (La advokato, entuziasma pri sia propra elokventeco, forgesis, ke li estas hejme.) Unu rigardo al nia urbo malkaŝas al ni la teruran, nekredeblan fakton: tio eblas! Kio estas pro vi, sinjoroj, kelkaj pencoj? Kio estas kelkaj pundoj? Pri kiom devus temi, por ke *vi*...mi ne volas pluŝpini la penson. Ĉu vi scias, kio estas nokto sub la pontoj? Ne postulu de mi la priskribon!"

Metinte la etenditajn manojn sur la apogilon de la seĝo, la advokato staris du paŝojn antaú Peachum, rigardis malsupren al li kaj finis trankvile, nur iomete foreste, kvazaú li parkeris en la postkranio la kulminojn de sia eksterordinara ekstemporalo por la pledado:

„Mi resumas: Kio povintus peli Mary Swayer al la sinmortigo, la mizera materiala situacio, tio instigis la soldaton George Fewkoombey, la pli mizeran, mortigi ŝin. Ĉar se mi devas serĉi la farinton de iu fiago, mi demandas min: Al kiu ĝi estas bezona, la fiago? Al kiu ĝi estis bezona, via juĝista moŝto kaj sinjoroj, tiu faris ĝin!"

La unua aútoritato en la kampo de la mizero konsente aúskultis lin.

LA BATALO ĈE LA WESTINDIA-DOKOJ

Ŝtorma la nokt', en la maltrankvil'
De l' maro bravas la ŝip en batal'.
Kial nun hororas la sonoril'?
Montriĝas tie de l' rifo fatal'!
Ĉieloke penegas la ŝipistar'
Por la patrio kaj kontraú la mar'.
Proksime al mort', proksime al mort',
Sen tim', kun kuraĝ' ili penas kun fort'.
Sed laúte eksonas signal' de panik',
Ne helpis la pen', en la ŝip' estas lik'!
Pretigu nun vin! Pretigu nun vin!

Al eterno la veloj kondukos nin!
Kun ni estu Di'! Kun ni estu Di'!
En trankvilo baldaŭ ekdormos ni
Sur la fundo de l' mar'.

"*Marista sorto*"

Nur la trian tagon post la murdo Coax estis trovita de sia fratino en la kadavrejo en Poplar.

La gazetoj pritraktis la morton de la makleristo William Coax en konekso al la striko de la doklaboristoj, kiu pli kaj pli forte okupis la publikon.

„*Ne povas esti dubo*", skribis la gazetoj, „*ke William Coax falis por sia lando. Laŭ ĉiuj policaj esploroj estas preskaŭ certe, ke strikantaj laboristoj en tiu kazo praktikis eĉ murdon. En kunlaboro kun la registaro Coax havigis transportspacon por la truptransportoj al Kaburbo. Se la registaro ne volas aŭ kapablas ŝirmi homojn, kiuj laboras por la lando, baldaŭ ne plu troviĝos negocistoj por ĝi. Estas tragike, ke tio meritoplena viro pereis en senpera konekso al la bela demonstracio de invalidaj soldatoj. Pluraj centoj da kriple pafitaj homoj nome demonstaciis kontraŭ la nepravigebla striko de la doklaboristoj, per kies kulpo anglaj soldatoj, sieĝataj en Mafeking kaj atendantaj la sieĝorompajn trupojn, estas lasetaj al pereo. Kiel konate, la striko estas gvidata pro malmultaj pencoj. Neniu el la strikantaj laboristoj povas aĉeti eĉ nur unu plian paron da botoj por kelkaj pliaj pencoj po semajno. La danĝera situacio de la lando estas do uzata tute senutile por ĉantaĝoj, kiuj utilas eĉ ne al la ĉantaĝantoj. La plej bonaj kapoj de nia industrio estas laborantaj tage kaj nokte por malplialtigi ĝis minimumo la kostojn de la vivtenado. Ĝuste tiutage proceso kaŭzanta multe da sensacio donis okazon studi, kiel nelace la negocistaro klopodas malmultekostigi, eĉ sub oferoj, vivnecesajn artiklojn. Streĉante ĉiujn fortojn, la ĉenbutikoj de Chreston, la Aaron-konzerno, dekduoj da malgrandaj, memstaraj butikistoj kaj metiistoj kunigitaj en la konata M-butika sistemo, malaltigis la prezojn de siaj artikloj. Kiel tio estu ebla, se parto de la loĝantaro obstine persistas pri sia ŝajno? Neniu kontestos, ke la laboristoj havas la samajn rajtojn je konvena kompenso por sia laboro kiel ĉiu alia klaso. Sed la rimedoj nun aplikataj estas pravigeblaj per nenio, precipe ne dum tia tempo, en kiu la imperio luktas pro sia ekzisto kaj ĉiu devas surpreni siajn oferojn. Oni vere rajtas atendi, ke nun la registaro finfine agos energie. La murdo kontraŭ la komercisto William Coax estas flama signo, kian staton Anglio jam atingis.*"

Sed estas vere, ke io plia devis okazi, antaŭ ol la registaro ekkonis sian devon.

Kiel prezidanto de SUT, Peachum faris kelkajn intervjuojn. Li esprimis la funebron de la societo pro la neanstataŭigebla negoca partnero kaj emfazis la altajn kaj patriotajn vidpunktojn de la mortinto. En la tempo inter la trovo de Coax kaj lia enterigo Peachum dediĉis sin al la pure negoca flanko de la ŝipafero.

Por fraŭlino Coax li trastudis la dokumentojn de la forpasinto, promesis al ŝi la pagon de la provizio je alteco de 12250 pundoj, prenis al si dokumenton koncernantan internajn aferojn de SUT kaj subskribitan de du membroj, same la opcion por la ŝipoj en Southampton.

Li trovis ankaŭ la aĉet- kaj vendpaperojn pri la malnovaj ŝipaĉoj, kiujn li bezonis por SUT.

Poste li faris grandiozan malkovron en la dokumentoj de la forpasinto: li trovis *duan* kontrakton kun la registaro. Tiu ĉi koncernis la novajn ŝipojn en Southampton. La forpasinto, ekhavinte per SUT tiom malmultekoste la posedon de la tri bonaj ŝipoj, ne hezitis oferti ilin al la registaro.

La profito el ĉi tiu negoco devis atingi pli ol 120000 pundojn! Peachum eksentis kapturniĝon.

Dum unu momento li timis fariĝi viktimo de apopleksio.

En la ĉambro apude, la pordo estis duonfermita, Polly sidis ĉe fraŭlino Coax. La du virinoj kudris funebrajn vestojn. Dum kelkaj minutoj Peachum luktis kun si, ĉu li postulu glason da akvo. La danĝero, ke tiuokaze fraŭlino Coax povus rimarki ion, estis granda. Estis eble la plej tragikaj momentoj de lia vivo. Li trapasis ilin kiel venkinto. Peze spirante, preminte la manon kontraŭ la martelanta koro, timante ĉiumomente kolapson, li decidis rezigni pri la gluto da akvo.

Post kiam lia aspekto ree normaliĝis – li kontrolis tion en la vitro de la libroŝranko –, li adiaŭis fraŭlinon Coax kun emociaj vortoj kaj veturis en la mararmean oficejon.

Tie li devigis Hale translacii la du kontraktojn kun la registaro al li. Per tio sufiĉis, ke li minacis al la ŝtatsekretario sendi al la registaro la kvitancon pri la antaŭpago de mil pundoj, kiun li transdonis al Coax. Hale estis tre rompita pro la forpaso de sia plej malnova amiko. Li diris, ke li neniam tute forgesos tiun perdon.

La profito el la unua ŝipnegoco sumiĝis por Peachum al proksimume 29000 pundoj.

Lia finkalkulo kun SUT aspektis jene:

La sep societanoj, el kiuj unu eksiĝis, kies parton Peachum tiutempe transprenis, enkontigis kiel elspezojn por la tri malnovaj ŝipoj, por ties renovigo, la sumoj por koruptado, la provizio por Coax kaj la tri novaj ŝipoj (tiuj lastaj kostis 38500 pundojn) entute 77450 pundojn. Kiel enspezoj figuris aliflanke la 49000 pundoj, kiujn pagis la registaro. 2100 pundojn Peachum dekalkulis por la malnovaj ŝipoj, kiujn li laŭdire vendigis pere de Brookley kaj Brookley. Crowl fakte jam elsputis kvar kvinonojn de sia perdoparto, antaŭ ol li eniris la eternajn ĉasregionojn.

Cetere la ŝipoj en Southampton kostos envere nur 30000 pundojn, kiel Peachum vidis el la opcio.

Hejmenirante post la kremacio de Coax, piede pasante la mizerkvartalojn, Peachum sin donis ree al siaj pensoj, por la unua fojo en la turbulenteco de tiuj tagoj.

‚*Strange*', li pensis, „*kiel la komplikaj negocoj ofte transiras al tute simplaj agadmanieroj, kutimaj ekde praaj tempoj! Vere, ne tro malproksima estas nia glorata civilizacio de tiu tempo, en kiu la Neandertala homo devis terenbati sian malamikon per klabo! Per kontraktoj kaj registaraj stampoj komenciĝis, kaj je la fino necesis rabmurdo! Ĝuste mi ja estas ege kontraŭ la murdo! Kia abomena barbareco! Sed la negocoj necesigas ĝin. Oni ne tute povas malhavi ĝin. Minacas ja punoj pro ĝi, sed pro nemurdado ankaŭ minacas punoj, eĉ pli teruraj! Crowl ekzemple estis punita per morto por sia destinakcepta sinteno en tiu malfacila negoco pri la utiligo de la transportŝipoj. Glitado en la mizerkvartalojn, kiel tio minacis min kun mia tuta familio, ne estas malpli multe ol la enigo en la pundomon. Tio estas pundomoj dumvivaj! Oni levas la instruitecon kaj plidelikatigas la konsciencon, sendube – la bildo de tiu Coax ankoraŭ ofte aperos sonĝe al mi kaj precipe al lia murdinto, tiu Fewkoombey –, sed instruiteco, boneco, homeco solaj ne estas sufiĉe fortaj, eĉ ne proksimume sufiĉas por forigi la murdon en tiu aŭ alia formo, tro grandaj estas la premioj, kiujn oni promesas por ĝi, kaj tro gravaj estas la punoj, kiuj sekvas ĝian nefaron! Tiu Coax mortis, likvidita, propre laŭ natura maniero! Kun li ĉio fariĝus terura, sen li ĉio aŭ preskaŭ ĉio finiĝas bone! Vere, murdo estas la lasta rimedo, la plej lasta, sed ankoraŭ aplikebla! Kaj oni konsideru: ke ni nur faris negocojn unu kun la alia!*"

La sekvan matenon li denove iris al la dokoj. Tie statis malbone. Apenaŭ unu triono de la laboristoj estis ankoraŭ laborantaj. Lin skuis la malamikeco de la laboristoj gardostarantaj antaŭ la ŝipoj, por ke neniu eklaboru ĉe li.

„Ĉie brutala perforto!" li diris amare al kelkaj dungitoj, kiuj staris ĉirkaŭe de li kaj gvatis tra la duone blindaj fenestroj de remizo al la dokoj. „Bone, ili ne volas fari la laboron por la salajro, kiun mi pagas. Sed kial ili ne lasas labori tiujn, kiuj volas fari ĝin? Kiuj bezonas tiun monon, nepre, ĉar la familio malsatas! Kial ili perfortas tiujn mizeregulojn kaj ne lasas ilin labori? Ĉiu ja devus esti libera por fari, kion li volas!"

Peachum estis senhelpa.

Jen li travivis surprizon flanke de sia filino kaj de sia bofilo.

La sciigo pri la morto de Coax estigis en la familio Peachum strangan animstaton.

Polly estis nervoza; ŝi ĝojis povi konsoli fraŭlinon Coax kaj helpi ŝin en la prizorgoj, kiujn la enterigo de la makleristo necesigis. Tiu agado havis tre trankviligan efikon al ŝi.

La raportoj pri la striko en la dokoj, atentokapte presitaj en la gazetoj, cetere malfermis al ŝi la okulojn pri la malfacilaĵoj, en kiuj troviĝis ŝia patro. Pere de la patrino ŝi demandis lin, ĉu li bezonas homojn por ŝirmi la laboremulojn, ŝia edzo volonte disponigus al li tiajn homojn.

„Estas", sinjorino Peachum raportis al sia edzo, „kvazaŭ per la granda aflikto, kiun ŝi devas rigardi dum tiuj ĉi tagoj, ŝiaj okuloj malfermiĝus al la zorgoj de aliaj. Ŝi volas scii, ĉu ŝi povas helpi al vi.“

Peachum grumblis ion kiel: „La ulo estas la plej granda fripono, kiu ekzistas en tiu urbo!“ Sed poste li dirigis al sia filino, ke ŝi parolu pri tio kun Beery. Ŝi faris tion.

„Oni ne devas sekvi la voĉon de malamo, se kapitalvaloroj estas riskataj“, Macheath diris, kiam ŝi demandis lin. „Laŭ niaj reciprokaj sentoj ni estas unu kontraŭ la alia, sed la cirkonstancoj nepre postulas unuiĝon.“

O'Hara sendis kelkajn dekduojn de siaj homoj en la dokojn. Tiuj tuj enigis sistemon en la batalo kontraŭ la striko. Ili tiamaniere agis kontraŭ la strikantaj laboristoj, ke eĉ la policanoj ektimis. Ili montris eksplicitan *ordemon*, rompis ĉiujn ostojn, kiuj trafis en iliajn manojn, kaj batis sur ĉiun vizaĝon, kiu aspektis malsate. La konstruinĝeniero diris pri ili al Peachum, ke en ĉiuj ĉi uloj, aliokaze tiom krudaj, tamen estas bona kerno; ĉiam nur gravas, por *kio* ili estas laborigataj.

La strikrompantoj denove ekhavis kuraĝon.

Poste la homoj de O'Hara instigis aron da fiuloj sturmi kelkajn nutraĵbutikojn en la regiono de la dokoj. Ekestis vera batalo, kiu eniĝis en la analojn de la CAS-anoj kiel „batalo ĉe la Westindia-dokoj“ kaj definitivigis la malvenkon de la doklaboristoj.

Fronte al muro de silentantaj laboristoj Bully kaj la liaj unue disbatis kelkajn montrofenestrajn vitraĵojn. Sed kiam ili penetris internen, la strikantoj malhelpis ilin, ĉar ili ne volis havi ion komunan kun marodado. La CAS-anoj ekprenis ŝinkojn kaj aliajn viandaĵojn kaj batis per ili sur la malsatantojn. Malgrasa laboristo estis terenbatita per tuta bovolumbaĵo. Kelkaj ekhavis potojn kun galantino sur la elĉerpitajn vizaĝojn, tiel ke ili ne plu povis vidi ion kaj blinde falis en la manojn de la alrapidanta polico. Unu uzis eĉ malgrandajn panojn kiel ĵetilojn. Kelkaj rakitaj infanoj suferis lezojn per tio. Panoj fariĝis teruraj armiloj. Al maljuna virino kvinfunta pano rompis la brakon, per kiu ŝi tenis la malplenan foirsaketon. La rompita brako poste atestis kontraŭ ŝi antaŭ la tribunalo.

La gazetoj estis ekstreme ekscititaj pro tiuj marodadoj, speciale pro la maniero, kiel „la popolo“ traktis la nutraĵojn. „Jen la teruroj de la anarkio“, ili skribis, „de la malkatenitaj instinktoj. Pri tiaj scenoj memoru la sinjoroj socialistoj, kiam ili skribaĉas siajn hipokritajn artikolojn kontraŭ la ekzistanta sociordo!“

Ekde tiu ĉi momento la registaraj instancoj procedis kontraŭ la striko kaj la salajropostuloj de la laboristoj per tuta rigoreco.

Du tagojn poste oni almarŝigis soldatojn kontraŭ la strikantoj. Junaj trupoj, destinitaj por Sudafriko, riglis la dokojn kaj ŝirmis la strikrompantojn. Estis ankoraŭ kelka pafado en la sekvaj tagoj, sed la finaj laboroj sur la transportŝipoj povis esti sekurigitaj.

La ĉefa batalo estis mallonga kaj fanatika.

Estis preskaŭ ankoraŭ rekrutoj, kiuj tie batalis la unuan fojon. Ili estis pli bone nutritaj ol la laboristoj, sed se oni surmetus al ili laborkitelojn aŭ al la laboristoj uniformojn, estus malfacile distingi la batalantojn, tiom ili similis unuj al aliaj, ĉar ili apartenis al la sama klaso. Sen uniformoj kaj armiloj la junaj soldatoj vere batus unuj aliajn ĝissange.

Finfine oni krome ne forgesu, ke ili parolis la saman lingvon, ĉiuj la anglan, kaj ĉiuj la tonon de la malaltaj klasoj. La insultvortoj, kiujn ili kriis unuj al la aliaj, estis la samaj. Se oni forŝiris de soldato la pafilkolbon de li svingatan, la laboristo svingis ĝin kun ne malpli granda sperto, ĉar li kutimis manipuli forĝistajn martelojn. Kvankam la laboristoj ne estis tiom ekzercitaj pri tiu ĉi speco de batalo, tamen ankaŭ ili ja ensuĉis kun la patrina lakto la konscion, ke ili ricevos eĉ ne unu terpomon, se ili ne defendas sin. Kaj ankaŭ la soldatoj sciis, el la sama fonto, ke ili ricevas sian soldon ne por gapado. Do, foje pelitaj unuj kontraŭ la aliaj ili batalis unuj kontraŭ la aliaj, same kiel ili ĉiuj kune batalis kontraŭ la malriĉo, la malsato, ties malsanoj, ĉio ĉi, kion prezentis al ili la urboj kaj per kio minacis ilin la kamparo.

La gazetoj raportis detale pri la bataloj. Pli malpli interkonsente ili prezentis la priskribojn sub la surskribo: „LA JUNAJ TRUPOJ, FEBRE SOPIRANTAJ RAPIDI POR HELPI SIAJN

KAMARADOJN EN MAFEKING, DEVAS KONKERI SIAJN TRANSPORTŜIPOJN KUN LA BAJONETO EN LA MANO!“

Poste la finaj laboroj sur la ŝipoj ne plu bezonis multe da tempo. La ĉefaj malfacilaĵoj konsistis en amaso da formalaĵoj, kiuj havis la celon gardi la nacion antaŭ trompo.

Iun vendredon la registara komisiono transprenis la ŝipojn, kaj unu semajnon poste ili elveturis.

Estis tre nebula tago. Kvankam nur temis pri unu el la malpli grandaj, semajnaj truptransportoj, la kajo estis plena de militistoj, postrestantoj de la forirantaj soldatoj, membroj de la registaro kaj de la gazetaro. Tro multe oni ne vidis de la okazaĵo, pro la nebulo oni preskaŭ ne vidis sian propran manon.

„Karaj amikoj“, la ŝtatsekretario diris en sia parolado, „la estonteco de Anglio baziĝas sur la oferemo kaj la braveco de ĝia junularo. La tuta Anglio salutas la momenton, en kiu ĉi tiuj 2000 junaj homoj, la floro de la nacio, suriras la ŝipojn de la reĝina moŝto, por doni ekzemplon pri braveco. La efikado de blinde furiozantaj elementoj ĉirkaŭas ilin, ili estas minacataj de ruzaj kaj senskrupulaj malamikoj, kun ili estas nur la genio de Britio, ili estas en la mano de Dio, tio diras ĉion.“

Grandaj, neklaraj korpoj, la tri ŝipoj, ŝoviĝis for de la kajo tra la ĉion vualanta nebulo sub la sonado de militista marŝo kaj la plorsingultado de la patrinoj kaj fianĉinoj.

Dek unu horojn poste la „Optimisto“, ankoraŭ en Maniko, alfundiĝis en la nebulo kun la viroj kaj varoj.

NACIA KATASTROFO

Kaj post la ŝtorm’ la ŝip kun la karg’
Ripozas en morna profund’.
Nur la delfinoj kaj sata ŝark’
Ĉe l’ rif’ naĝas super la grund’.
Eĉ ne unu maristo eskapis de l’ mort’,
Por ĉiuj gajuloj plenumiĝis la sort’.
Dormante pace en mara ĝangal’
Vidiĝas de ili la vanga pal’.

Praan kanton kantas la maro sen lim',
Akceptas admone ĝin nia anim':
Forgesu neniam, marist', pri l' atent'!
Aúskultu, kion diras la vent'.
Dormas bone maristoj sub mara surfac'.
Sub koraloj en trankvilo kaj pac'
Poste dormos ja ankaŭ vi.

„Marista sorto"

Peachum aŭdis la akran kriadon de gazetvendistoj, kiam li veturis antaŭtagmeze en omnibuso laŭ la Oxfort-strato. Li elvagoniĝis kaj legis en unu el la ekstraj gazetoj, ke la „Optimisto" alfundiĝis kaj ke onidiroj cirkulas en la urbocentro pri atencoj al la transportŝipoj. Laŭdire la transportŝipoj forlasis la havenon en stato, kiun oni ne povas nomi martaŭga. Oni esperas, ke la polico postulos klarigojn de la senkonsciencaj elementoj, kiuj tie havas la manojn en la afero kaj minacas la sekurecon de Britio.

Li tuj iris hejmen.

Ankaŭ en la Old-Oak-strato la ekstraj gazetoj jam alvenis. Berry tenis unu en la mano, kiam Peachum envenis. Li estis morte pala kaj tremis.

Peachum preteriris lin, ĵetante al li oblikvan kaj teruran rigardon, sed Beery fikse postrigardis lin kvazaŭ fantomon.

Sinjorino Peachum akceptis lin kun la afableco, kiun ŝi montris ĉiam, post kiam ŝi estis en la kelo. Ŝi aŭdis ankoraŭ pri nenio.

Peachum iris en la ejon, kie staris la rezerva kartoteko, kaj enŝlosis sin. Lia edzino aŭdis, ke dum horoj li iradis tien kaj reen senpaŭze.

Kiam ŝi volis venigi lin por vespermanĝi, ŝi ne ricevis respondon; la manĝaĵon, kiun ŝi starigis antaŭ lia pordo, li ne tuŝis. Li atendis sian areston.

Ĉirkaŭ la dekunua vespere, do proksimume dek kvar horojn post la eldono de la ekstra gazeto, li malsupreniris en la kontoron kaj sonorigis al Beery. Li sendis lin en la plej proksiman drinkejon por alporti gazetojn, ĉar Beery asertis, ke li ne aĉetis iujn.

En la gazetoj troviĝis grandaj ĉeflinioj kiel „NACIA MALFELIĈO" kaj „NEBULO KAŬZIS PEREON DE LA ‚OPTIMISTO'" kaj kelkaj priskriboj de la malfeliĉo, tiagrade kiel oni jam posedis tiajn. Aludoj pri la kaŭzoj, speciale de la speco enhavata en la ekstra gazeto, mankis tute. Estis nur dirite, ke la mararmea oficejo iniciatis esploron.

Peachum tralegis ĉion, ĉiun linion. Poste li agis.

Kune kun Beery li projektis precizan planon pri entuta aliaranĝado de la metiejoj. Pli ol la duono de la dungitoj estu vestata en uniformoj kaj ekhavu militdifektaĵojn. Rigardate el la vidpunkto de la almozula negoco, tia nacia malfeliĉo estis la sama kiel venko. Ne estis dubo, ke Londono, kun la priskribo de la malfeliĉo antaŭ la okuloj, estos preta oferi. Ĉiu homo en uniformo kun iel rekoneblaj difektaĵoj devos esti portata sur la manoj dum la venontaj tagoj.

Peachum laboris kelkajn horojn kaj leviĝis post mallonga dormo. La metiejoj, selistejo, lignaĵistejo kaj tajlorejo, komencis la fabrikadon de uniformoj kaj ŝtrumpoj je la sesa matene.

Posttagmeze Peachum veturis en la polican prezidantejon, post kiam li estis en la mararmea oficejo, kie li parolis kun Hale dum kvin minutoj.

Pri Hale li havis bonegan impreson. Lia militista eduko kapabligis la malnovan oficiston elteni la batojn de la sorto kun sinrego. La oficejo estis plene laboranta. La instrukcioj de Hale estis koncizaj kaj trafaj. Postmorgaŭ okazos la oficiala funebra solenaĵo. Por la dua registara kontrakto, kiu sekurigis la aĉeton de la ŝipoj en Southampton, Hale ne vidis danĝeron, tiel longe, kiel ne eksplodis skandalo pri la unua negoco.

La ĉefinspektoro akceptis Peachum kun klara malfido, kiu malaperis nur, kiam li prezentis sin kiel prezidanto de la transportŝipa societo, per tio forigante ĉiun dubon, ĉu li estas tie pro la kazo Macheath, kiu estis debatota en tiuj tagoj.

Peachum demandis, kion li devas diri al la gazetaro pri la supozebla kaŭzo de la malfeliĉo. Brown informis lin volonte. La kaŭzo de la pereo estis ankoraŭ ne trovita, sed oni havis informojn, ke ankaŭ la „Juna Ŝipisto" grave averiis. Verŝajne la du ŝipoj koliziis en netravidebla vetero.

Peachum rapide foriris kaj veturis al Eastman. Li utiligis la reston de la antaŭtagmezo por fari kun tiu kaj kun Moon – Finney kuŝis operaciita en la kliniko – la finkalkuladon. Ambaŭ sinjoroj ne havis la humoron profundiĝi ankoraŭfoje en la detalojn de la negoco. Ili ja neniam vidis la ŝipojn de Southampton, kiujn ili opiniis veturantaj sub la nomoj de la malnovaj malfeliĉaj kestoj, kaj ili timis esploron.

Reirante Peachum ne rapidis. Nedecide li trairis la stratojn, kaptante interparoladojn. Oni parolis ĝenerale pri la katastrofo.

Antaŭ eta, malhela M-butiko la posedanto interparolis kun kelkaj pasantoj.

„Pri vento kaj vetero“, li diris, „oni ne povas moki. Tiurilate ne helpas la homa planado. Kontraŭ la nebulo la homo estas senpotenca. Tio estas naturfortoj, detruaj elementoj. Oni ja ankaŭ havas siajn zorgojn, sed simple sinki sur la grundon, meze en Maniko! Tio estas granda nacia malfeliĉo! En la preĝejo de la Sankta Triunuo laŭdire okazos funebra solenaĵo la proksiman vendredon. Mi vetas, ke tio estas la komunistoj!“

Posttagmeze Peachum daŭrigis la laboron kun Beery.

La skribejon por la almozpetaj leteroj oni provizis per novaj specimenoj. Per trema skribo militvidvinoj, kies edzoj „ripozas en la malvarma ondotombo“, petis pri subteno por la malfermo de malgranda butiko, ĉe kio oni cetere menciis la unuan fojon M-butikojn en la almozpetaj leteroj de la fabriko de Peachum.

La adresojn oni zorge elprenis el la kartotekaj volumoj, kiuj enhavis la nomojn de almozdonemaj homoj kaj ties specialajn malfortaĵojn.

La fabriko de Peachum montris sin kapabla majstri la nacian malfeliĉon.

Ĉirkaŭ la vespero Brown venigis sinjoron Peachum.

Brown atendis lin kun malserena mieno. En la ĉambro estis ankoraŭ du pli altaj policaj oficistoj.

Estis granda ejo. Sur la skribotablo staris sur verda sorba papero piedalta, bronza Atlaso, kiu pene portis sur la nuko laŭte tiktakantan horloĝon. Sur la ciferplato estis skribite: Ultima multis! Sur la muro pendis bildo de Wellington.

„Sinjoro Peachum", la ĉefinspektoro malfermis la interparolon, „laŭ la ĝisnunaj esploroj oni devas supozi gravajn internajn difektojn en la transportŝipo „Optimisto". Minimume okazis rompo de la stirilo. Mi devas sciigi al vi, ke la ŝtatsekretario en la mararmea oficejo, Hale, ricevis la instrukcion de sia supera estraro, ne plu forlasi sian privatan loĝejon ĝis plua instrukcio. Sed vere tiu ordono estas sekretigenda. Mi supozas, ke vi havas la deziron diri vian opinion pri tiu ĉi afero."

Sinjoro Peachum fikse rigardis antaŭ sin.

„Mi havas tian deziron", li diris „Mi kredas je krimo."

La ĉefinspektoro rigardis lin trapenetre per unu el tiuj rigardoj de aŭtoritatulo, kiuj ne celas vidi, sed esti vidataj.

Post mallonga, impresa silentado Peachum daŭrigis:

„Sinjoroj, la stirilo, devas esti rompita; sen ŝtormo, sen kulpo de la stiristo dum iom netravidebla, sed trankvila maro. Ne necesas esploro, sed nur iom da pripensado. Nur iom da kono de niaj administracioj kaj de ĉiuj administracioj de ĉiuj civilizitaj landoj. Nur mallonga konsidero de la maniero, kiel ni elektas niajn oficistojn, kiuj devas zorgi pri la bono de la ŝtato, kiel ni edukas ilin kaj kiel kaj por kio ili disponigas sin al la nacio. Por veni al la konkludo, ke tiaj ŝipoj nepre devas alfundiĝi, krome necesas maldetala superrigardo pri la celo, por kiu ili estas konstruataj, la maniero, kiel ili estas vendataj, kaj la profito, kiun ili devas alporti. Se ni foje faris tiujn konsiderojn, tiam ni devas – vole nevole – veni al la konvinko, kiun mi antaŭe esprimis, kiam mi diris: Mi kredas je krimo."

La sinjoroj en la ĉambro rigardis unu la alian. Peachum sidis, ili nun staris, ĉar ili estis leviĝintaj. Peachum daŭrigis:

„Farante aliajn konsiderojn, sinjoroj, mi venas al aliaj rezultoj. Deirante de la bonegaj kvalitoj de nia registaro kaj de la honesteco de niaj komercistoj kaj firmoj, de la justeco de niaj militoj kaj de la malegoisteco de ĉiuj niaj civitanoj prudente manĝantaj, dece loĝantaj kaj ordeme vestitaj, la pereo de unu el niaj militŝipoj dum trankvila maro kondukas min – sen ĉiu esploro **aŭ** *post ĉiu esploro – al la konkludo, ke krimo estas sendube neebla kaj akcidento estas probabla, eĉ certa. Tiam mi diras: Mi ne kredas je krimo, sed je akcidento."*

Sinjoro Peachum atente rigardis la unuopajn sinjorojn de malsupre, antaŭ ol li daŭrigis.

„Se vi nun bonvolas permesi al mi, ke sub viaj okuloj mi elektas el tiuj ĉi du konvinkoj unu, kiu kontentigas min, mi decidiĝas por la dua. Ĝi estas ege preferinda. Post du tagoj okazos, kiel mi aŭdas, funebra solenaĵo por la dronintaj soldatoj de la reĝina moŝto. Ĉu vi opinius bone kaj dece, se okaze de tiu solenaĵo la samaj militdifektitaj soldatoj, demonstraciintaj antaŭ nelonge por la elveturo de la ŝipoj, nun demonstracius kontraŭ la alfundiĝo de tiuj ŝipoj? Kiel mi aŭdas, laŭ la informo de ekstra gazeto ekzistas tia intenco en la regionoj de la dokoj."

Sinjoro Peachum iris neĝenate el la konstruaĵo de la polico. Ĉie li jam vidis funebrajn flagojn kaj flagojn mastomeze. La metropolo funebris pri siaj filoj.

PURIGA OPERACIO

Father estis granda, osta viro, unu el la tri homoj, kiuj konis Macheath ankoraŭ kiel Beckett. Li laboris sub O'Hara en la Ride-strateto kaj estis ties amiko.

De Macheath li ricevis la komision kontroli lian edzinon kaj O'Hara, kaj li tuj informis tiam sian amikon.

Kune ili malplenigis la magazenon, kiun ili devintus neniigi kaj subvendis ĝin je propra konto. Ĉe tio Father detenis Grooch, la trian de la malnovaj homoj.

Krome Father sciis preskaŭ ĉion pri la rilatoj de O'Hara al sinjorino Macheath, ĉar li opiniis bone esti informita pri kiel eble plej multaj aferoj.

Li ankaŭ postsekvis la viron, kiu likvidis la makleriston Coax. Sed lia amiko O'Hara ne sciis, ke li scias tion.

Iun matenon la kilogramcento da antracito kostis 28 pencojn en la Ride-strateto, kaj en la magazenojn malantaŭ la domo numero 28 penetris tri kriminalaj oficistoj kaj venigis Father, kiu tie loĝis en ĉambreto, el la lito. En la ĝentila formo, kiu distingas Scotland Yard, ili petis lin, montri al ili la magazenon.

Da varoj ne plu estis multe en ĝi, sed kelkaj tamen kuŝis ĉirkaŭe. Ili notis la stokon kaj adiaŭis sen multe da parolado.

Malrapide Father sin vestis komplete, kaj ĉar li ne povis atendi O'Hara antaŭ la dekunua, li iris al Macheath en la esploran malliberejon.

Macheath estis trinkanta sian matenkafon. Li tuj forprenis de Father la parolon.

„En la magazeno 28 estas nenio plu, tie ili ja povas enrigardi", li diris indiferente.

„De kie vi scias tion?" Father demandis ĉagrenete kaj provis eksidi sur la tablo.

„Ĉar mi ordonis malplenigi ĝin", la pograndisto respondis kaj trempis toaston en la kafo. „Tial ĝi estis malplenigita. Antaŭ kvin semajnoj proksimume."

„Sed ĝi estis ankoraŭ duone plena, ke vi sciu tion. Morgaŭ ni volis malplenigi ĝin komplete, sed hodiaŭ ĝi estis ankoraŭ duone plena."

Macheath silentis kaj plumanĝis. Poste li diris:

„Ĉu vere. Tiuokaze mi volus scii, kion vi staplis en mia magazeno. Espereble ne estis io, kio devas timi la lumon de la publiko, kaj vi havas dokumentojn."

Father silentis konsternite. Nur post iom da tempo li duonlaŭte murmuris:

„Ili ja rekte venis en la numeron 28."

„Malbone", diris Macheath kaj rigardis Father de malsupre per siaj akvecaj okuloj.

Tiu ĉi finfine ekkuraĝis. Laŭ subita decido li eksidis sur la tablorando, forbalaante per sia granda mano la kalendaron, kiun Macheath antaŭzorgante metis tien, kaj diris laŭte kaj krude:

„Vi trompas vin, Beckett, se vi kredas, ke ni iras por vi al Old Bailey. Ni ne pensas pri tiaĵo. O'Hara estas mia amiko, kaj ni kunteniĝas kvazaŭ lapoj, eĉ se aliaj homoj planas ĉiuspecajn perfidaĵojn kontraŭ siaj malnovaj kamaradoj. Ĉu vi komprenis?"

La pograndisto ne lasis sin ĝeni en sia manĝado. „Parolu laŭplaĉe, Father, sed venu de sur mia tablo, aliokaze mi elĵetigas vin de ĉi tie, kvankam vi estas malnova kamarado."

Father mallerte ekstaris. Li tremis pro kolerego.

„Do tiel estas? Vi volas forigi la sterkon? Jam de la komenco vi mistifikas kelkajn dekduojn da bonaj homoj kun via sistemo, unue vi pagas fiksajn salajrojn, ĉar vi volas havi plenajn magazenojn; poste vi ne plu bezonas varojn kaj pagas popecan salajron, ĉiam, kiel ĝuste estas favore al vi, kaj nun vi elliveras ilin glate al la polico! Sed vi ja estas bankisto, ĉu? Vi ja scias pri nenio, ĉu?“

Macheath rigardis lin atente.

„Mi ne estas ofendiĝema“ li diris ne malafable. „Vi povas paroli malkaŝe kaj libere. Sed vi devas konsideri, ke vi havis de mi komision, kiun vi ne plenumis. Ja veras, ke vi estas amiko al O'Hara, sed tion mi ne povis scii. Li estas tia fia hundo, ke mi ne opiniis eble, ke li povas havi amikojn, kiuj volas eniri la malliberejon por li.“

„Ho vi!“ Father balbutis pro kolerego. „Kontroligu vian honorindan edzinon pere de fidenuncanto! Ŝajnas, ke ne ĉiuj homoj trovas mian amikon O'Hara tiel malbona kiel vi, sciu!“

Li estis freneza pro kolero, sed li tamen observis lian ĉefon, dum li parolis.

Estis senutile, Macheath ne lasis rimarki ian emocion. Li nur diris: „Mi vidas, Father, ke vi ne estas tiel malbona, kiel vi ŝajnigas. Vi tamen tenis viajn okulojn malfermitaj.“

„Jes, vere, Bechett, iomete.“ Father inside mallevis la kranion. „Mi ankaŭ vidis, kion vi aranĝis pri la makleristo Coax. La sablosako ne falis el la ĉielo.“

Macheath subite formetis la kuleron. Ŝajnis, ke li estas sincere interesita.

„Father“, li diris per tute alia voĉo, „pri tio vi devas ion diri al mi. Tion mi nome tute ne scias. Tiu Coax ja mortis iomete rapide.“

Father faris fortan lukton kun si mem. Li konis Macheath, ties nuna tono estis vera. Sed se tiu sciis nenion pri la murdo kontraŭ Coax, tiam tio estis privata afero de lia amiko O'Hara. Tiuokaze li jus diris tro multe.

Macheath atentege observis lian mimikon.

„Father“, li diris afable, „vi ne plu povas ion savi. Per sablosako laboras nur Giles. Mi ne konas lin persone, tion vi scias. Li estas la viro de O'Hara, ĉu? Nun ni atingis ĝuste la punkton, Father, en kiu vi devas malŝarĝi vian konsciencon. Kaj vi devas klopodi eskapi de la Ride-strateto kaj havigi al vi pasporton kaj monon por la vojaĝo, homo. Mi ne estas fi-homo. Vi ĉiam nomas min Beckett, sed mi nomiĝas Macheath. Mi volas krome forgesi, ke vi sidis sur mia tablorando. Kion vi diris pri mia edzino, estis dirite pro kolero. Ĝis la dekunua vi povos ankoraŭ paki vian kofron kaj poste iri en la razejon, kie dume informo estos alveninta. Sed, se vi diros al O'Hara eĉ unu vorton, ekzemple ‚adiaŭ' aŭ ‚beleta fivetero hodiaŭ', vi sidos en la karcero je la dekunua kaj duono. Tion vi devas kompreni."

Father ne havis okazon diri ion plian. Macheath ne volis aŭdi ion plian. Antaŭ ĉio li ne plu volis aŭdi ion pri Polly kaj O'Hara. Li volis malŝpari eĉ ne unu solan penson por tiu obskura afero. Li ne plu volis renkonti iun homon, kiu povus eksenti emon paroli kun li pri tio.

Tion Father ne povis scii. Sed tio savis lin.

Konsternite li reiris en la Ride-strateton. Tie li pakis sian valizon kaj surmetis sian plej bonan kostumon. Estis la deka kaj duono, kiam li iris tra la pordega arko. O'Hara estis envenanta tra la antaŭa pordego, kun sia matena cigaredo inter la lipoj. Father ŝanceliĝis, ĉu li ne tamen diru ion al li. Ili estis malnovaj amikoj. Father iam bone konis la patrinon de O'Hara.

Nedecide li staris malantaŭ la pordega alo, O'Hara ĝis nun ne vidis lin. Poste li decidiĝis.

Li paŝis de malantaŭ la pordega alo kaj preteriris la envenanton, mute, rigide rigardante antaŭ sin, kun la lipoj kunpremitaj kvazaŭ eĝoj de ŝtalkaseto.

O'Hara postrigardis lin mirigite.

Post kiam Father estis ĉirkaŭ la sekva angulo, li ekspiris malŝarĝite. Sendube O'Hara vidis la kofron kaj la bonan grizan kostumon.

Sed ĉirkaŭ la dekunua kaj duono O'Hara estis arestita en sia loĝejo.

En la polica prezidantejo li kondutis tre memkonscia. Kiam li eksciis, ke la akuzo riproĉas al li rompoŝtelon kaj riceladon, li ridis. Li asertis, ke li aĉetis la varojn, kiuj venis al CAS. La dokumentoj troviĝas en la kontoro de CAS en la urbocentro.

Oni diris al li, ke ĝuste de tie venis la denunco kontraŭ li. Li tuj postulis esti konfrontata al la bankisto.

Posttagmeze okazis. En la ĉelo de Macheath ĉeestis lordo Bloomsbury kaj sinjoro Brown de Scotland Yard. Antaŭ ol li povis diri unu vorton, Macheath alpaŝis al li kaj diris: „Sinjoro, de kie vi havas la varojn, kiujn vi liveradis por miaj butikoj ekde duona jaro?“

Nur kiam li estis denove en sia ĉelo, li povis liberiĝi de sia miro. Sed jen oni enpuŝis la sablosakan Giles.

Father jam naĝis sur la libera maro, kiam unu frazo de li ankoraŭ vagadis tra la postkranio de lia ĉefo Macheath. Tiu frazo tekstis proksimume jene: prefere atentu pri via honorinda edzino!

Ekstere pluvis. Dum Macheath iris tien kaj reen en sia ĉelo, kun la manoj en la pantalonpoŝoj, li aŭskultis la pluvon. Kelkfoje li propre haltis, mallevis la rafanforman kapon kaj aŭskultis speciale atente. Poste li ĉagrene piedpuŝis la dikan tapiŝon kaj pensis:

‚*Bone, ke almenaŭ en ĉi tiu momento li sidas en karcero. Tion mi ja scias. Oni diras al mi, ke miaj homoj plendas pri mia nedecidemo. Sed se necese, mi ankoraŭ ĉiam trovis mian decidopovon. Pli bone ol iu alia mi scias: necesas energie kontraŭagi, kelkfoje. Necesas esti informita pri ĉio, kio okazas en la negocejo, kaj necesas lasi ĉion maturiĝi kvazaŭ pusa ŝvelaĵo. Kaj iun tagon necesas kontraŭagi energie, subite, de el suna ĉielo, kvazaŭ fulmo, kiel ĉefo. La tuta senmoralaĵo estos malkovrata, senindulge. Ĉiuj rigidiĝas. Longtempe le ĉefo rigardis senage, sed poste li kontraŭagis. Li ne indulgis siajn plej malnovajn kamaradojn, kiam li konstatis, ke tie io estas putra. Tia li estas, oni ne povas trompi lin.*‘

Denove li iris kelkajn paŝojn, haltis ankoraŭfoje kaj ree enpensiĝis.

‚*La posedo de virino*‘, li pensis, ‚*fariĝis malfacila. Antaŭe oni revenis de la ĉaso du horojn pli frue, ol oni estis atendata, kaj elpelis iun karnecan ulon el la lito de sia edzino, kion mi diras? El la lito? Sufiĉis vidi ŝin stari en unu ejo kun iu viro, kaj ĉio estas klara! Hodiaŭ la negoca vivo devigas ŝin, vole nevole, elmeti siajn surojn al la rigardoj de la viraro, kaj en certaj kontoroj oni amoras same, kiel oni lavas al si la manojn, ĉefe, por trompi nin, entreprenistojn, rilate la labortempon! Pri malkovro oni ne plu povas pensi, se la adulto tiel malmulte frapas la atenton kaj havas tiel malmulte da signifo kiel la manlavado.'*

Mirigite Macheath skuis la kapon, denove pli forte aŭdis la aŭtunan pluvon kaj pluiris. Post kelke da tempo li eksidis ĉe la skribotablo kaj prenis la aktojn de sia proceso.

La juĝdebatoj estis okazontaj post kelkaj tagoj.

MALTRANKVILAJ TAGOJ

Labori kaj ne malesperi
Carlyle

La malgranda fabriko en la Old-Oak-strato laboris kun kromhoroj kaj noktoskipoj.

En la tajlorejo pendis, fiksita per premnajletoj sur la tapeto, tranĉaĵo el gazeto, kiu pritraktis la heroan morton de la modistino Mary Anne Walkley.

Mary Anne Walkley, dudekjara, okupita en kortega modmanufakturo, partoprenis la fabrikadon de luksaj roboj de nobelaj sinjorinoj por la omaĝa balo ĉe la freŝe enkondukita kronprincino. Estis la kulmino de la sezono. Dum 26 kaj duona horoj ŝi laboris senĉese, kune kun sesdek aliaj knabinoj, po tridek en unu ĉambro, kiu donis apenaŭ unu triono de la kutimaj kubaj coloj da aero, dum nokte ili okupis po du unu liton en unu el la sufokaj truoj, al kiuj la dormejo estis dividita per bretvandoj. Ĉerizbrando, portvino, iomete da kafo refreŝigis ŝian ne plu funkciantan laborforton, kiun ŝi disponigis al la servo de la reĝino tiel malegoisme, por ege minimuma salajro; ŝi malsaniĝis je la vendredo, kudris plue kaj mortis je la dimanĉo, ne mapli heroino ol la herooj de Mafeking.

Eĉ pli ol tiu afiŝo kun ĝia stimulanta moralo la metodo de Beery, simple ĵeti nevolajn aŭ malfortajn laboristinojn sur la straton, akcelis la laborintensecon.

„Vi ne kulpas pri via ftizo, sed ankaŭ mi ne“, li diradis.

Li faris konstruan eltrovon: kiel li konstatis, la laboristoj kaj laboristinoj kutimis okaze fumi cigaredon en la klozeto; de sur la korto li vidis la fumon leviĝi el la eta fenestreto kiam ili forrestis de La Laboro tro Longe. Li konstruigis oblikvan lignan vandon, tiel ke oni povis sidi nur klinite. Kiam tiutempe Polly revenis al siaj gepatroj, silenta kortuŝo ekprenis ŝin, kiam ŝi vidis tiujn necesejojn kun ilia rigardo al la maljunaj kripliĝintaj arbetoj de la korto; tio estis hejme.

La laboro bone prosperis. Sed konekse al la funebra solenaĵo por la viktimoj de la „Optimisto“-pereo, kiu cetere okazos je la sama tago, ĵaŭdo, kiel la ĉefa jurĝebato kontraŭ la bankisto Macheath, en la gazetoj estis skribitaj ĉiuspecaj ege impertinentaj demandoj koncernantaj la evoluon de la esploro pri la kulpuloj.

La ĉefinspektoro persiste silentis. Peachum sciis, ke la polico faris esplorojn en la dokoj. Okazis kelkaj arestoj. Peachum febre studis ĉiujn gazetojn, sed ili prezentis neniujn deklarojn flanke de la prezidantejo.

Sed ne malmultaj kriminalaj oficistoj vagadis ĉirkaŭ la domo en la Old-Oak-strato.

Peachum multe suferis dum tiuj tagoj.

„*Estas klare, ke okazos la plej malbona*“, li diris al si, precipe kiam li nokte iris el la hele lumigitaj ejoj, plenigitaj de laboro, tra mallumaj koridoroj en aliajn hele lumigitajn ejojn kaj iomete haltis en la koridoroj: „*Vivi signifas, ke okazas la plej malbona! Kaj tamen estus imageble, ke ĉi tiun unu fojon la polico ne intervenas! La ‚Optimisto‘ pereis, mi ne neas tion. Ĉu nun krome mi pereu? Kompreneble estas damaĝo por la postrestintoj, ne kontesteble. Sed ĉu estas helpo por ili, se estas ankaŭ por mi damaĝo?*“

Kaj tamen al la malfeliĉo de tiuj tagoj li ŝuldis negocan ideon. Ĝi baziĝis sur jena konsidero: „*Tiaj akcidentoj kiel tiu pri la ‚Optimisto‘ estas neeviteblaj. Ili okazos ĉiam denove. Militoj, marŝtormoj, tertremoj, negocaj entreprenoj, malbonaj rikoltoj estas tute neeviteblaj. Kiu konas la homan naturon, scias, ke ĉiu homa faro estas neperfekta. Tiu frazo estas skribita jam en la biblio, kaj tio estas timo, kiun oni devas atenti. Fakte ja naŭ el dek homoj prave timas la estontecon. (Maksimume unu el mil prave ne timas ĝin.) Al tiu punkto oni devus ligi siajn pensojn. Tio povus esti bonega negoco. Ni prenu aferojn, kiujn ĉiuj timas: malsano, mizero, la morto. Ni diru al tiuj, kiuj timas, ĉar ili konas la vivon kaj siajn kunhomojn: Ni asekuras vin kontraŭ tia neevitebla estonteco. Vi pagas al ni kontinue (tiamaniere vi tute ne aŭ apenaŭ rimarkas tion) bagatelaĵon el viaj enspezoj dum la tagoj de la prospero, kaj ni pagos al vi (aŭ en la kazo de via morto al viaj postrestintoj), kiam la neevitebla katastrofo venas! Ĉu tio estas propono? Mi estas certa, ke tia propono estus salutata. Necesas helpi al la homoj! Helpo, jen por kio ili elspezos ion! Se mi elvenos el tiu ĉi afero, se tiun unu fojon la polico ne intervenaĉas per siaj mallertaj manoj, mi realigos ĉi tiun ideon, tio estas certa. Ni nur pensu pri la soldatoj, kiuj alfundiĝis kun la ‚Optimisto'. Plejparte ili estas junuloj, sed estas inter ili ankaŭ familiaj patroj. Kiel tute alie troviĝus hodiaŭ la familianoj, se la soldatoj estus sin asekurigintaj kontraŭ ŝipakcidentoj! Konsidere al la ordono suriri la ŝipojn, ili ne havis iun alian eblon ol rapidege asekurigi sin. Ili ne kaptis ĝin. Homoj, kiuj legas en la gazetoj priskribojn de katastrofoj kiel tiu de la ‚Optimisto', ja devas esti gajneblaj por tia asekuro. Kaj ekzistas tiom da katastrofoj! La maljunaĝo ekzemple estas unu. La maljunaĝo en la grandaj urboj! La lastaj vivojaroj de la homoj ne plu ekspluateblaj! Neeviteblaj kaj tamen teruraj jaroj! Ankaŭ la senlaboreco estas tia akcidento. Jen ekzemple miaj dungitoj. Mi profitas el tio, ke ili ne scias, kien ili iru, post kiam mi ĵetis ilin sur la straton. Mi premas ilin, kiel al mi eblas, kaj tiras el tio mian profiton. Mi povas supozi, ke ili devas havi fortan bezonon pri helpo. Eble profito estus do tirebla el tio, ke mi donas al ili helpon? Oni povus konstrui konstruaĵojn, grandajn, en kiuj tiuj pencoj estas administrataj. Tiel longe kiel tiuj asekurasocioj kontraŭ malsano ne devas pagi, ili povus prosperi, se ili devas pagi, ili povus bankroti. Ĉiuokaze, se oni ŝovus sin inter tiujn homojn kaj la entreprenistojn kaj eltirus por ili kelkajn pliajn pencojn, oni povus reteni tiujn pencojn por la donita helpo. Estus glata negoco. Ĉar la plimulto de la pagantoj ja mortas laborante aŭ ne povas pruvi siajn difektojn ktp. ktp. Ja veras, ke la labo-*

ristoj pli ŝatas akcepti tiajn servojn de siaspeculoj, do de iamaj laboristoj...Nu, oni povus enigi kelkajn el ili, pro formo. Por tiaj asekuroj oni eble povus eĉ utiligi la ŝtaton. Oni povus imagi leĝojn, kiuj surmetas al la laboristoj la devon pagi kotizojn. Do, la ŝtato mem devus batali kontraŭ la senzorgeco de la larĝaj amasoj, ilia krima, monde nesperta optimismo, ke ĉio iros bone, kvankam oni ja scias, kia sorto atendas la laboristojn kaj dungitojn kaj ĉiujn malgravajn homojn! Oni ne povas malebligi la militon, same ne la krizojn. Oni devas ĵeti la ulojn sur la straton, se ilia okupiĝo ne plu estas profitodona, oni ne povas konstrui la loĝejojn pli sanaj, ol tion permesas la luprezoj ktp. ktp. – do oni devas ordoni, ke ili antaŭzorgu! Konsidere al la senlima senzorgeco de tiuj nesciantaj kaj malpensemaj homoj, per kiu ili fariĝas soldatoj, fabriklaboristoj ktp., oni devas simple ekpreni leĝajn disponojn. Oni devas devigi ilin, asekuri sin. Plu ili ne povas, sed tion ili devas. Tion postulas la publika intereso, kaj tio estas krome negoco. Fondi tian asekuron ja vere postulus iom da kapitalo. Se mi nun sukcesos en la afero pri la ŝipoj, la kapitalo ekzistos. Cetere, la novaj ŝipoj, tiuj el Southampton, estas absolute martaŭgaj! Nur la polico ne devas interveni! Tiun unu fojon la afero devas funkcii!"

Kiam merkrede vespere, naŭ tagojn post la pereo de la „Optimisto" kaj la vesperon antaŭ la oficiala funebra solenaĵo, ankoraŭ ne estis prezentita deklaro de la polico, Peachum ne plu eltenis la nervostreĉon.

En speco de paniko li decidis apliki premon kontraŭ la polico. Li sendis Beery kaj du pliajn virojn en la prezidantejon kun kelkaj port-afiŝoj, sur kiuj surskriboj estis pentritaj kiel: „KIO OKAZIS PRI LA ‚OPTIMISTO'?", „KIOM DA KORUPTOSUMOJ RICEVIS LA MARARMEA OFICEJO? DEMANDO DE DUCENT INVALIDAJ SOLDATOJ" kaj „KIAL DRONIS TIUJ EL LA ‚OPTIMISTO'?"

Unu el la manpentritaj afiŝoj eĉ havis la surskribon „KIU ESTAS SINJORO PEACHUM?"

Beery diris ĉe la polico, ke li venas de sinjoro Peachum, la prezidanto de SUT, la afiŝoj venis en liajn manojn pere de kelkaj almozuloj, kiuj prunteprenis de li siajn muzikinstrumentojn. Ŝajnas, ke por la venonta antaŭtagmezo estas planata demonstracio kun tiaj kaj similaj port-afiŝoj.

Unu horon poste Peachum mem ankoraŭfoje iris tien. Brown traktis lin mallonge. Li apenaŭ aŭskultis la plendon de Peachum, ke li estos ruinigita en okazo de tia demonstracio kaj ke li ne havos utilon, se krome altaj registaraj oficistoj estos samtempe la celo de kotaĵoj.

Li foriris malespere.

Per la plej proksima droŝko li veturis al la redakcio de la „Spegulo". Li postulis paroli kun la ĉefredaktoro kaj havis kun li tre seriozan interparolon, surbaze de kiu la redaktoro promesis teni liberaj ĝis la oka matene du kolumnojn de la mateneldono por sensacia deklaro de la prezidanto de la transportŝipa societo pri la *kaŭzoj de la ŝipkatastrofo.*

Poste Peachum hejmeniris piede, ordonis la realigon de la planata demonstracio por la sekva mateno, riglis sin en sia kontoro kaj skribis dum la tuta nokto.

Brown, opiniinte bone montri al li indiferentan sintenon, tamen sentis sin tute ne bona. Por la vespero li ankoraŭfoje ordonis polican kontrolon (la sepan) en la dokoj, pridemandis la unuajn dudek laboristojn, kiujn oni enliveris, kaj deprimite veturis al Macheath en la malliberejon.

Macheath estis sola kaj legis libron.

Brown forsendis la provoson kaj prenis al si elon el unu de la boteloj, kiuj staris en la angulo de la ĉelo.

Antaŭ ol li povis malfermi la buŝon por malŝarĝi sian koron antaŭ la amiko, tiu komencis nervoze:

„Kio estas pri O'Hara? Mi estas damne maltrankvila. Ĉu li ankoraŭ ne konfesis?"

„Ne", Brown diris lace.

„Ĉu vi diris al li, ke ni povas pruvi, ke li faris la murdon, se li ne tenas sian malbenitan buŝaĉon fermita?"

„Jes, ĉion. Li diras, ke li preferas pendi ol ellasi vin. Mi kredas, ke li prenas tion de la homa flanko."

Senĉese Macheath kuris tra la ĉelo. Lia proceso estis okazonta morgaŭ. Se li jam devos konfesi, ke li estis la prezidanto de la Centra Aĉetsocieto, tiam li ne krome estu implikita en rompoŝtelan aferon.

Finfine li ree eksidis kaj trankviliĝis.

„Tiu homo ja havas prudenton", li diris, prenante cigaron.

„Li ne sekvas siajn blindajn instinktojn, sed raciajn rezonojn. Je tio mi kredas. Se mi ne plu povas kredi je tio, mi pendumigos min. La urboj, en kiuj ni vivas, tiu tuta civilizacio kun siaj benoj estas la pruvoj por la potenco de la prudento. Ankaŭ tiu homo venkos sian blindan venĝosoifon kaj preferos kvar jarojn da malliberejo, aŭ ni diru tri jarojn, ĉar ni ja povas eligi ankoraŭ kelkajn kvitancojn, al morto per la ŝnuro.“

Brown ankoraŭ diris, ke li donis al O'Hara templimon ĝis morgaŭ tagmeze je la dua.

„Jes, je la dua plej malfrue mi devas havi la deklaron“, diris Macheath. „Tuj post la proceso mi havos interparolon kun Chreston en la Nacia Depona Banko, al kiu eble ankaŭ venos Aaron kaj la fratoj Opper. Mi volus povi prezenti la konfeson de mia liveranto, ke li kulpas pri rompoŝteloj.“

Poste Brown finfine havis okazon ekparoli pri siaj propraj, ne malgrandaj zorgoj.

La kazo de la „Optimisto“ aspektis malbone. Ekzistis malmulte da duboj, ke la ŝipo, same kiel ĝiaj ĝemelaj ŝipoj, estis transdonitaj en ne bona stato. Dum la lasta tempo la societo, kiu vendis tiujn ŝipojn, estis jam trafita de alia „malfeliĉo“. La makleristo William Coax, mortbatita en la regiono de la dokoj, havis proksimajn negocajn rilatojn al tiu societo. Lia morto estas tute ne klarigita. Oni arestis kelkajn senlaborulojn, homojn, kiuj estis maldungitaj okaze de la striko kaj faris mallertajn eldirojn. Sed oni ne povis pruvi al ili ion konkretan. La alfundiĝo de la „Optimisto“ minacis ĵeti pli grandajn ondojn. La minacojn de sinjoro Peachum Brown prenis ne tro seriozaj, kio koncernis la senperan efikon de la demonstracio. Oni kunvokis sufiĉe grandan amason da polico, kiu tute kapablis ŝirmi la morgaŭan funebran solenaĵon kontraŭ perturboj. Pli malbona estis io alia.

La ĉefinspektoro mallaŭtigis la voĉon, kiam li parolis pri tio.

Sekve de iu nefunkciado en la mararmea oficejo oni ne forsendis la ordonon, kiu revoku la du aliajn ŝipojn, el kiuj ja almenaŭ la unu, kiu koliziis kun la „Optimisto“, devas esti damaĝita. La ŝipoj plue troviĝis sur libera maro, kun kurso al Kaburbo. Entute la mararmea oficejo ne laboris energie en la afero. Pro tio Brown estis tre malcerta. Eble estus pli prudente tute ne provoki la demonstracion? La polico devis zorgi pri la publika ordo.

Ja veris, ke ne ĉio estis en la manoj de Peachum, kiun oni povus facile revoki. Ankaŭ la komunistoj planis demonstraciojn kontraŭ la oficiala funebra solenaĵo. Tiujn demonstraciojn oni ne povos malhelpi.

„Ili ja ne havas materialon sen Peachum", kontraŭdiris Macheath, ekbruliginte al si grandan cigaron.

„Ne, tiun ili apenaŭ havos", diris Brown, iomete trankviligite. „Ili ja ĉiam ridindigas sin pro siaj eternaj supozoj, kiujn ili neniam povas pruvi."

„Denove ili babilaĉos ion pri koruptado en la ministerioj kaj eble eĉ aludos, ke la ŝtatsekretario persone ricevis kelkajn milojn en la manon. Tio ja estas ridinda."

„*Sciu*", Brown diris, nun ankaŭ prenante cigaron, „*mi iomete ĉagreniĝas pri tiuj babilaĉuloj. Ĉiam ili batos sur nin, ĉar ni laŭdire atentas la leĝojn ne sufiĉe severe. Kvazaŭ la leĝoj estus faritaj favore al ili! Ili terure persistas, ke ĉio iru laŭ leĝaj vojoj. Se estus leĝo, kiu dece permesus al Hale fiksi kotizon por la peno, kiun li havas por premfermi la okulojn, ili neniam riproĉus al li la malmultajn milojn, kiujn li laŭdire prenis. Tiuokaze ili ne havus la senton esti trompitaj. Estas preskaŭ komike. En la granda politiko kaj same en la ekonomio ja vere ne ĉio estas tute senriproĉa; jen kelkaj aferoj ja vere estas, nu, ni diru, nekompreneblaj por la malgranda paganto de impostoj. Kaj ja temas ĉe tio pri profitoj de grandega amplekso! Ja temas ne nur pri kelkaj miloj! Ĉiu malgranda teksaĵfabriko ja tute alie enŝovelas! Sed tiam niaj ‚informistoj' ĉiam alkroĉiĝas al nenio ol bagatelaĵoj, diras, ke la urba magistrato estas koruptebla, ke la polico ne estas senpartia aŭ Dio scias kion, kion krome ili neniam povas pruvi kaj kio plej ofte ne estas ĝusta! Tia nigre-blanke-pentrado nekredindigas ĉion, kion tiuj kotkirluloj prezentas.*"

„Se nun iu kunskribus, kion vi babilas", Macheath diris pripense, „tio ankaŭ estus nigre-blanke-pentrado.

„Nekredinde", Brown rikanis, „tute nekredinde!"

Ili parolis kelkan tempon pri politiko.

„*Envere ne ekzistas partio*“, Macheath plendis, „*kiu tute kaj komplete engaĝiĝas por miaj interesoj. Mi ne troas tiagrade nomi la parlamenton babilaĉejo, tio ne estas ĝusta, certe ne. Oni ne nur babilas en la parlamento, oni eĉ agas tie. Oni agas tie pri ĉio ebla, tion devas konfesi ĉiu, kiu ne estas senhelpe fanatikigita. Sed la demando ja estas, ĉu la parlamento sufiĉas en kazo de neceso. Laŭ mia opinio – estas la opinio de serioze* **Laboranta** *negocisto – ni ne havas la ĝustajn homojn je la kapo de la ŝtato. Ili ĉiuj aliĝis al iuj partioj, kaj partioj estas egoismaj. Ilia starpunkto estas unuflanka. Ni bezonas virojn, kiuj staras super la partioj, tiel kiel ni, negocistoj. Ni vendas niajn varojn al riĉuloj kaj malriĉuloj. Ni vendas al ĉiu senkonsidere al lia persono funtcenton da terpomoj, instalas por li elektran konduktaĵon, farbas por li la domon. La estrado de ŝtato estas morala tasko. Estas atingende, ke la entreprenistoj estu bonaj entreprenistoj, la dungitoj estu bonaj dungitoj, koncize: la riĉuloj bonaj riĉuloj kaj la malriĉuloj bonaj malriĉuloj. Mi estas konvinkita, ke la tempo de tia ŝtatgvidado venos. Ĝi kalkulos min al siaj adeptoj.*“

Brown suspiris.

„Bedaŭrinde, ni ankoraŭ ne havas tian partion. Kion mi nun faru?“

„Ĉu vi ne esploris, kio povas esti okazinta rilate la riparon dum la striko?“

„Kompreneble. Dum ĉiuj lastaj tagoj. Tio ja estis la unua. Sed tie nenio okazis.“

„Kiel do? Tiuj ŝipĉarpentistoj, kiuj ĵus strikis sensukcese, ja havis ĉiun motivon fari ion tiudirekte? Mi neniam komprenis, kiel iu homo povas labori sub tiaj kondiĉoj. Ili ja vere estas subhomoj.“

„Sed kiam ili laboras, ili laboras. Ili ne pensas pri difektado de ŝipoj, se ili komencas ripari ilin. Tio estas speco de malpensemo ĉe ili, sciu. Sed neniam ili faras tiaĵon.“

„Sed vi ja havis *miajn* homojn tie, mallonge post la striko, aŭ pli bone Peachum havis ilin.“

„Ĉu vi opinias, ke ili...“

„Kompreneble. Ili ja povas sen pluaĵoj atesti tiajn aferojn. Mi venigos Bully...“

„Ĉu vi povus fari tion?“ demandis Brown, iomete konsolita.

„Klare“, Macheath respondis kore. „Tion mi faros por vi. Kaj pretere, ne intencante influi vin pri viaj decidoj: Peachum ja vere estas mia bopatro. Finfine la doto de mia edzino enestas en la Nacia Depona Banko. Mi estas direktoro tie. La depotoj trafis en malĝojigan malordon per la konkurencbatalo, kiel mi devis konstati. Ankaŭ la depotoj de Peachum estas for – mi povas samrajte nomi ilin miaj depotoj, el familia vidpunkto. Krome estas ja tuta amaso da malgrandaj ŝparintoj, kaj nun post la ‚Optimisto‘ – katastrofo la bruo, kiun ili farus, se ilia mono estus for, denove damaĝus la patriotan movadon, kiu malrapide ekmoviĝas per la ŝipperego. Mi ne estas ligita al mia bopatro per sentaj ligiloj, sed kredu al mi, estas bone, se vi tute lasas lin ekstere de la ludo.“

Duone konvinkita, Brown foriris kaj pridemandis ankoraŭ kelkajn arestitajn ŝipĉarpentistojn.

Sed dum la nokto li dormis malbone, kaj ĉirkaŭ la mateno li havis sonĝon.

Li veturas sur Tamiza ponto. Subite li aŭdas ion, gargaradon, li elaŭtiĝas kaj kliniĝas super la balustrado. Sed li ne povas ion vidi. Do li kuras returne kaj provas malsuprenĵeti rigardon de la rando.

Kaj nun li vidas ankaŭ la ponton: li vidas ĝin de malsupre. Tie estas malgranda resto de tero, preter kiu la akvo de la rivero torente rapidas. Sur la ponto flirtas flagoj, nigraj kaj tiaj kun la koloroj de la nacio. Sur la malgranda loko sub la flagogarnita ponto moviĝas io homa aŭ homsimila, kiu rapide etendiĝas, oni ne scias de kie, ŝajnas, ke ĉi tie estas ankoraŭ pli profunda malsupro; ĉiuokaze jam estas tutaj aroj, kiuj nun moviĝas supren, laŭ la eskarpo, trans la freŝe pentritajn balustradojn, sur la ponton mem, rekte sub la flagojn. Jes, tiu ĉi malgranda loko elsputas multajn, sennombrajn, senĉese; se tio foje komenciĝis, ĝi ne plu ĉesas. Ekzistas ja vere polico, tie ĝi staras, ĝi baros la ponton, tie staras tankoj, ili pafos; krome ekzistas soldatoj, ili – sed jen jam la mizero, ĝi formiĝas nun, ĝi marŝas, ĝiaj vicoj estas senbreĉaj, same larĝaj kiel la strato, tio ja plenigas ĉion kvazaŭ akvo, tio traigas ĉion kvazaŭ akvo, tio ja na havas substancon. Ja vere la polico nun ĵetiĝas renkonte, ja vere gumbastonoj turniĝas, sed por kio tio utilu, ili ja batas tra la korpoj: en larĝa ondo, fakte tra la polico la mizero marŝas al la dormanta urbo, tra ruliĝantaj tankoj, tra pikdrataj bariloj, senbrue kaj silente tra la halt-kriado de la polico kaj la krakado de la mitraloj kaj kvazaŭ malpura torento verŝiĝas en la domojn.

Legioj da mizeruloj en senbrua marŝado, diafanaj kaj senvizaĝaj, nereteneblaj, marŝas tra la muroj en la kazernojn, la restoraciojn, la pentraĵgaleriojn, la parlamenton, la tribunalpalacojn.

Dum la resto de la nokto Brown turmentiĝis pri tiu sonĝo, leviĝis kaj tute frue veturis en la oficejon. Li ege malŝatis sonĝi pri la maldekstraj gazetoj. Sed tamen li ekhavis la ideon, ke la funebra solenaĵo certe ne plibeliĝus, se fakte venus kelkcentoj da invalidaj soldatoj por tumulti.

Li forpelis la purigistinojn el sia kontoro, eksidis, ĝustigis la verdan lampon kaj propramane skribis informon por la gazetaro.

Ankaŭ sinjoro Peachum staris ĉe sia skribotablo. Kun la inkujo antaŭ si, la plumingo en la mano, la ĉapelo en la nuko kaj senjake li jam staris dum la tuta nokto antaŭ sia starpupitro aŭ vagadis en la malgranda kontoro trohejtita per fera forno.

Li skribadis gazetartikolon, en kiu li konigis al la publiko la maĥinaciojn de la makleristo Coax kaj de alta oficisto en la mararmea oficejo.

Kompreneble al li mem certe minacus kriminaljura persekuto, se la speco de la transportŝipa negoco estus malkovrita, sed la klaraj indikoj al la misaĵoj en la mararmea administracio sufiĉus por ŝrumpigi al minimumo la intereson de la registaro pri tia kriminaljura persekuto. Sed bedaŭrinde, la nova negoco, la propre profita negoco, tiaokaze vaniĝus!

De tempo al tempo Peachum estis foririnta por kontroli la laborojn en la metiejoj. Tie estis zorge pentritaj afiŝoj, sur kiuj estis skribite: „ĈU NI ESTAS SENDATAJ AL SUDAFRIKO

NUR, POR KE ESTU PROFITO EL LA TRANSPORTO?“ aŭ „SE VI FOJE SENDAS NIN EN LA INFERON, ALMENAŬ ZORGU, KE NI ALVENOS TIE!“ aŭ „NE AKCIDENTON SUFERIS LA VIKTIMOJ DE ‚OPTIMISTO‘, SED MURDON!“
Kaj matene je la kvina li venis tien kaj donis plian afiŝon al la pentristoj, kiuj, tro lacaj pro nedormo, genuis antaŭ la port-afiŝoj en la koridoroj kun petrolaj lampoj: „PLI MALBONE OL ŜTORMO KAJ NEBULO FURIOZAS LA AVIDO DE NIAJ NEGOCISTOJ“.

Nun, je la mateno, lia „konfeso“ kuŝis en koverto sur la Vermoborita skribotablo de Beery, kaj liaj dungitoj jam foriris en la diversajn kvartalojn, transportante la afiŝojn sur manĉaroj, por ekmarŝigi la demonstracion.

Unu horon poste li legis en matengazeto la informon, ke oni arestis la komunistojn, kiuj traboris la „Optimiston“.

Li tuj sendis Beery al la kolektejoj de siaj dungitoj, por ke li preventu la komenciĝon de la demonstracio. Poste li plenspirante eksidis por teo.

Do la viroj en la polica prezidantejo rekonsciiĝis. Ke estis la socialisme fanatikaj doklaboristoj, kiuj malmartaŭgigis la ŝipon, multe pli bone konformis al la nacia ondo, de kiu la gazetoj estis plenaj, ol konformus iu informo pri korupto en la mararmea oficejo.

Sinjorino Peachum venis al la lito de Polly, kiam estis ankoraŭ malhele. Ŝi sidiĝis sur la litorando kaj surprizis sian filinon per la sciigo, ke ŝi sukcesis per siaj petoj repacigi la patron kun la arbitra edziniĝo.

Kortuŝita ŝi rakontis, kion ŝi entute prezentis.

„Do ne disŝiru, mi ree kaj ree diris, tiujn du homojn, kiuj trovis unu la alian en amo! Kion Dio kunigis, tion la homo ne disigu. Pensu pri tio, ke ankaŭ ni iam estis junaj kaj neprudentaj, kvankam en certaj limoj. Ĉu vi povas respondeci pri tio, ke ili konsumiĝas pro amaflikto kaj ke ĝermanta vivo estas krime neniigata? Ili volas nenion alian ol aparteni unu al la alia. Ili travivis malbonan tempon; sed ilia amo venkis, kaj tio ankaŭ valoras ion. La ligiloj de tia amo ne povas simple esti ŝirataj. Mi scias, ke vi volis Coax kiel bofilon. Certe, li estis impona persono kaj havis simpatian naturon. Vi ja ege ŝatis lin pro lia negoca kapablo. Sed nun li estas mortinta, kaj vi ne

povas elfosi lin! Kion do vi havas ankoraŭ kontraŭ Macheath? Ĉiuj homoj diras, ke li estas ankaŭ tre kapabla kaj ege klopodas pri profito. La M-butikistoj ne havas ĉe li multe da okazo por ridi. En liaj entreprenoj ne ekzistas maldiligenteco! Li feliĉigos Polly. Mi parolis kun li, li estos bonega edzo. Tiaj homoj estas la plej bonaj familiaj patroj. Vi ĉiam celis la feliĉon de via infano! Por kio vi klopodegas frue kaj malfrue, se ne por la infano? Vi ĉiam substrekis tion. Macheath manifestis fortan familian senton, kiam li proponis al vi homojn por la West-india-dokoj, malgraŭ viaj streĉitaj rilatoj. Per tio li konigis, ke la havaĵo kaj bonaĵo de la familio estas al li sankta trans ĉiuj personaj diferencoj. La familio ja estas la bazo de ĉiu moralo, tion ĉiu diros al vi. Kaj la bazo de la familio estas la amo, tion mi diras al vi! Se ne ekzistus familioj, unu formanĝus la alian, kaj ne estus iu deca konduto de homo al homo. Kio ajn estu krome, oni ja ne povas ĉiam esti, kiel oni ŝatus, eĉ ne en religia rilato, la familio devas resti ekstere de la ludo. Pro tio ĝi estas la firma ŝirmo, kaj virino neniam povas forgesi la unuan viron, al kiu ŝi apartenis. Estis amo je la unua rigardo, tio estas donita al la plej malmultaj homoj. Faru ion pluan, Peachum! Ili neniam forgesos tion al vi. Nia Polly ne estas la knabino, kiu povas fariĝi vere feliĉa sen la konsento de la gepatroj!"

Tre emociita de siaj vortoj, sinjorino Peachum promesis ĉeesti la juĝdebaton.

„Vi ne bezonas timi pri la fino de la proceso", ŝi plue diris ĉe la pordo, „via patro antaŭzorgis."

Je la sama minuto Peachum sube ekstaris de la maten-manĝa tablo kaj paŝis al la fenestro.

Estis ankoraŭ malhele, sed en la strato estis dika, blankeca nebulo. Antaŭsento lin trafis, kvazaŭ estus ne facile por Beery atingi ankoraŭ ĝustatempe la demonstraciontojn kun iliaj teruraj afiŝoj.

DEKKVINA ĈAPITRO

Je la fino inter ĉiuj
Regas bona harmoni'.
Se sufiĉas mono, pleje
Tian finon vidas ni.

La minacoj reciprokaj
Celis kaŝprofiton nur.
Fine ĉiuj kune manĝas,
Kion donis la uzur'.

Ĉar sen lumo estas unuj,
Kaj aliaj en la lum'.
Nur ĉi lastajn oni vidas,
Sed ne tiujn en mallum'.

Trigroŝa filmo

LA ALIBIO

Ĉirkaŭ la oka matene Polly veturis kun sia patrino en la malliberejon.

Densa nebulo kuŝis sur la stratoj de Londono.

Kiam ili venis en la ĉelon, kie ankoraŭ brulis la gaso, Macheath ankoraŭ ne matenmanĝis, sed lia ĉelo jam estis plena de negocistoj. Chreston estis tie, Miller kaj Grooch.

Necesis, ke oni rapide efektivigu la juĝdebaton, ĉar jam por la dua tagmeze kunsido estis kunvokita en la konstruaĵon de la Nacia Depona Banko. Hawthorne tiucele skribis al sinjoroj I. Aaron kaj Jacques Opper leteron, en kiu li petis ilin veni en la Nacian Deponan Bankon. En la letero estis skribite, ke sinjoro Macheath, kiu aliĝis al la estraro de la Nacia Depona Banko, volas prezenti kelkajn proponojn por likvidi la neeltenebla fariĝintan konkurencbatalon en la pomalgranda komerco.

Macheath jam prezentis al la juĝisto la protokolon pri tiu sabatvespera kunsido de la estraro de la Centra Aĉetsocieto, en kiu li estis nomita „sinjoro X". Bloomsbury ĵure atestis, ke Macheath estas „sinjoro X". La juĝisto jam duonkomprenigis al Rigger, ke li opinias tion sufiĉa alibio. Sed post la verdikto de la Granda Ĵurio la juĝdebato devis okazi.

Tamen Macheath kalkulis, ke je la dua li povos esti en la Nacia Depona Banko. Kaŝe li esperis, ke tiel mallonge post la proceso lia prezidanteco en la Centra Aĉetsocieto, kiun li devis manifesti al la tribunalo, ankoraŭ ne estos konata al la kontraŭa partio.

La alveno de la du sinjorinoj finis la kunsidon.

Polly surhavis simplan, nigran robon, kiun ŝi jam montris dum la entombigo de la makleristo Coax. Ankaŭ ŝia patrino surhavis funebran veston. Post la juĝdebato oni volis partopreni la funebran solenaĵon por la viktimoj de la ŝipkatastrofo.

Macheath estis videble surprizita pri la kunvenado de lia bopatrino. Li prezentis al ŝi la ĉeestantojn, kaj evoluis babilado pri la londona nebulo.

Dume Macheath retiriĝis kun sia edzino en alian angulon de la ĉelo, kie lia matenmanĝo estis preta.

Polly tuj rakontis al li per mallaŭtigita voĉo pri la ŝanĝiĝo en la opinio de sia patro.

Macheath kapjesis. Li ankoraŭ ne estis klara pri la rolo, kiun Polly ludis en la murdo kontraŭ la makleristo Coax. Intertempe li eksciis ankaŭ de Ready, ke estis Giles, kiu terenbatis Coax. Kian rilaton al Coax havis Giles, kiu povis esti sendita nur de O'Hara? Ĉu eble Polly kontraŭis al la depozicio de Coax en la eksedziĝa proceso? Se jes, kiun potencon ŝi havis super O'Hara?

Esence Macheath ne intencis tro akre lumigi la aferon kun Polly. Pro tio li ankaŭ ne demandis ion pri la abortigo. Estis Polly, kiu ekparolis pri tio.

Ne sen feliĉa trajto en sia floranta, leĝere ruĝiĝinta vizaĝo, al kiu la nigro de la robo estis tre favora, ŝi rakontis, kiel vizito en kinejo igis ŝin kaj ŝian patrinon rezigni pri la operacio jam fiksita. Estis la profunda impreso de simpla artaĵo, kiu malhelpis ilin fari *pekon kontraŭ la ĝermanta vivo.* La kortuŝa aspekto de la malgranda estaĵo sur la ekrano vekis ilin.

„Neniam", ŝi diris, „estus al mi eble, poste iri al la kuracisto. Mi sentus min krimulino. Tion vi devas kompreni, Mac, mi simple ne plu povis."

Estis malagrable al Polly, ke ŝi ne tute povis malkaŝi sin al Macheath. Pli multe ŝi ŝatus diri al li ĉiam la veron, sed ne eblis.

‚Jen ekzemple tiu afero kun O'Hara. Estus terure, se li iam malkaŝus ĝin. Li kredus, ke mi mistifikis lin. Neniam li kredus, ke mi silentis nur pro li. Fakte li ekhavus pri mi tute malĝustan opinion, se mi konfesus al li ĉion. Li opinius, ke li ne havas en mi fidindan edzinon. Tio estus eble plej malĝusta. Li estas multe tro malfidema, ke oni povu diri al li la veron. Kaj li havas malbonan opinion pri la virinoj. Estas tre malfacile.'

Macheath promesis, okaze rigardi la filmon, kaj komencis matenmanĝi. Li okupiĝis pri ovo. En la paŭzoj li parolis pri la maniero, per kiu li volas estonte konduki siajn butikojn. Li diris amason da saĝaĵoj, sed Polly ĉefe rigardis, kiel li traktis la ovon. Ŝi devis multe lerni, kaj la plimulton de tio, kion ŝi kapablos estonte kiel negocista edzino – kaj ŝi kapablos kelkon – ŝi lernis dum tiuj kelkaj minutoj, en kiuj ŝi rigardis, kiel ŝia edzo manĝis la ovon. Li parolis pri la malgrandaj vendejoj, la butikoj de la urbocentro, kaj ankaŭ la ovo estis malgranda en liaj dikaj manoj. Sed kiel delikate li ekprenis ĝin! Ĝi estis kuirita vaksmole, kvar kaj duonan minutojn. Kuirita pli mallonge, ĝi fariĝus tro ŝanceliĝa, kuirita pli longe – tro malmola. Kio koncernis la malgrandajn butikojn, oni same devis povi atendi, sed vere ne devis preterlasi la ĝustan momenton. La kuirado mem estis speco de nenionfarado, kiu postulis sinregon. Sed estis ankaŭ agado. Lerta kuiristo povis komenci ankoraŭ ion alian dum la kvar kaj duona minutoj: unu ovo ja ne estas kompleta manĝo! Macheath menciis la ovon per neniu silabo, li nur manĝis ĝin. Ĉio evidentiĝis el la maniero, kiel li frapis la kuleron kontraŭ la ŝelo, antaŭ ol li sin turnis al la senkapigo, kaj kiel li poste serĉadis en la ovoblankaĵo. Poste venis la unua ekzamenanta kaj tamen energia enpiko, kiu samtempe plenigis la kuleron: nun la stato de la ovo estis klare videbla, oni devis atenti, ke tiu parto de la ovoflavaĵo, kiu post la retiro de la kulero ne volas resti sur la kulero, almenaŭ reglitas en la malfermitan ovon. Lertmove turnu la kuleron kaj prenu per la tenila finaĵo de la kulero salon el la salujo kaj zorge enŝutu ĝin! Tiamaniere oni bongustigas la enhavon en la interno de la ovo. Kun la ovoflavaĵo oni samtempe per aŭdace tranĉanta kulero deigas de la ŝelo porcion de la blankaĵo. La maldekstra mano subhelpas: ĝi turnas la ovon renkonte al la kulero! Tiamaniere vi devas sukcesi, tiamaniere nenio restas! Kiam la ovo estas malplenigita, oni levas ĝin, proksimume horizontale, kaj enrigardas. Poste restas ankoraŭ la kapeto: je la komenco de la entrepreno ĝi estis zorge metita apud la ovo sur la teleron: malplenigite per unu fojo, ĝi donas plenan kuleron.

Polly rigardis fascinite; tiaĵon oni ne ĉie povis vidi. Dekomence la mieno en la vizaĝo de Mac estis profunde perdita, preskaŭ afliktita. Ŝajnis, kvazaŭ li devus nutri sin ekskluzive per tiu ĉi ovo, kvazaŭ li devus konstrui siajn tutajn korpofortojn el tiu ĉi unu ovo, envere ne malgranda tasko! Kvazaŭ li rigardus krom al la ovo samtempe malsupren laŭ siaj malgraciaj membroj kaj poste ree al la malgranda ovo. Pro tio supozeble ankaŭ la meditema rigardo sur la malplenigitan ŝelon, kiam ĉio estis finita! Li ne malpacis; neniu suspiro eliĝis el li, sed tamen tio ja estis finita nun, kaj restis nur la zorgoj, ĉu vere ĉio prosperus... Kaj du sekundojn poste li ĵetis la ŝelojn sen iu zorgemo sur la teleron (la kuleron, vere, li metis apuden malrapide kaj orde kiel ilon ree kaj ree necesan!), kaj sen videbla bedaŭro, eĉ tute indiferente li turniĝis for de la tablo.

Li estis tre trankvila. La debatoj, kiuj estis antaŭ li, estis puraj formalaĵoj. Ankaŭ pro O'Hara li ne plu zorgis. Li kredis je la prudento, kiu instigos la viron preni la rompoŝtelojn nur sur sian kulpokonton, por ne esti akuzata pro instigo al murdo. Kiel estis antaŭvideble, liaj privataj aferoj fuŝis al li lian negocan karieron.

Rigger venis. Estis tempo veturi al la juĝejo.

Macheath pretigis sin. Chreston kaj Miller foriris. Ili volis fari la lastajn preparojn por la konferenco en la Nacia Depona Banko.

Macheath promesis esti akurata.

Dum la veturado al la juĝejo Rigger rakontis ion pri la juĝisto Laughers, kiu kondukos la proceson kontraŭ Macheath. Li ne estas tia viro kiel la juĝisto Broothly el la Granda Ĵurio, kiu estas ebria dum dekunu monatoj en la jaro kaj nur unu malebria, nome kiam li havas feriojn kaj fiŝkaptas en Skotlando. Dum tiuj kvar semajnoj li trinkas eĉ ne unu guton, ĉar li diradas: Fiŝoj ne estas facile kapteblaj; ili estas ruzaj, ili ne kredas je justeco.

Laughers ne bezonis trinki. Li estas bonega juristo kaj havas eksterordinaran kapablon koncentri siajn pensojn. Sekve li neniam nervoziĝis, se iu diris ĉion, kio premis al li la koron; lia spirita trejniteco kapabligis lin aŭdi pri tio tute nenion. Kiam li venis por la juĝdebatoj, li estis funde preparîginta. Li precize sciis, kiel la kazo statas jure, kaj li ne lasis sin konfuzi. „Por la juristo la kazo ja ĉiam statas alie ol por la laiko", rakontis Rigger. „La laiko staras kaj babilaĉas kaj asertas, ke li estas senkulpa, kaj pensas pri aferoj, kiel: ke li ne eltenus areston, aŭ: kio okazos intertempe pri mia sennutrula familio? Aŭ: Ke mi tiam kunprenintus atestanton al mia onklino! La juĝisto pritaksas nur la kazon, havas ĝin en la kapo kaj pro tio ĉiam superas la akuzitan laikon."

La juĝeja salono estis iom plena. La gazetaj atakoj efikis.

Tute malproksime, sed tamen tiel, ke Rigger tuj vidis lin, sidis la granda Aaron. Li sidis sur angula loko ĉe la meza koridoro, havis la cilindran ĉapelon apud si sur la tero kaj purigis nervoze sian nazumon. Apud si li havis sian prokuriston, iun sinjoron Power.

Grandan parton de la ejo okupis la M-butikistoj.

De kiam per la juĝista verdikto ekzistis oficiala primurda suspekto kontraŭ li, Macheath fariĝis tre malpopulara inter ili. Grooch, kiu sidis inter ili kaj kiun ili ne konis, ree kaj ree aŭdis jenon:

„Mi aŭdis, ke li vivas tute simple, fumas nur malmulte kaj tute ne trinkas. Iu eĉ diris, ke li estas vegetarano. Oni diris, ke

ekzistas nenio riproĉenda al li persone, li vivas tute por sia ideo. Kompreneble oni tiaokaze estis indulga pri multo, kio okazis en la negoco. Ĉiam oni diris: La homoj ĉirkaŭe de li estas malbonaj; li mem scias pri nenio. De kiam mi aŭdas, ke oni riproĉas al li tiajn aferojn kiel ĉi tiun nun, mi vidas ĉion per tute aliaj okuloj."

La bravaj homoj estis tute ekscititaj. Trafiltriĝis la onidiro, ke la tribunalo rifuzis akcepti alibian pruvon de la akuzita bankisto ekstere de la juĝdebato. La bravaj homoj forte esperis je la dika Walley, kiun ili montris unuj al aliaj.

Macheath aperis en nigra societa vesto. Ankaŭ aliloke oni rimarkis kelkajn sinjorinojn kaj sinjorojn, kiuj ŝajne intencis iri de ĉi tie rekte al la funebra solenaĵo. La nigraj kostumoj vekis la impreson, kvazaŭ tiu parto de la publiko venis ĉi tien nur por tute mallonga tempo.

La gesinjoroj parolis tre laŭte pri la lasta vetkurado kaj pri tiu aŭ tiu novaĵo el la negoca mondo. Ili staris ĉiuj kaj kriis ŝercvortojn unuj al aliaj trans aliajn grupojn.

La juĝdebato komenciĝis post iom da malfruiĝo. Juĝisto Laughers estis okupita ankoraŭ aliloke. Unu el liaj advokatoj transdonis al la akuzito faskon da paperoj, kiujn li tuj komencis fervore studi. La publiko supozis, ke temas pri aktoj koncernantaj la proceson, sed estis nur dokumentoj, kiujn Miller ankoraŭ sendis, lastaj libroekstraktoj por la konferenco.

Sub ĝenerala atento Walley iris al Rigger kaj Withe kaj montris al ili aktujon. Withe prenis ĝin interesite al si kaj foliumis en la dokumentoj. Poste li kaj Rigger iris al sia kliento por montri al li la dokumentojn. Sed Macheath malakcepte mangestis, li estis enprofundiĝinta en siajn paperojn. Korektante tekstojn, li aŭskultis siajn advokatojn duonorele, por poste kapnei mirigite.

Finfine Laughers envenis la ejon kun peruko, ermeno kaj skarlata robo. Fariĝis silente, kaj la juĝisto malfermis la juĝdebaton.

Li klare traktis ĝin kiel formalaĵon. Oni havis la impreson, ke li eksidis nur pro sia kadukeco.

Walley tuj vokis la akuziton Macheath kiel atestanton. Tiu respondis koncize kaj malzorge liajn malabundajn demandojn. La defendantoj tute rezignis pri demandoj.

Kiam inter aliaj atestantoj la soldato Fewkoombey estis vokita, montriĝis, ke li ne ĉeestas en la juĝeja salono. Walley ŝajnis tre ĉagrenita. Nur Fewkoombey interesis lin, kaj ĉi tiu ne ceestis.

Poste Withe ekstaris malrapide kaj komencis pli longan paroladon.

„Via juĝista moŝto", li diris, „la akuzo kontraŭ sinjoro Macheath baziĝas sur lia rifuzo sciigi, kie li restadis dum la tempo, en kiu la malfeliĉa Mary Swayer trovis la morton. Se tiu alibio estus pruvebla – sinjoro Macheath kredis sin devigita rifuzi ĝin –, tiuokaze la akuzo estus dekomence senbaza. Tiuokaze Mary Swayer perdis la vivon ĉu per sinmortigo, ĉu per murdo, ĉiuokaze ne pere de sinjoro Macheath. Jam per si mem la akuzo ne estis tre kredinda. Kian intereson povus havi la pograndisto kaj bankisto Macheath pri la morto de unu el siaj dungitoj, pli malpli dungitoj? Antaŭ la Granda Ĵurio estis parolite pri minacoj, kiujn ŝi laŭdire eligis kontraŭ li, nome en la redakcio de la „Spegulo". Sed kion faris la redaktoroj? Ili ridis pri tio. Kaj sinjoro Macheath devus movi eĉ nur unu fingron por malhelpi tiajn minacojn, pri kiuj oni nur ridas? Sed mi ne volas perdi la tempon per tio. Sinjoro Macheath posedas tute kaj komplete neatakeblan, ne forigeblan alibion por la vespero de la 20-a de septembro, kiu pruvas lian partoprenon en eventuala murdo kiel tute neeblan. Per tio mi transdonas al via juĝista moŝto la protokolon de kunsido de la Centra Aĉetsocieto k.l.r., en kiu sinjoro Macheath partoprenis, kaj krome kiel prezidanto."

Withe donis la protokolon al la juĝisto.

„Kiel atestantojn mi nomas la ĉeestantajn ĉi tie sinjorojn de CAS, kiuj subskribis la protokolon. Ili konfirmos, ke sinjoro Macheath estis la sinjoro pro negocaj kaŭzoj signita en la protokolo kiel sinjoro X'."

Dum la juĝisto notis la nomojn de la subskribintoj kaj Bloomsbury, Fanny Crysler same kiel la advokatoj Rigger kaj Withe enpaŝis la atestulan starejon, estas malgranda maltrankvilo en la spektejo. Du sinjoroj ekstaris kaj liberigis al si vojon al la elirejo tra la aŭskultantoj.

„Mi scias sufiĉe", diris unu el la sinjoroj al la alia iom laŭte. „Tio estis la kunsido, en kiu la letero estis skribita, post kiu eĉ ne unu razoklingo venis plu en iun butikon. Kaj Macheath estis la prezidanto."

Kiel ĉiuj aŭskultantoj ankaŭ Macheath rimarkis la foriron. Li estis iom timigita.

„Tie troviĝas plia nomo", murmuris la juĝisto, „mi kredas, ke tio signifas O'Hara. Ĉu la sinjoro ĉeestas?"

Macheath nervoze ekstaris kaj diris rapide:

„Tiu ĉi sinjoro estis arestita sekve de denunco pro ricelo, kiun mi faris kontraŭ li kiel prezidanto de CAS. La deliktoj okazis dum la tempo kaj sekve de mia aresto."

Denove eksidante, li rigardis maltrankvile al la pordo, tra kiu la granda Aaron malaperis.

Fanny Crysler, Bloomsbury kaj la du advokatoj ĵuris la atestulan ĵuron kaj ĵure asertis, ke la sinjoro menciita en la protokolo estas la bankisto Macheath.

Poste Withe ankoraŭfoje leviĝis. Li tenis en la manoj la aktujon, kiun Walley transdonis al li je la komenco de la debato.

„Ne estas la tasko de mia kliento", li diris malzorge, „nomi al la tribunalo la veran murdinton. Sed ĉar senresta esploro pri la murdo kontraŭ unu el liaj dungitoj estas lia deziro, mi transdonas per tio al la tribunalo aktojn, el kiuj la supozebla murdinto evidentiĝas."

Withe ĵetis pakaĵon da aktoj sur la juĝistan tablon kaj sidiĝis elĉerpita. Bruante la spektantoj leviĝis kaj rekomencis siajn interparoladojn. Intertempe Macheath refoje jam rigardis al sia horloĝo. Sendube li estis tre nervoza.

Preskaŭ tuj, post kiam la ĵurio retiriĝis, por decidi lian absolvan verdikton, li ekstaris kaj, sekvate de policano, iris en la koridoron al la ĵurnalistoj. Li kondukis ilin al malplena malgranda kontoro, post kiam li flustris ion al Polly.

Al la policano estis kutime vidi krimulojn paroli kun ĵurnalistoj kiel kun siaspeculoj, kaj li ne aparte atentis. Kiam la sinjoroj premiĝis tra la pordo, Macheath postrestis, fermis la pordon kaj pluiris la koridoron.

Neniu atentis pri li. Sen ĉapelo, sekigante la ŝviton sur sia pinta kapo, li malsupreniris la ŝtuparon.

Antaŭ la pordo malsupre Polly atingis lin.

Li devis ankoraŭ iri en la polican prezidantejon kaj poste en la Nacian Deponan Bankon.

Kiam li estis eniĝanta en la kaleŝon kun Polly, Grooch alkuris. Ili ekveturis, direkte al la polica prezidantejo, sed antaŭeniĝis nur malrapide, ĉar la nebulo estis tre densa.

VENKO DE LA PRUDENTO

Dum Peachum skribis en sia malgranda kontoro novan artikolon por la „Spegulo", en kiu li esprimis sian supozon, ke *revoluciemaj elementoj* certe kulpas pri la pereo de la „Optimisto", li klopodis la tutan antaŭtagmezon atingi siajn virojn en la urbo. Kelkaj el la mesaĝistoj revenis; ili ne plu renkontis iun en la renkontejoj. Aliaj restis for.

Ĉirkaŭ la tagmezo Peachum perdis la nervojn kaj veturis en la polican prezidantejon. Li renkontis la ĉefinspektoron jam en nigra kostumo por la funebra solenaĵo. Sed oni devis venigi lin el pridemandado.

Peachum rakontis al li, ke la demonstracio de pluraj centoj da invalidaj soldatoj kun teruraj tabuloj kaj port-afiŝoj ne plu estis retenebla de li. Laŭsperte al la demonstracio aliĝos grandega amaso. Ĝi moviĝos direkte al la Triunua preĝejo.

„Simple pafigu!" Peachum eligis. „Estas nur fiularo, la feĉo! Mi povas doni al vi la listojn, inter ili estas personoj jam punitaj! Sur siaj afiŝoj ili demandas, kion oni faris pri iliaj kamaradoj sur la ‚Optimisto' kaj kion servas la milito. Nepre pafigu. Neniu povas respondi iliajn demandojn, ni devas pafigi."

Brown ekŝvitis.

Li notis ĉiujn renkontejojn kaj foriris kun ili.

Zorgoplena, Peachum iris en la konstruaĵon de la Nacia Depona Banko.

Mallonge post li Macheath rapidegis en la ofican ĉambron de Brown. La ĉefinspektoron oni venigis el la konferenco kun siaj inspektoroj. Dume la bankisto intertraktis kun O'Hara, kiu kaŭris en angulo, kun policano apud si kaj la ĉapelo sur la katenitaj manoj. Lia pridemandado fare de Brown estis interrompita per la interveno de Peachum.

O'Hara rigardis trankvile, preskaŭ serene. Li eĉ parolis serene: „Mi nun konfesos viajn krimojn, Mac," li diris. „Mi malŝarĝos vian koron per tio. Post kiam mi forparolis ĉion de via koro, vi sentos vin pli bone."

Macheath forsendis la policanon, kiu konis lin.

„Vi ne estas prudenta, O'Hara. Al ni restas ankoraŭ kelkaj minutoj, por savi vin antaŭ la pendigilo, kaj vi ĉarpentas frazojn. Mi petis mian amikon Brown, lasi Giles eskapi, por ke li ne povu depozicii, kiu igis lin mortigi Coax. Ĉu vi komprenas?"

„Tute bone. Mi malaperu en la malliberejo."

„Ni elserĉas por vi tiom da dokumentoj, kiom ni povas, O. Mi ne havas ion kontraŭ vi, male. Estas simple necese, ke iu transprenas tion. Mi ne estas malhavebla, alie ĉio fiaskos. Mi mem ja sidis en malliberejo. *Por la afero.*"

„Ses jarojn de malliberecо por la afero? Ne estas diskutеble. Mi ankaŭ volas havi mian plezuron. Se vi ĉiuj estos demaskataj, tiam pendado ne estas tro alta prezo por tio."

„Ne estos tiom da demaskado, kiom vio pinias. Al mi oni povos pruvi nenion, ankaŭ ne vi. Nur la negoco estos damaĝita, se vi konfesos nenion. Kaj krome ne temas pri ses jaroj por vi. Temas maksimume pri kvar. Vi devas konfesi riceladon pri ĉirkaŭ dek, dek du rompoŝteloj, ne pli. Por ĉio alia vi ricevos dokumentojn. La kontoro en la urbocentro laboris tute lerte. Vi diras, ke vi deflankiĝis de la ĝusta vojo nur en la lastaj monatoj."

„Dum vi forestis, ĉu?"

„Jes, dum mi forestis. Kaj vi faris tion nur por socia kompato. La butikojn vi kompatis. Ili tiom lamentis pro varoj. Vi ne plu povis rigardi tion. Vi mem devenas el tiu medio. Ekzistebloj estis en danĝero. Krome estis via ambicio kiel negocisto, liveri malmultekostajn varojn. La M-butikoj ofertas la plej malmultekostajn varojn en Londono."

„Ho, tion mi ankaŭ diru."

„Ne malutilus. Vi devas konduti prudente kaj vidi ĉion laŭ negocista maniero. Sed vi devas decidiĝi nun tuj, mi devas foriri.“

Brown envenis.

La diskutado komenciĝis denove. Ĝi daŭris pli ol unu horon. O'Hara kriis ankoraŭfoje: Macheath pereigis unu el la plej bonaj bandoj de Londono kaj de la tuta mondo. Li, O'Hara, ŝiros al li la maskon de sur la vizaĝo.

Sed poste li fariĝis pli prudenta. La interparolo turniĝis finfine al la realo. Li ne volis konfesi vendojn el pli ol du aŭ tri rompoŝteloj. Ili interkonsentis pri kvin. Macheath devoligis sin, sekurigi ĉiujn aliajn varojn per kvitancoj.

Je la fino oni manpremis.

„Kiel ajn vi rigardas la aferon, O“, diris Macheath, „estas venko de la prudento. Vi ne povis decidi alie. Home tiu ĉi solvo afliktas min. Vi dormos pli bone ĉi-nokte ol mi.“

Macheath restis ankoraŭ por momento sola kun Brown. Li transdonis al li malgrandan sigelitan koverton.

„Mi pagas miajn ŝuldojn“, li diris kore, kaj solene li aldonis: „Krome mi permesis al mi, dediĉi al vi, kara Fred, malgrandan gratifikon omaĝe al la hodiaŭa tago.“

Brown malfermis la koverton kaj kortuŝite ĉirkaŭbrakis sian amikon kaj iaman armilkamaradon.

„Mi akceptas tion“, li diris, rigardante lin per sincera, honesta rigardo, „mi ricevas tion, ĉar ni estas amikoj. Ne estas inverse, mi esperas, ke vi scias tion, Mac!“

Reirante kun Grooch kaj Polly al la strato, Macheath konstatis, ke la nebulo ankoraŭ plidensiĝis.

NEBULO

En la kunsida ĉambro de la Nacia Depona Banko atendis ok sinjoroj.

En unu angulo staris grupe sinjoro Peachum, Hawthorne, Miller kaj Chreston. En la angulo kontraŭe, sub la gipsbusto de la princo-reganto, staris la du gvidantaj sinjoroj de la Komerca Banko kaj Aaron kun sia prokuristo.

La grupoj evitis rigardi unu la alian, kaj interparoladis per mallaŭtigita voĉo.

Aaron rakontis al la du Opper pri la juĝdebato.

Kiam ili ricevis la inviton de Hawthorne, Aaron plej malmulte miris pri la evidenta duobla ludo de Macheath. Li plue montriĝis negocisto de formato laŭ la maniero, kiel li kondutis malkovrante, ke lia kompaniano Macheath estis samtempe la prezidanto de la tiom malamika CAS kaj jam delonge koluziis kun la konkurenco. Li pledis por tio, ke oni detenu sin de ĉiuj facile kompreneblaj moralaj emocioj kaj nur konsideru, kiel la situacio nun ŝanĝiĝis. Sed vere la sinjoroj de la Komerca Banko ne partoprenis lian objektivan starpunkton, sed male montriĝis frapitaj de tiu ĉi opinio.

Sed ankaŭ Aaron konfesis, ke li estas scivola, ĉu Macheath hodiaŭ kapablos rigardi al ili en la okulojn.

Macheath kaj Grooch envenis.

Ili estis starantaj ĉe la pordo kaj klinis sin. La sinjoroj el la du aliaj grupoj same klinis sin.

El unu de la grupoj deiĝis malgranda sinjoro kun vulgara mieno kaj alpaŝis al la du novenvenintoj.

„Permesu al mi la demandon“, li diris, „kiu el la sinjoroj estas sinjoro Macheath?“

Macheath sin klinis ankoraŭfoje.

Peachum vidis diktrunkan fortikan kvardekjarulon kun kapo kvazaŭ rafano.

Preskaŭ samtempe ili diris: „Kiel vi fartas? Mi ĝojas interkonatiĝi kun vi.“

Poste Peachum reiris al la grupo ĉe la fenestro. Lia bofilo kaj Grooch restis proksime al la pordo. Ne ŝajnis konsilinde al Macheath riski interparolon kun Aaron kaj la glacie rigardantaj sinjoroj Opper el la Komerca Banko. Tiel li staris malfeliĉe apud sia prokuristo Grooch. Ambaŭ en nigraj kostumoj kiel preskaŭ ĉiuj aliaj sinjoroj en la ejo, kaj ambaŭ bone videblaj en la gaslumo de la globo el lakteca vitro apud ili.

‚*Ili nur atendas povi interkontrakti*‘, Macheath pensis naŭzita. ‚*Kaj ĝuste min, la solan stratrabiston, tiu marĉandado vere naŭzas! Jen mi sidas kaj luktas pro procentoj. Kial mi ne simple prenas mian tranĉilon kaj enigas ĝin en iliajn korpojn, se ili ne volas lasi al mi, kion mi volas havi? Kia malinda maniero tiel tiri je cigaroj kaj skribi kontraktojn! Frazetojn mi laŭdire kontrabandas, kaj pri aludoj mi rezignu! Kial do ne prefere: Donu monon, aŭ mi pafos? Por kio kontrakto, se oni atingas la samon per enigo-de-splitoj-sub-la-ungojn? Ĉiam tiu malinda retiriĝo malantaŭ juĝistojn kaj ekzekuciistojn! Tio ja malaltigas vin antaŭ vi mem. Sed vere per la simpla, modesta kaj natura stratrabado oni ne plu atingas ion. Ĝi rilatas al la komercista praktiko kiel la velŝipado al la vaporŝipado. Jes, sed la malnovaj tempoj estis pli humanaj. La malnova, honesta grandbienulo! Kiel li dekadencis! Iam la grandbienulo batis sian farmiston sur la vizaĝaĉon kaj ĵetis lin en la ŝuldoturon, hodiaŭ li devas ekstari antaŭ tribunalo kaj kun la kodo en la mano devigi la filon de farmisto, kiu sidas tie kiel juĝisto, plenskribaĉi al li papereton, per kiu li povas peli sian farmiston sur la straton. Iam entreprenisto simple elĵetis siajn laboristojn kaj dungitojn, se al tiuj la salajro aŭ al li la profito ne sufiĉis. Li elĵetas ilin ankoraŭ hodiaŭ, kompreneble, li faras ankoraŭ hodiaŭ profiton, eble eĉ pli multe da profito ol antaŭe, sed sub kiaj senhonorigaj cirkonstancoj! Unue li devas enigi cigarojn en la nelavitajn buŝaĉojn de la sindikataj gvidantoj kaj enkapigi al ili, kion ili diru al la sinjoroj laboristoj, por ke tiuj bonvolu konsenti pri la profito. Tio estas ja hundeca sinteno! Sub tiaj cirkonstancoj honesta homo tute ne ĝojus pri sia profito, kiel ajn granda tiu ĉi estas! Li estas aĉetita per tro granda fordono de la homa digno! Tio koncernas eĉ la registaron. Kompreneble ankaŭ hodiaŭ la amasoj estus admonataj al laborema kaj oferema vivo, sed sub kiaj mizeraj cirkonstancoj akompanantaj! Oni ne hontas peti ilin, kun balotiloj en la manoj, unue elekti mem la policon, kiu devas subpremi ilin. La ĝenerala manko pri sinteno estas rimarkebla ankaŭ ĉi tie. Al tiuj homoj estu dirite de mi, iama ordinara stratrabisto, ke antaŭe, kiam mi ankoraŭ rajtis nomi min stratrabisto, mi neniam fordonus min al tia malalta sinteno!“*

Oni atendis Bloomsbury el CAS.

Li venis nur duonan horon post Macheath kaj premis al li ambaŭ manojn.

„Vi estas malkondamnita", li diris kore. „Kaŭze de la foriro vi pagos punon pro kontraŭorda konduto."

Kun li venis Fanny Crysler. Kune kun Polly ŝi atendis en la direktora ĉambro. Macheath ne volis havi ŝin en la kunsida salono pro sia bopatro.

La sinjoroj eksidis ĉirkaŭ granda ronda tablo, sur kiu staris karafo da akvo, ses glasoj kaj kesteto da cigaroj. Hawthorne, kiel notario kaj dommastro, malfermis la kunsidon.

Li salutis la ĉeestantojn kaj tuj donis la parolon al Macheath per la vortoj „Sinjoro Macheath, la konata al vi ĉiuj fondinto de la M-butikoj, ŝatus, se mi ĝuste komprenis lian leteron, prezenti al vi kelkajn proponojn".

Aaron levis la karnecan manon.

„Permesu, ke unue mi klarigos aferon ŝajnantan al ni tre urĝa, aliokaze ni apenaŭ havus trankvilon aŭskulti la klarigojn de sinjoro Macheath. Temas pri la onidiroj pri nekorektaĵoj en la Centra Aĉetsocieto."

Macheath ekstaris.

„Mi estas informita pri tio", li diris malrapide. „La onidiroj ekestis pro la aresto de iu sinjoro O'Hara, kiu liveris varojn al miaj butikoj. La aresto okazis sekve de denunco fare de mi mem. La deveno de kelkaj varkvantoj ŝajnis al mi obskura. Miaj esploroj montris, ke ili fakte devenis de rompŝteloj. Dume O'Hara faris plenan konfeson antaŭ la polico. La proceso kontraŭ li pro ricelo estas iniciatita."

Aaron ne ŝajnis aparte surprizita. Li kapjesis konsente, ne sen altestimo.

Nun Macheath ekparolis pri siaj proponoj. Li faris tion kiel eble plej koncize.

La butika negoco trafis en fortan krizon. Dum reciproka konkurencbatalo oni tiel longe atakis unuj la aliajn per pli kaj pli malaltaj prezoj, ke fine pri adekvata profito oni eĉ ne povis pensi. La principo de la butikoj kun unuecaj prezoj estas la *servo al la kliento*. Por povi fari tion daŭre, ili devas esti *sanaj* kaj kapablaj kolekti rezervojn. La ĝisnuna sistemo de la pli malpli senindulga konkurencbatalo ege ŝarĝis la bankinstitutojn. Li proponas estigi ACM-butikan sindikaton, kunigantan la kompleksojn de la Aaron-, Chreston- kaj M-butikoj. La sindikato povos studi la bezonojn de la aĉetanta publiko, organizi regionan aranĝon de la butikoj, ellabori fiksan vendoplanon kaj tiel atingi adekvatajn prezojn.

La granda Aaron embarase rigardis al la sinjoroj el la Komerca Banko kaj poste diris malrapide, ke ankaŭ al li ĉesigo de la konkurencbatalo ŝajnas dezirinda.

Fariĝis silente, kaj la prezidanto de la Komerca Banko tusetis.

„Mi faras la demandon", li diris rigide, „ĉu en la direkto aludita de sinjoro Macheath jam okazis interkonsiliĝoj. Laŭ mia scio, la M-butika konzerno de sinjoro Macheath apartenas ĝis tiu ĉi momento al nia grupo kaj estas per tio ligita al certaj decidoj kune faritaj."

Macheath zorge elektis ĉiun vorton.

Per parencaj rilatoj – li montris per gesto al sinjoro Peachum, kiu sidis kontraŭ li, sed ne movis la mienon – li trafis en la neceson okupiĝi pri la negocoj de la Nacia Depona Banko, kiu laboras kun la ĉenbutikoj de Chreston. La konsideroj pri la estonta sorto de tiu konzerno okazis kvazaŭ en la sino de lia familio. Poste okazis ankaŭ antaŭkonsiliĝoj de informa speco kun sinjoro Chreston persone.

„Kaj kian rezulton havis tiuj antaŭkonsiliĝoj?" demandis Aaron, ne rigardante al siaj bankistoj.

„Plenan interkonsenton", Chreston respondis por Macheath.

Aaron ridis.

„Ĉu dum tiuj antaŭkonsiliĝoj", la prezidanto de la Komerca Banko denove ekparolis malvarme, „antaŭkonsiliĝoj de informa speco en la sino de la familio, oni ankaŭ tuŝis la rolon de la Centra Aĉetsocieto?"

Ĉe tio li rigardis Bloomsbury, kiu malfeliĉe ŝoviĝis tien kaj reen sur sia fotelo, ĉar li komprenis tute nenion.

Kun granda trankvilo Macheath respondis por li.

„Vi povas direkti tiun demandon al mi", li diris.

„Mi direktas ĝin al CAS", Jaques Opper replikis.

„Do al mi", konfirmis Macheath tute trankvile. „CAS, tion oni ne plu povas prisilenti pli longe, ekrilatis al mi pli proksime ekde kelke da tempo."

„Parencaj rilatoj?“ la pli juna Opper demandis per glacieca ironio.

„Ne, amikecaj“, Macheath respondis afable. „Bloomsbury kaj mi estas amikoj.“

„Tre interese“, diris Henry Opper kaj rigardis Aaron.

Ekestis malagrabla paŭzo. Hawthorne enverŝis por si glason da akvo kaj ĝentile petis la ĉeestantojn, eviti ĉiun akrecon de la tono.

„Do, Macheath“, Aaron resumis ne malafable kaj kun iom da gajeco de senespero, „Vi estas la prezidanto de CAS kaj la direktoro de NDB, ĉu mi vidas ĝuste?“

Macheath kapjesis serioze.

„Do, Opper, tio ŝanĝas la aferon“, Aaron nun siaflanke resumis. „Se mi ne tute trompas min – kaj kial mi ankaŭ estonte tute trompu min – Chreston nun baldaŭ povos atendi novajn stokojn de CAS. Parencaj kaj negocaj rilatoj, al kiuj aliĝas eĉ amikecaj, kreas, dirite sen iu akreco, tre harmonian atmosferon sur la kontraŭa flanko. Do, ekestas la demando, ĉu plue povas entute ekzisti tiaj kontraŭaj flankoj, Opper. Per tio ni povas regali nin morgaŭ, sed per tio ni povas regali nin ankaŭ jam hodiaŭ. Plej bone tuj, sinjoroj! Tiajn supojn oni plej bone elĉerpas tuj. Kiel vi pensas pri tio?“

„CAS“, Macheath aldonis, „estas tre potenca organizaĵo, se ĝi ne ekhavas tro malbonajn prezojn, kio bedaŭrinde okazis plurfoje dum la lasta tempo. La premo, kiu per la malaltiĝoj de la prezoj direktiĝis al la butikoj liberaj, ne aliĝintaj al la konzernoj, ja vere efikis plene dum la lasta tempo. Okazis vico da bankrotoj, certe deprimanta afero laŭ homa aspekto, sed kontribuanta al la saniĝo de la butika negoco. El la fiaskintaj butikoj venis konsiderindaj kvantoj da varoj por plej malaltaj prezoj. La malsanulo mortas, kaj la fortulo luktas, sinjoroj!“

Aaron rigardis siajn ungojn. Ŝajnis, ke neniu sentis la bezonon diri ion. Do Macheath daŭrigis: „Anonco, kara Aaron, ke nia reklamsemajno ne povas okazi, estus certe malfavora. Konsideru, ke la aĉetanta Londono observis niajn batalojn. Kartelo de la firmoj ĉi tie reprezentitaj kompreneble povus kaj rezigni pri la reklamsemajno, kaj okazigi ĝin.“

„Ho ho", diris Aaron, „Vi realigus do ĉiuokaze vian reklamsemajnon, se ni ne atingus unuiĝon? Mi pensis, ke la stokoj de CAS estas momente elĉerpitaj?"

„Certe", Macheath klarigis volonte, „sed mi aĉetis kelkajn kvantojn – ĉe Chreston. Ili estis iomete pli multekostaj ol ĉe CAS, sed ne tiel multekostaj kiel sur la cetera merkato."

„En kartelo, kiel vi imagas ĝin", diris Aaron, „vi, kiu estas samtempe CAS, havus ja vere fortan pozicion, Macheath?"

„Ni diru – fortan respondecon!" Macheath afable rediris.

„Kion vi opinias?" Aaron demandis la sinjorojn de la Komerca Banko.

Henry Opper rigardis sian fraton kaj diris akre:

„Tion mi diros al vi. Miaparte mi preferas ekrilati al sinjoro Macheath eĉ ne per unu el la tri ebloj. Krome mi petas vin, forlasi nun tiun ejon kun ni."

Li ekstaris.

Aaron rigardis lin malfeliĉe.

„Sed kial?" li diris lamente, sed restante sidanta. „Unue aúskultu do!"

Henry Opper rigardis lin dum unu momento kun frida malestimo. Poste li mute turnis sin kaj post mallonga kapsalutado iris el la ĉambro, sekvate de sia muzeca frato.

Aaron firme rigardis ĉiun el la ĉeestantoj laú la vico.

„Ne estas dubeble, ke miaj amikoj ne havas veran senson por humoro. Mi restis tie sidanta, ĉar mi volas montri al vi, ke mi havas senson por humoro, kaj scii tion unu pri la alia estas bone por la negocaj amikoj. Mi ne povas foriri, se mia negoco restas", li finis ĉagrene.

Pro tio, ke neniu ekparolis, li daúrigis:

„Unu demando, kiu povus aktualiĝi, estas jena: Ĉu ni povas malhavi la financan helpon de la Komerca Banko?"

La unuan fojon Peachum intervenis en la diskuto.

„Mi pensas, ke mia bofilo povos tion", li diris seke. „La Societo por Utiligo de Transportŝipoj, kiun mi prezidas, feliĉe ne suferos financan perdon per la terura ŝipkatastrofo. Do al la viktimoj je homovivoj almenaú ne aldoniĝas financaj oferoj. Konfidence dirite, eĉ plia kunlaboro kun la registaro estas antaŭvidita. Do, almenaŭ provizore, ĝis mi povos komenci la realigadon de propraj vastaj planoj, mi kapablas disponigi mian helpon al prosperonta entrepreno, kian la ACM-butika sindikato prezentas."

Aaron klinis sin sidante. Poste, preskaŭ reve, li rigardis al Macheath. Milde li diris:

„Mi kredas, ke mi estas informita, Macheath. Min kaj la Komercan Bankon vi implikis per viaj fantaste malmultekostaj varoj el CAS en akran konkurencbatalon kun Chreston, kiun vi terenŝiris. Kiam li estis malsupre kaj elspezis la monon de la Nacia Depona Banko, por povi same malaltigi la prezojn kiel ni, vi igis la Nacian Deponan Bankon revoki de li la kreditojn. Sed al ni, inkluzive al viaj propraj butikoj, vi baris la alfluon de varoj el CAS je la kulmino de la batalo, kaj nun vi disigas min de la Komerca Banko, kiel vi disigis Chreston de la Nacia Depona Banko! Estas superbe! Tion ni devas pridiskuti foje tute precize ĉe botelo da vino el la kvardekoka jaro, ĉu? Sed nun fino al la negocoj! Kiel mi vidas, la plimulto de ni intencas partopreni la funebran solenaĵon resp. la honoradon de la herooj. Tiuokaze ni devas nun foriri. Ja sen tio ne plu eblas reguligi hodiaŭ la detalojn."

La aliaj sinjoroj konsentis. La ACM-butika sindikato sub la gvidado de sinjoro Macheath estis realigita.

Polly kaj Fanny, atendantaj en la direktora ĉambro, intertempe bone amuziĝis.

Fanny rakontis gajan okazintaĵon el la proceso.

Kiel ŝi raportis ridante, post la malkondamna verdikto kelkaj M-butikistoj ankaŭ partoprenis kun siaj edzinoj la serĉon de la bankisto Macheath. Fanny iris malantaŭ ili kaj aŭdis iliajn parolojn. Ili nepre volis manpremi kun li.

Ili forte insultis Walley, kiu ribeligis ilin. „Certe tiu Walley celis per tio iun nepuran intencon", ili diris indigne.

Fanny rakontis al Polly, ke la alibio, kiu tiom kontentigis ilin, ĉar ĝi purigis Macheath, estis tiu kunsido de CAS, en kiu estis decidite pri la baro de la varalfluo, do pri ilia ruino.

Polly ege ridis, kaj ili parolis plue pri la aŭtunaj modoj. Kiam la kunsido finiĝis, ili jam invitis unu la alian. Polly estis iomete nervoza, ĉar hodiaŭ ŝia patro vidis Mac la unuan fojon.

Ŝi vidis elveni sian edzon kune kun sia patro el la kunsida ĉambro. Silente ili iris unu apud la alia. Ambaŭ enpensiĝintaj.

Per kvar kaleŝoj oni veturis en la preĝejon. Polly sidis sola kun sia edzo en unu el la kaleŝoj. Ŝi tenis sian manon. La amo de la du ja tamen venkis malgraŭ ĉiuj malhelpaĵoj.

Dum la kunsido en NDB la nebulo eble eĉ plidensiĝis. La kaleŝoj antaŭeniĝis nur malrapide. Ĉe kelkaj stratkruciĝoj ekestis diskutoj de la koĉeroj pri la direkto.

En la dua kaleŝo sidis Peachum, Fanny kaj Bloomsbury. Tiu lasta parolis entuziasme pri la genieco de sia amiko Macheath.

„Li estas tre forta laboranto", li diris respektoplene. „Li propre ĉiam laboras. Pri si li ne pensas, nur pri siaj entreprenoj. Li apenaŭ permesas al si feriojn, tagmeze li englutas kelkajn iometojn. Refreŝiĝi li envere povas nur en malliberejo."

Poste Fanny parolis kun sinjoro Peachum pri la butikaj luprezoj en Hampstead.

Ili baldaŭ disputis, kaj Fanny diris ridante kaj rigardante Peachum de la flanko, ke li ja scias, ke ŝi ĉiam diras la veron.

Peachum ridetis pene.

Li estis griza en la vizaĝo kaj aspektis malj une. Li sentis timon. Rigardante en la nebulon, li vidis neklarajn procesiojn, bulojn da homoj kun teruraj tabuloj, sur kiuj estis skribitaj akuzoj verkitaj de li.

‚La nebulo ja estas vera bonŝanco!' li pensis, apogiĝinte malantaŭen. ‚Sed ĉiun momenton ĝi povas cedi. Kio tiam? Certe, mi vivas pere de minacoj. Sed ĉi-foje mi minacis iomete tro forte. Tio povas endanĝerigi mian kolon. Nur la polico estas plena de optimismo, sed ĉu ĝi estos sufiĉe kapabla? Ankaŭ ĝi marŝas en la nebulo. Ĉiuj estas plenaj de optimismo ĉi tie. Ili ne scias, kio ŝvebas super ili, ili ne konas la tabulojn, kiuj ŝanceliĝas renkonte al ili. Ho.'

Grooch veturis kun Chreston kaj Aaron, kiu kunhavis krome sian prokuriston.

Aaron havis tre fortan impreson pri Macheath. Li konfesis, ke aŭdante en la tribunalo, ke Macheath staras malantaŭ CAS, li tuj faris la decidon koncedi al li gvidan pozicion en la sindikato.

Cetere la koĉeroj ŝajnis ne tute certaj, ĉu ili prenis la ĝustan vojon. Ili haltis plurfoje kaj laŭte interparoladis de sur siaj benkoj. Unu fojon ili eĉ reveturis ĉiuj.

Poste ili sin turnis al pasantoj, kiuj tamen same ne sciis, kie ili estas.

Policano donis al ili klarigon, kaj post tio ili akcelis la rapidecon de la ĉevaloj, kvazaŭ ili nun estus informitaj.

Plurfoje Macheath kriis el la fundo:

„Preĝejo de la Sankta Triunuo!"

Sed poste Grooch kaj Aaron foje elveturiliĝis, iris trans la straton kaj konstatis, ke oni jam vidis liberan kampon, almenaŭ je unu flanko de la strato.

La koĉeroj interkonsiliĝis. Ili nomis ĉiujn regionojn, kie je unu flanko de la strato estas libera kampo. Ĉar ili ne atingis interkonsenton, ili veturis plu. Hawthorne diris al Miller – la unu kaj duona jarcentoj veturis en la lasta veturilo – malbonhumore:

„Oni tute ne plu scias, kie estas la ĝusta loko por ni!"

Post veturado de duona horo Macheath perdis la paciencon kaj krude diris al Polly:

„Ĉe la plej proksima angulo ni eliĝos kaj iros en la unue trafitan domon. Tiel ne povas daŭri plu."

Fakte li eliĝis el la kaleŝo kaj kun li ĉiuj aliaj.

La domo, al kiu ili venis, havis altan muron kaj ŝajnis esti iom granda, kvankam oni ne povis ekkoni ion klaran en la nebulo. La muro etendiĝis iom longe. Longtempe ili ne povis trovi la pordegon. Kiam ili trovis ĝin, ili vidis, ke ili staras antaŭ la Old-Bailey-malliberejo.

Ridante ili reiris kaj denove eniĝis en la kaleŝojn sub ĉiaspecaj ŝercoj. Estis nun klare, ke ili tute kaj komplete vojeraris.

Estis hazardo, ke ili renkontis krome duan policanon. Kiam li aŭdis, ke la sinjoroj havas urbajn invitojn por la Triunua preĝejo, li kondukis la kaleŝojn al angulo, de kie la koĉeroj povis veturi rekte antaŭen. Ili alvenis kun malfruiĝo de pli ol unu horo.

Ili vidis malmultajn homojn en la placo antaŭ la preĝejo, escepte de almozpetantaj invalidaj soldatoj.

Nekredeme Peachum rigardis el sia kaleŝo al la portalo.

Tie staris dekduoj de siaj homoj, ĝisoste malsekaj kaj mizeraj. Unu el ili li kondukis flanken kaj eksciis, ke Beery ja ne ĝustatempe venis al la renkontejo, sed tamen la almarŝo ne okazis. Tute frue estis vera ribelo. La homoj forĵetis la tabulojn kaj rifuzis lasi sin deteni de la laboro per afiŝportado je tago negoce tiel grava.

„La ĉemizo estas pli proksima al ni ol la jako", ili estis dirintaj. „Pli bone estas, ke la polico ne direktas sian atenton al ni. La loĝantoj estas pretaj hodiaŭ havigi ion al la bedaŭrindaj soldatoj, por ke tiuj ne perdu la emon fordoni siajn membrojn por la grando kaj gloro de Anglio. Kaj ni kulpigu tute fremdajn homojn en la registaro, ke ili persekutas nin? Kio pri la negoco tiuokaze! Morgaŭ oni denove denuncos almozantajn soldatojn al la polico, hodiaŭ oni gloras ilin. Ne ĉiun tagon okazas ŝippereo. Kontraŭ korupto ni povas demonstracii ankaŭ en tempoj de malvigla negocado."

Tiel kaj simile rezoninte, ili estis diskurintaj.

Laŭ la raporto ili estas bone distribuitaj en la apudaj stratoj. Sed la nebulo forte malhelpas la laboron. Ree kaj ree ili alpaŝis la multajn reprezentantojn de la registaro anstataŭ la postrestintojn de la viktimoj, kiuj ja donas abunde.

Plenspirante Peachum iris en la internon de la preĝejo.

La preĝejo estis ankoraŭ duone malplena. La altajn pilastrojn oni jam ĉirkaŭvolvis per nigra tuko. Antaŭ la predika pupitro kuŝis dikaj florkronoj.

La funebra solenaĵo ankoraŭ ne komenciĝis.

Eĉ ne la militista kordono alvenis. La kompanio duonblinde paŝis tra Chelsea kaj finfine trafis al la Tamizo. Preskaŭ ĝi falis en ĉi tiun.

Blasfemante ĝi remarŝis. Kiel honora gardo ĝi devis ŝirmi siajn dronintajn kamaradojn antaŭ la ekscesoj de la fiularo, ne antaŭ la ekscesoj de la akvoamasoj.

Kiam ĝi alvenis, ankoraŭ mankis la pastraro. Tiu devojiĝis en la nebulo kaj trafis en la buĉejojn. La episkopo, kiu havis la paroladon por la herooj en la jakpoŝo, vojeraris dum la serĉado al la pordisto kaj malespere laŭkuris la mallarĝajn stratetojn, tra kiuj oni kutime pelis la buĉotajn bestojn. Li sidis en malplena ŝafbarejo, kiam kelkaj gardistoj lin trovis.

Post la alveno de la pastraro komenciĝis la funebra solenaĵo por la viktimoj kun sekvanta honorado de la herooj.

La aŭtoritatuloj jam ĉeestis. Macheath vidis Brown sidi apud alta oficisto, kies fotografaĵon li jam vidis en la magazinoj. Li ĝojis, ke Brown aspektas tiel neatingeble por ĉiu, kaj fieris pri li.

La sinjoro apud Brown estis Hale. Peachum tuj malkovris lin. La kaleŝo de Brown renkontis en la nebulo tiun de Hale. Esperante, ke kune ili povos pli bone orientiĝi, ili alveturis kune.

La benkoj por la popolo ankoraŭ plu estis duone malplenaj. Da postrestintoj oni ne atendis tro multaj, sed centoj, kies parencoj estis en la milito, ne sukcesis alveni ĝustatempe.

Ili, pleje virinoj kaj patrinoj, erarvagadis tra la stratoj de la ĉefurbo kaj demandadis ĉe ĉiu stratangulo aŭ eĉ en la domoj kaj butikoj, kie okazos la honorado de la herooj kaj la priplorado de la mortintoj.

Post la prezentado de enkonduka muzikaĵo, kiu estigis la ĝustan animstaton, la episkopo, ankoraŭ tremanta pro sia aventuro en la buĉejo, faris la primemoran paroladon. Kiel moto li havis la parabolon de la Sinjoro pri la konfiditaj funtoj.

Unue li laŭtlegis la parabolon el la evangelio de Luko komenciĝanta per la vortoj:

Iu noblulo foriris en malproksiman landon, ke li okupu regnon kaj poste revenu.

La viro donis al ĉiu el siaj servistoj unu funton kun la instrukcio, ke ili negocu, ĝis li revenos. Kiam li revenis, unu servisto negoce akiris dek funtojn. La noblulo donis al li la potencon super dek urboj. La dua negoce akiris kvin funtojn kaj ricevis la potencon super kvin urboj. Sed la tria negoce akiris tute nenion. Jen la noblulo forprenis de li la funton kaj donis ĝin al tiu, kiu negoce akiris dek funtojn. Kiu havas, al tiu estos donate, li diris, sed de tiu, kiu ne havas, estos prenate eĉ tio, kion li havas.

Tio estis la parabolo, kaj la episkopo bazis sur ĝi sian predikon.

„*Karaj amikoj*“, li komencis la paroladon, „*la terura pereo de la transportŝipo ‚Optimisto‘ en Maniko estigis en nia lando ondon de patriotismo. Estas, kvazaŭ la aflikto, kiu trafis nian landon, malfermis al tiuĉila okulojn pri la misio, kiun ĝi jam preskaŭ forgesis, kiam je la mateno de la antaŭa ĵaŭdo la leganto de la matengazetoj trovis apud sia matenmanĝa telero la teruran sciigon pri la malfeliĉo, kiu trafis Anglion.*

Kion mi nun subkomprenas, kiam mi diras: La okuloj estas malfermataj? Karaj amikoj, de ĉiuj okazaĵoj de la vivo, kaj la vivo konsistas el okazaĵoj, ekzistas antaŭo kaj malantaŭo. Ekzistas la antaŭoj de evento, kiel ekzemple de nia ŝipkatastrofo, kaj ekzistas la malantaŭoj. Kaj ekzistas homoj, kiuj vidas la antaŭon, sed ili ne vidas la malantaŭon. La malantaŭoj, tamen, estas proprasence la plej grava afero; nur kiu konas ilin, konas la vivon.

Sed kio, mi nun demandas, miaj karaj, estas tiuj malantaŭoj de la katastrofo, kiu tiom forte trafis nin?“

La episkopo apogiĝis malantaŭen, tiel ke li staris altrektiĝinta. Per aŭdaca, libera rigardo li superrigardis la navon sub li, la reprezentantojn de la estraro, la oficirojn de la mararmea oficejo kun Hale ĉekape, la negocistojn kaj la parencojn de militpartoprenantoj.

„*Karaj amikoj*“, la episkopo daŭrigis post tiu inspektado, „*la sinjoro en nia parabolo estas severa sinjoro. Li postulas sian monon kun interezoj kaj kunmetitaj interezoj. Pri tiu afero li ne ŝercas. La serviston, kiu volas redoni al li nur lian funton, li elpuŝas en la mallumon, kie estas hurlado kaj dentklakado. Jes, karaj amikoj, Dio, ĉar la sinjoro en la parabolo estas nia Sinjoro mem, Dio estas severa sinjoro kaj insistas pri sia interezo. Sed karaj amikoj, li estas krome justa sinjoro. Li ne insistas ĉe ĉiu el siaj servistoj pri la sama interezo. Li prenas dek funtojn por la unu, kaj li ankaŭ prenas la kvin funtojn de la alia servisto. Li prenas, kion li ricevas. Nur la tutnenion de la tria servisto, de la maldiligenta, malsimpla, malfidela servisto, li rifuzas. Tiu viro ne plu havas lin favoron. Al tiu estu forprenata eĉ tio, kion li havas, nome la funto, kiun ĉiuj ricevis de li, la komenca kapitalo. La profunda senco de tiu parabolo konsistas do en la surpriza sentenco: Al ĉiu laŭ lia kapablo.*

En tiu ĉi loko mi ŝatus enŝovi kelkajn vortojn pri la nocio funto. Ekzistas en la Sankta Skribo du versioj de la parabolo, pri kiu ni parolas. Unu fojon estas parolite pri funtoj, la alian pri talentoj. Talentoj, tio signifas du aferojn: unue granda monero el arĝento en la antikva Grekio kaj due spirita kapablo. Mi opinias, ke tio estas bela duobla senco. Kapabloj estas mono, faroj estas bonstato. Sed tio nur incidente.

Karaj amikoj, surtere ni renkontas ĉiupaŝe la neegalecon. Ĉiu homo envenas la mondon kiel senhelpa malgranda fasko nuda kaj senvesta. En tiu stato li ne distingiĝas de iu alia suĉinfano. Sed post kelke da tempo la diferencoj montriĝas. Unu restas sur malpli alta ŝtupo, alia evoluas pli alten. Li estas pli prudenta ol lia kunhomo, pli diligenta, pli ŝparema, pli energia, li superas lin per siaj faroj. Krome li fariĝas pli bonstata, pli potenca, pli respektata ol tiu. La neegaleco montriĝas. Kion pensas Dio pri tio?

Ĉu li pritaksas la homojn alie laŭ ilia diferenca rango? Ĉu li amas tiun kun la pli grandaj faroj pli multe ol la alian, kiu ja povas prezenti nur modestajn atingojn? Ne, karaj amikoj, tion Dio ne faras. Li atribuas al la faro ties prezon, dek urbojn al la unu, kvin al la alia, tute laŭ la faroj, sed krom tio ne ekzistas ĉe li aliaj diferencoj. Krom tio liaj servistoj estas same karja al li. Kaj tio, miaj karaj amikoj, estas la e g a l e c o *antaŭ Dio! Karaj amikoj, tiu parabolo pri la funtoj montras al ni, kiel ni devas rigardi la oferon de niaj soldatoj en la ‚Optimisto'.*

Nia lando havas grandajn virojn, kies faroj estas enormaj. Niaj ŝtatistoj staras dum tagoj kaj dum noktoj sur la komanda ponto de nia ŝtatŝipo. Niaj generaloj, kliniĝantaj sur la mapoj, projektas la planojn de la militiroj. Ni ĉi tie sur la predikaj pupitroj, la servistoj de Dio, kontribuas nian parton, por ke la koroj estu fortikigataj. Kaj niaj soldatoj suriras la ŝipojn. Kaj pereas kun ili, se tio estas la neesplorebla volo de Dio. Ni redonas nian funton kun interezo, ili la sian. Sed ĉiuj kune ni kun-

helpas, ke nia lando ankaŭ siavice pligrandigu la funton konfiditan al li de Dio, por ke iam, kiam ni estos vokataj antaŭ Dion, ni povu montri al nia lando kaj diri: Vi donis al ni ŝtatistojn, generalojn, komercistojn, soldatojn, vidu, ho Sinjoro, jen kion ni faris el ĝi!

Sed se ni tiel konceptas ĉion, kio okazas, bonon kaj malbonon, karaj amikoj, tiam ni ne restas ĉe la antaŭo de nacia malfeliĉo kiel la pereo de la ‚Optimisto', kiel faras tion kelkaj homoj, kies tuta pensado estas ligita nur al tiu tero. Tiam estas, kvazaŭ blindeco foriĝus de niaj okuloj, kaj ni vidas la malantaŭojn, kaj se ni vidas tiujn, tiam niaj soldatoj kaj maristoj, kvankam ili ne atingis la malamikon, ne pereis vane. Tiam la ŝipo, kiu alprofundiĝis tie en dika, nepenetrebla nebulo, tamen ne portis tute malprave la fieran nomon ‚Optimisto'. Ĉar ĝia optimismo, karaj amikoj, konsistis en tio, ke ĝia pereo estos ĝuste konceptata de la nacio! Tiam ni gajnis ion ankaŭ per tiu ŝipo, kiu devis perei: ĝi alportis interezojn kaj kunmetitajn interezojn, ho Sinjoro!"

Post la funebra solenaĵo por la viktimoj sinjoro Peachum, la geedzoj Macheath kaj la sinjoroj de la Nacia Depona Banko kaj de la ACM-butika sindikato iris ankoraŭ en proksime situantan restoracion, por ke post la finfarado de la negocaĵoj ankaŭ la privata sfero havu sian rajton. La geedzoj Macheath estis la centro de krucpafado el flataj paroladoj kaj gratuloj.

Unue parolis Aaron.

„*Sinjorina moŝto, sinjoroj*", li diris. „*En la historio de la pomalgranda komerco de Anglio la hodiaŭa tago estas grava mejloŝtono. La supron de granda butiksindikato ekokupas viro, kiun ekkoni kiel gvidantan kapon sur nia tereno ni ĉiuj havis okazon dum la pasintaj monatoj. Ekde morgaŭ li disponigas al la servo de nia komuna afero sian nedividitan forton, siajn bonegajn konojn pri negocaj aferoj, sian neflekseblan energion kaj sian arton de la homtraktado, kiujn ni ekkonis kaj ekŝatis. La publiko konvinkiĝos pri tiu nova forto. Ne plu ni, komercistoj, dissplitiĝos niajn fortojn per reciprokaj bataloj, sed ni batalos kune. Nur antaŭ nelonge ni aŭdis la belegajn vortojn de la fondinto de nia religio pri la funto. Nia nova gvidantaro kun sinjoro Macheath ĉe la kapo eligos el la funto, kiun prezentas nia vaste etendiĝanta organizaĵo, ĉion, kio iel estas en ĝi.*"

Sinjoro J. J. Peachum prezentis rimarkindan proponon en sia tosto.

„*Mi ne volas diri*“, li diris, „*ke al la edziĝo de mia filino kun sinjoro Macheath mi rilatis same pozitive je ĉiuj tempoj. Vere konvinkita pri la ĝusta elekto de mia filino mi estis nur, post kiam mi ĵetis rigardon al la praktika agado de mia bofilo. Mi vidis, ke estas lia principo servi al la malaltaj tavoloj. Tio tuj eksonigis en mi parencan kordon. Ĝenerale oni pensas iom malŝate pri la malaltaj tavoloj; sed tio estas granda malĵustaĵo. Estas koncedeble, ke ili estas malpli kleraj ol ni, ke iliaj kondutmanieroj estas pli maldelikataj, eĉ krudaj; eblas, ke ili havas nur malklaran imagon pri la neceso, ke ĉiuj homoj, ĉu altaj aŭ malaltaj, devas vivi unu kun la alia en harmonio, por ke ne ĉio dronu en bruta stato, kiu nur tro ofte estas la ilia. Sed ĉio ĉi ne forprenas ion de la neceso zorgi pri ili. Mi ŝatus tuj prezenti proponon: Vi, sinjoroj, kaj vi, kara bofilo, vendas razoklingojn kaj horloĝojn, dommastrumajn objektojn kaj kion ajn mi scias, sed la homo ne vivas nur per tiaĵoj. Li ankoraŭ ne estas en ordo, se li estas razita kaj scias, kioma horo estas. Vi devas pluiri. Vi devas vendi al li ankaŭ klerecon, mi celas librojn, mi celas malmultekostajn romanojn, tiajn aĵojn, kiuj pentras la vivon ne grize en grizo, sed en pli helaj koloroj, kiuj peras al la ĉiutaga homo pli altan mondon, konigas al li la pli delikatajn morojn de la pli altaj tavoloj, la tiel alstrebindan vivmanieron de la socie favorataj homoj. Mi ne parolas pri la negoco tiamaniere farebla – ĝi povas esti konsiderinda –, mi parolas pri la homaro, al kiu estos farata servo per tio. Koncize, malgranda sugesto.*“

Post kiam sinjoro Aaron dankis al sinjoro Peachum pro la sugesto nome de la ACM-butika sindikato, leviĝis la maljuna Hawthorne kaj ŝerce rakontis malgrandan detalon el la pasintaj monatoj.

„*Mi ne volas kaŝi ĉi-loke,*“ li diris bonhumore, „*ke estis tute difina, pure homa travivaĵo, kiu instigis nin de la Nacia Depona Banko, fari niavice ĉion, por ĉesigi la mortigan batalon de la grandaj ĉenbutikoj. Estis vizito de sinjorino Macheath, kiu sidas ĉi tie inter ni, en la banko. Ŝi ne parolis pri negocoj. Ŝi parolis nur pri pure homaj aferoj. Sed ŝiaj vortoj tiel kortuŝis nin – eĉ malpli junaj homoj ja havas koron –, ke ni simple ne plu povis konduti alie kaj faris viziton al ŝia multriproĉata edzo, kiu troviĝis senkulpe en la karcero. Dum tiu vizito ni priparolis ĉion plian por la unuiĝo. Ne estis, kaj nur tion mi volis diri, eĉ se tio sonas eksmode, ne estis negoca kalkulo, kiu per tio trovis eliron el la malbona situacio, sed estis – la amo.*"

Ankaŭ Polly leviĝis, kaj pli ol iam ŝi aspektis kvazaŭ plene ekflorinta persiko, kiam ŝi faris jenan malgrandan paroladon:

„*Kvankam ne estas ŝatate, ke ni, sinjorinoj, faras paroladon, ĉar oni ne ŝatas vidi nin konduti tiel ageme, mi volus diri ion pri la ĝojo, kiun mi nun sentas, ke mi ĉiam sekvis miajn sentojn kaj neniam ŝanceliĝis en la amo al mia edzo. Ni, virinoj, ja pensas ne tiel sobre kiel la sinjoroj de la kreitaro, sed oni vidas el mia ekzemplo, ke la vera amo tute povas bone sukcesi. Ĝi nur devas esti sufiĉe forta, kaj oni ne devas zorgi, ĉu la homoj foje rigardas vin iomete malaprobe. La saĝaj planoj, mi opinias, kiujn elkovas niaj edzoj, ja estis eble tute utilaj, sed tamen ni, virinoj, venkas kelkfoje, ĝuste per la amo, eĉ se ĝi aspektas tute senkonscie, kaj pli ofte ol unufoje mi spertis, kiel Mac, la fridsanga negocisto, forĵetis ĉion, riskis sian tutan karieron, por ne perdi min, kiun li elektis en sian koron; ĉu ne, Mac?*"

Je la fino parolis Macheath:

„*Kara edzino, kara bopatro, karaj amikoj! Entute mi estas kontenta pri la fino, kiun ni atingis hodiaŭ post la diversaj miskomprenoj. Mi ne kaŝas la fakton, ke mi devenas de malsupre. Ne ĉiam mi sidis ĉe tiaj tabloj kaj ne ĉiam kun tiel honorindaj viroj. Mi komencis mian agadon etskale, en alia medio. Sed entute ĝi restis ĉiam la sama. Ĝenerale oni atribuas la supreniron de viro al lia ambicio aŭ al granda, komplika plano. Malkaŝe dirite, tian grandan planon mi ne havis. Mi nur ĉiam volis eviti la malriĉulejon. Mia devizo estis: La malsanulo mortas, kaj la fortulo luktas. Finfine nur homoj kiel mi alvenas supre. Se iu jam estas supre kaj ne sekvas tiun ĉi devizon, tiam li baldaŭ estos malsupre. Mi samopinias kun mia amiko Aaron, ke la ekonomio ĉiam postulis miaspeculojn. Aliaj homoj ne kapablas eligi eĉ la minimumon el la funto, kiun la providenco metis en iliajn manojn. Mi ne volas fari antaŭdirojn, sed mi kredas, ke la sindikato plenumos sian devon. Unu afero estas klara:*

Tiel malaltaj, kiel ili estas nun, la varprezoj ne povas resti. Mi finas per la sentenco: Ĉiam supren! Per aspera ad astra! Neniam retrorigardi!"

Dum la lastaj frazoj de sinjoro Macheath profunda seriozeco kaptis ĉiujn ĉeestantojn. Ĉiuj sentis, ke per tio li ĵus tuŝis fundamentan problemon.

Medite ili malplenigis siajn glasojn.

LA FUNTO DE LA MALRIĈULOJ

Al kiu mankas funto,
Kion nur faru li?
Kuŝigi ĉu en grundo?
Ĉu eblas viv' sen li?

Ne, ne, sen lia fervoro
Ekzistus eĉ ne funt'.
Sen lia pen', laboro
Ne estus ies abund'.

Infankanto

SONĜO DE LA SOLDATO FEWKOOMBEY

Ankaŭ la soldato Fewkoombey estis en la preĝejo de la Sankta Triunuo. Post sia atenco kontraŭ la makleristo Coax li montris sin en la Old-Oak-strato nur unuunuran fojon. Beery tuj elĵetis lin.

En la Triunuan preĝejon li iris, ĉar li esperis alproksimiĝi tie al sinjoro Peachum. Li sciis, ke tiu havas ian rilaton al la pereinta ŝipo. Sed li kompreneble ne sukcesis alproksimiĝi al li.

Tiel li aŭdis en la preĝejo, kiu almenaŭ estis hejtita, la paroladon pri la funtoj.

Dum la sekvaj tagoj li vagadis en la regiono de la dokoj, sen rifuĝejo, sen amikoj, fuĝe de la polico. Li ruiniĝis pli kaj pli. Pri la akuzo en la kazo de Mary Swayer li eksciis nenion, ĉar li ne legis gazetojn.

Iun malvarman novembrotagon ekestis tumulto antaŭ bakista butiko en la Westindia-strato.

Malgranda knabo prenis panon de sur la vendotablo de la bakisto kaj kuris el la butiko. La bakistaj geedzoj faris kriadon, pro kio pasantoj komencis persekuti la ŝtelinton. Li kuris tre multe, tiel rapide, kiel liaj malgrandaj kruroj lin portis, sed li ne atingis malproksimen. Ĉe stratangulo iu viro faligis lin per sia kruro, li falis sur la pavimon, estis kaptita, rekondukita en la butikon kaj tuj poste forkondukita de policano. La homoj disiĝis insultante.

Inter tiuj, kiuj persekutis la knabon post ties ŝtelo de la pano, estis ankaŭ ĉifonita homo de nedifinebla aĝo.

Kiam la infano estis transdonita al la policano, li iris al la dokoj. Tie li sciis lokon, kie li povas tranokti.

Por diri tion pli precize, li estis tiu, kiu antaŭentenis la kruron, super kiun la knabo falis. Li faris tion tute mekanike.

Alveninte sub sia ponto, li elpoŝigis ion duonputran, malvolvis ĝin el la papero, manĝis ĝin malrapide, demetis la reston de la ŝuoj, kiujn li kuntrenis per la kruroj, levis difinitan ŝtonon, eligis el sub ĝi du gazetojn, eksidis, sternis la gazetojn sur la kruroj, refaligis la trunkon, kuŝigis la kapon sur la demetita jako kaj la du manoj kaj kunvolviĝis kiel eble plej dense. Li ekdormis kaj sonĝis.

Post jaroj de mizero venis la tago de triumfo.

La amasoj leviĝis, finfine forskuis siajn turmentantojn, liberiĝis per la sama penado de siaj esperigantoj, eble la plej teruraj malamikoj, kiujn ili havis, definitive rezignis pri ĉiuj esperoj kaj batalakiris la venkon. Ĉio funde ŝanĝiĝis. La fieco perdis sian gloron, la utileco famiĝis, la stulteco perdis siajn privilegiojn, per la krudeco oni ne plu negocis. Ne la unua aŭ la dua, sed la tria aŭ kvara afero estis la farado de granda juĝado.

Ĉiu scias, kion celas tio. Pri tiu juĝado estis ree kaj ree parolate; ekde praaj tempoj oni atendas ĝin; ĉiuj popoloj image pentris ĝin zorge. Kelkaj homoj estis provintaj prokrasti ĝin ĝis la fino de ĉiuj tempoj, sed tiu provo de prokrasto estis suspekta, neniukondiĉe la popoloj povis atendi pri ĝi tiel longe. Neniel estis konsidereble, ke tiu juĝado povas troviĝi nur je la fino de ĉiu vivo, ĉar ĝi ja propre enkonduku ties komencon. Antaŭ ol okazis tiu juĝado, pri la vera vivo kompreneble ne povas esti parolate.

Nun ĝi okazis.

La sonĝanto estis la prezidanto. Kompreneble, li fariĝis tia nur post fanatika batalo, ĉar enorma amaso da aspirantoj sin prezentis, kiuj luktis pro tiu favoraĵo kriante kaj ĉirkaŭbatante kiel frenezuloj. Ĉar neniu povas reteni sonĝanton venki, nia amiko fariĝis prezidanto de la plej granda juĝado de ĉiuj tempoj, de la sola vere necesa, ampleksa kaj justa juĝado.

Li havis la taskon voki antaŭ la tribunalajn barierojn ne nur la vivantojn, sed ankaŭ la mortintojn, ĉiujn, kiuj laŭ difinita maniero deliktis kontraŭ la malriĉuloj kaj sendefenduloj, ĉu per faroj, ĉu per nuraj vortoj.

La laboro de la soldato Fewkoombey, kiu nun estis Unua Juĝisto, estos enorma. Li taksis la daŭron de la juĝado je pluraj cent jaroj. Ĉar ja havos la rajton plendi ĉiuj, kiuj iam estis terentretitaj.

Post longa meditado, kiu mem jam daŭris monatojn, la Unua Juĝisto decidis komenci per viro, kiu laŭ la eldiro de episkopo dum funebra solenaĵo por pereintaj soldatoj eltrovis parabolon, kiu dum du mil jaroj estis aplikata de sur ĉiuspecaj predikaj pupitroj kaj laŭ la opinio de la Unua Juĝisto estis aparta krimo.

La juĝdebato okazis en korto, en kiu strange pendis tolaĵo por sekiĝi, kaj en la ĉeesto de dek kvar hundoj, kiuj sidis en hundejo kaj aŭskultis. Oni ne manĝigis ilin kaj ne intencis doni al ili manĝaĵon, ĝis la verdikto estos eldirita.

La akuziton enkondukis du almozuloj.

Li estis etnegocisto aŭ metiisto. Oni vidis tion laŭ lia malmultekosta, se laŭorda vestaĵo kaj lia guma starkolumo.

Sur la juĝista tablo kuŝis trančilo kaj inkskribita letero, al kiu estis fiksita aktosigno.

La juĝdebaton malfermis la demando de la Unua Juĝisto al la akuzito, ĉu li konscias pri la graveco de sia parolado, de la parolado entute.

La akuzito respondis: jes, li estas ĝenerale konata kiel religifondinto.

Lia respondo, kiel ĉio, kion li respondis, estis notita de grandega almozulo, sinjoro Smithy, viro, kiun la Unua Juĝisto konis pro lia precizeco en la notado. Li nome notis iam ege precize la enspezojn de sia dungito Fewkoombey el la surstrata almozado: ili estis postulitaj de li.

La dua demando de la Unua Juĝisto estis, ĉu la akuzito konfesas sin kulpa, ke en sia parabolo li prezentis la faktojn nevere kaj tiel cirkuligis ilin.

La akuzito ekscitite kontestis tian kulpon.

Li diris, ke tute eblas tiri el unu funto kvin aŭ eĉ dek funtojn per diligento kaj taŭga negocado.

Al la demando, per *kia* negocado, li ja vere nur povis ripeti, ke per taŭga, kutima negocado.

Post plia premo de la Unua Juĝisto li konfesis, ke li ne havas intereson pri ekonomiaj aferoj kaj detaloj. Sekve li scias pri tio nur malmulte.

La Unua Juĝisto rigardis lin rigide, por eltrovi, ĉu tio estas la vero, poste li batis la tablon per la pugno, ke la rusta trančilo kaj la letero altenflugis. Sed li diris nenion. Li demandis plu:

„Laŭdire vi diris, ke ne nur kelkaj homoj, sed *ĉiuj* homoj, do ĉiuj homoj, kiuj ekzistas, ricevas funton? Mi atentigas vin, ke tio estas la ĉefa punkto."

La akuzito konfesis, ke li diris tiaĵojn. Li nur ŝajnis mirigita, ke tio estu la ĉefa punkto.

„Tiam diru al ni, akuzito", la Unua Juĝisto daŭrigis tute trankvile, „kie vi aŭdis tion, ke ĉiuj homoj sur la tero ricevas tian funton en la manon, kiu pligrandiĝas, al kvin aŭ eĉ dek funtoj".

„Tion diras ĉiuj", la akuzito respondis malrapide, ĉar li ankoraŭ plu meditis, kiel ĝuste tio ĉi estu la ĉefa punkto.

„Ni alvoku kaj demandu tiujn, kiuj diris tion al vi“, la juĝisto proponis serioze.

Li sonoris per la tagmeza sonorilo, kaj de malantaŭ la tolaĵo venis aro da homoj, simile vestitaj kaj same kun starkolumoj el gumo kiel la akuzito, konatoj de li, el lia junaĝo, najbaroj, instruistoj kaj majstroj, ankaŭ parencoj.

Ili ekstaris antaŭ la juĝista tablo kaj estis pridemandataj.

Ili depoziciis, ke ili ĉiuj ricevis funton. Kiel tian funton ili rigardis sian sanan homan prudenton, siajn konojn pri la metio, sian diligenton.

„Kaj ĉu vi krome havis ion?“ demandis la juĝisto.

Jen unu deklaris, ke li krome posedis lignaĵistan metiejon. Tiu ĉi estis la patro de la akuzito.

Alia viro ricevis de siaj gepatroj la monon por iri en lernejon. Tiu ĉi estis la instruisto de la akuzito.

Iu tria heredis spicaĵbutikon. Tiu ĉi estis najbaro de la akuzito.

La juĝisto kapjesis al ĉiu de tiuj depozicioj, kvazaŭ li atendus ĝuste tion kaj nenion alian. Li rigardis al la hundoj, kiuj premiĝis al la ferstangoj de sia hundejo, kaj ridis al ili, kvankam sentone.

„Do, ne malmulte apartenis al tia funto, ĉu?“ li nur diris. Kaj al la atestantoj li diris:

„Ĉu vere vi forte kreskigis vian funton?“

Ili ĉiuj asertis laŭtvoĉe, ke ili kreskigis sian funton per plej bonaj fortoj, konservis bonstata la ekzistantaĵon, aldone akiris novaĵon, kaj krome edukis la infanojn kaj provizis ĉiun el tiuj per funto.

La juĝisto denove ridis al la hundoj.

Poste li denove okupiĝis pri la akuzito. Li demandis lin, ĉu li ne renkontis ankaŭ aliajn homojn, homojn sen tia funto, kian la atestantoj ĉiuj havis?

La akuzito kapneis.

Jen la Unua Juĝisto denove sonorigis sian tagmezan sonorilon, kaj de malantaŭ la tolaĵo venis aliaj homoj. Ili estis malpli bone vestitaj ol la antaŭaj kaj iris pli pene ol tiuj.

„Kiuj vi estas?“ demandis la juĝisto. „Kaj kial vi starigas vin for disde la atestantoj, kiuj jam staras ĉi tie?“ Montriĝis, ke ili estis la servistoj kaj servistinoj de la aliaj. Ili ne volas esti tiom impertinentaj alpaŝi tro proksime al siaj mastroj.

„Ĉu vi konas la akuziton?“ la juĝisto demandis ilin.

Ili konis lin. Li estis tiu, kiu ofte parolis al ili. Interalie li ankaŭ diris al ili, ke ĉiu ricevis de Dio funton, siajn spiritajn kaj korpajn fortojn, kiujn li devas pliigi kaj bone apliki. Ili aŭdis tion el lia propra buŝo.

„Do li konis vin?“ la juĝisto pridemandis ilin.

„Kompreneble“, ili respondis, kaj la akuzito devis konfesi, ke li konas ilin.

„Ĉu via funto pliiĝis?“ la Unua Juĝisto demandis severe.

Ili ektimis kaj diris: „Ne.“

„Ĉu li vidis, ke ĝi ne pliiĝis?“

Al tiu demando ili ne tuj sciis kion diri. Sed post kelke da meditado antaŭenpaŝis malgranda knabo, kiu precizege similis al la knabo, kiun la soldato Fewkoombey faligis antaŭ bakista butiko per kruro, kiu estis el ligno. Li kuraĝe ekstaris antaŭ la juĝisto kaj laŭte diris:

„Li certe vidis tion; ĉar ni sentis malvarmon, kiam estis malvarme, kaj malsatis antaŭ kaj post la manĝo. Vidu mem, ĉu oni vidas tion sur ni aŭ ne.“

Li enigis du fingrojn en la buŝon kaj fajfis, kaj de malantaŭ la tolaĵo, sed pli malseka ol tiu ĉi, venis virina persono kaj precize similis al la etnegocistino Mary Swayer.

La Unua Juĝisto sin klinis antaŭen sur sia seĝo, por povi pli bone rigardi ŝin.

„Mi volis pridemandi vin, ĉu estas malvarme tie, de kie vi venas, Mary“, li diris laŭte, „sed mi vidas, ke ne estas necese. Mi vidas, ke estas malvarme tie, de kie vi venas.“

Ĉar li vidis, ke ŝi estas elĉerpita, li diris:

„Eksidu, Mary, vi tro longe vagadis.“

Ŝi ĉirkaŭrigardis, kie estas seĝo, sed ĝi ne ekzistis. La juĝisto sonorigis. Jen el la aero neĝis, sed nur per maldika kolono, ne pli dika ol mezgranda arbo havas da amplekso, ĝis troviĝis tie benko el neĝo, sur kiu ŝi povis eksidi. La juĝisto atendis tiel longe kaj krome diris:

„Ĝi estas iomete malvarma, kaj kiam varmiĝas, la benko

degelos, tiam vi devos ree ekstari, sed alimaniere ja ne estas fareble.“

Kaj al la atestantoj li diris:

„Do estas pruvite, ke vi estis elĵetitaj tien, kie estas hurlado kaj dentklakado?“

„Ne“, diris unu el ili, kuraĝiĝinte. „Ni estis neniam enlasitaj.“

La juĝisto medite rigardis ĉiujn. Li turnis sin denove al la akuzito.

„Via kazo statas malbone, kara viro. Vi devas havi defendanton. Sed li devas esti taŭga por vi.“

Li sonorigis, kaj el la domo venis malgranda viro kun vulgara mieno.

„Ĉu vi estas la defendanto?“ murmuris la juĝisto. „Tiam starigu vin malantaŭ la akuzito.“

Kiam la malgranda viro ekstaris malantaŭ la akuzito, ĉi tiu paliĝis. Li bone vidis, ke estis malbona intenco de la juĝisto doni al li ĉi tiun defendanton.

La Unua Juĝisto klarigis nun, kie oni haltas. La tribunalo konsideris pruvite, ke el la asertoj de la akuzito du estas veraj: unue, ke la funtojn oni povas kreskigi, tio estas ke oni povas estigi per ili profitojn, kaj due, ke tiuj, kiuj ne estigas tiajn, estas ĵetitaj en mallumon, kie estas hurlado kaj dentklakado. Sed ke *ĉiuj* homoj ricevas funton, tion deklaris la tribunalo kiel ne pruvitan.

„Mary Swayer“, la Unua Juĝisto rekomencis, „vi subskribis kontrakton kun sinjoro Macheath. Ĉu estis en ĝi io skribita, ke najbare al la via novaj butikoj ne devas esti malfermataj?“

Ŝi pripensis iomete kaj diris:

„Ne.“

„Kial vi ne rimarkis, ke tio mankis?“

„Tion mi ne scias, Few.“

La Unua Juĝisto sonorigis. El inter la tolaĵo antaŭenpaŝis alta homo kun kano. Tiu estis la iama instruisto de la sinmortigintino.

„Vi ne instruis al viaj lernantoj legi“, la juĝisto kulpigis lin, „kiel tio estas klarigebla?“

La alta homo akre rigardis la sidantinon kaj poste deklaris:
,,Ŝi scipovas legi.“
,,Sed ne kontraktojn, ne kontraktojn!“ kriis la juĝisto kaj estis tre kolera.
La instruisto montris ofenditan mienon.
,,Miaj lernantoj en Whitechapel ne bezonas povi legi kontraktojn“, li grumblis. ,,Ili devas lerni labori, tiam ili ne bezonas kontraktojn.“
,,Kion signifas asocio?“ la juĝisto demandis rapide.
,,Unuiĝo“, la instruisto grumblis mirigite, ,,kial tio gravas ĉi tie?“
,,Ĝuste“, la Unua Juĝisto diris kontenta, ,,unuiĝo. Kaj kion signifas atiko?“
La instruisto silentis obstine.
La Unua Juĝisto ŝajnis seniluziigita, sed li daŭrigis.
,,Ĉu vi povis alproprigi al vi lernejan instruitecon?“ li turnis sin al la akuzito, kiu staris humiliĝinta, kun la kapo mallevita sur la brusto. Kaj kiam la homo en la guma kolumo kapjesis:
,,Kion signifas atiko?“
Sed li ne sciis tion. Ja veris, ke la instruisto provis subdiri ĝin al li. Ŝajne ne plaĉis al li, ke la akuzito scias tiom malmulte.
,,Jes“, diris la juĝisto, ,,vi scias malmulte.“
Sed la malgranda viro, kiu estis la defendanto, intervenis, kiam oni ekparolis pri tio, kaj kriis:
,,Li sciis sufiĉe. Por ni li sciis sufiĉe.“
,,Certe“, la juĝisto murmuris humile. Li faris tion tute mekanike.
Kiam li denove levis sian sonorilon, malgrasa viro en kelnerkitelo venis al la juĝista tablo. Tiu estis la viro, kiu estis mastro en la restoracio, antaŭ ol Fewkoombey transprenis la restoracion.
,,Ĉu la viro scipovas skribi?“
Tiun demandon la juĝisto direktis al la instruisto. Tiu ĉi esplore rigardis la atestanton, ekkonis lin ankaŭ kiel unu el siaj lernantoj kaj jesis per sia granda kapo.
,,Sed al mi“, la juĝisto diris kolere al la atestanto,“ vi ne

skribis en la kontrakton, ke venos nur gastoj tiel longe, kiel la nova domo estas konstruata.“

„Tion mi ne povis skribi“, la kelnero respondis, „mi ne havis sufiĉe da mono, kiam mi transprenis la restoracion, kaj ĝojis, ke per la unujara konstruado mi povis liberiĝi de miaj ŝuldoj kaj denove fariĝi kelnero.“

„Do li *ne* scipovis skribi!“ la juĝisto denove kriis tre kolere.

Sed poste li ekregis sin kaj faris paŭzon.

Kiam nun ĉiuj staradis ĉirkaŭe kaj atendis la daŭrigon, la juĝisto iris al la instruisto kaj demandis lin per afabla, preskaŭ humila voĉo, kion vere signifas atiko. Li ne tiel profunde eniĝis en lian libron, ĉar oni forprenis ĝin de li. Sed la instruisto nur rigardis lin kaj ne respondis.

La Unua Juĝisto suspiris kaj denove malfermis la juĝdebaton.

Li ne ĝuste sciis kiel daŭrigi.

Li rigardis al la ĉefa atestantino Swayer kaj vidis, ke ŝi ree kudras. Ŝi kondukis la kudrilon pikon post piko, kvankam ŝi ne havis ŝtofon por kudri, ĉar la alfluo de la varoj ja ĉesis. Do ŝi kudris en la aero, kaj el tio ne estiĝis ĉemizo.

„Se la alfluo de la varoj ne ĉesintus“, la juĝisto demandis medite kaj mallaŭte, „kaj se la nova butiko ne estintus instalita, ĉu tiuokaze vi povintus prosperi, Mary?“

„Kial ne?“ ŝi diris laca. „Ĉar mi ja havis la kudristinojn.“

„Tio estas ĉefa punkto“, la Unua Juĝisto diris rapide. „Sed ni ne antaŭeniĝas. Neniam mi pensus, ke estas tiel malfacile havigi al si klarecon en tio.“

Li ekstaris kaj iris al la hundejo. La hundoj ĝoje hurletis, ĉar ili kredis, ke oni nun manĝigos ilin, sed la enigmo ankoraŭ ne estis solvita.

La Unua Juĝisto strabis transen. Jen staris la malŝarĝaj atestantoj, kiuj opiniis la akuziton prava, bone nutritaj, bone vestitaj, kun ŝancoj kaj sukcesoj, kaj kontraŭ ili la homoj malbone nutritaj, frue maljuniĝantaj, la virino senĉese kudranta sen ŝtofo, sur la benko el neĝo, la knabo kun kurbiĝinta brako, kvazaŭ li portus peze pro pano, sed sen pano.

Kiam la juĝisto reiris al sia seĝo, stamfante sur sia ligna kruro, li preterpasis la akuziton. Li pripensis kaj pasante diris duonlaŭte:

„Ĉu almenaŭ *vi* komprenas tion?"

Sed la homo en guma kolumo nur levis la ŝultrojn kaj ne scipovis diri ion.

„Tiu diferenco", la juĝisto suspiris, „kaj neniu kaŭzo! Kaj tamen io devas kulpi pri tio, sed kio?"

Hezite li haltis, nedecide, ĉu estas entute senchave, ke li ree eksidas sur la juĝista seĝo.

„Jen ja mia nescio", li pensis, „mi estas tro malmulte instruita, por eltrovi tion, ege tro neinstruita. Se mi scius do, kio estas ilia funto!"

Subite li ekhezitis.

Li memoris pri lia potenco, kiun li ekde nelonge posedas. Li rapidis al la tablo. Per vaste atinganta brakmovo li svingis sian sonorilon.

De malantaŭ la tolaĵo, en longa procesio, venis la volumoj de la Brita Enciklopedio, kvardek je la nombro. Ili paŝis digne, ili estis dikaj.

En kvar vicoj unu post la alia ili staris rektiĝinte kiel soldatoj antaŭ la Unua Juĝisto.

„Karaj amikoj", la juĝisto komencis per respektplena voĉo, „ĉu vi scipovas depozicii ion pri la kaŭzo, kial kelkaj el ni, la plej malgranda parto, pliigas sian havaĵon, faras el unu funto, kiel tekstas kaj estas postulate en la biblio, du aŭ kvin aŭ eĉ dek funtojn, sed aliaj, la plimulto, pliigas maksimume sian mizeron dum longa, laborplena vivo. Kio, karaj amikoj, *estas* la funto de la feliĉuloj, kiu alportas tiom enormajn profitojn kaj pro kiu, kiel mi aŭdis, furiozas tiom grandega batalo? El kio ĝi konsistas?"

La kvardek formis cirklon kaj interkonsiliĝis. Poste unu paŝis antaŭen:

„Mi povas informi pri la *kapitalo*", ĝi diris per kruda, laŭta kaj memkonscia voĉo. „Estas la mono, kiu eligas sian interezon, kiel la bovino naskas bovidon. Ĉu heredita, ĉu akirita, kiu disponas pri ĝi, al tiu ĝi naskas interezon. Eble tio diras ion al vi."

La juĝisto sin turnis al Mary Swayer:

„Ankaŭ vi havis monon, se mi ĝuste memoras. Komprenu min, mi ne demandas vin, por kio vi ricevis ĝin. Ĝi ne pliiĝis.“

„Jes“, ŝi diris indiferente, „mi havis iomete da ĝi. Ĝi baldaŭ foriĝis.“

„Ĝi ne naskis bovidon, vi!“ la juĝisto diris severe.

Jen alia volumo antaŭenpaŝis.

„Mi scias ion pri la *laborforto*“, ĝi diris laŭte. „Se iu enigas sian laborforton en ion, tiam ĝi fariĝas pli valora. Ŝtonoj ne estas multe, sed jes domo, komprenite!“

„Ho“, la juĝisto diris laca, „tio ne povas esti la solvo. Laborforto, tiun ni havis ĉiuj. Sed tio, en kion ni enigis ĝin, apartenis ne al ni, aŭ ĝi rapide pereis, ĉu ne, Mary?“

Ankoraŭ pliaj volumoj antaŭenpaŝis kaj depoziciis pri *eltrovoj* aŭ *organiza talento* aŭ *ŝparemo*. Sed neniu povis tute konvinke klarigi, el kio konsistas la funto de la sukcesuloj.

Je la fino ili militiste starigis sin en unu vico kaj laŭvice nombris sin, por ke la Unua Juĝisto vidu, ke neniu mankas, kaj mankis neniu.

Tiam la Unua Juĝisto igis ilin formarŝi kaj estis pli afliktita ol iam antaŭe.

Denove li rigardis al la ĉefa atestantino Mary Swayer, la kudristino.

„La siriuso“, li murmuris.

Li sidiĝis sur sia seĝo kaj sonoris per la tagmanĝa sonorilo.

De malantaŭ la tolaĵo paŝis la siriuso. Li havis kvin grandajn pintojn kaj du malgrandajn piedojn.

„Ĉu lastatempe“, lin demandis la Unua Juĝisto, „vi eniĝis en la signon de la pesilo?“

La siriuso pripensis iomete kaj poste neis.

„Se vi eniĝintus en la signon de la pesilo aŭ en iun alian signon, ĉu tio, laŭ via opinio, povintus signifi minacon al la butiko de sinjorino Swayer?“

La siriuso kontestis tion sen iu pripensado. Li ŝajnis tre ofendita.

„Do ankaŭ vi ne estas la solvo? Ankaŭ vi ne efikas tiel? La feliĉo ankaŭ vi ne estas?“

„Kiu do asertas tian sensencaĵon?“ diris la siriuso.

La juĝisto forsendis lin. Kun la mentono sur la brusto, li sidis kaj persiste rigardis antaŭ sin.

Inter la ŝarĝaj atestantoj ekestis maltrankvilo.

„Ni devas nun foriri", ili diris. „Vi ne eltrovos tion. Ja estas granda neegaleco, kaj la aliaj estas pli prudentaj ol ni."

„La neegaleco estas tre granda", la defendanto nun ekparolis, ŝovante sian rigidan ĉapelon en la nukon. „Inter viro kun ligna kruro kaj viro sen kruroj, kiu estas blinda, estas grandega diferenco, kiu havas ankaŭ financajn sekvojn, kara Fewkoombey."

La juĝisto aŭskultis tre forte al la defendanto, li intereŝiĝis pri ĉiu vorto de li, tion oni vidis klare. Kaj la juĝisto sciis, ke oni vidas tion.

„Asignu do Beery, mian agantan faktoron", la defendanto postulis moke, „tiu estas la filo de laboristo el la karbminejoj."

La juĝisto pripensis. Poste li sonorigis, kaj Beery sin prezentis. Ne demandite, li konfirmis, ke li havas bonhavon en la banko.

„Sed mi krome memoras pri io", li fanfaronis, „la necesejoj kun la oblikva dorsvando estis mia ideo."

La defendanto konsentis kun li:

„Li ja scipovas eligi ion el la homoj, jen ĉio."

La ŝarĝaj atestantoj grumblis.

„Silentu!" la Unua Juĝisto riproĉis lin.

La okuloj de la juĝisto ekvidis la objektojn, kiuj kuŝis sur la tablo, la tranĉilon kaj la leteron. Li ekstaris, iris al la alia flanko de la tablo, haltis antaŭ la tablo kiel atestanto kaj depoziciis kiel tia supren:

„Mi ricevis tiun tranĉilon kiel funton."

Haste li restamfis al sia seĝo kaj diris severe: „Jen ree ĉefpunkto. Mary, kion ricevis vi?" Kaj li montris al ŝi la leteron, por influi ŝian depozicion.

„Mi ricevis la leteron kiel funton", ŝi diris, komprenante lin, kaj per tio helpis al li iomete antaŭen.

„En la letero estas skribite, ke vi scias ion pri via mastro, kio povas enigi lin en la pundomon. Estas ĉantaĝo, ĉu ne?"

„Nu certe", ŝi diris.

„Jes, tio estas nia funto, tiel aspektas nia funto“, li murmuris foreste, „sed kio estas ilia?“

Li sidis, apoginte la kapon per la mano, cerbumadis kaj ŝajnis tute malespera.

„Ne klariĝas“, li lamentis. „Tiuj M-butikoj, tiuj militŝipoj! Profitoj post profitoj! De kie ili vere venas? Tiaj grandegaj negocoj, tiaj militoj, tiaj neegalecoj! Kiel ili faras tion?“

Sed jen li vidis Beery stari, kaj li ekhavis ideon. Li turnis sin al lia skribisto, kiu iam estis lia salajropaganto. „Smithy“, li demandis lin, „se tiam oni estus permesinta al vi pluokupi min, ĉu vi tiuokaze estus prosperinta?“

„Kial ne?“ respondis Smithy.

„Sed tiuokaze ja ĉio estas klara“, diris la juĝisto, kaj lia voĉo tremis pro ekscito, „tiuokaze je estas pruvite, kio estas via funto! Ekstaru, Mary, antaŭenpaŝu, infano, starigu vin al ili, Smithy!“

Kaj triumfe li turnis sin al la parencoj de la akuzito:

„*Jen* via funto! Ni estas ĝi! La homo la funto de la homo! Kiu havas neniun por ekspluati, ekspluatas sin mem! Jam montriĝis! Vi sekretigis tion! Jen la dommuro – kie estas la masonisto? Ĉu li eble estas finpagita? Kaj tiu papero! Tion ja iu devis produkti! Ĉu li eble ricevis sufiĉe por tio? Kaj jen la tablo! Kiu rabotis la lignon, ĉu vere oni ŝuldas al li nenion plu? La tolaĵo sur la ŝnuro! La ŝnuro! Kaj eĉ la arbo, kiu ne per si mem plantiĝis ĉi tie! Tiu tranĉilo! Ĉu ĉio estas pagita? Plene? Kompreneble ne! Oni devas forsendi cirkuleron: Estas petataj sin anonci ĉiuj, kiujn oni ne plene finpagis! La libroj de la historiistoj kaj la biografioj ne sufiĉas! Kie estas la salajraj listoj?“

Kaj sin turnante al la akuzito, per laŭta voĉo:

„Via kulpo estas pruvita! Ĉion vi false priskribis! La neveron vi vastigis! Do mi kondamnas vin! Pro kunhelpo! Pro tio, ke vi donis en la manojn de viaspeculoj tiun parabolon, kiu ankaŭ estas funto! Per kiu oni kreskigas la havaĵon! Kaj ĉiuj, kiuj transdonas ĝin, kiuj kuraĝas rakonti tiaĵon, tiujn mi kondamnas! Al morto! Kaj tiam mi daŭrigas: kiu lasas rakonti al si tion kaj riskas, ne tuj kontraŭagi kontraŭ ĝi, ankaŭ tiun mi kondamnas! Kaj ĉar ankaŭ mi aŭskultis la parabolon kaj silentis, mi kondamnas ankaŭ min mem al morto!“

Kaj li sidiĝis, ŝvitkovrita.

Malmultajn tagojn poste oni arestis la soldaton Fewkoombey. Oni procesis kontraŭ li, je lia miro pro murdo kontraŭ Mary Swayer. Oni kondamnis lin al morto kaj pendigis lin, en la ĉeesto kaj sub aplaŭdoj de granda amaso da etnegocistoj, kudristinoj, invalidaj soldatoj kaj almozuloj.

ENHAVO

LA RESTADEJO 5

UNUA LIBRO
AMO KAJ EDZINIĜO DE POLLY PEACHUM

Unua ĉapitro
Amiko de la almozuloj 19
Persikfloro 21

Dua ĉapitro
La registaro de ŝia reĝina moŝto havas deziron 31
Zorgoj, pri kiuj la ĉiutagulo eĉ ne sonĝas 37
Ĉion por la infano 41

Tria ĉapitro
La M-butikoj 47
La bombo 53

Kvara ĉapitro
Gravaj interparoloj 61
15 pundoj 64

Kvina ĉapitro
Malgranda, sed bone fundamentita entrepreno 81

Sesa ĉapitro
Ŝvitbanoj 101

DUA LIBRO
LA MURDO KONTRAŬ LA ETNEGOCISTINO MARY SWAYER

Sepa ĉapitro
Sinjoro Macheath 121
Malsukceso 126
La mano de amiko 134

Oka ĉapitro
Napoleoneskaj planoj 145

Naŭa ĉapitro
Bataloj ĉirkaŭe 159
Disvendo 168
Historia kunsido 177
Patriotaj donacoj 181
Sinjoro X 184

Deka ĉapitro
Ankoraŭfoje la 20-a de septembro 190
Sinjoro Peachum vidas eliron 198
Sinjoro Macheath ne deziras foriri el Londono 200

Dekunua ĉapitro
La folioj flaviĝas 217
La penso estas libera 220
La reklamsemajno de Chreston 234

Dekdua ĉapitro
Ĉu sinjoro Macheath kulpas pri la morto de Mary Swayer? 239

TRIA LIBRO
AGRABLAN VIVON DONAS NUR BONSTAT'!

Dektria ĉapitro
Gravaj decidoj 261
La malsanulo mortas 285

Dekkvara ĉapitro
La fortulo luktas 293
La batalo ĉe la Westindia-dokoj 301
Nacia katastrofo 308
Puriga operacio 313
Maltrankvilaj tagoj 318

Dekkvina ĉapitro
La alibio 331
Venko de la prudento 339
Nebulo 341

LA FUNTO DE LA MALRIĈULOJ

Songô de la soldato Fewkoombey 359